樂章集校箋

[宋]柳永 著
陶然 姚逸超 校箋

樂章集卷下

中吕調

安公子

長川波瀲灩。楚鄉淮岸迢遞〔一〕，一霎煙汀雨過〔二〕，芳草青如染。驅驅攜書劍〔三〕。當此好天好景，自覺多愁多病，行役心情厭。望處曠野沈沈，暮雲黯黯。行侵夜色〔四〕，又是急槳投村店。認去程將近〔五〕，舟子相呼，遥指漁燈一點。

【校記】

〔芳草青如染〕繆校引天籟軒本、鄭校引天籟軒本分三段，於此句後分片，爲第一片。

〔驅驅〕勞鈔本、朱校引原本、繆校引宋本、鄭校引宋本、張校引宋本作「區區」，詞繫作「驅馬」。

〔行侵夜色〕林刊百家詞本「行」後多一「色」字。

【訂律】

安公子，隋唐教坊曲，曲名見教坊記。用作詞調，首見於樂章集。柳永另有般涉調安公子。宋王灼碧雞漫志卷四：「安公子。通典及樂府雜録稱，煬帝將幸江都，樂工王令言者，妙達音律，其子彈胡琵琶作安公子曲，令言驚問那得此。對曰：『宫中新翻。』令言流涕曰：『慎毋從行！宫，君也，宫聲往而不返，大駕不復回矣。』據理道要訣，唐時安公子在太簇角，今已不傳。其見於世者，中吕調有近，般涉調有令，然尾聲皆無所歸宿，亦異矣。」

詞律卷一二：「惟耆卿有此詞，他無可證。按此調當作三疊，『長川』至『如染』，『驅驅』至『情厭』，字句相同，宜分作兩段。所謂雙拽頭也。」

詞譜卷一九：「唐教坊曲名。碧鷄漫志云：『據理道要訣，唐時安公子在太簇角，今已不傳，其見於世者，中吕調有安公子近，般涉調有安公子慢。』按，柳永『長川波瀲灩』詞，自注『中吕調』，『遠岸收殘雨』詞，自注『般涉調』，但蔣氏十三調譜，采柳永『長川波瀲灩』詞，又注『正宫』。」「雙調八十字，前段八句四仄韻，後段七句三仄韻。」「此調柳永有兩體，八十字者前後段句讀參差，無宋人别詞可校。一百六字者，宋人添字、減字，頗有異同，故譜内可平可仄，俱詳注一百六字詞（今按謂柳永同調「遠岸收殘雨」）下。」

詞繫卷七：「唐教坊大曲名。碧鷄漫志云：『據理道要訣，唐時安公子在太簇角，今已不傳。

其見於世者，中呂調有安公子近，般涉調有安公子慢，尾聲皆無所歸宿，亦異已。』樂章集屬中呂調，九宮大成入南詞正宮正曲，一名公安子，蔣氏十三調譜亦注正宮。教坊記云：『安公子，隋大業末，煬帝幸揚州，樂人王令言以年老不去，其子從焉。其子在家彈琵琶，令言驚問此曲何名，其子曰：「內裏新翻曲子，名安公子。」令言流涕悲愴，謂其子曰：「爾不須扈從，大駕必不回。」子問其故，令言曰：「此曲宮聲往而不返，宮爲君，吾是以知之。」』」「詞律云：『此調當作三疊，「如染」句分一段，亦雙拽頭也。』宋本分兩段，今從詞律。據碧鷄漫志當加『近』字。」

夏批：「當是雙拽頭，於『驅驅』再分一段。」

【箋注】

〔一〕楚鄉淮岸：見前過澗歇近（淮楚）「淮楚」條注。

〔二〕煙汀：煙霧籠罩的水邊平地。唐杜荀鶴鸕鷀：「一般毛羽結群飛，雨岸煙汀好景時。」

〔三〕驅驅：見前定風波（竚立長隄）同條注。

〔四〕行侵夜色：謂將近或正近夜晚，即入夜。五代韋莊宿山家：「山行侵夜到，雲竇一星燈。」

〔五〕去程：去路。唐張祜玉環琵琶：「宮樓一曲琵琶聲，滿眼雲山是去程。」宋張先卜算子慢：「溪山別意，煙樹去程，日落采蘋春晚。」

【輯評】

吴熊和師手批樂章集：「『長川』，淮河。」

菊花新

欲掩香幃論繾綣。先斂雙蛾愁夜短〔一〕。催促少年郎，先去睡、鴛衾圖暖〔二〕。　須臾放了殘鍼綫。脱羅裳、恣情無限。留取帳前燈，時時待、看伊嬌面。

【校記】

〔菊花新〕花草稡編調下注曰「風情」。

〔留取〕毛本、吴本、張校本、朱校引焦本「取」作「著」。張校：「宋本『取』。」

〔時時待〕詞譜作「待時時」。

〔看伊〕勞鈔本、朱校引原本、繆校引宋本、鄭校引宋本、張校引宋本無「伊」字。勞校：「斧季云：宋本無。」鄭校：「案此調上闋同，『伊』字不當無。」

【訂律】

菊花新，首見於張先詞。南宋時爲大曲。張先詞亦入中吕調。

詞譜卷九：「樂章集注『中吕調』。齊東野語云：『菊花新譜，教坊都管王公謹作也。』」「此調以此詞（今按謂張先同調「墮髻慵妝來日暮」）爲正體，有柳永詞可校。若杜安世詞之多押一韻，或少押一韻，皆變格也。柳詞前段結句『先去睡、鴛衾圖暖』，『鴛』字平聲；後段起句『須臾放了殘鍼綫』，『放』字仄聲。杜詞別首，後段起句『兒夫心腸多薄幸』，『腸』字平聲；第二句『百計思難爲拘檢』，『難』字平聲；第三句『幾回向伊言』，『回』字平聲；柳詞結句『待時時、看伊嬌面』，『待』字仄聲，『時時』二字俱平聲。譜内可平可仄據之，餘參下詞。」

詞繫卷七：「本集注中吕調，子野詞亦屬中吕調，九宮大成入南詞仙吕宫引，又入南詞中吕宫引。『新』一作『心』。」「周密齊東野語：『宋思陵朝，掖庭有菊夫人，善歌舞，妙音律，名冠仙韶院，號菊部頭。恨不獲幸，稱疾歸。宦者陳源聘貯西湖。一日德壽按梁州舞，屢舞不稱旨。提舉官闞禮知上意，奏曰：「非菊部頭不可。」於是再入。陳遂感悵成疾，客知其意，遂演爲曲，名菊花新，持以獻陳。陳大喜，酬田宅金帛不貲。教坊都管王公謹爲譜其聲，陳聞歌輒淚下。』愚按：張先亦有此調，不始於高宗時也。」「此調詞律未收，『著』字，宋本作『取』，又缺『伊』字，今從汲古。『論』平聲。『恣』、『看』去聲。『放』可平。『雙』、『須』、『時』可仄。」

【箋注】

〔一〕雙蛾：指女子的雙眉。蛾，蛾眉。詩衛風碩人：「螓首蛾眉。」南朝梁沈約昭君辭：「於茲懷九逝，自此斂雙蛾。」

〔二〕圖暖：謂料想已暖。圖，料想，推測。古以熏爐暖被，如唐張曙浣溪沙：「枕障熏爐隔繡帷。二年終日苦相思。杏花明月爾應知。」又周邦彦少年游：「錦幄初温，獸煙不斷，相對坐調笙。」

【輯評】

清李調元雨村詞話卷一：「柳永淫詞莫逾於菊花新一闋，見升庵詞林萬選。」

過澗歇近

酒醒。夢纔覺，小閣香炭成煤〔一〕，洞户銀蟾移影。人寂靜。夜永清寒，翠瓦霜凝〔二〕。疏簾風動，漏聲隱隱，飄來轉愁聽。　怎向心緒〔三〕，近日厭厭長似病。鳳樓咫尺，佳期杳無定。展轉無眠，粲枕冰冷〔四〕。香虯煙斷〔五〕，是誰與把重衾整。

【校記】

〔過澗歇近〕毛本、吴本無此闋，繆校據宋本補。勞校引陸鈔作「過澗近拍」，林刊百家詞本作「過澗歇近拍」。林刊百家詞本林大椿注謂：「原鈔本有目無詞，從彊邨叢書録補。」蓋「過澗歇近拍」爲百家詞原鈔本原目。花草粹編、詞譜作「過澗歇」。花草粹編調下注云「恨別」。鄭校：「宋本菊花新後有過澗歇近、輪臺子兩闋。原缺。此二調皆屬中吕調，宋本目録并以調類編。」

〔酒醒〕張校本作「醉裡」。

〔成煤〕勞校引陸鈔「煤」作「燼」。

〔杳無定〕勞校引陸鈔「杳」作「窅」。

〔冰冷〕勞鈔本、朱校引原本「冷」作「整」。

【訂律】

詞譜卷一九：「雙調八十字，前段九句六仄韻，後段八句四仄韻。」「此詞見花草粹編，樂章集不載，其體調亦與『淮楚』詞同，惟前段第五、六句添一字，攤破六字一句、五字一句，作四字三句，第七、八句減一字，攤破三字一句、七字一句，作四字一句、五字一句，前段第二句及後段第六句多押一韻異。」

詞繫卷七：「本集屬中呂調。」「此調加『近』字，各譜未載，據宋本補。」「前段第六、七、八、九句各四字，十句五字，後段起句四字，次句七字，六句叶韻，與前作異。『厭』平聲。」

夏批：「『永』字雖本韻中字，但『夜永』二句，即後半闋『展轉』二句，平仄相同，則『永』字非韻明矣。」又：「『凝』字及下半闋之『冷』字皆當是韻，而『翠瓦霜凝』與『疏簾風動』對，『粲枕冰冷』與『香虯煙斷』對，此又句調變換之一格也。」

【箋注】

〔一〕香炭成煤：南朝梁吴均行路難：「玉堦行路生細草，金鑪香炭變成灰。」南唐李煜采桑子：「緑窗冷靜芳音斷，香印成灰。」

〔二〕翠瓦：緑色的琉璃瓦。唐沈亞之送文穎上人游天台：「露花浮翠瓦，鮮思起芳叢。」

〔三〕怎向：參見前法曲獻仙音（青翼傳情）「怎生向」條注。

〔四〕粲枕：鮮明華美之枕。詩唐風葛生：「角枕粲兮，錦衾爛兮。」李商隱夜思：「永令虚粲枕，長不掩蘭房。」

〔五〕香虯：盤曲如虯之香，即盤香。虯，傳説中一種無角之龍，引申爲拳曲、彎曲之意。

輪臺子

霧斂澄江，煙消藍光碧〔一〕。彤霞襯遥天，掩映斷續，半空殘月。孤村望處人寂寞，聞釣叟、甚處一聲羌笛。九疑山畔纔雨過〔二〕，斑竹作血痕添色〔三〕。感行客。翻思故國，恨因循阻隔。路久沈消息。　正老松枯柏情如織。聞野猿啼，愁聽得。見釣舟初出，芙蓉渡頭〔四〕，鴛鴦灘側〔五〕。干名利禄終無益〔六〕。念歲歲閒阻〔七〕，迢迢紫陌〔八〕。翠娥嬌艷，從别後經今，花開柳坼傷魂魄。利名牽役〔九〕。又争忍、把光景抛擲。

【校記】

〔輪臺子〕毛本、吴本、林刊百家詞本無此闋。花草粹編調下注曰「恨别」。

〔霧斂〕詞繫、花草粹編「斂」作「瀲」。

〔煙消〕勞鈔本、張校本、詞繫、繆校引宋本「消」作「鎖」。

〔藍光〕朱校：「『藍』，疑『嵐』訛。」

〔殘月〕歷代詩餘、張校本「月」作「璧」，詞律拾遺作「壁」。朱校：「徐誠齋詞律拾遺『月』作『璧』，按『璧』疑從『璧』而誤。」夏批：「『月』，勿迄韻。詞律拾遺作『壁』，未知宋本原作『月』也。」又：「徐誠齋詞律拾遺於『嘑』字斷句，作四字一句、三字一句。雖可如此，若『聞』字誤，則當作七字一句矣。」

〔人寂寞〕詞繫、張校本「寂寞」作「寂寂」。

〔聞釣叟〕詞繫、張校本「聞」作「問」。

〔九疑〕詞繫「疑」作「嶷」。

〔纔雨過〕詞繫「纔雨」作「雨纔」。

〔斑竹〕勞鈔本「斑」作「班」。

〔故國〕歷代詩餘、詞律拾遺「國」作「鄉」。

〔恨因循〕詞繫無「恨」字。

〔枯柏情如織〕詞繫「枯」作「古」，「情」作「青」。

〔聞野猿嘑〕夏批：「上半闋已有『聞釣叟』句，此又作『聞野猨』，疑此『聞』字誤。」

〔見釣舟〕勞鈔本「見」作「聞」。詞繫、張校本「釣」作「漁」。

〔念歲歲〕詞繫無「念」字。

〔翠娥嬌艷〕詞繫、張校本無「嬌」字。

〔別後〕歷代詩餘、詞律拾遺無「後」字。

〔柳拆〕勞鈔本、詞繫「坼」作「拆」，繆校引宋本「坼」作「折」。

〔魂魄〕歷代詩餘、詞律拾遺「魄」作「處」。

〔利名〕歷代詩餘、詞律拾遺、張校本「利」上有「怕」字。詞繫、張校本作「俗塵」。

〔争忍〕歷代詩餘、詞律拾遺「争」作「怎」。

【訂律】

詞譜卷三六：「雙調一百四十字，前後段各十三句，八仄韻。此詞樂章集不載，見花草稡編，與『一枕清宵』詞句讀不同，亦無别首宋詞可校。」

詞繫卷七：「本集亦屬中吕調。」「此體汲古、詞律皆未載，與前作迥異，另一格也。」「『俗塵牽役』，歷代詩餘本作『怕利名牽役』。花草稡編本『因循』上多『恨』字、『歲歲』上多『念』字。其餘字多不同，今從宋本。」

詞律拾遺卷六：「與一百十四字體迥異。」

【箋注】

〔一〕藍光：唐杜牧丹水：「沈定藍光徹，喧盤粉浪開。」

〔二〕九疑山：亦作九嶷山，山名，在今湖南寧遠南。山海經海内經：「南方蒼梧之丘，蒼梧之淵，其中有九嶷山，舜之所葬。在長沙零陵界中。」郭璞注：「其山九谿皆相似，故云九疑。古者總名其地爲蒼梧也。」史記卷一五帝本紀：「（舜）南巡狩，崩於蒼梧之野，葬於江南九疑，是爲零陵。」

〔三〕斑竹：又名湘妃竹，上有紫褐色斑點。西晉張華博物志卷八：「堯之二女，舜之二妃，曰湘夫人。舜崩，二妃啼，以涕揮竹，竹盡斑。」杜甫奉先劉少府新畫山水障歌：「不見湘妃鼓瑟時，至今斑竹臨江活。」唐李涉寄荆娘寫真：「蒼梧九疑在何處，斑斑竹淚連瀟湘。」

〔四〕芙蓉渡：其地未詳。疑爲泛指。唐儲嗣宗宿范水：「行人倦游宦，秋草宿湖邊。露濕芙蓉渡，月明漁網船。」

〔五〕鴛鴦灘：未詳。疑爲泛指。佩文韻府卷一四之二引一統志謂洋縣鴛鴦灘得名於「江濱亂石錯起，相對如鴛鴦」。詞中鴛鴦灘或亦如此。

〔六〕干名：求取名位。桓寬鹽鐵論非鞅：「比干剖心，子胥鴟夷，非輕犯君以危身，强諫以干名也。」漢書卷六四下終軍傳：「干名采譽，此明聖所必加誅也。」顏師古注：「干，求也，采取也。」唐劉昭禹懷華山隱者：「應笑干名者，六街塵土深。」利禄：貪圖爵禄。禮記表記：「子曰：事君三違，而不出竟，則利禄也。」鄭玄注：「違，猶去也。利禄，言爲貪禄留也。臣以道去君，至於三而不遂去，是貪禄。」

〔七〕閒阻：阻隔。唐羅隱秋日有寄姑蘇曹使君：「須知謝奕依前醉，閒阻清談又一秋。」

〔八〕紫陌：指京城郊野的道路，代指京城。三國魏王粲羽獵賦：「濟漳浦而横陣，倚紫陌而竝征。」唐劉禹錫元和十一年自朗州召至京戲贈看花諸君子：「紫陌紅塵拂面來，無人不道看花回。」

〔九〕牽役：牽動，拖累。唐劉長卿奉使新安寄使院諸公：「未暇依清曠，牽役徒自勞。」謂爲俗務所累。五代顧敻獻衷心：「幾多心事，暗自思惟。被嫦娥牽役，魂夢如癡。」謂爲多情所牽。此處謂爲名利所牽累。

【輯評】

吴熊和師手批樂章集：「似非柳詞。」

平調

望漢月

明月明月明月〔一〕。争奈乍圓還缺。恰如年少洞房人，暫歡會、依前離别。小樓凭檻處，正是去年時節。千里清光又依舊〔二〕，奈夜永、厭厭人絶。

【校記】

〔望漢月〕詞律、詞譜作「憶漢月」。

〔争奈乍圓〕毛本、吴本、張校本、朱校引焦本作「何事乍圓」，張校「何事」下注：「二字宋本作『争奈』。」花草粹編作「何事作圓」，詞繫作「怎奈乍圓」。

〔暫歡會〕毛本、吴本、花草粹編無「暫」字。張校「暫」下注：「原脱，依宋本補。」

【訂律】

望漢月，宋初李遵勗、晏殊、柳永、歐陽修均有此調，歐陽修詞名憶漢月。

詞律卷五：「起六字乃巧句，非有此定格也。蓋『月』字入聲，可借用耳。前段與前詞（今按謂歐陽修同調「紅艷幾枝輕嫋」）同，後段略異。」

詞譜卷八：「唐教坊曲名。柳永詞名望漢月，樂章集注『正平調』。」「雙調五十字，前段四句三仄韻，後段四句兩仄韻。」「此亦歐詞（今按，謂歐陽修同調「紅豔幾枝輕裊」）體，惟後段第二句減一字，作六字句，結句添一字，作七字句異。亦無宋元人别詞可校。按前段起句，疊用三『明月』，本係遊戲筆墨，無關體例，至第四字『月』字仄聲，乃以入替平之法，若用上去，便不協律矣。」

鄭批：「案詞起句疑衍『明月』二字，以不成句調也。」

【箋注】

〔一〕「明月」句：五代馮延巳三臺令：「明月。明月。照得離人愁絶。」

〔二〕千里清光：白居易答夢得八月十五夜翫月見寄：「遠思兩鄉斷，清光千里同。」

歸去來

初過元宵三五。慵困春情緒。燈月闌珊嬉遊處。遊人盡、厭歡聚〔一〕。憑仗如花女〔二〕。持杯謝、酒朋詩侶〔三〕。餘酲更不禁香醑〔四〕。歌筵罷、且歸去。

【校記】

〔憑仗〕詞律「憑」作「全」。

〔餘酲〕花草粹編「酲」作「醒」。

〔香醑〕張校本作「香醪」。

〔歌筵罷〕毛本、吴本、林刊百家詞本、花草粹編「罷」作「舞」。張校：「原誤『舞』，依宋本改。」

【訂律】

歸去來，敦煌詞有歸去來。柳詞與敦煌詞體格迥異。柳永另有中吕調歸去來。宋詞中僅柳永二闋。

詞律卷五：「『厭』、『且』二字仄聲，兩結平仄正同。圖譜前作六字，後作兩三字，而於『且』字存可平，何據乎？」

詞譜卷七：「調見樂章集，詞二首，因詞有『歌筵舞、且歸去』，『休惆悵、好歸去』句，取以爲名。四十九字者自注『正平調』，五十二字者自注『中吕宫』。按，唐書樂志：『仲吕羽爲正平調，夾鐘羽爲中吕調，燕樂七羽之二也。』」「雙調四十九字，前後段各四句，四仄韻。」「此調祇有柳詞二首，無宋元詞可校。雖前段第三、四句，後段第二、三、四句，兩調相同，但自注宫調，恐乖律吕，不必參校平仄。」

詞繫卷一〇：「唐張熾有歸去來引。樂章集屬正平調。唐書樂志：『中吕羽爲正平調，夾鐘羽爲中吕調，燕樂七羽之二也。』九宫大成入南詞小石調引。」「此以末句立命，餘無作者，平仄不可更易。『罷』字，汲古、詞律作『舞』，據宋本改正。」

【箋注】

〔一〕厭：飽足，引申爲飽嘗，滿足。

〔二〕憑仗：此爲倚靠義。「憑仗如花女」，猶言偎紅倚翠。

〔三〕「持杯」句：宋李清照永遇樂元宵詞云：「來相召，香車寶馬，謝他酒朋詩侣。」意亦相近。

〔四〕餘酲：猶宿醉。唐劉禹錫牛相公題姑蘇所寄太湖石兼寄李蘇州：「煩熱近還散，餘酲見便醒。」五代前蜀薛昭藴喜遷鶯：「乍無春睡有餘酲。杏苑雪初晴。」香醑：猶香醪，指美酒。北魏酈道元水經注卷四：「然香醑之色，清白若滫漿焉。」

【附録】

宋孟元老東京夢華録卷六：「十六日，車駕不出，自進早膳訖，登門，樂作卷簾，御座臨軒宣萬姓。先到門下者，猶得瞻見天表，小帽紅袍獨卓子。左右近侍，簾外傘扇執事之人，須臾下簾則樂作，縱萬姓遊賞。兩朵樓相對：左樓相對鄆王，以次綵棚幕次；右樓相對蔡太師，以次執政戚里幕次。時復自樓上有金鳳飛下諸幕次，宣賜不輟。諸幕次中家妓，競奏新聲，與山棚露臺上下，樂聲鼎沸。西朵樓下，開封尹彈壓幕次，羅列罪人滿前，時復決遣，以警愚民。樓上時傳口勑，特令放罪。於是華燈寶炬，月色花光，霏霧融融，動燭遠近。至三鼓，樓上以小紅紗燈毬，緣索而至半空，都人皆知車駕還内矣。須臾聞樓外擊鞭之聲，則山樓上下燈燭數十萬盞，一時滅矣。於是貴家車馬，自内前鱗切，悉南去遊相國寺。寺之大殿前設樂棚，諸軍作樂，兩廊有詩牌燈云：『天碧銀河欲下來，月華如水照樓臺。』并『火樹銀花合，星橋鐵鎖開』之詩。其燈以木牌爲之，雕鏤成字，以紗絹冪之，於内密燃其燈，相次排定，亦可愛賞。資聖閣前安頓佛牙，設以水燈，皆係宰執、戚里、貴近占設看位。最要鬧九子母殿及東西塔院，惠林、智海、寶梵，競陳燈燭，光彩争華，直至達旦。其餘宫觀寺院，皆放萬姓燒香，如開寶、景德、大佛寺等處，皆有樂棚，作樂燃燈。惟禁宫觀寺院，不設燈燭矣。次則葆真宫，有玉柱玉簾窗隔燈。諸坊巷、馬行，諸香藥鋪席、茶坊、酒肆燈燭，各出新奇。就中蓮華王家香鋪燈火出群，而又命僧道場打花鈸、弄椎鼓，遊人無不駐足。諸門皆有官中樂棚。萬街千巷，盡皆繁盛浩鬧。每一坊巷口，無樂棚去處，多設小影戲棚子，以防本坊遊人小兒相失，以引聚之。殿前班在禁中右掖門裏，則相對右掖門設一樂棚，放本班家口登皇城觀看。官中有宣賜茶酒、粧粉錢之類。諸營班院，於法不得夜遊，各以竹竿出燈毬於半空，遠近高低，若飛星然。阡陌縱横，城闉不禁。别有深坊小巷，繡額珠簾，巧製新粧，競誇華麗，春情蕩颺，酒興融怡，雅會幽歡，寸陰可惜，景色浩鬧，不覺更闌，寶騎駸駸，香輪轆轆，五陵年少，滿路行歌，萬户千門，笙簧未徹。市人買玉梅、夜蛾、蜂兒、雪柳、菩提葉、科頭圓子、拍頭焦䭔。唯焦䭔以竹架子出青傘上，裝綴梅紅縷金小燈籠子，架子前後亦設燈籠，敲鼓應拍，團團轉走，謂之打旋羅，街巷處處有之。至十九日收燈，五夜城闉不禁，嘗有旨展日。宣和年間，自十二月於酸棗門門上，如宣德門，元夜點照，門下亦置露臺，南至寶籙宫，兩邊關撲買賣，晨暉門外設看位一所，前以荆棘圍繞，周回約五七十步，都下賣鵪鶉骨飿兒、圓子䭔、拍白腸、水晶鱠、科頭細粉、旋炒栗子、銀杏、鹽豉湯、雞段、金橘、橄欖、龍眼、荔枝諸般市合，團團密擺，準備御前索唤。以至尊有時在看位内，門司、御藥、知省、太尉，悉在簾前，用三五人弟子祗應。籸盆照耀，有同白日。仕女觀者，中貴邀往，勸酒一金盃令退。直至上元，謂之預賞。惟周待詔瓠羹貢餘者，一百二十文足一箇，其精細果別如市店十文者。」

燕歸梁

織錦裁編寫意深〔一〕。字值千金〔二〕。一回披玩一愁吟〔三〕。腸成結〔四〕、淚盈襟。　幽歡已散前期遠，無憀賴、是而今。密憑歸雁寄芳音〔五〕。恐冷落、舊時心。

【校記】

〔燕歸梁〕鄭批：「宋本在望漢月次。」

〔裁編〕毛本、吴本、張校本「編」作「篇」。張校：「宋本『編』。」

〔無憀賴〕毛本、吴本、張校本、詞繫「憀」作「聊」，勞鈔本、朱校引原本「賴」作「懶」。

〔歸雁〕毛本、吴本、張校本、林刊百家詞本、朱校引焦本「雁」作「燕」。張校：「宋本『雁』。」

【訂律】

燕歸梁，首見晏殊珠玉詞，晏詞有「雙燕歸飛繞畫堂，似留戀虹梁」句，或取以爲調名。柳永另有中吕調燕歸梁。

詞律卷五：「『密憑』句七字，是正體。」「按此調所用三字語俱兩句者，各篇明白可據，況結處一七、兩三，前後正同。圖譜以前爲兩句，後則合六字爲一句，試問『恐冷落舊時心』如何連法？」

詞譜卷九：「調見珠玉詞，因詞有『雙燕歸飛繞畫堂，似留戀虹梁』句，取以爲名。柳永『織錦裁篇』詞，注正平調；『輕躡羅鞋』詞，注中吕調。雙調五十字，前段四句四平韻，後段四句三平韻。此與史詞（今按謂史達祖同調「獨卧秋窗桂未香」）同，惟前段第二句減一字，杜安世『風擺紅縚』詞，正與此同，其第二句『寶鑑慵拈』，平仄如一。」

詞繫卷五：「樂章集屬平調。」「前段次句四字，後起二句，一七字，一六字，與晏作（今按謂晏殊同調「雙燕歸飛繞畫堂」）異。『篇』字一本作『編』，『雁』字汲古、詞律作『燕』，今據宋本訂正。」

【箋注】

〔一〕織錦裁編：用織錦回文之典。參見前曲玉管（隴首雲飛）「錦字」條注。

〔二〕字值千金：形容字字珍貴。史記卷八五吕不韋傳：「吕不韋乃使其客人人著所聞，集論以爲八覽、六論、十二紀，二十餘萬言。以爲備天地萬物古今之事，號曰吕氏春秋。布咸陽市門，懸千金其上，延諸侯游士賓客有能增損一字者予千金。」

〔三〕披玩：翻閱欣賞。宋書卷五一長沙王道憐傳：「使善畫者圖其出行鹵簿羽儀，常自披玩。」

〔四〕腸成結：即愁腸百結，形容極其憂愁傷感。敦煌變文集王昭君變文：「日月無明照覆盆，愁腸百結虚成著。」清平山堂話本風月相思：「夜深獨坐對殘燈，默默懷人百感增。愁腸百結如絲亂，珠淚千行似雨傾。」

〔五〕芳音：猶佳音。南唐李煜采桑子：「緑窗冷靜芳音斷，香印成灰。可奈情懷。欲睡朦朧入夢來。」

【附録】

燕歸梁　金王喆

這箇修行理最深，水裏淘金。見清淨處、細搜尋。唯風月、是知音。　綿綿永永無令歇，如撈得、稱嘉吟。一從携去上高岑，方能顯、道人心。

八六子

如花貌。當來便約〔一〕，永結同心偕老。爲妙年〔二〕、俊格聰明〔三〕，淩厲多方憐愛〔四〕。何期養成心性近〔五〕，元來都不相表〔六〕。漸作分飛計料〔七〕。稍覺因情難供〔八〕，恁殗惱〔九〕。争克罷同歡笑〔一〇〕。已是斷絃尤續〔一一〕，覆水難收〔一二〕，常向人前誦談，空遺時傳音耗。漫悔懊。此事何時壞了。

【校記】

〔八六子〕毛本、吴本無此闋，繆校據宋本補。林刊百家詞本林大椿注：「原鈔本有目無詞。」林大椿據彊邨叢書録補。勞校引陸鈔本、張校本此闋編作「正平調」。

〔爲妙年〕詞繫無「爲」字。

〔淩厲〕詞繫作「伶俐」。

〔何期〕林刊百家詞本「期」作「時」。

〔殗惱〕詞繫「殗」作「煩」。朱校：「『殗』字，疑誤。」張校「殗」下注：「字疑誤。」

〔尤續〕詞繫：「『尤』字，疑誤。」張校「尤」下注：「字疑誤。」

〔壞了〕張校本「壞」作「是」。

【訂律】

八六子，首見尊前集載唐杜牧詞。

詞繫卷一：「樂章集屬正平調。」「此用仄韻體，僅見此首。各譜俱失載，今據宋本補。體格與杜作（今按謂杜牧八六子「洞房深」）相同，只『近元來』句多一字，已是二領字，在第四句上，其餘字句無異。『尤』字，疑誤。『計』、『壞』可平。」

【箋注】

〔一〕當來：張相詩詞曲語辭匯釋：「當來，猶云將來也。拾得詩：『不憂當來果，惟知造惡因。』陳師道別月華殿詩：『當來第三會，此界却逢迎。』却者，再也。柳永八六子詞：『如花貌，當來便約，永結同心偕老。』……皆其例也。」亦可作原來、起初之義。新編五代史平話唐史上：「今河北之干戈甫定，朱温之凶燄猶存，大王遽即大位，殊非當來弔伐之本意，天下誰不解體乎？」

〔二〕妙年：即妙齡，謂青春年少。杜甫奉贈嚴八閣老：「扈聖登黄閣，明公獨妙年。」

〔三〕俊格：同峻格。參見前惜春郎（玉肌瓊艷新妝飾）「峻格」條注。

〔四〕淩厲：氣勢逼人或嚴肅。然用於此句，意不可通。今按當從詞繫作「伶俐」，指機靈、靈活。宋人詞中用「伶俐」一詞者，如蘇軾哨遍：「撥胡琴語，輕攏漫撚總伶俐。」曾覿鵲橋仙：「嬌波媚靨，樽前席上，只是尋常梳裹。 温柔伶俐總天然，没半掐教人看破。」趙長卿有有令：「那更堪、有個人人，似花似玉，温柔伶俐。」又趙長卿眼兒媚：「從前只爲，惜他伶俐，舉措風流。」又吴泳滿江紅：「伶俐聰明，都不似、阿奴碌碌。」

〔五〕心性近：謂心性近易，狎而無禮。 詩鄭風東門之墠：「東門之墠，茹藘在阪。」序曰：「東門之墠，刺亂也。 男女有不待禮而相奔者也。」毛傳：「男女之際近而易，則如東門之墠；遠而難，則茹藘在阪。」又詞繫卷一録此詞，以「近」字屬下句，作「何期養成心性，近元來都不相表」，并謂與尊前集所載杜牧八六子詞體格相同，只此處「近元」多一字，成二領字。 如依其説，則本作「近來」或「元來」耳。

〔六〕元來：即原來。 唐方干題贈李校書：「却是偶然行未到，元來有路上寥天。」 不相表：或爲「不相表裏」之省。 表裏，謂呼應，補充。 漢書卷八一孔光傳：「由是傅氏在位者與朱博爲表裏，共毀譖光。」宋史卷四二三李韶傳：「今臣與範、昌裔，言未嘗不相表裏。」不相表裏謂不相呼應、不相睦也。

〔七〕分飛：指離別。 唐歐陽詢藝文類聚卷四三東飛伯勞歌：「東飛伯勞西飛燕，黄姑織女時相見。」 計料：計劃，預料。 唐陳子昂諫曹仁師出軍書：「以臣計料，恐未成功。」

〔八〕供：侍奉，伺候。

〔九〕恁殛惱：恁，如此。 惱當爲惱怒、煩惱之義。 然「殛」字不甚可解，朱校疑其有誤。

〔一〇〕争克罷：争，怎。克，能。罷，止。

〔一一〕斷絃尤續：古人以琴瑟調和喻夫妻和諧，引申爲以喪妻爲斷絃，續娶爲續絃。此處蓋以斷絃喻情斷不諧，以續絃喻復歸舊好。然「尤」字不甚可解，詞繫疑其有誤。今按，或當爲「猶」字，與下句「覆水難收」之「難」字相對，意謂斷絃猶可續，覆水定難收也。

〔一二〕覆水難收：謂事成定局，難以挽回。宋王楙野客叢書卷二八：「姜太公妻馬氏，不堪其貧而去。及太公既貴，再來。太公取一壺水傾於地，令妻收之。乃語之曰：『若言離更合，覆水定難收。』」李白妾薄命：「雨落不上天，覆水難重收。君情與妾意，各自東西流。」

長壽樂

尤紅殢翠〔一〕。近日來、陡把狂心牽繫。羅綺叢中，笙歌筵上，有箇人人可意〔二〕。解嚴妝巧笑，取次言談成嬌媚。知幾度、密約秦樓盡醉。仍攜手，眷戀香衾繡被。

情漸美。算好把、夕雨朝雲相繼。便是仙禁春深〔三〕，御爐香裊〔四〕，臨軒親試〔五〕。對天顏咫尺〔六〕，定然魁甲登高第〔七〕。待恁時、等著回來賀喜。好生地〔八〕。賸與我兒利市〔九〕。

【校記】

〔陡把〕勞鈔本、朱校引宋本、繆校引宋本、鄭校引宋本、張校引宋本「陡」作「徒」。鄭校：「宋本作『徒』，非。蓋偏旁訛。」

〔取次言談〕毛本作「次姿則」，吴本作「次姿别」，林刊百家詞本作「取次□□」，陳録作「取次裝」，詞繫、繆校引宋本、鄭校引宋本、張校引宋本作「言談取次」。

〔漸美〕勞鈔本「美」作「着」。

〔便是〕詞繫、張校本此二字置於後句「臨軒」前。

〔御爐香裊臨軒親試〕朱校引原本、勞鈔本無此八字。勞校：「『春深』下，刊有『御爐香裊臨軒親試』八字。斧季云：『宋本脱。』」

「天顔咫尺」至結尾二十九字，毛本、吴本、林刊百家詞本均脱。林刊百家詞本於此闋之後據彊邨叢書補録脱文。鄭校、張校據宋本補録脱文。

〔定然〕勞鈔本、張校本、詞繫、朱校引原本無「然」字。

〔魁甲〕張校本作「魁甲榜」。

【訂律】

長壽樂，首見於樂章集。宋史卷一四二樂志載宋太宗製曲有仙吕調長壽樂。柳永另有般涉調長壽樂。

詞律卷一二：「此調句字多訛，分段處亦錯，後亦必不全，無可考矣。圖譜何據，而論定其可平可仄也？」

詞譜卷二〇：「宋史樂志『仙吕調』；樂章集注『平調』。」「雙調八十三字，前段八句五仄韻，後段七句四仄韻。」「調見樂章集，宋元人無填此調者。」

詞繫卷一〇：「宋史樂志仙吕調。樂章集屬平調。九宫大成入南詞羽調正曲。」「舊唐書音樂志云：『武太后長壽年製，舞者十有二人。』宋史樂志云：『建隆中，教坊都知李德昇作。』」「前段『言談』下，後段『仙禁』下，皆不相同。『取次』二字，一本作『次姿取』三字，汲古作『次姿則』三字，俱誤。『仙禁』下，多『便是』二字，據詞律訂改。『試對』下脱漏二十九字，詞律因之不全，據宋本增訂。『日』、『取』、『度』、『好』、『把』、『御』、『定』、『好』、『我』可平。『來』、『羅』、『言』、『仍』、『仙』、『時』可仄。『可』作平。」

清丁紹儀聽秋聲館詞話卷一四：「長壽樂應於『密約秦樓盡醉』句分段。」

【箋注】

〔一〕尤紅殢翠：比喻男女間的纏綿親密。參見前鬬百花（颯颯霜飄鴛瓦）「殢」條注。

〔二〕可意：合意，如意。漢書卷七〇陳湯傳：「武帝時，工楊光以所作數可意，自致將作大匠。」顔師古注：「可天子之意。」

〔三〕仙禁：指皇宫。唐張九齡奉和聖製送尚書燕國公説赴朔方軍：「寵錫從仙禁，光華出漢京。」　春深：宋史卷一五五選舉志：「初，禮部貢舉設進士、九經……等科，皆秋取解，冬集禮部，春考試。合格及第者列名放榜於尚書省。」

〔四〕御爐：御用的香爐。唐柳宗元省試觀慶雲圖詩：「抱日依龍衮，非煙近御爐。」

〔五〕親試：謂省試之後，由皇帝親自主持的殿試。宋史卷一五五選舉志載宋太祖開寶六年親試，「殿試遂爲常制。帝嘗語近臣曰：『昔者科名多爲勢家所取，朕親臨試，盡革其弊矣。』八年，親試進士王式等，乃定王嗣宗第一，王式第四。自是御試與省試名次始有升降之別。」

〔六〕天顔咫尺：謂與皇帝距離甚近。舊唐書卷九六宋璟傳：「璟曰：『天顔咫尺，親奉德音，不煩宰臣，擅宣王命。』」

〔七〕魁甲：謂科舉考試放榜唱名之第一甲第一人，即狀元。宋何薳春渚紀聞卷二：「鋭意望魁甲，即前立以候。」　高第：亦指進士及第。唐賈島送陳商：「聯翩曾數舉，昨登高第名。」

〔八〕好生地：張相詩詞曲語辭匯釋：「生，語助辭，用於形容語辭之後，有時可作樣字或然字解。……柳永長春樂詞：『待恁時，等著回來賀喜，好生地賸與我兒利市。』……好生爲滿量之辭，猶云十分，此亦習用語。」

〔九〕賸與：多與，多給。張相詩詞曲語辭匯釋：「賸，甚辭，猶真也；儘也；頗也；多也。字亦作剩。……岑參玉門關蓋將軍歌：『我來塞外接邊儲，爲君取醉酒剩沽。』剩沽，猶云多沽也。」此賸與，即多與之義。　我兒：古代女子自稱曰兒家，唐寒山詩：「何須久相弄，兒家夫婿知。」唐宋歌妓亦有自稱兒家者，如宋辛棄疾江神子：「兒家門户幾重重。記相逢。畫樓東。」又見下引新編醉翁談録。此我兒，即爲對歌妓的昵稱。　利市：節日、喜慶所賞的喜錢。宋孟元老東京夢華録卷五載宋代娶婦儀式：「女家親人有茶酒利市之類。至迎娶日，兒家以車子，或花檐子發迎客，引至女家門，女家管待迎客，與之綵段，作樂催粧上車，檐從人未肯起，炒咬利市，謂之起檐子，與了然後行。迎客先回至兒家門，從人及兒家人乞覓利市錢物花紅等，謂之攔門。」又宋羅燁新編醉翁談録丁集卷一載名妓潘瓊兒之語云：「兒家凡遇新郎君輩訪蓬舍，曲中香火姊妹，則必醵金來賀，此物粗足以爲夜來佐樽利市之費，徐設芳筵未晚。」

【輯評】

清陳鋭褒碧齋詞話：「隔句協，始於詩之『蕭蕭馬鳴，悠悠旌旆』，『蕭』、『悠』爲韻。而古風之『思君令人老，歲月忽已晚。棄捐勿複道，努力加餐飯』，『老』、『道』繼之。詞則柳耆卿傾杯樂云：『動幾許傷春懷抱。念何處韶陽偏早。』『許』、『處』爲韻也。又云：『知幾度、密約秦樓盡醉。仍攜手，眷戀香衾繡被。』『度』、『手』亦隔協。方音『否』讀如『釜』，宋詞往往以『否』協『處』，此即其例。」

仙呂調

望海潮

東南形勝〔一〕，江吴都會〔二〕，錢塘自古繁華〔三〕。煙柳畫橋〔四〕，風簾翠幕〔五〕，參差十萬人家〔六〕。雲樹繞堤沙〔七〕。怒濤卷霜雪〔八〕，天塹無涯〔九〕。市列珠璣〔一〇〕，户盈羅綺競豪奢〔一一〕。

重湖疊巘清嘉〔一二〕。有三秋桂子〔一三〕，十里荷花〔一四〕。羌管弄晴，菱歌泛夜〔一五〕，嬉嬉釣叟蓮娃〔一六〕。千騎擁高牙〔一七〕。乘醉聽簫鼓〔一八〕，吟賞煙霞〔一九〕。異日圖將好景，歸去鳳池誇〔二〇〕。

【校記】

〔仙呂調〕朱校引原本、吴本、勞鈔本「調」作「宫」。朱校：「曹君直曰：『此即詞源夷則羽，俗名仙呂調也。與上卷傾杯樂、笛家弄之爲夷則宫，俗名仙呂宫者别。』」

〔望海潮〕勞鈔本引陸校、陳録調下有題曰「孫何帥錢塘，賦此詞贈之」。草堂詩餘調下注曰「錢塘」。花草稡編調下注曰「京都」。歷代詩餘、詞繫調下注曰「錢塘懷古」。清梁詩正等西湖志纂卷一二録此詞，題作「錢塘形勝」。今按，此類所謂題序，蓋多就詞意而立題，皆後人所加。

〔江吴〕毛本、吴本、朱校引焦本、楊湜古今詞話「江」作「三」。張校本、朱校引梅本、林刊百家詞本「吴」作「湖」，陳録注「江湖，一作三吴」。夏批：「『江』從焦本作『三』爲妥。八字對。」鄭校：「案『宋趙聞禮陽春白雪『三』作『江』，梅本『三吴』作『江湖』，并非是。」全宋詞作「三吴」，注云：「案『三』原作『江』，據毛校樂章集改。」張校本引宋本作「江吴」。

〔十萬〕勞鈔本、朱校引原本「萬」作「里」。朱校：「與下複，從焦本。影宋本鶴林玉露『十』作『千』。」緑窗新話「十」亦作「千」。張校「萬」下注：「宋本『里』，非。」

〔霜雪〕楊湜古今詞話作「雪屋」。

〔清嘉〕曹校引顧陳本、鄭校引顧陳本、楊湜古今詞話「嘉」作「佳」。

〔羌管〕曹校引顧本「管」作「笛」，鄭校引顧本作「篴」。今按「笛」、「篴」通。

〔乘醉〕曹校引顧陳本、鄭校引顧本、朱校引草堂「醉」作「時」。

〔歸去鳳池誇〕曹校引顧本、鄭校引顧本無「歸去」二字。鄭校：「以上（今按謂顧本諸異文）并不足據。」

【訂律】

望海潮，首見於樂章集，或爲柳永創調。詞詠錢塘風景，「怒濤卷霜雪，天塹無涯」即錢塘江潮，調名或本於此。

詞譜卷三四：「柳永樂章集注『仙吕調』。」「雙調一百七字，前段十一句五平韻，後段十一句六平韻。」「此調以此詞爲正體，秦觀、張元幹、史嶲之、石孝友、趙可、折元禮諸詞，俱照此填。若秦詞別首之句讀小異，鄧詞之换頭押短韻，皆變格也。此詞前結『市列珠璣，户盈羅綺』，例作對偶，宋元人如此填者甚多。」

詞繫卷八：「本集屬仙吕宫。」「詞名集解：『大曲也，鄧千江作。』愚按：鄧乃金人，在南宋時，柳自在前，此語不確。」「『晝』、『弄』二字，必去聲，各家同，切不可易。只石孝友一首用平，是敗筆。揚无咎一首用『菊暗荷枯』，亦不可從。『卷』字仄，各家用平，或以上作平，『濤』字間有用平者，圖譜所注固不可從。詞律所論起必用平，亦未確。『怒濤卷』三字，詞律謂當作『卷怒濤』，是也。『三吴』二字，葉譜作『江湖』，『巘』字作『嶂』。『十萬』二字，宋本作『十里』，與下重。『翠』、『卷』、『釣』可平。『濤』、『重』、『千』可仄。『聽』平聲。」

【箋注】

〔一〕東南形勝：形勝，謂地理位置優越，地勢險要或山川壯美。荀子强國：「其固塞險，形勢便，山林川谷美，天材之利多，是形勝也。」東南形勝，本多指金陵，如宋李綱建炎進退志總敘上：「金陵東南形勝之地，新罹兵火，宜早擇帥以鎮撫之。」又宋劉時舉續宋編年資治通鑑卷四：「張浚奏：『東南形勝，莫重於建康，實爲中興根本，請聖駕臨建康，撫三軍而圖恢復。』

上從之。」又宋周應合景定建康志卷一五：「古稱金陵帝王之宅，東南形勝之地。」柳詞蓋借指杭州。其後亦有徑以東南形勝稱擬杭州者，如周密武林舊事卷七載：「淳熙十年八月十八日，上詣德壽宮，恭請兩殿往浙江亭觀潮。……太上皇喜見顔色，曰：『錢塘形勝，東南所無。』上起奏曰：『江潮亦天下所獨有也。』太上宣諭侍宴官令各賦酹江月一曲，至晚進呈。太上以吴琚爲第一。其詞云：『……此境天下應無，東南形勝，偉觀真奇絶。』」

〔二〕江吴：指北宋之兩浙路地區。宋史卷八八地理志云：「府二：平江、鎮江；州十二：杭、越、湖、婺、明、常、温、台、處、衢、嚴、秀；縣七十九。」其中平江府本蘇州，鎮江府本潤州。北宋兩浙路轄境包括長江以南的今江蘇南部地區和今浙江地區，其大部分地域春秋時屬吴國，漢代同屬吴郡，故可泛稱江吴。　都會：大城市。北宋杭州爲兩浙路所屬十二州之首，爲江吴之間一大都會，故云。所謂「江吴都會」亦隱含「吴會」之意，可參見清顧炎武日知録卷三一「吴會」條、清趙翼陔餘叢考卷二一「吴會」條、清沈叔埏頤彩堂文集卷四「吴會説」。又宋范仲淹杭州謝上表云：「江海上游，東南巨屏，所寄甚重，爲榮極深。……共理吴會之域，奉揚唐虞之風。」其用語與柳詞亦略同，皆可資參證。

〔三〕錢塘：史記卷六秦始皇本紀：「過丹陽，至錢唐。」秦漢以來設錢塘縣，隋置杭州，初治餘杭縣，移治錢唐縣。五代吴越國建都於此。錢塘、餘杭皆可代稱杭州。

〔四〕煙柳畫橋：唐代西湖已有堤柳斷橋之景，唐張祜孤山寺：「斷橋荒蘚合，空院落花深。」白居易湖亭晚歸：「柳堤行不厭，沙軟絮霏霏。」柳詞所云「煙柳畫橋」爲北宋仁宗年間景象。後哲宗年間蘇軾守杭，築蘇堤，建六橋，夾值花柳（見宋周密武林舊事卷五），西湖更以畫橋如虹、煙柳如雲而著稱。

〔五〕風簾：謂遮蔽門窗的簾子。文選卷三〇謝朓和王主簿怨情：「花叢亂數蝶，風簾入雙燕。」

〔六〕參差：大約，差不多。唐周濆逢鄰女：「莫向秋池照緑水，參差羞殺白芙蓉。」　十萬人家：宋潛説友咸淳臨安志卷五八載杭州户口沿革云：「陳置錢塘，隋改杭州，户一萬五千三百八十。唐貞觀中，户三萬五千七十一，口一十五萬三千七百二十九。唐開元中，户八萬六千二百五十八。皇朝太平寰宇記錢塘户數，主六萬一千六百八，客八千八百五十七。九域志，主一十六萬四千二百九十三，客三萬八千五百二十三。中興兩朝國史，户二十萬五千三百六十九。乾道志，户二十六萬一千六百九十二，口五十五萬二千六百七。淳祐志，主客户三十八萬一千三百三十五，口七十六萬七千七百三十九人。今主客户三十九萬一千二百五十九，口一百二十四萬七百六十。」又宋史卷八八地理志載：「崇寧，户二十萬三千五百七十四，口二十九萬六千六百一十五。」其中樂史撰太平寰宇記所載爲北宋初的户口數，主客合計約七萬户；王存撰元豐九域志所載爲北宋神宗年間的户口數，主客合計近一十七萬户。柳永作此詞在仁宗至和年間，故其所謂「十萬人家」乃實寫，非僅舉其成數也。

〔七〕堤沙：新唐書卷一一九白居易傳：「遷爲杭州刺史，始築堤捍錢塘湖，鍾洩其水，溉田千頃。」白居易錢塘湖春行：「最愛湖東行不足，緑楊陰裏白沙堤。」又白居易夜歸：「萬株松樹青山上，十里沙堤明月中。」又白居易杭州春望：「望海樓明照曙霞，護江堤白踏晴沙。」元張雨東坡書蔡君謨夢中絶句二放營妓絶句三虞伯生題四絶於後真迹藏義興王子明家要予次韻凡九首其九：「白公種竹蘇公柳，談笑功名後世誇。依舊葑雲三萬丈，斷橋誰與築堤沙。」

〔八〕怒濤：謂錢塘江潮。宋周密武林舊事卷三：「浙江之潮，天下之偉觀也，自既望以至十八日爲最盛。方其遠出海門，僅如銀綫，既而漸近，則玉城雪嶺，際天而來，大聲如雷霆，震撼激射，吞天沃日，勢極雄豪。楊誠齋詩云『海闊銀爲郭，江横玉繫腰』者是也。」

〔九〕天塹：險要而足以隔斷交通的天然壕溝，本多指長江，隋書卷二三五行志下：「長江天塹，古以爲限隔南北。」此移指錢塘江，蓋因其限隔兩浙，至杭州江面寬闊故也。

〔一〇〕珠璣：珠寶，珠玉。墨子節葬下：「諸侯死者，虛車府，然後金玉珠璣比乎身。」

〔一一〕豪奢：猶言豪華奢侈。文苑英華卷一九四南朝陳張正見輕薄篇：「聊持自娱樂，未見鬭豪奢。」

〔一二〕重湖：兩湖相通相連稱重湖，如洞庭湖與青草湖。西湖諸堤衆橋分隔湖面爲不同部分，故亦以重湖稱之。後世西湖有裏湖、外湖之名，如明田汝成西湖遊覽志卷二：「蘇公堤自南新路屬之北新路横截湖中……自是湖分爲兩，西曰裏湖，東曰外湖。」疊巘：與「重湖」對舉，指西湖西、北、南三面諸山。明田汝成西湖遊覽志卷一：「西湖諸山之脈，皆宗天目。天目西去府治一百七十里，高三千九百丈，周廣五百五十里。蜿蟺東來，凌深拔峭，舒風布麓，若翔若舞，萃於錢唐，而峭萃於天竺。從此而南而東，則爲龍井，爲大慈，爲玉岑，爲積慶，爲南屏，爲龍，爲鳳，爲吴，皆謂之南山；從此而北而東，則爲靈隱，爲仙姑，爲履泰，爲寶雲，爲巨石，皆謂之北山。」

〔一三〕三秋桂子：宋潛説友咸淳臨安志卷二三：「月桂峰。僧遵式月桂峰詩序云：相傳月中桂子嘗墜此峰，生成大樹，其華白，其實丹。一説天聖中，天降靈寔於此山，狀如珠璣。識者曰此月中桂子也。」唐宋之問靈隱寺：「樓觀滄海日，門對浙江潮。桂子月中落，天香雲外飄。」白居易留題天竺靈隱兩寺：「宿因月桂落，醉爲海榴開。」又白居易憶江南：「江南憶，最憶是杭州。山寺月中尋桂子，郡亭枕上看潮頭。何日更重游。」

〔一四〕十里荷花：白居易餘杭形勝：「繞郭荷花三十里，拂城松樹一千株。」

〔一五〕菱歌：采菱之歌。南朝宋鮑照采菱歌：「簫弄澄湘北，菱歌清漢南。」唐王勃採蓮賦：「聽菱歌兮幾曲，視蓮房兮幾珠。」此處「弄晴」、「泛夜」以「晴」兼指「雨」、以「夜」兼指「日」。與前二句以夏秋兼指四時類似。周密武林舊事卷三云：「西湖天下景，朝昏晴雨，四序總宜。杭人亦無時而不游。……歌歡簫鼓之聲，振動遠近。」其所述雖南宋時景況，亦可供參證。

〔一六〕蓮娃：即蓮女，采蓮女子。唐錢起送任先生任唐山丞：「衣催蓮女織，頌聽海人詞。」柳永木蘭花慢：「近香徑處，聚蓮娃釣叟簇汀洲。」然宋人亦以蓮娃指歌妓，如賀鑄攤破浣溪沙：

「紅粉蓮娃何處在，西風不爲管餘香。」周邦彦醉桃源：「燒蜜炬，引蓮娃。酒香醺臉霞。再來重約日西斜。倚門聽暮鴉。」

〔一七〕千騎擁高牙：陌上桑：「東方千餘騎，夫婿居上頭。」文選卷二〇潘岳關中詩：「桓桓梁征，高牙乃建。」李善注：「牙，牙旗也。兵書曰：『牙旗，將軍之旗。』」李周翰注：「牙，大旗也。」宋代州的長官全稱爲知某州軍州事，兼管兵民，且重要州府的長官例帶管內軍職。宋史卷一六七職官志：「宋初，革五季之患，召諸鎮節度會於京師，賜第以留之，分命朝臣出守列郡，號權知軍州事。軍謂兵，州謂民政焉。其後文武官參爲知州軍事。……大藩府或沿邊州郡，或當一道衝要者，并兼兵馬鈐轄、巡檢，或帶沿邊安撫、提轄兵甲、沿邊溪洞都巡檢。」如宋蘇頌蘇魏公文集卷三八杭州謝上表云：「昨奉勅差知杭州軍州事充兩浙西路兵馬鈐轄，已於四月初四日到任。」

〔一八〕簫鼓：泛指樂奏。南朝梁江淹別賦：「琴羽張兮簫鼓陳，燕趙歌兮傷美人。」後常用以形容都市繁盛。宋孟元老東京夢華録自序：「花光滿路，何限春游。簫鼓喧空，幾家夜宴。」

〔一九〕煙霞：泛指山水、山林。南朝梁蕭統錦帶書十二月啓夾鐘二月：「優游泉石，放曠煙霞。」

〔二〇〕鳳池：即鳳凰池，本指魏晉六朝時的中書省，晉書卷三九荀勗傳：「勗久在中書，專管機事。及失之，甚惘惘悵悵。或有賀之者，勗曰：『奪我鳳皇池，諸君賀我邪！』」南朝齊謝朓直中書省：「茲言翔鳳池，鳴珮多清響。」宋時指宰相任事的中書門下政事堂。宋范仲淹即席呈太傅相公：「鳳池三入冠台躔，致了昇平一品閑。」柳永投贈詞屢用鳳池事，如如魚水：「徧歷鑾坡鳳沼，此景也難忘。」又玉蝴蝶：「鳳池歸去，那更重來。」皆隱含祝禱對方早日拜相之意。

【輯評】

宋楊湜古今詞話：「柳耆卿與孫相何爲布衣交。孫知杭州，門禁甚嚴。耆卿欲見之不得，作望海潮詞，往謁名妓楚楚曰：『欲見孫相，恨無門路。若因府會，願借朱唇歌於孫相公之前。若問誰爲此詞，但說柳七。』中秋府會，楚楚宛轉歌之，孫即日迎耆卿預坐。」

金宇文懋昭大金國志卷一五：「時國主（今按謂完顔亮）與梁大使及妃嬪數人在宮遊觀，聞人唱曲子，其詞乃柳耆卿作望海潮也，只詠錢塘之景，主喜，隨聲而入。其唱者李貴兒出迎，主問曰：『適唱何詞？』貴兒曰：『望海潮。』梁大使曰：『此神仙詞也。』既而后亦到，遂飲酒。時汴守孔彦舟進木樨一株，主喜，梁大使曰：『此花乃江南植，以爲薪。』於是主問：『朝中誰曾往江南？』梁大使曰：『有兵部尚書胡鄰曾到。』遂召之，首問錢塘之景。鄰曰：『江南揚州瓊花，潤州、金山、平江、姑蘇、錢塘、西湖，尤爲天下美觀，其他更有多多美景，但臣迹不得到，只此數景，天下已罕，況於他乎？』主聞之大喜，遂決意南征。」

宋羅大經鶴林玉露丙編卷一：「孫何帥錢塘，柳耆卿作望海潮詞贈之云……此詞流播，金主亮聞之，欣然有慕於『三秋桂子，十里荷花』，遂起投鞭渡江之志。近時謝處厚詩曰：『誰把杭州曲子謳，荷花十里桂三秋。那知草木無情物，牽動長江萬里愁。』余謂此詞雖牽動長江之愁，然卒爲金主送死之媒，未足恨也。至於荷艷桂香，粧點湖山之清麗，使士夫流連於歌舞嬉遊之樂，遂忘中原，是則深可恨耳。因和其詩云：『殺胡快劍是清謳，牛渚依然一片秋。却恨荷花留玉輦，竟忘煙柳汴宮愁。』蓋靖康之亂，有題詩於舊京宮牆云：『依依煙柳指宮牆，宮殿無人春晝長。』」

宋吴自牧夢粱録卷一九：「柳永詠錢塘詞曰『參差十萬人家』，此元豐前語也。自高廟車駕自建康幸杭，駐蹕幾近二百餘年，户口蕃息，近百萬餘家。杭城之外城，南西東北，各數十里，人煙生聚，民物阜藩，市井坊陌，鋪席駢盛，數日經行不盡，各可比外路一州郡，足見杭城繁盛耳。」

明楊慎批點草堂詩餘卷五：「西湖之勝歷如畫。」

清王闓運湘綺樓評詞：「此則宜於紅氍上扮演，非文人聲口。此時鳳池可望江潮。」

夏批：「（「市列珠璣，户盈羅綺」）八字對。」

劉永濟唐五代兩宋詞簡析：「柳永初與孫何爲布衣交。及孫守杭州，門禁甚嚴，柳不得入見，乃作此令名妓楚楚於孫宴會時歌之。孫問知係柳作，遂延與共宴。詞皆鋪敘杭州風景人物之富美。傳金主亮見其『三秋桂子，十里荷花』之句，興投鞭渡江之志。淳熙中謝處厚有詩曰：『誰把杭州曲子謳，荷花十里桂三秋。那知卉木無情物，牽動長江萬里愁。』即詠此事也。末句祝孫他日内召也。」

【考證】

此詞經吴熊和師考訂，斷爲至和元年（一〇五四）中秋，柳永在杭州贈資政殿學士、知杭州孫洏作。與柳永早梅芳(海霞紅)詞作於同一年，可參見該詞後附考證。本詞時令當在中秋前後。孫洏向誤作孫何。説詳吴熊和師柳永與孫洏的交遊及柳永卒年新證。至於古今詞話所謂「門禁甚嚴」、託楚楚以進詞事，則里巷傳言，不盡可據。

如魚水

輕靄浮空，亂峰倒影，瀲灧十里銀塘。繞岸垂楊。紅樓朱閣相望。芰荷香。雙雙戲、鸂鶒鴛鴦〔一〕。乍雨過、蘭芷汀洲〔二〕，望中依約似瀟湘〔三〕。風淡淡，水茫茫。動一片晴光。畫舫相將〔四〕。盈盈紅粉清商〔五〕。紫薇郎〔六〕。修禊飲〔七〕、且樂仙鄉。更歸去，偏歷鑾坡鳳沼〔八〕，此景也難忘。

【校記】

〔如魚水〕永樂大典卷二二六五「湖」字收此詞，調下注曰「西湖」。花草粹編調下注曰「京都」。

〔動一片〕詞繫「動」前有「摇」字。

〔禊飲〕勞鈔本「飲」作「歓」。

〔更歸去〕毛本、吴本、勞鈔本、林刊百家詞本「更」作「便」。

【訂律】

如魚水，首見於樂章集。宋詞中僅存柳永二闋。

詞律卷一四：「柳詞僻調，難得如此嚴整者。愚謂『中』字恐是『裏』字，『乍雨過』下當作『蘭芷汀洲望裏』爲一句，『依約似瀟湘』爲一句，正與後結二句相符。蓋此調前段『繞岸』下，後段『畫舫』下字句無不合轍，『蘭芷』句必係六字耳。或曰：人方以君爲穿鑿。似此詞頗順妥，即如其舊，亦無不可，若執此説，則穿鑿之毀更不免矣，相與一笑。」

詞譜卷二三：「樂章集注『仙吕調』。」「雙調九十四字，前段九句六平韻，後段九句七平韻。」「此調祇有此詞，其平仄無他首可校。」

詞繫卷八：「本集屬仙吕宫，汲古作仙吕調。以下十一調同。」「詞律以『中』字作『裏』字，『望裏』從上。與後段六字句同，此等破句，詞中結尾最多不同，何必拘泥。『摇』字，汲古缺，據宋本補。『朱』字，葉譜作『翠』。」

【箋注】

〔一〕鸂鶒：水鳥名。形大於鴛鴦而色紫，俗稱紫鴛鴦。唐温庭筠開成五年秋以抱疾郊野一百韻：「暝渚藏鸂鶒，幽屏卧鷓鴣。」清顧嗣立補注：「臨海異物志：『鸂鶒，水鳥，毛有五采色，食短狐，其中溪中無毒氣。』」

〔二〕蘭芷：蘭草與芷草，皆香草名。楚辭離騷：「蘭芷變而不芳兮，荃蕙化而爲茅。」王逸注：

「言蘭芷之草，變易其體而不復香。」

〔三〕瀟湘：湘江與瀟水之并稱，多借指今湖南地區。杜甫去蜀：「如何關塞阻，轉作瀟湘遊。」

〔四〕相將：見前柳初新（東郊向曉杓亞）同條注。

〔五〕清商：指清商樂，此泛指音樂。唐吴兢樂府古題要解卷上：「蔡邕云：『清商曲，其詞不足采著，其曲名有出郭西門、陸地行車、夾鍾、朱堂寢、奉法等五曲，非止王昭君等。』一説清商曲，南朝舊樂也。永嘉之亂，中朝舊曲散落江右，無復宋梁新聲。元魏孝文帝篡漢，收其所復南音，謂之清商樂，即此等是也。隋平陳，因置酒清商署，若巴渝、白紵等曲皆在焉。」

〔六〕紫薇郎：亦作紫微郎。唐中書省一度改名爲紫微省，見舊唐書卷四二職官志：「開元元年十二月，改尚書左右僕射爲左右丞相，中書省爲紫微省，門下省爲黄門省……五年九月，紫微省依舊爲中書省，黄門省爲門下省。」後遂以紫微郎爲中書舍人之别稱。白居易紫薇花：「獨坐黄昏誰是伴，紫薇花對紫微郎。」又白居易行簡初授拾遺同早朝入閣因示十二韻：「爾隨黄閣老，吾次紫微郎。」又白居易春夜宿直：「禁中無宿客，誰伴紫微郎。」唐劉禹錫酬鄭州權舍人見寄十二韻：「佇聞黄紙詔，促召紫微郎。」宋人所謂紫微郎，亦指中書舍人，如王禹偁和陳州田舍人留别：「郡吏好排紅粉妓，使君曾是紫微郎。」歐陽修和原甫舍人閣下午寢歸有作：「遥知好睡紫微郎，枕簟清薰緑蕙芳。」蘇軾有詩題云：「九月十五日，邇英講論語，終篇，賜執政講讀史官燕於東宮。又遣中使就賜御書詩各一首，臣軾得紫微花絶句，其詞云：絲綸閣下文書靜，鐘鼓樓中刻漏長。獨坐黄昏誰是伴，紫微花對紫微郎。翼日，各以表謝，又進詩一篇，臣軾詩云。」時爲元祐二年，蘇軾以中書舍人知制誥。宋人詩文集中其例甚多，不贅舉。或謂紫微郎指中書侍郎，似不確。

〔七〕修禊飲：參見前笛家弄（花發西園）「禊飲筵」條注。

〔八〕鑾坡：謂學士院。宋葉夢得石林燕語卷五：「俗稱翰林學士爲『坡』，蓋唐德宗時嘗移學士院於金鑾坡上，故亦稱鑾坡。唐制：學士院無常處，駕在大内，則置於明福門；在興慶宮，則置於金明門，不專在翰林院也。然明福、金明不以爲稱，不常居之爾。諫議大夫亦稱『坡』，此乃出唐人之語。諫議大夫班本在給舍上，其遷轉則諫議歲滿方遷給事中，自給事中遷舍人。故當時語云：『饒道斗上坡去，亦須却下坡來。』以諫議爲上坡，故因以爲稱，見李文正所記。」宋程大昌雍録卷四：「金鑾坡者，龍首山之支隴，隱起平地而坡陀靡迤者也。其上有殿，既名之爲金鑾殿矣。故殿旁之坡，亦遂名曰金鑾坡也。……金鑾殿者，在蓬萊山正西微南也，龍首山坡隴之北。至此餘勢猶高，故殿西有坡，德宗即之以造東學士院，而明命其實爲金鑾坡也。」　鳳沼：即鳳池、鳳凰池，參見前望海潮（東南形勝）「鳳池」條注。

【輯評】

鄭批：「是調聲拍繁促，夾叶處自然成韻。視夢窗之夜合花，梅溪之玉簟涼，更覺淒異。茲以雙墨圈識其音節，俾和者宲焉。」

【考證】

據永樂大典調下注「西湖」，當作於杭州。然花草粹編調下却注「京都」，則又當作於汴京。據詞意，似永樂大典所載更勝。

【附録】

夜合花　自鶴江入京泊葑門外有感　宋吴文英

柳暝河橋，鶯晴臺苑，短策頻惹春香。當時夜泊，温柔便入深鄉。詞韻窄，酒杯長。翦蠟花、壺箭催忙。共追遊處，淩波翠陌，連棹横塘。　十年一夢淒涼。似西湖燕去，吴館巢荒。重來萬感，依前喚酒銀罌。溪雨急，岸花狂。趁殘鴉、飛過滄茫。故人樓上，憑誰指與，芳草斜陽。

玉簟涼　宋史達祖

秋是愁鄉。自錦瑟斷絃，有淚如江。平生花裏活，奈舊夢難忘。藍橋雲樹正緑，料抱月、幾夜眠香。河漢阻，但鳳音傳恨，欄影敲涼。　新妝。蓮嬌試曉，梅瘦破春，因甚却扇臨窗。紅巾銜翠翼，早弱水茫茫。柔指各自未翦，問此去、莫負王昌。芳信準，更敢尋、紅杏西廂。

其二

帝里疏散〔一〕，數載酒縈花繫，九陌狂遊。良景對珍筵，惱佳人自有風流〔二〕。勸瓊甌〔三〕。絳脣啓、歌發清幽。被舉措、藝足才高，在處別得艷姬留〔四〕。浮名利，擬拚休。是非莫卦心頭。富貴豈由人〔五〕，時會高志須酬〔六〕。莫閒愁。共緑蟻、紅粉相尤〔七〕。向繡幄，醉倚芳姿睡，算除此外何求。

【校記】

〔其二〕毛本、吴本、林刊百家詞本無此闋，繆校、張校據宋本補。

〔數載〕張校本作「數感」。

〔緑蟻〕勞鈔本、繆校引宋本「蟻」作「醆」。

【訂律】

詞繫卷八：「本集屬中吕調。」「汲古不載，據宋本補。」「前段次句六字，三句四字。四句五字，不叶韻，比前作多一字。五句七字，亦多一字。後段四句五字，亦多一字，不叶。結二句，一五、一六字，與前異。」

【箋注】

〔一〕疏散：謂閒散，放達不羈。與柳永浪淘沙「豈暫時疏散」中之「分離」義不同。南朝宋謝靈運過白岸亭：「榮悴迭去來，窮通成休慼。未若長疏散，萬事恒抱朴。」唐皎然雜興其六：「疏散遂吾性，栖山更無機。」明馮夢龍古今小説衆名姬春風弔柳七：「柳耆卿却是疏散的人，寫過詞，丟在一邊了，那裏還放在心上。」

〔二〕惱：張相詩詞曲語辭匯釋：「惱，猶撩也。……醉翁琴趣歐陽修少年游詞：『拈花嗅蕊，惱煙撩霧，拚醉倚西風。』惱與撩互文，惱即撩也。……蘇軾蝶戀花詞：『牆裏鞦韆牆外道，牆外行人，牆裏佳人笑。笑漸不聞聲漸悄，多情却被無情惱。』言牆裏佳人之笑，本出於無心情，而牆外行人聞之，枉自多情，却如被其撩撥矣。」

〔三〕瓊甌：玉杯。宋范仲淹和章岷從事鬬茶歌：「黄金碾畔緑塵飛，紫玉甌心雪濤起。」

〔四〕在處：張相詩詞曲語辭匯釋：「在處，猶云到處或隨處也。賈島贈某翰林詩：『看花在處多隨駕，召宴無時不及身。』」

〔五〕「富貴」句：論語顔淵：「死生有命，富貴在天。」

〔六〕時會：時運，機遇。文選卷九漢班彪北征賦：「故時會之變化兮，非天命之靡常。」

〔七〕相尤：謂相戀。尤，纏綿、愛昵之義。張相詩詞曲語辭匯釋：「羅隱春日湘中題嶽麓寺僧舍詩：『欲共高僧話心迹，野花芳草奈相尤。』相尤，猶云相娱或相戀也。柳永如魚水詞：『莫閒愁，共緑蟻紅粉相尤。』則純爲戀義。」

玉蝴蝶

望處雨收雲斷，凭闌悄悄，目送秋光。晚景蕭疏，堪動宋玉悲涼〔一〕。水風輕、蘋花漸老〔二〕，月露冷、梧葉飄黄。遣情傷。故人何在，煙水茫茫。難忘。文期酒會〔三〕，幾孤風月，屢變星霜〔四〕。海闊山遥，未知何處是瀟湘。念雙燕〔五〕、難憑遠信，指暮天、空識歸航〔六〕。黯相望。斷鴻聲裏〔七〕，立盡斜陽。

【校記】

〔玉蝴蝶〕毛本、吴本、張校本、唐宋諸賢絶妙詞選、花草稡編調下注曰「秋思」。

〔雨收雲斷〕曹校引顧陳本作「雲收雨斷」。

〔難忘〕勞鈔本、林刊百家詞本、朱校引原本、繆校引宋本、張校引宋本於此句後分片。後四闋同。

〔酒會〕歷代詩餘「會」作「令」。

〔幾孤〕毛本、吴本、勞鈔本、詞繫、唐宋諸賢絶妙詞選「孤」作「辜」。

〔山遥〕曹校引朱本「山」作「天」。

〔歸航〕毛本、張校本、林刊百家詞本、詞繫「航」作「艎」。

〔相望〕詞繫引宋本「望」作「忘」。今按：南宋吴文英和詞作「兩凝望」，可證「望」之不誤。

【訂律】

玉蝴蝶，令詞見花間集温庭筠、孫光憲詞。慢詞首見於樂章集，宋人所作多依柳詞。吴文英詞作商調。

詞譜卷四：「小令始於温庭筠，長調始於柳永。樂章集注『仙吕調』。一名玉蝴蝶慢。」「雙調九十九字，前段十句五平韻，後段十一句六平韻。」「此詞前段第四、五句上四下六，後段第五、六句上四下七。王安中、史達祖、高觀國、陸游皆照此填。沈伯時樂府指迷云：『詞中多有句中韻，人多不曉，不惟讀之可聽，而歌時最要叶韻應拍，不可以爲閒字而不叶。』如此詞後段起句『難忘』二字是也。滿庭芳、木蘭花慢等詞，皆同此例。前段第一句，柳詞別首『誤入平康小巷』，『小』字仄聲。第三句，辛棄疾詞『香滿紅樹』，『滿』字仄聲。第五句，辛棄疾詞『高處都被雲遮』，『都』字平聲。第六句，柳別首『銀蟾靜、魚鱗簟展』，『銀』字平聲，『靜』字仄聲。高觀國詞『古臺荒、斷霞殘照』，『殘』字平聲。後段換頭短韻，尹濟翁詞『怎知』，『怎』字仄聲。譜內可平可仄據此，其餘參校後列諸詞。」

詞繫卷八：「本集注仙吕宫，九宫大成入南詞越調正曲。」「此與玉蝴蝶小令全異，當另列。作者多從此體。」「宋本於『難忘』分段，誤，今從汲古。『相望』二字宋本作『忘』，（今按，謂「相望」之「望」字）重韻，今從草堂。『憑』字必用仄聲。晁補之作次句三字，是遺脱，故不録。『雨』、『悄』、『漸』、『月』、『酒』、『幾』、『指』、『立』可平。『輕』、『蘋』、『天』可仄。『憑』去聲。」

陳匪石宋詞舉：「此調有九十八字、九十九字兩體。九十八字只李之儀一首，詞律、歷代詩餘均載之，與此詞不同者，『海闊』二句作『耳邊依約，常記巧語綿蠻』，少一字，平仄亦異。耆卿共五首。晁氏兄弟、王安中、葛郯、辛棄疾、史達祖、吴文英均依柳體。耆卿有兩首『晚景』二句上六下四，晁、葛、辛亦然。『海闊』二句，耆卿有一首上六下五，則句法偶異者。平仄可通處見詞律，惟『闊』字應用入聲。」

鄭批：「宋本以『文期酒會』爲過片，以下四解并同。然研究音譜，當從二字協均爲下段起句，宋槧亦時有羼亂處，未盡足徵，聲家自能辨其細緻也。鶴注。」「夢窗詞有是調，即次韻耆卿。」

【箋注】

〔一〕宋玉悲涼：用宋玉悲秋之典。見前雪梅香（景蕭索）「宋玉」條注。

〔二〕蘋花：一種水草，夏秋間開小白花，亦稱白蘋。唐柳宗元酬曹侍郎過象縣見寄：「破額山前碧玉流，騷人遥駐木蘭舟。春風無限瀟湘意，欲採蘋花不自由。」

〔三〕文期酒會：指定期舉行的文人飲酒賦詩之雅會。五代王仁裕開元天寶遺事卷下：「八月十五日夜，於禁中直宿，諸學士翫月，備文酒之宴。」

〔四〕星霜：星辰一年一周轉，霜每年遇寒而降，因以星霜指年歲。白居易歲晚旅望：「朝來暮去星霜换，陰慘陽舒氣序牽。」

〔五〕雙燕：唐温庭筠菩薩蠻：「畫樓相望久。闌外垂絲柳。音信不歸來，社前雙燕迴。」

〔六〕歸航：即歸舟。南朝齊謝朓之宣城出新林浦向板橋：「天際識歸舟，雲中辨江樹。」唐温庭筠夢江南：「梳洗罷，獨倚望江樓。過盡千帆皆不是，斜暉脈脈水悠悠。腸斷白蘋洲。」

〔七〕斷鴻：見前古傾杯（冰水消痕）同條注。

【輯評】

明楊慎批點草堂詩餘卷四：「『念雙燕』二句，景中情語。」

清許昂霄詞綜偶評：「與雪梅香、八聲甘州數首，蹊徑彷彿。」

清陳廷焯雲韶集：「（『水風輕』數語）淒秀，是柳詞本色。」「（下闋）悽婉勝過飛卿。」「（結句）一往情深。」

清蔡嵩雲柯亭詞論：「柳詞勝處，在氣骨，不在字面。其寫景處，遠勝其抒情處。而章法大開大闔，爲後起清真、夢窗諸家所取法，信爲創調名家。如玉蝴蝶（望處雨收雲斷）……諸闋，寫羈旅行役中秋景，均窮極工巧。」

俞陛雲唐五代兩宋詞選釋：「『水風』二句善狀蕭疏晚景，且引起下文離思。『情傷』以下至結局黯然銷魂，可抵江淹别賦，令人增蒹葭懷友之思。」

陳匪石宋詞舉：「耆卿善使直筆、勁筆，一起即見此種做法，且全篇一氣貫注，梅溪『晚雨未摧宮樹』一首及夢窗和作，雖色澤較濃，實皆學柳，喬曾劬謂『足見南宋步柳之迹』，是也。開口『望處』二字，直貫『立盡斜陽』。『雨收雲斷』，是『目』之所以能『送』。『憑闌悄悄』，『目送』時神味，亦即『立盡』之根。『秋光』叫起下四句。『晚景』二句，以宋玉悲秋自比，仍是虛寫。『水風』兩對句，實寫『秋光』，略施色澤，而蘋老梧飄，俯仰所得，皆因『蕭疏』『晚景』『遣』我『情傷』者。因此念及

『故人』，『煙水茫茫』，則秋水伊人之思，一筆拍到作意也。過變『難忘』二字陡接。『文期酒會』是『難忘』之事，『難忘』之人。『幾孤風月』，是勝會不常；『屢變星霜』，是年華易逝：一意化兩。『海闊天遥』，則『故人』遠隔。『瀟湘』『未知』『何處』，則『目送』時心境，亦『煙水茫茫』之真詮。於是望音信而覺其『難憑』，指『歸航』而悟其『空識』，『故人何在』之感，寫得無微不至。馮煦所謂『達難達之情』，此也。『黯相望』綜束上文。『斷鴻聲裏』二句，收轉到『憑闌悄悄』。『盡』字極辣，極厚，極樸，較少游『杜鵑聲裏斜陽暮』，尤覺力透紙背。蓋彼在前結，故蘊蓄；此在後結，故沉雄也。」

唐圭璋唐宋詞簡釋：「此首『望處』兩字，統攝全篇。起言憑闌遠望，『悄悄』二字，已含悲意。『晚景』二句，虚寫晚景足悲。『水風』兩對句，實寫蘋老、梧黄之景。『遣情傷』三句，乃折到懷人之感。下片，極寫心中之抑鬱。『難忘』兩句，回憶當年之樂。『幾孤』句，言文酒之疏。『屢變』句，言經歷之久。『海闊』兩句，言隔離之遠。『念雙燕』兩句，言思念之切。末句，與篇首相應。『立盡斜陽』，佇立之久可知，羈愁之深可知。」

【附録】

玉蝴蝶　夷則商　宋　吴文英

角斷籤鳴疏點，倦螢透隙，低弄書光。一寸悲秋，生動萬種淒涼。舊衫染、唾凝花碧，别淚想、妝洗蜂黄。楚魂傷。雁汀沙冷，來信微茫。　都忘。孤山舊賞，水沈熨露，岸錦宜霜。敗葉題詩，御溝應不到流湘。數客路、又隨淮月，羨故人、還買吳航。兩凝望。滿城風雨，催送重陽。

其二

漸覺芳郊明媚，夜來膏雨〔一〕，一灑塵埃。滿目淺桃深杏，露染風裁〔二〕。銀塘靜、魚鱗簟展〔三〕，煙岫翠、龜甲屏開〔四〕。殷晴雷〔五〕。雲中鼓吹〔六〕，遊徧蓬萊。徘徊。隼旟前後〔七〕，三千珠履〔八〕，十二金釵〔九〕。雅俗熙熙〔一〇〕，下車成宴盡春臺〔一一〕。好雍容〔一二〕、東山妓女〔一三〕，堪笑傲、北海尊罍〔一四〕。且追陪。鳳池歸去，那更重來〔一五〕。

【校記】

〔其二〕吳本、毛本、張校本、唐宋諸賢絶妙詞選、草堂詩餘調下注曰「春遊」。花草稡編調下注曰「京城」。

〔芳郊〕曹校引黄本梅本顧本、唐宋諸賢絶妙詞選、草堂詩餘「芳」作「東」。

〔一灑〕曹校引顧本、草堂詩餘、花草稡編「灑」作「洗」。

〔淺桃深〕林刊百家詞本「淺」作「殘」。

〔風裁〕吴本、毛本、張校本、唐宋諸賢絶妙詞選、草堂詩餘、花草稡編作「煙裁」。張校：「宋本『風』。」

〔徘徊〕朱校引原本、繆校引宋本、鄭校引宋本、勞鈔本、林刊百家詞本於此句後分片。

〔妓女〕毛本「妓」作「岐」。張校：「原誤『岐』，依宋本改。」

【訂律】

夏批：「『雷』、『徊』，戈順卿入支韻，其餘列作佳韻。」

【箋注】

〔一〕膏雨：滋潤作物的霖雨。左傳襄公十九年：「小國之仰大國也，如百穀之仰膏雨焉。」白居易送劉郎中赴任蘇州：「仁風膏雨去隨輪，勝境歡遊到逐身。」

〔二〕露染風裁：南朝梁王筠五日望採拾：「折花競鮮彩，拭露染芳津。」唐賀知章詠柳：「不知細葉誰裁出，二月春風似剪刀。」

〔三〕魚鱗：形容席紋細密如魚鱗。

〔四〕龜甲屏：佩文韻府卷二四之六「龜甲屏」：「洞冥記：『上起神明臺，上有金牀象席雜玉爲龜甲屏風。』」唐李賀蝴蝶飛：「楊花撲帳春雲熱，龜甲屏風醉眼纈。」

〔五〕殷晴雷：詩召南殷其雷：「殷其雷，在南山之陽。」毛傳：「殷，雷聲也。」唐杜牧懷鍾陵舊遊四首：「滕閣中春綺席開，柘枝蠻鼓殷晴雷。」此用杜牧詩意，以雷聲喻鼓吹。

〔六〕鼓吹：謂演奏樂曲。東觀漢記卷二一段熲：「熲乘輕車，介士鼓吹。」唐沈亞之湘中怨解：「有彈絃鼓吹者，皆神仙娥眉。」

〔七〕隼旟：繪以隼鳥圖案的旗幟。古代爲州郡長官所建。周禮春官司常：「司常掌九旗之物，名各有屬，以待國事。日月爲常，交龍爲旂，通帛爲旜，雜帛爲物，熊虎爲旗，鳥隼爲旟，龜蛇爲旐，全羽爲旞，析羽爲旌。……州里建旟，縣鄙建旐。」唐劉禹錫泰娘歌：「風流太守韋尚書，路傍忽見停隼旟。」後常成爲州郡長官或其儀仗的代稱，如宋賀鑄玉京秋：「蠟屐綸巾，羽觴象管，且追隨、隼旟行樂。」宋傅幹注坡詞卷一一蘇軾浣溪沙「畫隼橫江喜再遊」句，傅注：「『畫隼』，蓋畫鳥隼之旗也。周官司常：『九旗名物，曰鳥隼爲旟。』又曰：『州里建旟。』則今之爲州者建隼旟宜矣。柳耆卿上杭守詞云：『隼旟前後。』蓋用此事。」

〔八〕三千珠履：用春申君之典。參見前玉樓春（皇都今夕知何夕）「珠履三千」條注。

〔九〕十二金釵：唐長孫左輔宮怨：「三千玉貌休自誇，十二金釵獨相向。」此謂歌妓。

〔一〇〕雅俗熙熙：見前看花回（玉墄金階舞舜干）同條注。

〔一一〕下車：古代稱官員初到任曰下車。禮記樂記：「武王克殷，反商，未及下車，而封黃帝之後於薊。」南朝齊謝朓忝役湘州與宣城吏民別：「下車遽暄席，紆服始黔竈。」　春臺：老子：「荒兮其未央，衆人熙熙，如享太牢，如登春臺。」

〔一二〕雍容：形容和緩而有威儀，從容不迫貌。文選卷一班固兩都賦序：「雍容揄揚，著于後嗣。」

〔一三〕東山妓女：東晉謝安嘗隱於會稽東山。晉書卷七九謝安傳：「嘗與孫綽等汎海，風起浪湧，諸人并懼，安吟嘯自若。……衆咸服其雅量。安雖放情丘壑，然每游賞，必以妓女從。」後世以攜妓而遊爲風流雅事。李白江上吟：「美酒樽中置千斛，載妓隨波任去留。」

〔一四〕北海尊罍：用漢獻帝時北海相孔融之典。參見前永遇樂（天閣英遊）「融尊」條注。

〔一五〕那更：豈更。此與後祭天神「柔腸斷，還是黄昏，那更滿庭風雨」中之「況更」或「兼之」意不同。

【輯評】

宋曾敏行獨醒雜誌卷二：「坡、谷同游鳳池寺，坡公舉對云：『張丞相之佳篇，昔曾三到。』山谷答云：『柳屯田之妙句，那更重來。』時稱名對。張丞相詩云：『八十老翁無品秩，昔曾三到鳳池來。』坡公蓋取此也。」（今按：宋釋文瑩湘山野録卷中：「退傅張鄧公士遜晚春乘安輿出南薰，繚繞都城，遊金明。抵暮，指宜秋而入，閽兵捧門牌請官位，退傅止書一闋於牌，云：『閑遊靈沼送春回，關吏何須苦見猜。八十衰翁無品秩，昔曾三到鳳池來。』」蘇、黄即用此事。）

吴世昌詞林新話卷三：「耆卿玉胡蝶有『三千珠履，十二金釵』，蓋紅樓夢『十二金釵』所本。」

【考證】

據傅幹注坡詞中「上杭守」之語，可知此詞爲投贈杭州知州之作。然其時其人，尚無法考定。

其三

是處小街斜巷〔一〕，爛游花館〔二〕，連醉瑤卮〔三〕。選得芳容端麗，冠絶吴姬〔四〕。絳唇輕、笑歌盡雅，蓮步穩〔五〕、舉措皆奇。出屏幃。倚風情態，約素腰肢〔六〕。當時。綺羅叢裏，知名雖久，識面何遲。見了千花萬柳，比竝不如伊〔七〕。未同歡、寸心暗許，欲話別、纖手重攜。結前期。美人才子，合是相知。

【校記】

〔舉措〕朱校、繆校引梅本「措」作「止」。

〔當時〕毛本、林刊百家詞本、朱校引原本、繆校引宋本於此句後分片。張校：「二字原誤連上，依宋本改。」勞鈔本「當時」下有二「—」標記，勞鈔本眉批云：「元本校『當時』下用『—』，『腰肢』下不用『—』。疑若校。下二闋亦『—』、『—』，今仍抄之。」

【訂律】

詞譜卷四：「雙調九十九字，前段十句五平韻，後段十一句六平韻。此詞前段第四、五句上六下四，後段第五、六句上六下五，與前詞（今按謂柳永同調「望處雨收雲斷」）異。」

【箋注】

〔一〕斜巷：曲折小巷。此處「小街斜巷」猶言「狹斜」，代指歌妓所居。樂府詩集卷三五載長安有狹斜行，述少年冶游之事。五代王定保唐摭言卷一〇：「趙光遠，丞相隱弟子，幼而聰悟。咸通、乾符中，以爲氣焰温、李，因之以恃才不拘小節，常將領子弟，恣遊狹斜。」

〔二〕爛游：猶言隨意而游、徧游。宋人常用之，如宋邵雍春遊五首：「白馬蹄輕草如剪，爛游於此十年强。」宋范成大次黄必先主簿同年贈别韻二首：「山郭官閒得爛游，彌年還往話綢繆。」宋周紫芝雨過涼甚：「今宵枕簟涼如水，又向華胥作爛游。」宋陸游初秋驟涼：「名山海内知何限，準擬從今更爛游。」　花館：此猶言煙花之館，即妓館。

〔三〕瑶卮：玉杯。又宋樂有琵琶曲捧瑶卮慢，見宋周密武林舊事卷一。

〔四〕吴姬：吴地之美女，泛指美女。唐王勃採蓮曲：「蓮浦夜相逢，吴姬越女何豐茸。」李白金陵酒肆留别：「風吹柳花滿店香，吴姬壓酒勸客嘗。」唐薛能有吴姬十首詩。

〔五〕蓮步：見前柳腰輕（英英妙舞腰肢軟）同條注。

〔六〕約素：形容女子腰身圓細美好，宛如緊束的白絹。文選卷一九曹植洛神賦：「肩若削成，腰如約素。」李善注：「登徒子好色賦曰『腰如束素』，束素，約素，謂圓也。」

〔七〕比并：比較，相比。唐羅虯比紅兒詩：「一曲都緣張麗華，六宫齊唱後庭花。若教比并紅兒貌，枉破當年國與家。」又如宋李清照減字木蘭花：「怕郎猜道。奴面不如花面好。雲鬢斜簪。徒要教郎比并看。」亦同爲此義。

其四

誤入平康小巷〔一〕，畫檐深處，朱箔微褰〔二〕。羅綺叢中，偶認舊識嬋娟〔三〕。翠眉開、嬌橫遠岫〔四〕，緑鬢嚲、濃染春煙。憶情牽。粉牆曾恁〔五〕，窺宋三年〔六〕。遷延〔七〕。珊瑚筵上〔八〕，親持犀管〔九〕，旋疊香牋。要索新詞，殢人含笑立尊前〔一〇〕。按新聲、珠喉漸穩〔一一〕，想舊意、波臉增妍〔一二〕。苦留連。鳳衾鴛枕，忍負良天。

【校記】

〔朱箔〕勞鈔本、張校本「朱」作「珠」。張校：「原訛『朱』，依宋本改。」

〔遷延〕毛本、勞鈔本、林刊百家詞本、朱校引原本、繆校引宋本於此句後分片。張校：「二字原誤連上，依宋本正。」勞鈔本眉批云：「元校本此及下『淡蕩』一闋，并標□四十三，而無□四□。疑有一誤。今仍毛本次弟。」（今按該眉批中有數字漫漶莫辨，以□代之。）

【箋注】

〔一〕平康：見前鳳歸雲（戀帝里）同條注。

〔二〕朱箔：紅簾。五代李存勗一葉落：「一葉落。褰朱箔。此時景物正蕭索。」

〔三〕嬋娟：謂美人。唐方干贈趙崇侍御：「却教鸚鵡呼桃葉，便遣嬋娟唱竹枝。」

〔四〕遠岫：遠山。參見前古傾杯（凍水消痕）「妝眉淡掃」條、少年游（層波瀲灩遠山横）「遠山」條注。

〔五〕粉墻：塗刷成白色的牆。唐方干新月：「隱隱臨珠箔，微微上粉牆。」

〔六〕窺宋三年：文選卷一九宋玉登徒子好色賦：「天下之佳人，莫若楚國，楚國之麗者，莫若臣里，臣里之美者，莫如臣東家之子。東家之子增之一分則太長，減之一分則太短，著粉則太白，施朱則太赤，眉如翠羽，肌如白雪，腰如束素，齒如含貝。然此女登牆窺臣三年，至今未許也。」後因以窺宋指女子對意中人的愛慕。

〔七〕遷延：見前戚氏（晚秋天）同條注。

〔八〕珊瑚筵：蓋泛指華貴之筵席。唐顧況李供奉彈箜篌歌：「珊瑚席，一聲一聲鳴錫錫。羅綺屏，一絃一絃如撼鈴。」

〔九〕犀管：以犀角作管的毛筆。宋祝穆事文類聚别集卷一四：「歐陽詢子通，書亞於父，號大小歐陽體。通自矜重，以狸毫爲筆，覆以兔毫，管皆犀象，非是未嘗書。」唐王勃七夕賦：「握犀管，展魚牋。」此處之「香牋」、「犀管」與前定風波（自春來慘緑愁紅）中之「蠻牋象管」，皆爲紙、筆之美稱耳。

〔一〇〕殢：此處指糾纏不止，但含有親昵意。參見前鬬百花（颯颯霜飄鴛瓦）同條注引張相詩詞曲語辭匯釋。

〔一一〕珠喉：謂圓轉如珠的歌喉。宋楊億夜宴：「鶴蓋留飛舃，珠喉怨落梅。」又楊億次韻和昭侯立秋見寄：「珠喉倚瑟華堂暮，桂燼薰衣别院幽。」

〔一二〕波臉：白居易吴宫詞：「半露胸如雪，斜回臉似波。」又白居易吴宫辭：「淡紅花帔淺檀蛾，睡臉初開似剪波。」

其五

淡蕩素商行暮〔一〕，遠空雨歇，平野煙收。滿目江山，堪助楚客冥搜〔二〕。素光動〔三〕、雲濤漲晚，紫翠冷〔四〕、霜巘横秋。景清幽。渚蘭香謝，汀樹紅愁。　良儔〔五〕。西風吹帽〔六〕，東籬攜酒〔七〕，共結歡遊。淺酌低吟，坐中俱是飲家流。對殘暉、登臨休歎〔八〕，賞令節、酩酊方酬。且相留。眼前尤物，琖裏忘憂。

【校記】

〔其五〕陳録、張校引宋本、勞校引陸校、全宋詞本、花草粹編調下注曰「重陽」，全宋詞注：「題據毛校樂章集補。」

〔良儔〕毛本、勞鈔本、林刊百家詞本、朱校引原本、繆校引宋本於此句後分片。張校：「二字原誤連上，依宋本正。」

〔賤裏〕吴本作「舉盞」。

【箋注】

〔一〕素商：即素秋，指秋天。參見前醉蓬萊（漸亭皋葉下）「素秋」條注。　行暮：猶言將暮、臨暮。

〔二〕楚客：參見前雪梅香（景蕭索）「宋玉」條、卜算子（江楓漸老）「楚客登臨」條注。　冥搜：盡力尋找、搜集、搜訪。李白越中秋懷：「受此從冥搜，永懷臨湍遊。」引申爲特指尋詩覓句。元計有功唐才子傳卷四：「元和中，元白變尚輕淺，（賈）島獨按格入僻，以矯浮艷。當冥搜之際，前有王公貴人，皆不覺，遊心萬仞，慮入無窮。」

〔三〕素光：潔白明亮的光輝，多指月光。西晉左思雜詩：「明月出雲崖，皦皦流素光。」唐徐敞白露爲霜：「入夜飛清景，淩晨積素光。」

〔四〕紫翠：形容山色。唐陳子昂江上暫別蕭四劉三旋欣接遇：「山水丹青雜，煙雲紫翠浮。」

〔五〕良儔：好友。文選卷四三西晉趙至與嵇茂齊書：「良儔交其左，聲名馳其右。」

〔六〕西風吹帽：參見前應天長（殘蟬漸絶）「落帽風流」條。

〔七〕東籬攜酒：參見前應天長（殘蟬漸絶）「登高時節」條、「東籬」條。

〔八〕登臨休歎：參見前應天長（殘蟬漸絶）「牛山」條。按唐杜牧九日齊山登高云：「江涵秋影雁初飛，與客攜壺上翠微。塵世難逢開口笑，菊花須插滿頭歸。但將酩酊酬佳節，不用登臨歎落暉。古往今來只如此，牛山何必獨霑衣。」柳永此詞下片即用其語。

滿江紅

暮雨初收，長川靜、征帆夜落。臨島嶼、蓼煙疏淡，葦風蕭索。幾許漁人飛短艇，盡載燈火歸村落。遣行客、當此念回程，傷漂泊。　桐江好〔一〕，煙漠漠〔二〕。波似染，山如削。繞嚴陵灘畔〔三〕，鷺飛魚躍〔四〕。遊宦區區成底事〔五〕，平生況有雲泉約〔六〕。歸去來〔七〕、一曲仲宣吟〔八〕，從軍樂。

【校記】

〔滿江紅〕毛本、張校本、吴本、唐宋諸賢絶妙詞選、花草粹編調下注曰「桐川」。

〔長川〕曹校引黄本、唐宋諸賢絶妙詞選「川」作「江」。

〔漁人〕歷代詩餘「人」作「歌」。

〔飛短艇〕曹校引黄本、唐宋諸賢絶妙詞選、花草粹編「飛」作「横」，陳録「一作横」。勞校本眉批：「校云『飛』一作『横』」。

〔盡載〕毛本、吴本、張校本、唐宋諸賢絶妙詞選、花草粹編「載」作「將」。
〔村落〕唐宋諸賢絶妙詞選、曹校引黄本作「村郭」。
〔當此〕唐宋諸賢絶妙詞選、花草粹編、曹校引黄本作「到此」。
〔雲泉〕唐宋諸賢絶妙詞選、繆校引詞林紀事作「林泉」。鄭校：「詞林紀事『雲』作『林』，此無甚關係。」
〔仲宣吟〕吴本、唐宋諸賢絶妙詞選「吟」作「樓」。

【訂律】

滿江紅，首見於樂章集。南宋姜夔改作平韻滿江紅。吴文英詞入仙吕宫。

詞譜卷二二：「此調有仄韻、平韻兩體，仄韻詞，宋人填者最多，其體不一，今以柳詞爲正體，其餘各以類列，樂章集注『仙吕調』，高栻詞注『南吕調』；平韻詞，只有姜詞一體，宋元人俱如此填。」「雙調九十三字，前段八句四仄韻，後段十句五仄韻。」「此調押仄聲韻者，以柳詞此體爲定格，若張詞之多押兩韻，戴詞之多押一韻，吕詞之減字，蘇、趙、辛、柳、杜詞之添字，以及葉詞之句讀異同，王詞之句讀全異，皆變格也。」

【箋注】

〔一〕桐江：即富春江。在今浙江桐廬，合桐溪名桐江，即錢塘江中游自嚴州至桐廬一段的别稱。源自天目山，流入浙江。

〔二〕漠漠：迷蒙貌。杜甫桔柏渡：「青冥寒江渡，駕竹爲長橋。竿濕煙漠漠，江水風蕭蕭。」

〔三〕嚴陵灘：又名嚴灘、嚴陵瀨。在浙江桐廬。因東漢光武帝時隱士嚴光（字子陵）曾在此隱居而得名。後漢書卷一一三嚴光傳：「嚴光，字子陵，一名遵，會稽餘姚人也。少有高名，與光武同遊學，及光武即位，乃變名姓隱身不見。帝思其賢，乃令以物色訪之。……除爲諫議大夫，不屈，乃耕於富春山。後人名其釣處爲嚴陵瀨焉。」北魏酈道元水經注卷四〇漸江水：「自縣（桐廬縣）至於潛，凡十有六瀨，第二是嚴陵瀨，瀨帶山，山下有一石室，漢光武帝時嚴子陵之所居也。故山及瀨，皆即人姓名之。」

〔四〕鷺飛魚躍：詩大雅旱麓：「鳶飛戾天，魚躍于淵。」孔穎達疏：「其上則鳶鳥得飛至於天以遊翔，其下則魚皆跳躍於淵中而喜樂，是道被飛潛，萬物得所，化之明察故也。」此化用其語，喻萬物得所，以引起下句游宦之情。

〔五〕底事：何事。唐劉肅大唐新語：「天子富有四海，立皇后有何不可。關汝諸人底事，而生異議。」清趙翼陔餘叢考卷四三：「江南俗語，問何物曰底物，何事曰底事。唐以來已入詩詞中。」

〔六〕雲泉約：白雲清泉之約，代指隱居之志。宋趙抃次韻蔡仲偃都官南歸留別：「與君志有雲泉約，顧我身無羽翼飛。」

〔七〕歸去來：陶淵明歸去來兮辭：「歸去來兮，田園將蕪，胡不歸。」

〔八〕仲宣：東漢建安文人王粲，字仲宣，其從軍詩云：「從軍有苦樂，但問所從誰。所從神且武，焉得久勞師。」

【輯評】

宋釋文瑩湘山野録卷中：「范文正公謫睦州，過嚴陵祠下。會吳俗歲祀，里巫迎神，但歌滿江紅，有『桐江好，煙漠漠，波似染，山如削。遶嚴陵灘畔，鷺飛魚躍』之句。公曰：『吾不善音律，撰一絶送神曰：「漢包六合網英豪，一箇冥鴻惜羽毛。世祖功臣三十六，雲臺争似釣臺高。」』吳俗至今歌之。」

宋黄昇唐宋諸賢絶妙詞選卷五：「换頭數語最工。」

【考證】

據詞中「桐江」、「嚴陵灘」、「游宦」諸語，知其作於柳永任睦州團練推官期間，即景祐元年（一〇三四）秋至景祐二年前後。

羅忼烈柳永六題提出湘山野録所載有誤，嚴陵祠是范仲淹於謫睦州期間所手建，并作有桐廬郡嚴子陵先生祠堂記，而柳永任睦州推官在范離睦州任後。并引明潘廷柟嘉靖鄧州志，斷范詩乃晚年知鄧州時題鄧州嚴陵河邊的嚴子陵釣魚臺之作。

按湘山野録所載前後語序疑固有舛誤，然羅説仍有可議者。續資治通鑑長編卷一一三載范仲淹知睦州爲明道二年（一〇三三）十一月甲寅。而范實際到睦州的時間，據宋董弅嚴陵集卷八范仲淹與晏尚書書載：「伏自春初至項城，因使人回，曾草草上謝。由潁淮而下，越兹重江，四月幾望，至於桐廬。回首大毫，忽數千里。」可知范到睦州在次年即景祐元年四月。又據姑蘇志卷三，景祐元年六月壬申，范即「自睦州徙鄉郡（今按即指蘇州）」，八月徙明州，九月詔復改蘇。二年十月召判國子監」。吴俗歲祀，本在秋冬，范仲淹上任時當然不可能在嚴陵灘下見迎神并歌柳永滿江紅詞之事，但在離任前後，亦未必不能再經嚴陵祠下。范文正集卷三有留題方干處士舊居詩，序云：「某景祐初典桐廬，郡有七里瀨，子陵之釣臺在，而乃以從事章岷往搆堂而祠之，召會稽僧悦躬圖其像於堂。洎移守姑蘇，道出其下，登臨徘徊，見東嶽絶碧白雲，徐生云：『方干處士之舊隱。』遂訪焉，其家子孫尚多儒服，有楷者新策名而歸，因留二十八言，又圖處士像於嚴堂之東壁。楷請刊詩於其左。」又范文正集卷四有依韻酬章推官見贈詩，而嚴陵集卷三録此詩，有長題云：「仲淹自桐廬移守姑蘇，由江而上，登嚴陵釣臺。移舟南岸，宿方干處士舊居。章從事聞之，有詩見寄，因依韻和之。」可見至少在范仲淹移守蘇州時亦曾過嚴陵祠下。范仲淹作嚴子陵先生祠堂記與釣臺詩本爲二事，不必據此非彼。

另柳永六題謂：「按照湘山野録的講法，范仲淹貶睦州前已經有了嚴陵祠和柳永的滿江紅詞，豈不荒謬？」今按嚴陵祠實并不始於宋。全唐詩卷一〇一有洪子輿嚴陵祠詩，洪爲唐睿宗時人。又晚唐方干玄英集卷八有題嚴子陵祠二首。均可證。蓋范仲淹所謂「構堂而祠之」，實爲重建新修也。

其二

訪雨尋雲，無非是、奇容艷色。就中有、天真妖麗，自然標格〔一〕。惡發姿顔歡喜面〔二〕，細追想處皆堪惜。自別後、幽怨與閒愁，成堆積。鱗鴻阻〔三〕，無信息。夢魂斷，難尋覓。儘思量，休又怎生休得。誰恁多情憑向道〔四〕，縱來相見且相憶。便不成、常遣似如今，輕拋擲。

【校記】

〔夢魂〕吳本、勞鈔本、毛本作「魂夢」。

〔縱來〕毛本、吳本、張校本、林刊百家詞本「縱」作「總」。

〔常遣〕毛本、吳本、張校本、林刊百家詞本「常」作「長」。張校：「宋本『常』。」

【箋注】

〔一〕標格：風度，風範。唐楊敬之贈項斯：「幾度見詩詩總好，及觀標格過於詩。平生不解藏人善，到處相逢説項斯。」

〔二〕惡發：張相詩詞曲語辭匯釋謂：「惡，甚辭。……柳永滿江紅詞：『惡發姿顔歡喜面，細追想處皆堪惜。』發即發妝之發，惡發姿顔，即濃妝之意。」然蔣禮鴻敦煌變文字義通釋第五篇釋情貌云：「惡發，發脾氣。」并舉敦煌變文集難陀出家緣起云：「連忙取得四個瓶來，便著添瓶。纔添得三個，又到却兩個；又添得四個，到却三個。十遍五遍，總添不得。難陀惡發不添，盡打破。便即掃地。從東掃向西，又被西風吹向來；周圍掃，又被衹風吹四面。掃又掃不得，難陀又怕妻怪，惡發便罵世尊。」蔣書又云：「『惡發』也是宋人的常用語。」并舉宋陸游老學庵筆記卷八「惡發，猶云怒也」及柳永此句爲證。按此句中「惡發姿顔」與「歡喜面」正爲對舉之辭，故下句云「皆堪惜」。惡發當訓發怒。蔣説是也，張説非。

〔三〕鱗鴻：參見前傾杯（離宴殷勤）「鱗羽」條注。

〔四〕向道：見前傾杯樂（皓月初圓）同條注。

其三

萬恨千愁，將年少、衷腸牽繫。殘夢斷、酒醒孤館，夜長無味。可惜許枕前多少意〔一〕，到如今兩總無終始。獨自箇、贏得不成眠，成憔悴。添傷感，將何計。空只恁，厭厭地。無人處思量，幾度垂淚。不會得都來些子事〔二〕，甚恁底死難拚棄〔三〕。待到頭、終久問伊看，如何是。

【校記】

〔無味〕毛本、吴本、張校本、林刊百家詞本、詞繫、朱校引焦本「無」作「滋」。張校：「宋本『無』，非。」

〔可惜許〕曹校引梅本無「許」字。

〔兩總〕曹校引梅本無「兩」字。

〔將何計〕毛本、鄭校引宋本「將」字闕，林刊百家詞本「將」作□，詞譜「將」作「消」。張校「將」下注：「原空，依宋本補。」

〔不會得〕曹校引梅本無「不」字。

〔甚恁底死〕吴本、張校本「底」後多一「抵」字。朱校：「按『底』下疑脱『抵』字。」張校「抵」下注：「原脱，依宋本補。」

〔問伊看〕毛本、吴本「看」作「著」。張校「看」下注：「原訛『著』，依宋本改。」

〔如何〕吴本作「何如」。

【訂律】

詞繫卷五：「樂章集屬仙呂宫。」「此用去聲韻，然『始』字、『是』字皆上聲。兩段七字句俱作八字，皆叶韻，此體只此一首。汲古缺『將』字、『抵』字。又『看』字作『著』，『著』字可讀作平，今據宋本訂正。」

夏批：「此詞第五句多一『許』字，第六句多一『到』字。下半闋『不會得』句多一『得』字，删去則與前詞無異。此真冒鶴翁所謂襯辭也。大抵由歌者口增。」

鄭批：「此解中二句對偶作八字，爲又一體。」

【箋注】

〔一〕可惜許：參見前傳花枝（平生自負）「許」條注。

〔二〕都來：見前慢卷紬（閒窗燭暗）同條注。　些子：少許，一點兒。李白清平樂：「花貌些子時光。抛入遠泛瀟湘。」

〔三〕底死：即抵死。見前傾杯樂（皓月初圓）「抵死」條注。　拚棄：張相詩詞曲語辭匯釋：「判，割捨之辭；亦甘願之辭。……拚或拚，則宋詞中最習見。」此處拚爲割捨義。

其四

匹馬驅驅，摇征轡、溪邊谷畔。望斜日西照，漸沈山半。兩兩棲禽歸去急，對人相竝聲相唤。似笑我、獨自向長途，離魂亂。　中心事，多傷感。人是宿〔一〕，前村館。想鴛衾今夜，共他誰暖。惟有枕前相思淚，背燈彈了依前滿〔二〕。怎忘得、香閣共伊時，嫌更短。

【校記】

〔其四〕毛本、吴本、林刊百家詞本無此闋。繆校：「宋本有滿江紅（匹馬驅驅）弟四闋。原缺。」

〔望斜日西照〕夏批：「『斜日』下脱二字耳。」張校「望」下注：「此下當脱二字。」

〔傷感〕詞繫、張校本作「嗟惋」。

〔人是宿〕詞繫、張校本「是」作「獨」。

〔今夜〕張校本「今」作「上」。

【訂律】

詞繫卷五：「樂章集屬中吕調。」「此體汲古未載。前段第三句比各家少二字，葉夢得、吕渭老皆有此體。」

夏批：「『感』，閉口韻。」

【箋注】

〔一〕人是宿：猶言人雖宿。張相詩詞曲語辭匯釋：「是，猶雖也。白居易游平泉宴浥澗宿香山石樓：『古詩惜晝短，勸我令秉燭。是夜勿言歸，相攜石樓宿。』言雖夜亦勿歸也。柳永滿江紅詞：『中心事，多傷感。人是宿，前村館。想鴛衾今夜，共他誰暖。』言人雖獨宿孤館，而心中猶想念鴛衾也。」

〔二〕「背燈」句：唐韓偓復偶見三絶：「霧爲襟袖玉爲冠，半似羞人半忍寒。别易會難長自歎，轉身應把淚珠彈。」南唐馮延巳憶江南：「别離若向百花時。東風彈淚有誰知。」按：論其詞語，南宋張元幹祝英臺近「背人處，偷彈珠淚」，差相彷彿；論其筆意，則南唐李煜清平樂「砌下落梅如雪亂。拂了一身還滿」，約略近之。

洞仙歌

乘興，閒泛蘭舟，渺渺煙波東去。淑氣散幽香〔一〕，滿蕙蘭汀渚。緑蕪平畹〔二〕，和風輕暖，曲岸垂楊，隱隱隔、桃花圃〔三〕。芳樹外，閃閃酒旗遥舉。羈旅。漸入三吴風景〔四〕，水村漁市。閒思更遠神京，抛擲幽會小歡，何處。不堪獨倚危檣，凝情西望日邊〔五〕，繁華地、歸程阻。空自歎當時，言約無據。傷心最苦。竚立對、碧雲將暮。關河遠，怎奈向、此時情緒。

【校記】

〔洞仙歌〕詞繫調作「洞仙歌慢」。

〔汀渚〕毛本、吴本、林刊百家詞本、朱校引焦本「汀」作「江」。張校：「原訛『江』，依宋本改。」

〔桃花圃〕毛本、張校本、詞繫、朱校引焦本「圃」作「塢」，吴本作「隝」。張校：「宋本『圃』。」

〔羇旅〕毛本、吴本、林刊百家詞本於此句後分片。鄭校：「宋本以『羈旅』爲下段起句。案『旅』當作短叶。」張校：「二字原訛連上，依宋本正。」

〔漁市〕毛本、吴本、張校本、林刊百家詞本、詞繫、朱校引焦本「市」作「浦」。夏批：「『市』從焦本作『浦』爲是，乃叶韻也。」

〔更遠〕毛本、吴本、林刊百家詞本、詞繫、朱校引焦本「遠」作「繞」。張校：「原訛『繞』，依宋本改。」

〔危檣〕毛本、吴本、林刊百家詞本作「危樓」。張校：「原訛『樓』，依宋本改。」

〔竚立對〕林刊百家詞本「立」作「日」。

〔闗河〕吴本「河」作「山」。

【訂律】

詞律卷一二：「『羇旅』二字亦似换頭語，總有訛錯，不敢强定。或曰『緑蕪』四字對後『不堪』四字，『和風』四字對後『危樓』四字，『情』字或是『想』字之訛，『曲岸』四字對後『西望』四字，『隱隱』三字豆、『桃花塢』三字句，對後『繁華地』三字豆、『歸程阻』三字句，『芳樹』至『遥舉』對後『空自』至『無據』。此説亦通，然前後亦不合也。」

詞譜卷二〇：「雙調一百二十三字，前段十一句四仄韻，後段十四句八仄韻。」「此與『嘉景』詞校，惟前段第二句減一字；第五句添一字；第六、七、八句添二字，攤破句法，作四字三句、六字一句，少押一韻。後段第二句減一字；第五句添二字；第六、七、八句添一字，攤破句法，作六字三句，少押一韻；第十二句添一字。餘皆同。」

詞繫卷七：「本集屬仙呂宮。」「此與前作迥別。汲古以『羈旅』二字屬上段。詞律所定句讀皆誤。葉譜於『神京』分句可從，『日邊』分句不可從。『汀』字，汲古作『江』，『檣』字作『樓』，誤，今從宋本。『塢』字，宋本作『圃』，『繞』字作『遠』。」

清丁紹儀聽秋聲館詞話卷一四：「洞仙歌又一體，應於『酒旗遥舉』句分段。」

鄭批：「此又一體，當是慢調。」

【箋注】

〔一〕淑氣：温和之氣。西晉陸機悲哉行：「蕙草饒淑氣，時鳥多好音。」李白春日獨酌二首：「東風扇淑氣，水木榮春暉。」

〔二〕平畹：猶言平圃，謂平坦的園圃。三國魏阮籍清思賦：「游平圃以長望兮，乘倐水之華旂。」

〔三〕「隱隱」句：唐張旭桃花谿：「隱隱飛橋隔野煙，石磯西畔問漁船。桃花盡日隨流水，洞在清谿何處邊。」

〔四〕三吴：見前雙聲子（晚天蕭索）同條注，并參前望海潮（東南形勝）「江吴」條注。

〔五〕日邊：指京城。世説新語夙惠第十二：「晉明帝數歲，坐元帝膝上。有人從長安來，元帝問洛下消息，潸然流涕。明帝問何以致泣，具以東渡意告之。因問明帝：『汝意謂長安何如日遠？』答曰：『日遠，不聞人從日邊來，居然可知。』元帝異之。明日，集群臣宴會，告以此意，更重問之。乃答曰：『日近。』元帝失色，曰：『爾何故異昨日之言邪？』答曰：『舉目見日，不見長安。』」後遂以指京都。杜甫覽鏡呈栢中丞：「渭水流關内，終南在日邊。」

【考證】

由詞中「東去」、「三吴」、「西望日邊」、「歸程」諸語，可知此詞爲自汴京由水路赴江南途中作。

引駕行

紅塵紫陌〔一〕，斜陽暮草長安道，是離人、斷魂處，迢迢匹馬西征。新晴。韶光明媚，輕煙淡薄和氣暖，望花村、路隱映〔二〕，摇鞭時過長亭〔三〕。愁生。傷鳳城仙子〔四〕，别來千里重行行〔五〕。又記得臨歧，淚眼溼、蓮臉盈盈〔六〕。消凝。花朝月夕，最苦冷落銀屏〔七〕。想媚容、耿耿無眠，屈指已算回程。相縈。空萬般思憶，争如歸去覩傾城。向繡幃、深處竝枕，説如此牽情。

【校記】

〔離人〕毛本、吴本、林刊百家詞本「離」作「誰」。鄭校：「案『誰』字爲『離』之訛。」張校：「原訛『誰』，依宋本改。」

〔和氣〕曹校引梅本「氣」作「風」。張校引宋本作「氣和」。

〔時過〕曹校引梅本「過」作「遇」。

〔别來千里重行行〕勞鈔本、張校本於此句後分片。

〔消凝〕毛本、吴本、林刊百家詞本於此句後分片。

〔無眠〕毛本、吴本「眠」作「限」。張校：「原誤『限』，依宋本改。」

〔并枕〕詞繫作「仔細」。

【訂律】

詞律卷七：「用平韻，此調更難覈訂。自首起至『西征』方起韻，無此詞格。或云『人』字是韻，無理，不確也。『和氣』下更有訛字，『村』字作叶，亦未必確然。且前段比前詞多二十餘字，其訛無疑。只自『摇鞭』至『盈盈』與後『屈指』至末，確是相合耳。噫！引駕行有此三詞，長短平仄俱備，而不能訂正，殊怏怏也。」

詞譜卷一〇：「雙調一百二十五字，前段十五句七平韻，後段十句五平韻。此詞後段即柳仄韻詞體，惟結句多一字，若前段則起結亦同，惟起五句後，又多五句不同，其自注仙吕調，即夷則羽，亦與中吕調之爲夾鐘羽者不同。」

詞繫卷七：「本集屬仙吕宫。此用平韻。詞律：『自起至「西征」方起韻，無此詞格。』愚按：

起處與晁作（今按，謂晁補之同調「梅梢瓊綻」）同。『道』字當叶，『新晴』以下至『長亭』廿五字恐是另一首後段竄入，去此一段，正與前合。但宋本如此，未便臆改。前結當於『歧』字句，『濕』字豆，與後段同。『村』字不是叶韻，通首庚青韻，決無竄入文元韻一字之理。『離』字，汲古及各本作『誰』，『眠』字作『限』，『仔細』二字作『并枕』。汲古於『銷凝』分段，詞律不分段，今從宋本。」

朱校：「夏吷盦曰：集中引駕行凡二調。此較中吕宫仄叶者多二十五字。疑起句至『新晴』數語描寫秋景者，別是一同調殘詞，編者誤以冠諸『韶光明媚』之首，蓋其下皆寫春景，爲一完全平叶之引駕行，與仄叶者句調無甚參差也。」

夏批：「此詞『新晴』以上是秋景，疑是另一殘詞，編者誤冠於此詞之上。如删去，則與仄叶者無異。」

鄭批：「平韻。」「萬氏云：自起首至『西征』廿三字方起均，無此詞格。或云『人』字均，不確。『和氣』下更有訛字，『村』字作叶，亦未必然。」「今將韻字研朱識之。」「審是調起句，疑原作『紫陌紅塵』，『塵』字是韻，『人』字亦確是均。紅友失考。『誰人』，宋本作『離』。此句似斷似連。」「『晴』字是夾協。『村』字却是均，但一氣連貫而下，長調多如是。『生』字亦夾協。『銷凝』當是過片起句，叶均。『縈』字亦夾協。」「案鳳歸雲亦至第五句始起調入均，自是舊譜，不得疑有脱誤。萬氏謂無此詞格，不自知其疏淺也。」

【箋注】

〔一〕紅塵紫陌：用唐劉禹錫詩。見前輪臺子（霧斂澄江）「紫陌」條注。

〔二〕隱映：猶掩映。杜甫解悶十二首：「憶過瀘戎摘荔枝，青楓隱映石逶迤。」

〔三〕摇鞭：唐趙嘏汾上宴别：「一尊花下酒，殘日水西樹。不待管絃終，摇鞭背花去。」

〔四〕鳳城：杜甫夜：「步簷倚杖看牛斗，銀漢遥應接鳳城。」清仇兆鰲注引趙次公曰：「秦穆公女吹簫，鳳降其城，因號丹鳳城。其後言京城曰鳳城。」參見前笛家弄（花發西園）「秦樓」條注。

〔五〕千里重行行：古詩十九首：「行行重行行，與君生别離。相去萬餘里，各在天一涯。」

〔六〕蓮臉：美如荷花的臉，形容女子貌美。梁元帝采蓮曲：「蓮花亂臉色，荷葉雜衣香。」隋薛道衡昭君怨：「自知蓮臉歇，羞看菱鏡明。」

〔七〕銀屏：鑲銀的屏風。白居易長恨歌：「攬衣推枕起徘徊，珠箔銀屏邐迤開。」柳永洞仙歌：「金絲帳暖銀屏亞。」

【輯評】

吴熊和師手批樂章集：「入京。『西征』即北上。」

望遠行

長空降瑞，寒風翦，淅淅瑶花初下〔一〕。亂飄僧舍〔二〕，密灑歌樓，迤邐漸迷鴛瓦。好是漁人，披得一蓑歸去，江上晚來堪畫。滿長安，高却旗亭酒價〔三〕。幽雅。

乘輿最宜訪戴〔四〕，泛小棹、越溪瀟灑。皓鶴奪鮮，白鷳失素〔五〕，千里廣鋪寒野。須信幽蘭歌斷〔六〕，彤雲收盡〔七〕，別有瑤臺瓊榭〔八〕。放一輪明月，交光清夜。

【校記】

〔望遠行〕毛本、吴本、張校本調下注曰「冬雪」。花草稡編調下注曰「詠雪」。歷代詩餘、詞綜調下注曰「雪」。

〔瑶花〕毛本、吴本、張校本、林刊百家詞本、詞繫「花」作「華」。

〔一蓑〕草堂詩餘、毛本「蓑」作「簑」。

〔江上〕草堂詩餘「上」作「山」。

〔幽雅〕林刊百家詞本於此句後分片。

〔乘輿〕花草稡編「輿」作「輿」。

〔彤雲〕毛本、張校本、林刊百家詞本、朱校引焦本「彤」作「同」。張校：「宋本『彤』，非。」

〔瓊榭〕曹校引顧本「榭」作「樹」。

【訂律】

詞律卷七：「按『亂飄』、『密灑』二句用鄭谷詩，『皓鶴』、『白鷳』二句用謝靈運賦，此正前後相對處，其平仄自宜合轍。今前則先『舍』字仄，後則先『鮮』字平，未知應何所從。余曰：此調通用仄音，玩其聲響，不應以平字居下，此必『密灑』句在上，或因美成女冠子亦用此二語，遂相襲而訛刻耳。『上』字各譜訛『山』字，『榭』字汲古、嘯餘、沈際飛草堂詞及填詞圖譜等，俱訛『樹』字，因使句拗韻失，而圖譜踵嘯餘之謬，前結則注九字，後結則注一五、一四，皆未經讎勘，并不知較對前後相同處也。」

詞譜卷一一：「唐教坊曲名。令詞始自韋莊，中原音韻注『商調』，太和正音譜亦注『商調』；慢詞始自柳永，『繡幃睡起』詞注『中呂調』，『長空降瑞』詞注『仙呂調』。」「雙調一百六字，前段九句四仄韻，後段十一句五仄韻。」「此與『繡幃睡起』詞同，惟前段第六、七、八句，句讀小異，結句六字，較前詞亦少一字。」

詞繫卷七：「本集屬仙呂宮。」「前結六字，比前少一字，後段『皓鶴』二句各四字，比前多二字，後結一五一四字，比前亦少一字。詞律謂『亂飄』二句誤倒，大謬。前後段不同者甚多，前結於『却』字句，亦謬。前詞何能於『陌』字句乎！『淅』、『密』、『晚』、『酒』、『棹』、『越』、『別』可平。『寒』、『風』、『江』、『堪』、『千』、『瓊』可仄。『鶴』、『白』作平。」

繆校：「『亂飄僧舍，密灑歌樓』，萬氏云二句宜倒。」

曹校：「萬氏云『亂飄僧舍，密灑歌樓』二句宜倒。元忠按：鄭谷詩云：『亂飄僧舍茶煙濕，密灑歌樓酒力微。江上晚來堪畫處，漁人披得一蓑歸。』此詞『好是漁人，披得一簑歸去，江上晚來堪畫』，全本鄭詩。則『亂飄』二句，恐不必倒轉。且萬氏但據本集『繡幃睡起』一調，不知彼是中呂宮，此是仙吕宫。細校兩詞句法、調法，似無庸强合也。」

【箋注】

〔一〕瑶花：即瑶華，玉花，此喻雪。楚辭九歌大司命：「折疏麻兮瑶華，將以遺兮離居。」王逸注：「瑶華，玉華也。」洪興祖補注：「説者云：瑶華，麻花也，其色白，故比於瑶。此花香，服食可致長壽，故以爲美。」唐張九齡立春日晨起對積雪：「忽對林亭雪，瑶華處處開。」

〔二〕亂飄僧舍：隱括唐鄭谷雪中偶題：「亂飄僧舍茶煙濕，密灑高樓酒力微。江上晚來堪畫處，漁人披得一蓑歸。」

〔三〕「高却」句：鄭谷輦下暮冬詠懷：「煙含紫禁花期近，雪滿長安酒價高。」

〔四〕「乘興」句：參見前雙聲子（晚天蕭索）「乘興」條注。

〔五〕「皓鶴」二句：文選卷一三謝惠連雪賦：「皓鶴奪鮮，白鷴失素。紈袖慚冶，玉顔掩姱。」李善注：「相鶴經云：『鶴千六百年形定而色白，復二千年大毛落，茸毛生，色雪白。』鷴，鳥名也。西都賦曰：『招白鷴。』」吕延濟注：「紈素，練也。玉顔，謂美人顔如玉也。姱，美也。言此等雖白，對雪故皆慚失其鮮美也。」

〔六〕幽蘭：古琴曲名。宋玉諷賦：「臣援琴而鼓之，爲幽蘭、白雪之曲。」南朝宋謝惠連雪賦：「曹風以麻衣比色，楚謡以幽蘭儷曲。」此雖用「幽蘭」，實暗指白雪。

〔七〕彤雲：亦作同雲，謂下雪前密布的濃雲。韓詩外傳：「雪雲曰同雲。」南朝梁庾肩吾詠雪花：「寒光晦八極，同雲暗九天。」唐宋之問奉和春日玩雪應制：「北闕彤雲掩曙霞，東風吹雪舞山家。」

〔八〕瑶臺瓊樹：指積雪的臺樹。南朝宋謝惠連雪賦：「庭列瑶階，林挺瓊樹。」

【輯評】

清許昂霄詞綜偶評補録：「此詞掩襲太多，『皓鶴』二語出惠連雪賦。」

清黄蘇蓼園詞選：「鄭谷詩：『江上晚來堪畫處，漁人披得一蓑歸。』又『長安酒價高』。越溪，剡溪也，戴安道所居。寫雪，通首清雅不俗。第以用前人意思多，總覺少獨得之妙句耳。」

鄭批：「萬氏云（『亂飄』）二句宜倒，無據。」「『亂飄僧舍』數語，全本鄭谷詩句。」「案唐鄭谷此詩，當時多傳誦之，段贊善因采其詩意圖寫之，曲盡瀟洒之思。谷爲詩寄謝云。見宋郭若虚圖畫見聞志。」

【附録】

望遠行　詠雪　金王喆

祥敷瑞布，瓊瑶妥，片片風刀裁下。密拋虚外，徧撒空中，頃刻粉鋪簷瓦。鎖綴園林，妝點往來樵徑，真個最宜圖畫。報豐登，珠寶應難比價。　清雅。鮮潔盡成滉瀁，更爽氣、愈增惺灑。萬壑都平，千山一色，遐邇不分原野。恰似予家，仙景澄徹，瑩瑩蓬萊亭樹。現自然光耀，長明無夜。

八聲甘州

對瀟瀟〔一〕、暮雨灑江天，一番洗清秋。漸霜風淒慘〔二〕，關河冷落，殘照當樓。是處紅衰翠減〔三〕，苒苒物華休〔四〕。惟有長江水，無語東流。　不忍登高臨遠，望故鄉渺邈，歸思難收。歎年來蹤迹，何事苦淹留〔五〕。想佳人、妝樓顒望〔六〕，誤幾回、天際識歸舟〔七〕。爭知我、倚闌干處，正恁凝愁。

【校記】

〔八聲甘州〕花草粹編調下注曰「旅情」。古今詞統調下注曰「秋怨」。

〔瀟瀟〕毛本作「蕭蕭」。

〔淒慘〕毛本、吴本、張校本、詞繫、古今詞統、朱校引焦本「慘」作「緊」。張校：「宋本『慘』。」

〔翠減〕毛本、吴本、張校本、林刊百家詞本、詞繫、古今詞統、朱校引焦本「翠」作「緑」。張校：「宋本『翠』。」

〔不忍〕曹校引趙本作「惆悵」。

〔渺邈〕朱校引焦本、曹校引趙本、陳録「邈」作「渺」。

〔難收〕朱校引焦本、陳録作「悠悠」。

〔妝樓顒望〕吴本、詞繫作「妝樓長望」，曹校引趙本作「妝臺凝望」。

〔倚闌干處正恁凝愁〕陳録：「一本無『干』字」。毛本、吴本、張校本、詞繫「凝愁」作「凝眸」。古今詞統原注：「愁，一作眸。」曹校引趙本作：「玉闌斜倚，正爲人愁。」鄭校：「『眸』，均，宋本作『愁』，詞林紀事同。」

【訂律】

八聲甘州，唐教坊曲有大曲甘州，此或由大曲摘遍翻演。首見於樂章集。南宋張炎所作調名瀟瀟雨，詞繫謂「用柳詞首句爲名」。柳詞另有仙吕調甘州令，亦僅見於樂章集。

宋王灼碧雞漫志卷三：「甘州。世不見，今仙吕調有曲破，有八聲慢，有令，而中吕調有象甘州八聲，他宫調不見也。凡大曲就本宫調製引、序、慢、近、令，蓋度曲者常態，若象甘州八聲，即是用其法於中吕調。此例甚廣。偽蜀毛文錫有甘州遍，顧瓊、李珣有倒排甘州，顧瓊又有甘州子，皆不著宫調。」

詞律卷一：「『漸霜風』三句與前兩詞皆異，作者多用此體。『番』字多用平聲，如坡翁『潮』字，石林『然』字、『心』字，草窗『暉』字，夢窗『天』字、『盃』字、『依』字，方壺『鵑』字，稼軒『陵』字、『亭』字，皆然，其用仄者十中之一耳。『幾』字亦多用仄，故兩字俱未旁注，取法乎上者，自當鑒之。至『倚闌干處』四字内，『闌干』二字相連，如玉田之『有斜陽處』，琴趣之『算如何此』、『更何須惜』，夢窗之『上琴臺去』、『暗消磨盡』、『醉秋香畔』，皆然。此雖非大關係，古作者不必皆同，然亦不可不知夢窗之故意填此，必有謂也。」

詞譜卷二五：「碧雞漫志：『甘州，仙呂調。有曲破，有八聲，有慢，有令。』按此調前後段八韻，故名八聲，乃慢詞也，與甘州遍之曲破，甘州子之令詞不同。樂章集亦注仙呂調。周密詞名甘州；張炎詞因柳詞有『對蕭蕭暮雨灑江天』句，更名蕭蕭雨；白樸詞名宴瑤池。」「雙調九十七字，前後段各九句，四平韻。」「此調以此詞爲正體，若張詞之添聲，劉過以下五詞之減字，皆變體也。」「按此詞後段第六句，作上三下四句法，宋詞俱照此填。」

詞繫卷八：「本集屬仙呂宮。碧鷄漫志……九宮大成入南詞仙呂宮引，與本宮正曲一名瀟瀟雨不同，并與北詞仙呂調隻曲亦不同。許譜亦入仙呂宮。」「白樸詞名宴瑤池，與奚減宴瑤池正調不同。周密詞名甘州，張炎詞名瀟瀟雨，鄭子玉詞加『慢』字。歷代詩餘：『一名甘州曲，西域記載龜茲國工製伊州、甘州、涼州等曲，皆翻入中國詞調，八聲者，歌時之節奏也。』愚按：凡長調皆八韻，八聲者八韻也。」「起二句十三字，一氣貫下，蘇軾作『有情風萬里送潮來』，程垓作同，是第三字句。葉夢得作『故都迷岸草』，是第五字句，又作『又新正過了』，亦五字句，又一句法。張炎於『天』字起韻，皆可不拘。絶妙好詞周密作，後起句七字，是誤多。後段第六句，程作『總使梁園賦猶在』，句法不同，是誤筆，故不另列。『一番』二字，或用平平，或平仄，或仄平，在宋人已無定見。然用平平者多，『一』字原可作平，『番』字亦可讀去，柳集中作去者甚多。『闌干』二字相連，各家同。亦有不連用者，不可從。『瀟瀟』二字，汲古作『蕭蕭』。『渺邈』二字，一本作『渺渺』，葉譜作『綿邈』。『眸』字作『愁』。『緑』、『苒』、『惟』、『故』、『渺』、『幾』、『倚』、『正』可平。『殘』、『紅』、『無』、

『臨』、『歸』、『何』、『佳』、『妝』、『長』、『天』可仄。」

【箋注】

〔一〕瀟瀟：風雨急驟貌。詩鄭風風雨：「風雨瀟瀟，雞鳴膠膠。」毛傳：「瀟瀟，暴疾也。」

〔二〕霜風：刺骨寒風。北周庾信衛王贈桑落酒奉答：「霜風亂飄葉，寒水細澄沙。」

〔三〕紅衰翠減：唐李商隱贈荷花：「此荷此葉常相映，翠減紅衰愁殺人。」

〔四〕苒苒：猶漸漸。南朝梁宣帝櫻桃賦：「既離離而春就，乍苒苒而冬迎。」　物華：指景物。杜甫曲江陪鄭南史飲：「自知白髮非春事，且盡芳樽戀物華。」

〔五〕何事：爲何，何故。西晉左思招隱：「何事待嘯歌，灌木自悲吟。」　淹留：羈留，逗留。楚辭離騷：「時繽紛其變易兮，又何可以淹留？」三國魏曹丕燕歌行：「慊慊思歸戀故鄉，何爲淹留寄他方？」

〔六〕顒望：凝望。李白望夫山：「顒望臨碧空，怨情感離別。」唐温庭筠鳳樓春：「小樓中，春思無窮。倚闌顒望，暗牽愁緒，柳花飛起東風。」此句意脈，唐人亦多有之，如唐韓愈與孟東野書：「以吾心之思足下，知足下懸懸於吾也。」唐白居易江樓月：「誰料江邊懷我夜，正當池畔思君時。」五代孫光憲生查子：「想到玉人情，也合思量我。」

〔七〕「誤幾回」句：參見前玉蝴蝶（望處雨收雲斷）「歸航」條注。唐劉采春囉嗊曲五首：「朝朝江口望，錯認幾人船。」

【輯評】

宋趙德麟侯鯖録卷七：「東坡云：『世言柳耆卿曲俗，非也。如八聲甘州云：「霜風淒緊，關河冷落，殘照當樓。」此語於詩句，不減唐人高處。』」（今按：宋胡仔苕溪漁隱叢話前集卷三三引復齋漫録、吴曾能改齋漫録卷一六謂爲晁補之語。）

明楊慎詞品卷三：「東坡云：『人皆言柳耆卿詞俗，「霜風淒緊，關河冷落，殘照當樓。」唐人佳處不過如此。』按其全篇云……蓋八聲甘州也。草堂詩餘不選此，而選其如『願奶奶蘭心蕙性』之鄙俗，及『以文會友』、『寡信輕諾』之酸文，不知何見也。」

明卓人月編、徐士俊參評古今詞統卷一二：「彼此情形，不言可喻。」

明劉體仁七頌堂詞繹：「詞有與古詩同妙者，如……『關河冷落，殘照當樓』，即敕勒之歌也。」

清田同之西圃詞説：「耆卿詞以『關河冷落，殘照當樓』與『楊柳岸、曉風殘月』爲佳，非是則淫以褻矣。此不可不辨。」

清鄧廷楨雙硯齋詞話：「八聲甘州之『漸霜風淒緊，關河冷落，殘照當樓』乃不減唐人語。……昔東坡讀孟郊詩作詩云：『寒燈照昏花，佳處時一遭。孤芳擢荒穢，苦語餘詩騷。』吾於屯田詞亦云。」

清陳廷焯詞則大雅集卷二：「情景兼到，骨韻俱高，無起伏之痕，有生動之趣，古今傑構。耆卿集中僅見之作。」『佳人妝樓』四字連用，俗極。擇言貴雅，何不檢點如是？致令白璧微瑕。」

清陳廷焯雲韶集：「（上闋）風韻蒼涼，雖令太白、飛卿執筆，亦不過如此。（『想佳人』數句）即杜少陵『今夜鄜州月』之意。」

清陳廷焯白雨齋詞話卷五：「鍊字琢句，原屬詞中末技。然擇言貴雅，亦不可不慎。古人詞有竟體高妙，而一句小疵，致令通篇減色者。如柳耆卿『對瀟瀟暮雨灑江天』一章，情景兼到，骨韻俱高，而有『想佳人妝樓長望』之句。『佳人妝樓』，四字連用，俗極。亦不檢點之過。……此類皆失之不檢，致使敲金戛玉之詞，忽與瓦缶競奏。白璧微瑕，固是恨事。」

清沈祥龍論詞隨筆：「詞韶麗處，不在塗脂抹粉也。誦東坡『冰肌玉骨，自清涼無汗。水殿風來暗香滿』句，自覺口吻俱香。悲慨處不在歎逝傷離也，誦耆卿『漸霜風淒緊，關河冷落，殘照當樓』句，自覺神魂欲斷。蓋皆在神不在迹也。」

梁啓超飲冰室評詞：「飛卿詞『照花前後鏡，花面交相映。』此詞境頗似之。」

陳匪石聲執卷上：「八聲甘州起拍十三字，按屯田、石林、夢窗各作中，三字屬上屬下，或可上可下，同上述兩例。愚以爲詞以韻定拍，一韻之中，字數既可因和聲伸縮，歌聲爲曼爲促，又各字不同。謳曲者只須節拍不誤，而一拍以内，未必依文詞之語氣爲句讀。作詞者只求節拍不誤，而行氣遣詞，自有揮灑自如之地，非必拘拘於句讀。兩宋知音者多明此理，故有不可分之句，又有各各不同之句。」

俞陛雲唐五代兩宋詞選釋：「起二句有俊爽之致。『霜風』、『殘照』三句，音節悲沉，如江天聞笛，古戍吹笳。東坡極稱之，謂唐人佳處，不過如此。以其有提筆四顧之慨，類太白之『牛渚望月』，少陵之『夔府清秋』也。其下二句，順筆寫之，至結句江水東流，復能振起。後半首分三疊寫法，先言己之欲歸不得，何事淹留，次言閨人念遠，誤認歸舟，與温飛卿之『過盡千帆皆不是，斜暉脈脈水悠悠』，皆善寫閨人心事。結句言知君憶我，我亦憶君。前半首之『霜風』、『殘照』，皆在凝眸悵惘中也。」

唐圭璋唐宋詞簡釋：「此首亦柳詞名著。一起寫雨後之江天，澄澈如洗。『漸霜風』三句，更寫風緊日斜之境，淒寄可傷。以東坡之鄙柳詞，亦謂此三句『唐人佳處，不過如此』。『是處』四句，復歎眼前景物凋殘。惟有江水東流，自起首至此，皆寫景。換頭，即景生情。『不忍』句與『望故鄉』兩句，自爲呼應。『歎年來』兩句，自問自歎，與『爲問新愁，何事年年』句，同爲恨極之語。『想』字貫至『收』處，皆是從對面著想，與少陵之『香霧雲鬟濕，清輝玉臂寒』作法相同。小謝詩云『天際識歸舟』，屯田用其語，而加『誤幾回』三字，更覺靈動。收處歸到『倚闌』，與篇首應。梁任公謂此首詞境頗似『照花前後鏡，花面交相映』，說亦至當。」

劉永濟唐五代兩宋詞簡析：「此爲羈旅離別之詞。蓋旅人每遇節候遷移，景物變換，即動歸思，而秋氣蕭索，尤易生人悲感。故楚辭九辯獨於秋生悲。此詞上半闋因秋雨引起離愁。『霜風』三句，乃秋雨望中遠景，寫得壯闊，故東坡稱之。『紅衰翠減』，即『物華休』，乃秋雨望中近景。『長江』二句，見景物皆變，不變者惟有『長江』耳。下半闋即寫引起之歸思。『年來』二句，言客中情味索然，以見歸之不可緩。『想佳人』以下，又從對面著想，寫家人念遊人，不知遊人此時亦正思家人也。觀『倚欄干處』句，知首句『對瀟瀟暮雨』以下所見遠近景物，皆倚欄干時眼中之物象也。全首佈置井井，正其巧於鋪敘之處。」

邵祖平詞心箋評：「清壯頓挫，情聲跌宕。『霜風淒緊，關河冷落，殘照當樓』，雄闊之至！『妝樓顒望』，『倚闌』『凝眸』，沈細之至！自來大詞家，多合豪放婉約爲一手；李後主之『自是人生長恨水長東』『晚涼天靜月華開』，『九曲寒波不泝流』，『恰似一江春水向東流』，皆見大手筆揮灑，不必定以作『爛嚼紅絨，笑向檀郎唾』綺語爲工也。」

舍我天問廬詞話：「皋文選詞之旨，不外『莊雅醇麗』四字。其遺耆卿者，以耆卿之詞過於輕佻耳。然予以爲柳詞雖多淫冶之處，而雨霖鈴及八聲甘州二闋，旖旎纏綿，要自不可沒也。」

吴世昌詞林新話卷三：「耆卿『漸霜風淒緊，關河冷落，殘照當樓』，可稱前無古人。此詞上結『惟有長江水，無語東流』，即東坡念奴嬌『大江東去』所本。下片『誤幾回天際識歸舟』，即溫詞『過盡千帆皆不是』之意。又『想佳人妝樓顒望』之『顒』，借爲『喁』，亦訓『向慕』。後漢書朱儁傳：『凡百君子，靡不顒顒。』又韋莊小重山：『顒情立，宮殿欲黃昏。』」

【附録】

八聲甘州　宋　朱雍

聽琤琤、漏永洗銀林，梅英半寒收。正蟾輝舒粉，雲容縷色，切近妝樓。人在東風竚立，悄悄獨凝眸。多少橫斜影，縈繞江流。　只有清香暗度，墮髻簪珥玉，曾賦清游。認瑶車冰轍，佳致肯延留。指蓬山、青砂初轉，望滄溟、羽佩一同舟。仙娥許，酒湄與我，消盡春愁。

臨江仙

夢覺小庭院〔一〕，冷風淅淅，疏雨瀟瀟。綺窗外，秋聲敗葉狂飄。心摇。奈寒漏永，孤幃悄，淚燭空燒〔二〕。無端處，是繡衾鴛枕，閒過清宵。　蕭條。牽情繫恨，争向年少偏饒〔三〕。覺新來、憔悴舊日風標〔四〕。魂消。念歡娱事，煙波阻、後約方遥。還經歲，問怎生禁得，如許無聊。

【校記】

〔臨江仙〕詞譜作「臨江仙慢」。高麗史卷七一樂志二録此詞調作「臨江仙」，調下注曰「慢」。

〔淅淅〕高麗史作「漸漸」。

〔瀟瀟〕高麗史作「蕭蕭」。

〔淚燭〕高麗史作「燭淚」。

〔繡衾鴛枕〕詞繫「繡衾」後多一「和」字。

〔蕭條〕毛本、吴本、林刊百家詞本、高麗史於此句後分片。

〔繫恨〕高麗史「繫」作「惹」。

〔争向〕林刊百家詞本作「争問」。詞繫：「『争』字，一本作『曾』。」

〔偏饒〕高麗史「饒」作「鐃」。

〔禁得〕朱校引焦本、陳録、高麗史「禁」作「奈」。勞校：「『禁』，一作『奈』。」

〔無聊〕高麗史「聊」作「憀」。

【訂律】

臨江仙，唐教坊曲。敦煌曲有兩闋，五代時作者甚衆，皆爲令詞。柳永此闋爲慢詞，首見於樂章集，此體宋詞中僅柳永此闋。柳永另有仙吕調臨江仙，句韻與五代張泌詞同。此闋曾傳至高麗。

詞律卷八：「又另一格。此調整齊完善，樂章中之佳者，而舊刻將『蕭條』二字綴於前段之尾，傳誤已久，此正是换頭處，今爲改正。『魂消』已下，前後相同。」

詞譜卷二三：「樂章集注『仙吕調』。」「雙調九十三字，前段十一句五平韻，後段十一句六平韻。」「此調祇有此詞，平仄無别首可校。此詞押三短韻，前後段第六句作上一下三句法，第十句作上一下四句法，當是體例，填者審之。」

詞繫卷八：「本集屬仙吕宫。」「此與臨江仙小令迥不相侔。葉譜有『慢』字，宜另列。」「『寒漏』、『歡娱』二字相連，『奈』字、『念』字是領字，勿誤。汲古於『蕭條』分段。『争』字一本作『曾』，今從宋本。『禁』平聲。」

鄭批：「此調當增『引』字，與浪淘沙同。」「宋本有臨江仙引（其三），雖音調字句不同，而此解演爲引近則一也。當據之以增『引』字，以與臨江仙小令有別。」

【箋注】

〔一〕夢覺：猶夢醒。唐韓愈宿龍宮灘：「夢覺燈生暈，宵殘雨送涼。」

〔二〕淚燭：唐杜牧贈別二首：「蠟燭有心還惜別，替人垂淚到天明。」南唐馮延巳采桑子：「愁顔恰似燒殘燭，珠淚闌干。」

〔三〕争向：參見前法曲獻仙音（青翼傳情）「怎生向」條注。　偏饒：見前黄鶯兒（園林晴晝春誰主）同條注。

〔四〕風標：見前合歡帶（身材兒早是妖嬈）「擲果風標」條注。

竹馬子

登孤壘荒涼，危亭曠望，靜臨煙渚。對雌霓挂雨〔一〕，雄風拂檻〔二〕，微收煩暑〔三〕。漸覺一葉驚秋〔四〕，殘蟬噪晚，素商時序〔五〕。覽景想前歡，指神京，非霧非煙深處〔六〕。

向此成追感，新愁易積，故人難聚。憑高盡日凝竚。贏得消魂無語。

極目霽靄霏微〔七〕，暝鴉零亂，蕭索江城暮。南樓畫角，又送殘陽去。

【校記】

〔竹馬子〕詞譜調作「竹馬兒」。花草稡編調下注曰「新秋」。

〔拄雨〕詞繫「雨」作「宇」。

〔拂檻〕繆校：「萬氏云：『檻』，疑『欄』字之誤。」鄭校：「萬氏疑『檻』原作『欄』，不知何謂。蓋以下句對句不調平側。抑亦疏矣。」

〔漸覺〕毛本無此二字，空一格。張校：「二字原空一格，依宋本補。」林刊百家詞本作「□□」。朱校引焦本作「井梧」。勞校：「『漸覺』，刊空白一字。陸校：『丹梧』。」陳録：「『井梧』。『覺』下有此二字。」

〔暝鴉〕毛本、林刊百家詞本無「暝」字，空一格。張校「暝」下注：「原脱，依宋本補。」吴本「暝」作「斷」。朱校引焦本、陳録「暝」作「歸」。

〔又送〕毛本、吴本、朱校引焦本、林刊百家詞本「送」作「逐」。張校：「原作『逐』，依宋本改。」

【訂律】

竹馬子，首見於樂章集。葉夢得詞調名竹馬兒。

詞律卷一八葉夢得竹馬兒下注：「柳詞起句云：『登孤壘荒涼，危亭曠望。』圖譜以爲上五下四，而此篇『平山堂前』四字相連。『但寒松』九字，柳云『指神京，非霧非烟深處』，應作上三下六，而此篇該上五下四，二處想皆不拘。『檻』字柳作平，恐是『欄』字之訛。尾句柳云『又逐殘陽去』，比此尾較順。或曰此尾是『雲水』誤倒『水雲』，或曰柳用『逐』字亦是以入作平，未敢臆斷。作者依柳，仍用入聲可也。若『細』、『又』、『夜』、『漸』、『故』、『縱』、『歲』、『便』、『畫』等字，須用去聲，柳詞正同。譜不足據。至云『幾回』可平仄，『自笑』却欲可平平，『稽康』可仄仄，則改得愈爲無謂。」

詞譜卷三一：「一名竹馬子。樂章集注『仙呂調』。」「雙調一百三字，前段十二句四仄韻，後段十句五仄韻。」「此調始自此詞，應爲正體。若葉詞（今按謂葉夢得同調「與君記平山堂前」）之句讀小異，乃變格也。此調祇有葉詞一首可校，故可平可仄，悉參之。」

詞繫卷八：「本集屬仙呂宮，九宮大成入南詞大石調正曲。另有古竹馬，入北詞中呂調隻曲。」「葉夢得詞名竹馬兒。」「葉夢得一首，起句作一三、一六字，可不拘。詞律令作者依柳，而獨收葉詞，不收柳作，不解其意。『逐』字，葉用平聲，『漸覺』二字，『暝』字，汲古缺，一作『斷』，今據宋本訂正。『宇』字，汲古作『雨』。『逐』字，宋本作『送』。『一』、『日』作平聲。『覽』、『逐』可平。『登』、『贏』可仄。」

【箋注】

〔一〕雌霓：爾雅注疏卷五月名：「螮蝀謂之雩。螮蝀，虹也。」邢昺疏：「音義云：虹雙出，色鮮盛者爲雄，雄曰虹；闇者爲雌，雌曰霓。虹是陰陽交會之氣，純陰純陽則虹不見。若雲薄漏日，日照雨滴，則虹生。」

〔二〕雄風：宋玉風賦：「清清泠泠，愈病析酲，發明耳目，寧體便人。此所謂大王之雄風也。」

〔三〕煩暑：悶熱，暑熱。南史卷五三梁武陵王紀傳：「季月煩暑，流金鑠石，聚蚊成雷，封狐千里。」白居易一葉落：「煩暑鬱未退，涼飆潛已起。」

〔四〕一葉驚秋：西漢劉安淮南子説山訓：「以小明大，見一葉落而知歲之將暮，睹瓶中之冰而知天下之寒。」白居易一葉落：「蕭蕭秋林下，一葉忽先委。勿言微摇落，摇落從此始。」

〔五〕素商：參見前醉蓬萊（漸亭皋葉下）「素秋」條注。

〔六〕非霧非煙：見前看花回（玉墄金階舞舜干）「非煙」條注。

〔七〕霏微：迷蒙貌。白居易遊悟真寺詩一百三十韻：「拂簷虹霏微，遶棟雲迴旋。」

小鎮西

意中有箇人，芳顔二八〔一〕。天然俏、自來奸黠〔二〕。最奇絶。是笑時、媚靨深深，百態千嬌，再三偎著，再三香滑〔三〕。　久離缺。夜來魂夢裏，尤花殢雪〔四〕。分明似舊家時節。正歡悦。被鄰雞唤起〔五〕，一場寂寥，無眠向曉，空有半窗殘月。

【校記】

〔小鎮西〕詞律調作「鎮西」。花草粹編調下注曰「感別」。

〔天然俏〕毛本、勞鈔本、張校本「俏」作「峭」。

〔久離缺〕毛本、吳本、林刊百家詞本於此句後分片。鄭校：「萬氏以『缺』字均應作下段起句，是。」張校：「三字原上屬，依宋本正。」

〔鄰雞〕毛本、張校本、朱校引焦本、詞繫作「雞聲」。張校：「二字宋本作『鄰鄰』。」

〔寂寥〕毛本、吳本、張校本、朱校引焦本「寥」作「寞」。張校：「宋本『寥』。」鄭校：「『寞』字是均，宋本作『寂寥』，誤。」

【訂律】

小鎮西，唐教坊曲有鎮西樂、鎮西子，詞譜謂因舊曲名另創新聲。首見於樂章集，宋詞中僅柳永此闋。

詞律卷一一：「首句五字，次句四字，『無眠』、『向曉』不叶韻，與前詞（今按謂蔡伸鎮西「秋風吹雨」）異。或云前詞或亦五字起。余謂『秋風吹雨』，如何『覺』起來？除是『脚』字則可。按此調『天然俏』以下，前後相同，『久離缺』三字係後段換頭句，前詞甚明。汲古誤將此三字贅附前尾，遂失却此調之體。況論文義，亦云離別已久，而夜來夢中猶是舊時光景，乃正當歡悦，却又被雞聲驚覺也，豈可割一句搭上截耶？本應改正，今仍舊録之者，因欲覽者與前蔡詞相較，自見分明耳。

『一場』以下十四字，若照前詞，原可作『一場寂寞』一句，『無眠向曉』一句，『空有半窗殘月』一句，但前段『是笑時』以下，不可如此分讀，故注斷句如右。」

詞譜卷一六：「唐教坊曲有鎮西子，唐樂府亦有鎮西七言絶句詩，此蓋以舊曲名，另創新聲也。樂章集有兩調，七十一字者，名小鎮西犯，七十九字者，名小鎮西，或名鎮西，俱注『仙吕調』。」「雙調七十九字，前段八句四仄韻，後段九句五仄韻。」「此見樂章集，名小鎮西，與蔡伸集鎮西詞，大同小異。」

詞繫卷八：「唐教坊曲名有鎮西子、鎮西樂，唐樂府名商調曲，本集屬仙吕宫。」「『久離缺』三字，是换頭句，汲古訛刻，今從宋本。末三句詞律作一六兩四字句，意與前段合，不知此等不礙宫調，改變者甚多，況後蔡作有此讀法乎？何必拘泥如此。『鷄聲』二字，宋本作『鄰鷄』，『寞』字作『寥』，未確。」

清丁紹儀聽秋聲館詞話卷一四：「鎮西，應於『再三香滑』句分段。」

【箋注】

〔一〕二八：十六歲。南朝陳徐陵雜曲：「二八年時不憂度，房邊得寵誰相妬。」蘇軾李鈐轄坐上分題戴花：「二八佳人細馬馱，十千美酒渭城歌。」

〔二〕奸黠：聰慧。唐韓愈醉留東野：「韓子稍姦黠，自慚青蒿倚長松。」

〔三〕香滑：謂肌香而膚滑。

〔四〕尤花殢雪：指男女歡愉。花狀美人之容顔，雪狀美人之肌膚。參見前鬭百花（颯颯霜飄鴛瓦）「殢」條注。

〔五〕鄰雞：玉臺新詠卷八庾肩吾雜詩七首其七：「鄰雞聲已傳，愁人竟不眠。月光侵曙後，霜明落曉前。縈鬟起照鏡，誰忍插花鈿。」

【輯評】

清焦循雕菰樓詞話：「毛大可稱詞本無韻，是也。偶檢唐宋人詞，如……柳永鎮西用八（黠）、絶（屑）、月（月）。……凡此皆用當時鄉談里語，又何韻之有。」

小鎮西犯

水鄉初禁火〔一〕，青春未老〔二〕。芳菲滿、柳汀煙島。波際紅幃縹緲〔三〕。儘杯盤小。歌祓禊〔四〕，聲聲諧楚調〔五〕。

路繚繞。野橋新市裏〔六〕，花穠妓好。引遊人、競來喧笑。酩酊誰家年少。信玉山倒〔七〕。家何處，落日眠芳草〔八〕。

【校記】

〔小鎮西犯〕花草粹編調下注云「春遊」。

〔歌祓禊〕毛本「祓」字後復多一「祓」字。

〔楚調〕詞律無「楚」字。

〔路繚繞〕毛本、吴本「繚」作「遼」。毛本、吴本、林刊百家詞本於此句後分片。鄭校：「詞律以三字句爲下段起句，是。」張校：「三字原上屬，依宋本正。」

〔妓好〕詞繫「妓」作「枝」。鄭校：「案『妓』字當爲『枝』之訛，諸本失校。」

〔競來喧笑〕㔶鈔本「競」作「竟」。毛本、吴本、林刊百家詞本、朱校引焦本「喧」作「歡」，㔶鈔本、繆校引宋本「喧」作「諠」。張校「喧」下注：「原作『歡』，今依宋本。」

〔信玉山倒〕繆校引宋本「信」作「任」。歷代詩餘「山」後有「傾」字。

【訂律】

小鎮西犯，應爲小鎮西之犯調，小鎮西爲仙吕調，即夷則羽，則小鎮西犯應屬商犯羽或羽犯角之類。

詞律卷一一：「汲古亦將『路遼遶』三字屬上段，又『袚』字重寫，今改正。『落日』句五字，比前結異。『玉』字，照前似應作平聲，『杯盤』、『玉山』皆四字句，中用二字相連者，不可不知。本譜以字少者居前，此調因題有『犯』字，必非鎮西全體，故以列於正調之後。」

詞譜卷一六：「雙調七十一字，前段七句五仄韻，後段八句六仄韻。」「按，樂章集此名小鎮西犯，前段第一、二、三句，後段第一、二、三、四句，與鎮西詞同，以下句讀俱異。」

詞繫卷八：「本集屬仙吕宫。」「詞律缺『楚』字，謂『杯盤』、『玉山』宜相連，是極。前後下半段，與前作迴異，所以名犯者，是換本調犯他調也。詞律云『題有犯字，必非鎮西全體』，此不明宮調之論也，詳見淒涼犯白石自注。汲古於『繚繞』分段，今從宋本。『枝』字，宋本作『妓』。『任』字，汲古作『信』。『玉山』下，歷代詩餘多『傾』字，皆誤。」

【箋注】

〔一〕禁火：指寒食節。南朝梁宗懍荆楚歲時記：「去冬節一百五日即有疾風甚雨，謂之寒食，禁火三日。」唐郭鄖寒食寄李補闕：「萬井閭閻皆禁火，九原松柏自生煙。」

〔二〕青春：指春天。春季草木茂盛，其色青緑，故稱。楚辭大招：「青春受謝，白日昭只。」王逸注：「青，東方春位，其色青也。」杜甫聞官軍收河南河北：「白日放歌須縱酒，青春作伴好還鄉。」青春未老，謂春光猶盛。

〔三〕紅幃：指飾有紅色幃幔的畫船。

〔四〕祓禊：參見前笛家弄（花發西園）「禊飲」條注。

〔五〕楚調：楚地曲調。白居易醉别程秀才：「吴絃楚調瀟湘弄，爲我殷勤送一盃。」

〔六〕新市：唐王勃臨高臺：「旗亭百隊開新市，甲第千甍分戚里。朱輪翠蓋不勝春，疊榭層楹相對起。復有青樓大道中，繡户文窗雕綺櫳。錦衾晝不襞，羅幃夕未空。歌屏朝掩翠，粧鏡晚窺紅。爲君安寶髻，蛾眉罷花叢。塵間狹路黯將暮，雲開月色明如素。鴛鴦池上兩兩飛，鳳凰樓下雙雙度。物色正如此，佳期那不顧。銀鞍繡轂盛繁華，可憐今夜宿娼家。」

〔七〕玉山倒：參見前鳳棲梧（簾下清歌簾外宴）「玉山未倒」條注。

〔八〕眠芳草：唐李頎送崔侍御赴京：「惜別醉芳草，前山勞夢思。」唐鄭谷曲江春草：「香輪莫碾青青破，留與愁人一醉眠。」宋張昇滿江紅：「待春來攜酒殢東風，眠芳草。」蘇軾西江月：「障泥未解玉驄驕。我欲醉眠芳草。」宋毛滂虞美人：「翠輕緑嫩庭陰好。醉便眠芳草。」

迷神引

一葉扁舟輕帆卷。暫泊楚江南岸〔一〕。孤城暮角，引胡笳怨〔二〕。水茫茫，平沙雁〔三〕、旋驚散。煙斂寒林簇，畫屏展。天際遥山小，黛眉淺〔四〕。舊賞輕拋〔五〕，到此成遊宦〔六〕。覺客程勞，年光晚。異鄉風物，忍蕭索、當愁眼。帝城賒〔七〕，秦樓阻，旅魂亂。芳草連空闊，殘照滿。佳人無消息，斷雲遠。

【校記】

〔迷神引〕花草粹編調下注曰「述懷」。

〔蕭索〕毛本、勞鈔本「蕭」作「瀟」。張校：「原訛『瀟』，依宋本改。」

〔暮角〕曹校引徐本、鄭校引徐本「暮」作「早」。

〔胡笳〕曹校引徐本、鄭校引徐本「胡」作「金」。

【訂律】

迷神引，首見於樂章集。柳永另有中吕調迷神引。此調宋代僅柳永、晁補之及朱雍有詞。詞律拾遺卷四：「『水茫茫』下與後『帝城賒』下同。『雁』字似韻，然此句諸家俱不叶，是偶合耳。葉本『早』作『暮』，『金』作『胡』。」

鄭批：「此首與末卷中吕調同譜，凡叶均處可校訂以正曲體。」「『雁』字非均。『旋』字仄聲。」

【箋注】

〔一〕楚江南岸：宋人所謂「楚江南岸」，有指高郵者，如宋王闢之澠水燕談録卷七：「鄭毅夫詩格飄放，晚年爲雨詩曰：『老火燒空未肯休，忽驚快雨破新秋。晚雲濃淡白日下，只在楚江南岸頭。』未幾，自杭移青，道病，泊舟高郵亭下，乃卒。是何自讖之明。」亦有指江州者，如周紫芝賀新郎：「白首歸何晚。笑一椽、天教付與，楚江南岸。門外春山晚無數，只有匡廬似染。」蓋楚地之江，皆可稱楚江也。

〔二〕胡笳怨：胡笳爲一種管樂器，傳説由西漢張騫從西域傳入。漢魏鼓吹樂中常用之。宋郭茂倩樂府詩集卷五九胡笳十八拍題解：「唐劉商胡笳曲序曰：『蔡文姬善琴，能爲離鸞別鶴之操。胡虜犯中原，爲胡人所掠，入番爲王后，王甚重之。武帝與邕有舊，敕大將軍贖以歸漢。胡人慕文姬，乃卷蘆葉爲吹笳，奏哀怨之音。後董生以琴寫胡笳聲爲十八拍，今之胡笳弄是也。』」杜甫詠懷古迹五首：「千載琵琶作胡語，分明怨恨曲中論。」

〔三〕平沙雁：宋沈括夢溪筆談卷一七：「度支員外郎宋迪工畫，尤善爲平遠山水。其得意者有平沙雁落、遠浦帆歸、山市晴嵐、江天暮雪、洞庭秋月、瀟湘夜雨、煙寺晚鐘、漁村落照，謂之八景。好事者多傳之。」

〔四〕黛眉淺：參見前少年游（層波瀲灩遠山横）「遠山」條、少年游（日高花榭嬾梳頭）「遥山横翠」條注。

〔五〕舊賞：猶言故知，指意中佳人。

〔六〕游宦：西晉陸機爲顧彦先贈婦二首其二：「遊宦久不歸，山川修且闊。」

〔七〕賒：遠。南朝梁朱異送别不及贈何殷二記室：「憑軾徒下淚，裁書路已賒。」

【考證】

據詞中「楚江南岸」、「平沙雁」諸語，當作於游宦瀟湘之時。

促拍滿路花

香靨融春雪〔一〕，翠鬢嚲秋煙。楚腰纖細正笄年〔二〕。鳳幃夜短，偏愛日高眠。起來貪顛耍〔三〕，只恁殘却黛眉，不整花鈿。　有時攜手閒坐，偎倚緑窗前。温柔情態盡人憐。畫堂春過，悄悄落花天〔四〕。最是嬌癡處〔五〕，尤殢檀郎〔六〕，未教拆了鞦韆。

【校記】

〔翠鬢〕毛本、吴本「鬢」作「鬟」。張校：「原作『鬟』，依宋本改。」

〔笄年〕毛本、吴本、林刊百家詞本作「□□」，詞繫作「帊年」。張校：「二字原空，依宋本補。」

〔顛耍〕毛本、吴本作「顛俊」。林刊百家詞本作「顛後」。陳録作「頑耍」。繆校：「宋本『俊』作『耍』，疑應作『傻』字而轉誤爲『俊』也。」鄭校：「宋本作『耍』。疑本作『傻』字，而訛爲『俊』。」張校：「依宋本改，稡編同，毛本原作『俊』，蓋『傻』之訛。」

〔最是〕毛本、吴本、林刊百家詞本作「長是」。

〔拆了〕張校本「拆」作「坼」。

【訂律】

促拍滿路花，平韻體首見於樂章集，仄韻體首見於秦觀詞。

詞律卷一二，調作滿路花，注曰「或加促拍二字」。「用平韻與前調（今按謂秦觀同調「露顆添花色」）異。此雖以其與他詞另格收列於此，然恐有訛處。『正』字下舊失二字，觀後段『人憐』二字，應是七字句，叶韻語。『顛俊』二字誤。至兩結各十字，則一氣貫下，前之上六下四非誤也。」

詞譜卷二〇：「此調有平韻、仄韻二體。平韻者，始自柳永，樂章集注『仙呂調』。仄韻者，始自秦觀。或名滿路花，無『促拍』二字；秦觀詞，一名滿園花；周邦彦詞，名歸去難；袁去華詞，名一枝花；牛真人詞，名喝馬一枝花；太平樂府注『南吕調』。」「雙調八十三字，前後段各八句，四平韻。」「此調押平韻者，有兩體，前後段第三句七字者，以柳詞、廖詞爲正體；前後段第三句八字者，以吕詞、無名氏詞爲正體。若趙詞之押韻參差，曹詞之句讀參差，皆變格也。此詞前後段兩結，句讀亦參差，填者當仍照各家，以上四下六爲定格。譜內可平可仄，即參下平韻五詞。」

詞繫卷八：「本集屬仙吕宫，太平樂府注南吕調，九宫大成入南詞仙吕宫正曲。」「詞之以『促拍』名者始此。促拍解，見卷四。」「前段第七句，『却』字以入作平，『帊年』二字，汲古、詞律缺，『鬢』字作『鬟』，『耍』字作『頑』，『最』字作『長』，皆誤。今據宋本增改。」

鄭批：「清真集有滿路花側調。」

【箋注】

〔一〕香靨：見前擊梧桐（香靨深深）同條注。

〔二〕楚腰纖細正笄年：見前鬬百花（滿搦宫腰纖細）「宫腰」條、「笄歲」條注。

〔三〕顛耍：宋元俗語，戲鬧玩耍之義。金元間圓明老人上乘修真三要卷上三法頌：「駿驥收來巖下卧，顛耍一猿猴，牧童倒騎牛。擒來相隨定，常樂喜無休。」

〔四〕落花天：唐牟融陳使君山莊：「流水斷橋芳草路，淡煙疏雨落花天。」

〔五〕嬌癡：天真可愛而不解事。唐宋之問放白鷴篇：「著書晚下麒麟閣，幼稚嬌癡侯門樂。」本形容幼童，宋人常以之形容歌妓之可愛情狀，如黄庭堅木蘭花令：「可憐翡翠隨雞走，學綰雙鬟年紀小。見來行待惡憐伊，心性嬌癡空解笑。」又向子諲浣溪沙：「曾是襄王夢裏仙。嬌癡恰恰破瓜年。芳心已解品朱絃。」趙長卿水龍吟：「風流俊雅，嬌癡體態，眼前稀有。」

〔六〕尤殢：見前鬬百花（颯颯霜飄鴛瓦）「殢」條注。檀郎：見前合歡帶（身材兒、早是妖嬈）同條注。

六幺令

淡煙殘照，摇曳溪光碧。溪邊淺桃深杏，迤邐染春色。昨夜扁舟泊處，枕底當灘磧〔一〕。波聲漁笛。驚回好夢，夢裏欲歸歸不得。　展轉翻成無寐，因此傷行役。思念多媚多嬌〔二〕，咫尺千山隔。都爲深情密愛，不忍輕離拆。好天良夕。鴛帷寂寞，算得也應暗相憶〔三〕。

【校記】

〔淺桃〕毛本、林刊百家詞本「淺」作「殘」。張校：「原訛『殘』，依宋本改。」

〔枕底〕毛本、吴本「底」作「展」。張校：「原誤『展』，依宋本改。」曹校引梅本、鄭校引梅本「底」作「席」。鄭校：「疑『展』、『底』二字，并以『席』字形近訛，鈔者校者以皆可解，故不復折中一是。愚謂『展』字必因次行换頭處『展』字而羼亂，以句法字義論，自以梅本爲長。」

〔無寐〕張校：「宋本無『無』字。」

〔離拆〕張校本「拆」作「坼」。

〔鴛帷〕勞鈔本「帷」作「幃」。

〔寂寞〕毛本、吴本、張校本、林刊百家詞本、朱校引焦本「寞」作「静」。張校：「宋本『寞』。」

〔相憶〕毛本、吴本、張校本、林刊百家詞本、朱校引焦本「相」作「思」。張校：「原作『思』，依宋本改。」

【訂律】

六幺令，源自唐教坊曲緑腰、録要。用作詞調，首見於樂章集。周邦彦詞亦作仙吕調，吴文英詞注「夷則商俗名仙吕宫」。

宋王灼碧雞漫志卷三：「六幺。一名緑腰，一名樂世，一名録要。元微之琵琶歌云：『緑腰散序多攏撚。』又云：『管兒還爲彈緑腰，緑腰依舊聲迢迢。』又云：『逡巡彈得六幺徹，霜刀破竹無殘節。』沈亞之歌者葉記云：『合韻奏緑腰。』又志盧金蘭墓云：『爲緑腰、玉樹之舞。』唐史吐蕃傳云：『奏凉州、胡渭、録要雜曲。』段安節琵琶録云：『緑腰，本録要也，樂工進曲，上令録其要者。』白樂天楊柳枝詞云：『六幺水調家家唱，白雪梅花處處吹。』又聽歌六絶句内樂一篇云：『管急絃繁拍漸稠，緑腰宛轉曲終頭。誠知樂世聲聲樂，老病人聽未免愁。』注云：『樂世一名六幺。』王建宮詞云：『琵琶先抹六幺頭。』故知唐人以腰作幺者，惟樂天與王建耳。或云：此曲拍無過六字者，故曰六幺。至樂天又獨謂之樂世，他書不見也。青箱雜記云：『曲有録要者，録霓裳羽衣曲之要拍。』霓裳羽衣曲乃宫調，與此曲了不相關。士大夫論議，常患講之未詳，卒然而發，事與理交違，幸有證之者，不過如聚訟耳。若無人攻擊，後世隨以憒憒，或遺禍於天下，樂曲不足道也。琵琶録又云：『貞元中，康崑崙琵琶第一手，兩市樓抵鬭聲樂，崑崙登東綵樓，彈新翻羽調緑腰，必謂無敵。曲罷，西市樓上出一女郎，抱樂器云：我亦彈此曲，兼移在楓香調中。下撥聲如雷，絶妙入神。崑崙拜請爲師，女郎更衣出，乃僧善本，俗姓段。』今六幺行於世者四，曰黄鍾羽，即俗呼般涉調；曰夾鍾羽，即俗呼中吕調；曰林鍾羽，即俗呼高平調；曰夷則羽，即俗呼仙吕調。皆羽調也。崑崙所謂新翻，今四曲中一類乎？或他羽調乎？是未可知也。段師所謂楓香調，無所著見，今四曲中一類乎？或他調乎？亦未可知也。歐陽永叔云：『貪看六幺花十八。』此曲内一疊名花十八，前後十八拍，又四花拍，共二十二拍。樂家者流所謂花拍，蓋非其正也；曲節抑揚可喜，舞亦隨之，而舞築毬六幺，至花十八，益奇。」

詞譜卷二三：「碧鷄漫志：『六幺一名緑腰，一名樂世，一名録要。或云：此曲拍無過六字者，故曰六幺。今六幺行於世者，曰黄鐘羽，即俗呼般涉調；曰夾鐘羽，即俗呼中吕調；曰林鐘羽，即俗呼高平調；曰夷則羽，即俗呼仙吕調，皆羽調也。』按今樂章集，柳永九十四字詞，原注『仙吕調』，即碧鷄漫志所云羽調之一。」「雙調九十四字，前後段各九句，五仄韻。」「此調以此詞爲正體，若賀詞之多押三韻，辛詞、陳詞之句讀或異，皆變體也。　此詞前段第三句，或作平平仄仄平仄，或作仄平仄平平仄，或作平平平仄平仄，若賀詞之平平仄仄仄仄，此亦偶誤，不必從。　又，換頭句，晏幾道詞『遥想疏梅此際』，『此』字仄聲。　周邦彦詞『華堂花艷對列』，『華堂』二字平聲。『艷』字、『對』字俱仄聲。　填者或宗一體，不可三體合而爲一。」

【箋注】

〔一〕灘磧：淺水下的沙石灘。宋邵博邵氏聞見後録卷八：「及冬，江淺勢若可涉，尋常之船，一經灘磧，尚累日不能進。」

〔二〕多媚多嬌：柳永鬭百花：「初學嚴妝，如描似削身材，怯雨羞雲情意。舉措多嬌媚。」

〔三〕「算得」句：柳永八聲甘州：「想佳人、妝樓顒望，誤幾回、天際識歸舟。争知我、倚闌干處，正恁凝愁。」

剔銀燈

何事春工用意〔一〕。繡畫出、萬紅千翠。艷杏夭桃〔二〕，垂楊芳草，各鬭雨膏煙膩〔三〕。如斯佳致。早晚是〔四〕、讀書天氣。　漸漸園林明媚。便好安排歡計。論檻買花〔五〕，盈車載酒，百琲千金邀妓〔六〕。何妨沈醉。有人伴、日高春睡。

【校記】

〔剔銀燈〕花草稡編調下注曰「新春」。

〔千翠〕吴本作「千紫」。繆校：「梅本作『千翠』。『翠』字叶韻。」

〔論檻〕毛本、吴本、林刊百家詞本、朱校引焦本「檻」作「籃」。張校：「原作『籃』，依宋本改。」

【訂律】

剔銀燈，范仲淹有詞。毛滂所作自注「侑歌者以七急拍七拜勸酒」，蓋即其表演方法。

詞譜卷一七：「樂章集注『仙吕調』；金詞亦注『仙吕調』；元高拭詞注『中吕宫』；蔣氏九宫譜，屬中吕調，名剔銀燈引。」「雙調七十五字，前後段各七句五仄韻。」「此詞以柳詞、毛詞（今按謂毛滂同調「簾下風光自足」）、杜詞（今按謂杜安世同調「好事争如不遇」）爲正體，若范詞（今按謂范仲淹同調「昨夜因看蜀志」）、吏詞（今按謂吏長吉「古來五子伊誰有」）之添字，皆變格也。此詞前段第二句七字，後段第二句六字，杜安世『夜永衾寒』詞，正與此同。」

詞繫卷五：「樂章集屬仙吕宫，金詞注仙吕調，高拭詞注中吕宫，蔣氏九宫譜屬中吕調，名剔銀燈引。」「亦用去聲韻，與范作同。後段次句六字，比范、沈兩作少一字。兩第六句亦四字叶韻，與沈作同。宋人皆如此。『買』字當用平，是以上作平。『檻』字，汲古作『籃』，今從宋本。」

【箋注】

〔一〕春工：春季造化萬物之工。唐張碧遊春引三首其三：「萬彙俱含造化恩，見我春工無私理。」

〔二〕夭桃：艷麗的桃花。詩周南桃夭：「桃之夭夭，灼灼其華。」

〔三〕雨膏：參見前玉蝴蝶（漸覺芳郊明媚）「膏雨」條注。

〔四〕早晚：張相詩詞曲語辭匯釋：「早晚，猶云那得或何曾也，此殆從何日之義轉變而來。拾得詩：『箇箇入地獄，早晚出頭時。』早晚一作那得，早晚即那得也。貫休大駕西幸秋日聞雷詩：『黎庶何由泰，鑾輿早晚回！』此亦那得義，故與何由作對；若作何日解，義自可通，然不對勁。……柳永剔銀燈詞：『艷杏夭桃，垂楊芳草，各鬭雨膏煙膩。如斯佳致，早晚是讀書天氣？漸漸園林明媚，便好安排歡計；論檻買花，盈車載酒，百琲千金邀妓。』言何曾是讀書天氣，正是尋歡作樂天氣也；此與俗傳嬾學詩春天不是讀書天，秋天不是讀書天云云相似。」

〔五〕論檻買花：宋陳造江湖長翁集卷一二次王帥韻：「打圍紅袖留連舞，論檻黃花取次簪。」又明彭大翼山堂肆考卷一〇七：「古詩云：『量金上苑買花去，走馬長陵沽酒歸。』」

〔六〕百琲：見前引鴛行（虹收殘雨）同條注。

紅窗聽

如削肌膚紅玉瑩〔一〕。舉措有、許多端正。二年三歲同鴛寢，表温柔心性。

别後無非良夜永。如何向〔二〕、名牽利役，歸期未定。算伊心裏，却冤成薄倖〔三〕。

【校記】

〔紅窗聽〕毛本、吴本、張校本作「紅窗睡」。勞批：「校云：珠玉詞作紅窗聽。□詞律云。」（今按中有一字不能辨識，以□代之。）鄭校、張校：「宋本作『聽』。」

〔紅玉瑩〕毛本、吴本、勞校「瑩」後多一「峰」字。張校：「下原衍『峰』字，依宋本删。」

〔舉措〕詞律「措」作「動」。鄭校：「案『舉措』二字，清真、耆卿諸詞中所習用，萬氏蓋不得其解，以意删之，妄已。」

〔寃成〕毛本、吴本、張校本、詞繫、朱校引焦本「成」作「人」。張校：「宋本『成』。」夏批：「『成』，依焦本作『人』爲是。」

【訂律】

紅窗聽，首見晏殊珠玉詞。

詞律卷七：「汲古刻樂章『瑩』字下多一『峰』字，誤。珠玉詞名『紅窗聽』（今按詞律調作「紅窗睡」）。然『睡』字有理，必誤作『聽』也。」

詞譜卷一〇：「柳永詞注仙吕調。一名紅窗睡。雙調五十三字，前段四句三仄韻，後段五句三仄韻。此調只此一體，有晏詞别首（今按謂晏殊「淡薄梳妝輕結束」）及柳永詞可校。按，晏詞别首，前段第二句『彼此有萬重心訴』，亦七字句，柳詞，前段第二句『舉措有許多端正』，正與此同，汲古閣本多一『峰』字者誤。至晏詞别首兩結句，『隔桃源無處』、『托鴛鴦飛去』，柳詞兩結句，『表温柔心性』、『却冤人薄幸』，俱作上一下四句法。柳詞前段起句『如削肌膚紅玉瑩』，『如』字平聲；第三句『二年三歲同鴛寢』，『二』字仄聲，譜内據之。若前段第二句之『天』字可仄、後段結句之『重』字可仄，亦本柳詞，詳見本詞注中。」

詞繫卷五：「樂章集屬仙吕宫。　無名氏一首，與此同。『舉措』上，汲古多一『峰』字，是衍文。」

【箋注】

〔一〕如削：柳永鬪百花：「如描似削身材。」　紅玉：紅色寶玉，喻美人肌色。題東晉葛洪西京雜志卷一：「趙后體輕腰弱，善行步進退。女弟昭儀不能及也。但昭儀弱骨豐肌，尤工笑語。二人并色如紅玉，爲當時第一，皆擅寵後宫。」宋張先歸朝歡：「粉落輕粧紅玉瑩，月枕横釵雲墜領。」

〔二〕如何向：參見前法曲獻仙音（青翼傳情）「怎生向」條注。

〔三〕薄倖：薄情，負心。唐杜牧遣懷：「十年一覺揚州夢，贏得青樓薄倖名。」

臨江仙

嗚珂碎撼都門曉〔一〕，旌幢擁下天人〔二〕。馬摇金轡破香塵。壺漿盈路〔三〕，歡動一城春。　揚州曾是追遊地，酒臺花徑仍存。　鳳簫依舊月中聞。　荆王魂夢〔四〕，應認嶺頭雲〔五〕。

【校記】

〔臨江仙〕林刊百家詞本、勞校引陸校作「臨江仙令」。

〔旌幢〕詞繫云：「『幢』字，一作『旗』。」

〔香塵〕詞繫云：「『香塵』二字，一作『春塵』。」

〔一城〕毛本、吴本、張校本、林刊百家詞本、朱校引焦本「一」作「帝」。張校：「宋本『一』。」勞鈔本、朱校引原本「城」作「年」。

〔魂夢〕毛本、張校本「夢」作「散」，吴本闕作「□」，詞繫作「斷」。勞鈔本、朱校引原本、繆校引宋本、張校引宋本作「魂夢斷」。詞律作「雲散」。繆校云：「詞律『魂□』作『雲散』，下句『應認嶺頭雲』，『雲』字不應重。」勞批云：「疑『荆王夢斷』。『魂』字□删，前段亦四字句也。□□。」（今按中有數字漫漶不能辨識，以□代之。）鄭校：「詞律『魂』作『雲散』，下句『雲』字不應複。梅本作『魂夢』。宋本『魂夢』下增『斷』字，宜從宋本訂補。」

【訂律】

詞律卷八：「此前後起句，用平平仄仄平平仄者。」

詞繫卷三：「樂章集屬仙呂宮。」「後起句平仄與各家皆異。『幢』字，一作『旗』。『香塵』二字，一作『春塵』。『一』字，汲古作『帝』。『魂斷』二字，一作『雲散』。今從宋本。」

鄭文焯大鶴山人詞話附録大鶴山人論詞遺札與夏吷盦書：「……臨江仙柳詞，宋本有『引』字，是也。諦審此調宜下平聲之清揚，方得哀艷之致。紫霞翁審音刌律，以爲何如……」

【箋注】

〔一〕鳴珂：見前輪臺子（一枕清宵好夢）同條注。

〔二〕旌幢：旌旗，此謂用作儀仗的旗幟。新唐書卷四九下百官志：「節度使……入境，州縣築節樓，迎以鼓角，衙仗居前，旌幢居中，大將鳴珂金鉦鼓角居後。」白居易行次夏口先寄李大夫：「曾陪劍履升鸞殿，欲謁旌幢入鶴樓。」　天人：指仙人，太平廣記卷八張道陵：「忽有天人下，千乘萬記，金車羽蓋，驂龍駕虎，不可勝數。」亦指天子，杜甫八哀詩：「汝陽讓帝子，眉宇真天人。」

〔三〕壺漿：茶水、酒漿。此爲「簞食壺漿」的省文，指用竹籃盛著飯、以壺盛著酒漿來迎接。孟子梁惠王下：「簞食壺漿，以迎王師。」

〔四〕荆王：楚王，春秋戰國時楚國又稱荆國，此用楚王夢中與巫山神女雲雨相會之典，參見前滿朝歡（花隔銅壺）「楚館朝雲」條注。一説用漢初荆王劉賈之典。今按：疑此荆王指仁宗年間封爲荆王的宗室元儼，詳見後考證。

〔五〕嶺頭雲：太平廣記卷二〇二：「丹陽陶弘景……謝職隱茅山。……齊高祖問之曰：『山中何所有？』弘景賦詩以答之，詞曰：『山中何所有，嶺上多白雲。只可自怡悦，不堪持寄君。』高祖賞之。」

【考證】

由詞中「都門」、「天人」、「一城」之異文「帝城」來看，此詞似非投贈揚州守之作。今頗疑此詞乃景祐三年春所作。詞中「荆王」實指荆王元儼，景祐二年十一月，拜淮南節度揚州大使、行荆州揚州牧。

元儼爲太宗之子、真宗之弟、仁宗叔父，於仁宗朝諸宗室中位望最尊，以「天人」擬之，自無不當。宋史卷二四五宗室列傳周王元儼傳：「真宗即位，授檢校太保、左衛上將軍，封曹國公。明年，爲平海軍節度使，拜同中書門下平章事，加檢校太傅，封廣陵郡王。……天聖七年，封鎮王，又賜劍履上殿。明道初，拜太師，換河陽三城、武成節度，封孟王。改永興鳳翔、京兆尹，封荆王。遷雍州、鳳翔牧。景祐二年，大封拜宗室，授荆南、淮南節度大使，行荆州、揚州牧，仍賜入朝不趨。」又宋李燾續資治通鑑長編卷一一七：「（景祐二年十一月）荆王元儼爲荆南、淮南節度大使，行荆州，揚州牧，仍賜入朝不趨。二州牧自元儼始。」

元儼於真宗朝即曾被封廣陵郡王，景祐二年復爲荆州、揚州牧。詞中「揚州曾是追游地」，恐即指此而言。按宋制，宗室親王遥領州牧，實不蒞其地。詞中所謂「追游」、「酒臺花徑」，應該也是虛寫，不可坐實。

宋史卷二四五元儼傳又載：「元儼廣顙豐頤，嚴毅不可犯，天下崇憚之，名聞外夷。……仁宗沖年即位，章獻皇后臨朝，自以屬尊望重，恐爲太后所忌，深自沉晦，因闔門却絶人事，故繆語陽狂，不復預朝謁。」章獻明肅劉太后薨於明道二年（一〇三三），仁宗親政，改明年爲景祐元年。詞中「荆王魂夢，應認嶺頭雲」，或即暗示景祐元年前元儼深自養晦之情狀。

元儼被封在景祐二年十一月，而柳永於景祐元年登第，其時當在睦州任上。從詞中「一城春」之語來推測，或是景祐三年春柳永在睦州聞「大封拜宗室」之事而作。

然此説能否成立，尚乏明證。聊誌於此，以俟博雅。

鳳歸雲

向深秋，雨餘爽氣肅西郊。陌上夜闌，襟袖起涼飆〔一〕。天末殘星〔二〕，流電未滅〔三〕，閃閃隔林梢。又是曉雞聲斷，陽烏光動〔四〕，漸分山路迢迢。　驅驅行役，苒苒光陰，蠅頭利禄，蝸角功名〔五〕，畢竟成何事〔六〕，漫相高。拋擲雲泉〔七〕，狎玩塵土〔八〕，壯節等閒消〔九〕。幸有五湖煙浪〔一〇〕，一船風月，會須歸去老漁樵〔一一〕。

【校記】

〔鳳歸雲〕花草稡編調下注曰「遣興」。

〔天末〕毛本、吴本「末」闕作「□」。張校：「原空，依宋本補。」詞繫云：「各本作『際』。」

〔雲泉〕繆校引天籟軒本、鄭校引天籟軒本「雲」作「林」。

〔歸去〕毛本、吴本、張校本、林刊百家詞本、朱校引焦本無「去」字。詞繫云：「『歸』字，一作『終』。」張校：「宋本下有『去』字，恐衍。」

【訂律】

詞律卷一七：「『天□』以下與後『拋擲』以下同。『電』字、『玩』字去聲。」

詞譜卷二九：「唐教坊曲名。柳永樂章集，平韻一百一字者，注『仙吕調』；仄韻一百十八字者，注『林鐘商調』。」「雙調一百一字，前段十句四平韻，後段十一句三平韻。」「此體押平韻者，只有趙詞（今按謂趙以夫同調「正愁予」）可校，譜内可平可仄悉參之。」

詞繫卷八：「唐教坊曲名。唐樂府商調曲。本集屬仙吕宫。」「此調只趙以夫一首可證，平仄無異，略異數字，照注如下，可見宋時本有此體，不得謂有脱誤也。『末』字，汲古缺，各本作『際』。『歸』字，下缺『去』字。『歸』字，一作『終』，據宋本訂正。『利』、『一』可平。『驅』、『蠅』、『塵』可仄。」

夏批：「『殘星』之光，亦隔林閃閃不止。『流電』，寫景逼真。『殘星』、『流電』是并舉，未可於

『星』字斷句也。紅友泥於以下半闋相比，於『星』字注句，便少一趣。」

鄭批：「『陰』、『名』并叶。」

【箋注】

〔一〕涼飆：秋風。西漢班婕妤怨歌行：「常恐秋節至，涼飈奪炎熱。」

〔二〕天末：天盡頭。杜甫天末懷李白：「涼風起天末，君子意如何。」

〔三〕流電：本指閃電，此處應指殘星的流光。

〔四〕陽烏：古代神話謂太陽中有三足金烏。文選卷四西晉左思蜀都賦：「羲和假道於峻岐，陽烏迴翼乎高標。」李善注：「春秋元命包曰：『陽成於三，故日中有三足烏，烏者，陽精。』」借指太陽。李白上雲樂：「陽烏未出谷，顧兔半藏身。」

〔五〕蝸角：莊子則陽：「有國於蝸之左角者曰觸氏，有國於蝸之右角者曰蠻氏，時相與争地而戰，伏屍數萬，逐北旬有五日而後反。」蘇軾滿庭芳：「蝸角虛名，蠅頭微利，算來著甚乾忙。」正用柳詞。

〔六〕畢竟：張相詩詞曲語辭匯釋：「畢竟，究竟也。」王維歎殷遥詩：『人生能幾何？畢竟歸無形。』李商隱早起詩：『鶯啼花又笑，畢竟是誰春？』」

〔七〕雲泉：見前滿江紅（暮雨初收）「雲泉約」條注。

〔八〕塵土：指塵世，塵事。唐沈亞之送文穎上人游天台：「莫説人間事，崎嶇塵土中。」

〔九〕壯節：此猶言壯志。三國志魏志卷七呂布臧洪傳論：「陳登、臧洪并有雄氣壯節。」

〔一〇〕五湖：用范蠡事，見前雙聲子（晚天蕭索）「范蠡」條注。

〔一一〕會須：應當，會當。張相詩詞曲語辭匯釋：「會，猶當也；應也。有時含有將然語氣。……有作會須者。李白將進酒詩：『烹羊宰牛且爲樂，會須一飲三百杯。』此猶云應須。」

女冠子

淡煙飄薄〔一〕。鶯花謝、清和院落〔二〕。樹陰翠、密葉成幄。麥秋霽景〔三〕，夏雲忽變奇峰〔四〕、倚寥廓。波暖銀塘，漲新萍緑魚躍。想端憂多暇，陳王是日，嫩苔生閣〔五〕。

正鑠石天高，流金晝永〔六〕，楚榭光風轉蕙〔七〕，披襟處、波翻翠幕。以文會友〔八〕，沈李浮瓜忍輕諾〔九〕。別館清閒，避炎蒸、豈須河朔〔一〇〕。但尊前隨分〔一一〕，雅歌艷舞，盡成歡樂。

【校記】

〔女冠子〕吴本、勞校引陸校調下注云「夏景」。

〔樹陰翠〕朱校引原本、勞鈔本「樹」作「榭」。張校：「宋本『榭』，非。」

〔成幄〕曹校引陳本「成」作「如」。

〔波暖銀塘，漲新萍緑魚躍〕詞繫作「波暖銀塘緑漲，新萍魚躍」。

〔端憂〕吴本作「憂端」。

〔光風〕毛本、吴本、林刊百家詞本作「風光」。勞校：「『光風』二字，刊倒，係剜改。」

【訂律】

詞律卷三：「此與前調（今按，謂蔣捷同調「蕙風香也」）只兩結同，其餘絶不相類。『麥秋』以下十三字，圖譜强分作一四一九，『波暖』下十字，强分作兩五，余眇識之人，不敢妄注。『緑魚躍』三字無理，過變至『幕』字方叶，亦恐未確。而譜以『蕙』字爲『惡』字，謂是叶韻，『幕』字翻不注叶，想讀作『暮』音矣，但『光風轉蕙』乃招魂句，改爲『轉惡』無理之甚。柳七雖俗，未必如此村煞也。總之樂章集差訛最多，實難勘定，寧甘闕陋之嘲，不能爲柳氏功臣，亦不敢爲柳氏罪人也。作此調者亦只從康蔣可矣。『端憂多暇』月賦中語，圖譜作『憂端』非。」

詞譜卷四：「唐教坊曲名。小令始於温庭筠，長調始於柳永。樂章集『淡煙飄薄』詞注『仙吕調』；『斷煙殘雨』詞注『大石調』；元高拭詞注『黄鐘宫』。柳永詞，一名女冠子慢。」「雙調一百十一字，前段十句六仄韻，後段十一句四仄韻。此詞『麥秋』以下二十三字，詞律不分句讀，今照嘯餘譜點定，只『夏雲忽變奇峰』須作微讀，『波暖銀塘』十字，須上四下六分句，稍爲妥適耳。至『端憂多暇』，本謝莊月賦中語，乃改『端憂』爲『憂端』；後段『光風轉蕙』，本宋玉招魂中語，乃改『轉蕙』

爲『轉惡』，而以『惡』字爲叶韻，俱嘯餘之誤。」

詞繫卷八：「唐教坊曲名。本集屬仙呂宮。九宮大成入北詞大石角隻曲，一名雙鳳翹。又入南詞南呂宮正曲，與小女冠子不同。」「此調只前段第四句下五句，與薛昭蘊作同，餘則迥異。想宮調懸殊，故九宮加『小』字以別之。宜分列。『麥秋』下二十三字，圖譜作一四、一九、兩五字句。詞律云不敢妄注。余謂此數句與五代小令法相同，何竟未一對勘耶！『蕙』字應叶韻，圖譜作『惡』字，無理。『端憂』二字，譜作『憂端』亦非，宜從詞律。『波暖』下十字，汲古『緑』字在『萍』字下，詞律謂無理，今據詞律改正。『光風』二字，汲古作『風光』，『樹』字，宋本作『榭』。」

勞批：「底□□校從广，斧季上方标從厂。」又：「去似不常有，□□詞律云。」（今按：中有數字漫漶不能辨識，以□代之。）

鄭批：「清真詞別是一格。」

【箋注】

〔一〕飄薄：隨風消散。

〔二〕清和：農曆四月爲清和月，見前送征衣（過韶陽）同條注。

〔三〕麥秋：麥熟之季，通常指農曆四、五月。禮記月令：「（孟夏之月）靡草死，麥秋至。」元陳澔禮記集說：「秋者，百穀成熟之期。此於時雖夏，於麥則秋，故云麥秋也。」

〔四〕夏雲：東晉顧愷之神情詩：「夏雲多奇峰」。東晉陶淵明四時：「春水滿四澤，夏雲多奇峰。

秋月揚明暉，冬嶺秀孤松。」

〔五〕「端憂」三句：文選卷一三南朝宋謝莊月賦：「陳王初喪應劉，端憂多暇，緑苔生閣，芳塵凝榭。」李善注：「假説陳王、應劉，以起賦端也。陳王，曹植也。應劉，應瑒、劉楨也。魏文帝書曰：『徐陳應劉，一時俱逝。』孫卿子曰：『其爲人也多暇日者，其出入不遠。』」又：「言無復娱游，故緑苔生而芳塵凝也。」李周翰注：「應、劉并魏才子，言二子初喪亡，植惜其才，端然憂愁，以多閑暇，此皆假設以爲辭。」

〔六〕「鑠石」二句：形容天氣炎熱，能使金石熔化。西漢劉安淮南子詮言訓：「大熱，鑠石流金，火弗爲益其烈。」楚辭招魂：「十日代出，流金鑠石些。」王逸注曰：「鑠，銷也。言東方有扶桑之木，十日并在其上，以次更行，其熱酷烈，金石堅剛，皆爲銷釋也。」

〔七〕光風轉蕙：楚辭招魂：「光風轉蕙，氾崇蘭些。」王逸注曰：「光風，謂雨已日出而風，草木有光也。轉，摇也。……言天雨霽日明，微風奮發，動摇草木，皆令有光，充實蘭蕙，使之芬芳而益暢茂也。」

〔八〕以文會友：論語顔淵：「君子以文會友，以友輔仁。」孔安國曰：「友以文德合也。」又曰：「友有相切磋之道，所以輔成己之仁也。」

〔九〕沈李浮瓜：將瓜、李浸於水中，取其凉意，食以去暑。三國魏曹丕與朝歌令吴質書：「浮甘瓜於清泉，沈朱李於寒水。」後以「沉李浮瓜」借指消夏樂事，亦用以泛指消夏果品。

〔一〇〕河朔：泛指黄河以北地區。唐徐堅初學記卷三引三國魏曹丕典論：「大駕都許，使光禄大夫劉松北鎮袁紹軍，與紹子弟日共宴飲，常以三伏之際，晝夜酣飲，極醉，至於無知，云以避一時之暑。故河朔有避暑飲。」後因以「河朔飲」指夏日避暑之飲或酣飲。

〔一一〕隨分：隨意。參見迎新春（嶰管變青律）同條注。

玉山枕

驟雨新霽。蕩原野、清如洗。斷霞散彩，殘陽倒影，天外雲峰，數朵相倚。露荷煙芰滿池塘，見次第〔一〕、幾番紅翠。當是時、河朔飛觴〔二〕，避炎蒸，想風流堪繼。晚來高樹清風起。動簾幕、生秋氣。畫樓晝寂，蘭堂夜靜〔三〕，舞艷歌姝，漸任羅綺〔四〕。訟閒時泰足風情〔五〕，便争奈、雅歌都廢。省教成〔六〕、幾闋清歌，盡新聲，好尊前重理。

【校記】

〔清如洗〕吴本「如」作「光」。

〔雲峰〕林刊百家詞本「雲」作「雪」。

〔露荷〕毛本、吴本、林刊百家詞本「荷」作「莎」。張校：「原訛『莎』，依宋本改。」

〔雅歌〕曹校云：「梅本『歌』作『歡』。本集征部樂調有『雅歡幽會』語，可證。朱本同。」

〔清歌〕毛本、吴本、林刊百家詞本作「新歌」。繆校云：「『幾闋新歌』，與下句『盡新聲』複，疑當作『清』。」鄭校：「『新歌』當作『清』。因下句『新』字衍上誤。」張校：「原誤『新』，依宋本改。」

〔重理〕毛本「理」作「里」。張校：「原誤『里』，依宋本改。」

【訂律】

玉山枕，首見於樂章集，宋詞中僅存柳永此闋。

詞律卷一九：「『蕩原野』以下，與後『動簾幕』以下俱同。此調無他作者，平仄當悉遵之。或謂『芰』字、『泰』字亦是叶韻，未知是否？『泰』、『外』等古亦連押，然不必。圖譜以起句四字爲二句，不知何據？此詞用韻甚正，柳七雖俗，亦從不肯借韻，豈有以魚語韻字入霽薺者，況以借叶之字爲第一箇韻脚乎？『雨』字與『霽』叶，乃吴越間俗音，近來傖父多此痼疾，稍知沈韻者，必不犯此，而謂柳七爲之耶？況如此長調，又非换頭，豈有以兩字起句，二字繼叶之理？不比醉翁操，原學琴操爲之也。『蕩原野』二句，反合爲六字，至『動簾幕』，則又仍分二句，俱不可解。『當是時』用平仄平，後『省教成』用仄平平，兩結相同，故旁注可平可仄。然愚謂『當是時』三字，恐原係『是當時』三字也，讀者可玩而知之。又前後二結，讀者俱如右注，上七下八，姑仍之。然愚謂『當』以上三字爲豆，而中七字爲句，下五字爲尾。蓋河朔避炎是一件事，下則想繼其風流，是另一層意。『新歌』、『新聲』是一件事，下則要重理其歌曲，亦是另一層意。如此則語意不累墜矣，願以質之具正法眼藏者。」

詞譜卷三六：「柳永樂章集注『仙吕調』。」「雙調一百十三字，前後段各十一句，五仄韻。」「此調祇有此詞，無别首宋詞可校。此詞前後段結句，俱作上一下四句法，填者辨之。」

詞繫卷八：「本集屬仙吕宫。」「此調無他作可證，平仄宜悉從之。圖譜謂『雨』字起韻固非，詞律謂『芰』字、『泰』字叶韻，亦未確。又兩結當一三、一七、一五字，一氣貫下，可不拘。『荷』字，汲古作『莎』，『清歌』二字作『新歌』，與下重，『理』字作『里』，今從宋本。『雅歡』二字，宋本作『雅歌』，與上下三重，今從歷代詩餘。『任』平聲。」

鄭批：「此調只過片句法微異，餘皆從同。」

【箋注】

〔一〕次第：張相詩詞曲語辭匯釋：「次第，多數之辭。白居易花下對酒詩：『梅櫻與桃杏，次第城上發。』言一一發也。」

〔二〕河朔飛觴：參見前女冠子（淡煙飄薄）「河朔」條注。

〔三〕蘭堂：參見前笛家弄（花發西園）同條注。

〔四〕漸任羅綺：此謂秋風漸起，天氣轉涼，歌妓能著羅綺而不覺暑熱。任，禁受。

〔五〕訟閑時泰：訴簡官閑，以見太平時世。

〔六〕省：張相詩詞曲語辭匯釋：「省，猶曾也。……岑參函谷關歌：『野花不省見行人，山鳥何曾識關吏。』」

【考證】

觀「河朔飛觴」、「訟閑時泰」諸語，似爲投贈某郡守之作。

減字木蘭花

花心柳眼〔一〕。郎似遊絲常惹絆〔二〕。慵困誰憐。繡綫金鍼不喜穿〔三〕。深房密宴。争向好天多聚散〔四〕。緑鎖窗前。幾日春愁廢管絃。

【校記】

〔減字木蘭花〕花草粹編調下注曰「恨别」。

〔慵困〕毛本、吴本、林刊百家詞本、朱校引焦本作「獨爲」。張校：「二字原作『獨爲』，依宋本改。」

〔密宴〕毛本、吴本、張校本、勞鈔本「宴」作「讌」。今按宴、讌二字通。

〔春愁〕毛本、吴本、林刊百家詞本、繆校引梅本作「□□」。張校：「二字原空，依宋本補。」

【訂律】

減字木蘭花，張先詞入林鐘商。

詞繫卷三：「樂章集屬仙吕宫。」「一四一七字句，凡四段，兩换韻。所謂減字者，比庾詞（今按謂全唐詩所録庾傳素木蘭花「木蘭紅艷多情態」）每段減三字也。『慵困』二字，汲古作『獨爲』、『春愁』二字缺，今據宋本訂正。」

【箋注】

〔一〕花心：花蕊。五代毛文錫紗窗恨：「雙雙蝶翅塗鉛粉，咂花心。綺窗繡户飛來穩，畫堂陰。」

柳眼：見前柳初新（東郊向曉星杓亞）「煙眼」條注。

〔二〕遊絲：南朝梁沈約八詠詩：「遊絲曖如網，落花雰似霧。」北周庾信燕歌行：「自從將軍出細柳，蕩子空牀難獨守。盤龍明鏡餉秦嘉，避惡生香寄韓壽。春分燕來能幾日，二月蠶眠不復久。洛陽遊絲百丈連，黄河春冰千片穿。桃花顔色好如馬，榆莢新開巧似錢。」

〔三〕金鍼：唐羅隱七夕：「香帳簇成排窈窕，金鍼穿罷拜嬋娟。」

〔四〕争向：參見前法曲獻仙音（青翼傳情）「怎生向」條注。

木蘭花令

有箇人人真攀羨〔一〕。問著洋洋回却面〔二〕。你若無意向他人，爲甚夢中頻相見。不如聞早還却願〔三〕。免使牽人虚魂亂。風流腸壯不堅牢，只恐被伊牽引斷。

【校記】

〔木蘭花令〕毛本、吴本、張校本調作「玉樓春」，下注：「一刻蘇子瞻。」花草稡編調下注曰「佳人」。

〔有箇人人〕花草稡編作「个人豐韻」。

〔攀羨〕朱校引焦本、吴本、毛本、張校本作「堪羡」。

〔問著洋洋〕毛本、吴本、朱校引焦本作「問却佯羞」。張校「著」下注：「原誤『却』，今依宋本。」張校「佯羞」下注：「宋本作『洋洋』。」花草稡編作「問着佯羞」，林刊百家詞本作「問著佯佯」。

〔你若〕朱校引焦本作「若言」。

〔他人〕毛本、吴本、張校本作「咱行」。張校：「二字宋本作『他人』，非。」

〔相見〕陳録「相」作「夢」。

〔聞早〕張校本、朱校引焦本、曹校引梅本「聞」作「及」。張校：「原作『聞』，宋本同，今依稡編。」

〔还却願〕陳録「却」下注「一作心」。花草稡編「却」作「心」。

〔虚魂〕毛本、吴本、張校本、朱校引焦本作「魂夢」。

〔腸壯〕毛本、吴本、張校本、勞鈔本「壯」作「肚」。全宋詞本亦作「肚」，并注云：「按『肚』原誤作『壯』，據毛校樂章集改。」今按：下句言「牽引斷」，則此處作「肚」爲長，當從。

〔牽引〕毛本、吴本、張校本、林刊百家詞本、朱校引焦本「引」作「惹」。張校：「宋本『引』。」

【訂律】

木蘭花令，首見於樂章集。體格與玉樓春及木蘭花之齊言體相近。詞律認爲即木蘭花，唯調名多一「令」字而已。

詞繫卷三：「此用拗體。『著洋洋』三字，汲古作『却佯羞』，『他人』二字作『咱行』，『虚魂』二字作『魂夢』，『引』字作『惹』，今從宋本。」

【箋注】

〔一〕攀羨：字義未詳。似爲愛慕、喜愛之意。諸本作「堪羨」，義較明瞭。

〔二〕洋洋：美善。書伊訓：「聖謨洋洋，嘉言孔彰。」孔傳：「洋洋，美善。」

〔三〕聞早：趁早。張相詩詞曲語辭匯釋：「聞，猶趁也；乘也。……聞早猶云趁早或趕早也。劉克莊和竹溪披字韻詩：『俚辭聞早安排了，未必他人識牧之。』……柳永木蘭花令詞：『不如聞早還却願。免使牽人虚魂亂。』」

【輯評】

邵祖平詞心箋評：「『不如聞早還却願』猶言『不如趁早了却百年大願』也，浪子口吻，可笑！」

錢鍾書管錐編第三册全上古三代文卷一〇：「好色賦：『於是處子怳若有望而不來，忽若有來而不見，意密體疏，俯仰異觀，含喜微笑，竊視流眄。』按神女賦又云：『意似近而既遠兮，若將來而復旋。……似逝未行，中若相首，目略微盼，精彩相授……意離未絶。』皆寫如即如離、亦迎亦拒之狀，司空圖詩品之委曲曰：『似往已迴，如幽非藏。』可借以形容。……後來刻劃，如晉白紵舞歌『若推若引留且行……如矜如思凝且翔』；劉禹錫觀柘枝舞『曲盡回身去，層波猶注人』；韓偓三憶『憶去時，向月遲遲行；强語戲同伴，圖郎聞笑聲』；柳永木蘭花令『問著洋洋回却面』；張先踏莎行『佯佯不覷雲鬟點』；陳師道放歌行『不惜捲簾通一顧，惜君著眼未分明』；史達祖祝英臺近『見郎和笑拖裙，匆匆欲去，驀忽罥留芳袖』；王實甫西廂記第一折『怎當他臨去秋波那一轉』；增華窮態，要不出宋玉二賦語之牢籠。」

甘州令

凍雲深〔一〕，淑氣淺〔二〕，寒欺緑野。輕雪伴、早梅飄謝。艷陽天，正明媚，却成瀟灑。玉人歌〔三〕，畫樓酒，對此景、驟增高價〔四〕。　賣花巷陌〔五〕，放燈臺榭〔六〕。好時節、怎生輕捨。賴和風，蕩霽靄，廓清良夜。玉塵鋪〔七〕，桂華滿〔八〕，素光裏、更堪遊冶。

【校記】

〔甘州令〕花草粹編調下注曰「詠雪」。

〔此景〕毛本、吴本、詞繫「景」作「早」。張校：「原誤『早』，依宋本改。」

〔時節〕毛本、吴本、林刊百家詞本作「節」作「代」。張校：「原誤『代』，依宋本改。」

〔桂華〕毛本、吴本、林刊百家詞本「華」作「莖」。張校：「原誤『萃』，依宋本改。」

【訂律】

詞律卷一：「後段只首句换頭，『放燈』以下與前段『寒欺』以下俱同。」

詞譜卷一八：「碧雞漫志仙吕調有甘州令；樂章集甘州令注亦『仙吕調』，字句與甘州子、甘州遍、八聲甘州不同。」「雙調七十八字，前段十句四仄韻，後段九句四仄韻。」「前後段句讀相對，惟後段起句四字，與前段起句三字兩句不同，所以謂之换頭，又謂過變。此詞有自注宫調，且無别首宋詞可校，其平仄當依之。」

詞繫卷八：「本集屬仙吕宫。」「亦是六州歌頭之一，與甘州子、甘州遍、甘州曲皆不同，故另列。餘詳甘州曲、八聲甘州下。『節』字，汲古作『代』，『華』字作『莖』，今據宋本訂正。」

【箋注】

〔一〕凍雲：見前夜半樂（凍雲黯淡天氣）同條注。

〔二〕淑氣：見前洞仙歌（乘興）同條注。

〔三〕玉人：容貌美麗者，多用以稱美女。五代韋莊秋霽晚景：「玉人襟袖薄，斜凭翠闌干。」此指歌妓。

〔四〕驟增高價：參見前望遠行（長空降瑞）「高却旗亭酒價」條注。此謂因雪而歌、酒俱增價。

〔五〕賣花巷陌：宋孟元老東京夢華録卷七：「是月季春，萬花爛漫，牡丹、芍藥、棣棠、木香，種種上市。賣花者以馬頭竹籃鋪排，歌叫之聲，清奇可聽，晴簾静院，曉幕高樓，宿酒未醒，好夢初覺，聞之莫不新愁易感，幽恨懸生，最一時之佳況。」宋陸游臨安春雨初霽：「小樓一夜聽春雨，深巷明朝賣杏花。」又宋蔣捷昭君怨：「擔子挑春雖小。白白紅紅都好。賣過巷東家。巷西家。　簾外一聲聲叫。簾裏鴉鬟入報。問道買梅花。買桃花。」所述皆宋代賣花情狀。

〔六〕放燈：指農曆正月元宵節燃點花燈供民遊賞的風俗。宋江休復鄰幾雜志：「京師上元，放燈三夕。錢氏納土進錢買兩夜，今十七、十八兩夜燈，因錢氏而添之。」參見前歸去來（初過元宵三五）附録。

〔七〕玉塵：玉屑，喻雪。白居易酬皇甫十早春對雪見贈：「漠漠復雰雰，東風散玉塵。」

〔八〕桂華：指月。傳説月中有桂樹。北周庾信舟中望月：「天漢看珠蚌，星橋視桂花。」唐韓愈明水賦：「桂華吐耀，兔影騰精。」

西施

苧蘿妖艷世難偕〔一〕。善媚悅君懷。後庭恃寵，盡使絶嫌猜。正恁朝歡暮宴，情未足，早江上兵來。　捧心調態軍前死〔二〕，羅綺旋變塵埃。至今想，怨魂無主尚徘徊。夜夜姑蘇城外，當時月，但空照荒臺〔三〕。

【校記】

〔難偕〕毛本、吴本、林刊百家詞本、詞律作「□」。張校：「原空，依宋本補。」曹校引明鈔本、陳録作「諧」，詞譜、詞繫作「儕」。

〔恃寵〕毛本、吴本、林刊百家詞本、詞繫「寵」前多一「愛」字。張校：「原衍『愛』字，依宋本删。」

〔早江〕勞鈔本「江」作「沍」，疑誤。

〔羅綺旋變塵埃〕張校本、詞繫、詞譜「羅綺旋」作「旋羅綺」。張校：「『旋』字原脱在『羅綺』下，依宋本改。」

〔至今想〕鄭校「想」旁注「悲」。張校本無「想」字，張校：「原衍『想』字，依稡編删。」

〔怨魂〕林刊百家詞本、張校本、詞繫、詞譜「魂」作「魄」。張校：「原訛『魂』，依宋本改。」

【訂律】

西施，首見於樂章集。此調宋詞中僅存柳永三闋。

詞律卷一〇：「『難』字下原缺一字，『後庭』下恐有訛錯。『後庭』句比前調（今按謂柳永同調「柳街燈市好花多」）『萬嬌』句，『至今』句比『洞房』句，各多一字。」

詞譜卷一六：「樂章集注『仙呂調』。」「雙調七十三字，前段七句四平韻，後段七句三平韻。」「此與『柳街花市』詞同，惟前後段第三句，各添一字異。花草粹編本後段第三句脱一字，今從樂章集校定。」

詞繫卷九：「本集屬仙呂宮。」「此詠西施事，即以名調。『後庭』句，『至今』句，明明可解，詞律謂有訛錯，亦奇。兩結句是一領四字句，勿誤。『儕』字，汲古缺，宋本作『偕』。『旋羅綺』三字，汲古、詞律作『羅綺旋』，誤，今據詞譜改正。『愛』字，宋本缺。」

夏批：「『徊』，戈順卿入支韻。」

【箋注】

〔一〕苧蘿：東漢趙曄吴越春秋卷九句踐陰謀外傳：「十二年，越王謂大夫種曰：『孤聞吴王淫而好色，惑亂沉湎，不領政事，因此而謀可乎？』種曰：『可破。夫吴王淫而好色，宰嚭佞以曳心，往獻美女，其必受之，惟王選擇美女二人而進之。』越王曰：『善！』乃使相者國中得苧蘿山鬻薪之女，曰西施、鄭旦，飾以羅縠，教以容步，習於土城，臨於都巷，三年學服，而獻於吴。

乃使相國范蠡進曰：『越王句踐，竊有二遺女，越國洿下困迫，不敢稽留，謹使臣蠡獻之。大王不以鄙陋寢容，願納以供箕箒之用。』吴王大悦，曰：『越貢二女，乃句踐之盡忠於吴之證也。』……遂受其女。越王曰：『善哉。』」

〔二〕捧心調態：參見前浪淘沙令（有箇人人）「西施」條注。　軍前死：宋姚寬西溪叢語卷上：「吴越春秋云：『吴國亡，西子被殺。』杜牧之詩云：『西子下姑蘇，一舸逐鴟夷。』東坡詞云：『五湖聞道，扁舟歸去，仍攜西子。』予問王性之，性之云：『西子自下姑蘇，一舸自逐范蠡，遂爲兩義，不可云范蠡將西子去也。』嘗疑之，別無所據。因覩唐景龍文館記宋之問分題得浣紗篇云：『越女顔如花，越王聞浣紗。國微不自寵，獻作吴宮娃。山藪半潛匿，苧羅更蒙遮。一行霸句踐，再笑傾夫差。豔色奪常人，效顰亦相誇。一朝還舊都，靚粧尋若耶。鳥驚入松網，魚畏沉荷花。始覺治容妄，方悟群心邪。』此詩云復還會稽，又與前不同，當更詳考。」明楊慎丹鉛餘録卷一五：「世傳西施隨范蠡去，不見所出，只因杜牧『西子下姑蘇，一舸逐鴟夷』之句而附會也。予竊疑之，未有可證，以折其是非。一日，讀墨子曰：『吴起之裂，其功也；西施之沉，其美也。』喜曰：此吴亡之後，西施亦死於水，不從范蠡去之一證。墨子去吴越之世甚近，所書得其真。然猶恐牧之別有見，後檢修文御覽見引吴越春秋逸篇云：『吴亡後，越浮西施於江，令隨鴟夷以終。』乃笑曰：此事正與墨子合，杜牧未精審，一時趁筆之過也。蓋吴既滅，即沉西施於江。浮，沉也，反言耳。隨鴟夷者，子胥之譖死，西施有力焉。胥死，盛以鴟夷，今沉西施，所以報子胥之忠。故云『隨鴟夷以終』。范蠡去越，亦號鴟夷子，杜牧遂以子胥鴟夷爲范蠡之鴟夷，乃影撰此事，以墮後人於疑網也。既又自笑曰：范蠡不幸，遇杜牧，受誣千載，又何幸遇予而雪之，亦一快哉！」另參見明陳耀文正楊卷二「西施」條、明徐應秋玉芝堂談薈卷六「西施隨蠡」條。

〔三〕荒臺：指姑蘇臺，參見前雙聲子（晚天蕭索）「姑蘇臺榭」條。

【考證】

此詞調名西施，詞亦述西施故事，詠調名本意。

其二

柳街燈市好花多〔一〕。盡讓美瓊娥〔二〕。萬嬌千媚，的的在層波〔三〕。取次梳妝，自有天然態，愛淺畫雙蛾〔四〕。　斷腸最是金閨客〔五〕，空憐愛、奈伊何。洞房咫尺，無計枉朝珂〔六〕。有意憐才，每遇行雲處，幸時恁相過。

【校記】

〔層波〕張校本「層」作「澄」。

〔梳妝〕毛本、詞繫作「妝梳」。

〔幸時恁〕吴本、勞鈔本、朱校引原本、曹校引宋本、張校引宋本無「幸」字。

【訂律】

詞律卷一〇：「後起用仄，第二句六字，與前段異。『取次』句、『有意』句，俱九字一氣，第六字下略豆，亦可。『盡』、『愛』、『幸』三字皆領句，與『的的』、『無計』二句雖同五字，而句法各殊。」

詞譜卷一六：「樂章集注『仙吕調』。」「雙調七十一字，前段七句四平韻，後段七句三平韻。」「按，花草粹編柳詞別首，『自從回步百花橋……』惟兩三字平仄小異，其餘并同。」

詞繫卷九：「本集屬仙吕調。」「兩第三句比前各少一字，兩第五、六句作一四、一五字讀，略異。宋本缺『幸』字，脱誤，宜從汲古。『的』可平。『無』、『時』可仄。」

【箋注】

〔一〕柳街：猶言柳巷、花街，指歌妓所居。

〔二〕瓊娥：美女。西晉陸雲九湣感逝：「瓊娥起而清嘯，神風穆其來應。」唐薛稷奉和送金城公主適西蕃應制：「月下瓊娥去，星分寶婺行。」

〔三〕的的：光亮、鮮明貌。唐陳子昂宿空舲峽青樹村浦：「的的明月水，啾啾寒夜猿。」　層波：謂眼波。見前晝夜樂（秀香家住桃花徑）同條注。

〔四〕淺畫雙蛾：謂淡汝。見前兩同心（嫩臉修蛾）「淡匀輕掃」條注。

〔五〕金閨：本指漢代學士待詔之金馬門，宋人所謂金閨客，多代指館閣官。如宋司馬光和何濟川漢州西湖雜詠十七首其一：「太守金閨客，天朝應對才。」宋郭祥正蔡梧州敘拜禮用四韻謝之兼送別：「卓犖金閨客，經過慰老夫。」宋許景衡寄李聖與：「李侯自是金閨客，奔走人間三十年。」一説金閨爲閨閣的美稱。唐王昌齡從軍行：「更吹羌笛關山月，無那金閨萬里愁。」然據詞中下文「朝珂」語，此「金閨客」似宜指官員。

〔六〕枉：猶言枉駕而訪。古詩十九首凜凜歲云暮：「良人惟古歡，枉駕惠前綏。」 朝珂：官員上朝所乘之馬。參見前輪臺子（一枕清宵好夢）「鳴珂」條注。唐李商隱鏡檻：「豈能拋斷夢，聽鼓事朝珂。」

其三

自從回步百花橋〔一〕。便獨處清宵。鳳衾鴛枕，何事等閒拋。縱有餘香〔二〕，也似郎恩愛，向日夜潛消。 恐伊不信芳容改，將憔悴、寫霜綃〔三〕。更憑錦字〔四〕，字字説情憀〔五〕。要識愁腸，但看丁香樹〔六〕，漸結盡春梢。

【校記】

〔其三〕毛本、吴本無此闋。林刊百家詞本「鳳衾鴛枕」以下脱，林大椿據彊邨叢書本録補。林刊百家詞本調下注云「次韻和人」。繆校：「宋本有西施（自從回步）一闋。原缺。梅本存『自從回步百花橋。便獨處清宵。鳳衾鴛枕』十六字。下缺四行。毛本全棄去。」

〔百花橋〕繆校引宋本「橋」作「嬌」。

〔清宵〕林刊百家詞本「宵」作「霄」。

〔春梢〕勞校引陸鈔「梢」作「稍」。

【箋注】

〔一〕百花橋：此處指與情郎離別之地。太平廣記卷二五『元柳二公』條引唐沈汾續仙傳：「元和初，有元徹、柳實者居於衡山，二公俱有從父爲官浙右，李庶人連累，各竄於驩、愛州，二公共結行李而往省焉。……夜將午，俄颶風欻起，斷纜漂舟，入於大海，莫知所適。」二人飄至孤島，訪仙境，請南溟夫人助歸。「夫人命侍女紫衣鳳冠者曰：『可送客去，而所乘者何?』侍女曰：『有百花橋可馭二子。』二子感謝拜別。夫人贈以玉壺一枚，高尺餘。夫人命筆題玉壺詩贈曰：『來從一葉舟中來，去向百花橋上去。若到人間扣玉壺，鴛鴦目解分明語。』俄有橋長數百步，欄檻之上，皆有異花，二子於花間潛窺，見千龍萬蛇遽相交遶爲橋之柱。」

〔二〕餘香：見前玉樓春（閬風歧路連銀闕）同條注。

〔三〕霜綃：白色的綾緞。此指畫在白綾上的容貌圖畫。唐玄宗題梅妃畫真：「霜綃雖似當時態，争奈嬌波不顧人。」

〔四〕錦字：見前曲玉管（隴首雲飛）同條注。

〔五〕情憀：悲思之情。唐陸龜蒙自遣詩：「誰使寒鴉意緒嬌，雲晴山晚動情憀。」

〔六〕丁香樹：丁香樹的花蕾，稱爲丁香結，古人多用以比喻愁緒之郁結難解。唐李商隱代贈二首：「芭蕉不展丁香結，同向春風各自愁。」唐尹鶚撥櫂子：「寸心恰似丁香結，看看瘦盡胸前雪。」五代李珣河傳：「愁腸豈異丁香結。因離別，故國音書絶。想佳人花下，對明月春風，恨應同。」

河傳

翠深紅淺。愁蛾黛蹙，嬌波刀翦〔一〕。奇容妙伎，争逞舞裀歌扇。妝光生粉面〔二〕。　坐中醉客風流慣。尊前見。特地驚狂眼。不似少年時節，千金争選。相逢何太晚。

【校記】

〔河傳〕毛本、吴本此詞及下闋調均作「河轉」。張校：「原訛『轉』，依宋本改。」

〔愁蛾〕毛本、勞鈔本「蛾」作「娥」。張校：「原訛『娥』，今改。」

〔妙伎〕毛本、吴本、張校本、勞鈔本「伎」作「妓」，詞繫作「技」。張校：「疑『技』。」

〔争逞〕毛本、吴本、張校本、林刊百家詞本、詞繫、朱校引焦本、詞律作「互逞」。張校：「宋本『争』。」

【訂律】

河傳，唐曲，花間集録温庭筠等所作。金奩集載温庭筠、韋莊所作皆注林鐘宮，柳詞及張先詞并入仙吕調。

宋王灼碧雞漫志卷四：「脞説云：『水調河傳，煬帝將幸江都時所製，聲韻悲切，帝喜之。樂工王令言謂其弟子曰：「不返矣，水調河傳但有去聲。」』此説與安公子事相類，蓋水調中河傳也。……河傳唐詞存者二，其一屬南吕宮，凡前段平韻後仄韻；其一乃今怨王孫曲，屬無射宮。以此知煬帝所製河傳，不傳已久。然歐陽永叔所集詞内河傳，附越調，亦怨王孫曲。今世河傳，乃仙吕調，皆令也。」

詞律卷六：「樂章集題作『河轉』，即河傳也，但通首俱仄韻耳。柳又一首於『不似』句作上四下六，想所不拘。『互逞』句汲古刻作『露清江芳交亂』，『清江』二字乃『影紅』二字之訛，其首句云『淮岸。漸晚』，則仍用唐體耳。餘同。」

詞譜卷一一：「宋王灼碧雞漫志云：『河傳唐曲，今存者二。其一屬南吕宮，前段仄韻，後段平韻；其一屬無射宮，即怨王孫曲；外又有越調、仙吕調兩曲。』按河傳之名，始於隋代，其詞則創自温庭筠。花間集所載唐詞，句讀韻叶，頗極參差，然約計不過三體。有前後段兩仄兩平四换韻者，如温庭筠『湖上』詞以下十五首是也，内韋莊詞名怨王孫，宋人多宗之，歐陽修詞注『越調』，張先詞有『海宇，稱慶，與天同』句，更名慶同天，李清照詞有『人靜皎月初斜，浸梨花』句，更名月照梨花；有前段仄韻。後段仄韻、平韻者，如孫光憲『風颭』詞以下五首是也，宋詞無填此調者；有前後段皆仄韻者，如張泌『渺莽』詞以下七首是也，宋詞亦宗之，樂章集注『仙呂調』，徐昌圖詞有『秋光滿目』句，更名秋光滿目。歷來舊譜，大都挨字類列，其體莫辨，閱者茫然。譜內劃清三體，每體中，細辨句讀韻叶，各以類列，庶按譜時，各有所宗，不致混淆矣。」「雙調五十七字，前段六句四仄韻，後段六句五仄韻。」「此與『淮岸，漸晚』詞同，惟前段起句四字，後段第四句六字、第五句四字異。」

詞繫卷二：「樂章集屬仙呂宮，宋刊本樂章集調名河傳。想『傳』字作去聲讀，如傳舍之『傳』，抑因各體多换韻作上聲，讀如轉聲轉調之『轉』。通首用仄韻，不换韻，與張泌第一首（今按謂張泌同調「渺莽」）同。惟前段五句多二字，後段多一四字句，又異。『互』字，宋本作『争』。」

【箋注】

〔一〕嬌波刀翦：喻眼波之靈動。參見前晝夜樂（秀香家住桃花徑）「層波細翦明眸」條注。

〔二〕妝光：謂盛裝的容貌。宋張先好事近：「雙歌聲斷寶杯空，妝光艷瑶席。」

其二

淮岸。向晚。圓荷向背〔一〕，芙蓉深淺。仙娥畫舸〔二〕，露漬紅芳交亂〔三〕。難分花與面〔四〕。采多漸覺輕船滿。呼歸伴。急槳煙村遠。隱隱棹歌，漸被蒹葭遮斷。曲終人不見〔五〕。

【校記】

〔其二〕陳録、花草稡編調下注曰「美人」。

〔向晚〕吴本「向」作「漸」。陳録、勞校：「『向』，一作『漸』」。

〔圓荷〕毛本、吴本「圓」作「圜」。

〔向背〕詞繫謂一本作「相背」。

〔露漬〕吴本「漬」作「影」。毛本、勞鈔本、林刊百家詞本、朱校引原本、繆校引宋本「漬」作「清」。張校：「原訛『清』，依宋本改。」

〔紅芳〕毛本、陳録「紅」作「江」。張校：「原訛『江』，依宋本改。」

〔采多漸覺輕船滿〕勞鈔本、詞繫、曹校引朱本、張校引宋本「漸」作「乍」。陳録「漸」下注「一作乍」。曹校引朱本「船」作「舸」。

〔煙村〕毛本、吴本、張校本「村」作「波」。張校：「宋本『村』。」

〔棹歌〕林刊百家詞本「棹」作「掉」。

〔漸被〕張校本「漸」字脱。

【訂律】

詞譜卷一一：「雙調五十七字，前段七句五仄韻，後段六句五仄韻。」「此照張泌（今按謂張泌同調「渺莽」）詞填，惟前段第五、六句，後段第四、五句，俱四字一句、六字一句，較爲整齊。」

詞繫卷二：「樂章集亦屬仙呂宮。」「前起二字叶，後段第四、五句，上四下六字與前略異。『仙娥』句平仄與各家反。『向晚』二字，一本作『漸晚』，『向背』二字作『相背』。『漬紅』二字，汲古作『清江』，誤。『乍』字一本作『漸』，『村』字作『波』。今從宋本。」

【箋注】

〔一〕向背：相向與相背。此形容荷葉姿態各異。唐劉長卿湘中紀行：「雲起遥蔽虧，江迴頻向背。」宋梅堯臣和楊直講夾竹花圖：「萼繁葉密有向背，枝瘦節疏有直曲。」

〔二〕仙娥畫舸：此謂采蓮女子之舟。

〔三〕紅芳交亂：南朝梁元帝采蓮曲：「蓮花亂臉色，荷葉雜衣香。」

〔四〕難分花與面：唐温庭筠菩薩蠻：「花面交相映。」

〔五〕曲終人不見：唐錢起省試湘靈鼓瑟：「曲終人不見，江上數峰青。」

【輯評】

清陳廷焯雲韶集：「雅麗有致。」「去路悠遠，其情不盡。」

吳熊和師手批樂章集：「采荷曲。」

郭郎兒近

帝里。閒居小曲深坊〔一〕，庭院沈沈朱户閉〔二〕。新霽。畏景天氣。薰風簾幕無人〔三〕，永晝厭厭如度歲。愁悴。枕簟微涼〔四〕，睡久輾轉慵起。硯席塵生〔五〕，新詩小闋，等閒都盡廢〔六〕。這些兒、寂寞情懷，何事新來常恁地。

【校記】

〔郭郎兒近〕毛本、吴本、張校本、林刊百家詞本、詞繫調作「郭郎兒近拍」。繆校、鄭校：「宋本無『拍』字。」花草粹編調下注曰「遣懷」。

〔畏景〕曹校：「萬氏云『畏景』決是誤字。元忠按：本集過澗歇調亦云：『避畏景，兩兩舟人夜深語。』豈有動輒即誤之理。據錦繡萬花谷别集引王言史詩『曲池煎畏景，高閣絶微飆』，則『畏景』猶言夏日可畏耳，非誤字也。」鄭批：「唐王言史詩：『曲池煎畏景』可證，非誤字。萬氏疏漏已甚。」「萬氏以『畏景』決是誤字，不知此用『夏日可畏』。云『畏景』即『畏日』，夢窗詞有之。」「又本集過澗歇，亦有『避畏景，兩兩舟人夜語』，可知柳詞恒見。原於文選。耆卿取字，不僅在温、李詩中，蓋熟於六朝文，故語多艷冶，無一字無來處。」（今按：「曲池煎畏景」出自廣州王園寺伏日即事寄北中親友，據唐詩紀事卷四六、全唐詩卷四六八當作劉言史詩。然山堂肆考卷一一、歲時雜詠卷二二、全唐詩卷七七〇作王言史詩，故曹校、鄭校云云。）

〔愁悴〕毛本、吴本、張校本、勞鈔本「悴」作「瘁」。毛本、吴本、勞鈔本、林刊百家詞本、朱校引原本於此句後分片。鄭校：「宋本以『愁瘁』爲過片，當據訂。」張校：「二字原上屬，今從宋本。」

〔輾轉〕毛本、吴本、勞鈔本、林刊百家詞本、朱校引原本「輾」作「轉」。張校：「原訛『轉』，依宋本改。」

【訂律】

郭郎兒近，首見於樂章集，宋詞中僅存柳永此闋。唐段安節樂府雜録：「自昔傳云起於漢高祖在平城爲冒頓所圍，其城一面，即冒頓妻閼氏，兵强於三面。壘中絶食，陳平訪知閼氏妬忌，即造木偶人，運機關舞於陴間。閼氏望見，謂是生人，慮下其城，冒頓必納妓女，遂退軍。史家但云陳平以秘計免，蓋鄙其策下爾。後樂家翻爲戲，其引歌舞有郭郎者，髮正秃，善優笑，閭里呼爲郭郎，凡戲場必在俳兒之首也。」調名或本於此。

詞律卷一一：「此詞非有落字，必有訛字，難以論定，姑注如右。所無疑者，『愁瘁』二字，必是後段起句，蓋『何事』句與『永晝』句合耳。『畏景』決係誤字，或謂『帝里』即是起韻，總無他闋可考，恨恨。」

詞譜卷一七：「調見樂章集，注『仙吕調』。按樂府雜録：『傀儡子戲，其引歌舞，有郭郎者，善優笑，閭里呼爲郭郎，凡戲場必在俳兒之首。』柳詞調名，或取諸此。」「雙調七十三字，前段七句五仄韻，後段八句四仄韻。」「按『愁悴』二字，是後段起句，蓋後結『何事』句，正與『永晝』句合也。詞律謂有脱誤，但無他闕可考，今照詞暎點定。」

詞繫卷九：「本集屬仙呂調。」「樂府雜録：有郭郎者，髪正禿，善優笑，閭里呼爲郭郎。凡戲場必在俳兒之首。」「近拍者，音節拍促也，與促拍差同。詞之以『近拍』名者始此。」「或云『帝里』即是起韻。汲古於『愁瘁』分段，詞律謂宜屬後段，是。『輾轉』二字，汲古作『轉轉』，誤，今從宋本改正。」

清丁紹儀聽秋聲館詞話卷一四：「柳永郭郎兒近拍，應於『永晝懨懨如度歲』句分段。」

鄭校：「宋本此在下卷。」

【箋注】

〔一〕小曲深坊：參見前鳳歸雲（戀帝里）「平康」條注引北里志。

〔二〕「庭院」句：唐陳鴻長恨歌傳：「於時雲海沉沉，洞天日晚，瓊户重闔，悄然無聲。」

〔三〕簾幕無人：宋田錫花雨比下秦中：「川原何處連天草，簾幕無人半日風。」

〔四〕枕簟微涼：宋晏殊玉樓春：「紫薇朱槿繁開後。枕簟微涼生玉漏。」

〔五〕硯席：硯臺與坐席，借指讀書寫作之處。唐劉得仁答韋先輩春雨後見寄：「軒窗透初日，硯席絶纖塵。」

〔六〕等閒：無端。張相詩詞曲語辭匯釋：「等閒，猶云平常也；隨便也；無端也。……毛熙震菩薩蠻詞：「光影暗相催，等閒秋又來。」此爲無端義。歐陽修南柯子詞：『等閒妨了繡工夫。笑問雙鴛鴦字、怎生書。』此亦無端義。」

南呂調

透碧霄

月華邊〔一〕。萬年芳樹起祥煙〔二〕。帝居壯麗〔三〕，皇家熙盛〔四〕，寶運當千〔五〕。端門清晝〔六〕，觚稜照日〔七〕，雙闕中天〔八〕。太平時、朝野多歡。徧錦街香陌，鈞天歌吹〔九〕，閬苑神仙。　昔觀光得意〔一〇〕，狂遊風景，再覩更精妍〔一一〕。傍柳陰，尋花徑，空恁嚲轡垂鞭〔一二〕。樂遊雅戲，平康艷質〔一三〕，應也依然。仗何人、多謝嬋娟。道宦途蹤迹，歌酒情懷，不似當年。

【校記】

〔一〕月華　林刊百家詞本「月」作「日」。

〔朝野〕毛本、吴本「野」作「夜」。鄭校：「宋本『夜』作『野』。此以音訛。」張校「野」下注：「原誤『夜』，依宋本改。」

〔徧錦街〕勞鈔本、繆校引宋本、鄭校引宋本「徧」作「偏」。

〔宦途〕詞繫：「『途』字，宋本作『名』。」張校引宋本「途」作「名」。

【訂律】

透碧霄，首見於樂章集。

詞律卷一九：「『端門』下與後『樂遊』下同，只『歌酒情懷』與『鈞天歌吹』平仄異耳。圖譜收查荎（同調「檥蘭舟」）一首，於『端門』三句云：『相從爭奈，心期久要，屢變霜秋。』圖譜作六字兩句，蓋讀『要』字作平聲也。觀此『觚稜』三句，端然俱是四字，且正與後『樂遊』三句相對，是知不可作六字也。『傍柳陰』下十二字，查云：『愛渚梅、幽香動，須采掇倩纖柔。』圖作上句五字，下句七字，甚謬。『愛渚梅』三字豆，即此篇之『傍柳陰』也。又以『梅幽香』三字疊平，竟將『梅』字圖作可仄，更可笑矣。但『須采掇』句六字，亦三字豆者，與此『空恁』句句法似別。然玩查句文義，亦有可疑，若作『采掇須倩纖柔』，則理順語協，與此相符矣。或云：查用論語『久要』字，自當作平聲，此詞『日』字與後段『質』字，乃入作平耳。『照艷』二字，不可用平，然查之後段却用『誰傳餘韻』，是不可以一處而拗三處也。按王荆公老人行云：『古來人事已如此，今日何須論久要。』，『要』字叶上『笑』、『誚』韻，是『久要』原可讀去聲，查詞之與此篇『觚稜照日』正合矣。」

詞譜卷三五：「柳永樂章集注『南呂宮』。」「雙調一百十二字，前段十二句六平韻，後段十二句五平韻。」「此調始於此詞，應以此爲定格。若查詞之句讀小異，曹詞之句讀不同，皆變體也。此詞可平可仄，參校查詞，若曹詞（今按謂曹勛同調「閬苑喜新晴」）自成一體，即不校注。」

詞繫卷九：「本集屬南呂調。」「此調自詠本意，想是創格，只查荎一首與此同。『空恁』句作『須采掇，倩纖柔』，於三字豆，詞律所論穿鑿無謂。又以『日』字、『質』字作平，更不確。『寶』字，葉譜作『景』，『野』字，汲古作『夜』，誤。『途』字，宋本作『名』，葉譜作『游』。『吹』去聲，『錦』、『再』、『艷』、『宦』可平，『朝』、『蹤』、『雙』可仄。」

【箋注】

〔一〕萬年芳樹：唐劉禹錫和僕射牛相公以離闕庭七年班行親故亡歿十無一人再覩龍顏喜慶雖極感歎風燭能不愴然因成四韻并示集賢中書二相公所和：「久辭龍闕擁紅旗，喜見天顏拜赤墀。三省英寮非舊侶，萬年芳樹長新枝。」

〔二〕帝居：天子所居，指京城。南朝陳後主入隋侍宴應詔：「日月光天德，山河壯帝居。」

〔三〕熙盛：興隆。西晉潘岳南陽長公主誄：「於穆獻后，奕代熙盛。」

〔四〕寶運：國運，皇業。南朝梁沈約武帝集序：「夫成天地之大功，膺樂推之寶運，未或不文武兼資，能事斯畢者也。」當千：謂當有千載、千代之意。隋書卷一高祖紀：「應百代之期，當千齡之運。」

〔五〕端門：見前御街行（燔柴煙斷星河曙）同條注。

〔六〕觚稜：宮闕上轉角處的瓦脊成方角稜瓣之形，借指宮闕。文選卷一班固西都賦：「設璧門之鳳闕，上觚稜而棲金爵。」李善注：「漢書曰：『建章宮，其東則鳳闕，高二十餘丈。其南有璧門之屬。』漢書音義應劭曰：『觚，八觚，有隅者也，音孤。』説文曰：『稜，柧也，柧與觚同。』」呂向注：「觚稜，闕角也。」唐杜牧昔事文皇帝三十二韻：「鳳闕觚稜影，仙盤曉日暾。」

〔七〕雙闕中天：參見前醉蓬萊（漸亭皋葉下）「華闕中天」條注。

〔八〕鈞天：即「鈞天廣樂」，指天上仙樂。南朝梁劉勰文心雕龍樂府：「鈞天九奏，既其上帝。」

〔九〕觀光：觀覽國之盛德光輝。易經：「觀國之光，利用賓于王。」引申指游覽京都。杜甫奉贈韋左丞丈二十二韻：「甫昔少年日，早充觀國賓。」

〔一〇〕精妍：精良美好。南朝宋鮑照蕪城賦：「財力雄富，士馬精妍。」

〔一一〕嚲轡垂鞭：李白陌上贈美人：「駿馬驕行踏落花，垂鞭直拂五雲車。美人一笑褰珠箔，遥指紅樓是妾家。」

〔一二〕平康：見前鳳歸雲（戀帝里）同條注。

【輯評】

吴熊和師手批樂章集：「再次入京，已乏昔日風情。」

木蘭花慢

倚危樓竚立，乍蕭索、晚晴初。漸素景衰殘〔一〕，風砧韻響〔二〕，霜樹紅疏〔三〕。雲衢〔四〕。見新雁過〔五〕，奈佳人自別阻音書。空遺悲秋念遠〔六〕，寸腸萬恨縈紆〔七〕。皇都。暗想歡遊，成往事、動欷歔〔八〕。念對酒當歌〔九〕，低幃竝枕，翻恁輕孤。歸途。縱凝望處，但斜陽暮靄滿平蕪。贏得無言悄悄，凭闌盡日踟躕。

【校記】

〔木蘭花慢〕勞鈔本調作「木欄花」。林刊百家詞本調作「木蘭花」。花草稡編調下注曰「惜别」。

〔韻響〕毛本、吴本、張校本、朱校引焦本「響」作「冷」。張校「韻」下注：「宋本『響』。」

〔皇都〕林刊百家詞本於此句後分片。

〔輕孤〕勞鈔本「孤」作「辜」。

【訂律】

木蘭花慢，首見於樂章集。唐教坊曲有木蘭花，此調蓋因唐曲舊名翻演之新聲慢詞。

詞譜卷二九：「宋柳永樂章集注『高平調』。」「雙調一百一字，前段十句五平韻，後段十一句六平韻。」「此與『坼桐花』詞同，惟後段第二句不押韻，第四句攤破作兩句異。」

鄭批：「是解上下闋中間兩字短句下四字句法，惟柳詞作一字領句，當是舊譜音拍，後之作者悉從簡易，審音者識之。」

【箋注】

〔一〕素景：即秋景。參見前玉蝴蝶（淡蕩素商行暮）「素商」條注。

〔二〕風砧韻響：謂擣衣聲。參見前卜算子（江楓漸老）「疏砧」條注。

〔三〕霜樹：白居易冬日平泉路晚歸：「山路難行日易斜，煙村霜樹欲棲鴉。」

〔四〕雲衢：雲中道路，借指高空。樂府古辭雜曲歌辭艷歌：「今日樂上樂，相從步雲衢。天公出美酒，河伯出鯉魚。」

〔五〕新雁過：用鴻雁傳書之意。參見前甘草子（秋盡）「雁字」條注。

〔六〕悲秋念遠：柳永卜算子：「對晚景、傷懷念遠，新愁舊恨相繼。」

〔七〕縈紆：盤旋環繞。唐元結懷潛君：「思不從兮空躑躅，心回迷兮意縈紆。」

〔八〕欷歔：歎息聲。三國魏曹植卞太后誄：「百姓欷歔，嬰兒號慕。」

〔九〕對酒當歌：用曹操短歌行語。參見前鳳棲梧（竚倚危樓風細細）同條注。

【輯評】

清沈謙填詞雜説：「小令、中調有排蕩之勢者，吴彥高之『南朝千古傷心事』、范希文之『塞下秋來風景異』是也。長調極狎昵之情者，周美成之『衣染鶯黄』、柳耆卿之『晚晴初』是也。於此足悟倫聲變律之妙。」

其二

拆桐花爛漫〔一〕，乍疏雨、洗清明。正艷杏燒林，緗桃繡野〔二〕，芳景如屏。傾城。盡尋勝去，驟雕鞍紺幰出郊坰〔三〕。風暖繁絃脆管，萬家競奏新聲。盈盈。鬭草蹋青〔四〕。人艷冶、遞逢迎。向路傍往往，遺簪墮珥〔五〕，珠翠縱横。歡情。對佳麗地〔六〕，信金罍罄竭玉山傾〔七〕。拚却明朝永日，畫堂一枕春醒〔八〕。

【校記】

〔其二〕毛本、吴本、張校本、詞繫、唐宋諸賢絶妙詞選調下注曰「清明」。

〔拆桐花〕詞譜、張校本「拆」作「坼」。

〔洗清明〕張校本「洗」作「過」。

〔艷杏燒林〕毛本、林刊百家詞本「艷」作「焰」。張校：「原訛『焰』，依宋本改。」勞校：「『艷』，刊『焰』，係剜改」。朱校引陽春白雪「林」作「空」。

〔緗桃〕勞校：「『緗』，係剜改。」

〔芳景〕吴本、勞鈔本、詞繫、朱校引原本、曹校引宋本、張校引宋本「景」作「草」。朱校引、陽春白雪、曹校引趙本作「錦」。

〔盡尋勝去〕曹校：「梅本『去』作『賞』，黄本、朱本同。」

〔脆管〕毛本、林刊百家詞本「脆」作「翠」。張校：「原訛『翠』，依宋本改。」

〔盈盈〕林刊百家詞本於此句後分片。

〔路傍〕吴本「傍」作「旁」。

〔信金罍〕朱校引陽春白雪、曹校引趙本「信」作「任」。

【訂律】

詞譜卷二九：「宋柳永樂章集注『高平調』。」「雙調一百一字，前段十句五平韻，後段十句七平韻。」「此調押短韻者，以柳詞二首爲正體，若蔣詞（今按謂蔣捷同調「傍池闌倚遍」）之句讀小異，曹詞（今按謂曹勛同調「斷虹收霽雨」）之句讀參差，乃變格也。」「此詞前段第六句，後段第一句、第七句，皆押短韻。張炎詞，前後段第八句『怕依然認得米家船』、『好林泉都在卧遊編』，又藏『泉』二韻於句中，此亦偶然，非定格也。按李萊老詞前段第一句『向煙霞堆裏』，『堆』字平聲；張炎詞第二句『青未了、路婆娑』，『青』字平聲，『未』字仄聲；柳詞别首，第三句『詠人物鮮明』，『人』字平聲；趙孟頫詞第四句『故家喬木』，『故』字仄聲，『喬』字平聲；李彭老詞第七句『滿階榆莢』，『榆』字平聲；李萊老詞第九句『曉色千松逗冷』，『曉』字仄聲；趙詞『拌却眼迷朱碧』，『眼』字仄聲，『朱』字平聲；第十句『惭無筆寫瓊瑰』，『惭』字平聲。張詞後段第二句『歌引巾車』，『歌』字、『巾』字俱平聲；吴文英詞第五句『一杼新詩』，『一』字仄聲；李彭老詞第七句『夢雲飛遠』，『飛』字平聲；吴詞第八句『更軟紅先有探芳人』，『軟』字仄聲，『先』字平聲；李詞第九句『三十六梯樹杪』，『六』字仄聲，趙詞『但願朱顔長在』，『長』字平聲；吴詞結句『落梅煙雨黄昏』，『煙』字平聲。譜内可平可仄據此，餘參柳詞别首及蔣、曹二詞。」

詞繫卷九：「詞品云：『木蘭花慢，惟柳耆卿清明詞，得音調之正。蓋『傾城』、『盈盈』、『歡情』，皆於第二字中藏韻。』换頭處『青』字叶韻，而『路傍』句平仄與前異。『艷』字，汲古作『焰』，『草』字作『景』，『脆』字作『翠』，『任』字，汲古作『信』，俱誤，今據宋本訂正。『爛』、『盡』、『勝』、『鬬』、『對』、『麗』、『晝』必用去聲。『草』、『永』必用上聲。」

曹校：「樂府指迷謂柳詞木蘭花云『坼桐花爛漫』，此正是第一句，不用空頭字，故用『坼』字，言開了桐花爛漫也。又謂詞中多有句中韻，如木蘭花云：『傾城。盡尋勝去。』『城』字是韻，不可不察也。沈氏所舉正倚聲家所當致意，撮其説於此。」

【箋注】

〔一〕坼：此指花蕾綻開。白居易履道春居：「微雨灑園林，新晴好一尋。低風洗池面，斜日拆花心。」

〔二〕緗桃：結淺紅色果實的桃樹，亦指其花或果實。太平御覽卷九六七：「西京雜記曰：『上林苑有奉桃、櫻桃、緗桃、核桃、霜桃、金城桃、胡桃、綺葉桃、含桃、紫文桃。』」

〔三〕紺幰：馬車上紅青色的車幔。唐王勃春思賦：「河陽別舍抵長河，丹輪紺幰相經過。」郊坰：泛指郊野。杜甫嚴中丞枉駕見過：「元戎小隊出郊坰，問柳尋花到野亭。」

〔四〕鬬草踏青：見前鬬百花（煦色韶光明媚）「鬬草」注。

〔五〕遺簪墮珥：形容歡游不拘形迹，此指遊春之盛。史記卷一二六滑稽列傳：「若乃州閭之會，男女雜坐，行酒稽留，六博投壺，相引爲曹，握手無罰，目眙不禁，前有墮珥，後有遺簪，髡竊樂此，飲可八斗而醉二參。」唐虞世南門有車馬客行：「危弦促柱奏巴渝，遺簪墮珥解羅襦。」

〔六〕佳麗地：三國魏曹植贈丁儀王粲：「壯哉帝王居，佳麗殊百城。」南朝齊謝朓入朝曲：「江南佳麗地，金陵帝王州。」

〔七〕金罍：飾金的大型酒器。詩周南卷耳：「我姑酌彼金罍，維以不永懷。」朱熹詩集傳：「罍，酒器。刻爲雲雷之象，以黄金飾之。」此泛指酒杯。唐韓愈憶昨行和張十一：「青天白日花草麗，玉斝屢舉傾金罍。」　玉山傾：參見前鳳棲梧（簾下清歌簾外宴）「玉山未倒」條注。

〔八〕春酲：春日醉酒後的困倦。參見前歸去來（初過元宵三五）「餘酲」條注。

【輯評】

宋王明清揮麈録後録卷八：「朱新仲少仕江寧，在王彦昭幕中，有代彦昭春日留客致語云：『寒食止數日間，才晴又雨；牡丹蓋十數種，欲拆又芳。』皆魯公帖與牡丹譜中全語也。彦昭好令人歌柳三變樂府新聲，又嘗作樂語曰：『正好歡娛，歌葉樹數聲啼鳥；不妨沉醉，拼畫堂一枕春醒。』又皆柳詞中語。」

宋沈義父樂府指迷：「近時詞人，多不詳看古曲下句命意處，但隨俗念便過了。如柳詞木蘭花慢云：『拆桐花爛漫。』此正是第一句，不用空頭字在上，故用『拆』字，言開了桐花爛漫也。有人不曉此意，乃云：此花名爲拆桐，於詞中云開到拆桐花，開了又拆，此何意也。」

元吳師道吳禮部詩話：「木蘭花慢，柳耆卿清明詞，得音調之正。蓋『傾城』、『盈盈』、『歡情』，於第二字中有韻。近見吳彦高中秋詞，亦不失此體，餘人皆不能。然元遺山集中凡九首，内五首兩處用韻，亦未爲全知者。今載二詞於後。柳詞云：『拆桐花爛熳……』吳詞云：『敞千門萬户，瞰蒼海、爛銀盤。對沆瀣樓高，儲胥雁過，墜露生寒。闌干。眺河漢外，送浮雲、盡出從星乾。丹桂霓縹緲，似聞雜佩珊珊。長安。底處高寬。人不見、路漫漫。歎舊日心情，如今容鬢，瘦沈愁潘。幽歡。縱容易得，數佳期動是隔年看。歸去江湖一葉，浩然對影垂竿。』然吳詞後段起句又異，當依柳爲正。」

清沈雄古今詞話詞品上卷：「周簹谷曰：『换頭二字用韻者，長調頗多，中間更有藏韻。木蘭花慢，惟屯田得音調之正。』蓋『傾城』、『盈盈』、『歡情』於第二字中有韻。且如定風波、南鄉子、隔浦蓮，豈可冒昧爲之。」

又古今詞話詞辨下卷：「詞品曰：『此調惟柳永音調之正。蓋「傾城」、「盈盈」、「歡情」，二字句中有韻。』近見吳激中秋詞，蔣捷詠冰詞，吳文英餞別詞，亦不失體。劉克莊、戴復古俱不盡然。錦機集中九首内二首兩處用韻，亦未爲全知者。」

清周濟宋四家詞選批語：「二結大勝『忍把浮名，换了淺斟低唱』。」

清謝章鋌賭棋山莊詞話續編卷二：「木蘭花慢，詞律以蔣竹山爲譜，謂此詞規矩森然，誠爲毫髮無憾矣。然予讀吳禮部詩話，載柳耆卿此詞云：『拆桐花爛漫……』其結調用韻，與竹山正同。柳先於蔣，何舍置之。中又載吳彦高詞亦然。但彦高後拍起句云：『長安。底處寬。人不見，路漫漫。』首句二句，次句三句四句俱三字，與詞律所載兩闋俱稍異，是又一格也。紅友未及檢。禮部，元人，名師道，字正傳，籍蘭谿。」

蔡嵩雲柯亭詞論：「木蘭花慢，有句中韻三處，如屯田作清明一首，前遍中間之『傾城』，後遍换頭之『盈盈』，及中間之『歡情』，均作一頓，極有姿致。兩字押韻，一稱短韻，因在句中，又稱暗韻，最能發調。稼軒作四首，則此三處均不押韻，不足爲訓。故古今詞話謂木蘭花慢惟屯田得音調之正也。又前後遍中間暗韻下，若接以去平去上四字，二結六字句兩句，若上句配以去上平平去上，音節流美，更爲動聽。填此調如致力此數者，所作必極沉鬱頓挫、蕩氣迴腸之能事。」

陳匪石聲執卷上：「詞有句中韻，或名之曰短韻，在全句爲不可分，而節拍實成一韻。……木蘭花慢則有三短韻，换頭以外，如柳詞之『傾城』、『歡情』皆是。且柳之三首悉同。此等叶韻，最易忽略。南宋以後，往往失叶。」

陳匪石舊時月色齋詞譚：「木蘭花慢一調，當以柳耆卿爲正軌。首句爲四字，换頭固已。中間相連之二字、四字、八字三句中，其二字句必叶，其四字句必以一領三，乃爲合格。觀樂章集中此調凡三首，無不如是也。若山中白雲，此調亦極夥，而不獨四字句多用二二句法，首句或用二三句法，即二字句亦多不叶，殊不足爲訓。」

劉永濟唐五代兩宋詞簡釋：「此詞反映汴京清明節日，男女遊樂之事也。首二韻寫春初景物鮮麗。次寫郊遊車馬、音樂之盛況。下半闋寫婦女嬉遊之事。『遺簪墜珥』，見其服飾之侈靡；『金罍』、『玉山』，寫其酒食之酣暢。『拚却』二句，言不管明日酒困倦卧，且圖今日盡情狂樂也。東京夢華録記：『清明節……四野如市，往往就芳樹之下或園圃之間，羅列杯盤，互相勸酬，都城之歌兒舞女，遍滿園亭，抵暮而歸。』可證此詞皆爲實寫。又可知北宋之初，上下晏安景象。固由生産發達、商業繁盛所致，而富家豪室如此奢侈淫靡，亦足以招亂致亡。後來遼、金入侵，未必不與此有關也。」

【附録】

宋孟元老東京夢華録卷七：「清明節，尋常京師以冬至後一百五日爲大寒食，前一日謂之『炊熟』，用麵造棗䭔、飛燕，柳條串之，插於門楣，謂之『子推燕』。子女及笄者，多以是日上頭。寒食第三節，即清明日矣。凡新墳皆用此日拜掃。都城人出郊。禁中前半月，發宫人、車馬朝陵，宗室、南班、近親，亦分遣詣諸陵墳享祀，從人皆紫衫，白絹三角子、青行纏，皆係官給。亦禁中出車馬，詣奉先寺、道者院，祀諸宮人墳，莫非金裝紺幰，錦額珠簾，繡扇雙遮，紗籠前導。士庶闐塞諸門，紙馬鋪皆於當街，用紙衮疊成樓閣之狀。四野如市，往往就芳樹之下，或園囿之間，羅列盃盤，互相勸酬。都城之歌兒舞女，遍滿園亭，抵暮而歸。各攜棗䭉、炊餅、黄胖、掉刀、名花、異果、山亭、戲具、鴨卵、雞雛，謂之『門外土儀』。轎子，即以楊柳、雜花裝簇頂上，四垂遮映。自此三日，皆出城上墳，但一百五日最盛。節日，坊市賣稠餳、麥餻、乳酪、乳餅之類。緩入都門，斜陽御柳，醉歸院落，明月梨花。諸軍禁衛，各成隊伍，跨馬作樂四出，謂之『摔脚』。其旗旄鮮明，軍容雄壯，人馬精鋭，又别爲一景也。」

其三

古繁華茂苑〔一〕，是當日、帝王州〔二〕。詠人物鮮明〔三〕，土風細膩〔四〕，曾美詩流〔五〕。尋幽。近香徑處〔六〕，聚蓮娃釣叟簇汀洲。晴景吴波練靜，萬家緑水朱樓。

凝旒〔七〕。乃睠東南〔八〕，思共理〔九〕、命賢侯〔一〇〕。繼夢得文章〔一一〕，樂天惠愛〔一二〕，布政優優〔一三〕。鼇頭〔一四〕。況虚位久，遇名都勝景阻淹留。贏得蘭堂醖酒〔一五〕，畫船攜妓歡遊〔一六〕。

【校記】

〔其三〕吴本調下注云「清明」。

〔土風〕勞鈔本、張校引宋本「土」作「士」。

〔凝旒〕毛本、吴本、林刊百家詞本、詞繫「旒」作「眸」。張校：「原誤『眸』，依宋本改。」林刊百家詞本於此句後分片。

〔夢得〕毛本、吴本「夢」作「楚」。張校：「原誤『楚』，依宋本改。」

〔鼇頭〕詞繫、曹校引徐本「鼇」作「遨」。

〔勝景阻淹留〕林刊百家詞本「景」作「境」。毛本、吴本、張校本、勞鈔本、林刊百家詞本、詞繫「阻」作「且」。

【訂律】

詞律拾遺卷四：「自『當日』下與後『思共理』下同，『乃』字下十字，作一四字兩三字句。與蔣詞（今按謂蔣捷同調「傍池闌倚徧」）異，然與前段第二、三句正相對。蔣雖亦叶短韻，其整齊不及此詞也。又夢窗『指罘罳』、『酹清杯』、『幾臨流』三首，玉田三首，與此體全同，旁注平仄依之。『繼夢得文章』五字對『詠人物鮮明』，宜從之。柳別作『拆桐花』一首作『向路傍往往』，與前段相反，不及此詞之精。」

詞繫卷九：「本集屬南吕調。」「此與木蘭花小令，及減字、偷聲，皆不相協。自是創成慢曲，故另列。」「首句是一領四字句，『幽』字、『頭』字是藏韻，詞中用藏韻者始此。『茂』、『近』、『徑』、『練』、『萬』、『乃』、『睠』、『況』、『位』、『醞』、『畫』諸去聲字，勿誤。詞律獨取蔣捷詞，以爲規矩森然，不知柳作二首在先，乃是正格，何嘗不嚴謹已極耶。『夢』字，汲古作『楚』，今從宋本。『眸』字，宋本作『旒』，『遨』字，汲古作『鰲』，今從詞譜。『土』、『細』、『釣』、『緑』、『樂』、『惠』、『布』、『勝』可平。『曾』、『人』、『晴』、『攜』可仄。」

鄭批：「諦審此調三解，并句法音節無少異。過片處第二句，疑本作七字爲正體，然於此調音節不合。」

【箋注】

〔一〕茂苑：古苑名，又名長洲苑，故址在今江蘇蘇州。西晉左思吴都賦：「造姑蘇之高臺，臨四遠而特建。帶朝夕之濬池，佩長洲之茂苑。」白居易初到郡齋寄錢湖州李蘇州：「雪溪殊冷僻，茂苑太繁雄。」

〔二〕帝王州：南朝齊謝朓入朝曲：「江南佳麗地，金陵帝王州。」此指蘇州。春秋時吴國定都於此。

〔三〕鮮明：出色。漢書卷六二司馬遷傳：「故士有畫地爲牢勢不入，削木爲吏議不對，定計於鮮也。」顏師古注：「文穎曰：未遇刑自殺，爲鮮明也。」

〔四〕土風：當地風俗。東晉袁宏後漢紀卷九：「夫民之性也，各有所稟。生其山川，習其土風。」

細膩：精細。唐元稹內狀詩寄楊白二員外：「彤管內人書細膩，金奩御印篆分明。」

〔五〕詩流：指詩人。杜甫送長孫九侍御赴武威判官：「樽前失詩流，塞上得國寶。」

〔六〕香徑：即采香徑。見前雙聲子（晚天蕭索）同條注。

〔七〕凝旒：見前玉樓春（昭華夜醮連清曙）同條注。

〔八〕乃睠：睠同眷，回視、返顧之意。詩大雅皇矣：「乃眷西顧，此維與宅。」引申爲皇帝的顧念、關注或恩遇。杜甫贈特進汝陽王：「聖情常有眷，朝退若無憑。」

〔九〕共理：唐人避唐高宗李治諱，改「治」爲「理」。共理即共治。

〔一〇〕賢侯：有德有位者稱賢侯。唐權德輿故中散大夫殿中侍御史潤州司馬贈吏部尚書沛國武公神道碑：「中朝名卿大夫，四方賢侯通人，多與公爲道義之交。」

〔一一〕夢得：唐劉禹錫，字夢得。唐文宗大和五年（八三一）授蘇州刺史，大和八年移刺汝州。白居易有喜劉蘇州恩賜金紫遥想賀宴以詩慶之詩云：「海内姑蘇太守賢，恩加章綬豈徒然。賀賓喜色欺杯酒，醉妓歡聲遏管絃。魚佩葺鱗光照地，鶻銜瑞帶勢沖天。莫嫌鬢上些些白，金紫由來稱長年。」劉禹錫答詩酬樂天見貽賀金紫之什云：「久學文章含白鳳，却因政事賜金魚。郡人未識聞謡詠，天子知名與詔書。珍重賀詩呈錦繡，願言歸計并園廬。舊來詞客多無位，金紫同游誰得如。」

〔一二〕樂天：白居易，字樂天。唐敬宗寶曆元年（八二五）三月，除蘇州刺史。次年九月離任。

〔一三〕布政優優：詩商頌長發：「不競不絿，不剛不柔，敷政優優，百禄是遒。」毛傳：「優優，和也。」左傳成公二年：「詩曰：『布政優優，百禄是遒。』子實不優而棄百禄，諸侯何害焉！」

〔一四〕鼇頭：唐宋時翰林學士承旨朝見之際，立於鐫有巨鼇的殿陛石正中，因稱入翰林學士院爲上鼇頭，而又稱翰林學士承旨爲鼇頭。唐姚合和盧給事酬裴員外：「鴛鷺簪裾上龍尾，蓬萊宫殿壓鼇頭。」宋王禹偁送江州孫膳部歸闕兼寄承旨侍郎：「歸見鼇頭如借問，爲言棖也減剛腸。」自注：「孫與承旨侍郎同年。」宋江休復鄰幾雜誌：「劉子儀侍郎三入翰林，意望入兩府，頗不懌。詩云：『蟠桃三竊成何事，上盡鼇頭迹轉孤。』稱疾不出。」又宋蘇頌次韻劉叔貢舍人從駕：「鼇頭星掖貴兼清，不似南宫散六卿。」一説鼇頭指狀元，與龍頭、龍首義同。參見後鶴沖天（黄金榜上）「龍頭」條注。

〔一五〕蘭堂：謂蘇州州治之木蘭堂。宋朱長文吴郡圖經續記卷上州宅上：「木蘭堂之名亦久矣。皮陸唱和詩有木蘭後池，即此也。池中有老檜，婆娑尚存。父老云白公手植，已二百餘載矣。」宋范成大吴郡志卷六：「木蘭堂，在郡治後。嵐齋録云：『唐張搏自湖州刺史移蘇州，於堂前大植木蘭花，當盛開時，燕郡中詩客，即席賦之。陸龜蒙後至，張聯酌浮之，龜蒙徑醉，强執筆題兩句云：「洞庭波浪渺無津，日日征帆送遠人。」頹然醉倒。搏命他客續之，皆莫詳其意。既而龜蒙稍醒，援毫卒其章曰：「幾度木蘭船上望，不知元是此花身。」遂爲一時絶唱。』按舊堂基在今觀德堂後，古木猶森列，郡守數有欲興廢者而卒未就。」另見宋祝穆方輿勝覽卷二平江府。

〔一六〕攜妓：見前玉蝴蝶（漸覺芳郊明媚）「東山妓女」條注。

【考證】

此詞爲贈知蘇州者，蓋無疑義。羅忼烈柳永六題據下片「鼇頭」語，謂自真宗大中祥符至仁宗嘉祐年間狀元出身而知蘇州者，惟有呂溱爲寶元元年（一〇三八）榜魁，於慶曆三年（一〇四三）二月至四年三月知蘇州。然其説亦尚有可商處。

北宋人詩文中似未見以鼇頭稱狀元者。僅楊傑無爲集卷四有及第東歸逢元舉詩，用鼇頭一語，與科第有關，詩云：「我時幸預鼇頭薦，君以才術公卿留。」按楊傑爲嘉祐四年進士，據續資治通鑑長編卷一八九，仁宗嘉祐四年榜首爲劉輝。則其詩中所謂「鼇頭」亦非指狀元可知。

又此詞中「鼇頭」如指狀元，則「況虛位久」一句，似無着落。柳永之投贈詞於結拍往往表達善頌善禱之意，祝願對方早日歸朝登庸。如望海潮：「異日圖將好景，歸去鳳池誇。」早梅芳：「便恐皇家，圖任勛賢，又作登庸計。」如魚水：「更歸去，偏歷鑾坡鳳沼，此景也難忘。」一寸金：「臺鼎須賢久，方鎮靜、又思命駕。」玉蝴蝶：「鳳池歸去，那更重來。」永遇樂：「棠郊成政，槐府登賢，非久定須歸去。」相較之下，此詞所謂「虛位」，過於含糊。而如將「鼇頭」理解爲翰林學士或知制誥，則此二句語意較通順，實即「況鼇頭虛位久」，即鼇頭之位虛席以待之意。如此，方能與下句「遇名都勝景阻淹留」語意相連貫矣。

自真宗大中祥符初至仁宗嘉祐末，由知制誥職任，出知蘇州者，有柳植、趙槩、唐詢三人，且其在任時間，與柳詞中所描寫之春景相吻合。柳植爲柳開從孫，宋史卷二九四柳植傳：「柳植，字子春，真州人。少貧，自奮爲學，從祖開頗器之。舉進士甲科，爲大理評事，通判滁州。……擢修起居注、知制誥。求知蘇州，徙杭州，累遷尚書工部員外、郎中，召還爲翰林學士。」據明王鏊姑蘇志卷三，柳植於「景祐四年九月丙午，以尚書刑部員外郎、知制誥遷知蘇州。寶元元年六月癸未移杭州」。宋史卷三一八趙槩傳：「趙槩字叔平，南京虞城人。少篤學自力，器識宏遠，爲一時名輩稱許。中進士第，通判海州。……召修起居注。歐陽修後至，朝廷欲驟用之，難於越次。槩聞，請郡，除天章閣待制，糾察在京刑獄。修遂知制誥。踰歲，槩始代之。……求知蘇州。終母喪，入爲翰林學士。」據明王鏊姑蘇志卷三，趙槩於「慶曆五年戊辰，以尚書兵部員外郎、知制誥出知蘇州。……六年二月到郡，七月十五日母喪解官」。唐詢爲唐肅之子，宋史卷三〇三唐詢傳：「天聖中，詔許天下士獻文章，應詔者百數。有司第其善者，詢數人而已。……起居注闕人，帝特用詢，遂知制誥。以參知政事曾公亮親嫌，出知蘇州，徙杭、青二州。進翰林侍讀學士。」據明王鏊姑蘇志卷三，唐詢於「嘉祐二年二月戊申，以知制誥出知蘇州。三年六月丙辰，徙杭州。」三人皆有文名，且歸朝後皆任翰林學士或進翰林侍讀學士。柳永此詞所贈對象，今疑即爲此三人中之一人。

此三守中，趙槩曾有爲歐陽修之擢升辭讓知制誥之事，柳詞中提及「鼇頭」、「虚位」，如爲贈趙槩詞，似不甚合理。而唐詢知蘇州在嘉祐二年，其時柳永當已七十四歲，似亦稍遲。審如此，則此詞投獻給柳植的可能性較大，其時間當在景祐五年（一〇三八）春。

前考永遇樂（天閣英游）詞爲獻蔣堂之作，時爲景祐四年。柳植正爲蔣堂之後任。兩詞前後銜接皆獻蘇州守者。可知景祐四年、五年前後柳永皆在蘇州。

臨江仙引

渡口、向晚，乘瘦馬、陟平岡〔一〕。西郊又送秋光。對暮山橫翠〔二〕，襯殘葉飄黄。憑高念遠，素景楚天，無處不淒涼。香閨別來無信息〔三〕，雲愁雨恨難忘。指帝城歸路，但煙水茫茫〔四〕。凝情望斷淚眼，盡日獨立斜陽。

【校記】

〔臨江仙引〕毛本、吴本、林刊百家詞本調作「臨江仙」。花草稡編調下注曰「恨別」。

〔平岡〕毛本、吴本、張校本、林刊百家詞本、詞繫、朱校引焦本「平」作「崇」。張校：「宋本『平』。」

〔香閨〕詞繫、張校本「閨」作「閣」。張校：「原作『閨』，依宋本改。」

【訂律】

臨江仙引，首見於樂章集。此調宋詞中僅柳永三闋。

詞譜卷一七：「調見樂章集，注『南呂調』，與臨江仙令、臨江仙慢不同。」「雙調七十四字，前段十句四平韻，後段六句三平韻。」「柳永二詞，大同小異，其起句俱二字兩句，前段第六、七句，後段第三、四句，俱上一下四句法，填者審之。」「此詞可平可仄，即參柳詞別首。」

詞繫卷八：「本集屬南呂調，又屬中呂調。」「宋本名臨江仙引，汲古無『引』字。」「此與前作不同。『向』、『瘦』、『又』、『暮』、『素』、『信』、『帝』、『斷』諸去聲字，勿誤。『對暮山』四句，皆一領四句法，須著意。『崇』字一本作『平』。『憑高』下，詞律於『景』字句，誤。『閤』字，汲古作『閨』，今從宋本。柳又一首缺二字，并非別體，不録。『念』、『別』可平。『憑』、『香』可仄。『日』作平。」

夏批：「當於『念遠』斷句，『楚天』斷句，不必泥於第三闋。」

鄭文焯大鶴山人論詞遺札與夏映盦書：「臨江仙柳詞，宋本有『引』字，是也。諦審此調宜下平聲之清揚，方得哀艷之致。紫霞翁審音拊律，以爲何如。」

【箋注】

〔一〕「乘瘦馬」句：詩周南卷耳：「陟彼高岡，我馬玄黃。」平岡：指山脊平坦處。南朝梁沈約宿東園：「茅棟嘯愁鴟，平岡走寒兔。」

〔二〕暮山横翠：李白下終南山過斛斯山人宿置酒：「暮從碧山下，山月隨人歸。却顧所來徑，蒼蒼横翠微。」

〔三〕香閨：唐陶翰柳陌聞早鶯：「乍使香閨靜，偏傷遠客情。」唐温庭筠菩薩蠻：「翠鈿金壓臉。

寂寞香閨掩。人遠淚闌干。燕飛春又殘。」

〔四〕煙水茫茫：唐孫逖夜宿浙江：「煙水茫茫多苦辛，更聞江上越人吟。洛陽城闕何時見，西北浮雲朝暝深。」

【輯評】

鄭批：「『素景』，見謝朓和王著作八公山詩。」（今按謝朓原句爲：「戎州昔亂華，素景淪伊穀。」見文選卷三〇。）

其二

上國〔一〕。去客。停飛蓋〔二〕、促離筵。長安古道綿綿。見岸花啼露〔三〕，對隄柳愁煙。物情人意，向此觸目，無處不淒然。　醉擁征驂猶竚立，盈盈淚眼相看。況繡幃人靜，更山館春寒〔四〕。今宵怎向漏永〔五〕，頓成兩處孤眠。

【訂律】

詞譜卷一七：「雙調七十四字，前段十句兩仄韻、四平韻，後段六句三平韻。此與前詞同，惟前段起二句，押仄韻異。」

夏批：「『物情』下斷句，當如前詞。」

【箋注】

〔一〕上國：此指京城。南朝梁江淹四時賦：「憶上國之綺樹，想金陵之蕙枝。」

〔二〕飛蓋：此指車馬。蓋，車蓋。三國魏曹植公宴：「清夜游西園，飛蓋相追隨。」

〔三〕啼露：唐李商隱殘花：「殘花啼露莫留春，尖髮誰非怨別人。」

〔四〕山館：山中館驛。唐李郢送劉谷：「郵亭已送征車發，山館誰將候火迎。」

〔五〕怎向：參見前法曲獻仙音（青翼傳情）「怎生向」條注。

其三

畫舸、盪槳，隨浪箭，隔岸虹。□荷占斷秋容。疑水仙游泳〔一〕，向別浦相逢。鮫絲霧吐漸收〔二〕，細腰無力轉嬌慵。羅襪淩波成舊恨，有誰更賦驚鴻。想媚魂香信，算密鎖瑤宮〔三〕。遊人漫勞倦□，奈何不逐東風〔四〕。

【校記】

〔其三〕毛本、吴本、林刊百家詞本無此闋。繆校、張校本據宋本補。

〔岸虹〕朱校：「按：『岸』字疑誤。」張校「岸」下注：「字誤當平聲。」

〔□荷〕勞鈔本、朱校引原本、繆校引宋本闕文未空格。朱校云：「并從夏吷盦校。」張校：

「『荷』字或上或下當脱一字。」

〔漸收〕張校本作「瘦倚」。

〔密鎖〕繆校引宋本、勞鈔本「鎖」作「瑣」。

〔漫勞倦□〕勞鈔本、朱校引原本、繆校引宋本闕文未空格。朱校云：「并從夏吷盦校。」張校「漫」下注：「下脱一字。」

【箋注】

〔一〕水仙：水中女神，此用洛神宓妃之典。文選卷一九曹植洛神賦序云：「黄初三年，余朝京師，還濟洛川。古人有言，斯水之神名曰宓妃。感宋玉對楚王神女之事，遂作斯賦。」賦有云：「其形也，翩若驚鴻，婉若游龍，榮曜秋菊，華茂春松。髣髴兮若輕雲之蔽月，飄颻兮若流風之迴雪。遠而望之，皓若太陽升朝霞；迫而察之，灼若芙渠出渌波。……體迅飛鳧，飄忽若神。淩波微步，羅襪生塵。動無常則，若危若安；進止難期，若往若還。」下片「羅襪」、「淩波」、「驚鴻」諸語皆出於此。

〔二〕鮫絲：鮫綃。西晉張華博物志卷二：「南海外有鮫人，水居如魚，不廢織績，其眼能泣珠。」又太平御覽卷八〇三：「博物志曰：鮫人從水出，寓人家，積日賣絹。將去，從主人索一器，泣而成珠滿盤，以與主人。」南朝梁任昉述異記卷上：「南海出鮫綃紗，泉先潛織，一名龍紗。其價百餘金，以爲服，入水不濡。」又同卷：「南海有龍綃宫，泉先織綃之處，綃有白如霜者。」此以鮫綃形容白色荷花，下句以「細腰無力」形容荷枝。

〔三〕瑶宫：美玉砌成的仙宫。南朝梁陶弘景許長史舊館壇碑頌：「瑶宫碧簡，絢采垂文。」

〔四〕逐東風：南朝吴均與柳惲相贈答六首：「願逐東風去，飄蕩至遼西。」

瑞鷓鴣

寶髻瑶簪〔一〕。嚴妝巧，天然緑媚紅深。綺羅叢裏，獨逞謳吟。一曲陽春定價〔二〕，何啻值千金。傾聽處，王孫帝子，鶴蓋成陰〔三〕。　凝態掩霞襟〔四〕。動象板聲聲〔五〕，怨思難任。嘹亮處，迴壓絃管低沈。時恁迴眸斂黛，空役五陵心〔六〕。須信道，緣情寄意，别有知音。

【校記】

〔值千金〕勞鈔本「值」作「直」。

〔嘹亮處〕毛本、吴本、勞鈔本、林刊百家詞本「亮」作「喨」。詞繫：「『嘹亮』下，宋本無『處』字。」勞批：「『處』字重前。且此句中多一字，可去。」

〔迴壓〕毛本、吴本「迴」作「回」。張校：「原作『回』，依宋本改。」

【訂律】

瑞鷓鴣，首見於樂章集，此南吕調瑞鷓鴣，宋詞中僅存柳永二闋。柳永另有般涉調瑞鷓鴣，馮延巳詞作舞春風，乃唐曲，與此迥異，蓋同名異調。

詞律卷八：「與前調（今按謂晏殊同調「江南殘臘欲歸時」）全異。『簪』字乃是起韻，舊譜不識，以首句爲七字，誤矣。乃因讀作七字，又嫌『妝』字平聲，此句遂拗，因於『妝』字下注作可仄，誤而更誤，豈不可笑！至於『一曲』以下，前後相同，而前注『王孫』二句作八字，後注『緣情』二句作兩四字，此又其通帙皆然，無足怪矣。」

詞譜卷一二：「雙調八十八字，前後段各九句，五平韻。」「此詞見樂章集，亦名瑞鷓鴣，其字句與前兩體截然不同，因調名同，故爲類列。其可平可仄，有柳詞別首可校。」

詞律拾遺卷七：「又名鷓鴣詞，柳永。『動象板』葉本『板』字爲句，『象』作『檀』，『回壓絃管低沈』『回』作『迴』。」

詞繫卷九：「本集屬南吕調。」「此與瑞鷓鴣小令全不相侔，想因舊調衍爲慢曲也，故另列。」「『迴』字，汲古作『回』，據宋本改正。『嘹亮』下，宋本無『處』字。『寶』、『綺』、『獨』、『鶴』可平。『然』、『叢』可仄。『思』去聲。」

【箋注】

〔一〕寶髻瑶簪：唐王勃登高臺：「爲君安寶髻，蛾眉罷花叢。」唐杜牧黄州準赦祭百神文：「瑶簪繡裾，千萬侍女。」

〔二〕陽春：古曲名。文選卷四五宋玉對楚王問：「客有歌于郢中者，其始曰下里巴人，國中屬而和者數千人；其爲陽阿薤露，國中屬而和者數百人，其爲陽春白雪，國中屬而和者不過數十人；引商刻羽，雜以流徵，國中屬而和者不過數人而已。是其曲彌高，其和彌寡。」此泛指樂曲。

〔三〕鶴蓋：形如飛鶴的車蓋。唐歐陽詢藝文類聚卷六一三國魏劉楨魯都賦：「蓋如飛鶴，馬如游魚。」文選卷五五南朝梁劉孝標廣絶交論：「雞人始唱，鶴蓋成陰。」此謂王孫公子皆停車傾聽其歌，以至車馬雲集。

〔四〕霞襟：即霞袖。美艶舞衣。見前柳腰輕（英英妙舞腰肢軟）「霞袖」條注。

〔五〕象板：象牙所製拍板。見前柳腰輕（英英妙舞腰肢軟）「檀板」條注。

〔六〕五陵：謂五陵年少。參見前抛毬樂（曉來天氣濃淡）同條注。

【輯評】

吴熊和師手批樂章集：「歌女。」

其二

吴會風流〔一〕。人煙好，高下水際山頭。瑶臺絳闕〔二〕，依約蓬丘〔三〕。萬井千閭富庶〔四〕，雄壓十三州〔五〕。觸處青蛾畫舸，紅粉朱樓。方面委元侯〔六〕。致訟簡時豐，繼日歡遊。襦温袴暖〔七〕，已扇民謳。旦暮鋒車命駕〔八〕，重整濟川舟〔九〕。當恁時，沙堤路穩〔一〇〕，歸去難留。

【校記】

〔其二〕毛本、吴本無此闋，繆校據宋本補。林刊百家詞本原鈔無此闋，林大椿注謂：「原鈔本有目無詞，從彊邨叢書録補。」勞校：「刊脱，陸校鈔補。鈔本此闋另編，瑞鷓鴣前著『南吕』二字，無『調』字。」花草粹編調下注曰「上太守」。

〔千閭〕張校本「閭」作「廬」。

〔觸處〕詞繫、張校本多一「看」字，作「看觸處」。

〔青蛾畫舸〕詞繫「蛾」作「娥」。繆校引宋本「舸」作「舫」。

【訂律】

詞譜卷一二：「雙調八十六字，前後段各九句，五平韻。此詞樂章集不載，見花草粹編。與前『寶髻瑶簪』詞同，惟前段第八句作六字句，少一字，後段第四、五句，作四字兩句，少一字，異。」詞繫卷九：「本集屬南吕調。」「此體汲古、詞律未載，據宋本補。」「後段第四、五句各四字，比前作少一字。」

【箋注】

〔一〕吴會：此指杭州。參見前望海潮（東南形勝）「江吴」條、「都會」條注。

〔二〕瑶臺絳闕：皆仙人所居。東晉王嘉拾遺記卷一〇：「崑崙山……傍有瑶臺十二，各廣千步，皆五色玉爲臺基。」太平御覽卷八：「陸機列仙賦曰：『即絳闕於朝霞。』」

〔三〕蓬丘：即蓬萊，舊題西漢東方朔海内十洲記聚窟洲：「蓬丘，蓬萊山是也。」

〔四〕萬井千閭：猶言千門萬户。參見前早梅芳（海霞紅）「萬井」條注。古時二十五家爲閭。周禮地官司徒：「令五家爲比，使之相保；五比爲閭，使之相受。」

〔五〕十三州：十國春秋卷一一一十國地理表載吴越國所轄州軍，計有「西府（杭州）、安國衣錦軍、東府（越州）、蘇、湖、温、台、明、處、衢、婺、睦、秀、長樂府（福州）」，共十三州、一軍。宋人於錢氏納土於宋，泛稱則曰十三州，詳述則稱十三州一軍。如宋史卷四八〇吴越錢氏世家：「願以所管十三州獻於闕下。」又宋李燾續資治通鑑長編卷一九：「（錢俶）遂上表獻所管十三州一軍。」宋計有功唐詩紀事卷七五「僧貫休」條載：「錢鏐自稱吴越國王，休以詩投之曰：『貴逼身來不自由，幾年勤苦蹈林丘。滿堂花醉三千客，一劍霜寒十四州。萊子衣裳宮錦窄，謝公篇詠綺霞羞。他年名上淩煙閣，豈羨當時萬户侯。』鏐諭改爲『四十州』，乃可相見。曰：『州亦難添，詩亦難改。然閑雲野鶴，何天而不可飛？』遂入蜀。」其「十四州」蓋通州軍而計之。

〔六〕方面：見前永遇樂（天閣英遊）同條注。　元侯：見前早梅芳（海霞紅）同條注。

〔七〕襦温袴暖：用東漢廉范之典。參見前永遇樂（天閣英遊）「來暮」條注。

〔八〕旦暮：早晚，喻時間短。莊子齊物論：「旦暮得此，其所由以生乎。」　鋒車：即追鋒車。常指朝廷用以徵召的疾馳之車。晉書卷二五輿服志：「追鋒車，去小平蓋，加通幰，如軺車，駕二。追鋒之名，蓋取其迅速也。施於戎陣之間，是爲傳乘。」唐王維謝集賢學士表：「急賢之旨，欲賜追鋒。」

〔九〕濟川舟：尚書説命上：「爰立作相，王置諸其左右。命之曰：『朝夕納誨，以輔台德。若金，用汝作礪；若濟巨川，用汝作舟楫；若歲大旱，用汝作霖雨。』」後多以濟川喻輔佐帝王作相。唐獨孤及庚子歲避地至玉山酬韓司馬所贈：「已無濟川分，甘作乘桴人。」

〔一〇〕沙堤：唐李肇唐國史補卷下：「凡拜相，禮絶班行，府縣載沙填路，自私第至子城東街，名曰沙堤。」白居易官牛：「一石沙，幾斤重，朝載暮載將何用。載向五門官道西，緑槐陰下鋪沙堤。昨日新拜右丞相，恐怕泥塗汙馬蹄。」後常用以喻指宰相，如宋張元幹滿庭芳：「此去沙堤步穩，調金鼎、七葉貂蟬。」與柳永此詞意脈相同。

【考證】

此詞羅忼烈柳永六題認爲是頌蘇州守之作，薛瑞生樂章集校注據「十三州」諸語認爲是上杭守之作。應從後説。但薛書定其投贈對象爲范仲淹，則乏確證，尚俟續考。

憶帝京

薄衾小枕涼天氣。乍覺別離滋味。展轉數寒更〔一〕，起了還重睡。畢竟不成眠〔二〕，一夜長如歲。　也擬待、却回征轡。又争奈、已成行計。萬種思量，多方開解，只恁寂寞厭厭地。繫我一生心，負你千行淚。

【校記】

〔憶帝京〕花草粹編調下注曰「憶別」。

〔涼天氣〕全宋詞本無「涼」字。

〔擬待〕毛本、吴本「待」作「把」。張校「待」下注：「原作『把』，今依宋本。」

【訂律】

憶帝京，首見於樂章集。唐王維曉行巴峽：「際曉投巴峽，餘春憶帝京。」調名或本此。

詞譜卷一六：「樂章集注『南吕調』。」「雙調七十二字，前段六句四仄韻，後段七句四仄韻。」「此調以此詞爲正體，故黄庭堅『鳴鳩乳燕』詞、『薄妝小靨』詞，皆與此同，若『銀燭生花』詞之添字，亦變格也。按，黄詞（黄庭堅同調「銀燭生花如紅豆」），後段第一句『萬里嫁、烏孫公主』，『烏』字平聲；第二句『對易水、明妃不渡』，『易』字仄聲，『明』字平聲，『不』字仄聲，又『更莫問、鶯老花謝』，『老』字仄聲；第四句『紅顔片片』，上『片』字仄聲；第五句『指下花落狂風雨』，『花』字平聲。譜内可平可仄據此，餘參添字詞之句法同者。」

詞繫卷九：「本集屬南吕調，九宮大成入北詞仙吕調隻曲。」『待』字，汲古作『把』，今從宋本。『薄』、『别』、『却』、『已』、『寂』可平。『争』、『行』、『開』可仄。」

【箋注】

〔一〕寒更：寒夜的更點。唐駱賓王别李嶠得勝字：「寒更承夜永，涼景向秋澄。」舊時一夜分爲五更，每一更次分爲五點。

〔二〕畢竟：究竟，終究。見前鳳歸雲（向深秋）同條注。

【輯評】

清方濬師蕉軒續録卷二：「『薄衾小枕涼天氣，乍覺别離滋味。輾轉數寒更，起了還重睡。畢竟不成眠，一夜長如歲。也擬拋却回征轡，又争奈已成行計。萬種思量，多方開解，只恁寂寞厭厭地。繫我一生心，負爾千行淚。』落句的是名句。康熙間閨秀林以寧寄外云：『我爲爾掛肚牽腸，爾爲我提心在口。』湘君亦云：『我分難消爾，渠言不負儂。』」

錢鍾書管錐編第四册全梁文卷五一：「孟郊悼幼子：『負我十年恩，欠爾千行淚。』又柳永憶帝京：『繫我一生心，負你千行淚。』詞章中言涕淚有逋債，如紅樓夢第一回、第五回等所謂『還淚』、『欠淚的』，似始見此。」

吴世昌詞林新話卷三：「東坡『算應負你，枕前珠淚，萬點千行。』即從柳永憶帝京『繫我一生心，負你千行淚』化出。柳語沉著誠摯，令人感服。東坡改後便令人有扭捏做作之感（假使不是油腔滑調，言不由衷）。何則？柳詞衝口而出，不假推敲修飾，純是天籟；蘇詞則剪裁湊字數。柳詞只十個字，説兩層意思：繫我心，負你淚，自然天真。蘇詞則用十二字三句，只説得柳一半意思。二人優劣，豈不顯然？」

般涉調

塞孤

一聲雞，又報殘更歇〔一〕。秣馬巾車催發〔二〕。草草主人燈下别〔三〕。山路險，新霜滑。瑤珂響、起棲烏，金鐙冷〔四〕、敲殘月。漸西風緊，襟袖淒冽。遥指白玉京〔五〕，望斷黄金闕〔六〕。遠道何時行徹。算得佳人凝恨切。應念念，歸時節。相見了、執柔荑〔七〕，幽會處、偎香雪〔八〕。免鴛衾，兩恁虚設。

【校記】

〔般涉調〕毛本、吴本作「般沙調」。張校：「原訛『沙』，依宋本改。」

〔塞孤〕花草粹編調下注曰「曉行」。

〔山路險〕詞繫：「『路』字作『徑』。」

〔金鐙〕毛本、勞鈔本「鐙」作「鞓」，林刊百家詞本作「燈」。

〔西風緊〕詞繫無「緊」字。朱校：「詞律云：前結多一字，『緊』字羨。」

〔淒冽〕毛本、吴本、張校本、林刊百家詞本、朱校引焦本「冽」作「裂」。曹校：「『漸西風緊，襟袖淒裂』，宋本『裂』作『冽』。元忠按：朱雍梅詞次柳耆卿韻，作『向亭皋一任風裂』。似宋本既誤作『冽』，又衍一字。」毛本、吴本全詞不分片。張校：「原誤連下，依宋本分段。」

〔幽會處〕詞繫：「『幽』字，一本作『嘉』。」

〔偎香雪〕詞繫：「『偎』字作『沾』。」

【訂律】

塞孤，唐聲詩有塞姑，六言四句。長短句體首見於樂章集，蓋皆源於唐曲。朱雍有和詞，宋詞中僅柳、朱有詞。

詞律卷一：「柳耆卿集有塞孤一詞，題亦難解。余謂必即是此調（今按謂無名氏塞姑一調）之遺名，而訛以『姑』字爲『孤』字也。故取此篇列前而附柳詞於後，但不敢擅改而仍其塞孤之名云。」

又：「樂章舊刻如此。余細繹之，知其爲兩段，而刻本誤連也。蓋前半於『淒裂』處分段，『遥指』句比前首句多二字，正是過變之體，其下句句比對相符。此柳詞中最森整妥協者。向來人皆草草讀過，不知其段落耳。前結『漸西風緊』四字，後結『免鴛衾』三字，雖詞於結處多不同，但此詞風度如此，不應前多一字。愚謂前句『緊』字爲羨，蓋『緊』、『襟』音相近，寫者因誤多一字也。『袖』、『恁』二字去聲，妙，兩字不可用去。」

詞譜卷二三：「調見樂章集，原注『般涉調』，本名塞孤，詞律編入塞姑詞後者誤。」「雙調九十五字，前段十句六仄韻，後段九句六仄韻。」「此調秖有柳詞及朱詞（今按謂朱雍同調「雪江明」），故此詞平仄，参下朱詞。按，前後段第五、六句，例作三字兩句，第七、八句，例作六字折腰兩句，填者辨之。」

詞繫卷一〇：「本集注般沙調。愚按：『沙』字應是『涉』字之訛，般涉調爲黃鐘之羽聲，餘詳哨遍下。此與塞姑迥別，不得類列。汲古不分段。『西風』下，詞律多『緊』字，以『緊』、『襟』二字音相近，疑『緊』字爲『羨』。朱雍和詞作『向亭皋，一任風裂』，是『緊』字果『羨』也。『袖』、『恁』二字，必用去聲，勿誤。葉譜起句於『雞』字句，可通。『路』字作『徑』。『幽』字一本作『嘉』。『偎』字作『沾』。『鐙』去聲。」

清丁紹儀聽秋聲館詞話卷一四：「如柳永塞孤，應於『襟袖淒冽』句分段。」

【箋注】

〔一〕殘更：一夜之第五更，稱殘更。唐沈傳師寄大府兄侍史：「積雪山陰馬過難，殘更深夜鐵衣寒。」

〔二〕秣馬：飼馬。指準備出發。左傳襄公二十六年：「簡兵蒐乘，秣馬蓐食。」唐岑參獻封大夫破播仙凱歌六章其四：「洗兵魚海雲迎陣，秣馬龍堆月照營。」　巾車：有幃蓋的車子，亦指以帷幕裝飾車子，謂整車出行。舊題西漢孔鮒孔叢子記問：「巾車命駕，將適唐都。」東晉陶潛歸去來辭：「或命巾車，或棹孤舟。」

〔三〕草草：匆忙倉促貌。李白南奔書懷：「草草出近關，行行昧前算。」　主人燈下别：唐賈島早行：「早起赴前程，鄰雞尚未鳴。主人燈下别，羸馬暗中行。踏石新霜滑，穿林宿鳥驚。遠山鐘動後，曙色漸分明。」詞中以下「山路險」、「新霜滑」、「棲烏」諸語，皆本賈詩。

〔四〕金鐙：馬鐙的美稱。杜甫清明：「金鐙下山紅日晚，牙檣捩柂青樓遠。」

〔五〕白玉京：指天帝所居之處。李白經亂離後天恩流夜郎憶舊遊書懷贈江夏韋太守良宰：「天上白玉京，十二樓五城。」清王琦注引五星經：「天上白玉京、黄金闕。」

〔六〕黄金闕：指仙人或天帝所居。唐楊炯盂蘭盆賦：「晃兮瑶臺之帝室，赩兮金闕之仙家。」此與白玉京皆喻京城。

〔七〕柔荑：指美人之手。詩衛風碩人：「手如柔荑，膚如凝脂。」朱熹集傳：「茅之始生曰荑，言柔而白也。」

〔八〕香雪：見前玉樓春（閬風歧路連銀闕）同條注。

【輯評】

清鄒祇謨遠志齋詞衷：「宋人諸體，亦有不可驟解者……又如柳屯田樂章集中，傾杯、塞孤、祭天神諸長調，俱不分换頭。凡此等類，未易縷析。」

鄭批：「寫北行逆旅之興，悲涼到睫。」

【附録】

塞孤　次柳耆卿韻　宋　朱雍

雪江明，練静波聲歇。玉浦梅英初發。隱隱瑶林堪乍别。瓊路冷，雲堦滑。寒枝晚、已黄昏，鋪碎影、留新月。向亭皋、一任風冽。　歌起郢曲時，目斷秦城闕。遠道冰車清徹。追念酥妝凝望切。淡竚迎佳節。應暗想、日邊人，聊寄與、同歡悦。勸清尊、忍負盟設。

塞孤　金　王喆

自家聲，唱出誰能測。有箇頭青容白。正是石娥來應拍。身窈窕，腰如搦。偏柔軟、舞婆娑，金璧珠，都索。要皆令盡，酬此功格。　纔聞玉蕋香，正是瓊花坼。兩段蘚蘚同色。便使靈童令採摘。相合就、堪怜惜。呈妙妙、出玄玄，超碧漢，分明顧，動新音、永作仙客。

瑞鷓鴣

天將奇艶與寒梅。乍驚繁杏臘前開〔一〕。暗想花神〔二〕、巧作江南信〔三〕，鮮染燕脂細翦裁〔四〕。壽陽妝罷無端飲〔五〕，淩晨酒入香腮。恨聽煙隖深中，誰恁吹羌笛〔六〕、逐風來。絳雪紛紛落翠苔〔七〕。

【校記】

〔瑞鷓鴣〕陳録、勞校引陸校調下注云「紅梅」。

〔鮮染〕曹校引梅苑「鮮」作「解」。

〔燕脂〕毛本、勞鈔本、張校本「燕」作「臙」，吴本作「胭」。

〔深中〕陳録「中」作「處」。

〔恁吹〕陳録「恁」作「緩」。

〔羌笛〕勞鈔本、曹校引梅苑、張校引宋本作「羌管」。

〔絳雪〕曹校引梅苑「絳」作「瑞」。

【訂律】

曹校：「元忠按：此耆卿和韻賦紅梅之作，今兩詞并存梅苑。據梅苑，下半闋『恨聽煙鴻深中』與原倡『好將心事、都分付與，時暫到、小庭來』，句法平側微有不合，其實『鴻』與『隖』形近而訛，當讀『恨聽煙隖深中，誰恁吹羌笛、逐風來』，平側無不合，特句法少異耳。『煙隖深中』與清真法曲獻仙音調『翠幙深中』同例，意亦北宋常語矣。」

夏批：「『梅』，戈順卿分入支韻。」

【箋注】

〔一〕臘前：歲末之前。古於歲末祭祖稱臘，通指農曆十二月或泛指冬月。此謂發於臘前之梅，艷如繁杏，故曰「乍驚」。宋張先好事近和毅夫内翰梅花：「誰教强半臘前開，多情爲春憶。」

〔二〕花神：掌管花的神。唐陸龜蒙和襲美揚州看辛夷花次韻：「柳疏梅墮少春叢，天遣花神别致功。」雲笈七籤卷一一三：「窺見女子紅裳艷麗，遊於樹下。有輒採花折枝者，必爲所祟，俗傳女子花神也。」

〔三〕江南信：化用陸凱寄梅贈范曄詩事。參見前尾犯（晴煙冪冪）「贈我春色」條注。

〔四〕燕脂：即胭脂。五代馬縞中華古今注卷中：「燕脂。蓋起自紂，以紅藍花汁凝作燕脂，以燕國所生，故曰燕脂。塗之作桃紅粧。」南朝梁蕭統美人晨妝：「散黛隨眉廣，燕脂逐臉生。」

翦裁：本指裁製衣物，後常喻大自然對景物的安排。唐曹松天台瀑布：「休疑寶尺難量度，直恐金刀易翦裁。」此處喻花神翦裁梅花。

〔五〕壽陽妝：據説南朝宋武帝女壽陽公主首創。宋李昉太平御覽卷三〇：「宋武帝女壽陽公主，人日卧於含章殿簷下，梅花落公主額上，成五出花，拂之不去。皇后留之，看得幾時。經三日，洗之乃落。宮女奇其異，競效之，今梅花妝是也。」

〔六〕羌笛：見前彩雲歸（蘅皋向晚艤輕航）「羌笛」條注。此指漢横吹曲梅花落。樂府詩集卷二一四：「梅花落，本笛中曲也。按唐大角曲亦有大單于、小單于、大梅花、小梅花等曲。今其聲猶有存者。」

〔七〕絳雪：喻紅梅。

【附録】

宋黄大輿梅苑卷八載柳永此詞，其前一闋爲無名氏瑞鷓鴣詞，與柳永此詞爲同韻之作。兹附録於下（詞繫卷四亦録之，署作柳永詞）。

瑞鷓鴣　宋　無名氏

臨鸞常恁整妝梅。枝枝仙艷月中開。可殺天心、故與多端麗，那更羅衣峭窄裁。　幾回瞻覷魂消黯，芙蕖匀透雙腮。好將心事、都分付與。時暫到、小庭來。玉砌紅芳點緑苔。

其二

全吴嘉會古風流〔一〕。渭南往歲憶來遊。西子方來、越相功成去〔二〕，千里滄江一葉舟。　至今無限盈盈者，盡來拾翠芳洲〔三〕。最是簇簇寒村〔四〕，遥認南朝路、晚煙收。三兩人家古渡頭〔五〕。

【校記】

〔全吴嘉會〕毛本、吴本、張校本、林刊百家詞本、朱校引焦本「全」作「三」，「會」作「景」。張校：「宋本『全』，宋本『會』。」

〔功成〕毛本、吴本「功」作「巧」。張校：「原訛『巧』，依宋本改。」鄭校：「『巧』，宋本作『功』，此因前闋訛入。此『功』字形近訛。」

〔滄江〕毛本、吴本、張校本、林刊百家詞本、朱校引焦本「江」作「波」。張校：「宋本『江』。」

〔最是〕毛本、吴本、張校本、林刊百家詞本、朱校引焦本「是」作「好」。張校：「宋本『是』。」

〔寒村〕毛本、吴本、林刊百家詞本「村」作「竹」。張校：「原訛『竹』，依宋本改。」

〔南朝路〕毛本、吴本、林刊百家詞本「路」作「晝」。張校：「原訛『晝』，依宋本改。」

【訂律】

詞譜卷一二：「宋史樂志中吕調。元高拭詞注『仙吕調』。苕溪詞話云：『唐初歌詞，多五言詩或七言詩，今存者止瑞鷓鴣七言八句詩，猶依字易歌也。』按，瑞鷓鴣，原本七言律詩，因唐人歌之，遂成詞調。馮延巳詞，名舞春風；陳彭年詞，名桃花落；尤袤詞，名鷓鴣詞；元丘長春詞，名拾菜娘；樂府紀聞，名天下樂；梁溪漫録詞有『行聽新聲太平樂』句，名太平樂，有『猶傳五拍到人間』句，名五拍。此皆七言八句也。至柳永有添字體，自注『般涉調』，有慢詞體，自注『南吕宫』，皆與七言八句者不同。」「雙調六十四字，前後段各五句，三平韻。」「此詞前段起二句、結句，後段起句、結句，仍作七言，與瑞鷓鴣同，餘則攤破句讀，自度新聲。如前段第三句，作四字一句、五字一句，即詞家添字法；後段第二句，作六字句，即減字法；第三句，作六字一句、八字一句，即添字法；多押一韻，即偷聲法。本集自注般涉調，爲黄鐘之羽聲，與中吕調爲夾鐘之羽聲、仙吕調爲夷則之羽聲，皆羽聲也。按，柳詞别首、晏殊詞二首，俱與此同，惟晏詞前段起句『越娥紅淚泣朝雲』，『越』字仄聲；後段起句『前村昨夜深深雪』，『前』字平聲，『昨』字仄聲；第三、四句『何時驛使西歸，寄與相思路、一枝新』，『何時』二字俱平聲，『寄』字仄聲。又，柳詞别首，後段第三、四句『恨聽煙塢深中，誰恁吹羌笛、逐風來』，『煙』字平聲。譜内可平可仄據此，餘參所采梅苑詞。」

【箋注】

〔一〕全吴嘉會：此當指蘇州。

〔二〕「西子」句：參見前雙聲子（晚天蕭索）「范蠡」條、西施（苧蘿嬌艷世難偕）「軍前死」條注。

〔三〕拾翠芳洲：用曹植洛神賦「或采明珠，或拾翠羽」語。參見前荔枝香（甚處尋芳賞翠）「尋芳賞翠」條注。

〔四〕寒村：荒寒偏僻的村落。唐盧綸送李緗：「波翻遠水蒹葭動，路入寒村機杼鳴。」此句謂遠望寒村如簇。

〔五〕古渡頭：唐崔塗金陵晚眺：「葦聲騷屑水天秋，吟對金陵古渡頭。」

【考證】

詞當作於蘇州。

洞仙歌

嘉景，向少年彼此，争不雨沾雲惹。奈傅粉英俊〔一〕，夢蘭品雅〔二〕。金絲帳暖銀屏亞。竝粲枕〔三〕，輕偎輕倚，緑嬌紅姹。算一笑，百琲明珠非價〔四〕。閒暇。每祇向、洞房深處，痛憐極寵〔五〕，似覺些子輕孤，早恁背人沾灑。從來嬌縱多猜訝〔六〕。更對翦香雲，須要深心同寫。愛搵了雙眉〔七〕，索人重畫〔八〕。忍孤艷冶。斷不等閒輕捨。鴛衾下。願常恁、好天良夜。

【校記】

〔向少年〕毛本、吴本、張校本、林刊百家詞本、詞繫、朱校引焦本「向」作「況」。張校：「宋本『向』。」

〔粲枕〕毛本、吴本、勞鈔本、詞繫、繆校引宋本「粲」作「燦」。繆校：「此用『角枕粲兮』之語，『燦』當作『粲』。」張校：「原訛『燦』，依宋本改。」

本改。」

〔輕偎輕倚〕毛本、吴本、林刊百家詞本無「輕偎」二字，但作「輕倚」。張校：「二字原脱，依宋

〔閒暇〕毛本、吴本、林刊百家詞本於此句後分片。張校：「二字原誤屬上，依宋本正。」

〔輕孤〕勞鈔本「孤」作「辜」。

〔從來嬌〕張校：「當作『驕』。」

〔沾灑〕詞繫、繆校引宋本、張校引宋本「沾」作「淚」。鄭批：「『沾』，宋本作『淚』，是。此訛。」

〔須要〕毛本、吴本作「深要」。張校：「原誤『深』，依宋本改。」

〔揾了〕毛本、吴本、林刊百家詞本、朱校引焦本「揾」作「印」。張校：「原誤『印』，依宋本改。」

〔忍孤〕勞鈔本、詞繫「孤」作「辜」。毛本、吴本、張校本、林刊百家詞本「孤」作「負」。

【訂律】

詞律卷一二：「此以下三調（今按謂此詞與「乘興，閒泛蘭舟」及「佳景留心慣」）與洞仙歌全不相涉，而字句多有訛錯，難以訂定。且三詞又是三樣，不知何故，未敢强論也。此篇只『金絲』句七字，似後段『從來』句七字，若以『并燦枕』句配『更對翦』句，則後多二字：想『深要』二字是誤多耳。『算一笑』至『非慣』，似後『愛印了』至『重畫』，其餘前後俱不合。『閒暇』二字似後段起句，然不應前短後長如此，闕疑可也。」

詞譜卷二〇：「雙調一百十八字，前段十句五仄韻，後段十四句九仄韻。」「按，柳永詞三首，亦

名洞仙歌，實慢詞也。樂章集各注宮調，雖字句參差，而音節仿佛，蓋般涉調爲黃鐘之羽聲，仙呂調爲夷則之羽聲，中呂調爲夾鐘之羽聲，同爲羽聲，故其聲亦不甚相遠也。但所注宮調既不相同，字句平仄自不容相混，填此調者審之。此調慢詞，柳詞共三體，晁詞二首，即仙呂調體之一，因句讀小異，故不參校平仄。」

詞繫卷七：「本集屬般涉調。」「汲古、詞律不分段，前段差同第一首，後段差同第二首，又變一格。詞律謂有訛錯，然據宋本只增『輕偎』二字。『淚』字，汲古、詞律作『沾』，『須』字作『深』，『幸』字作『負』。『搵』字，一本作『印』，今改正。『況』字，宋本作『向』。」

清丁紹儀聽秋聲館詞話卷一四：「洞仙歌應於『百琲明珠非價』句分段。」

【箋注】

〔一〕傅粉：用何晏之典。參見前鬬百花（煦色韶光明媚）「傅粉」條注。

〔二〕夢蘭：左傳宣公三年：「鄭文公有賤妾燕姞，夢天使與己蘭，曰：『余爲伯鯈。余，而祖也。以是爲而子，以蘭有國香，人服媚之如是。』既而文公見之，與之蘭而御之，辭曰：『妾不才，幸而有子，將不信，敢徵蘭乎？』公曰：『諾。』生穆公，名之曰蘭。」

〔三〕粲枕：見前過澗歇近（酒醒）同條注。

〔四〕百琲：見前引駕行（虹收殘雨）同條注。

〔五〕痛憐極寵：痛即極，憐即寵，皆爲「深愛」之義。

〔六〕嬌縱：恃寵任性，嬌慣放縱。　猜訝：猜忌疑怪。唐韓愈縣齋有懷：「指摘兩憎嫌，睢盱互猜訝。」

〔七〕搵：揩拭。此謂故意拭去眉妝。

〔八〕索人重畫：用張敞畫眉之典。漢書卷七六張敞傳：「敞無威儀，時罷朝會，過走馬章臺街，使御史驅，自以便面拊馬。又爲婦畫眉，長安中傳張京兆眉憮。」

安公子

遠岸收殘雨。雨殘稍覺江天暮。拾翠汀洲人寂靜〔一〕，立雙雙鷗鷺。望幾點、漁燈隱映蒹葭浦。停畫橈〔二〕、兩兩舟人語。道去程今夜，遥指前村煙樹。　遊宦成羈旅。短檣吟倚閒凝竚。萬水千山迷遠近，想鄉關何處。自別後、風亭月榭孤歡聚。剛斷腸〔三〕、惹得離情苦。聽杜宇聲聲〔四〕，勸人不如歸去。

【校記】

〔安公子〕花草粹編調下注曰「旅情」。

〔隱映〕毛本、吴本、張校本、詞繫「隱」作「掩」。張校：「宋本『隱』。」

〔遥指〕毛本「遥」作「摇」。張校：「原誤『摇』，依宋本改。」

〔短檣〕毛本「檣」作「墻」。張校：「原訛『墻』，依宋本改。」

〔孤歡聚〕勞鈔本「孤」作「辜」。

〔杜宇〕勞鈔本「宇」作「鵑」。張校：「宋本『鵑』。」

〔勸人〕詞繫、張校引宋本「人」作「道」。

【訂律】

詞律卷一二：「『雙雙』上多一『立』字，『鄉關』上多一『想』字，與前兩詞（今按謂陸遊同調「風雨初經社」與晁補之「柳老荷花盡」）異。柳又一首前用四字，後用五字，乃前段落一字也。『杜宇聲聲』應作仄平平仄，『人』字應仄，或是偶誤，或是不拘，然後學宜從其前段式爲妥。」

詞譜卷一九：「雙調一百六字，前後段各八句，六仄韻。」「此調一百六字者，以此詞爲正體，柳詞別首『夢覺清宵』詞，晁補之『少日狂遊』詞，與此同。若袁詞之句讀小異，晁詞、陸詞之減字，杜詞之攤破句法，皆變格也。此詞前後段第四句、第七句，俱作上一下四句法，各家皆然。按，晁詞前段第二句『閬苑花間同低帽』，『苑』字仄聲，『花』字、『間』字俱平聲；第七句『鎮瓊樓歸卧』，『瓊』字平聲；柳詞別首，後段第二句『當初不合輕分散』，『當』字平聲，『不』字仄聲；第三、四句『及至厭厭獨自個，却眼穿腸斷』，『獨』字、『眼』字俱仄聲。譜內可平可仄據此，餘參下所采諸詞。」

詞繫卷七：「本集注般涉調。」「此與前調（今按謂柳永「長川波瀲灔」）迥異，當是安公子慢。前調當加『近』字。」「『立雙雙』句、『道去程』句皆一領四句法，後段同。『雨殘稍覺』，晁作『閬苑花間』，平仄不同。『遥』字，汲古作『揺』，『檣』字作『牆』，『道』字作『人』。『宇』字一本作『鵑』，皆誤，今從宋本。『拾』、『掩』、『去』、『短』、『月』、『宇』、『不』可平。『遥』、『煙』、『吟』、『鄉』、『歸』可仄。」

【箋注】

〔一〕拾翠汀洲：用曹植洛神賦「或采明珠，或拾翠羽」語。參見前荔枝香（甚處尋芳賞翠）「尋芳賞翠」條注。

〔二〕畫橈：有畫飾的船槳。唐方干采蓮：「指剥春葱腕似雪，畫橈輕撥蒲根月。」

〔三〕剛：張相詩詞曲語辭匯釋：「剛，猶偏也；硬也；亦猶云只也。」此處爲偏義。

〔四〕杜宇：見前西平樂（盡日憑高目）、思歸樂（天幕清和堪宴聚）同條注。

【輯評】

清周濟宋四家詞選批語：「後闋音節態度，絶類拜新月慢，清真『夜色催更』一闋，全從此脱化出來，特較更跌宕耳。」

清陳廷焯雲韶集：「起筆有力，不第寫景工秀也。真景真情。」「（下闋）淋漓曲折，一往情深。末二語（「聽杜宇聲聲，勸人不如歸去」），惜爲後人套爛。」

清蔡嵩雲柯亭詞論：「柳詞勝處，在氣骨，不在字面。其寫景處，遠勝其抒情處。而章法大開大闔。爲後起清真、夢窗諸家所取法，信爲創調名家。如……安公子（遠岸收殘雨）……諸闋，寫羈旅行役中秋景，均窮極工巧。」

其二

夢覺清宵半。悄然屈指聽銀箭〔一〕。惟有牀前殘淚燭，啼紅相伴。暗惹起、雲愁雨恨情何限。從卧來、展轉千餘徧。恁數重鴛被，怎向孤眠不暖〔二〕。　堪恨還堪歎。當初不合輕分散〔三〕。及至厭厭獨自箇，却眼穿腸斷。似恁地、深情密意如何拚。雖後約、的有于飛願〔四〕。奈片時難過，怎得如今便見。

【校記】

〔殘淚燭〕吴本「燭」上多一「蠟」字，作「殘淚蠟燭」。

〔啼紅〕朱校：「按『啼』上疑脱一字。」張校本作「與啼紅」。張校：「原脱，依宋本補。」

〔恁數重〕吴本、張校本、林刊百家詞本、毛本「恁」作「任」。

〔密意〕毛本、吴本、張校本、林刊百家詞本、朱校引焦本「意」作「愛」。

【訂律】

鄭批：「第三句與前解句逗微異而字數同，謳曲旨要所謂聲拖字拽疾爲勝，大曲中本有上下句融貫一氣，而歌者累如貫珠，自得字裏聲之妙。萬氏詞律未諳此義，字梳句櫛，見一屬比稍殊，即列爲别體，甚非謂也。」

【箋注】

〔一〕銀箭：刻漏之箭。見前長相思（畫鼓喧街）同條注。

〔二〕怎向：即怎生向，無奈。參見前法曲獻仙音（青翼傳情）「怎生向」條注。

〔三〕不合：不應，不該。五代許岷木蘭花：「當初不合儘饒伊，贏得如今長恨別。」

〔四〕的有：猶言確有。張相詩詞曲語辭匯釋：「的，猶準或確也；定也；究也。柳永安公子詞：『雖後約、的有于飛願。奈片時難過，怎得如今便見。』的有，猶云準有或確有也。」于飛：見前法曲獻仙音（追想秦樓心事）同條注。

長壽樂

繁紅嫩翠。艷陽景，妝點神州明媚〔一〕。是處樓臺，朱門院落〔二〕，絃管新聲騰沸。恣遊人、無限馳驟，嬌馬車如水〔三〕。竟尋芳選勝，歸來向晚，起通衢近遠〔四〕，香塵細細〔五〕。　太平世。少年時，忍把韶光輕棄。況有紅妝，楚腰越艷〔六〕，一笑千金何啻。向尊前、舞袖飄雪，歌響行雲止。願長繩、且把飛烏繫〔七〕。任好從容痛飲，誰能惜醉。

【校記】

〔長壽樂〕毛本、吳本、林刊百家詞本無此闋，繆校、張校本據宋本補。

〔騰沸〕斠校引陸鈔「騰」作「勝」。

〔嬌馬車如水〕花草粹編、詞繫、歷代詩餘、詞譜「嬌」作「驕」。花草粹編、歷代詩餘無「車」字。詞譜「車如水」作「如流水」。

〔竟尋芳〕花草粹編、歷代詩餘、詞譜、詞繫「竟」作「競」。

〔選勝〕斠校引陸鈔「勝」作「賸」。花草粹編、歷代詩餘「勝」作「劇强」。

〔楚腰越艷〕花草粹編、歷代詩餘無「腰越」二字，作「楚艷」。詞繫、詞譜、張校本「楚腰」作「吳娃」。

〔願長繩〕張校「願」下注：「宋本原誤『似』，依粹編改。」

〔任好〕詞譜、詞繫、張校本「任」作「住」，并屬上句，作「且把飛烏繫住，好從容痛飲」。

【訂律】

詞繫卷一〇：「本集屬中呂調。」「此體汲古、詞律皆未載，僅見花草粹編，據宋本補。」「前後結句法與前不同，前結『起』字當屬下句讀，應是訛字，照後段此處不叶韻。『車如水』三字，詞譜作『如流水』，一本無『車』字。『勝』字，一本作『劇强』二字。『吳娃』二字，粹編缺，『越』字作『楚』，『雪』字作『香』（今按：花草粹編卷二三仍作「雪」），『住』字作『任』。『誰』字，詞譜作『何』。」

夏批：「『向晚起』，衹似豆，因上句未叶，而此『起』乃是暗韻。『向晚起』，猶言從傍晚始也。『舞袖』二句，亦是參差對，此楚辭之作法也。」

【箋注】

〔一〕神州：指京城。文選卷二一西晉左思詠史詩：「皓天舒白日，靈景耀神州。」吕向注：「神州，京都也。」

〔二〕朱門：參見前鬭百花（煦色韶光明媚）「朱户」條注。

〔三〕車如水：即車如流水，謂車馬衆多。後漢書卷一〇上馬皇后紀：「前過濯龍門上，見外家問起居者，車如流水，馬如游龍。」宋司馬光次韻和宋復古春日五絶句：「車如流水馬如龍，花市相逢咽不通。」

〔四〕通衢：四通八達之路。東漢班昭東征賦：「遵通衢之大道兮，求捷徑欲從誰。」此指京城街道。

〔五〕香塵：此即前柳初新詞中「徧九陌、相將游冶。驟香塵、寶鞍驕馬」諸句之意。

〔六〕楚腰越艷：楚腰，指女子的纖腰。參見前鬭百花（滿搦宫腰纖細）「宫腰」條注。越艷，指西施，代指越地美女。李白經亂離後天恩流夜郎憶舊遊贈江夏韋太守良宰：「吴娃與越艷，窈窕誇鉛紅。」此用以泛指美女。

〔七〕「願長繩」句：西晉傅玄九曲歌：「歲末景邁群光絶，安得長繩繫白日。」李白惜余春賦：「恨不得挂長繩於青天，繫此西飛之白日。」飛烏即陽烏，代指太陽。參見前鳳歸云（向深秋）「陽烏」條注。

【輯評】

吴熊和師手批樂章集：「汴京。」

黄鐘羽

傾杯

水鄉天氣，灑蒹葭、露結寒生早。客館更堪秋杪〔一〕。空階下、木葉飄零，颯颯聲乾〔二〕，狂風亂掃。當無緒、人靜酒初醒，天外征鴻〔三〕，知送誰家歸信，穿雲悲叫。蛩響幽窗〔四〕，鼠窺寒硯〔五〕，一點銀釭閒照。夢枕頻驚，愁衾半擁，萬里歸心悄悄〔六〕。往事追思多少。贏得空使方寸撓〔七〕。斷不成眠，此夜厭厭，就中難曉。

【校記】

〔黄鐘羽〕毛本、吴本、花草粹編作「黄鐘調」。張校：「原作『調』，依宋本改。」

〔露結〕張校本作「露急」。

〔當無緒〕張校本、詞繫、繆校引宋本、鄭校引宋本「當」作「黯」。張校：「原誤『當』，依宋本改。」

〔酒初醒〕毛本、吴本「醒」作「酲」。張校：「原訛『酲』，依宋本改。」

〔天外〕毛本、吴本「外」作「上」。

〔穿雲悲叫〕毛本、吴本此詞不分片。張校：「原誤連下，依宋本分段。」

〔鼠窺〕毛本、吴本、林刊百家詞本「鼠」作「風」。張校：「原誤『風』，依宋本改。」

〔方寸撓〕張校本、詞繫「撓」作「攪」，詞繫并屬下句，作「攪斷不成眠」。張校：「原訛『撓』，依宋本改。」

【訂律】

詞譜卷三二：「雙調一百八字，前段十句四仄韻，後段十一句五仄韻。」「此詞樂章集注『黄鐘調』，無他首可校。」

詞繫卷八：「本集屬黄鐘羽。」「汲古不分段。『醒』字作『酲』，『外』字作『上』，『鼠』字作『風』，今據宋本訂正。『黯』字，汲古作『當』，『攪』字作『撓』，今據别本。『空』字，一本作『雲』。『贏得』句，照前作當於『攪』字句，然照後作當屬下。」

清丁紹儀聽秋聲館詞話卷一四：「傾杯樂……又一體，應於『穿雲悲叫』句分段。」

鄭批：「『贏得空使』四字連用，必有一誤。惟集中此曲凡八見，聲譜各異，只散水調兩解字律悉同，惜北宋舊譜墜逸，無繇校定也。」「疑本作『空使』，無『贏得』二字，又因次闋傾杯『空贏得』三字，以行款計恰在是處，遂衍入耳。」

冒廣生傾杯考：「此首『當無緒、人靜酒初醒』句，原在『天外征鴻』上，『客館更堪秋杪』句，原在『空階下、木葉飄零』上，今更正。第四遍第二句原作『贏得空使方寸撓』，今將『空』字移『贏得』上，删『使』字。柳詞雖宋末亦多訛誤，非萬不獲已，皆過而存之，覽者勿疑其武斷也。『少』字增韻。第一遍加三襯。破六、六、六、六，作四、三、五，四、四、四。第二遍加四襯。破六、六、六、六，作四、六、四，四、六。下二句與第一、第二、第三、第四首并同。第三遍加四襯。破六、六、六、六，作四、四、四，四、四、四。第四遍上二句亦作六、六，但衍一字。下二句破六、六作四、四、四。詞律不分段，於所注韻句，自承未確。」

【箋注】

〔一〕秋杪：暮秋，秋末。唐孟浩然夜登孔伯昭南樓時沈太清朱昇在座：「再來值秋杪，高閣夜無喧。」

〔二〕颯颯：楚辭九歌山鬼：「風颯颯兮木蕭蕭，思公子兮徒離憂。」　聲乾：聲音清脆響亮。唐崔參虢州西亭陪端公宴集：「開瓶酒色嫩，踏地葉聲乾。」宋柳開塞上：「鳴骹直上一千尺，天靜無風聲更乾。」

〔三〕征鴻：用鴻雁傳書之典。見前甘草子（秋盡）「雁字」條注。

〔四〕蛩響幽窗：詩豳風七月：「七月在野，八月在宇，九月在户，十月蟋蟀，入我牀下。」白居易禁中聞蛩：「西窗獨闇坐，滿耳新蛩聲。」

〔五〕鼠窺寒硯：宋人詩詞中常以鼠窺硯或鼠窺燈描摹驛舍孤寂荒寒情狀。如曾鞏遣興：「青燈鬬鼠窺寒硯，落月啼烏送遠舫。」江漢置身貧作客，溪山合眼夢還家。」又秦觀如夢令：「遥夜沉沉如水。風緊驛亭深閉。夢破鼠窺燈，霜送曉寒侵被。無寐。無寐。門外馬嘶人起。」又後村詩話卷二載朱敦儒句：「燈昏鼠窺硯，雨急犬穿籬。」皆其例也。

〔六〕悄悄：憂愁貌。詩邶風柏舟：「憂心悄悄，愠于群小。」毛傳：「悄悄，憂貌。」

〔七〕撓：謂惱亂，煩擾。宋歐陽修與梅聖俞書：「某爲近得君貺家書，報薛家夫人不安，老妻日夕憂擾。」

大石調

傾杯

金風淡蕩〔一〕，漸秋光老、清宵永。小院新晴天氣，輕煙乍斂，皓月當軒練淨。對千里寒光，念幽期阻、當殘景。早是多情多病〔二〕。那堪細把，舊約前歡重省。

最苦碧雲信斷〔三〕，仙鄉路杳〔四〕，歸鴻難倩。每高歌、强遣離懷，奈慘咽、翻成心耿耿〔五〕。漏殘露冷。空贏得、悄悄無言，愁緒終難整。又是立盡，梧桐碎影。

【校記】

〔練淨〕勞鈔本、林刊百家詞本「淨」作「靜」。張校：「宋本『靜』，非。」

〔多情〕毛本、吴本、張校本、林刊百家詞本、詞繫、朱校引焦本「情」作「愁」。張校：「宋本情。」

〔舊約前歡重省〕毛本、吴本全詞不分段。張校：「原誤連下，依宋本分段。」

〔終難整〕宋胡仔苕溪漁隱叢話引此句「整」作「罄」。

〔又是立盡〕宋阮閲詩話總龜引此句無「是」字。宋胡仔苕溪漁隱叢話引此句「又是」作「人」。

〔碎影〕毛本、吴本、張校本、林刊百家詞本、朱校引焦本「碎」作「清」。張校：「宋本『碎』。」

【訂律】

詞律卷七：「又與前（今按謂柳永黄鐘羽傾杯「水鄉天氣」）異。按『金風』起至『練淨』似是一段，『對千里』起至『重省』似是一段，蓋兩段相比，而『對』字爲换頭領句。且『漸秋光老』句法正與

『念幽期阻』同是，則此調應分三段，然『天氣』不叶韻，亦不敢確以爲然也。」
詞譜卷三二：「雙調一百八字，前段十一句五仄韻，後段九句五仄韻。」「此詞樂章集注『大石調』，無他首可校。」
詞繫卷八：「本集屬大石調。」「汲古、詞律不分段。『碎』字作『清』，據宋本改正。」
清丁紹儀聽秋聲館詞話卷一四：「傾杯樂……又一體，應於『舊約前歡重省』句分段。」
鄭批：「萬氏詞律以『練淨』、『重省』分三段，繆甚。」
冒廣生傾杯考：「此首用雙拽頭。與樂章集前後七首異，與沈會宗所作同。『病』字、『冷』字，增韻。第四遍第二句『言』字應叶不叶，移在第三句『整』字叶也。第一遍加三襯。破六、六、六、六，作四、三、三，四、四、六。第二遍加四襯。破法同第一遍。第三遍加五襯。上三句破六、六作四、四、四，下二句亦作六、六。第四遍破六、六、六、六，作四、七、五，二、六，而移叶於第三句。詞律不分段，而云：『此調應分三段。』蓋已墮五里霧中，無怪其疑神疑鬼也。」

【箋注】

〔一〕金風：秋風。文選卷二九西晉張協雜詩：「金風扇素節，丹霞啓陰期。」李善注：「西方爲秋而主金，故秋風曰金風也。」
〔二〕多情多病：唐杜荀鶴中山臨上人院觀牡丹寄諸從事：「半雨半風三月内，多愁多病百年中。」又五代韋莊遣興：「如幻如泡世，多愁多病身。」

〔三〕碧雲：文選卷三一南朝梁江淹雜體詩休上人怨別：「西北秋風至，楚客心悠哉。日暮碧雲合，佳人殊未來。」

〔四〕仙鄉路杳：用劉阮入天台事。見前合歡帶（身材兒早是妖嬈）「桃花」條注。

〔五〕耿耿：見前女冠子（斷雲殘雨）同條注。

【輯評】

宋陳巖肖庚溪詩話卷下：「京師景德寺東廊三學院壁間題曰：『明月斜，秋風冷。今夜故人來不來，教人立盡梧桐影。』皆傳呂先生洞賓所題。」

宋阮閱詩話總龜後集卷三九：「回仙於京師景德寺僧房壁上題詩云：『明月斜，秋風冷。今夜故人來不來，教人立盡梧桐影。』相傳此詩自國初時即有之，柳耆卿詞云：『愁緒終難整。又立盡、梧桐碎影。』用回仙語也。古今詞話云：耆卿作傾杯秋景一闋，忽夢一婦人云：『妾非今世人，曾作前詩，數百年無人稱道，公能用之。』夢覺記其事。世傳乃鬼謠也。此語怪誕無可考據，蓋不曾見回仙留題，遂妄言耳。」（按宋胡仔苕溪漁隱叢話後集卷三八亦載此條，語略同。）

清沈雄古今詞話詞辨上卷：「詞統曰：『柳永聞婦人歌此曲云：「明月斜，秋風冷。今夜故人來不來，教人立盡梧桐影。」』傳是女鬼作。後好事者李玉衍爲金縷曲云：『月落西樓凭欄久，依舊歸期未定。又只恐瓶沉金井。嘶騎不來銀燭暗，枉教人立盡梧桐影。』楊慎曰：『藉此覺有身分。』」

散水調

傾杯

鶩落霜洲〔一〕，雁横煙渚〔二〕，分明畫出秋色。暮雨乍歇。小檝夜泊，宿葦村山驛。何人月下臨風處〔三〕，起一聲羌笛。離愁萬緒，聞岸草、切切蛩吟如織〔四〕。　爲憶。芳容别後，水遥山遠，何計憑鱗翼〔五〕。想繡閣深沈，争知憔悴損、天涯行客。楚峽雲歸，高陽人散〔六〕，寂寞狂蹤迹。望京國〔七〕。空目斷、遠峰凝碧。

【校記】

〔傾杯〕毛本、吴本、林刊百家詞本、詞繫作「傾杯樂」。

〔鶩落〕毛本、吴本、林刊百家詞本「鶩」作「木」。鄭校：「宋本『木』作『鶩』，對『雁』。或此本以音訛。」張校：「原訛『木』，依宋本改。」

〔霜洲〕張校本作「荒洲」。

〔離愁萬緒〕曹校引朱本作「離緒萬端」。

〔切切蛩吟如織〕毛本全詞不分片。張校：「原連下，今依宋本分段。」

【訂律】

詞律卷七：「此首較明，據此則前『樓鎖輕烟』一首，是於末處遺缺『望京國』以下十字，而此闋照前則當在『如織』下分段耳。『争知』二句，人皆讀上五下四，不知此與前『看朱』二句相同，乃上四下五，『損天涯行客』正如『惹閒愁堆積』，是以『惹』字、『損』字領句也。前詞『簇一枝寒色』，『報青春消息』，此篇前段『宿葦村山驛』，『起一聲羌笛』，皆上一下四句法，其『何計』、『寂寞』二語，與前詞『雙帶』、『辜負』二語，乃如五言詩句耳。詞中五字句，最易淆訛，而此『争知憔悴損』，像五字一句，尤易誤讀。故詳注於此，他詞皆可類推。」

詞譜卷三二：「雙調一百四字，前段十句四仄韻，後段十二句六仄韻。」「此與『樓鎖輕煙』詞句讀同，宫調亦同，惟换頭句藏一短韻，後段第六句五字、第七句四字異。此詞樂章集屬林鐘商，又注『散水調』。按册府元龜，唐改南吕商爲散水調，即水調。俗名中管林鐘商也。」

詞繫卷八：「本集屬雙調，注散水調。」「此與第二首（今按，謂柳永同調「樓鎖輕煙」）同。汲古、詞律不分段，誤。『鶩』字作『木』，今據宋本訂正。」

清丁紹儀聽秋聲館詞話卷一四：「詞中换頭句扼一篇之要，故分段不容稍混。乃詞律有不知舊本之誤，而誤分未分者。亦有明知其誤而未經訂正者。如……傾杯樂，應於『切切蛩音如織』句分段。」

鄭批：「此與末卷『樓鎖輕煙』一解同屬散水調，音譜無少異，今所以互訂。凡叶均處，并以雙墨圈識之。惟末卷有脱簡，賴有鈔本可校補耳。」「此調集中凡六見，注不一格。蓋宫譜有别也。惟此與末卷同爲散水調『樓鎖輕煙』一首，音拍相同，可互訂字律耳。」

鄭校：「（「木」）叶平。（「雨」）可平。（「泊」）非叶。（「何」）可仄。（「臨」）可仄。（「一」）作平。（「切」）可平。（「憶」）可平。（「别」）作平。（「高」）可仄。（「寂」）可平。（「遠」）可平。」

冒廣生傾杯考：「『歇』字增韻，并應作平。『泊』字、『國』字，乃暗韻。『檝』字、『草』字作平。第一遍加三襯。破六、六、六、六，作四、四、四，四、四、四。與第四首同。第二遍加一襯。破六、六、六、六，作四、三、五，四、二、六。第三遍加五襯。破六、六、六、六，作四、四、四，四、四、四。與第五首同。第四遍破六、六、六、六，作四、四、五，三、七。亦秖二十三字，與『離宴殷勤』一首同。疑『狂』字上奪『疏』字，今加一空格。詞律不分段，於『金風淡蕩』一首云『漸秋光老』，句法正與『念幽期阻』同……應分三段。於此首云：『當在「如織」下分段耳。「争知」二句，人皆讀上五下四，不知此與前「看朱」二句相同，乃上四下五。「損天涯行客」正如「惹閒愁堆積」，是以「惹」字、「損」字領句也。前詞「簇一天寒色」、「報青春消息」，此篇前段「宿葦村山驛」、「起一聲羌笛」，皆上一下四句法。其「何計」、「寂寞」二語，與前詞「雙帶」、「孤負」二語，乃如五言詩句耳。詞中五字句最易淆訛。而此「争知憔悴損」，像五字一句，尤易誤讀。故詳注於此。』自矜心細。不知除

『起一聲羌笛』、『報青春消息』二句，『起』字、『報』字非襯字外，『損』字、『宿』字、『惹』字、『簇』字，其領句者，無一非襯。即『何計』之『計』字，『雙帶』之『雙』字，亦應作襯。惟『孤負高陽客』句，乃如五言律詩。若『寂寞狂蹤迹』句，則『狂』字上奪一字也。柳詞如生龍活虎，句法變换，使讀者如入建章之宫，千門萬户，安得不目眩舌撟。萬氏於此調未認識，秖知死在句下，笨滯可憐。然謂其無所用心，則又冤也。」

陳匪石宋詞舉：「柳集傾杯凡八，惟仙吕宫之『禁苑花深』一體，有揚无咎、曾覿各作可證，即萬氏稱爲整齊者也。餘均未見他人之作。汲古本又多訛奪，詞律乃多闕疑。今焦竑、毛扆校本遞出，始均可讀。此首與『樓鎖輕煙』一首同屬散水調，句法字數亦同，實一體也。惟『争知憔悴損、天涯行客』，似於『損』字斷句，而彼曰『看朱成碧，惹閑愁堆積』，似『碧』字斷句，且協韻。周濟曰：『依調損字當屬下，依詞損字當屬上，此類甚多。』其説極是。在同宫調中，句讀之異，愚已屢言其不拘，則彼之『碧』字，疑亦非協也。其他六首，宫調字句均異，今姑不論。至調名起原，則唐太宗造傾杯曲，玄宗有馬舞傾杯，宣宗有傾杯樂。」

【箋注】

〔一〕鶩：野鴨。唐王勃滕王閣序：「落霞與孤鶩齊飛，秋水共長天一色。」

〔二〕雁横煙渚：唐趙嘏長安晚秋：「殘星幾點雁横塞，長笛一聲人倚樓。」唐李群玉寄短書歌：「翔雁横秋過洞庭，西風落日浪峥嶸。」

〔三〕臨風：李白贈郭將軍：「愛子臨風吹玉笛，美人騰月舞羅衣。」

〔四〕蛩吟如織：謂蟋蟀吟叫。唐周賀送石協律歸吴：「夜隨淨渚離蛩語，早過寒潮背井行。」唐釋皎然浮雲三章其二：「嗟我懷人，憂心如織。」

〔五〕鱗翼：指傳書遞信之魚雁。參見傾杯（離宴殷勤）「鱗羽」條注。

〔六〕高陽：指酒徒，見前宣清（殘月朦朧）同條注。「高陽人散」即宣清詞中「散盡高陽」之義，謂酒闌人散也。一説謂宋玉高唐賦中所謂陽臺，用巫山雲雨之典。參見前滿朝歡（花隔銅壺）「楚觀朝雲」條注。詞調名高陽臺者，亦取義於此。

〔七〕京國：京城。唐牟融贈韓翃：「京國久知名，江河近識荆。」

【輯評】

清鄒祇謨遠志齋詞衷：「宋人諸體，亦有不可驟解者……又如柳屯田樂章集中，傾杯、塞孤、祭天神諸長調，俱不分换頭。凡此等類，未易縷析。」

清周濟宋四家詞選批語：「依調『損』字當屬下，依詞『損』字當屬上，此類甚多，後不更舉。」

清譚獻復堂詞話：「（起句）耆卿正鋒，以當杜詩。『何人月下臨風處，起一聲羌笛』二句，文賦云『扶質立幹』。下片『想繡閣深沈，争知憔悴損、天涯行客』二句，忠厚悱惻，不媿大家。『楚峽雲歸，高唐人散，寂寞狂蹤迹』三句，寬處坦夷，正見家數。」

清陳廷焯雲韶集：「（上闋）絶妙畫圖。」「（『何人月下』二句）已自離愁莫解，況又聞月下羌笛乎？善寫羈旅情，是耆卿獨步處。」「曰『狂蹤迹』，豪放極矣，上忽加『寂寞』二字，便如横風吹斷，絶世文情。」

清蔡嵩雲柯亭詞論：「柳詞勝處，在氣骨，不在字面。其寫景處，遠勝其抒情處。而章法大開大闔。爲後起清真、夢窗諸家所取法，信爲創調名家。如……傾杯樂（木落霜洲）……諸闋，寫羈旅行役中秋景，均窮極工巧。」

俞陛雲唐五代兩宋詞選釋：「『暮雨』三句音節極清峭。毛晉謂屯田詞『音調諧婉，尤工於羈旅悲怨之辭』，此作克副之。」

陳匪石宋詞舉：「屯田善於羈旅行役，故此類之詞多同一機括，然用筆則因調而殊。此詞起落翻騰，又與前選兩首用直筆者有異。起兩句對偶，即所謂『畫出秋色』，已隱喻别離之意、淪落之苦。『暮雨』三句，於秋色之中，寫泊舟之時、泊舟之處。『何人』句提起，無意中忽聞笛聲，惹起離愁。譚獻用文賦語『扶質立幹』評之。梅溪之『碧袖一聲歌』，即學此筆法者，最善神韻悠揚之妙，令人蕩氣迴腸，清真以後，多得此法門也。『羌笛』原不足當『萬緒』，故再説『草』、『蛩』，用『似織』二字以滿其量。過變由景入情，『芳容别後』之憶，即上文之『離愁』。『水遥山遠』，是『葦村山驛』中感想。『鱗翼』亦『無計』『憑』之，則兩地相思，此情難訴矣。於是就對面設想，『繡閣深沉』，未必知征人之苦，從杜詩『遥憐小兒女，未解憶長安』化出。律以屯田八聲甘州『想佳人高樓長望』以下五句，同一意境，而此特渾涵，特温厚，宜譚獻謂其『忠厚悱惻，不愧大家』也。『楚峽』『高陽』，宴遊之地。今我已去，則疏狂『蹤迹』遂入『寂寞』之中，又轉到自身，寫『小檝夜泊』時境遇。曰『雲歸』，曰『人散』，『京國』前塵，已不可復問，惟有於『凝碧』『遠峰』，空勞『目斷』，虚籠作收，與玉蝴蝶近似。此在柳詞爲委婉曲折者，所以屯田爲慢詞之開山人也。」

唐圭璋唐宋詞簡釋：「此首，上片寫景，下片抒情，脈絡甚明，哀感其深。起三句，點秋景。『暮雨』三句，記泊舟之時與地。『何人』兩句，記聞笛生愁。『離愁』兩句，添出草蛩似織，更不堪聞。換頭，『爲憶』三句，述己之遠别及信之難達。『想繡閣』三句，就對方設想，念人在外邊之苦，語極淒惻。『楚峽』三句，念舊遊如夢，欲尋無迹。末兩句，以景結束，惆悵不盡。」

黄鐘宫

鶴沖天

黄金榜上〔一〕。偶失龍頭望〔二〕。明代暫遺賢〔三〕，如何向。未遂風雲便〔四〕，争不恣狂蕩。何須論得喪。才子詞人，自是白衣卿相〔五〕。

煙花巷陌，依約丹青屏障〔六〕。幸有意中人，堪尋訪。且恁偎紅翠，風流事、平生暢。青春都一餉。忍把浮名，換了淺斟低唱〔七〕。

【校記】

〔鶴沖天〕毛本、吴本入仙吕宫。張校本：「宋本注『黄鐘宫』。」

〔恣狂蕩〕毛本、吴本、林刊百家詞本、詞繫、張校本「恣」後多一「游」字，作「恣游狂蕩」。張校本：「宋本無『游』字，與能改齋漫録引合，然後段亦六字折腰句，疑此『游狂』二字宜倒，無者非也。」

〔偎紅翠〕毛本、吴本、林刊百家詞本「紅」後多一「倚」字，作「偎紅倚翠」。勞批：「校云『且恁』句多一字。此校言『倚』字，則與校語合。當據宋本。」張校：「原本下衍『倚』字，依宋本删，與前段合，能改齋漫録引亦無。」

〔都一餉〕詞繫「都」作「多」。

【訂律】

詞律卷一二：「『依約』句，『且恁』句，各多一字。」

詞繫卷八：「汲古樂章集屬仙吕宫。宋本注黄鐘宫。」「與喜遷鶯之别名無涉。」「能改齋漫録：『仁宗留思儒雅，務本理道，深斥浮艷虚薄之文。初，進士柳三變好爲淫冶曲調，傳播四方，嘗有鶴沖天詞云云。及臨軒放榜，特落之，曰：「此人風前月下，好去淺斟低唱，何要浮名，且填詞去。」三變由此自稱奉旨填詞。景祐中，方及第，後改名永，方得磨勘轉官。』」「『且恁』句，各本多『倚』字，據宋本删。『恣游』、『游』字，宋本缺，照後段不應作五字句，然後作亦六字。『論』平聲。」

【箋注】

〔一〕黄金榜：即金榜，指科舉考試之後揭曉的榜。唐劉禹錫送裴處士應制舉：「彤庭翠松迎曉日，鳳銜金榜雲間出。」

〔二〕龍頭：又稱龍首，狀元之别稱。唐黄滔輒吟七言四韻攀寄翁文堯拾遺：「龍頭龍尾前年夢，今日須憐應若神。」注：「滔卯年冬在宛陵，夢文堯作狀頭及第。」宋王禹偁寄狀元孫學士：「唯愛君家棣蕚榜，登科記上并龍頭。」

〔三〕明代：政治清明的時代，古人多用以稱頌自己所身處的時代。五代韋莊寄湖州舍弟：「何況别來詞轉麗，不愁明代少知音。」　遺賢：謂遺落、棄置賢才而不用。書大禹謨：「野無遺賢，萬邦咸寧。」商君書禁使：「遺賢去智，治之數也。」唐岑參送孟孺卿落第歸濟陽：「聖朝徒側席，濟上獨遺賢。」

〔四〕風雲：易乾：「雲從龍，風從虎。」此句謂未能登第而化龍成虎。

〔五〕自是：本是。唐李商隱咸陽：「自是當時天帝醉，不關秦地有山河。」　白衣卿相：五代王定保唐摭言卷一：「進士科始於隋大業中，盛於貞觀、永徽之際。搢紳雖位極人臣，不由進士者，終不爲美，以至歲貢常不減八九百人，其推重謂之『白衣公卿』，又曰『一品白衫』。」

白衣爲古代平民服色。

〔六〕屏障：屏風。杜甫韋諷録事宅觀曹將軍畫馬圖：「貴戚權門得筆迹，始覺屏障生光輝。」

〔七〕淺斟低唱：宋耐得翁都城紀勝：「唱叫小唱，謂執板唱慢曲曲破，大率重起輕殺，故曰淺斟低唱。與四十大典舞旋爲一體。今瓦市中絶無。」

【輯評】

宋吴曾能改齋漫録卷一六：「仁宗留意儒雅，務本理道，深斥浮艷虚薄之文。初，進士柳三變好爲淫冶謳歌之曲，傳播四方。嘗有鶴沖天云：『忍把浮名，換了淺斟低唱。』及臨軒放榜，特落之曰：『且去淺斟低唱，何要浮名。』景祐元年方及第。後改名永，方得磨勘轉官。其辭曰：『黄金榜上……』。」

清沈雄古今詞話詞話上卷：「太平樂府曰：柳永曲調傳播四方，嘗候榜作鶴沖天詞云：『忍把浮名，換了淺斟低唱。』仁宗聞之曰：『此人風前月下，淺斟低唱，好填詞去。』柳永下第，自此詞名益振。」

清陳廷焯白雨齋詞話卷六：「耆卿『忍把浮名，換了淺斟低唱』，荒謾語耳，何足爲韻事。稼軒『悲莫悲生離別，樂莫樂新相識，兒女古今情。富貴非吾事，歸與白鷗盟』，憤激語而不離乎正，自與耆卿迥别。然讀唐人『忽見陌頭楊柳色，悔教夫婿覓封侯』之句，情理兩融，又婉折多矣。」

劉永濟唐五代兩宋詞簡析：「此詞即仁宗據以落柳永之第者。封建時代，如有失意於科第之人，便生不重視科第之念，乃人主所深惡。此詞乃永初試不及第所作，語皆狂放。相傳永初名三變，至景祐中及第，改名永，始得磨勘轉官。是柳永於科第曾幾經挫折而後始得者，其『才子詞人，自是白衣卿相』之説，『忍把浮名，换了淺斟低唱』之語，乃失意後自傲之言，未必真能輕視科第、不屑求名者。然如柳之市民階級狂放性格與統治者仁宗僞崇理道之心理，究竟矛盾，此於其應制作『老人星見』之詞可以知之。仁宗時太史奏老人星見。仁宗甚喜，命左右詞臣作樂章誇耀其事。內侍以屬柳永。永譜醉蓬萊調奏上。仁宗見其首句有『漸』字，已不悦，讀至『宸遊鳳輦』句，乃與仁宗御製真宗挽詞暗合，不覺慘然，及讀至『太液波翻』，曰：『何不言波澄？』遂怒投之於地，自此後不復擢用。今就此事觀之，仁宗之怒，即柳之不善阿諛。柳之不善阿諛，即柳狂放之才不善作制應官樣之文也。然則，即使擢用，亦未必終合統治者之要求。此其所以畢生落拓也。」

【考證】

當爲景祐元年登第前所作。

樂章集續添曲子

林鐘商

木蘭花　杏花

翦裁用盡春工意〔一〕。淺蘸朝霞千萬蘂。天然淡泞好精神〔二〕，洗盡嚴妝方見媚〔三〕。　風亭月榭閒相倚。紫玉枝梢紅蠟蔕〔四〕。假饒花落未消愁〔五〕，煮酒杯盤催結子〔六〕。

【校記】

〔樂章集續添曲子〕勞鈔本作「續添曲子」。勞校：「刊本脱此標題，鈔本校增。」又：「斧季云此以下從鈔本校。」繆校：「宋本無，從鈔本校。」

〔林鐘商〕勞鈔本「商」旁注「調」字。

〔木蘭花〕毛本、吴本、張校本、勞鈔本調作「玉樓春」。繆校：「玉樓春，鈔本作木蘭花。」勞鈔本旁注「木蘭花」。

〔淡泞〕曹校引梅本「泞」作「沱」。

〔方見〕林刊百家詞本「方」作「才」。

〔紅蠟〕毛本「蠟」作「臘」。

【箋注】

〔一〕春工：見前剔銀燈（何事春工用意）同條注。

〔二〕淡泞：見前受恩深（雅致裝庭宇）同條注。

〔三〕嚴妝：見前鬬百花（滿搦宫腰纖細）同條注。此指濃妝。

〔四〕蠟蔕：此指杏花之花蔕。唐温庭筠海榴：「海榴開似火，先解報春風。葉亂裁牋緑，花宜插鬢紅。蠟珠攢作蔕，緗綵翦成叢。」宋人常以之形容海棠，宋梅堯臣海棠：「燕脂色欲滴，紫蠟蔕何長。」

〔五〕假饒：張相詩詞曲語辭匯釋：「饒，猶任也；儘也。假定之辭。凡文筆作開合之勢者，往往用饒字爲曲筆以埶起之。……有作假饒者。李山甫南山詩：『假饒不是神仙骨，終抱琴書向此遊。』……加一假字，假定之義更明顯。」

〔六〕煮酒：古人春末夏初用青梅、青杏煮酒，取其酸以醒胃。宋晏殊訴衷情：「青梅煮酒鬥時新。天氣欲殘春。」宋歐陽修寄謝晏尚書二絶其一：「紅泥煮酒嘗青杏，猶向臨流藉落花。」又此二句恐亦暗用唐杜牧詩「狂風落盡深紅色，綠葉成陰子滿枝」，見宋曾慥類説卷二九、宋王讜唐語林卷七等。

其二　海棠

東風催露千嬌面。欲綻紅深開處淺。日高梳洗甚時忺〔一〕，點滴燕脂勻未徧〔二〕。　霏微雨罷殘陽院〔三〕。洗出都城新錦段〔四〕。美人纖手摘芳枝，插在釵頭和鳳顫〔五〕。

【校記】

〔甚時忺〕毛本、勞鈔本「忺」作「歡」。張校：「原作『歡』，依宋本改。」

〔燕脂〕毛本、勞鈔本作「臙脂」，吴本作「臙胭」。鄭校：「上『臙』字誤，故更寫『胭』，鈔者乃脱一『脂』字。」

【箋注】

〔一〕忺：歡快，高興。唐韋應物寄二嚴：「絲竹久已懶，今日遇君忺。」

〔二〕燕脂：即胭脂。見前瑞鷓鴣（天將奇艷與寒梅）同條注。

〔三〕霏微：細雨濛濛貌。唐李端巫山高：「回合雲藏日，霏微雨帶風。」

〔四〕錦段：即錦緞。唐李商隱鸞鳳：「金錢饒孔雀，錦段落山雞。」

〔五〕鳳：指女子髮釵上所飾的鳳凰。唐李商隱蝶三首其二：「爲問翠釵釵上鳳，不知香頸爲誰回。」

其三　柳枝

黄金萬縷風牽細〔一〕。寒食初頭春有味〔二〕。殢煙尤雨索春饒〔三〕，一日三眠誇得意〔四〕。章街隋岸歡遊地〔五〕。高拂樓臺低映水。楚王空待學風流，餓損宫腰終不似〔六〕。

【校記】

〔柳枝〕勞鈔本「枝」旁添一墨圈，并批云：「孫本有『枝』字。」

【箋注】

〔一〕黄金萬縷：形容柳枝。宋劉筠柳絮：「漢家舊苑眠應足，豈覺黄金萬縷空。」又宋杜安世鵲橋仙：「陰陰亭榭，暖煙輕柳，萬縷黄金窣地。」

〔二〕初頭：謂月初。有味：謂有意味，有情趣。唐杜牧將赴吴興登樂游原：「清時有味是無能，閑愛孤雲靜愛僧。」

〔三〕索春饒：猶云得春憐。張相詩詞曲語辭匯釋：「饒，猶恕也；憐也。……由饒恕義引申之則爲憐義。白居易喜小樓西新柳抽條詩：『爲報金堤千萬樹，饒伊未敢苦争春。』饒伊，猶云憐伊也。……黄庭堅次韻高子勉詩：『蔓蒿穿雪動，楊柳索春饒。』索春饒，猶云得春憐也。……柳永木蘭花詞柳枝：『殢煙尤雨索春饒，一日三眠誇得意。』……義均見前。」

〔四〕一日三眠：宋趙令畤侯鯖録卷二：「李商隱江之嫣賦云：『豈如河畔牛星，隔歲祇聞一過；不及苑中人柳，終朝剩得三眠。』漢苑有人形柳，一日三起三倒。」又宋阮閲詩話總龜後集卷二七引漫叟詩話：「嘗見曲中使柳三眠事，不知所出。後讀玉溪生江之嫣賦云：『豈如河畔牛星，隔歲止聞一過；不比苑中人柳，終朝剩得三眠。』注云：『漢苑中有柳，狀如人形，號曰「人柳」，一日三起三倒。』」（宋胡仔苕溪漁隱叢話前集卷二二引漫叟詩話略同）。明陳耀文天中記卷五一載漢苑柳事，謂出三輔故事。

〔五〕章街：謂章臺街，用唐韓翃與柳氏之典。參見前柳腰輕（英英妙舞腰肢軟）「章臺柳」條注。

隋岸：即隋堤。隋煬帝開運河，沿通濟渠、邗溝河岸修築御道，道旁植柳。明李濂汴京遺迹志卷七：「隋堤，一名汴堤，在汴河之上。隋煬帝大業元年，命尚書左丞皇甫誼復西通濟渠，作石陡門，引河水入汴，汴水入泗，以通於淮。築堤樹柳，御龍舟行幸，以達於江都。人稱其堤曰隋堤。」五代何光遠鑑誡録卷七「亡國音」條：「柳枝者，亡隋之曲。煬帝將幸江都，開汴河，種柳，至今號曰隋堤，有是曲也。胡曾詠史詩曰：『萬里長江一旦開，岸邊楊柳幾年栽。錦帆未落干戈起，惆悵龍舟更不回。』又韓舍人詠柳詩曰：『梁苑隋堤事已空，萬條猶舞舊春風。那堪更想千年後，誰見楊花入漢宮。』」

〔六〕宮腰：見前鬭百花（滿搦宮腰纖細）同條注。唐唐彦謙垂柳：「絆惹春風別有情，世間誰敢鬭輕盈。楚王江畔無端種，餓損纖腰學不成。」

【輯評】

明卓人月編、徐士俊參評古今詞統卷八：「（「餓損」句）將腰比柳，將柳比腰，紛紛舊句，莫此爲新。山谷詩：『蔞蒿穿雪動，楊柳索春饒。』」

散水調

傾杯樂

樓鎖輕煙，水横斜照，遥山半隱愁碧〔一〕。片帆岸遠，行客路杳，簇一天寒色。楚梅映雪數枝艷〔二〕，報青春消息〔三〕。年華夢促，音信斷、聲遠飛鴻南北。算伊別來無緒，翠消紅減，雙帶長拋擲〔四〕。但淚眼沈迷，看朱成碧〔五〕。惹閒愁堆積。雨意雲情，酒心花態，孤負高陽客〔六〕。夢難極〔七〕。和夢也〔八〕、多時間隔。

【校記】

〔散水調〕毛本、勞鈔本、林刊百家詞本作「水調」。勞校：「刊本注調下，鈔本校改，下五闋同。」

〔斜照〕勞鈔本「斜」旁注「殘」。勞批：「孫本作『斜』。」張校：「宋本『殘』。」

〔雲情〕毛本、吴本、勞鈔本、林刊百家詞本、詞繫、勞校引孫本「情」作「心」。張校：「原誤『心』，依宋本改。」

〔酒心〕毛本、吴本、勞鈔本、林刊百家詞本、詞繫、勞校引孫本「心」作「情」。張校：「原誤『情』，依宋本改。」

〔孤負〕毛本、吴本、張校本、勞鈔本、詞繫「孤」作「辜」，勞鈔本旁注「孤」。

「夢難極和夢也多時間隔」毛本、吴本、勞鈔本、林刊百家詞本、朱校引原本無此二句。詞繫、張校本「夢難極」作「恨難極」。繆校：「末句『孤負高陽客』下，鈔本有『恨難極，和夢也，多時間隔』十字。」「夢」作「恨」。勞批：「『客』下疑脱二句。」鄭校：「結句有脱簡。案鈔本有『恨難極，和夢也，多時間隔』三句，當據補以定曲體。」「(「高陽客」)此下案當有三字句兩句，又四字一句。前卷作『望京國，空目斷，遠峯凝碧』。」

【訂律】

詞譜卷三二：「雙調一百四字，前段十句四仄韻，後段十一句五仄韻。此調柳永樂章集中，凡七首，自一百四字至一百十六字，各注宫調，然亦有同一宫調，而字句參差者。舊譜失傳，不能强爲論定也。此調樂章集屬林鐘商，又注水調。按碧雞漫志，南吕商時號水調，俗呼中管林鐘商。中管者，南吕宫與林鐘宫同字譜，故以南吕爲中管也。此詞可平可仄，悉參『木落霜洲』詞。」

詞繫卷八：「本集屬林鐘商，注水調。」「五字句凡四，皆一領四句法。『成碧』碧字重上韻，不是叶，觀第三首可知。『恨難』下十字，宋本、汲古俱缺，據詞譜補。『楚』字，一本作『野』。『間』去聲。」

夏批：「重『碧』字韻。」

鄭批：「『碧』字均複。宋人詞不忌複均，如清真西河重『水』字，亦此例也。」「又以前『木落霜洲』一調訂此解，則『碧』字在後段確非均。此并爲散水調，故可互證。」

冒廣生傾杯考：「『成碧』之『碧』字與『極』字，并暗韻。『客』字作平。第一遍破六、六、六、六，作四、四、四、四、四、四。與第一、第三、第四、第七首同。第二遍破六、六、六、六，作四、七，四、三、六。第三遍破六、六、六、六，作四、四、四、四、四、四。與第五、第七首同。第四遍破六、六、六、六，作四、四、五，三、七。與『鶩落霜洲』一首同。亦秖二十三字。柳詞八首三十二遍，無一遍句法同。同者則必於襯字安放不同。今姑於『雨』字上添一空格，實未安也。詞律依毛刻，落末二句十字，不分段。」

【箋注】

〔一〕愁碧：唐温庭筠湘陰詞：「五陵愁碧春萋萋。」唐殷文圭春草碧色：「細草含愁碧，芊綿南浦濱。萋萋如恨別，苒苒共傷春。」

〔二〕楚梅：楚地梅花。宋梅堯臣讀吴正仲重臺梅花詩：「楚梅何多葉，纈蔕攢瓊瑰。常惜歲景盡，每先春風開。」

〔三〕青春：春天。見前小鎮西犯（水鄉初禁火）同條注。

〔四〕雙帶：南朝梁劉孝綽古意：「燕趙多佳麗，白日照紅妝。蕩子十年別，羅衣雙帶長。春樓怨難守，玉堦悲自傷。」

〔五〕看朱成碧：謂淚眼迷濛，不辨五色。南朝梁王僧孺夜愁示諸賓：「誰知心眼亂，看朱忽成碧。」李白前有一樽酒行：「催絃拂柱與君飲，看朱成碧顔始紅。」

〔六〕高陽客：見前宣清（殘月朦朧）、傾杯（鶩落霜洲）同條注。

〔七〕難極：難至。詩小雅緜蠻：「豈敢憚行，畏不能極。」鄭玄箋：「極，至也。」

〔八〕和：張相詩詞曲語辭匯釋：「和，猶連也。……柳永傾杯樂詞：『夢難極，和夢也多時間隔。』……凡此和字，均可以今之口語連字代之也。」按宋徽宗燕山亭：「怎不思量，除夢裏、有時曾去。無據。和夢也、新來不做。」與柳詞此結機杼略同。

歇指調

祭天神

憶繡衾相向輕輕語。屏山掩〔一〕、紅蠟長明，金獸盛熏蘭炷〔二〕。何期到此，酒態花情頓孤負〔三〕。柔腸斷、還是黄昏，那更滿庭風雨〔四〕。聽空階和漏，碎聲鬬滴愁眉聚〔五〕。算伊還共誰人，争知此冤苦〔六〕。念千里煙波，迢迢前約，舊歡慵省，一向無心緒〔七〕。

【校記】

〔盛熏〕毛本、吴本、勞鈔本「熏」作「燻」。

〔孤負〕毛本、吴本、張校本、勞鈔本、詞繫「孤」作「辜」，勞鈔本旁注「孤」。

〔柔腸〕毛本、吴本、勞鈔本、朱校引焦本、勞校引孫本「柔」作「愁」，勞鈔本旁注「柔」。張校：「原作『愁』，依宋本改。」

〔那更滿庭風雨〕毛本、吴本全詞不分片。張校：「原誤連下，依宋本分段。」繆校：「萬氏云：『那更滿庭風雨』句，可以分段。」勞校：「刊本失分段，鈔本校正。」鄭校：「萬氏云：『那更滿庭風雨』句可以分段。此以臆斷。」

〔舊歡慵省〕毛本、吴本無「慵」字，作「舊歡省」。張校「慵」下注：「原脱，依宋本補。」

【訂律】

詞律卷一二：「與前調（今按謂柳永同調「歎笑筵歌席輕拋嚲」）迥别，字句亦不確。『風雨』處應是分段，然不敢强注也。按毛氏填詞名解述因話録所載：『北方季冬二十四日』，『以板畫一人有形無口，人各佩之，謂可辟眚。時有作譃詞名祭祅神，而祭天神反失注解』。」

詞譜卷二一：「調見柳永樂章集，八十四字詞注『中吕調』，八十五字詞注『歇指調』。」「雙調八十五字，前段七句四仄韻，後段七句三仄韻。」「此與『歎笑歌』詞，截然不同，其宫調亦别，因調名同，故爲類列。」

詞繫卷七：「本集注歇指調，九宫大成入北詞小石角，許譜同。」「此與前調迥異，换頭句恐有訛誤。汲古不分段。『柔』字，汲古、詞律作『愁』，『省』字上落『慵』字，誤，今從宋本。」

清鄒祇謨遠志齋詞衷「詞體不可解」條：「宋人諸體，亦有不可驟解者……又如柳屯田樂章集中，傾杯、塞孤、祭天神諸長調，俱不分换頭。凡此等類，未易縷析。」

清丁紹儀聽秋聲館詞話卷一四：「詞中换頭句扼一篇之要，故分段不容稍混。乃詞律有不知舊本之誤，而誤分未分者。亦有明知其誤而未經訂正者。如……祭天神，應於『那更滿庭風雨』句分段。」

【箋注】

〔一〕屏山：屏風。唐温庭筠南歌子：「撲蕊添黄子，呵花滿翠鬟。鴛枕映屏山。」

〔二〕金獸：指銅製獸形香爐。宋張耒秋蕊香：「簾幕疎疎風透。一綫香飄金獸。」宋李清照醉花陰：「薄霧濃雲愁永晝。瑞腦消金獸。」　蘭炷：綫香的美稱。宋歐陽修洛陽春：「紅紗未曉黄鸝語。蕙爐銷蘭炷。」

〔三〕酒態花情：猶前傾杯樂（樓鎖輕煙）之「酒心花態」。

〔四〕那更：張相詩詞曲語辭匯釋：「那更，猶云況更也；兼之也。此那字無意義，與作怎字、豈字、奈字解者異。柳永祭天神詞：『柔腸斷，還是黄昏，那更滿庭風雨。』……此上各那更字，不作況更解，即作兼之解也。」

〔五〕鬭滴：張相詩詞曲語辭匯釋：「鬭，猶紛也；亂也。」則鬭滴謂雨滴空階之聲與漏滴聲交錯紛亂，惹人愁緒。又鬭滴爲雙聲，義同鬭飣、餖飣，有雜亂拼湊之意，釋爲雨聲與漏聲雜湊而入人心頭，亦可通。

〔六〕寃苦：寃屈痛苦。漢書卷五六董仲舒傳：「貧窮孤弱，寃苦失職。」

〔七〕一向：此處應釋爲多時。參見前笛家弄（花發西園）「一餉」條注。

平調

瑞鷓鴣

吹破殘煙入夜風〔一〕。一軒明月上簾櫳〔二〕。因驚路遠人還遠，縱得心同寢未同。　情脈脈，意忡忡。碧雲歸去認無蹤〔三〕。只應曾向前生裏，愛把鴛鴦兩處籠。

【校記】

〔瑞鷓鴣〕全宋詞本作「鷓鴣天」，并注云：「案此首調名原作瑞鷓鴣，非，今按律改。」朱校：「原本瑞鷓鴣下有訴衷情一闋，已見中卷，今不載。」

〔入夜風〕繆校引鈔本、鄭校引鈔本「入」作「一」。

〔忡忡〕毛本、吴本、詞繫作「沖沖」。繆校：「鈔本『沖沖』作『忡忡』。」張校：「原作『沖』，依宋本改。」

【訂律】

詞繫卷四：「調見樂章集，注平調。」「後段起句兩三字，實鷓鴣天也，調名傳訛。」

【箋注】

〔一〕入夜風：唐張祐題樟亭：「樹色連秋靄，潮聲入夜風。」

〔二〕一軒明月：宋楊時含雲寺書事六絶句：「支枕睡餘人寂寂，一軒明月滿窗風。」

〔三〕碧雲：見前傾杯（金風淡蕩）同條注。

中呂調

歸去來

一夜狂風雨。花英墜〔一〕、碎紅無數〔二〕。垂楊漫結黄金縷〔三〕。儘春殘、縈不住。

蝶稀蜂散知何處〔四〕。殢尊酒、轉添愁緒。多情不慣相思苦。休惆悵、好歸去。

【校記】

〔花英〕詞譜「英」作「陰」。

〔碎紅〕曹校引徐本「碎」作「醉」。
〔蝶稀〕曹校引天籟軒本「稀」作「飛」。
〔不慣〕曹校引葉本「慣」作「管」。
〔好歸去〕詞繫「好」作「且」。

【訂律】

詞律拾遺卷二：「後起比四十九字體（今按謂柳永同調「初過元宵三五」）多二字，餘字句亦稍異。花草稡編『醉』作『碎』。」

詞譜卷七：「雙調五十二字，前後段各四句，四仄韻。」「此即前詞（今按謂柳永同調「初過元宵三五」）體，惟前段起句減一字，作五字句，第二句添二字，作上三下四七字句，後段起句添二字，作七字句異。」

詞繫卷一〇：「本集注中吕調。」「詞律失收。前段起處，一五、一七字，後起句，七字句與前異。『英』字，詞譜作『陰』，『且』字作『好』。」

【箋注】

〔一〕花英：花朵。詩鄭風有女同車：「有女同行，顔如舜英。」毛傳：「舜，木槿也；英，猶華也。」晉陶潛桃花源記：「芳草鮮美，落英繽紛。」

〔二〕碎紅：唐顧在鎔題光福上方塔：「煙凝遠岫列寒翠，霜染疏林墮碎紅。」

〔三〕黄金縷：見前木蘭花（黄金萬縷風牽細）「黄金萬縷」條注。

〔四〕蝶稀蜂散：唐孟郊嵩少：「噎塞春咽喉，蜂蝶事光輝。群嬉且已晚，孤引將何歸。流艷去不息，朝英亦疏微。」

中吕宫

梁州令

夢覺紗窗曉。殘燈掩然空照〔一〕。因思人事苦縈牽，離愁别恨，無限何時了。
憐深定是心腸小〔二〕。往往成煩惱。一生惆悵情多少。月不長圓，春色易爲老。

【校記】

〔梁州令〕詞繫調作「涼州令」。

〔掩然〕吴本、曹校引葉本「掩」作「闇」，詞繫作「黯」。

〔無限何時了〕毛本、吴本全詞不分片。張校：「原誤連下，依宋本分段。」曹校：「天籟本以

『憐深定是心腸小』爲下段起句。」陳録：「换頭應自『憐』字起。」

〔多少〕毛本、勞鈔本、林刊百家詞本「少」作「感」。勞鈔本旁注「少」。張校：「原誤『感』，依宋本改。」

〔長圓〕毛本、吴本、勞鈔本「圓」作「圜」。

【訂律】

梁州令，唐教坊曲有大曲涼州，此調蓋沿教坊舊曲名而新製。首見於樂章集。

宋王灼碧雞漫志卷三：「涼州曲。唐史及傳載稱：天寶樂曲，皆以邊地爲名，若涼州、伊州、甘州之類，曲徧聲繁名入破，又詔道調、法曲，與胡部新聲合作。明年安禄山反，涼、伊、甘皆陷吐蕃。史及開元傳信記亦云：西涼州獻此曲，寧王憲曰：『音始於宫，散於商，成於角祉羽。斯曲也，宫離而不屬，商亂而加暴，君卑逼下，臣僭犯上，臣恐一日有播遷之禍。』及安史之亂，世頗思憲審音。而楊妃外傳乃謂：『上皇居南内，夜與妃侍者紅桃歌妃所製涼州詞，上因廣其曲，今流傳者益加。』明皇雜録亦云：『上初自巴蜀回，夜來乘月登樓，命妃侍者紅桃歌涼州，即妃所製，上親御玉笛爲倚樓曲，曲罷無不感泣。因廣其曲，傳於人間。』予謂皆非也。涼州在天寶時已盛行，上皇巴蜀回，居南内，乃肅宗時，那得始廣此曲？或曰：因妃所製詞，而廣其曲者亦詞也，則流傳者益加，豈亦詞乎？舊史及諸家小説，謂妃善舞，邃曉音律，不稱善製詞。今妃外傳及明皇雜録所云，夸誕無實，獨帝御玉笛爲倚樓曲，因廣之，傳流人間，似可信，但非涼州耳。唐史又云其聲本宮調，今涼州見於世者凡七宮曲：曰黄鐘宮，道調宮，無射宮，中吕宮，南吕宮，仙吕宮，高宮。不知西涼所獻何宮也。然七曲中，知其三是唐曲，黄鐘、道調、高宮者是也。脞説云：『西涼州本在正宮，貞元初，康崑崙翻入琵琶玉宸宮調，初進在玉宸殿，故以命名，合衆樂即黄鐘也。』予謂黄鐘即俗呼正宮，崑崙豈能捨正宮外，别製黄鐘涼州乎？因玉宸殿奏琵琶，就易美名，此樂工夸大之常態，而脞説便謂翻入琵琶玉宸宮調。新史雖取其説，止云康崑崙寓其聲於琵琶，奏於玉宸殿，因號『玉宸宮調』，合諸樂則用黄鐘宮，得之矣。張祜詩云：『春風南内百花時，道調涼州急遍吹。揭手便拈金椀舞，上皇驚笑悖拏兒。』又幽閒鼓吹云：『元載子伯和，勢傾中外，福州觀察使寄樂妓數十人，使者半歲不得通，窺伺門下有琵琶康崑崙出入，乃厚遺求通，伯和一試，盡付崑崙。段和上者，自製道調涼州，崑崙求譜不許，以樂之半爲贈，乃傳。』據張祜詩，上皇時已有此曲，而幽閒鼓吹謂段師自製，未知孰是。白樂天秋夜調聽高調涼州詩云：『樓上金風聲漸緊，月中銀字韻初調。促張絃柱吹高管，一曲涼州入沉寥。』大吕宮，俗呼高宮，其商爲高大石，其羽爲高般涉，所謂高調，乃高宮也。史及脞説又云：涼州有大遍、小遍。非也。凡大曲有散序、靸、排遍、攧、正攧、入破、虚催、實催、衮遍、歇指、殺衮，始成一曲，此謂大遍；而涼州排遍，予曾見一本，有二十四段。後世就大曲製詞者，類從簡省，而管絃家又不肯從首至尾吹彈，甚者學不能盡。元微之詩云：『逡巡大遍梁州徹。』又云：『梁州大遍最豪嘈。』史及脞説謂有大遍、小遍，其誤識此乎！」

詞律卷六：「照前詞則應於『何時了』下分段，而柳集係連刻，且觀後二闋亦可合作一段，故仍之。」

詞譜卷八：「唐教坊曲名，一名涼州令。晁補之詞名梁州令疊韻，蓋合兩首爲一首也。碧雞漫志云：『涼州即梁州，有七宮曲。』按柳永樂章集注『中呂宮』。雙調五十五字，前後段各五句，三仄韻。」「此詞前後段結，俱四字一句、五字一句，與晁詞不同。」

詞繫卷六：「樂章集注中呂宮。」「此即歐詞（今按謂歐陽修涼州令「翠樹芳條颭」）前段不疊韻也，只結二句九字，多二字，與前段合，後第三句叶韻，與歐異。汲古不分段，『黯』字作『掩』，『少』字作『感』，據宋本訂正。」

清丁紹儀聽秋聲館詞話卷一四：「詞中换頭句扼一篇之要，故分段不容稍混。乃詞律有不知舊本之誤，而誤分未分者。亦有明知其誤而未經訂正者。如……梁州令，應於『離愁别恨，無限何時了』句分段。」

【箋注】

〔一〕掩然：義似不可解。當作「闇然」爲是，指昏暗貌。宋玉神女賦：「闇然而暝，忽不知處。」

〔二〕憐深：謂愛之深。

中呂調

燕歸梁

輕躡羅鞋掩絳綃〔一〕。傳音耗、苦相招。語聲猶顫不成嬌。乍得見、兩魂消。　怱怱草草難留戀，還歸去、又無聊。若諧雨夕與雲朝。得似箇〔二〕、有囂囂〔三〕。

【校記】

〔中呂調〕吳本作「中宮調」。鄭校：「按譜無中宮調名，此必以『呂』字而訛作『宮』也。且前一首亦作中呂調，與此無異，可證『宮』之舛誤矣。」

〔絳綃〕毛本、勞鈔本「綃」作「紗」。勞鈔本旁注「綃」。勞校：「趙校本作『銷』，鈔本『紗』。」張校：「原訛『紗』，依宋本改。」

〔苦相招〕毛本、吳本、張校本、勞鈔本、林刊百家詞本「苦」作「若」。

〔還歸去〕張校本作「歸去」。

【訂律】

詞律卷五：「首句之下即用三字兩句，與前各體異。『苦』字或作『若』，恐誤。」

詞譜卷九：「雙調五十二字，前段四句四平韻，後段四句三平韻。」「此亦與史詞（今按謂史達祖同調「獨卧秋窗桂未香」）同，惟前段第二句添一字，作六字折腰異。蔣捷『我夢唐宮』詞，正與之合，其第二句『正舞到曳裙時』，『正』字、『舞』字俱仄聲。」

詞繫卷五：「樂章集屬中吕調。」「次句亦六字，前後段相同，與前作異。『綃』字，汲古作『紗』，誤。『得』、『見』可平。」

【箋注】

〔一〕輕躡羅鞋：五代李煜菩薩蠻：「花明月黯籠輕霧。今宵好向郎邊去。衩襪步香階。手提金縷鞋。　畫堂南畔見。一向偎人顫。奴爲出來難。教君恣意憐。」　掩：通按。淮南子道應訓：「故大人之行，不掩以繩，至所極而已矣。」　絳綃：紅色薄絹。西晉郭璞游仙詩：「振髮晞翠霞，解褐被絳綃。」

〔二〕得似箇：即得似。箇爲語助詞，張相詩詞曲語辭匯釋：「箇，估量某種光景之辭，等於價或家。」見前鶴沖天（閒窗漏永）「得似」條注。

〔三〕嚻嚻：怨愁。漢書卷五六董仲舒傳：「此民之所以嚻嚻苦不足也。」顔師古注：「嚻，讀與嗸同，音敖。嗸嗸，衆怨愁聲也。」此二句意謂若得朝夕過從，勝於此刻愁怨無聊也。

夜半樂

艷陽天氣，煙細風暖，芳郊澄朗閒凝竚。漸妝點亭臺，參差佳樹〔一〕。舞腰困力〔二〕，垂楊緑映，淺桃穠李夭夭〔三〕，嫩紅無數。度綺燕、流鶯鬭雙語〔四〕。翠娥南陌簇簇〔五〕，躡影紅陰〔六〕，緩移嬌步。擡粉面、韶容花光相妒。絳綃袖舉。雲鬟風顫，半遮檀口含羞〔七〕，背人偷顧。競鬭草、金釵笑争賭〔八〕。對此嘉景，頓覺消凝，惹成愁緒。念解佩〔九〕、輕盈在何處。忍良時、孤負少年等閒度。空望極、回首斜陽暮。歎浪萍風梗知何去。

【校記】

〔芳郊澄朗〕朱校引原本「澄朗」作「燈明」，林刊百家詞本作「澄明」。毛本、吴本、張校本、勞鈔本、朱校引原本「芳郊澄朗」作「芳草郊燈明」，詞繫作「草芳郊磴」。勞校：「趙校本作『草芳郊磴』，鈔有『明』字，趙本無。」繆校：「杜校宋本『燈』作『汀』，『明』字衍。」鄭校：「杜據宋本云『燈』作『汀』，『明』字衍。」「俗寫『燈』作『灯』，此所由訛。」張校：「按此十六字幾不可讀，以前『凍雲黯淡』一闋證之，疑是傳寫錯亂，當以『艷陽天氣風暖』六字爲句，即彼『凍雲黯淡天氣』一句也。『芳郊煙草』爲句，即彼『扁舟一葉』一句也。『燈』當作『登』，『明』當作『眺』，『登眺閒凝竚』爲句，即彼

『乘興離江渚』，『細』爲衍字。又句字上下互倒，兼復舛誤，致不可解，宋本亦然。姑仍其舊，附識鄙見以俟審音。」

〔夭夭〕詞譜作「小白」，并屬下句，作「小白嫩紅無數」。

〔嫩紅無數〕毛本、吴本、張校本、勞鈔本「無」作「光」，勞鈔本旁注「無」。勞校：「抄本作『光』，趙校本作『無』。」繆校引宋本「嫩」作「輭」。鄭校：「『光』、『无』，形近訛。」張校：「原訛『光』，依宋本改。」

〔躡影紅陰〕張校：「按此句費解，前抛球樂詞有『緑影紅陰』句，疑此『影』上脱『緑』字，又前『凍雲黯淡』闋，此句本四字，則『躡』字即『緑』字之誤。」

〔含羞〕詞繫「羞」作「笑」。勞鈔本「羞」旁注「笑」。勞校：「周本作『笑』，孫、趙皆作『羞』。」

〔金釵笑争賭〕毛本、吴本「釵」作「歛」，「賭」作「睹」。勞鈔本「釵」作「歛」，旁注「釵」。勞校：「鈔作『歛』，趙校本『釵』。」張校：「原訛『歛』，依宋本改。原訛『睹』，依宋本改。」

〔解佩〕毛本、吴本、勞鈔本、詞繫「佩」作「珮」。

〔孤負〕毛本、吴本、張校本、勞鈔本、詞繫「孤」作「辜」，勞鈔本旁注「孤」。

〔少年〕張校本作「年少」。張校：「二字原倒，依宋本改。」

〔等閒度空望極〕繆校引鈔本、勞鈔本「度空」作「空度」。朱校：「原本……『度』上誤倒下句『空』字，并從焦本。」

〔知何去〕毛本、吴本、張校本、勞鈔本、林刊百家詞本、詞繫「知」作「如」。勞校：「鈔本『如』，趙校本『知』。」

毛本、吴本、繆校引鈔本全詞不分片。繆校：「萬氏云應分三段，『鬭雙語』爲第一段，『笑争睹』爲第二段。」勞校：「刊本失分段。鈔本校正。下同。」張校本仍前「凍雲黯淡」分段。

【訂律】

詞律卷二〇：「比前（今按謂柳永同調「凍雲黯淡天氣」）多二字，其大略相同，然恐有訛字。而『芳草』下數字尤差，『斂』字亦差，應是『釵』字之訛，『光數』應是『無數』之訛。首節應在『鬭雙語』分段，次節應於『笑争睹』分段，兹姑照原本録之。」

詞譜卷三八：「三段一百四十五字，前兩段各十句，四仄韻，後一段七句五仄韻。」「此詞前段起處，四字二句、七字一句，與前體異。後段結處，八字一句，亦與前體異。按，汲古閣刻本前段第三句，作『芳草郊燈明閒凝佇』，多一字，文義又不可解；第九句『小白』作『夭夭』，『無數』作『光數』；次段結句，『金釵』作『金斂』，皆訛也。」

詞繫卷七：「本集亦屬中吕調。」「起處三句，兩四、一七字句，與前句法異。結尾八字多一字，餘同。宋本、汲古皆不分段。『草芳郊磴』四字，汲古作『芳草郊燈明』五字，詞譜作『芳草郊汀』。『無』字，汲古、詞律作『光』，『笑』字作『羞』，『釵』字作『斂』，『賭』字作『睹』，皆誤，今從宋本。『度空』二字，宋本作『空度』，與前作不合。『嫩』、『鬭』、『語』、『背』、『笑』、『睹』、『緩』、『在』、『處』可平。『雙』、『争』、『何』可仄。」

清丁紹儀聽秋聲館詞話卷一四：「詞中换頭句扼一篇之要，故分段不容稍混。乃詞律有不知舊本之誤，而誤分未分者。亦有明知其誤而未經訂正者。如……夜半樂應於『流鶯鬭雙語』及『金釵笑争賭』句分段。」

鄭批：「此與『凍雲黯淡天氣』一首句調相同。起句有誤。杜氏依宋本校，亦未盡合。」「案是解與前一闋同屬中吕宫，故字句音拍除起處訛舛三句，下無少異。第三段『度』字韻『少年』疑本作『年少』，然謳曲旨要所謂字拖音拽，不在一二平仄亂也。」「杜校詞律以爲此又一體，亦無依據。實則字句與前無異，惟結句多一字。惜無它本校定，又兩宋詞人亦無作者，闕疑而已。」

【箋注】

〔一〕佳樹：嘉樹，良木。唐温庭筠酬友人：「閒雲無定貌，佳樹有餘蔭。」

〔二〕舞腰：形容楊柳柔條如女子纖柔的身腰。唐韓偓春盡日：「柳腰入户風斜倚，榆莢堆牆水半淹。」

〔三〕夭夭：美盛貌。詩周南桃夭：「桃之夭夭，灼灼其華。」

〔四〕鬭雙語：謂相對而鳴。張相詩詞曲語辭匯釋：「鬭，猶對也。」

〔五〕簇簇：叢列成行貌。唐王建隴頭水：「隴東隴西多屈曲，野麋飲水長簇簇。」

〔六〕躡影：亦作躡景，本指追躡日影，此謂追躡花蔭。文選卷三四曹植七啓：「忽躡景而輕騖，逸奔驥而超遺風。」

〔七〕檀口：指女子朱唇。唐韓偓余作探使以繚綾手帛子寄賀因而有詩：「黛眉印在微微緑，檀口消來薄薄紅。」

〔八〕金釵笑争賭：當指古代女子的一種博戲，或即以金釵爲鬬草之賭注。唐鄭谷采桑：「曉陌攜籠去，桑林路隔淮。何如鬬百草，賭取鳳皇釵。」宋陳亮水龍吟：「金釵鬬草，絲勒馬、風流雲散。」又宋洪瑹永遇樂：「金釵鬬草，玉盤行菜。」又宋危稹醉中偶成：「詩成綵筆分題後，人在金釵賭令中。」又元楊奂録汴梁宫人語：「殿前輪直罷，偷去賭金釵。怕見黄昏月，殷勤上玉階。」

〔九〕解佩：亦作解珮。漢劉向列仙傳卷上江妃二女：「江妃二女者，不知何所人也，出遊於江漢之湄，逢鄭交甫，見而悦之，不知其神人也，謂其僕曰：『我欲下請其佩。』僕曰：『此間之人，皆習於辭，不得，恐罹悔焉。』交甫不聽，遂下與之言曰：『二女勞矣。』二女曰：『客子有勞，妾何勞之有？』交甫曰：『橘是柚也，我盛之以笥，令附漢水，將流而下，我遵其傍，採其芝而茹之。以知吾爲不遜也，願請子之佩。』二女曰：『橘是柚也，我盛之以筥，令附漢水，將流而下，我遵其旁，採其芝而茹之。』遂手解佩與交甫。交甫悦，受而懷之中當心，趨去數十步，視佩，空懷無佩，顧二女忽然不見。」宋歐陽修玉樓春：「聞琴解珮神仙侶。挽斷羅衣留不住。」

【輯評】

鄭文焯大鶴山人詞話續編卷一：「此調『凍雲黯淡』闋與此闋句調無異，且同屬中吕調，第一、二段收句皆作八字，維此結句多一字，氣勢更雄渾。」

越調

清平樂

繁華錦爛〔一〕。已恨歸期晚。翠減紅稀鶯似嬾。特地柔腸欲斷〔二〕。　不堪尊酒頻傾。惱人轉轉愁生〔三〕。□□□□□□□，多情争似無情〔四〕。

【校記】

〔特地〕毛本、勞鈔本「特」上有「郍」字。朱校：「原本上衍『那』字。從焦本。」張校：「上原衍『那』字，依宋本删。」

〔柔腸欲斷〕張校本「柔」作「愁」。張校「欲」下注：「原脱，依宋本補。」毛本無「欲」字。

〔多情争似無情〕林刊百家詞本脱，作「□□□□□□」。

【箋注】

〔一〕錦爛：形容春光如錦繡燦爛。李白明堂賦：「錦爛霞駮，星錯波沏。」

〔二〕特地：張相詩詞曲語辭匯釋：「特地，猶云特別也；又猶云特爲或特意也。」

〔三〕轉轉：漸漸。唐張籍使至藍溪驛寄太常王丞：「獨上七盤去，峰巒轉轉稠。」

〔四〕「多情」句：唐杜牧贈别：「多情却似總無情，惟覺尊前笑不成。蠟燭有心還惜别，替人垂淚到天明。」

【輯評】

清張德瀛詞徵卷一：「柳耆卿樂章集清平樂詞前闋結句云：『那特地柔腸斷。』趙秋曉覆瓿集齊天樂詞次句云：『渺人物消磨盡。』句法與他家異，後人遂無宗尚之者。」

中吕調

迷神引

紅板橋頭秋光暮〔一〕。淡月映煙方煦。寒溪蘸碧，繞垂楊路。重分飛，攜纖手，淚如雨。波急隋隄遠〔二〕，片帆舉。倏忽年華改，向期阻〔三〕。時覺春殘，漸漸飄花絮〔四〕。好夕良天長孤負。洞房閒掩，小屏空、無心覷。指歸雲，仙鄉杳、在何處。遥夜香衾暖，算誰與〔五〕。知他深深約，記得否。

【校記】

〔迷神引〕陳録：「祭天神。」

〔片帆〕毛本、勞鈔本「帆」作「颿」。勞鈔本旁注「帆」。

〔向期〕毛本、吴本、張校本、勞鈔本、詞繫、朱校引焦本「向」作「尚」。勞鈔本旁注「向」。張校：「宋本『向』。」

〔時覺〕毛本、吴本、張校本、勞鈔本、林刊百家詞本、詞繫、朱校引焦本「時」作「暗」。勞鈔本旁注「時」。

〔好夕〕張校引宋本「夕」作「曉」。

〔孤負〕毛本、吴本、張校本、勞鈔本、詞繫「孤」作「辜」。勞鈔本旁注「孤」。

〔無心覷〕詞繫：「『覷』字，一本作『處』。」林刊百家詞本「覷」作「戲」。

〔香衾暖〕毛本「暖」作「煖」。

〔算誰與〕毛本、吴本、勞鈔本「誰」作「難」。張校：「原訛『難』，依宋本改。」

〔記得否〕吴本作「記取」，毛本作「記得」，均無「否」字。張校「否」下注：「原脱，依宋本補。」鄭校：「汲古本作『記得』，下缺。漚尹云一本有『否』字。」

【訂律】

詞譜卷二五：「樂章集注『中吕調』。」「雙調九十七字，前段十一句六仄韻，後段十三句六仄韻。」「此調以此詞爲正體，有柳詞别首可校。若朱詞（今按謂朱雍「白玉樓高雲光繞」）之多押兩韻，乃變體也。此詞前段起句『橋頭秋光』四字，俱平聲，如柳詞别首『一葉扁舟輕帆卷』，朱詞『白玉樓高雲光繞』，俱與此同，惟晁補之詞『黯黯青山紅日暮』，『日』字以入作平；後段第十三句『知他深深』四字，俱平聲，柳詞别首『佳人無消息』，朱詞『飛英難拘束』，俱與此同，惟晁詞『燭暗不成眠』，『燭』字、『不』字以入作平，『暗』字去聲獨異，至前段第四句、後段第三句，俱作上一下三句法，如柳詞别首之『引金笳怨』、『覺客程勞』，朱詞之『霽梅林道，覺璧華輕』，晁詞之『向煙波路』、『覺阮途窮』，俱與此同。晁詞，前段第八、九句『幾點漁燈小，迷近塢』，『幾』字、『近』字俱仄聲，『迷』字平聲。譜内可平可仄據此，餘參朱詞。又晁詞，前段第十句『一片客帆低』，後段第七句『怪竹枝』，第十句『猿鳥一時啼』，第十二句『燭暗不成眠』，『客』字、『竹』字以入作平，不注可仄，其『低』字、『啼』字、『眠』字俱用平聲，與諸家異，亦不注可平。晁詞句讀，正與此同，因汲古閣刻晁詞前段第四句，多一『回』字，後段第八句多一『聲』字，詞律誤編入九十九字内，若以柳詞二首、朱詞一首參校，便可正其句讀矣。」

詞繫卷七：「本集屬中呂調，又屬仙呂宮。」「此與迷仙引無涉。」「『橋頭秋光』與結句『知他深深』四平相對，其三字句用去平仄者凡六，勿誤。柳又一首，朱雍一首，皆與此同，惟『算誰與』作『殘照滿』，朱作同。『好夕良天』作『覺客程勞』，朱作『覺璧華輕』，與後晁作同。『小屏空』『空』字作入聲，朱亦然，似以入作平，餘與晁作對較自明。萬氏未見柳作，所注多不符，此本譜所以必窮其原也。『覷』字，一本作『處』。『誰』字，汲古作『難』，末缺『否』字，今從宋本。『映』、『倏』可平。『紅』可仄。『重』平聲。『得』作平。」

鄭批：「按此解與前仙吕宮一闋音譜字句并同，惟結句脱一字。惜宋本無之，末繇補訂耳。」

【箋注】

〔一〕紅板橋：宋元方志中似未見有「紅板橋」之地名。據後「隋隄」諸語，疑此紅板橋或指北宋汴京西之板橋，時人常於此餞别送行。然爲何稱「紅板橋」，則尚俟續考。宋孟元老東京夢華録卷六：「收燈畢，都人争先出城探春。……州西新鄭門大路，直過金明池西道者院，院前皆妓館。以西宴賓樓，有亭榭，曲折池塘，鞦韆、畫舫，酒客税小舟，帳設遊賞。相對祥祺觀，直至板橋，有集賢樓、蓮花樓，乃之官河東、陝西五路之别館，尋常餞送置酒於此。過板橋有下松園、王太宰園、杏花岡。」又清王士禎香祖筆記卷五云：「丹鉛録云：麗情集載湖州妓周德華者，劉采春女也，唱劉夢得柳枝詞云云，此詩甚佳，而劉集不載。余按此乃白樂天詩，詩本六句，非絶句，題乃板橋，非柳枝。蓋唐樂部所歌多剪截四句歌之，如高達夫『開篋淚沾臆』，本古詩，止取前四句。李巨山『山川滿目淚沾衣』，本汾陰行，止取末四句是也。白詩云：『梁苑城西三十里，一渠春水柳千條。若爲此路今重過，二十年前舊板橋。曾與美人橋上別，更無消息到今朝。』板橋在今汴梁城西三十里，中牟之東。唐人小説載板橋三孃子事，即此。與謝宣城之新林浦板橋異地而同名也。升菴博極群書，豈未睹長慶集者，而亦有此誤耶？」

〔二〕隋隄：參見前木蘭花（黄金萬縷風牽細）「隋岸」條注。

〔三〕向期：向有從前、原先之義，向期，即前期、前約。

〔四〕花絮：指柳絮。南朝梁簡文帝詠柳：「花絮時隨鳥，風枝屢拂塵。」

〔五〕誰與：即與誰。

【輯評】

吴熊和師手批樂章集：「『仙鄉』，帝里。」

附録一　樂章集逸詞

（吴本附　曹元忠輯）

江梅引

年年江上見寒梅。幾枝開。暗香來〔一〕。疑是月宫、仙子下瑶臺。冷艷一枝雖在手〔二〕，斷魂遠，相思切，寄與誰〔三〕。　怨極恨極嗅玉蘂〔四〕。念此情，家萬里〔五〕。暮霞散綺〔六〕。楚天外、幾片斜飛。爲我多情，特地點征衣〔七〕。我已飄零君又老，正心碎，那堪聞、塞管吹〔八〕。

【校記】

〔江梅引〕毛本、勞鈔本、林刊百家詞本、朱本均無此闋。吴本附曹元忠輯樂章集逸詞輯自梅苑。曹元忠注云：「全芳備祖作江城梅花引。『見』作『探』，『幾枝』作『爲誰』，『雖』作『春』，『斷魂』作『故人』，『怨極恨極』作『恨極怨極』，『玉』作『香』，『楚天外幾片』作『楚天碧數片』，『我已飄零君又老』作『花易飄零人易老』，無『聞』字。」全芳備祖、唐宋諸賢絶妙詞選、花草粹編、歷代詩餘、詞律拾遺録作王觀詞。牧庵集、詞綜補遺録作姚燧詞。全宋詞入柳永存目詞，附注：「王觀詞，見唐宋諸賢絶妙詞選卷五。」調名江城梅花引，文字斷句略異。

【箋注】

〔一〕暗香：宋林逋山園小林：「疏影横斜水清淺，暗香浮動月黄昏。」

〔二〕冷艷：形容素雅美好。唐丘爲左掖梨花：「冷艷全欺雪，餘香乍入衣。」

〔三〕寄與誰：參見前尾犯（晴煙羃羃）「贈我春色」條注。

〔四〕玉蕊：指花苞。宋梅堯臣詠王宗説園黄木芙蓉：「玉蘂坼蒸栗，金房落晚霞。」

〔五〕家萬里：宋范仲淹漁家傲：「濁酒一杯家萬里。」

〔六〕暮霞散綺：南朝齊謝朓晚登三山還望京邑：「餘霞散成綺，澄江静如練。」

〔七〕征衣：旅人之衣。唐岑參南樓送衛憑：「應須乘月去，且爲解征衣。」

〔八〕塞管：塞外胡樂器。以蘆爲首，竹爲管，其聲悲切。唐杜牧張好好詩：「繁絃迸關紐，塞管裂圓蘆。」五代馮延巳鵲踏枝：「回首西南看晚月。孤雁來時，塞管聲嗚咽。」

三臺令

魚藻池邊射鴨〔一〕。芙蓉苑裏看花〔二〕。日色赫赫黄相似〔三〕，不著紅羅扇遮〔四〕。

池北池南水緑，殿前殿後花紅。天子千秋萬歲，未央明月清風〔五〕。

【校記】

〔三臺令〕諸本均無此二闋。吴本附曹元忠輯樂章集逸詞輯自全芳備祖。曹元忠注云：「花菴詞選作王建，今據陳景沂輯。」王司馬集、才調集、花間集、尊前集、樂府詩集、萬首唐人絶句、唐宋諸賢絶妙詞選、花草粹編、詞譜録作王建詞。全宋詞入柳永存目詞，附注：「唐王建詞，見唐王建詩集卷七，原爲二首。」

〔赫赫〕曹元忠注：「『赫』疑『赭』字之訛。第二字衍。」可從。全宋詞此句即作「日色赭黄相似」。尊前集此句作「日色赭袍相似」，按「赭袍」乃唐世天子之服，於義似勝。

【訂律】

詞譜卷一：「唐教坊曲名。宋李濟翁資暇録：『三臺，今之啐酒三十拍促曲。啐，送酒聲也。』宋張表臣珊瑚鈎詩話：『樂部中有促拍催酒，謂之三臺。』沈括詞名開元樂。因結有『翠華滿陌東風』句，名翠華引。」「單調二十四字，四句兩平韻。」「此亦六言絶句，平仄不拘。按王建集有宫中三臺、江南三臺之分，大約如竹枝詞有蜀中、江南、漁父之目，各隨其所詠之事而名之也。」

【箋注】

〔一〕魚藻池：唐時池名。在長安禁苑内。　射鴨：古時一種遊戲。五代花蕊夫人宫詞：「新教内人供射鴨，長將弓箭繞池頭。」

〔二〕芙蓉苑：即芙蓉園，在長安。唐劉餗隋唐嘉話卷上：「京城南隅芙蓉園者，本名曲江園，隋文帝以曲名不正，詔改之。」唐杜牧長安雜題長句：「六飛南幸芙蓉苑，十里飄香入夾城。」

〔三〕赫赫：當作「赭」，赤褐色。宋王讜唐語林卷五補遺：「赭，赤也。赭，黄色之多赤者。」

〔四〕紅羅扇：紅色絲織品所製之扇。按此句謂不著扇遮，即却扇之義，古人成婚之夕有催粧詩、却扇詩。北周庾信爲梁上黄侯世子與婦書：「分杯帳裏，却扇牀前。」唐李商隱代董秀才却扇：「莫將畫扇出帷來，遮掩春山滯上才。若道團圓似明月，此中須放桂花開。」

〔五〕未央：漢唐禁苑宫名。史記卷八高祖本紀：「蕭丞相營作未央宫，立東闕、北闕、前殿、武庫、太倉。」唐雍裕之宫人斜：「應有春魂化爲燕，年來飛入未央棲。」

爪茉莉　秋夜

每到秋來，轉添甚況味。金風動〔一〕、冷清清地。殘蟬噪晚，甚聒得〔二〕、人心欲碎。更休道、宋玉多悲〔三〕，石人也〔四〕、須下淚。　衾寒枕冷，夜迢迢、更無寐。深院静、月明風細。巴巴望曉〔五〕，怎生涯、更迢遞。料我兒〔六〕、只在枕頭根底，等人睡、來夢裏。

【校記】

〔爪茉莉〕諸本均無此闋。吴本附曹元忠輯樂章集逸詞輯自顧汝所類編草堂詩餘。草堂詩餘、花草稡編、古今詞統、詞律、詞譜收録，并作柳永詞。全宋詞據類編草堂詩餘輯録。花草稡編調下注曰「秋夜」。

〔怎生涯〕草堂詩餘、花草粹編、古今詞統、詞繫、詞律「涯」作「捱」。

〔我兒〕草堂詩餘、古今詞統作「可兒」。

〔等人睡來夢裏〕全宋詞作「等人來、睡夢裡」。

【訂律】

爪茉莉，宋詞中僅見此闋。

詞律卷一二：「孤調，他無援證。所可辨者，『金風動』句即後『深院靜』句，『殘蟬』句即後『巴巴』句，則『怎生』句，比前應於『更』字上加一字。舊譜總作六字，則『捱更迢遞』不成語矣。『捱』字去聲，『更』者更漏之『更』，或是三更，落『三』字，譜却認作去聲。若是去聲，則『迢遞』者何物？兩結俱作六字，余謂尾句該分斷，蓋所憶之人，纔入夢，即見之，如隱於枕底者，但等人睡熟即來也。如『睡來』連讀，便不通矣。審爾，則前結亦是兩句，以『也』字作虛字用耳。」

詞譜卷一九：「調見花草粹編，樂章集不載。」「雙調八十二字，前段八句四仄韻，後段八句五仄韻。」「此調無別詞可校，其平仄宜依之。」

詞繫卷一〇：「九宮大成入南詞中呂宮引。」「此調宋本、汲古俱不載，據草堂詩餘補，無他作者。『更』平聲。」

【箋注】

〔一〕金風：秋風。見前傾杯（金風淡蕩）同條注。

〔二〕聒：喧鬧。楚辭九思疾世：「鴳雀列兮譁讙，鴝鵒鳴兮聒余。」

〔三〕宋玉多悲：見前雪梅香（景蕭索）「宋玉」條注。

〔四〕石人：史記卷一〇七魏其武安侯列傳：「太后怒不食曰：『今我在也，而人皆藉吾弟，令我百歲後，皆魚肉之矣，且帝寧能爲石人邪？』」集解：「謂帝不如石人得長存也。」正義：「顔師古云：『言徒有人耳，不知好惡。』按今俗云人不辨事，罵云杌杌若木人也。」

〔五〕巴巴：宋元俗語，急切，切盼之義。巴巴望曉，猶言急盼天明。白居易上陽白髮人：「宿空房，秋夜長，夜長無寐天不明。」

〔六〕我兒：見前長壽樂（尤紅殢翠）同條注。

【輯評】

明卓人月編、徐士俊參評古今詞統卷一一：「（「料可兒」三句）世間有此如意枕，亦復何恨。」

清沈謙填詞雜説：「柳屯田『每到秋來』一曲，極孤眠之苦。予嘗宿禦兒客舍，倚枕自歌，能移我情，不知文之工拙也。」

清馮金伯詞苑萃編卷二旨趣引王西樵：「耆卿『殘蟬向晚，聒得人心欲碎』是寫閨中秋怨也。梁棠邨『疎鐙薄暮，又一聲歸雁，飛來平楚』是寫閨中春怨也。各自極其情致。」

望梅 小春〔一〕

小寒時節〔二〕。正同雲莫慘〔三〕，勁風朝冽。信早梅，偏占陽和〔四〕，向日處，淩晨數枝先發。時有香來，望明艷，遥知非雪〔五〕。展磓金嫩蘂〔六〕，弄粉素英，旖旎清澈。仙姿更誰并列。有幽光照水，疏影籠月〔七〕。且大家〔八〕、留倚闌干，鬬緑醑飛看〔九〕，錦牋吟閲。桃李春花，料比此、芬芳俱別。見和羹大用〔一〇〕，莫把翠條謾折。

【校記】

〔望梅〕諸本均無此闋。吴本附曹元忠輯樂章集逸詞輯自顧汝所類編草堂詩餘。草堂詩餘、花草稡編、詞繫、歷代詩餘、詞譜收録，并作柳永詞。花草稡編調下注曰「小春」。詞繫調下注曰「小春詞」。歷代詩餘、詞譜調作「解連環」，歷代詩餘調下注曰「望梅」。梅苑收録，未著撰人姓氏。全宋詞據以入柳永存目詞，并注：「無名氏詞，見梅苑卷四。」

〔同雲〕詞繫「同」作「彤」。

〔朝冽〕梅苑「冽」作「烈」。

〔向日處〕梅苑「處」作「暖」。

〔淩晨數枝〕梅苑作「臨溪一枝」。

〔先發〕詞譜「先」作「争」。
〔遥知〕梅苑作「瑶枝」。
〔展礲金〕梅苑、花草粹編、詞譜作「想玲瓏」。詞繫作「展瓏金」。
〔弄粉素英〕梅苑作「綽約横斜」。
〔清澈〕梅苑、花草粹編、詞譜「澈」作「絶」，詞繫作「徹」。
〔幽光〕梅苑「光」作「香」。
〔照水〕梅苑、花草粹編、詞譜「照」作「映」。
〔鬭緑醑飛看〕草堂詩餘「緑」作「醁」。梅苑、花草粹編、詞譜此句作「對緑醑飛觥」。
〔春花〕梅苑、花草粹編、詞譜作「繁華」。
〔料比此〕梅苑作「奈比此」，花草粹編、詞譜作「奈彼此」。
〔見和羹大用〕花草粹編、詞譜作「等和羹待用」。
〔莫把〕梅苑、花草粹編、詞譜「莫」作「休」。

【訂律】

詞譜卷三四：「此調始自柳永，以詞有『信早梅、偏占陽和』及『時有香來，望明艷、遥知非雪』句，名望梅。後因周邦彦詞有『妙手能解連環』句，更名解連環。張輯詞，有『把千種舊愁，付與杏梁雨燕』句，又名杏梁燕。」「雙調一百六字，前段十一句五仄韻，後段十句五仄韻。」「此調始於此詞，但宋元人多填周邦彦體，故此調可平可仄，詳注周詞之下。張輯詞，後結『把千種舊愁，付與杏梁雨燕』，句讀正與此同，但前段第五、六句『更細與品題，屢呵冰硯』，仍照周詞填。」

詞繫卷一〇：「九宮大成入南詞仙呂宮正曲。」「張輯詞有『付與杏梁語燕』句，一名杏梁燕。」「此調宋本、汲本皆不載，據梅苑補。填詞名解云：『取詞中句名，即解連環。』詞律云：『句字、平仄、音響俱同，豈非一調？或耆卿用解連環調作梅花詞，題曰望梅，因誤襲爲調名？』愚按：『望梅』二字，應是詞題，決非調名，此説不爲無見。但解連環名由周創，柳在周前數十年，何得襲其調名？或以馮偉壽玉連環爲別名，馮詞與柳、周詞全異，何得合并？又以羅志仁菩薩蠻慢爲一調，字句亦不相符，皆宜分列。」「『暮』、『弄』、『素』、『旎』、『并』、『影』、『大』、『莫』、『翠』、『漫』等字，必去聲，勿誤。陸游詞結句作一三、二四字，可不拘。『處』字，梅苑作『暖』，『淩晨數』三字作『臨溪一』，『遥知』二字作『瑶枝』，『展瓏金』三字作『想玲瓏』，『弄粉素英』四字，作『綽約横斜』，『徹』字作『絶』，『光照』二字作『香映』，『鬬』字作『對』，『看』字作『觥』，『春花斜』三字作『繁華奈』，『見』字作『等』，『莫』字作『休』，今從歷代詩餘，『瓏』字當是『籠』字之訛。『早』、『緑』、『比』可平。『時』、『明』、『桃』、『芬』、『俱』可仄。『看』平聲。『莫』去聲。」

【箋注】

〔一〕小春：指夏曆十月。宋歐陽修漁家傲：「十月小春梅蕊綻，紅爐畫閣新裝遍。」

〔二〕小寒：二十四節氣之一，在夏曆十一月。逸周書時訓：「小寒之日雁北向，又五日鵲始巢，又五日雉始雊。」

〔三〕同雲：參見前望遠行（長空降瑞）「彤雲」條注。

〔四〕陽和：春天的暖氣，亦可借指春天。史記卷六秦始皇本紀：「時在中春，陽和方起。」

〔五〕非雪：唐戎昱早梅：「一樹寒梅白玉條，迥臨村路傍溪橋。應緣近水花先發，疑是經冬雪未銷。」

〔六〕礲金：細密之金。礲，磨。

〔七〕疏影：宋林逋山園小梅：「疏影横斜水清淺，暗香浮動月黄昏。」

〔八〕大家：猶言巨室，指豪貴之家。

〔九〕鬬：此爲面對、相對之義。宋蘇軾記夢回文：「紅焙淺甌新火活，龍團小碾鬬晴窗。」緑醑：美酒。白居易戲招諸客：「黄醅緑醑迎冬熟，絳帳紅爐逐夜開。」

〔一〇〕和羹：書説命下：「若作和羹，爾惟鹽梅。」孔傳：「鹽，鹹；梅，醋。羹須鹹醋以和之。」後以喻宰輔之職，故下云「大用」。

【輯評】

明楊慎批點草堂詩餘卷五：「『幽光照水，疏影籠月』，八字已足盡梅花矣。」

清黄蘇蓼園詞選：「爲梅花寫照，筆墨玲瓏，有超然物外之致。」

女冠子 夏景

火雲初布〔一〕。遲遲永日炎暑。濃陰高樹。黄鸝葉底，羽毛學整，方調嬌語。薰風時漸動，峻閣池塘，芰荷争吐。畫梁紫燕〔二〕，對對銜泥，飛來又去。　　想佳期、容易成辜負。共人人、同上畫樓斟香醑〔三〕。恨花無主。卧象牀犀枕〔四〕，成何情緒。有時魂夢斷，半窗殘月，透簾穿户。去年今夜，扇兒掮我〔五〕，情人何處。

【校記】

〔女冠子〕諸本均無此闋。吴本附曹元忠輯樂章集逸詞輯自顧汝所類編草堂詩餘。沈際飛草堂詩餘正集、花草粹編、歷代詩餘、詞律、詞譜收録，并作康與之詞。全宋詞據類編草堂詩餘輯録，并注云：「案此首或作康與之詞，見沈際飛草堂詩餘正集卷六。」

【箋注】

〔一〕火雲：見前過澗歇近（淮楚）同條注。

〔二〕紫燕：宋曾慥類説卷三五：「燕有兩種。胡燕胸班黑，作窠喜長，有容一疋絹者。越燕紫胸，俗謂之紫燕，作窠極淺。」

〔三〕香醑：見前歸去來（初過元宵三五）同條注。

〔四〕象牀：象牙裝飾的牀。南朝宋鮑照代白紵舞歌辭：「象牀瑶席鎮犀渠，雕屏匼匝組帷舒。」犀枕：當指以犀牛皮所製之皮枕。五代馮延巳賀聖朝：「半欹犀枕，亂纏珠被，轉羞人問。」

〔五〕搧：謂搧扇。宋李石擣練子：「扇兒搧，瞥見些。」

白苎〔一〕　冬景

繡簾垂，畫堂悄，寒風淅瀝〔一〕。遥天萬里，黯淡同雲羃羃〔二〕。漸紛紛、六花零亂散空碧〔三〕。姑射〔四〕。宴瑶池，把碎玉、零珠抛擲。林巒望中，高下瓊瑶一色。嚴子陵〔五〕、釣臺歸路迷蹤迹。　追惜。燕然畫角，寶籥珊瑚〔六〕，是時丞相，虚作銀城换得。當此際、偏宜訪袁安宅〔七〕。醺醺醉了，任他釵舞困，玉壺頻側。又是東君〔八〕，暗遣花神，先報南國。昨夜江梅，漏泄春消息。

【校記】

〔白苎〕諸本皆無此闋。吴本附曹元忠輯樂章集逸詞輯自顧汝所類編草堂詩餘。曹元忠注：「亦見明閩沙陳鍾秀精選名賢詞話草堂詩餘，惟『釵』上有『金』字。」花草粹編、詞繫、歷代詩餘、詞律、詞譜收録，并作柳永詞。全宋詞入柳永存目詞，并注：「紫姑（無名氏）詞。見碧雞漫志卷二。」

〔冪冪〕詞繫、歷代詩餘、詞律作「冪䍥」。

〔追惜〕碧雞漫志「惜」作「昔」。

〔寶籥〕碧雞漫志、詞繫「籥」作「鑰」。

〔他釵〕花草稡編、詞繫、歷代詩餘、詞律、詞譜「他」作「金」。

〔又是〕碧雞漫志、詞繫「是」作「恐」。

【訂律】

詞律卷二〇：「蔣（今按謂蔣捷同調「正春晴」）、柳二詞相同，只换頭二字句下，柳比蔣多『燕然畫角』四字，故另作一體。『愔愔門巷』，『巷』字柳作『中』字，平聲，稍異，然此字用平拗，恐是『裏』字。按蔣用『欲落』、『作惡』、『約畧』，俱兩箇入聲字相連，初謂偶然，乃柳詞亦用『淅瀝』、『冪䍥』、『一色』六入聲，因思此調或宜如此用字，不然何其相符也。然此論大微，未知得免於穿鑿之誚否。譜誤，不一備摘於此。『畫堂悄』即蔣之『又春冷』也，乃以三字盡改平仄平，蓋其意欲連下作七言詩也。『畫堂』正與上『繡簾』相對，有何不解。『遥天萬里』即蔣之『璚苞未剖』也，『萬里』、『未剖』去上最妙，乃以『遥』作仄，『萬』作平。『漸紛紛』即蔣之『旋安排』也，三字盡改平仄仄。『林巒望中』即蔣之『愔愔門巷』也，此句惟『中』字不合，乃以平平仄仄翻改作仄仄平平，而『中』字偏不注可仄。『嚴子陵』下十字宜於三字爲豆，下作七字句，乃分兩五字，『嚴子陵釣臺』即蔣之『知甚時霽華』也，乃作仄仄仄平平。『當此際』九字宜上五下四，乃分上三下六。『偏宜』即蔣之『眉山』也，乃作仄仄。『金釵』正對下『玉壺』，以『任』字領下二句，頂上言醉後光景。蔣亦以『任』字頂下『朱絲玉箏』也。乃『金』字訛作『他』字，而以『任』字作平，『釵』字作仄，『困玉』二字作平，『傾』字作仄，蓋意欲將『任他』二字領句，而下作七言詩句也。并其餘平仄改注者，共五十二字。尤不便者，『散報』二字即蔣之『鎮在』二字，必用去聲，今亦作平。『射』字音『亦』，正叶韻。二字句蔣亦用『幽壑』，今只作五字句，失注叶韻。如此注法，何不别名此調爲黄麻、緑葛而仍曰白苧乎？」

詞譜卷三六：「按古樂府有白苧曲，宋人蓋借舊曲名，别倚新聲也。王灼頤堂集云：『白苧詞，傳者至少，其正宫一闋，世以爲紫姑神作。』今從花草粹編爲柳永詞。」「雙調一百二十五字，前段十二句七仄韻，後段十五句六仄韻。此調只有蔣捷詞可校。」

詞繫卷一〇：「山堂肆考云：『吴孫皓作，時曲雙角有此名。』樂府指迷云：『「苧」或作「紵」，亦名白紵歌，晉宋以來舞曲俱有白紵辭。』樂府古題要解云：『白紵歌有白紵舞，吴人之歌舞也。其音入清商調，故清商七曲，有子夜者，即白紵也。在吴爲白紵，在晉爲子夜，梁武令沈約更製其辭焉。』全唐詩注云：『樂舞有白苧，吴舞也。』唐元稹有四時白紵舞曲。」「『淅瀝』、『冪䍥』、『一色』皆兩入聲，『散』字、『换』字、『報』字皆仄聲，想格當如是，特標出。須著眼『嚴子陵』下十字，此詞當兩五字句。後蔣作當一三、一七字句。『當此際』下九字，此當一三、一六字句，蔣當一五、一四字句，此等一氣貫下，原可不拘。詞律必欲比同，謬甚。『射』字是藏韻，蔣作亦然，勿誤認。『鑰』字，草堂作『簫』，『恐』字作『是』。」「碧雞漫志云：『正宮白苧曲賦雪者，世傳紫姑神作，寫至「追昔燕然畫角，寶鑰珊瑚，是時丞相，虛作銀城換得」，或問出處。答云：「天上文字，汝那得知。」末後句「又恐東君暗遣花神，先到南國，漏泄春消息」，殊可喜也。』亦見頤堂集。獨花草稡編、草堂詩餘爲柳永作。宋本樂章集、汲古皆不載，當從王灼説爲是。」

【箋注】

〔一〕淅瀝：形容風聲。唐李商隱到秋：「扇風淅瀝簟流灕，萬里南雲滯所思。」

〔二〕羃羃：見前尾犯（晴煙羃羃）同條注。

〔三〕六花：唐歐陽詢藝文類聚卷二：「韓詩外傳曰：『凡草木花多五出，雪花獨六出。』」唐賈島寄令狐綯相公：「自著衣偏暖，誰憂雪六花。」

〔四〕姑射：莊子逍遥遊：「藐姑射之山，有神人居焉，肌膚若冰雪，淖約若處子。」後以「姑射」爲神仙或美人代稱。此指仙人。

〔五〕嚴子陵：參見前滿江紅（暮雨初收）「嚴陵灘」條注。

〔六〕簫：古樂器。爾雅釋樂：「大管謂之簫。」郭璞注：「管長尺，圍寸，并漆之，有底。賈氏以爲如篪，六孔。」

〔七〕袁安：後漢書卷四五袁安傳李賢注引晉周斐汝南先賢傳曰：「時大雪積地丈餘，洛陽令身出案行，見人家皆除雪出，有乞食者。至袁安門，無有行路。謂安已死，令人除雪入户，見安僵卧，問：『何以不出』？安曰：『大雪，人皆餓，不宜於人。』令以爲賢，舉爲孝廉也。」

〔八〕東君：司春之神。唐王初立春後作：「東君珂佩響珊珊，青馭多時下九關。方信玉霄千萬里，春風猶未到人間。」

【輯評】

明楊慎批點草堂詩餘卷五：「不十分堆垛雪事，亦好。」

【附録】

宋王灼碧雞漫志卷二：「正宫白苧曲賦雪者，世傳紫姑神作，寫至『追昔燕然畫角，寶鑰珊瑚，是時丞相，虚作銀城换得』，或問出處。答云：『天上文字，汝那得知？』末後句『又恐東君暗遺花神，先到南國。昨夜江梅，漏泄春消息』，殊可喜也。」

花草稡編卷二四：「王晦叔頤堂集云：白苧詞，傳者至少，其正宫一闋，世以爲紫姑神所作也，方寫至『追惜。燕然畫角，寶籥珊瑚，是時丞相，虚作銀城换得』，或問出何書，答曰：『天上文字，汝争得知。』」（今按：清徐釚詞苑叢談卷三所載略同）

十二時　秋夜

晚晴初，淡煙籠月，風透蟾光如洗〔一〕。覺翠帳、涼生秋思。漸入微寒天氣。敗葉敲窗，西風滿院，睡不成還起。更漏咽、滴破憂心，萬感并生，都在離人愁耳。天怎知、當時一句，做得十分縈繫〔二〕。夜永有時，分明枕上，覷著孜孜地〔三〕。燭暗時酒醒，元來又是夢裏。睡覺來、披衣獨坐，萬種無憀情意。怎得伊來，重諧雲雨，再整餘香被〔四〕。祝告天發願〔五〕，從今永無抛棄。

【校記】

〔十二時〕諸本均無此闋，吴本附曹元忠輯樂章集逸詞輯自顧汝所類編草堂詩餘。花草粹編、詞律、詞譜收録，并作柳永詞。詞譜調作「十二時慢」。全宋詞據類編草堂詩餘輯録，并注云：「案草堂詩餘正集卷六載此首，注云：『一刻美成』。是此首或又誤作周邦彦詞。」花草粹編調下亦注曰「秋夜」。

〔無憀〕詞繫「憀」作「聊」。

〔雲雨〕詞譜作「連理」。

【訂律】

詞律卷二〇：「此係三疊，後兩段相同。各譜於『天怎知』作三字，『睡覺來』又作七字，『分明』下作九字，『重諧』下又作一四、一五字，真所謂隨意亂填，何以作譜？按朱敦儒有小令四十六字者，亦名十二時，因查其即是憶少年，故不收列此調之前。」

詞譜卷三七：「宋鼓吹四曲之一。花草稡編無『慢』字。此詞有仄韻、平韻兩體。」「三段一百三十字，前一段十一句五仄韻，中段八句三仄韻，後段八句四仄韻。」「此調押仄韻者，應以此詞爲正體，葛詞（今按謂葛長庚同調『素馨花』）句讀多與之同，故平仄悉參之。若朱詞（今按謂朱雍同調『粉痕輕』）之少一段，恐係脱誤，不校注入譜。」「後段第五句，花草稡編作『重諧雲雨』，『雨』字不押韻。」

詞繫卷一〇：「九宫大成入南詞商調引。」「此調宋本、汲古俱不載，據草堂詩餘補。與憶少年之別名十二時及無名氏平韻詞皆無涉，故另列。樂略云：『隋煬帝幸江都，令大樂令白明達造新聲，創十二時等曲。』宋詞亦沿其名。」「後二段字句全合，與雙拽頭體同，但各家詞中罕見，從無雙拽尾之名。詞律所注平仄無據。『雲雨』二字，葉譜作『連理』，注叶，未確。詞律於後結『從今』分句，不妥，何又不比較前段耶？」

【箋注】

〔一〕蟾光：月光、月色。古時傳説月中有蟾，故云。南朝梁蕭統錦帶書十二月啓太簇正月：「飄飄餘雪，入簫管以成歌；皎潔輕冰，對蟾光而寫鏡。」

〔二〕做得：猶言做得箇、落得箇。王鍈詩詞曲語辭例釋：「做的箇，等於説落得箇、弄得箇，往往用以説明某種不如人意的結局。『的』或作『得』。……救風塵劇三：『則爲他滿懷愁，心間愁，做得箇進退無門。』」

〔三〕孜孜地：王鍈詩詞曲語辭例釋：「孜孜，『仔細』的意思，描寫情態的副詞，不作古文中習見的『辛勤』義解。晁元禮殢人嬌詞：『旋剔銀燈，高褰斗帳，孜孜地看伊模樣。』意即仔細地看。……以上『孜孜』均作動詞『看』、『覷』的狀語，表示『仔細看』的意義。」

〔四〕餘香被：參見前玉樓春（閬風歧路連銀闕）「餘香」條注。

〔五〕祝告：謂禱告於神靈。南朝梁劉勰文心雕龍祝盟：「陳辭乎方明之下，祝告於神明者也。」

【輯評】

明楊慎批點草堂詩餘卷五：「『天怎知』七句，秋夜長，寫得出。」

清毛先舒詩辨坻卷四：「柳屯田情語多俚淺。如『祝告發天願，從今永無抛棄。』開元曲一派，詞流之下乘者也。」

絳都春 上元

融和又報〔一〕。乍瑞靄霽色，皇州春早〔二〕。翠幰競飛〔三〕，玉勒争馳都門道。鼇山結綵蓬萊島〔四〕。向晚色、雙龍銜照〔五〕。絳綃樓上，彤芝蓋底〔六〕，仰瞻天表〔七〕。縹緲。風傳帝樂，慶三殿共賞，群仙同到。迤邐御香，飄滿人間聞嬉笑。須臾一點星毬小〔八〕。漸隱隱、鳴梢聲杳〔九〕。游人月下歸來，洞天未曉。

【校記】

〔絳都春〕諸本均無此闋，吴本附曹元忠輯樂章集逸詞收録，曹元忠注云：「按此詞顧、陳草堂詩餘皆作丁仙現，其人無考。樂府指迷謂古曲亦有拗者，舉尾犯之『金玉珠珍博』，『金』字當用去聲；絳園春之『游人月下歸來』，『游』字合用去聲爲説。按尾犯見柳詞，絳園春亦必柳詞，當時尊前酒邊被諸絃管惟柳詞最爲當行，故沈氏用以指點。況苕溪漁隱云：『先君嘗云：柳詞「鼇山綵結蓬萊島」，當云「綵締」，既改，其詞益佳。』則此詞爲樂章集所佚明矣。今據胡元任語補輯。又陳本『皇州』作『皇都』，『結綵』作『綵結』。」宋吴文英夢窗稿乙稿卷二、歷代詩餘録此詞，作吴文英詞。花草稡編作丁仙現詞。全宋詞入柳永存目詞，并注：「丁仙現詞，見草堂詩餘後集卷上。」

〔鳴梢〕曹元忠注：「當是鞘字之訛。」今按：鳴梢亦通。

【箋注】

〔一〕融和：和煦，暖和。唐張登小雪日戲題絶句：「融和長養無時歇，却是炎洲雨露偏。」

〔二〕皇州：京城。南朝宋鮑照侍宴覆舟山：「繁霜飛玉闥，愛景麗皇州。」

〔三〕翠幰：飾以翠羽的車帷。唐盧照鄰長安古意：「隱隱朱城臨玉道，遥遥翠幰没金堤。」

〔四〕鼇山：參見前傾杯樂（禁漏花深）「鼇山開羽扇」條注。

〔五〕雙龍：參見前傾杯樂（禁漏花深）附録引東京夢華録。

〔六〕芝蓋：此指皇帝儀仗傘蓋。芝形如蓋，故名。

〔七〕天表：指天子儀容。晉書卷三五裴秀傳：「天表如此，固非人臣之相也。」

〔八〕一點星毬小：指「小紅紗燈毬」，參見前歸去來（初過元宵三五）附録引東京夢華録。

〔九〕鳴梢：謂揮動鞭梢作響，使人肅靜。天子視朝、宴會時用之。宋蘇舜欽覽含元殿基因想昔時朝會之盛且感其興廢之故：「赤案波光卷，鳴梢電尾回。」此指「樓外擊鞭之聲」，參見前歸去來（初過元宵三五）附録引東京夢華録。

【輯評】

宋胡仔苕溪漁隱叢話前集卷五九：「先君嘗云，柳詞『鼇山綵構蓬萊島』，當云『彩締』。坡詞『低綺户』，當云『窺綺户』。二字既改，其詞益佳。」

明俞彦爰園詞話：「古人好詞，即一字未易彈，亦未易改。……至苕溪漁隱記耆卿『鼇山綵結』，『結』改作『締』益佳。不知何以佳也。若子瞻『低繡户』，『低』改『窺』，則善矣。」

【附録】

夏承燾天風閣學詞日記（一九四一年三月十四日）：「爲曹元忠輯樂章集佚詞，作一跋，訂定絳都春是柳詞。唐圭璋以屬丁仙現，非是。仙現僅此一首，若是柳作，則全宋詞當删去丁氏一家矣。」

鳳凰閣

忽忽相見，懊惱恩情太薄〔一〕。霎時雲雨又抛却。教我行思坐想〔二〕，肌膚如削。恨只恨、相違舊約。　相思成病，那更瀟瀟雨落。斷腸人在闌干角〔三〕。山遠水遠人遠，音信難託。這滋味、黄昏更惡。

【校記】

〔鳳凰閣〕諸本均無此闋。吴本附曹元忠輯樂章集逸詞輯自天籟軒詞譜、詞律拾遺。花草粹編卷一四録此詞注「天機」，蓋引自天機餘錦。題明程敏政天機餘錦卷四、詞繫、詞譜、詞律拾遺收録，并作柳永詞。全宋詞輯自花草粹編引天機餘錦。

〔相違舊約〕臺北「中央圖書館」藏明藍格抄本天機餘錦無「相」字。

〔山遠水遠人遠〕臺北「中央圖書館」藏明藍格抄本天機餘錦「人」後無「遠」字。

〔更惡〕臺北「中央圖書館」藏明藍格抄本天機餘錦、花草粹編、全宋詞「更」作「又」。

【訂律】

詞譜卷一五：「高拭詞注『商調』；張炎詞有『漸數花風第一』句，名數花風。」「雙調六十八字，前後段各六句，四仄韻。」「此見花草粹編，因樂章集不載，故無宫調可考。此調以此詞爲正體，若葉（今按謂葉清臣同調「遍園林緑暗」）、趙詞（今按謂趙師俠同調「正薰風初扇」）之減字、句讀參差，皆變格也。按，張炎詞與此同，惟前後段第一、二句『好遊人老，秋鬢蘆花共色』，『酒樓仍在，流落天涯醉白』，『好』字、『酒』字俱仄聲，『秋』字、『流』字俱平聲；第三句『征衣猶戀去年客』、『孤城寒樹美人隔』，『征』字、『孤』字俱平聲；第四句『古道依然黄葉』、『煙水去程應遠』，『黄』字、『程』字俱平聲。譜内可平可仄據此，其餘參校葉、趙二詞。又按，此詞前後段第二句，『太』字、『雨』字，兩結句『舊』字、『更』字，俱用去聲，譜内葉詞，『翠』字、『透』字、『送』字、『院』字，最爲合法。」

詞律拾遺卷二：「比趙、葉二詞俱多一字。」

詞繫卷六：「此調宋本、汲古樂章集皆未載，見葉申薌天籟軒詞譜。」「起二句，一四、一六字，與前異。『水』、『遠』作平聲。」

【箋注】

〔一〕懊惱：猶言惱恨，煩惱。唐韓偓六言三首其二：「惆悵空教夢見，懊惱多成酒悲。」

〔二〕行思坐想：謂不停地思念。唐高彦休唐闕史卷上：「爾後子威行思坐想，留意尋訪，竟亡其蹤。」

〔三〕闌干角：唐韓偓三憶：「憶行時，背手挼金雀。斂笑慢回頭，步轉闌干角。」宋張先醉落魄：「朱唇淺破櫻桃萼，倚樓人在闌干角。」

女冠子

同雲密布。撒梨花、柳絮飛舞。樓臺悄似玉，向火爐煖閣院宇。深沈廣排筵會，聽笙歌猶未徹，漸覺寒輕，透簾穿户。亂飄僧舍〔一〕，密灑歌樓，酒帘如故。想樵人、山徑迷蹤路。料漁人、收綸罷釣歸南浦〔二〕。路無伴侣。見孤村寂寞，招颭酒旗斜處〔三〕。南軒孤雁過，嚦嚦聲聲〔四〕，又無書度〔五〕。見臘梅、枝上嫩蘂，三三兩兩微吐。

【校記】

〔女冠子〕諸本均無此闋。吴本附曹元忠輯樂章集逸詞輯自詞律、蓮子居詞話。曹元忠注云：「按此詞亦見片玉詞補遺，今據詞律、蓮子居詞話補輯。又片玉集『火』作『紅』、『漁人』作『漁父』、『三三兩兩』作『兩兩三三』。」類編草堂詩餘、類選箋釋草堂詩餘、花草稡編、歷代詩餘并録作周邦彦詞。詞譜引花草稡編録作無名氏詞。詞律、詞學筌蹄録作柳永詞。全宋詞入柳永存目詞，并注：「無名氏詞，見草堂詩餘前集卷下。」

【訂律】

詞律卷三：「諸刻或以此詞爲周待制作，然其語確是柳屯田，待制縝密，不作此疏枝闊葉也，故其字句亦傳訛難考。『樓臺』以下三十二字，至『户』字方叶韻，斷無此理。或云『玉』字音裕，以入作叶，亦未確。字字似韻，而上既不可連『煖閣』，下『深沈』又不可連『廣排』，其爲差錯無疑。圖譜乃以『會』字爲叶韻，甚奇。後段雖較前稍明，然亦未必確然。因無今人率意造譜之膽，未敢論定。」

詞譜卷四：「雙調一百十四字。前段十二句六仄韻，後段十句六仄韻。」『此詞或刻柳永，或刻周邦彦。自『樓臺悄似玉』以下三十二字，至『户』字方押韻，必無此理。按嘯餘譜，以『玉』字、『會』字爲叶韻，當從之。然音調未諧，字句亦恐有脱訛，姑存以備參考。」

清吴衡照蓮子居詞話卷三：「屯田女冠子一百十四字體：『樓臺悄似玉，向紅爐煖閣院宇。深沈廣排筵會，聽笙歌猶未徹，漸覺寒輕，透簾穿户。』紅友云：凡三十二字方叶韻。或謂『玉』字讀若『裕』，以入作叶，未確。字字似韻，然上下讀不去，爲傳訛無疑。按『玉』字韻以入作叶，如惜香以『吉』叶『髻』、『戲』，坦庵以『極』叶『氣』、『瑞』，北宋有此例，字字亦韻。『院宇深沈，廣排筵會』，似當云『廣排筵會，深沈院宇』，證以所録伯可詞，僅數襯字不合，餘悉同。」

清李佳左庵詞話卷上：「詞林正韻有云：入聲作三聲，詞家多承用。如……柳永女冠子『樓臺悄似玉』，『玉』字作於句切。又黄鶯兒『暖律潛催幽谷』，『谷』字作令五切，皆叶魚虞韻。」

【箋注】

〔一〕亂飄僧舍：見前望遠行（長空降瑞）同條注。

〔二〕收綸：謂收拾釣絲。

〔三〕招颭：即招展，飄揚、摇曳。

〔四〕嚦嚦：形容鳥類清脆的叫聲。

〔五〕又無書度：此謂無書信可寄。

附録二　柳永存目詞

一、醉翁談録載依託柳永詞

紅窗迥

小園東，花共柳。紅紫又一齊開了。引將蜂蝶燕和鶯，成陣價〔一〕、忙忙走。　花心偏向蜂兒有。鶯共燕、喫他拖逗〔二〕。蜂兒却入、花裏藏身，胡蝶兒、你且退後。

【校記】

〔紅窗迥〕諸本及吴本附曹元忠輯樂章集逸詞均無此闋。全宋詞輯自羅燁醉翁談録丙集卷二。此爲小説依託詞，不足以資考證。

〔拖逗〕新編醉翁談録「拖」作「駝」。

【箋注】

〔一〕成陣價：猶言成群結隊地。價，見前鳳銜杯（追悔當初孤深願）同條注。

〔二〕喫：張相詩詞曲語辭匯釋：「喫，猶被也；受也。吃亦同。周紫芝洞仙歌詞：『縱留得梨花做寒食，怎喫他朝來這般風雨！』此猶云受。向滈青玉案詞：『喫他圈槓，被他拖逗。』義同上。」　拖逗：宋元俗語，有挑逗、牽惹、引誘之義。張相詩詞曲語辭匯釋：「逗，猶引也。……其習見者則爲迤逗。西廂四之二：『我着你但去處行監坐守，誰着你迤逗的胡行亂走。』此牽引或勾引義。……亦作拖逗。……詞林摘艷三粉蝶兒套，『花亂春愁』篇：『想雕鞍何處追游，夢兒中幾番拖逗。』義均同上。」

【附録】

宋羅燁新編醉翁談録丙集卷二耆卿譏張生戀妓條：「耆卿嘗與友人張生者，游金陵妓寶寶之家，得累日。張慕寶寶之姿色，尤爲姥姥。又豈知寶寶中心自囑意於豪家一子弟，有薄張生之意。柳知之，不欲語張。張不之覺。一日，再同宴於寶寶之家，值豪家子在焉，寶寶密藏於私室，同張飲。酒數行，寶寶佯醉而就寢焉，候往，則媚豪家之子。柳戲謂張曰：『昔聞何仙姑獨居於仙機巖，曹國舅一日來訪，談論玄妙。方款間，吕洞賓自巖飛劍駕雲而上。國舅遥見之，謂仙姑曰：洞賓將至矣，吾與仙姑同坐於此，恐見疑。今欲避之而不可得。仙姑笑謂曰：「吾變汝爲丹吞之。」及洞賓至，坐話未幾，而鍾離與藍采和跨鶴冉冉從空中而來。仙姑笑謂洞賓曰：「當速化我爲丹吞之，無爲師長所見。」洞賓變仙姑而吞之。方畢，鍾離皆已至。采和問吕洞賓曰：「何爲獨坐於此？」洞賓曰：「吾適走塵寰，方就此憩息。」采和曰：「無戲我也。你獨憩於此，肚中自有仙姑，何不使出見我？」頃之，仙姑果出。鍾離笑謂采和曰：「你道洞賓肚中有仙姑，你不知仙姑肚裏更有一人。」』張生悟柳之咨，攜柳而出。柳戲書小詞於壁上而後退。紅窗迥：『小園東，花共柳，紅紫又一齊開了。引將蜂蝶燕和鶯，成陣價，忙忙走。　花心偏向蜂兒有，鶯共燕、喫他駝逗。蜂兒却入、花裏藏身，胡蝶兒、你且退後。』」

西江月

師師生得艷冶〔一〕，香香於我情多。安安那更久比和〔二〕。四個打成一個。　幸自蒼皇未款〔三〕，新詞寫處多磨。幾回扯了又重挼〔四〕。姦字中心著我〔五〕。

【校記】

〔西江月〕諸本均無此闋。全宋詞輯自羅燁醉翁談録丙集卷二。此爲小説依託詞，不足以資考證。

【箋注】

〔一〕師師：據下附録引新編醉翁談録，此師師與下香香、安安，俱汴京妓名。然新編醉翁談録所載乃小説家言，爲後來元明戲曲話本如柳耆卿詩酒玩江樓、衆名妓春風吊柳七所本，不可認作實録。

〔二〕那更：猶言兼之。見前祭天神（憶繡衾相向輕輕語）同條注。　比和：親近和睦。

〔三〕幸自：本自，原來。唐韓愈戲題牡丹：「幸自同開俱隱約，何須相倚鬭輕盈。」　蒼皇未款：謂匆忙急迫而未及親熱。杜甫破船：「蒼皇避亂兵，緬邈懷舊丘。」

〔四〕挼：揉搓。五代馮延巳謁金門：「閑引鴛鴦香徑裏。手挼紅杏蕊。」

〔五〕姦字：姦字，三女也。即前「四個打成一個」之義。此或即爲柳永傳花枝（平生自負）所謂「口兒裏、道知張陳趙」之拆字法。

【附録】

宋羅燁新編醉翁談録丙集卷二三妓挾耆卿作詞條：「耆卿居京華，暇日遍游妓館。所至，妓者愛其有詞名，能移宮換羽，一經品題，聲價十倍。妓者多以金物資給之。惜其爲人出入所寓不常。耆卿一日經由豐樂樓前，是樓在城中繁華之地，設法賣酒，群妓分番。忽聞樓上有呼『柳七官人』之聲，仰視之，乃甲妓張師師。師師要峭而聰敏，酷喜填詞和曲，與師師密。及柳登樓，師師責之曰：『數時何往？略不過奴行。君之費用，吾家恣君所需，妾之房卧，因君罄矣！豈意今日得見君面，不成惡人情去，且爲填一詞去。』柳曰：『往事休論。』師師乃令量酒，具花牋，供筆畢。柳方拭花牋，忽聞有人登樓聲，柳藏紙於懷，乃見劉香香至前，言曰：『柳官人，也有相見。爲丈夫豈得有此負心！當時費用，今忍復言。懷中所藏，吾知花牋矣。若爲詞，妾之賤名，幸收置其中。』柳笑出牋，方凝思間，又有人登樓之聲。柳視之，乃故人錢安安。安安敘別，顧問柳曰：『得非填詞？』柳曰：『正被你兩姐姐所苦，令我作詞。』安安笑曰：『幸不我棄。』柳乃舉筆，一揮乃止。三妓各私喜：『仰官人有我，先書我名矣。』乃書就一句。（乃云）：『師師生得艷冶。』香香、安安皆不樂，欲掣其紙。柳再書（第二句）云：『香香於我情多。』安安又嗔柳曰：『先我矣！』挼其紙，忿然而去。柳遂笑而復書（第三句）云：『安安那更久比和，四個打成一個。（過片）幸自蒼皇未款，新詞寫處多磨。幾回扯了又重挼。姦字中心著我。』（曲名西江月）三妓乃同開宴款柳。師師即席借柳韻和一詞：『［西江月］一種何其輕薄，三眠情意偏多。飛花舞絮弄春和。全沒些兒定個。蹤迹豈容收拾，風流無處消磨。依依接取手親挼。永結同心向我。』柳見詞大喜，令各盡量而飲。香香謂安安曰：『師師姐既有高詞，吾已醉，可相同和一詞。』［西江月］：『誰道詞高和寡，須知會少離多。三家本作一家和。更莫容它別個。且恁眼前同條，休將飲裹相磨。酒腸不奈苦揉挼。我醉無多酌我。』和詞既罷，柳言別，同祝之曰：『暇日望相顧，毋似前時一去不復見面也。』柳笑而下樓去也。」

二、話本小説載依託柳永詞

西江月

調笑師師最慣，香香暗地情多。冬冬與我煞脾和。獨自窩盤三個。　管字下邊無分，閉字加點如何。權將好字自停那。姦字中間著我。

【附注】

〔西江月〕諸本均無此闋。見明馮夢龍古今小説卷一二衆名妓春風吊柳七。薛瑞生樂章集校注（增訂本）録爲小説依託詞。又見明洪楩清平山堂話本卷一柳耆卿詩酒玩江樓，詞句略有異，見後附録。

【附録】

古今小説卷一二衆名妓春風吊柳七：「那柳七官人，真個是朝朝楚館，夜夜秦樓。内中有三個出名上等的行首，往來尤密，一個唤做陳師師，一個唤做趙香香，一個唤做徐冬冬。這三個行首，賠著自己錢財，争養柳七官人。怎見得？有戲題一詞，名西江月爲證：『調笑師師最慣……』」

清平山堂話本柳耆卿詩酒玩江樓：「當時是宋神宗朝間，東京有一才子，天下聞名，姓柳，雙名耆卿，排行第七，人皆稱爲柳七官人。年方二十五歲，生得丰姿灑落，人材出衆。吟詩作賦，琴棋書畫，品竹調絲，無所不通。專愛在花街柳巷，多少名妓歡喜他。在京師與三個出名上等行首打暖：一個唤做陳師師，一個唤作趙香香，一個唤做徐冬冬。這三個頂老陪錢争養著那柳七官人，三個愛這柳七官人，曾作一首詞兒爲證。其詞云：『師師媚容艷質，香香與我情多。冬冬與我煞脾和，獨自窩盤三個。　撰字蒼王未肯，權將好字停那。如今意下待如何。姦字中間著我。』」

今按：以上話本所載之西江月詞，均與羅燁新編醉翁談録所録西江月詞相似，承繼敷衍痕迹明顯。此詞雖作柳耆卿口吻，但話本中未明言其出於「柳七官人」之手，故全宋詞未録。

如夢令

郊外緑陰千里。掩映紅裙十隊。惜别語方長，車馬催人速去。偷淚。偷淚。那得分身應你。

【附注】

〔如夢令〕諸本均無此闋。見明馮夢龍古今小説卷一二衆名妓春風吊柳七。全宋詞入柳永存目詞，并注云：「小説依託。」

【附録】

古今小説卷一二衆名妓春風吊柳七：「這柳七官人，詩詞文采，壓於朝士，因此近侍官員，雖聞他恃才高傲，却也多少敬慕他的。那時天下太平，凡一才一藝之士，無不録用。有司薦柳永才名，朝中又有人保奏，除授浙江管下餘杭縣宰。這縣宰官兒，雖不滿柳耆卿之意，把做個進身之階，却也罷了，只是舍不得那三個行首。時值春暮，將欲起程，乃製西江月爲詞，以寓惜别之意：『鳳額繡簾高卷……』三個行首，聞得柳七官人浙江赴任，都來餞别。衆妓至者如雲，耆卿口占如夢令云：『郊外緑陰……』」

千秋歲

泰階平了。又見三台耀。烽火靜，欃槍掃。朝堂耆碩輔，樽俎英雄表。福無艾，山河帶礪人難老。　渭水當年釣。晚應飛熊兆。同一吕，今偏早。烏紗頭未白，笑把金樽倒。人争羡，二十四遍中書考。

【附注】

〔千秋歲〕諸本均無此闋。見明馮夢龍古今小説卷一二衆名妓春風吊柳七。全宋詞入存目詞，并注云：「小説依託。」然金王喆有千秋歲一闋，用韻與柳同部，而上下片結句前之三字句均入韻，體制略有不同。未知爲偶合抑或柳永本有其詞。

【附録】

千秋歲　金　王喆

汨汨塵寰擾。苦苦尤深窈。長繫絆、不分曉。日生還恁地，夜夢魂驚杳。聽分表。都緣劫劫波波紹。　急急心開肇。早早俱除勦。迴首處、見明瞭。一般真箇好。萬道銀霞繞。這番了。秋潭皓月波光皛。

西江月

腹内胎生異錦，筆端舌噴長江。縱教疋絹字難償。不屑與人稱量。　我不求人富貴，人須求我文章。風流才子占詞場。真是白衣卿相。

【附注】

〔西江月〕諸本均無此闋。見明馮夢龍古今小説卷一二衆名妓春風吊柳七。全宋詞入存目詞，并注云：「小説依託。」

【附録】

古今小説卷一二衆名妓春風吊柳七：「柳耆卿在餘杭三年，任滿還京。……一日，正在徐冬冬家積翠樓戲耍，宰相吕夷簡差堂吏傳命，直尋將來，説道：『吕相公六十誕辰，家妓無新歌上壽，特求員外一闋。幸即揮毫，以便演習。蜀錦二端，吴綾四端，聊充潤筆之敬，伏乞俯納。』耆卿允了，留堂吏在樓下酒飯，問徐冬冬有好紙否。徐冬冬在篋中，取出兩幅芙蓉箋紙，放於案上。耆卿磨得墨濃，蘸得筆飽，拂開一幅箋紙，不打草兒，寫下千秋歲一闋云：『泰階平了……』耆卿一筆寫完，還剩下芙蓉箋一紙，餘興未盡，後寫西江月一調云：『腹内胎生異錦……』」

虞美人

雕欄玉砌

春花秋月何時了。往事知多少。小樓昨夜又東風。故國不堪回首月明中。雕欄玉砌應猶在。只是朱顔改。問君都有幾多愁。恰似一江春水向東流。

【附注】

〔虞美人〕諸本皆無此闋。見明洪楩清平山堂話本柳耆卿詩酒玩江樓。全宋詞入柳永存目詞，并注云：「李煜詞，見尊前集。」

【附録】

清平山堂話本柳耆卿詩酒玩江樓：「柳七官人一日攜僕到金陵城外玩江樓上，獨自個玩賞，吃得大醉，命僕取筆，作一隻詞，詞寄虞美人，乃寫於樓中白粉壁上。其詞曰：『春花秋月何時了……』柳七官人詞罷，擲筆於樓，拂袖而返京都。」

浪裏來

柳解元使了計策，周月仙中了機扣。我交那打魚人準備了釣鰲鉤。你是惺惺人，算來出不得文人手。姐姐，免勞慚皺。我將那點鋼鍬掘倒了玩江樓。

【附注】

〔浪裏來〕諸本皆無此闋。見明洪楩清平山堂話本卷一柳耆卿詩酒玩江樓。此明顯似曲而非詞。

【附録】

柳耆卿詩酒玩江樓：「忽一日，耆卿酒醉，命月仙取紙筆作一詞，詞寄浪裏來。詞曰：『柳解元使了計策……』柳七官人寫罷，付與周月仙。月仙謝了，自回。」

清平樂

陰晴未定。薄日烘雲影。金鞍何處尋芳徑。緑楊依舊南陌静。　厭厭幾許春情，可憐老去難成。看取鑷殘霜鬢，不隨芳草重生。

【附注】

〔清平樂〕諸本皆無此闋。見京本通俗小説卷一二西山一窟鬼，又花草粹編卷六録爲柳詞，其字句與西山一窟鬼全同。而宋曾慥樂府雅詞卷中則録有賀鑄清平樂云：「陰晴未定。薄日烘雲影。臨水朱門花一徑。度日鳥啼人静。　厭厭幾許春情。可憐老去蘭成。看取攝殘雙鬢，不隨芳草重生。」字句略有不同。全宋詞入柳永存目詞，并注云：「賀鑄詞，見樂府雅詞卷中。」

【附録】

京本通俗小説卷一二西山一窟鬼：「『杏花過……』這隻詞名唤做念奴嬌，是一個赴省士人姓沈名文述所作，原來皆是集古人詞章之句。如何見得？從頭與各位説開。……第八句第九句道：『金鞍何處，緑楊依舊南陌。』柳耆卿曾有春詞寄清平樂：『陰晴未定……』」

三、全宋詞載柳永存目詞

慶春宫

雲接平岡，山圍寒野，路回漸轉孤城。衰柳啼鴉，驚風驅雁，動人一片秋聲。倦途休駕，澹煙裏、微茫見星。塵埃顦顇，生怕黄昏，離思牽縈。　華堂舊日逢迎。花艷參差，香霧飄零。絃管當頭，偏憐嬌鳳，夜深簧暖笙清。眼波傳意，恨密約、匆匆未成。許多煩惱，只爲當時，一餉留情。

【附注】

全宋詞載柳永存目詞共十七首，除前引外，餘附於此。此闋全宋詞謂草堂詩餘前集卷下作柳永詞，并注云：「周邦彦詞，見片玉集卷六。」今按片玉詞、草堂詩餘、花草粹編、歷代詩餘、詞譜并作周邦彦詞。宋吴文英夢窗稿甲稿卷一録此詞，調下注：「旅思。附清真。」

燭影摇紅

芳臉輕匀，黛眉巧畫宫粧淺。風流天付與精神，全在嬌波眼。早是縈心可慣，向尊前、頻頻顧眄。幾回相見。見了還休，争如不見。　燭影摇紅，夜闌飲散春宵短。當時誰會唱陽關，離恨天涯遠。争奈雲收雨散。凭欄杆、東風淚眼。海棠開後，燕子來時，黄昏深院。

【附注】全宋詞謂菊坡叢話卷二六作柳永詞，并注云：「周邦彦詞，見能改齋漫録卷一六（今按：當作卷一七）。」

多麗

鳳凰簫。新聲遠度蘭橈。漾東風、湖光十里，參差緑蓋紅橋。暖雲蘸、鬱金衫色，晴煙抹、翡翠裙腰。罨畫名園，鬧紅芳榭，蒲葵亭畔綵繩摇。滿鴛甃、落英堪藉，猶作殢人嬌。漬羅袂，莫揉痕退，生怕香銷。　憶當年、尊前扇底，多情冶葉倡條。浴蘭女、隔花偷眄，修禊客、臨水相招。舊約尋歡，新聲换譜，三生夢裏可憐宵。縱留得、楝花寒在，啼鴂已無聊。江南恨，越王臺上，幾度回潮。

【附注】

全宋詞謂古今詞統卷一六作柳永詞，并注云：「元張翥詞，見蛻巖詞卷上。」今按明卓人月編、徐士俊參評古今詞統卷一六録此詞，調下注曰「湖景」，并注「一刻張翥」，又評曰：「藻不掩骨，哀不過情。」

紅情 荷花

無邊香色。記涉江自采，錦亭雲密。翦翦紅衣，學舞波心舊曾識。一見依然自語，流水遠、幾回空憶。看倒影窺妝，玉潤露痕濕。　閒立。翠屏側。愛向人弄芳，背酣斜日。料應太液。三十六宫土花碧。清興臨風更爽，無數滿汀如昔。泛片葉、煙浪裏，卧横紫笛。

【附注】

全宋詞謂歷代詩餘卷五七作柳永詞，并注云：「張炎詞，見山中白雲卷六。」今按歷代詩餘卷六三復録此詞作張炎詞，字句略有小異。花草粹編作柳詞，調下注曰「荷花」。

水龍吟

雪霏冰結霜凝，是誰透得春工意。南枝向暖，江邊嶺上，獨先衆卉。閒態幽姿，緑窗紅蔕，粉英金蘂。念冰膚秀骨，人間要見，除非是、真仙子。　羌管且休横吹。待佳人、新妝初試。鸞臺曉鑑，人花相對，何須更比。疏影横斜，暗香浮動，月低風細。又豈知漸結，枝頭翠玉，有和羹美。

【附注】全宋詞謂歷代詩餘卷七四作柳永詞，并注云：「無名氏詞，見梅苑卷一。」

滿庭芳

青幄高張，瓊枝巧綴，萬顆香染紅殷。絳羅衣潤，疑是火燃山。白玉釵頭試簪，黄金帶、奇巧工鑽。題評處，仙家異種，分付在人間。　年年。輸帝里，歡呼内監，裝點金盤。況曾得、真妃笑臉頻看。炎嶺當時奏曲，風流命、樂府名傳。憑誰道、移歸禁苑，長使近天顔。

【附注】全宋詞謂廣群芳譜卷六三果譜荔枝門作柳永詞，并注云：「無名氏詞，見全芳備祖後集卷一荔枝門。」

附　一枝春

竹爆驚春，競喧填、夜起千門簫鼓。流蘇帳暖，翠鼎緩騰香霧。停杯未舉。奈剛要、送午新句。應自賞、歌字清圓，未誇上林鶯語。　從他歲窮日暮。縱閒愁、怎減劉郎風度。屠蘇辦了，迤邐柳忻梅妬。宫壺未曉，早驕馬、繡車盈路。還又把月夕花朝，自今細數。

【附注】

花草稡編卷一七録此詞作柳詞。實應爲楊纘詞。花草稡編調下注曰「除夕」。

四、天機餘錦載柳永逸詞

金人捧露盤

控青絲、腰長劍，上平西。擁十里、小隊旌旗。天寒度隴，水邊雲凍不成飛。漏箭催曉聽鳴笳，月滿征衣。　杯中酒、琴中意，蘭中夢、錦中詩。謾回首、此意誰知。春風近也，戍樓天闊草萋萋。有人可囑杜陵雁，切莫先歸。

金人捧露盤

夜沉沉、人悄悄，恨悠悠。謾輾轉、數盡更籌。欄干閣淚，試彈了又還自流。夢裏雖曾見伊，奈楚雨難留。　樽前意、花前事，見時喜、別時愁。算一一、都在心頭。天長地久，這煩惱幾時休。怎得鴛衾鳳枕，似舊日綢繆。

【附注】

上二闋，諸本均無。薛瑞生樂章集校注（增訂本）輯自題明程敏政天機餘錦卷二。

五、柳詞佚句

失調名（殘句）

多情到了多病。

【附注】

全宋詞輯自明道雜志。今按：叢書集成初編本張耒明道雜志云：「韓少師持國每酒後好謳柳三變一曲，其一句云：『多情到了多病。』有老婢每聽之，輒云：『大官體中每與人別，我天將風雨，輒體中不佳，而貴人多情致病耶。』又有一官人談語好文，嘗謁一班行，臨退，揖而前曰：『未敢款談，旦夕專候宇下。』班行作色曰：『何如趁取今日晴煖説了。』而此官人了不解。」

小鎮西（殘句）

禁煙歸未得。

【附注】

見南燼紀聞。宋欽宗北狩，在壽州聞女子謳柳永小鎮西句。今各本樂章集中小鎮西、小鎮西犯詞，皆無此句，當爲佚句。

宋黄冀之南燼紀聞：「或曰，至壽州，見同知，自云本是大宋真定府人，大觀時犯法逃入契丹。契丹破，獻財於大金，得官爲壽州同知，其副乃大金人。見帝慰勞，云自大觀至今，將二十年，已老矣。阿計替與之言語甚和愜。頗得供饋酒食。是夕，宿州官正廡，中夜忽聞女子謳歌之聲，聽之，乃東京人也。所歌詞，是柳耆卿小鎮西。帝聞之，謂阿計替曰：『正我事也。「禁煙歸未得」，豈非先兆？然此間乃有人會唱此詞，雖腔調未純，何由至此？』及曉，同知出，阿計替詰其姓名，曰姓斛律，名旦。并詢問夜間唱曲者，答曰此金國所賜婢女，聞是東京百王宮相王之女，今年十七歲，甚婉麗。昨夜唱畢，亦謂我曰：『前面住宿官人，好是吾家叔叔。』吾語之『便是你南朝官家』。此女聞言悲泣，至今未止。帝聞，亦淚下。左右促行，遂去。」

戚氏（殘句）

紅樓十里笙歌起，漸平沙落日銜殘照。不妨且繫青驄，漫結同心，來尋蘇小。

【附注】

薛瑞生樂章集校注（增訂本）輯自清陳廷焯白雨齋詞話。今按清蔣景祁瑤華集卷二〇有清人林玫鶯啼序詞，題爲「春遊和彭羡門先生韻」，「紅樓」五句爲該詞結句。則此數句爲林玫與彭孫遹唱和之詞，當非柳詞佚句。蓋白雨齋詞話誤記也。林、彭二詞附後。

白雨齋詞話卷六：「柳耆卿戚氏云：『紅樓十里笙歌起，漸平沙落日銜殘照。』意境甚深，有樂極悲來，時不我待之感。而下忽接云：『不妨且繫青驄，漫結同心，來尋蘇小。』荒謾無度，遂使上二句變成淫詞，豈不可惜。」

清林玫鶯啼序春游和彭羡門先生韻：「鶯覺春眠，是窗外、乍啼黃鳥。開簾視、快拂重檐，飛度花梢樹杪。凴閣遥瞻雲海際，蒼茫黛色晴山曉。向城南，游賞陌上，行人多少。越布爲衫，齊紈裁扇，錦帶垂吴縞。映仙裙、風外徐飄，輕拂珠塵如掃。望平蕪、芳草萋萋，正王孫、關情未了。更穠桃，夾岸芬菲，漁舟不到。　依依楊柳，飛絮垂絲可愛，繞畫橋清沼。落蘂暗飄香，淺碧微嚬，亂紅含笑。深院無人，曲欄有美，數聲紫燕空梁噪。看羅襪、雙彎行靜悄。淩波微步，苔痕一徑斜分，綽約處，情思攪。　堪憐嬌困，整衣無力，倦態腰肢裊。見説檀郎此日，斗酒雙柑，氍毹促坐，風流妍好。微醒猶醉，踏青歸路，紅樓十里笙歌起，漸平沙落日銜殘照。不妨且繫青驄，漫結同心，來尋蘇小。」（蔣景祁瑶華集卷二〇）

清彭孫遹鶯啼序夏景：「半枕新涼，破好夢、一聲白鳥。遠鐘歇、曙色霏微，殘鶯啼上林杪。簾幙重重次第捲，雲屏曲曲瀟湘曉。看露濃，香細茉莉，又開多少。　淺暈纔施，薄鉛不御，衫子裁纖縞。更青青、非霧非煙，眉山兩點慵掃。倚紗窗、梧竹澄鮮，弄薰風、悠揚未了。正深閨，永晝如年，問津誰到。　南園此日，滿地緑陰虧蔽，有芳蕖曲沼。乍微雨收痕，翠蓋孤擎，紅衣雙笑。冰井敲殘，紋楸彈罷，倦聽高柳玄蟬噪。覺小院、無人愈清悄。簟紋似水，琅玕幾度欹眠，釵鳳墜，盤雲攬。　歸來庭户，嬌困難禁，繡帶羅裙裊。最是温泉新浴，玉軟花慵，侍兒扶起，風姿偏好。晚涼初薦，輕容重換，碧欄干外梳頭處，恰團圓好月來相照。坐看夜色天階，戲撲流螢，輕羅扇小。」（彭孫遹延露詞卷三）

附録三　樂章集序跋題識

陳振孫直齋書録解題樂章集

樂章集九卷。柳三變耆卿撰，景祐元年進士，官至屯田員外郎，世號柳屯田。初磨勘及格，昭陵以其浮薄罷之，後乃更名永。其詞格固不高，而音律諧婉，語意妥帖，承平氣象，形容曲盡，尤工於羈旅行役。若其人則不足道也。

（陳振孫直齋書録解題卷二一）

黄裳書樂章集後

予觀柳氏樂章，喜其能道嘉祐中太平氣象，如觀杜甫詩，典雅文華，無所不有。是時予方爲兒，猶想見其風俗，歡聲和氣洋溢道路之間，動植咸若。令人歌柳詞，聞其聲，聽其詞，如丁斯時，使人慨然有感。嗚呼！太平氣象，柳能一寫於樂章，所謂詞人盛世之黼藻，豈可廢耶！

（黄裳演山集卷三五）

毛晉樂章集跋

耆卿初名三變，後更名永，官至屯田員外郎，世號柳屯田。所製樂章音調諧婉，尤工於羈旅悲怨之辭、閨帷謡媟之語。東坡拈出「霜風淒緊，關河冷落，殘照當樓」，謂唐人佳處不過如此。一日東坡問一優人曰：「吾詞何如柳耆卿？」對曰：「柳屯田宜十七、十八女郎按紅牙拍，唱『楊柳岸曉風殘月』。學士詞須銅將軍鐵綽板唱『大江東去』。言外褒彈，優人固是解人。古虞毛晉記。

（宋六十名家詞本樂章集後附）

毛扆校樂章集跋

癸亥中秋，借含經堂宋本校一過。卷末續添曲子乃宋本所無，又從周氏、孫氏兩鈔本校正。可稱完璧矣。毛扆。

（彊邨叢書本樂章集卷下後附）

四庫全書總目樂章集提要

樂章集一卷（江蘇巡撫採進本）。宋柳永撰。永初名三變，字耆卿，崇安人。景祐元年進士。官至屯田員外郎，故世號柳屯田。葉夢得避暑録話曰：「柳永爲舉子時，多游狹斜，善爲歌詞，教坊樂工每得新腔，必求永爲詞，始行於世。余仕丹徒，嘗見一西夏歸朝官云：『凡有井水飲處，即能歌柳詞。』言其傳之廣也。」張端義貴耳集亦曰「項平齋言：詩當學杜詩，詞當學柳詞。杜詩柳詞皆無表德，只是實説」云云。蓋詞本管絃冶蕩之音，而永所作旖旎近情，故使人易入。雖頗以俗爲病，然好之者終不絶也。陳振孫書録解題載其樂章集三卷，今止一卷，蓋毛晉刊本所合并也。宋詞之傳於今者，惟此集最爲殘闕。晉此刻亦殊少勘正，訛不勝乙。其分調之顯然舛誤者，如笛家「別久」二字、小鎮西「久離闕」三字、小鎮西犯「路遼遶」三字、臨江仙「蕭條」二字，皆係後段换頭，今乃截作前段結句。字句之顯然舛誤者，如尾犯之「一種芳心力」，「芳」字當作「勞」；浪淘沙慢之「幾度飲散歌闌」，「闌」字當作「闋」，「如何時」，「如」字當作「知」；浪淘沙令之「有一箇人人」，「一」字屬衍，「促盡隨紅袖舉」，「促」字下闕「拍」字；破陣樂之「各明珠」，「各」字下脱「採」字；定風波之「拘束教吟咏」，「咏」字當叶韻作「和」字；鳳歸雲之「霜月夜」，「夜」字下脱「明」字；如魚水之「蘭芷汀州望中」，「中」字當作「裏」；望遠行之「亂飄僧舍，密灑歌樓」二句，上下倒置；紅窗睡之「如削肌膚紅玉瑩」句，已屬叶韻，下又誤增峰字；河傳之「露清江芳交亂」，「清」字當作「淨」；塞鴻之「漸西風緊」，「緊」字屬衍；訴衷情之「不堪更倚木蘭」，

「木蘭」二字當作「蘭棹」；夜半樂之「嫩紅光數」，「光」字當作「無」，「金歛争笑賭」，「歛」字當作「釵」。萬樹作詞律，嘗駁正之，今并從其説。其必不可通者，則疑以傳疑，姑仍其舊焉。（四庫全書總目卷一九八集部詞曲類一）

秦巘校樂章集跋

宋初詞調甚尠，皆襲唐音，太宗親製二百數十調，原詞未傳。柳永增至二百餘調，其名遂繁。所著樂章集，一一注明宫調，創製居多，惜無傳本。僅見汲古閣六十家詞刻内，而訛謬遺誤不可卒讀。詞家見其踳駁蕪雜，不敢操觚，殊爲缺憾。吴門戈氏家藏宋刊樂章集，整齊完善，燦然具備，且多十四闋，足證汲古之誤。今皆據以訂正，各調宫調分列，柳詞悉成完璧，詞家照填無誤。并刊入詞學叢書内，公諸同好，俾學者按譜填腔。增多數十調名，豈非藝林一大快事哉！庚戌（今按即道光三十年，一八五〇）八月初六日校勘畢，識於塘棲舟中。（秦巘詞繫卷一〇）

繆荃孫樂章集校勘記跋

宋人詞集校訂至難，而柳詞爲最。如傾杯樂八首，「樓鎖輕煙」一百九十四字分段，「離讌殷勤」一首九十五字、「木落霜洲」一首一百四字均不分段，「禁漏花深」一首一百六字分段，「凍水消痕」一首一百七字分段，「水鄉天氣」一首、「金風淡蕩」一首一百八字、「皓月初圓」一首一百十六字均不分段，或作古傾杯，或作傾杯。宜興萬紅友云：「柳集『禁漏』一首屬仙吕宫，『皓月』、『金風』二首屬大石調，『木落』一首屬雙調，『樓鎖』、『凍水』、『離讌』三首屬林鐘商，『水鄉』一首屬黄鐘調，或因調異而曲異也。然又有同調而長短大殊者，只可闕疑。」又云：「樂章集訛舛最多，實難勘定，寧甘闕漏之嘲，不能爲柳氏功臣，亦不敢爲柳氏罪人也。」海寧吴子律云：「樂章集信不易訂，如浪淘沙慢一百三十三字，女冠子一百十一字，引駕行一百二十五字，望遠行一百四字，秋夜月八十二字，洞仙歌一百十九字，又一百二十三字，又一百二十六字，長壽樂八十三字，破陣樂一百三十三字，世乏周郎，無從顧誤，不能不爲屯田惜已。」汲古書目有宋板柳公樂章五本，注：「今世行本俱不全，此宋板特全，故可寶。」然六十家詞刻只一卷，麤率異常。汲古之書，往往所藏與所刻不符，殊不可解。今吴仲飴同年重刻此集，因取明梅禹金鈔校三卷本（次序與毛本同，惟分三卷，多西施一闋，不全，又八六子一題。）、又一明鈔本、花草稡編、嘯餘圖譜、紅友詞律、天籟閣詞譜、秀水杜小舫詞律校勘記引宋本校之，脱行、奪句，訛字、顛倒字，悉爲舉出，得百許事，編校勘記一卷，逸詞一卷。刻既成，吴興陸純伯觀察以宋本次弟及訛字注於新刻本，悉刺取入記而另刻之，列宋本目録於前，宋本有而汲古脱者十二首，悉按原次補入校勘記。另輯逸詞十首，而聲律非所知，尚不敢自居爲柳氏功臣也。杜、陸兩宋本不知有汲古所藏否，朱竹坨詞綜注云九卷，將來如遇各本，當校之，必有所得出此刻之外者，或於柳氏不無小補云。江陰繆荃孫識。

（吴氏石蓮庵本樂章集後附）

曹元忠樂章集校勘記補遺跋

壬寅病月，元忠重游白下，謁吾師藝風先生於鍾山講舍，出近饌仲飴方伯新刊樂章集校勘記見示，且命輯録屯田逸詞，既得十許調，復取花庵詞選、草堂詩餘、陽春白雪、樂府指迷、梅苑、全芳備祖及徐誠庵丈詞律拾遺爲補遺一卷。柳詞自汲古刻六十家本，至此始一再理董，縱未能刊嘌倡新添之字，傳含韞内裹之聲，亦庶幾有井水處能歌矣。師與方伯皆謂可存，促成之，附校勘記後。皋月十又二日，吴曹元忠識於鍾山小園，時紅藕試華，緑蕉坼陰，宿雨初殅，涼思灑然。

（吴氏石蓮庵本樂章集後附）

曹元忠致繆荃孫札

夫子大人函丈：敬肅者：樂章集様本已承命校竟。閑取吴氏新刊本對勘，知様本尚奪數條，業已別紙同梅苑補校異文一并録出，倘得吾師所藏花庵詞選、樂府雅詞、陽春白雪、天籟軒詞譜、全芳備祖諸書覆勘一過，似於柳詞不無小補。又萬紅友後，德清徐誠庵丈本立嘗爲詞律拾遺，記於柳詞搜采頗多，而其書遠在舍下，未審鄴架有此否？設能一并檢校，則更無遺憾矣！再書眉純伯校語，梅禹金與宋本不甚分析，當時有無體例，尚求詳示，或將梅本賜下，以期盡善。此外受業尚有求假各書，均祈擲付去手。瑣瀆，恭叩鈞安。受業元忠再拜謹上。初八日。（其五）

夫子大人函丈：前命作柳詞校勘記補遺，兹因仲飴方伯履新在即，匆匆卒業，謹繕一通奉上。受業管窺所及，間附案語，是否可用，恭請鈞裁。此次校勘，各書略備，惟花庵詞選尚未郵至。詞林萬選、花草粹編遠莫能致，於此終未慊然耳。至校勘記後附輯佚詞，受業已倣吾師前例，集得數闋。惟宋本有而毛刻無者，竊謂毛刻雖遺，而宋本尚在人間，竟目爲佚，似有可商，不若仍照吾師校勘記中所云宋本有某詞云云，即録其詞於下。妙在記文依宋本編次，凡毛刻所無，依次補入，然後讀者知記之不可無乎！其餘散見各書者別録一卷，附補遺後呈覽。檮昧之見，是否有當，伏乞訓示。四月廿七日。受業元忠再拜謹上。（其六）

……柳詞跋匆匆爲之，諸多未妥，亦請吾師改定，尤深感禱。專上，叩請夫子大人頤安。十二日。受業元忠再拜。（其八）

吴重熹致繆荃孫札

……王禹偁、李師中、柳永、晁補之、沖之、端禮、李冠、楊适、李邴、侯寘、王千秋、韓維、趙磻老，宋待訪十三人，不知宋六十家詞中能得一二否？馮選不在手下，請撥冗一檢，如有録者，可向王氏鈔取也。内柳永、晁補之、晁端禮、王千秋、侯寘五家，竹垞翁及見專集，汲古或取一二，未可知也。柳屯田注樂安人，不知青州外别有樂安否？并示。弟再啓。（其十三）

（以上藝風堂友朋書札）

張文虎校屯田樂府跋

柳耆卿詞頗入惡道，佳構寥寥。然宋人詞集著宫調惟子野、堯章及此，固考論二十八調者所不可少也。汲古初刻訛謬百出，後復刓改，稍勝于前。華亭張篠峰借得吴門戈慎卿校宋本，多所補正。然宋本亦不無舛誤，因以花草粹編諸書覆校之。亂後僅存，重録此本，未爲定本也。同治丁卯長夏天目山樵識。

據花草粹編所録柳詞，尚有女冠子「火雲初布」一闋，洞庭春色「絳蕚欺寒」一闋，歸田樂「引水繞溪橋」一闋，鳳皇閣「匆匆相見」一闋，二色宫桃「鏤玉香苞」一闋。驗二色宫桃乃其題，寔思歸樂調也，又有白苧、望梅、爪茉莉三詞，并見詞律，白苧則碧雞漫志云紫姑神作也，餘皆不及補録。粹編又有淒涼犯二調，此白石自製曲，不應柳詞先有，恐誤。天目山樵又識。（國家國書館

藏海寧唐氏寫本）

鄭文焯校樂章集記、批、跋

耆卿詞以屬景切情，綢繆宛轉，百變不窮，自是北宋倚聲家妍手。其骨氣高健，神韻疏宕，實惟清真能與頡頏。蓋自南唐二主及正中後，得詞體之正者，獨樂章集可謂專詣已。以前此作者所謂長短句皆屬小令，至柳三變乃演贊其未備，而曲盡其變，詎得以工爲俳體而少之？嘗論樂府原於燕樂，故詞者，聲之文也，情之華也，匪嫻於聲、深於情，其文必不足以達之，三者具而後可以言工，不綦難乎？求之兩宋，清真外，微耆卿其誰與？世士恒苦其音節排奡，幾不可句讀，言如貫珠，又不復易於摭拾，類它詞之可以字句勦襲，用是以媟黷相詬病，誡勿學爲淫佚。美之者，或附於秦七、黃九之末，誠不自知其淺妄，甚可閔笑也。顧樂章集讀者既尠，世無善本，今從吴興陸氏所藏宋槧考定篇目，復據明顧汝所校草堂詩餘及梅禹金鈔校諸本，冥索旁搜，折中一是，取諸宋本者十之七八，擬別録一帙，選集中至精絶妙之作三十解，以供簡鍊，合周、蘇、辛、吴、姜爲六家詞選正宗，再選六一、子野、二晏四家（今按：此處原文手迹有改動，原爲陽春、六一、二晏、淮海、漱玉六家。後勾去陽春、淮海、漱玉，補子野，合爲四家。）小令，庶燦然大備，以約失之者鮮矣。宣統元年歲次己酉始秋，石芝西崦主人記於吴小城東墅。

柳詞渾妙深美處全在景中人、人中意，而往復回應，又能託寄清遠，達之眼前，不嫌凌雜，誠如化人城郭，唯見非煙非霧光景，殆一片神行，虛靈四盪，不可以迹象求之也。曩嘗笑樊榭箋絶妙好詞，獨取其中偶句或研鍊字目爲詞眼，寔則注意字面之雕潤耳。余翫索是集，每於作者著意機栝轉關處，窅冥揣得，以墨圍注之，真詞中之眼，如畫龍點睛，神觀超越，使觀者目送其破壁飛去而已，烏得不驚歎叫絶。又記。（以上二條，樂章集卷首批）

中多存舊譜，故音拍繁促，乃詞家本色。南渡後樂部放失，古曲墜逸大半，虛譜亡辭，賴是以傳。亦寀音所宜究心者也。鶴語。（樂章集首頁題名下批）

戊申春晚發明柳三變詞義爲北宋正宗。（樂章集次頁題名右側批）

己亥之歲中春校過。己酉秋再斠。（樂章集次頁題名左側批）

於詞中神力所注處爲全章樞紐，悉以墨圍點注，名曰「柳家詞眼」。鶴語。（樂章集上卷首頁眉批）

據宋本校訂補正。又依顧汝所、陳鍾秀校草堂詩餘本。又明梅禹金鈔校三卷本，多有佳證。明鈔花草稡編、天籟閣嘯餘圖譜、梅苑、全芳備祖、花庵詞選、陽春白雪、樂府指迷諸本，間爲徵據。（樂章集上卷首頁夾批）

考四庫提要，柳永崇安人。宋志，崇安縣屬福建建寧府。樂章集滿江紅桐川一首，或由閩入浙之作。府志人物類有耆卿名，可證。（吳本樂章集下原署「樂安柳永耆卿」，鄭校於「樂」旁注「崇」。）（樂章集上卷首頁側批）

宋本妙處有襯音譜者，如破陣樂之「遠」字、定風波之「課」字、雨霖鈴之無「方」字，皆足考訂舊律，不翅一字千金。至若宣清之增多廿四字、傾盃樂之多十五字删二字，亦能決疑祛惑，以視坊刻諸選本顛倒舛脱，令人摸索而不敢遽斠訂者，所得豈淺尠哉。惜未睹十萬卷樓宋槧原本陸氏裔對勘，或慮有未盡詳者。翊日得汲古祕本，盡得搜校，當益勝任而愉快矣。光緒辛丑之年八月老芝審音。

避暑録話謂永終屯田員外郎，死，旅殯潤州僧寺，王和父爲守時，求其後不得，遂爲出錢葬之。詞人身後落寞至耆卿，亦可哀已。予偶覽宋袁文甕牖閒評載：「黄太史乙酉生，是時有柳彦輔者，乃耆卿之孫，善陰陽，能決人生死，謂太史向後災難當見於六十以下，後太史以六十一貶宜州卒。」是永非無後，且有賢孫深明氣緯，所交必多當代名流，亦足爲柳家明德之後，爲之補傳者庶增一故實焉。然則花山吊柳亦出於一時詞人好事爲之耳。鶴道人又記於小城東墅。辛亥夏五。

又耆卿爲建寧府崇安縣人，今府志人物類有永名。提要亦稱其爲崇安人，而樂章集諸刻本皆誤爲樂安。近無棣吴中怡刻山左人詞，亦沿其訛，失考已甚。附識卷末。（以上三條批於樂章集卷末）

（臺北廣文書局影印鄭文焯手批樂章集）

王國維詞録樂章集一卷

汲古閣宋六十家詞本。

宋柳永撰。書録解題云樂章集九卷，今只一卷，蓋毛氏所合并也。錢唐丁氏藏明梅鼎祚鈔本三卷，丁氏曰：「毛刻於上卷尾葉原本未全之詞，删削以滅其迹，最爲大謬。」又歸安陸氏皕宋樓藏有毛斧季校本，跋云：「卷末續添曲子乃宋本所無。」今毛刻亦無之，蓋六十家詞刻成後所得者。今仁和吴氏有丁、陸兩本合校本。葉小庚閩詞鈔本較毛本少三闋，增十二闋，則從花草粹編、歷代詩餘輯得者也。

（羅振常藏未刊稿本）

王國維校樂章集跋

宣統改元夏五，假得仁和勞巽卿先生手鈔毛斧季較宋本樂章集，既校録於毛刻上，復鈔此目及毛刻無而鈔本所有之詞，别爲一册，鈔畢附記。海寧王國維。

宣統改元仲夏，從吴伯宛舍人假得仁和勞氏手抄斧季校宋本樂章集三卷，因校録於此本上，凡三日而畢。國維。

此刻固多訛謬，亦有勝於校宋本者，識者别之。

同日又得觀梅禹金鈔本，又一蔣香泉所藏舊鈔本，梅鈔在此刻與校宋本之間，蔣鈔甚古而訛缺太多。二本皆伯宛舍人物，勞鈔則渠轉假諸傳沅叔學使本也。時端午後一日，梅雨初霽，几案筆硯間皆有潤澤之氣，在此地爲罕見矣。

斧季手鈔本，前在歸安陸氏皕宋樓，去歲已歸日本岩﨑氏。勞氏鈔本并録陸敕先校語，不知陸校即在毛本上，抑又一本也。附記。

毛鈔編次并此刻無而鈔本所有曲子十二首，别録爲一册。又識。

此本據總目，本係九卷，與書録解題合，則亦從宋本出也。二宋本相校，此亦今日再善之本矣。

（日本東洋文庫藏王國維校宋本樂章集）

朱孝臧樂章集跋

毛斧季據含經堂宋本及周氏、孫氏兩鈔本校正樂章集三卷，勞巽卿傳鈔本，老友吴伯宛得之京師者。直齋書録解題樂章集九卷、汲古閣祕本書目柳公樂章五本（注云：今世行本俱不全，此宋版特全。）俱不經見。伯宛又寄示清常道人趙元度校焦弱侯三卷本，毛子晉所刻似從之出，而删其惜春郎、傳花枝二調。然毛刻不分卷，亦不云何本。海豐吴氏重梓毛本，繆小珊、曹君直引梅禹金及諸選本一再校勘，又采案吾郡陸氏藏宋本入記而别刊之。考皕宋樓藏書志稱曰毛斧季手校本，非宋槧也。以校勞氏鈔本，篇次悉同而字句頗有乖違，往往與萬紅友説合，或傳寫者據詞律點竄，已非斧季真面。杜小舫校詞律、徐誠齋編詞律拾遺，兼舉宋本，又與毛校不盡合符。茲編顯有脱訛，雜采周、孫二鈔，恐非宋槧，未可盡爲依據。繆、杜諸所據本又未寓目，無從折衷，姑就諸本鉤稽異同，粗爲諟正。其貳文别出，非顯屬恎謬者，具如疏記，以備參権。柳詞傳誦既廣，别墨寔繁，選家所見匪盡辜較，今止惟是之從，亦依違不能斠若也。甲寅（按一九一四年）三月，彊邨老民朱孝臧跋。

（彊邨叢書本樂章集後附）

傅增湘跋

丁未五月初三日燈前重校弱侯先生本。

校過蘭公本。清常道人記。

戊辰九月展重陽日校畢。原本爲趙元度手勘，曾藏士禮居，蕘翁手書澠水燕談一則於後。近日入徐梧生司業家。余從其壻史寶安得之。藏園居士附記。

（葛渭君藏吴氏石蓮庵本樂章集後附）

寶熙題傅增湘藏明寫本樂章集

己巳五月幾望，偕樊樊山、陳弢庵、高蔚然、柯鳳蓀、江叔海、夏閏庵、朱定國、林夷叔、王書衡、楊祇庵集沅叔藏園，爰爲一圖，圖凡十二人，合年八百四十三歲。沅叔出示此集，因志卷端。沅盦寶熙記。

（傅增湘藏明寫本樂章集）

陳運彰跋

辛卯九月過傅沅叔，據趙元度校本異同於上方。初五夕訖。吴絲詞客。

（葛渭君藏吴氏石蓮庵本樂章集封面）

夏承燾四庫全書詞籍提要校議樂章集

陳振孫書録解題載樂章集三卷，今止一卷，蓋毛晉刊本所合并也。宋詞之傳於今者，惟此集最爲殘闕，晉此刻亦殊少勘正，訛不勝乙。如浪淘沙慢之「幾度飲散歌闌」，「闌」字當作「闋」。破陣樂之「各明珠」，「各」下脱「採」字。定風波之「拘束教吟詠」，「詠」字當叶韻作「和」字。鳳歸雲之「霜月夜」，「夜」字下脱「明」字。如魚水之「蘭芷汀洲望中」，「中」字當作「裏」。望遠行之「亂飄僧舍，密灑歌樓」二句，上下倒置。河傳之「露清江芳交亂」，「清」字當作「淨」。訴衷情之「不堪更倚木蘭」，「木蘭」二字當作「蘭棹」。萬樹作詞律嘗駁正之，今并從其説。（引原文，有删節，下同。）

案：直齋書録解題樂章集九卷，非三卷。文獻通考及世善堂書目、結一廬書目皆同。今彊邨叢書所刊用勞巽卿傳鈔毛校本，實三卷續添曲子一卷。浪淘沙慢「幾度飲散歌闌」句，隔六句方叶，韻誠太疏，焦弱侯本亦改「闌」爲「闋」，與詞律同；然「闋」字屬第十八部韻，柳詞用韻，第十七部與第十八部甚分明，不應有此例外。「闌」字是否「闋」誤，仍不能遽定，彊邨本亦作「闌」不作「闋」。詞律七以望遠行「亂飄僧舍，密灑歌樓」二句與下片「皓鶴奪鮮，白鷳失素」相對，而平仄不同，謂「此調通用仄聲，玩其聲響，應以平字居下，此必『密灑』二字在上」。案詞體本有倒平仄之例，其一句平仄相倒者，如柳詞引駕行上片「泛畫鷁翩翩」，與下片「念吴邦越國」相對，而平仄相倒。詞律七謂「吴邦越國」當作「越國吴邦」。不知晁氏琴趣外編此調字聲亦同柳詞，不當改也。其兩句平仄相倒者，如東坡樂府行香子，上片起「攜手江村，梅雪飄裙」，後片起則作「尋常行處，題詩千首」。柳詞「亂飄僧舍」二句與下片「皓鶴」二字平仄相倒，正同此例。歷代詩餘無名氏作此調，二句平仄亦同柳詞。可見柳詞無誤。「亂飄僧舍茶煙濕，密灑歌樓酒力微」，鄭谷詠雪原句如此，依文義亦不應改置也。

取彊邨本校毛刊訛處：破陣樂「各明珠」句，「各」下脱「委」而非「採」。定風波「拘束教吟詠」句，「詠」是「課」誤，非「和」誤。鳳歸雲「霜月夜」句，「夜」下脱「涼」而非「明」。如魚水「蘭芷汀洲望中」句，「中」字不誤。河傳「露清江芳交亂」句，「露」下是「漬紅」而非「淨紅」。訴衷情「不堪更倚木蘭」句，「木蘭」是「危闌」之訛，而非「蘭棹」。詞律臆改，皆不可從。（彊邨刊柳詞，用毛斧季據宋本校補本。）

（夏承燾夏承燾集唐宋詞論叢四庫全書詞籍提要校議）

附録四　柳永詩文輯存

贈内臣孫可久

故侯幽隱直城東，草樹扶蘇一畝宮。曾珥貂璫爲近侍，却紆絛褐作閑翁。高吟擁鼻詩懷壯，雅論盱衡道氣充。厭盡繁華天上樂，始將蹤迹學冥鴻。

【附録】

清厲鶚宋詩紀事卷一三輯自青箱雜記。

宋吴處厚青箱雜記卷一〇：「仁宗朝内臣孫可久，賦性恬澹，年踰五十，即乞致仕。都下有居第，堂北有小園。城南有别墅，每良辰美景，以小車載酒，優游自適。石曼卿嘗過其居，題詩曰：『南北沾河潤，幽深在禁城。疊山資遠意，讓俸買閑名。閉户斷蛛網，折花移鳥聲。誰人識高趣，朝隱石渠生。』屯田員外郎柳永亦贈詩曰：『故侯幽隱直城東……』可久好吟詠，效白樂天格。嘗爲陜西駐泊，爲樂天搆祠堂於郡城大阜之頂，中安繪像，仍繕寫平生歌詩警策之句偏於舊墉。晚年著歸休集，行於世，年七十餘卒。」（今按，柳詩次句「扶蘇」，今本青箱雜記作「扶疏」。）

宋阮閱詩話總龜卷四四引青箱雜記，柳詩字句略有小異：「孫侯幽隱直城東，草木扶疏一畝宫。曾珥貂璫爲近侍，却紆絛褐作閑翁。高吟擁鼻詩懷壯，雅論深情道氣充。厭盡繁華天上樂，始將蹤迹學冥鴻。」

中峯寺

攀蘿躡石落崔嵬，千萬峯中梵室開。僧向半空爲世界，眼看平地起風雷。猿偷曉果升松去，竹逼清流入檻來。旬月經遊殊不厭，欲歸回首更遲迴。

【附録】

清厲鶚宋詩紀事卷一三輯自明夏玉麟（嘉靖）建寧府志。

今按（嘉靖）建寧府志卷一九：「中峯寺。寺後有朱松墓。宋柳永詩：『板蘿躡石路崔嵬，千萬峯中梵室開。僧向半天爲世界，眼看平地起風雷。猿偷曉果升松去，竹逗清流入檻來。旬月經遊殊不厭，欲歸回首更遲回。』」字句略有小異。

鬻海歌 憐亭户也

鬻海之民何所營，婦無蠶織夫無耕。衣食之原太寥落，牢盆鬻就汝輸征。年年春夏潮盈浦，潮退刮泥成島嶼。風乾日曝鹹味加，始灌潮波塯成鹵。鹵濃鹹澹未得閑，採樵深入無窮山。豹蹤虎迹不敢避，朝陽出去夕陽還。船載肩擎未皇歇，投入巨竈炎炎熱。晨燒暮爍堆積高，才得波濤變成雪。自從瀦鹵至飛霜，無非假貸充餱糧。秤入官中得微值，一緍往往十緍償。周而復始無休息，官租未了私租逼。驅妻逐子課工程，雖作人形俱菜色。鬻海之民何苦辛，安得母富子不貧。本朝一物不失所，願廣皇仁到海濱。甲兵淨洗征輸輟，君民餘財罷鹽鐵。太平相業爾惟鹽，化作夏商周時節。

【附録】

清厲鶚宋詩紀事卷一三輯自（大德）昌國州圖志。（今按，原書「鹹味」、「鹹澹」之「鹹」作「鹽」，「微值」之「值」作「直」。）

元馮福京、郭薦等（大德）昌國州圖志卷六名宦：「柳永字耆卿，嘗爲曉峯鹽場官。其鬻海歌云：『鬻海之民何所營……』官至屯田員外郎。」

宋祝穆方輿勝覽卷七慶元府名宦：「柳耆卿。監定海曉峯鹽場，有題詠。」

題會景亭（斷句）

分得天一角，織成山四圍。

【附録】

清厲鶚宋詩紀事卷一三輯自會稽志。

宋施宿（嘉泰）會稽志卷八寺院蕭山縣：「廣慈禪院。在縣南七十里。梁大同二年建，號安禪寺。隋大業十三年廢。晉天福七年重建。吴越改保安禪院。景德二年改今額。寺多勝概，范希文、葉道卿、元厚之、沈存中、施正臣、唐彦猷、晁美叔、吴伯固皆留題其中。又有柳郎中永題會景亭，有『分得天一角，織成山四圍』之句。永以樂府得名，此詩雖不高，亦不失爲工也。」

勸學文

父母養其子而不教，是不愛其子也。雖教而不嚴，是亦不愛其子也。父母教而不學，是子不愛其身也。雖學而不勤，是亦不愛其身也。是故養子必教，教則必嚴。嚴則必勤，勤則必成。學，則庶人之子爲公卿；不學，則公卿之子爲庶人。

【附録】

羅忼烈柳永六題輯自元至元十二年刊本宋黄堅編古文真寶。淵鑑類函卷二〇一亦録是文，題作「林宅田勸學文」，未知何據。文句全同，唯「庶人」作「庶民」。「林宅田」或爲「柳屯田」之形近而訛。

判文

自入桃源路已深，仙郎一去暗傷心。離歌不待清聲唱，别酒寧勞素手斟。更没一文酬半宿，聊將十疋當千金。想應只是秋江上，明月蘆花何處尋。

【附録】

輯自宋羅燁新編醉翁談録庚集卷二。據該書所載，此为柳永宰華陰時借古詩句所作花判。所謂借「古詩句」，蓋「想應」二句出自五代李歸唐失鷺鷥詩：「惜養年來歲月深，籠開不見意沉吟。也知祗在秋江上，明月蘆花何處尋。」所謂「花判」，洪邁容齋隨筆卷十載：「世俗喜道瑣細遺事，參以滑稽，目爲花判。」

羅燁新編醉翁談録庚集卷二花判公案「判妓執照狀」條：「柳耆卿宰華陰日，有不羈子挾僕從游妓，張大聲勢。妓意其豪家，縱其飲食。僅旬日後，攜妓首飾走。妓不平，訟於柳，乞判執照狀捕之。柳借古詩句花判云：……（十疋乃走字也）」

況周頤蕙風詞話補編「柳耆卿花判公案」：「宋柳耆卿（永）以詞得盛名，詩事殊僅見。事林廣記花判公案一則云：『柳耆卿宰華陽日，有不羈子挾僕從遊曲院，張大聲勢。妓意其豪家，恣其宴飲，供具甚盛。僅旬日後，集妓珍飾背走。妓不平，訴於柳，乞判，執照狀捕之。柳借古詩句爲花判云：……』廣記元人編輯，所據舊籍較多，其所記述，往往新穎可喜，此玉局翁所云：『閒尋書册應多味』也。」

失題（殘句）

美哉！何西陵多儁才耶。

【附録】

薛瑞生樂章集校注（增訂本）輯自清徐旭旦世經堂初集卷八松風詩集引。今按：薛書「耶」作「也」。徐文附後，然未知徐氏何所據而云然。

清徐旭旦世經堂初集卷八松風詩集引：「夫子删詩，定三百五篇，惟荆楚吴越無詩。越無詩，而斷竹續竹，四言之祖也；今夕何夕兮，五言之祖也；嘗膽不苦甘如飴，今我采葛以作絲，七言之祖也。且詩莫盛於唐，今越尤多詩人。其始也，有項斯以開風雅之宗；其終也，有羅隱以嗣英華之選。迨後名家如林，騷壇共振，今之作者，流風逸韻，俱宗三百篇温厚和平之旨。昔柳屯田歎曰：美哉！何西陵多雋才耶。吾讀松風集而益信其言也。王君既咸，本名家子，爲詩無體不備，無美不臻，温厚和平，直追三百篇之遺音。將來登峰造極，邁古超今，當與項斯、羅隱并垂不朽，誠西陵之雋才也。松風一集，當與旗亭雙鬟遲其聲以歌之，寧不足壓倒四座也耶。」

附録五　柳永資料彙編

宋

王禹偁　建谿處士贈大理評事柳府君墓碣銘

有唐以武戡亂，以文化人，自宰輔公卿至方伯連率，皆用儒者爲之，而柳氏最稱顯族，故子厚自言其家同時爲尚書郎者三十餘人，其盛可知也。於時宦游之士率以東南爲善地，每刺一郡、殿一邦，必留其宗屬子孫占籍於治所，蓋以江山泉石之秀異也，至今吴越士人多唐之舊族耳。公諱崇，字子高。五代祖奥從季父冕廉問閩川，因奏署福州司馬，改建州長史，遂家焉。奥生誕，誕生瓊，瓊生柞，柞生皚，於公爲顯考。公十歲而孤，母夫人丁氏養誨成人。既冠，屬王審知據福建，以公補沙縣丞。時審知殘民自奉，人多衣紙。公曰：「此豈有道之穀耶！」即以就養引去，因自誓終身御布衣稱處士而已。洎李氏奄有江左，其長子宜爲太子校書郎，江寧尉，宰貴谿、崇仁、建陽三邑，拜監察御史。次子宣試大理評事，迎公於建康。時以宜貴，當得致仕官，切誡宜曰：「不可奉請，以卒吾志。」太祖平吴，宜爲費宰，宣以校書郎爲濟州團練推官，公始渡江省諸子，自沂至濟，自濟至京師，得疾，肩輿而歸。以太平興國五年十一月某日終於濟之官舍，享年六十三。嫡夫人丁氏先公而亡，追封某縣太君，宜、宣之母也。宜今爲國子博士，宣終於大理司直、天平軍節度推官。今夫人虞氏封范陽縣太君，生四子，寘、宏舉進士，宷、察并以辭學自立，有後之慶，爲可知也。女五人，皆得佳婿。初，公之捐館也，博士方按獄於沂，聞訃，號絶，徒跣冒雪而行，以至於濟。時有詔不聽更守三年喪。博士負縗絰詣登聞院，三上章，乞護喪終制，寢而不報。又叩丞相馬泣訴其事，雖不得請，君子是之。既而諸弟扶柩而歸，權窆於所居之右，以某年某月某日卜葬於某縣某鄉某里，以先太君祔焉，禮也。公以行義著於州里，以兢嚴治於閨門，鄉人有小忿争，不詣官府，決其曲直，取公一言。諸子諸婦勤修禮法，雖從官千里，若公在旁。其修身訓子有如此者。柳之姓，自展禽始，執卷者知之矣，今畧而不書。博士之歸朝也，得雷澤令。雷澤，某之故里也。始以邑中進士見，博士厚於我。司直之從事於濟也，某家寓焉，司直善於我。又嘗拜廷評府君於堂上，其爲交也，可謂久矣。乞銘公墓，義不可辭。銘曰：處士之名兮，象著於天。廷評之贈兮，澤漏於泉。子孫文雅兮，後嗣綿綿。刻銘墓石兮，以永千年。

（小畜集卷三〇）

王禹偁柳贊善寫真贊并序

河東柳宜，開寶末以江南僞官歸闕，於後吏隱者二十年，年五十有八矣。堂有母，思見其面，而不得歸。浮圖神秀爲寫其真，使其弟持還，以慰倚門之望。又從予乞贊：好君好道，氣形於貌。鶴瘦非病，松寒不槁。赤紱熒煌，白鬚華皓。秀師援筆，寫於霜縞。杜口慎微，虚心養浩。寄獻高堂，足慰親老。（小畜外集卷一〇）

王禹偁 送柳宜通判全州序

河東柳無疑，江左之聞人也。在霸國時褐衣上疏，言時政得失，李國主器之。累遷監察御史，多所彈射，不避權貴，故秉政者尤忌之。繼出爲縣宰，所在有理聲。皇家平吴之明年，隨僞官得雷澤令。雷澤，僕之故里也。始與之交，逮今幾十五載。連尹三邑。州縣之職，困於徒勞，居低摧窮辱之中，有死喪疾病之事，旅鬢生雪，朱衣有塵，知其氣業者共惜之。淳化元祀，始以任城宰來抵闕下，攜文三十卷，叫閽上書，且請以文筆自試。天子壯之，下章丞相府。翌日召試，且舉漢時以粟爲賞罰事，使析而論之。無疑援引剖判，燦然成文。吾君吾相皆以爲識理體而合經義也，故改官芸閣，通倅湘源。其官尚卑，其郡亦小，然由文藝而取，故有識者榮之。與夫諂權媚勢、奴顏婢色，因採風謡、司漕運者言而得之者遠矣。於是沿汴達淮，浮江湖，入湘潭。是時也，可以吏隱，未可以行道，況江山猿鳥、雲泉竹樹爲天下甲，民訟甚簡，兵賦甚鮮，固可卧而理也。姑能致身於不才之間，放意於無何之域，則又不知縣令爲著作耶，著作爲縣令耶？或過故國，動黍離之情；傷遠行，有于役之念；歎下位，起「山苗」之刺，則於道遠矣，於生勞矣。

勉哉無疑，善飯自愛。（小畜集卷二〇）

鄭文寶江表志

柳宣爲監察御史，居韓熙載門下。韓以帷薄不修，責授太子右庶子、分司南都。議者疑柳宣上言，宣無以自明，乃上章雪熙載事。後主叱曰：「爾不是魏徵，頻好直言。」宣曰：「臣非魏徵，陛下亦非太宗。」（説郛卷五八下）

宋祁送睦州柳從事

唱第千人俊，從軍十部賢。雞翹迂賜綬，鷁首赴歸船。別思瑶華岸，懷鄉玉膾天。不防賓弁側，新曲遍鵾絃。（景文集卷一二）

宋祁柳三接可大理寺丞制

敕柳三接，向榮儒第，久課吏勞。所知之薦，應條而至。銓覆有實，擢敘爲宜。往丞卿曹，用啓榮序。（景文集卷三一）

夏竦與柳宜論文書

某嘗聞之於師曰：文章盛於三代，先聖刊爲六經。春秋之外，則戰國策、國語，迨於史漢。詩書之後，則荀孟導仁義之流，離騷振章句之秀。兩漢去聖猶近，故文壯而氣雅；魏晉世態滋弊，故詞奇而理駁。由齊宋而降，格調輕靡。李唐龍興，世有良士。雖體不諧古，而氣梗文潤。其後國政陵遲，文亦旋弱。五代之亂，幾不墜地。然則文體沿革，各存大略。記言載事必簡而不誣，修辭措意必典而無雜。沿諸子則削楊墨之迹，談正經則貶緯候之説。刻碑碣則紀事而述功，銘盤盂則因器以垂戒。賦舒而婉，發語宜壯；詩清而遠，振采當峻。論議則酌中庸以折理，序傳則約史策而記述。美辭施於頌贊，明文布於牋奏。詔誥語重而體宏，歌詠言近而音遠。當標義以爲轄，設道以爲轡，使忠信驅於其前，規戒揭於其後，然則可以謂之文矣。故某常伏膺斯説，以爲近於述作。今得執事陶情、歸道二集，伏而讀之，始恨某師授體裁未至。何則？執事之文，辭采飛動，瞻之垂近，而忽然復遠。奫淪滉瀁，若江海之漲溢；燦焕煒燁，若花卉之彩賁。見之者望其波濤，羨其丹青，而猶不暇，其誰能知其何以使之然哉。故後進者欲師之範之，而不能及。皆未知何以奉教。（全宋文卷三五〇輯自國朝二百家名賢文粹卷一〇二）

胡宿　送柳先輩從事桐廬

甘櫻離會酒初醒，還赴東侯拱璧迎。江上桃歌傳樂録，坐中鸜鵒占賓榮。仙車過洛人偏識，繡騎還邛客盡傾。後夜嚴陵臺上望，紫雲西北是神京。（文恭集卷五）

胡宿　彭思永可都官員外郎劉述謝顗竝可屯田員外郎柳三接可太常博士制

敕某等，計年校課，所以法一閏之成；進秩叙勞，所以聳群吏之勸。寧失於廣，不傷其情。

以爾等竝南金之英，預臨軒之選，或辭章典蔚，或經術通明。飭諸行能，則體和而粹；試之政事，則財敏而通。官成較然，歲亦勞止。通用前勤之叙，竝從上秩之遷。都隸秋聯，屯塈冬屬。逮於儀䓪之典，竝爲官制之佳。咸慎爾修，往副吾詔。（文恭集卷一五）

蘇軾與鮮于子駿三首其二

忝厚眷，不敢用啓狀，必不深訝。所惠詩文，皆蕭然有遠古風味。然此風之亡也久矣。欲以求合世俗之耳目，則疎矣。但時獨於閑處開看，未嘗以示人，蓋知愛之者絶少也。所索拙詩，豈敢措手，然不可不作，特未暇耳。近却頗作小詞，雖無柳七郎風味，亦自是一家。呵呵。數日前，獵於郊外，所獲頗多。作得一闋，令東州壯士抵掌頓足而歌之，吹笛擊鼓以爲節，頗壯觀也。寫呈取笑。（蘇軾文集卷五三尺牘）

黄庭堅書贈日者柳彦輔

柳彦輔是耆卿之孫，決王公貴人生死禍福。嘗面道鄆州劉相國蘄春之禍未已，必且播遷嶺表，已而皆然。爲余言二三貴人事在一歲間，亦難言哉。又許余官職云云。大體見於六十二。故書遺之，丙戌年，當一笑也。崇寧元年閏六月甲。（豫章黄先生遺文卷一〇）

劉攽中山詩話

鞠，皮爲之，實以毛，蹙蹋而戲。晚唐已不同矣。歸氏子弟嘲皮日休云：「八片尖皮砌作毬，火中燀了水中揉。一包閒氣如常在，惹踢招拳卒未休。」今柳三復能之，述曰：「背裝花屈膝，白打大廉斯。進前行兩步，蹺後立多時。」柳欲見晉公無由，會公蹴毬後園，偶迸出，柳挾取之，因懷所業，戴毬以見公。出書再拜者三，每拜，毬起復於背膂襆頭間，公乃笑而奇之，遂延於門下。然弟子拜師，常禮也，獨毬多賤人能之，每見勞於富貴子弟，莫不拜謝而去，此師拜弟子也。術不可不慎，此亦可喻大云。

陳師道後山詩話

柳三變遊東都南、北二巷，作新樂府，骫骳從俗，天下詠之，遂傳禁中。仁宗頗好其詞，每對酒，必使侍從歌之再三。三變聞之，作宮詞號醉蓬萊，因內官達後宮，且求其助。仁宗聞而覺之，自是不復歌其詞矣。會改京官，乃以無行黜之。後改名永，仕至屯田員外郎。

王闢之澠水燕談録

柳三變，景祐末登進士第。少有俊才，尤精樂章。後以疾更名永，字耆卿。皇祐中，久困選調，入内都知史某愛其才而憐其潦倒。會教坊進新曲醉蓬萊，時司天臺奏：「老人星見。」史乘仁宗之悦，以耆卿應制。耆卿方冀進用，欣然走筆，甚自得意，詞名醉蓬萊慢。比進呈，上見首有「漸」字，色若不悦。讀至「宸遊鳳輦何處」，乃與御制真宗挽詞暗合，上慘然。又讀至「太液波翻」，曰：「何不言波澄？」乃擲之於地。永自此不復進用。（卷八）

鄭獬陝州司理參軍柳説等二人可大理寺丞制

本道使者曹元舉等言，爾廉謹治官，有善狀。章下有司，有司亦以爲績效明白，如章所言，可用進秩。乃陞爾以廷尉丞。爾其祗踐，以稱我懋功之意。可。」（鄖溪集卷三。今按題中「柳説」當作「柳涗」。）

葉夢得避暑録話

柳永，字耆卿。爲舉子時，多游狹邪。善爲歌辭，教坊樂工每得新腔，必求永爲辭，始行於世，於是聲傳一時。初舉進士登科，爲睦州掾。舊，初任官薦舉，法不限成考。永到官，郡將知其名，與監司連薦之。物議喧然，及代還至銓，有摘以言者，遂不得調。自是詔初任官須滿考乃得薦舉，自永始。永初爲上元詞，有「樂府兩籍神仙，梨園四部絃管」之句，傳禁中，多稱之。後因秋晚張樂，有使作醉蓬萊詞以獻，語不稱旨，仁宗亦疑有欲爲之地者，因置不問。永亦善爲他文辭，而偶先以是得名，始悔爲己累。後改名三變，而終不能救。擇術不可不慎。余仕丹徒，嘗見一西夏歸朝官云：「凡有井水飲處，即能歌柳詞。」言其傳之廣也。永終屯田員外郎。死旅，殯潤州僧寺。王和甫爲守時，求其後不得，乃爲出錢葬之。（卷下）

葉夢得石林燕語

祖宗時，選人初任薦舉，本不限以考成。景祐中，柳三變爲睦州推官，以歌辭爲人所稱。到官才月餘，吕蔚知州事，即薦之。郭勸爲侍御史，因言三變釋褐到官始逾月，善狀安在，而遽薦論。因詔州縣官初任未成考不得舉。後遂爲法。（卷六）

袁文甕牖閒評

黄太史過泗州，禮僧伽之塔，作發願文，痛戒酒色肉食，可謂有高見者也。世之人惟其所見不高，故沈溺而不知返。今太史乃能一念超然，諸妄頓除，視身如虚，不爲纖塵所污，又作文以痛戒之，可不謂有高見者乎。而或者乃病其不能堅守，暮年猶有所犯。余嘗究其然，蓋太史乙酉生，是時有柳彦輔者，乃耆卿之孫，善陰陽，能決人生死，謂太史向後災難，大抵見於六十以下。太史六十一貶宜州以卒，則彦輔之言信矣。當其在宜州，棲遲瘴霧之中，非菜肚老人所宜，其況味蓋可知。乃兄子明自永州來訪之，有隣人曹醇老送肉及子魚金橘來，故不免與兄同食葷，若酒色則不知所犯也。後有汙衊之者，皆輒以前事妄相訾毁，太史寧有是耶。縱時或食葷，較之刲羊刺豕、庖鼈鱠鯉而不知紀極者爲如何。君子存恕心，不可不爲明之也。（卷七）

李之儀跋吴思道小詞

長短句於遣詞中最爲難工，自有一種風格，稍不如格，便覺齟齬。唐人但以詩句而下用和聲，抑揚以就之，若今之歌陽關是也。至唐末，遂因其聲之長短而以意填之，始一變以成音律。大抵以花間集中所載爲宗。然多小闋。至柳耆卿始鋪敘展衍，備足無餘，形容盛明，千載如逢

當日。較之花間所集，韻終不勝，由是知其爲難能也。（姑溪居士集前集卷四〇）

李清照詞論

逮至本朝，禮樂文武大備，又涵養百年，始有柳屯田永者，變舊聲作新聲，出樂章集，大得聲稱於世。雖協音律，而詞語塵下。（胡仔苕溪漁隱叢話後集卷三三）

王灼碧雞漫志

東坡先生以文章餘事作詩，溢而作詞曲，高處出神入天，平處尚臨鏡笑春，不顧儕輩。或曰：「長短句中詩也。」爲此論者，乃是遭柳永野狐涎之毒。詩與樂府同出，豈當分異？若從柳氏家法，正自不分異耳。……沈公述、李景元、孔方平、處度叔侄、晁次膺、万俟雅言，皆有佳句，就中雅言又絶出。然六人者，源流從柳氏來，病於無韻。

柳耆卿樂章集，世多愛賞該洽，序事閑暇，有首有尾，亦間出佳語，又能擇聲律諧美者用之。惟是淺近卑俗，自成一體，不知書者尤好之。予嘗以比都下富兒，雖脱村野，而聲態可憎。前輩云：「離騷寂寞千年後，戚氏淒涼一曲終。」戚氏，柳所作也。柳何敢知世間有離騷，惟賀方回、周美成時時得之。……歌曲自唐虞三代以前，秦漢以後皆有，造語險易則無定法。今必以「斜陽芳草」、「淡煙細雨」繩墨後來作者，愚甚矣。故曰，不知書者，尤好耆卿。

長短句雖至本朝盛，而前人自立，與真情衰矣。東坡先生非心醉心於音律者，偶爾作歌，指出向上一路，新天下耳目，弄筆者始知自振。今少年妄謂東坡移詩律作長短句，十有八九不學柳耆卿則學曹元寵，雖可笑，亦毋用笑也。（卷二）

張端義貴耳集

項平齋自號江陵病叟，余侍先君往荆南，所訓學詩當學杜詩，學詞當學柳詞。扣其所云杜詩、柳詞，皆無表德，只是實説。嘗爲潭教與帥啓云：「拉淚過故人之墓，驚鬢髮之皆非；倚杖看祝融之峰，喜山色之如舊。」（卷上）

張舜民畫墁録

柳三變既以詞忤仁廟，吏部不放改官。三變不能堪，詣政府。晏公曰：「賢俊作曲子麽？」三變曰：「秖如相公亦作曲子。」公曰：「殊雖作曲子，不曾道『針綫慵拈伴伊坐』。」柳遂退。（卷一）

吴曾能改齋漫録

晁無咎評本朝樂章，不具諸集，今載於此。云：「世言柳耆卿曲俗，非也。如八聲甘州云：『漸霜風淒緊，關河冷落，殘照當樓。』此真唐人語，不減高處矣。……張子野與耆卿齊名，而時以子野不及耆卿，然子野韻高，是耆卿所乏處。

仁宗留意儒雅，務本理道，深斥浮艷虚薄之文。初，進士柳三變，好爲淫冶謳歌之曲，傳播四方。嘗有鶴沖天云：「忍把浮名，換了淺斟低唱。」及臨軒放榜，特落之，曰：「且去淺斟低唱，何要浮名。」景祐元年方及第。後改名永，方得磨勘轉官。（以上卷一六）

胡仔苕溪漁隱叢話

柳三變字景莊，一名永，字耆卿，喜作小詞，然薄於操行。當時有薦其才者，上曰：「得非填詞柳三變乎。」曰：「然。」上曰：「且去填詞。」由是不得志，日與猥子縱遊娼館酒樓間，無復檢約，自稱云「奉聖旨填詞柳三變」。嗚呼，小有才而無德以將之，亦士君子之所宜戒也。柳之樂章，人多稱之。然大概非羈旅窮愁之詞，則閨門淫媟之語。若以歐陽永叔、晏叔原、蘇子瞻、黄魯直、張子野、秦少游輩較之，萬萬相遼。彼其所以傳名者，直以言多近俗，俗子易悦故也。（後集卷三九引藝苑雌黄）

曾敏行獨醒雜志

柳耆卿風流俊邁，聞於一時。既死，葬於棗陽縣花山，遠近之人，每遇清明日，多載酒餚飲於耆卿墓側，謂之「吊柳會」。（卷四）

胡寅酒邊詞序

詞曲者，古樂府之末造也。……唐人爲之最工者。柳耆卿後出，掩衆製而盡其妙，好之者以謂不可復加。及眉山蘇氏，一洗綺羅香澤之態，擺脱綢繆宛轉之度，使人登高望遠，舉首浩

歌，而逸懷浩氣超然乎塵垢之外，於是花間爲皂隸，而柳氏爲輿臺矣。（向子諲酒邊詞卷首）

洪邁夷堅志

唐州倡馬望兒者，以能歌柳耆卿詞著名籍中。（乙志卷一九）

曾慥高齋詩話

（秦）少游自會稽入都，見東坡。東坡曰：「不意別後公却學柳七作詞。」少游曰：「某雖無學，亦不如是。」東坡曰：「『銷魂當此際』，非柳七語乎？」（歷代詩餘卷二五引）

徐度却掃篇

柳永耆卿以歌詞顯名於仁宗朝，官爲屯田員外郎，故世號「柳屯田」。其詞雖極工緻，然多雜以鄙語，故流俗人尤喜道之。其後，歐、蘇諸公繼出，文格一變，至爲歌詞，體制高雅，柳氏之作，殆不復稱於文士之口，然流俗好之自若也。劉季高侍郎，宣和間嘗飯於相國寺之智海院，因談歌詞，力詆柳氏，旁若無人者。有老宦者聞之，默然而起，徐取紙筆，跪於季高之前，請曰：「子以柳詞爲不佳者，盍自爲一篇示我乎？」劉默然無以應。而後知稠人廣衆中，慎不可有所臧否也。（卷下）

李燾續資治通鑑長編

（景祐二年六月）丁巳，詔幕職州縣官初任未成考者，毋得奏舉。先是，侍御史知雜事郭勸言，睦州團練推官柳三變釋褐到官才逾月，未有善狀，而知州呂蔚遽薦之，蓋私之也。故降是詔。（卷一一六）

徐夢莘三朝北盟會編

靖康録曰：時虜邀親王宰臣議和，何㮚留之不遣。㮚，書生，好夸大，喑機會，唯取謀於兄桌，桌亦碌碌無過人之謀。㮚日於都堂飲醇酒，談笑自若，時一復謳柳詞。聞虜所要浩瀚，㮚方大酣，摇首曰：「便饒你、漫天索價，待我略地酬伊。」聞者大驚。（卷六八）

陳振孫直齋書録解題

冠柳集一卷。王觀通叟撰。號王逐客。世傳「霜瓦鴛鴦」，其作也。詞格不高，以冠柳自名，則可見矣。（卷二一）

周煇清波雜誌

柳耆卿爲文甚多，皆不傳於世，獨以樂章膾炙人口。（卷八）

黄昇唐宋諸賢絶妙詞選

耆卿長於纖艷之詞，然多近俚俗，故市井之人悦之，今取其尤佳者。（卷五）

劉克莊哭孫季蕃二首其二

每歲鶯花要主盟，一生風月最關情。相君未識陳三面，兒女多知柳七名。自有菊泉供祭享，不消麥飯作清明。老身獨殿諸人後，吟罷無端雪涕横。（後村集卷一三）

程正同朝中措 題集閑教頭簇

少年不入利名場。花柳作家鄉。一片由甲口觜，幾多耍俏心腸。周郎學識，秦郎風度，柳七文章。聊借生綃一幅，與君寫盡行藏。（全宋詞）

無名氏甘露滴喬松

沙堤露近，喜五年相遇，朱顔依舊。盡道名世半千，公望三九。是今日、富民侯。早生聚、考堂户口。誰歟兼致，文章燕許，歌辭蘇柳。更饒萬卷圖書，把藤笈芸編，偏題青鏤。一經傳得，舊事韋平先後。試袞袞、數英游。問好事、如今能否。麴車正滿，自酌太和春酒。（全宋詞）

祝穆方輿勝覽

柳耆卿監定海曉峯鹽場，有題詠。（卷七）

柳耆卿。崇安白水人。長於詞。范蜀公嘗曰：「仁宗四十二年太平，鎮在翰苑十餘載，不能出一語歌詠，乃於耆卿詞見之。」仁宗嘗曰：「此人任從風前月下，淺斟低唱，豈可令仕宦。」遂流落不偶。卒於襄陽。死之日，家無餘財，群妓合金葬之於南門外，每春月上冢，謂之弔柳七。（卷一一建寧府人物）

劉宰京口耆舊傳

柳涚，丹徒人。擢慶曆六年進士第，爲陝西司理參軍，以政績聞。特改大理寺丞。鄭獬當制，其詞云：「本道使者曹元舉等言，爾廉謹，治官有善狀。章下有司，有司以爲績效明白，如章所言。乃陞爾以廷尉丞。爾其祗踐，以稱懋功之意。」（卷一）

謝維新古今合璧事類備要

擅小詞名。柳永，字耆卿，識音律，工小詞，游諸内侍門，爲屯田員外郎，未有差遣。會太史奏老人星見，時秋霽，宴禁中，仁宗命左右召詞臣爲新樂章，内侍屬永應制，翼因緣進用。永以小詞擅名天下，欣然走筆，甚得意。比進呈，上見首有一「漸」字，色若不悦，讀至其中，乃與御製真宗挽詞暗合，上慘然，乃擲於地。自此不復進用。然至今天下稱爲柳屯田云。本事詞。（後集卷三二）

二十年不能贊述。范蜀公鎮，字景仁。少與柳耆卿同年，愛其才美，聞作樂，嘗嗟曰：「繆其用心。」謝事之後，親舊聞盛唱柳詞，後歎曰：「當仁廟四十二年太平，吾身爲史官二十年，不能贊述，而耆卿能盡形容之。」（後集卷四二）

王應麟　玉海

景德元年二月進士柳察續李德裕丹扆箴五篇以獻。庚申，召試，賜出身。察又擬白居易作策問七十五篇，目爲「贊聖策材」。（卷五九景德續丹扆箴條）

董史　皇宋書録

柳淇。書學中興頌，筆力雖未絶勁，而間架已方嚴矣。有袁州學記、杭州放生池記刻石。（卷中）

方回　送紫陽王山長俊甫如武林五首其一

乾淳以後學無師，嘉紹厭厭士氣衰。何等淫辭南嶽稿，不祥妖讖晚唐詩。三風盍遣鄭聲放，一日忽驚周鼎移。歐九登庸柳七棄，昭陵曾築太平基。（桐江續集卷一七）

張炎　詞源

昔人詠節序，不惟不多，附之歌喉者，類是率俗，不過爲應時納祜之聲耳。所謂清明「拆桐花爛漫」……七夕「炎光謝」，若律以詞家調度，則皆不然。

詞欲雅而正，志之所之，一爲情所役，則失其雅正之音。耆卿、伯可不必論，雖美成亦有所不免。

晁無咎詞名冠柳，琢語平貼。此柳之所以易冠也。

康、柳詞亦自批風抹月中來，風月二字，在我發揮，二公則爲風月所使耳。（卷下）

沈義父樂府指迷

康伯可、柳耆卿音律甚協，句法亦多有好處。然未免有鄙俗語。

羅燁新編醉翁談録

柳耆卿，名永，建州崇安人也。居近武夷洞天，故其爲人有仙風道骨，倜儻不羈，傲睨王侯，意尚豪放。花前月下，隨意遣詞，移宫换羽，詞名由是盛傳天下，不朽惟是。且世顯榮貴，官至屯田員外郎。柳自是厭薄官情，遁於武夷九曲之東。至今柳陌花衢，歌姬舞女，凡吟詠謳唱，莫不以柳七官人爲美談。（丙集卷二花衢實録柳屯田耆卿條）

耆卿初登仕路日，因謁福之憲司，買舟經南劍，遂游於妓者朱玉之館。朱玉云：「素聞耆卿之名。」傾意已待之飲。數日，偶值太守生辰，朱玉就耆卿覓慶壽之詞，耆卿乃作詞與之。及賀，太守聞朱玉所謳之詞，大悦，厚賞之，乃詢其作詞之人。朱玉以柳七官人答之。太守謂朱玉曰：「見其詞而想其人，必英雄豪傑之士，宜善待之。」朱玉自是與耆卿恩愛愈洽。及耆卿解纜東去，臨別，朱玉約以歸日爲款。及柳耆卿歸，再訪之，恰值朱玉有迎迓之役，柳意默默，遂書一小詞於花箋之上以寄之。詞名（後闕）。」（今按：原文後有闕文。）（丙集卷二柳耆卿以詞答妓名朱玉條）

柳耆卿宰華陰日，有不羈子挾僕從游妓，張大聲勢。妓意其豪家，縱其飲食。僅旬日後，攜妓首飾走。妓不平，訟於柳，乞判執照狀捕之。柳借古詩句花判云：「自入桃源路已深，仙郎一去暗傷心。離歌不待清聲唱，別酒寧勞素手斟。更没一文酬半宿，聊將十疋當千金。想應只在秋江上，明月蘆花何處尋。」（十疋乃走字也。）（庚集卷二花判公案判妓執照狀條）

金

王若虚 滹南詩話

晁無咎云：「眉山公之詞短於情，蓋不更此境耳。」陳後山曰：「宋玉不識巫山神女而能賦之，豈待更而後知。」是直以公爲不及於情也。嗚呼！風韻如東坡，而謂不及於情，可乎？彼高人逸才正當如是，其溢爲小詞而間及於脂粉之間，所謂滑稽玩戲，聊復爾爾者也。若乃纖艷淫媟，入人骨髓，如田中行、柳耆卿輩，豈公之雅趣也哉。（滹南集卷三九詩話中）

元

宋史

柳宲藪記十卷。（卷二〇五藝文志）

貫雲石門鶴鶉

柳七，樂章集，把臂雙歌真先味。幽歡美愛成佳配。效連理鶼鶼比翼。雲窗共寢，聞子規，似繁華曉夢驚回。（酸齋樂府）

明

王世貞藝苑卮言

言其業，李氏、晏氏父子、耆卿、子野、美成、少游、易安至矣，詞之正宗也。美成能作景語，不能作情語，能入麗字，不能入雅字，以故價微劣於柳。

（嘉靖）建寧府志

大中祥符八年乙卯蔡齊榜。……劉夔、柳寘，俱崇安人。

天禧二年戊午王整榜。……柳三復，比部員外郎，崇安人。

景祐元年甲辰張唐卿榜。……柳三變，字耆卿，一名永。工部侍郎宜之子。爲屯田員外郎。工詞章，擅名樂府。仁宗誕辰，太史奏老人星見。永因爲醉蓬萊詞以獻。後大臣有薦之者，上曰：「此人任從風前月下，淺斟低唱，豈可令仕宦，且去填詞。」坐此流落不偶。與兄三復、三接皆工文藝，號「柳氏三絶」。柳三接，官至都官員外郎。

慶曆六年丙戌賈黯榜。……柳涚，三變子，著作郎。

皇祐四年癸巳鄭獬榜。……柳淇，太常博士。翁萬、彭仲熊，俱崇安人。（以上卷一五）

黄仲昭（弘治）八閩通志

柳永。字耆卿，崇安人。父宜，工部侍郎。永景祐中第進士，累官屯田員外郎。工於詞章，尤擅樂府。范鎮見其所作，歎曰：「仁宗四十年太平，鎮在翰苑十餘載，不能出一語詠歌，乃於耆卿見之。」有薦之者，仁宗曰：「此人不宜令仕宦。」坐此流落不偶。永與兄三復、三接俱爲郎，皆工於文藝，有能名，號「柳氏三絶」。子悦（今按：當作「涚」），官至著作郎。（卷六五人物柳永傳）

柳宏。字巨卿，崇安人，崇之子。咸平中登第。兄宣官於濟，奉其父以行，及父没，宏適按獄密州，聞訃，徒跣冒雪奔喪。有詔起服，宏詣闕三上章乞終制，不報。又謁丞相泣訴，終不得請。時論賢之。後因官江東，過廬山，樂之，卒居焉。官終光禄卿。（卷六五人物柳宏傳）

（萬曆）鎮江府志

永字耆卿，始名三變，好爲淫冶之曲。仁宗臨軒放榜，特絀之，後易名永登第。文康葛勝仲丹陽集陳朝請墓志云：「王安禮守潤，欲葬之，藁殯久無歸者。朝請市高燥地，親爲處葬具，三變始就窀穸。」近歲水軍統制羊滋命軍兵鑿土，得柳墓志銘并一玉篦。及搜訪摹本，銘乃其侄所作。篆額曰：「宋故郎中柳公墓志。」銘文皆磨滅，止百餘字可讀，云：「叔父諱永，博學，喜屬文，尤精於音律。爲泗州判官，改著作郎。既至闕下，召見仁廟，寵進於庭。授西京靈臺令。爲太常博士。」又云「歸殯不復有日矣，叔父之卒，殆二十餘年」云。（卷三六）

淩迪知萬姓統譜

柳崇，字子高，河東人。以儒學著名五季末，終身御布衣，稱處士。王延政據建州，聞其名，召補延平沙縣丞，力謝不仕。宋朝中以子貴，法當授官。戒其子曰：「不可以奏請，奪吾志。」及疾革，遺命曰：「吾讀聖人書，朝聞道，夕死可矣。毋得以浮屠法灰吾之身。」後累贈尚書工部侍郎。子七人：宜、宣、寘、宏、寀、密、察。宜登第，累贈尚書工部侍郎。宣仕至大理司直。寘、宏并登進士第。察年十七，舉應賢良，待詔金馬門，仕至檢校尚書水部員外郎。」

柳永，字耆卿，山西樂安人。仁宗朝，累舉不中。工長短句，時有薦之於朝，召入，賦醉蓬萊，辭語典麗，中犯時諱，以不稱旨。後卒官屯田郎中，故號曰柳屯田。（以上卷八八）

梅鼎祚 青泥蓮花記

周月仙者，宋餘杭名妓也。意態風采，精神艷冶，尤工於詞翰。柳耆卿，東京才子，丰姿灑落，年甫二十五歲，來宰兹郡，造玩江樓於水滸。每召月仙至樓上歌唱，柳欲私之，周拒而不從。柳訪知與隔渡黄員外情密，每夜用舟往來。柳命舟人淫辱之，舟人聽命。一晚見月仙獨下舟渡河，舟人强淫月仙。月仙不得已而從之，惆悵作詩一絶：「自歎身爲妓，遭淫不敢言。羞歸明月渡，懶上載花船。」次日，排宴於玩江樓，召月仙佐酒，令舟人在旁。酒畔柳歌月仙之詩。月仙惶愧拜謝，與耆卿歡洽。耆卿大喜，而作詩曰：「佳人不自奉耆卿，却駕孤舟犯夜行。殘月曉風楊柳岸，肯教辜負此時情。」詩罷，月仙謝耆卿而歸。自此日夕常侍耆卿之側，耆卿亦因此日損其名。（卷一二）

清

沈謙 填詞雜説

學周、柳，不得見其用情處。學蘇、辛，不得見其用氣處。當以離處爲合。

劉體仁 七頌堂詞繹

詞亦有初盛中晚，不以代也。牛嶠、和凝、張泌、歐陽炯、韓偓、鹿虔扆輩，不離唐絶句，如唐之初未脱隋調也，然皆小令耳。至宋則極盛，周、張、柳、康，蔚然大家。至姜白石、史邦卿，則如唐之中。而明初比唐晚，蓋非不欲勝前人，而中實枵然，取給而已，於神味處，全未夢見。

柳七最尖穎，時有俳狎，故子瞻以是呵少游。

李漁 多麗 春風吊柳七

到春來，歌從字裏生哀。是何人、暗中作祟，故令舌本慵擡。因自向、神前默禱，才知是、作者生災。柳七詞多，堪稱曲祖，精魂不肯葬蒿萊。思報本、人人動念，醵分典金釵。才一霎，風流冢上，踏滿弓鞋。　問郎君、才何恁巧，能令拙口生乖。不同時、惱翻後學，難偕老、怨殺吾儕。口裊香魂，舌翻情浪，何殊夜夜伴多才。只是盡堪自慰，何必悵幽懷。做成例、年年此日，一奠荒臺。（李漁全集卷二耐歌詞）

鄒祇謨 遠志齋詞衷

僻調之多，以柳屯田爲最。此外則周清真、史梅溪、姜白石、蔣竹山、吴夢窗、馮艾子集中，率多自製新調，餘家亦復不乏。

宋人諸體，亦有不可驟解者……如柳屯田樂章集中，傾盃、塞孤、祭天神諸長調，俱不分换頭。凡此等類，未易縷析。

清真、樂章，以短調行長調，故滔滔莽莽處，如唐初四傑，作七古嫌其不能盡變。

雲華詞，其撫攸屯田處，窮纖極眇，纏綿儇俏。然毛馳黄云：「柳七不足師。」此言可爲獻替。蓋樂章集多在旗亭北里間，比片玉詞更宕而盡。鄭繁雅簡，便啓打棗掛枝伎倆。張光州南湖詩餘圖譜，於詞學失傳之日，創爲譜系，有蓽路藍縷之功。……大約南湖所載，俱係習見諸體，一按字數多寡韻脚平仄，而於音律之學，尚隔一塵。試觀柳永樂章集中，有同一體而分大石、歇指諸調，按之平仄，亦復無別。此理近人原無見解，亦如公瓛所言徐六擔板耳。

毛先舒與沈去矜論填詞書

詞家之旨，妙在離合。或感憶之作，時見欣怡，風流之緒，更出悽斷。或本題咏物，中去而言情；或初旨述懷，末乃專摛一鳥一卉。蓋興緣鳥卉，雅志昭焉，是按語斯離，謀情方合者也。夫語不離，則調不變宕；情不合，則緒不聯貫。每見柳氏句句粘合，意過久許，筆猶未休。此是其病，不足可師。（鄒祗謨倚聲初集卷二）

王士禛花草蒙拾

顧太尉「换我心。爲你心。始知相憶深」，自是透骨情語。徐山民「妾心移得在君心。方知人恨深」，全襲此。然已爲柳七一派濫觴。

柳七葬真州西仙人掌，僕嘗有詩云：「殘風曉月仙掌路，何人爲吊柳屯田。」

王士禛池北偶談

儀真縣西地名仙人掌，有柳耆卿墓。按避暑録話，柳死，旅殯潤州僧寺，王和甫爲守，出錢葬之。真、潤地相接，或即和甫所卜兆也。予真州詩云：「殘月曉風仙掌路，何人爲吊柳屯田。」（卷二一）

賀裳皺水軒詞筌

長調推秦、柳、周、康爲緫律。……要此數家，正是王石廚中物，若求王武子琉璃匕内豚味，吾謂必當求之陸放翁、史邦卿、方千里、洪叔璵諸家。

彭孫遹金粟詞話

牛嶠「須作一生拚，盡君今日歡」，是盡頭語。作艷語者，無以復加。柳七亦自有唐人妙境，今人但從淺俚處求之，遂使金荃、蘭畹之音，流入掛枝、黄鶯之調，此學柳之過也。

沈雄古今詞話

蘇東坡曰：「山抹微雲秦學士，露花倒影柳屯田。」微以氣格爲病。（詞話上卷）

宋無名氏眉峯碧詞云：「蹙損眉峯碧。纖手還重執。鎮日相看未足時，便忍使鴛鴦隻。薄暮投村驛。風雨愁通夕。窗外芭蕉窗裏聲，分明葉上心頭滴。」宋徽宗手書此詞以問曹組，組亦未詳。徽宗曰：「朕粘於屏以悟作法。」真州柳永少讀書時，遂以此詞題壁，後悟作詞章法。

一妓向人道之，永曰：「某亦願變化多方也。」然遂成屯田蹊徑。（詞辨上卷）

西清詩話曰：「歐陽詞之淺近者，謂是劉煇僞作。」又云：「元豐中，崔公度跋馮正中陽春録，其間有入六一詞者。今柳三變詞，亦有雜入平山堂集者。則浮艷者皆非公作也。」（詞評上卷）

王奕清歷代詞話

尹鶚杏園芳第二句「教人見了關情」，末句「何時休遣夢相縈」，遂開柳屯田俳調。（卷三引柳塘詞話）

子野詞勝乎情，耆卿情勝乎詞。情詞相稱，少游一人而已。（卷四引蔡伯世）

耆卿詞有教坊丁大使意。（卷四引劉克莊）

黄澂之南浦詞引

柳屯田耆卿與余同里，故居相距僅兩舍許。嘗得其手稿一册，絶寶愛之，出入自隨。乙酉兵燹之後，珍秘蕩盡，此本亦在灰劫中，至今往來於懷。

（康熙）福建通志

柳永，字耆卿，崇安人。景祐進士，博學能文。仁宗誕辰，太史奏老人星見，永爲醉蓬萊詞以獻。大臣薦之，仁宗曰：「此人工於填詞，豈可令之仕宦。」永聞，遂自稱奉旨填詞。卒於襄陽。范鎮見其詞，嘗歎曰：「仁宗四十年太平，鎮在翰苑，不能出一語歌詠，乃於耆卿見之。」（卷

四七人物柳永傳）

（雍正）山西通志

涼軒詩石碣，在儀門内。宋嘉祐六年辛丑八月二十日，縣令吴戭字舜舉立石并題額，男進士柬之書。同時作詩者：杜叔獻、樊宗簡、吕希彦、趙中逵、黄通、郎几、趙（原注：闕）、柳説、張鍔、陳庸、陳規、李實、李鵬、張允、王秠、（王）辟疆、江泳、李古（今按，據該書卷二二三藝文所載詩，「古」當作「寔」）并戭（今按原作「郯」，誤，當作「戭」），爲十九人。詩載藝文。（卷六〇）

瀟灑幽軒好，清閒令尹才。庭虚走泉響，門静對山開。夏可捐班扇，風如到楚臺。羨君成吏隱，終日遠紛埃。（柳説　卷二二三藝文）

（乾隆）福建通志

感應廟。在建陽均亭里，祀唐邑人柳宗彝。宗彝以正直聞於時，子三人仕唐，皆爲大夫。興元中即所居建廟，僞閩時改今額。崇安柳耆卿之族即神裔也。（卷一五祠祀）

雍熙二年乙酉梁灝榜。……崇安縣柳宜（工部侍郎）。

天禧三年己未王整榜。……崇安縣柳三復（宜子，比部員外郎）。

景祐元年甲戌張唐卿榜。……崇安縣柳三變（又名永，傳見文苑）、柳三接（宜子，三變兄，都官員外郎）。

慶曆六年丁亥賈黯榜。……崇安縣……柳涚（三變子，著作郎）（以上卷三三選舉）

柳永，字耆卿，初名三變，字景莊。崇安人。景祐間進士，工詞章，擅名樂府。仁宗誕辰，太史奏老人星見，永爲醉蓬萊詞以獻，大臣有薦之者，仁宗曰：「得非塡詞柳三變乎。」後更名永，仕至屯田員外郎。兄三復、三接皆工文藝，號「柳氏三絶」。（卷五一文苑）

吴任臣十國春秋柳崇傳

柳崇，字子高，建陽人也。以儒學著名，終身御布衣，稱處士。天德帝據建州，習聞其名，召補沙縣丞，力謝不往。後諸子仕宋，法當推恩，崇戒之曰：「不可奏請以奪吾志。」未幾卒。宋累贈工部侍郎。子宣、宜、寘、宏、寀、密、察，俱爲顯官。（卷九七閩列傳）

先著、程洪撰，胡念貽輯詞潔輯評

柳永以樂章名集，其詞蕪累者十之八，必若美成、堯章，宫調、語句兩皆無憾，斯爲冠絶。

山谷於詞，非其本色，且多作俚語，不止如柳七之猥褻。（卷三）

（詞潔發凡）

紀逵宜壬午秋晚雜詩

柳七歌成付綺窗，曉風楊柳曲無雙。女郎不解將軍板，自舉瓠尊唱大江。（夢筆山房繭甕集卷三）

李其永讀歷朝詞雜興

巷南巷北亦隨緣，狎客生平絶可憐。剩得曉風殘月裏，如今一説柳屯田。（賀九山房詩卷一蓬蒿集）

厲鶚論詞絶句十二首其二

張柳詞名枉并驅，格高韻勝屬西吴。可人風絮墮無影，低唱淺斟能道無。（樊榭山房集卷七）

鄭方坤論詞絶句三十六首其十三

歌管錢塘賦勝游，荷花十里桂三秋。流連景物終南渡，不記中原有汴州。（柳耆卿望海潮一詞極賦錢塘形勝，流傳久之，遂啓敵人南牧之釁，然逆亮即於是役殞命，未足恨也；唯是鋪張湖山佳麗，使士大夫狃於逸樂，遂忘中原，則廬陵羅大經所議要不爲無見地也已。）（蔗尾詩集卷五）

田同之西圃詞説

漁洋王司寇云：「……有詩人之詞，唐、蜀、五代諸人是也。文人之詞，晏、歐、秦、李諸君子是也。有詞人之詞，柳永、周美成、康與之之屬是也。有英雄之詞，蘇、陸、辛、劉是也。」

陳眉公曰：「幽思曲想，張、柳之詞工矣，然其失則俗而膩也。傷時吊古，蘇、辛之詞工矣，然其失則莽而俚也。兩家各有其美，亦各有其病。」斯爲詞論之至公。

華亭宋尚木徵璧曰：「……苟舉當家之詞，如柳屯田哀感頑艷，而少寄託。」詩餘者，院本之先聲也。如耆卿分調，守齋擇腔，堯章著鬲指之聲，君特辨煞尾之字，或隨宮造格，或遵調填音，其疾徐長短，平仄陰陽，莫不守一定而不移矣。

（嘉慶）餘杭縣志

柳永字耆卿，仁宗景祐間餘杭令。長於詞賦，爲人風雅不羈，而撫民清靜，安於無事。百姓愛之，建玩江樓於溪南，公餘嘯詠，有潘懷縣風。（卷二一）

江昱論詞十八首其九

蓮花博士浣鉛華，風味蕭疏别一家。便使時時掉書袋，也勝康柳逐淫哇。（松泉詩集卷一）

汪筠讀詞綜書後二十首其六

淺斟低唱何心换，海雨天風特地豪。待唤女兒春十八，紅牙明月一聲高。（謙谷集卷二）

朱方藹論詞絶句二十首其六

鐵板銅絃蘇學士，曉風殘月柳屯田。須知點竄承班句，不若江東語自然。（耆卿「楊柳外、曉風殘月」蓋本魏承班「簾外曉鶯殘月」，只改一字、增二字耳。）（春橋草堂詩集卷六）

沈初編舊詞存稿作論詞絶句十八首其六

山抹微雲秦學士，露花倒影柳屯田。就中氣韻差分别，始信文章品最先。（蘭韻堂詩集卷一）

陳觀國論詞二十四首其四

曉風楊柳記屯田，人比襄陽孟浩然。登廁阿誰傳惡謔，蚍蜉撼樹亦堪憐。（惺齋吟草卷四）

鐵保題黄心盦填詞圖其二

渭城一曲譜新詞，好繼蘇黄樹鼓旗。拈出曉風殘月句，柳郎原是女兒詩。（梅庵詩鈔卷五）

李兆元論詩絶句

詩古詞今貴别裁，屯田那有大蘇才，放歌氣要吞雲夢，攜取銅琶鐵板來。（國朝山左詩匯鈔後集卷八）

朱文治題張茂才遠春詞其一

烏絲寬窄寫紅箋，未許花間集共傳。聞道新聲尚清麗，玉田應勝柳屯田。（繞竹山房詩稿卷一）

釋漢兆論詞

種他紅豆費相思，花韻圓勻細聽之。殘月曉風微妙旨，屯田而後漫填詞。（妙香詩草卷四）

朝鮮徐良畸題彈指側帽詞

使車昨渡海東偏，攜得新詩二妙傳。誰料曉風殘月後，而今重見柳屯田。（馮金伯詞苑萃編卷一八）

沈道寬論詞絶句其十

淺斟低唱柳屯田，肯把浮名换綺筵。身後清聲誰會得，墓門紅袖拜年年。（話山草堂詩鈔卷一）

宋翔鳳論詞絶句其六

三唐詩變出耆卿，抗墜終能合正聲。就使淺斟低唱去，傷心一樣託浮名。（洞簫樓詩紀卷三）

王僧保論詞絶句其十九

波翻太液名虚負，只博當筵買笑錢。不是曉風殘月後，未應一代有屯田。（蕙風叢書選巷叢談卷二）

譚瑩論詞絶句一百首

空傳飲水處能歌，誰使言翻太液波。詩學杜詩詞學柳，千秋論定却如何。（柳永。其二五）
便有人刊冠柳詞，霜風淒緊各相思。縱難遽許唐人語，譜入紅牙板最宜。（同上。其二六）
是佳公子自翩翩，調雨催冰格宛然。舞郁輪袍仍逐客，淺斟低唱柳屯田。（王觀。其四一）
周柳居然有替人，聖求詩在益酸辛。人言未減秦淮海，名字流傳竟不真。（吕濱老。陳振孫書録解題作「渭老」，詞綜因之。今從嘉定壬申趙師岩序。其五〇）（以上樂志堂詩集卷六）

華長卿論詞絶句其十三

忍教低唱换浮名，井水村村學倚聲。殘月曉風楊柳岸，教坊傾倒是耆卿。（柳永）（梅莊詩鈔卷五）

葉坤厚題張牧皋司馬同年填詞圖其二

重翻舊譜按新聲，我亦頻年學未成。唱到曉風殘月句，多情誰似柳耆卿。（江上小蓬萊吟舫詩存卷一五）

方浚頤題子慎徵息齋詞稿其六

蘇辛才調費陶融，人到幽燕氣亦雄。衰草粘天風卷地，不須更唱柳郎中。（二知軒詩鈔卷四）

徐松 宋會要輯稿

景德元年二月六日，賜進士柳察同出身，爲楚州團練推官。察少志學，嘗詣闕獻文，召試，賜出身。至是，又擬白居易作策問七十五篇，目爲贊聖策林，又續李德裕丹扆箴五篇以獻，復召試而命之。（卷一〇六五三選舉九）

張文虎 復杜小舫廉訪

閣下欲討論宋人歌詞之法，宋人詞集今存者惟姜詞有旁譜，其以宮調分編者，惟張子野、柳耆卿兩家。柳詞舛誤脱漏甚多，虎曾有據戈順卿校宋本及各書校正本，今尚存。（舒藝室尺牘偶存）

（同治）福建通志

柳崇，字子高。生十歲而孤，母丁氏勤自撫教，既冠，以儒學著於時。屬王審知據福建，聞崇名，召補沙縣丞。崇歎曰：「此豈有道之穀耶？」以母老辭。素敦行義，鄉人有小忿争，不詣官府，決曲直，取崇一言爲定，州里推重焉。崇子六人：宜、宣、寘、宏、寀、察，皆篤學，能自立。洎南唐滅王氏，宜、宣皆仕南唐，歷監察御史，宣試大理評事，迎崇至建康。宜貴，例當推恩，崇誡之曰：「不可以奏請奪吾志。」乃止。宋平江南，宜爲沂州費縣令，宣以校書郎爲濟州團練推官。太平興國五年，崇始渡江，視二子，至濟州官舍，疾革，遺命曰：「吾讀聖人書，朝聞道，夕死可矣。毋得以浮屠法灰吾之身。」遂卒。時有詔不聽吏守三年喪，宜負縗絰詣登聞鼓院，三上章乞護喪終制。不報。復道扣宰相馬，泣訴其事，雖不得請，士論賢之（原夾注：八閩舊志誤以此爲宏事，宏是時尚未登第，今據崇墓碣）。宜官至工部侍郎，宜終大理司直、天平軍節度推官。宏登咸平元年進士，歷知江州德化縣。天聖中，累遷都官員外郎。奏言：「朝廷於饒州置金坑，遂使豪商操其權，貧民受其困。每一次充役，遂至破竭家産。且大商富賈多自京師入便饒州錢，此州别無輕貨，正買生金，官錢既少，私價轉增，是致一方久罹其弊也。請停諸處商客入便饒州錢，一二年間驗其損益，金價必減，民力稍蘇，可以抑制商賈而利歸公家矣。」從之。官終光禄寺卿。嘗過廬山，樂之，遂徙居焉。察年十七，舉應賢良，仕至水部員外郎。（卷一七五人物柳崇傳）

柳三變，字耆卿，後改名永（原夾注：能改齋漫録云：「柳三變改名永，景祐元年方及第。」案澠水燕談録謂三變登進士後，以疾改名永。後山詩話謂三變改京官，仁宗以無行黜之，後改名永。所記異詞，然皆言改在登第後）。父宜，擢雍熙二年進士，官至工部侍郎。三變少有儁才，爲舉子時多游狹邪，善爲歌辭，教坊樂工每得新腔，必求三變爲辭，始行於世。於是聲譽滿都下。景祐元年登第，調睦州團練推官。舊時薦舉法不限成考，三變到官，州守吕蔚知其名，月餘，與監司連薦之，及代還赴銓，侍御史郭銓（今按，「銓」當作「勸」）奏三變釋褐未久，善狀安在，蔚私三變，不可從。遂詔初任官須成考，乃得舉，著爲例。皇祐中，歷遷屯田員外郎。入内都知史志愛三變才，憐其久困選調，常欲引之，不得間。初，三變爲上元辭，有「樂府兩籍神仙，梨園四部絃管」之句，禁中多稱之。會是秋司天奏老人星見，有旨張樂。志奏乞命三變撰辭，以頌休祥，許之。三變欣然作醉蓬萊慢一曲應制，比進呈，仁宗讀至「宸游鳳輦何處」，適與御製真宗挽詞暗合，慘然不樂。繼讀至「太液波翻」，怒曰：「何不言波澄。」擲之於地，自此不復進用。（原夾注：案此據澠水燕談録、避暑録話、詞苑叢談，又閩書云：「仁宗誕辰，永爲醉蓬萊詞以獻，有薦其才於仁宗者，仁宗曰：『此人不宜仕宦，且去填詞。』因自稱『奉旨填詞柳三變』。」此語與各書不合，不知何所本也。）三變以無行爲世所薄，又好爲閨門媟褻之語，故論詞者多不滿之。然其歌詠承平氣象，形容曲盡，高處亦不減唐人。范鎮嘗曰：「仁宗四十年太平，鎮在翰苑，不能出一語，乃於耆卿詞見之。」其爲名流推重如此。兄三復，天禧二年進士。三接亦登景祐元年進士，皆爲郎，工文藝，時號「柳氏三絶」。（卷一八九文苑柳永傳）

（今按：民國崇安縣新志卷二六文苑柳永傳略同，惟末附云：「子悦，官著作郎。」）

郭麐靈芬館詞話

詞之爲體，大略有四：風流華美，渾然天成，如美人臨妝，却扇一顧，花間諸人是也。晏元獻、歐陽永叔諸人繼之。施朱傅粉，學步習容，如宮女題紅，含情幽艶，秦、周、賀、晁諸人是也。柳七則靡曼近俗矣。姜、張諸子，一洗華靡，獨標清綺，如瘦石孤花，清笙幽磬，入其境者，疑有仙靈，聞其聲者，人人自遠。夢窗、竹屋，或揚或沿，皆有新雋，詞之能事備矣。至東坡以横絶一代之才，淩厲一世之氣，間作倚聲，意若不屑，雄詞高唱，别爲一宗。辛、劉則粗豪太甚矣。其餘幺絃孤韻，時亦可喜。溯其派别，不出四者。（卷一）

張惠言詞選序

宋之詞家，號爲極盛，然張先、蘇軾、秦觀、周邦彦、辛棄疾、姜夔、王沂孫、張炎淵淵乎文有其質焉。其盪而不反，傲而不理，枝而不物。柳永、黄庭堅、劉過、吴文英之倫，亦各引一端，以取重於當世。而前數子者，又不免有一時放浪通脱之言出於其間。

周濟介存齋論詞雜著

耆卿爲世訾謷久矣，然其鋪敘委宛，言近意遠，森秀幽淡之趣在骨。耆卿樂府多，故惡濫可笑者多，使能珍重下筆，則北宋高手也。

周濟宋四家詞選目録序論

耆卿鎔情入景，故淡遠。方回鎔景入情，故穠麗。（今按：周濟宋四家詞選賀鑄薄倖詞批語云：「耆卿於寫景中見情，故淡遠。方回於言情中布景，故濃至。」與此條意相近。）

周、柳、黄、晁，皆喜爲曲中俚語，山谷尤甚。此當時之軟平勾領，原非雅音。若託體近俳，而擇言尤雅，是名本色俊語，又不可抹煞矣。

詞筆不外順逆反正，尤妙在複在脱。複處無垂不縮，故脱處如望海上三山妙發。温、韋、晏、周、歐、柳，推演盡致，南渡諸公，罕復從事矣。

馮金伯詞苑萃編

淡而彌永，清而不膚，渲染而多姿，雕刻而不病格，節奏精微，輒多絃外之響，是謂以無累之神，合有道之器。詎止有井水飲處必歌柳七詞，令市伶按拍稱好呼。（卷二引趙意林語）

吴衡照蓮子居詞話

宋茗香先生大（大樽）邗江雜詠云：「曉風殘月劇堪憐，夢續揚州不計年。一種荒寒誰管領，杜司勛讓柳屯田。」詩致絶佳，蓋猶沿分甘餘話稱儀徵西地名仙人掌有柳耆卿墓之訛。其實柳墓在襄陽，非儀徵也。漁洋説似與避暑録話較近。（卷二）

傳訛舛錯，惟樂章集信不易訂。如浪淘沙慢一百三十三字，女冠子一百十一字，傾杯樂九十五字，又一百八字，引駕行一百二十五字，望遠行一百四字，秋夜月八十二字，洞仙歌一百十九字，又一百二十三字，又一百二十六字，長壽樂八十三字，破陣樂一百三十二字。世乏周郎，無從顧誤，不能不爲屯田惜已。（卷三）

宋翔鳳樂府餘論

按詞自南唐以後，但有小令。其慢詞蓋起宋仁宗朝。中原息兵，汴京繁庶，歌臺舞席，競賭新聲。耆卿失意無俚，流連坊曲，遂盡收俚俗語言，編入詞中，以便伎人傳習。一時動聽，散播四方。其後東坡、少游、山谷輩，相繼有作，慢詞遂盛。東坡才情極大，不爲時曲束縛。然漫録亦載東坡送潘邠老詞：「別酒送君君一醉。清潤潘郎，更是何郎婿。記取釵頭新利市。莫將分付東鄰子。　回首長安佳麗地。三十年前，我是風流帥。爲向青樓尋舊事。花枝缺處餘名字。」右蝶戀花詞，東坡在黄州，送潘邠老赴省試作也，今集不載。按其詞恣褻，何減耆卿。是東坡偶作，以付餞席。使大雅，則歌者不易習，亦風會使然也。山谷詞尤俚絶，不類其詩，亦欲便歌也。柳詞曲折委婉，而中具混淪之氣。雖多俚語，而高處足冠群流，倚聲家當尸而祝之。如竹垞所録，皆精金粹玉。以屯田一生精力在是，不似東坡輩以餘事爲之也。耆卿蹉跎於仁宗朝，及第已老，其年輩實在東坡之前。先於耆卿，如韓稚圭、范希文，作小令，惟歐陽永叔間有長調。羅長源謂多雜入柳詞，則未必歐作。余謂慢詞，當始耆卿矣。

謝元淮填詞淺説

自度新曲，必如姜堯章、周美成、張叔夏、柳耆卿輩，精於音律，吐辭即叶宫商者，方許製作。若偶習工尺，遽爾自度新腔，甘於自欺而欺人，真不足當大雅之一噱。古人格調已備，儘可隨意取填。自好之士，幸勿自獻其醜也。

鄧廷楨雙硯齋詞話

柳耆卿以詞名景祐、皇祐間。樂章集中，冶游之作居其半，率皆輕浮猥媟，取譽筝琶。如當時人所譏，有教坊丁大使意。惟雨霖鈴之「今宵酒醒何處，楊柳岸曉風殘月」，雪梅香之「漁市孤煙裊寒碧」，差近風雅。八聲甘州之「漸霜風淒緊，關河冷落，殘照當樓」，乃不減唐人語。「遠岸收殘雨」一闋，亦通體清曠，滌盡鉛華。昔東坡讀孟郊詩作詩云：「寒燈照昏花，佳處時一遭。孤芳擢荒穢，苦語餘詩騷。」吾於屯田詞亦云。

陸鎣問花樓詞話

詞家言蘇、辛、周、柳，猶詩歌稱李、杜，駢體舉庾、徐，以爲標幟云爾。無論三唐五季，佳詞林立。即論兩宋，盧陵翠樹，元獻清商，秦少游「山抹微雲」，張子野「樓頭畫角」，竹屋之幽蒨，「花影」之生新，其見於草堂、花間，不下數百家。雖藻采孤騫，而源流攸別。安得有綜博之士，權輿三李，斷代南渡，爲唐宋詞派圖。爰黜淫哇，以崇雅製，詞學其日昌矣乎。

錢裴仲雨華庵詞話

柳詞與曲，相去不能以寸，且有一個意或二三見，或四五見者，最爲可厭。其爲詞無非舞館魂迷，歌樓腸斷，無一毫清氣。

柳七詞中，美景良辰、風流憐惜等字，十調九見。即如雨淋鈴一闋，只「今宵酒醒」二句膾炙人口，實亦無甚好處。張、柳齊名，秦、黄并譽，冤哉。

李佳左庵詞話

詞家昉於宋代，然只柳屯田、周美成爲解音律，其詞猶未盡工。姜白石、吴夢窗諸人，尚爲未解音律，而頗多佳作。以是知詞固非樂工所能。（卷上）

江順詒詞學集成

陶篁村自序云：「倚聲之作，莫盛於宋，亦莫衰於宋。嘗惜秦、黄、周、柳之才，徒以綺語柔情，競誇艷冶。從而效之者加厲焉。遂使鄭衛之音，氾濫於六七百年，而雅奏幾乎絶矣。」詒案：詞之壞，壞於秦、黄、周、柳之淫靡，非有巨識，孰敢議宋人耶。

蔡小石宗茂拜石詞序云：「詞勝於宋，自姜、張以格勝，蘇、辛以氣勝，秦、柳以情勝，而其派乃分。然幽深窅眇，語巧則纖，跌宕縱横，語粗則淺，異曲同工，要在各造其極。」詒案：此以蘇、辛、秦、柳與姜、張并論，究之格勝者，氣與情不能逮。（以上卷五）

包慎伯大令世臣月底修簫譜序云：「意内而言外，詞之爲教也。然意内而不可强致，言外非學不成。是詞説者，言外而已，言成則有聲，聲成則有色，色成而味出焉。三者具，則足以盡言外之才矣。若夫成人之速者，莫如聲，故詞名倚聲。聲之得者，又有三，曰清，曰脆，曰澀。不脆則聲不成，脆矣而不清，則膩。清矣而不澀，則浮。屯田、夢窗以不清傷氣，淮海、玉田以不澀傷格，清真、白石則能兼之矣。六家於言外之旨得矣，以云意内，惟白石、玉田耳。淮海時時近之，清真、屯田、夢窗皆去之彌遠，而俱不害爲可傳者，則以其聲之幺眇鏗磐，惻惻動人，無色而艷，無味而甘故也。」詒案：就詞字之意以論詞，本説文以解經，而意内言外兩層，説得確切不移，實發前人所未發。至聲字獨取清脆澀三聲，而證以各名家之詞，學者循之，亦不入歧途矣。（卷六）

謝章鋌　賭棋山莊詞話

吾閩詞家，宋元極盛，要以柳屯田、劉後村爲眉目。（卷一）

竹垞曰：「世人言詞，必稱北宋。然詞至南宋始極其工，至宋季而始極其變。」此爲當時孟浪言詞者發，其實北宋如晏、柳、蘇、秦，可謂之不工乎。（卷九）

北宋多工短調，南宋多工長調。北宋多工軟語，南宋多工硬語。然二者偏至，終非全才。歐陽、晏、秦，北宋之正宗也。柳耆卿失之濫，黄魯直失之傖。白石、高、史，南宋之正宗也。吴夢窗失之澀，蔣竹山失之流。若蘇、辛自立一宗，不當儕於諸家派别之中。（卷一二）

宣城張其錦，（淩廷堪）次仲之高弟也。述其師之言曰：「……慢詞北宋如初唐，秦、柳、蘇、黄如沈、宋，體格雖具，風骨未遒。……小令唐如漢，五代如魏晉，北宋歐、蘇以上如齊、梁，周、柳以下如陳、隋。南渡如唐，雖才力有餘而古氣無矣。」

南山(張維屏)曰：「詞家蘇、辛、秦、柳，各有攸宜，軌範雖殊，不容偏廢。」(以上續編卷三)

謝章鋌　閱近人秋窗同話詞卷作其二

昏昏兵氣入春城，冷落當年柳七名。忽聽同聲歌水調，曉風殘月不勝情。(賭棋山莊集詩卷六)

王濟　論詞絶句

春風一曲柳耆卿，繞岸垂楊月自明。太液池頭新得句，按歌花底奏新聲。(其五)

淮海風流足擅場，正宗還自讓周姜。清真渾厚詞家祖，不數屯田柳七郎。(其一二)(扶荔生覆瓿集卷一)

李士棻　題勞亦漁詞稿其一

曉風殘月柳屯田，此曲徒爲女子憐。何似銅琶鐵綽板，大江東去唱坡仙。(天瘦閣詩半卷六)

黄振均　答友人論詞

曉風殘月特淒清，枉負詞中一世名。唱到大江東去曲，時人休説柳耆卿。(比玉樓遺稿卷一)

馮煦　蒿庵論詞

耆卿詞，曲處能直，密處能疏，奡處能平，狀難狀之景，達難達之情，而出之以自然，自是北宋巨手。然好爲俳體，詞多媟黷，有不僅如提要所云，以俗爲病者。避暑録話謂「凡有井水飲處，即能歌柳詞」。三變之爲世詬病，亦未嘗不由於此，蓋與其千夫競聲，毋寧白雪之寡合也。

後山以秦七、黄九并稱，其實黄非秦匹也，若以比柳，差爲得之。蓋其得也，則柳詞明媚，黄詞疏宕。而褻諢之作，所失亦均。

千里和清真，亦趨亦步，可謂謹嚴。然貌合神離，且有襲迹，非真清真也。其勝處則近屯田。蓋屯田勝處，本近清真，而清真勝處，要非屯田所能到。

馮煦 論詞絶句其四

曉風殘月劇淒清，三影郎中浪得名。却怪西湖老居士，强將子野右耆卿。（張子野、柳耆卿）（蒿庵類稿卷七）

沈曾植 菌閣瑣談

漁洋花草蒙拾，偶然涉筆，殊有通識。其述雲間諸公論詞云：「五季猶有唐風，入宋便開元曲。故耑意小令，冀復古音，屏去宋調，庶防流失。」謂其長處在此，短處亦在此。不獨評議持平，且能舉出當時詞家心髓，識度固在諸公止也。雲間所謂入宋便開元曲者，蓋指屯田。而不肯察察言之，遂使隨聲附和者，扣槃捫籥，生諸眼障。

芝庵論曲，玉田論詞，似不可并爲一談。然詞曲相沿，其始固未嘗有鴻溝之畫。愚意「字少聲多難過去」七字，乃當時爲詞變爲曲一大關鍵。南方沿美成一派，字句格律甚嚴。北方於韻，平仄既通，於「字少聲多」之「難過去」者，往往加字以濟之。字少之詞，乃遂變爲字多之曲。哩囉在詞爲虚聲，而在曲爲實字，最顯證也。此端自柳耆卿已萌芽，樂章集同一調而不同字數者劇多。彼蓋深諳歌者甘苦，又其時去五代未遠，了知詩變爲詞，即緣字少聲多之故。既演小令爲慢詞，遂不惜增減字句，以除磊塊，使無大晟之整齊，美成之嚴謹，詞化爲曲，不必待却特殊時代矣。然芝庵論曲，尚有添字病一條，去宋未遠，猶知方便非正則也。厥後以院本爲曲之正軌，而添字諸病，乃不復以爲病矣（張小山小令，添字甚少）。（以上菌閣瑣談）

詞筌：「長調推秦、柳、周、康爲協律。」先生批云：「以宋世風尚言之，秦、柳爲當行，周、康爲協律；四家并提，宋人無此語也。」

彭孫遹金粟詞話：「詞家每以秦七、黄九并稱。」先生批云：「當時并未齊名。明世諸公，無聊比附耳。」（以上詞話叢編本菌閣瑣談附録龍榆生輯沈曾植手批詞話三種）

沈曾植與朱彊邨書

比者詞壇專尚柳調，誠足避俗。然棘喉鈎吻，讀之使人不爽。且不善學之，亦易流爲俳體。似仍不若周、姜習用之調之流轉自如也。（彊邨老人評詞附録近人與朱祖謀論詞札）

劉熙載藝概

柳耆卿詞，昔人比之杜詩，爲其實説，無表德也。余謂此論其體則然，若論其旨，少陵恐不許之。

耆卿詞細密而妥溜，明白而家常，善於敍事，有過前人。惟綺羅香澤之態，所在多有，故覺風期未上耳。

叔原貴異，方回贍逸，耆卿細貼，少游清遠，四家詞趣各别，惟尚婉則同耳。

南宋詞近耆卿者多，近少游者少，少游疏而耆卿密也。

詞品喻諸詩，東坡、稼軒，李杜也；耆卿，香山也；夢窗，義山也；白石、玉田，大曆十子也。其有似韋蘇州者，張子野當之。（以上卷四詞曲概）

陳廷焯詞壇叢話

昔人謂東坡詞勝於情，耆卿情勝於詞，秦少游兼而有之。然較之方回、美成，恐亦瞠乎其後。

秦寫山川之景，柳寫羈旅之情，俱臻絶頂，有不可以言語形容者。

秦柳自是作家，然却有可議處。東坡詩云「山抹微雲秦學士，露華倒影柳屯田」，微以氣格爲病也。

張子野弔林君復詩：「煙雨詞亡草更青。」蔡君謨寄李良定詩：「多麗新詞到海邊。」一篇之工，見之吟詠。山抹微雲秦學士，露華倒影柳屯田，曉風殘月柳三變，滴粉搓酥左與言。一句之工，形諸口號。他如賀梅子、張三影、王桐花、崔黄葉、崔紅葉、「竹影詞人」之類，古今不可悉數，品騭自應不爽。

陳廷焯白雨齋詞話

耆卿詞，善於鋪敘，羈旅行役，尤屬擅長。然意境不高，思路微左，全失温、韋忠厚之意。詞人變古，耆卿首作俑也。

蔡伯世云：「子瞻辭勝乎情，耆卿情勝乎辭，辭情相稱者，惟少游而已。」此論陋極。東坡之詞，純以情勝，情之至者，詞亦至。只是情得其正，不似耆卿之喁喁兒女私情耳。論古人詞，不辨是非，不别邪正，妄爲褒貶，吾不謂然。

東坡、少游皆是情餘於詞，耆卿乃辭餘於情。解人自辨之。

黄九於詞，直是門外漢，匪獨不及秦、蘇，亦去耆卿遠甚。

後人動稱秦、柳，柳之視秦，爲之奴隸而不足者，何可相提并論哉。（以上卷一）

王通叟詞名冠柳。北宋詞家極多，獨云冠柳，仍是震於耆卿名，而入其彀中耳。觀其命名，即可知其詞之不足重。嗣後以清平樂一詞被謫，不亦宜乎。

宋人如「紅杏尚書」、賀梅子、張三影、山抹微雲秦學士、露華倒影柳屯田、曉風殘月柳三變、滴粉搓酥左與言之類，皆以一語之工，傾倒一世。宋與柳、左無論矣，獨惜張、秦、賀三家，不乏傑作，而傳誦者轉以次乘，豈白雪陽春竟無和者與，爲之三歎。（以上卷六）

其年題珂雪詞云：「萬馬齊瘖蒲牢吼，百斛蛟螭困蠢。算蝶拍、鶯簧休混。多少詞場談文藻，向豪蘇膩柳尋藍本。吾大笑，比蛙黽。」夫柳誠不足道，蘇則何可厚非。一概抹煞，此蓋其年自道其詞，而特借珂雪一發之也。

唐宋名家，流派不同，本原則一。論其派别，大約温飛卿爲一體……秦淮海爲一體（柳詞高者附之）。

詞有表裏俱佳、文質適中者，温飛卿、秦少游、周美成、黄公度、姜白石、史梅溪、吴夢窗、陳西麓、王碧山、張玉田、莊中白是也，詞中之上乘也。有質過於文者，韋端己、馮正中、張子野、蘇東坡、賀方回、辛稼軒、張皋文是也，亦詞中之上乘也。有文過於質者，李後主、牛松卿、晏元獻、歐陽永叔、晏小山、柳耆卿、陳子高、高竹屋、周草窗、汪叔耕、李易安、張仲舉、曹珂雪、陳其年、朱竹垞、厲太鴻、過湘雲、史位存、趙璞函、蔣鹿潭是也，詞中之次乘也。（以上卷八）

胡薇元 歲寒居詞話

柳永耆卿樂章詞。官屯田員外，善爲歌詞。教坊得新腔，必求爲詞，始行於世，故有井水飲處，咸歌柳詞。宋人云：「詩當學杜，詞當學柳。」蓋詞入管絃，柳實能手。今傳者多舛缺，如小鎮西「路繚繞」、臨江仙「蕭條」二字，皆後段務頭，誤作前段結句。尾犯「一種芳心力」，「芳」實「勞」之誤。浪淘沙慢之「幾度飲散歌闌」，「闌」乃「闋」之誤。浪淘沙令之「促盡隨紅袖舉」，「促」下脱「拍」字是也。

沈祥龍論詞隨筆

唐人詞，風氣初開，已分二派。太白一派，傳爲東坡諸家，以氣格勝，於詩近江西。飛卿一派，傳爲屯田諸家，以才華盛，於詩近西昆。後雖迭變，總不越此二者。

詞有婉約，有豪放，二者不可偏廢，在施之各當耳。房中之奏，出以豪放，則情致絶少纏綿。塞下之曲，行以婉約，則氣象何能恢拓。蘇、辛與秦、柳，貴集其長也。

詞之言情，貴得其真。勞人思婦，孝子忠臣，各有其情。古無無情之詞，亦無假託其情之詞。柳、秦之研婉，蘇、辛之豪放，皆自言其情者也。必專言懊儂、子夜之情，情之爲用，亦隘矣哉。

詞之藴藉，宜學少游、美成，然不可入於淫靡。綿婉宜學耆卿、易安，然不可失於纖巧。雄爽宜學東坡、稼軒，然不可近於粗厲。流暢宜學白石、玉田，然不可流於淺易。此當就氣韻趣味上辨之。

張德瀛詞徵

詩衰而詞興，詞衰而曲盛，必至之勢也。柳耆卿詞隱約曲意。至黄魯直兩同心詞，則有「女邊著子，門裏挑心」之語，彭駿孫金粟詞話已言其鄙俚。楊補之玉抱肚詞云：「這眉頭强展依前鎖，這淚珠强收依前墮。」此類實爲曲家導源，在詞則乖風雅矣。（卷一）

同叔之詞温潤，東坡之詞軒驍，美成之詞精邃，少游之詞幽艷，無咎之詞雄邈，北宋惟五子可稱大家。若柳耆卿、張子野，則又當時所翕然歎服者也。

耆卿詞多本色語，所謂有井水處，能歌柳詞。時人爲之語曰「曉風殘月柳三變」，又曰「露花倒影柳屯田」，非虛譽也。特其詞婉而不文，語纖而氣雌下，蓋骫骳從俗者。以發乎情止乎禮義之旨繩之，則望景先逝矣。胡致堂謂爲掩衆制而曲盡其妙，蓋耳食之言耳。

詞人中惟康伯可遭際最奇，高宗駐蹕維揚，伯可上中興十策，洞悉利弊，是范文正、晏元獻一輩人物。洎繆相專柄，伯可廁十客之列，附會干進，孝宗奉養上皇，伯可應制爲艷詞，諂諛乞進，是柳耆卿、曾純甫一輩人物。士大夫一朝改行，身名敗裂，不可復救。程子曰，節或移於晚，守或失於終。其若人乎。（以上卷五）

汪蛟門謂宋詞有三派，歐、晏正其始，秦、黄、周、柳、姜、史之徒極其盛，東坡、稼軒放乎其言之矣。（卷六）

陳鋭 褒碧齋詞話

詞如詩，可摸擬得也。南唐諸家，回腸蕩氣，絶類建安。柳屯田不着筆墨，似古樂府。辛稼軒俊逸似鮑明遠。周美成渾厚擬陸士衡。白石得淵明之性格，夢窗有康樂之標軌。皆苦心孤造，是以被絃管而格幽明，學者但於面貌求之，抑末矣。

陽湖派興，流宕忘返，百年以來，學者始少少講求雅音。然言清空者喜白石，好穠艷者學夢窗，諧婉工緻，則師公謹、叔夏。獨柳三變，無人能道其隻字已。

詞源於詩，而流爲曲。如柳三變，純乎其爲詞矣乎。

屯田詞在院本中如琵琶記，清真詞如會真記。

屯田詞在小説中如金瓶梅，清真詞爲紅樓夢。

近年詞家推鄭文焯氏，殫精覃思，每一調成，必三五易稿，其意境格趣，殆不僅冠絶本朝而已。而虚衷服善，於余發明柳詞，尤引爲同志。比重陽前夕，捐書惠余，節録於下：「……即以詞言，覺并世既少專家，求夫學人之詞，亦不可得，宜吾賢自況，以能詩餘力爲詩餘。如歐、蘇諸賢，皆恢恢有餘，柳三變乃以專詣名家，而當時轉述其俳體，大共非訾，至今學者，竟相與咋舌瞠目，不敢復道其一字。獨夢華推爲北宋巨手，揚波於前，又得君推瀾於後，遂使大聲發海上，亦足表微千古。凡有井水處，庶其思源泉混混，有盈科後進之一日乎。下走自去春奉教於君子，沈毅以求之，爲歲已積，百讀不厭，極意玩索，自謂近學，稍稍有獲。復取曩所校定私輯柳詞之深美者，精選三十餘解。更冥擿其一詞之命意所注，確有層折，如畫龍點睛，神觀飛越，只在一二筆，便爾破壁飛去也。蓋能見耆卿之骨，始可通清真之神。不獨聲律之空積忽微，以歲世綿邈而求之至難。即文字之托於音，切於情，發而中節，亦非深於文章，貫串百家，不能識其流别。近之作者，思如玉田所云妥溜者，尚不易得，況語以高健耶。其故在學人手眼太高，不屑規規於一藝。不學者又專於此中求生活，以爲豪健可以氣使，哀艷可以情喻，深究可以言工。不知比興，將焉用文。元、明迄今，迷不知其門户，噫亦難矣。近略有奥悟，惟君可以折中……」

上三下五八字句，惟屯田獨擅，繼之者美成而已。

張祥齡 詞論

文章風氣，如四序遷移，莫知爲而爲，故謂之運。左春右秋，冰蟲之見，生今反古，是冬箑夏爐，烏乎能。安序順天，愚者一得。昌黎起八代之衰，亦運使然。南唐二主、馮延巳之屬，固爲詞家宗主，然是勾萌，枝葉未備。小山、耆卿，而春矣。清真、白石，而夏矣。夢窗、碧山，已秋矣。至白雲，萬寶告成，無可推徙，元故以曲繼之。此天運之終也。

尚密麗者失於雕鑿。……反是者又復鄙俚，山谷之村野，屯田之脱放，則傷雅矣。

鄭文焯 大鶴山人詞話附録鄭大鶴先生論詞手簡

玉田崇四家詞，黜柳以進史，蓋以梅溪聲韻鏗訇，幽約可諷，獨於律未精細。屯田則宋專家，其高渾處不減清真，長調又能以沉雄之魄，清勁之氣，寫奇麗之情，作揮綽之聲，猶唐之詩家，有盛、晚之别。（其一）

鄭文焯大鶴山人詞話附録大鶴山人論詞遺札與夏吷盦書

嘗以北宋詞之深美，其高健在骨，空靈在神。而意内言外，仍出以幽窈詠歎之情。故耆卿、美成，并以蒼渾造端，莫究其托諭之旨。卒令人讀之歌哭出地，如怨如慕，可興可觀。有觸之當前即是者，正以委曲形容所得感人深也。（其五）

前夕填得木蘭花慢一解，即守柳體短協下四字句法。因細繹樂章集中，多存北宋故譜，故繁音促拍，視他家作者有別。南渡後樂部放失，古曲墜佚，太半虚譜無辭。白石補亡，僅數闋爾。賴柳集傳舊京遺音，亦倚聲家所宜研討者也。（其六）

周、柳詞高健處，惟在寫景，而景中人自有無限淒異之致，令人歌笑出地。正如黄祖歎禰生，悉如吾胸中所預言，誠非深於比興，不能到此境也。（其二一）

昔夢華謂柳詞曲處能直，疏處能密，奡處能平，語似近之。今更下一轉語，逆推之，便盡其妙致。詞壇以爲何如。昨夕以改詞不及詣談，孤負梧桐秋月矣。有勞虚竚，皇歉萬端。茲再寫上昨製陽臺路一曲，較臨江仙引略易繼聲，然幽拗處同一難學也。近製兩解，覺結處微得周、柳掉入蒼茫之概。急起直追，或能得其彷彿邪。（其二四）

鄭文焯大鶴山人詞話附録大鶴先生手札彙鈔

承示柳詞「舍」字非協。至云起三句句用韻，易致轉折怪異之音。按清真解連環起調，碻直連三句爲韻。夢窗賦此解，猶墨守惟謹。蓋兩宋大家，如柳、周、姜、史詞，往往句中夾協，似韻非韻。於句投尤多見之。屯田是句似亦偶合，不須深究譜例。但取其音拍鏗訇，諷入吟口，無復凝滯。即依永和聲，已得空積勿微之旨。（致彊邨其五）

鄭文焯致朱祖謀書（三則）

近索詞境於柳、周清空蒼渾之間，益歎此詣精微，不獨律譜格調之難求，即著一意、下一語必有真情景在心目中，而後傾其才力以赴之，方能令人歌泣出地，若有感觸於境之適然，如吾胸中所欲言者。太白所謂「眼前有景道不得」，豈易言哉。蓋不求之於北宋，無繇見骨氣；不求之於南宋數大家，亦患無情韻。文質相輔，又必出之騷雅，齊以聲律，洵非學力深到，由博返約，奚克語此。懸此格以讀古今人詞，會心當不在遠已。

周、姜取字至純粹，若柳、吴則取字至博。近考屯田於二謝詩極多運用，至夢窗更博於史，而鎔鑄工，顧韻中字例，亦不若周、姜之精嚴已。故造語雅澹，摛文老成，沈義父云：「讀唐詩多，故語雅澹。」古人有作，固無一字無來歷，豈獨詞耶？

沈義父云：「讀唐詩多，故語雅澹。」若耆卿富於甄采，得之六朝文藻爲多，不僅摘艷三唐。……周、柳、姜、吴爲兩宋詞壇鉅子，來哲之楷素，樂祖之淵源。

避暑語録云：柳永屯田員外郎死，旅殯潤州僧寺，王和甫爲守時，求其後不得，乃爲出錢葬之。詞人固甘於寂寞，而身後至無以歸骨，亦可哀也已。偶覽宋袁文甕牖閒評記黄太史乙酉生，是時有柳彦輔者，耆卿孫也，善陰陽，能訣人生死，謂太史向後災難大，或見於六十以下，後果以六十一貶宜州卒，彦輔之言驗已。是知永非無後，且有賢孫，深明氣緯，爲一時名流所推，誠無忝明達之後。世有爲永補傳者，當據此以爲要實。然則，花山吊柳，特出於好事者爲之耳。（以上詞學第七輯黄墨谷録詞林翰藻殘璧遺珠）

鄭文焯手批樂章集

鶴林玉露云金主亮聞宫人歌柳三變望海潮，遂起投鞭渡江之志，至爲謝處厚所訕詬，有「牽動長江萬里愁」之句。案宇文懋昭大金國志亦載此事甚詳，詞苑叢談又稱柳與孫相何爲布衣交，迨孫知杭，耆卿乃以望海潮詞詣名伎楚楚，欲因府會，朱脣歌之，爲之道地。果獲中秋預坐。是柳七此調延賞當時，流傳異代，何意態雄桀至此，宜范蜀公嘗歎：「仁宗四十年太平，鎮在翰苑十餘載，不能出一語歌詠，乃於耆卿詞見之。」其言豈亡謂邪！

柳以楚楚而詣府，周以師師而解褐，兩家名句又皆流播禁中，託諸歌伎，固一時嘉話。然屯田以獻醉蓬萊見黜於仁廟，待制以作少年游被讁於祐陵。且賢俊作曲子，爲相公晏殊所譏，歌席贈舞鬟，爲郎官張果所譖。是知詞客流連風月，固宜胥疏江湖，高遠自持，無怨涼獨，甚未可與朝貴抗聲比迹也。

宋元小説紀詞人逸事，多不可信。苕溪漁隱已有所指斥，至詞苑叢談，尤以假謗射聲爲詞流終古之酷，如謂柳因名伎府會而謁孫相，周爲溧水令而款洽主簿之室，蓋出於當世忌名者輕薄之口，遂爲裨官文以周内，誠巨繆也。柳卒於潤州，周卒於處州，一客一官，雖涯分有異，固潦倒江南以終則一也。

學者能見柳之骨，始能通周之神，不徒高健可以氣取，淡苦可以言工，深華可以意勝，哀艷可以情切也。必先能爲學人之詞，而後可語專詣。知此蓋寡。詞雖小道，吁，亦難已。

近世詞人求其妥溜且不可得，況語渾成。徒以浮藻，文以艱深，謂之澀體，誠可閔笑也。

畫墁録載柳永景祐元年改名方及第。考景祐爲仁宗第三改元，美成以元豐初爲布衣獻汴都賦，始召爲太樂正（今按：當作太學正），距柳及第已四十餘年。是知三變正及歌詠太平時也。美成後於柳可證。

柳以詞名潦倒屯田，至客死潤州蕭寺，而爲無後之鬼。然花山吊柳會，足感詞客之靈。王漁洋所以有「殘月曉風仙掌路」之詠也。周以詞名而提舉大晟，至徽猷待制，出知（今按：原筆迹「知」改「守」。）順昌，徙處州而卒。迨强焕後八十餘年宰溧水，猶聞邑人絃歌不忘。似兩君所執有升沉之感。顧柳以新樂府流傳宫禁，啓内官求助之嫌；周亦以妙音律見賞於祐陵，遂有師師爲解褐之謗。甚矣，自古詞人不可以言遭際致盛名有如是哉。

考四庫提要，柳永崇安人。宋志，崇安縣屬福建建寧府。樂章集滿江紅桐川一首，或由閩入浙之作。府志人物類有耆卿名，可證。

屯田詞自李端叔、劉濳夫、黄叔暘諸家評泊，多以其俳體爲詬病久已。惟張端義貴耳集引項平齋言：詩當學杜，詞當學柳。杜詩柳詞，皆無表德，只是實説云云。柳七得一知音，不惜歌苦矣。端義，宋名士。

況周頤蕙風詞話

柳屯田樂章集，爲詞家正體之一，又爲金元以還樂語所自出。金董解元西廂記，搊彈體傳奇也。時論其品，如朱汗碧蹄，神采駿逸。董有哨遍詞云：「大皞司春，春工著意，和氣生暘谷。十里芳菲，儘東風絲絲，柳搓金縷。漸次第，桃紅杏淺，水緑山青，春漲生煙渚。九十日光陰能幾，早鳴鳩呼婦，乳燕攜雛。亂紅滿地任風吹，飛絮濛空有誰主。春色三分，半入池塘，半隨塵土。滿地榆錢，算來難買春光住。初夏永、薰風池館，有籐牀冰簟紗㡡。日轉午。脱巾散髮，沈李浮瓜，寶扇摇紈素。著甚消磨永日。有掃愁竹葉，侍寢青奴。霎時微雨送新涼，些少金風退殘暑。韶華早、暗中歸去。」此詞連情發藻，妥帖易施，體格於樂章爲近。明胡元瑞筆叢稱董西廂記精工巧麗，備極才情，蓋筆能展拓，則推演爲如干字何難矣。自昔詩、詞、曲之遞變，大都隨風會爲轉移。詞曲之爲體，誠迥乎不同。董爲此曲初祖，而其所爲詞，於屯田有沆瀣之合。曲由詞出，淵源斯在。董詞僅見花草粹編，它書概未之載。粹編之所以可貴，以其多載昔賢不

經見之作也。（卷三）

沉周頤歷代詞人考略

全唐詩鶚詞十六闋，此闋最爲佳勝。秋夜月全闋云：「三秋佳節。罩晴空，凝翠露，茱萸千結。菊蘂和煙輕撚，酒浮金屑。微雲雨。調絲竹，此時難輟。歡極、一片艷歌聲揭。黄昏慵別。炷沈煙，熏繡被，翠帷同歇。醉并鴦雙枕，暖偎春雪。語丁寧，情委曲，論心正切。夜深、窗透數條斜月。」所謂開屯田詞派者也。（尹鶚條按語，卷五）

作詞有三要：重、拙、大。吾讀屯田詞，又得一字曰寬。寬之一字，未易幾及，即或近似之矣，總不能無波瀾。屯田則愈抒寫愈平淡。林宗云：「叔度汪洋如千頃之波，澄之不清，淆之不濁。」吾謂屯田詞境亦然。向來行文之法最忌平鋪直敘，屯田却以鋪敘擅場，求之兩宋詞人，正復不能有二。（卷八）

近現代

王國維人間詞話

長調自以周、柳、蘇、辛爲最工。美成浪淘沙慢二詞，精壯頓挫，已開北曲之先聲。若屯田之八聲甘州，東坡之水調歌頭，則佇興之作，格高千古，不能以常調論也。

讀會真記者，惡張生之薄倖而恕其姦非。讀水滸傳者，恕宋江之横暴而責其深險。此人人之所同也。故艷詞可作，唯萬不可作儇薄語。龔定庵詩云：「偶賦淩雲偶倦飛，偶然閑慕遂初衣。偶逢錦瑟佳人問，便説尋春爲汝歸。」其人之涼薄無行，躍然紙墨間。余輩讀耆卿、伯可詞，亦有此感。視永叔、希文小詞何如耶。（以上人間詞話删稿）

王國維　清真先生遺事

以宋詞比唐詩，則東坡似太白，歐、秦似摩詰，耆卿似樂天，方回、叔原，則大曆十子之流。南宋惟一稼軒可比昌黎。而詞中老杜，則非先生（今按謂周邦彦）不可。昔人以耆卿比少陵，猶爲未當也。（尚論三）

高旭　論詞絶句三十首其十三

流水寒鴉秦學士，霜風殘照柳屯田。兩家才思真淒絶，合是空山叫杜鵑。（高旭集卷三）

高旭　十家詞選題詞其三

耆卿曉風殘月，十分名重當時。婉約賅推秦七，紅牙少女歌之。（高旭集卷一九）

夏敬觀　手批彊邨叢書本樂章集

耆卿詞當分雅、俚二類。雅詞用六朝小品文賦作法，層層鋪敘，情景兼融，一筆到底，始終不解。俚詞襲五代淫詖之風氣，開金元曲子之先聲，比於里巷歌謡，亦復自成一格。其鄙俚過甚者，不無樂工歌兒所竄改，可斷言也。唯人品放蕩，幾於篇篇皆冶遊之作，亦屬可厭。又其半雅半俚者爲多，學者尤當慎擇也。

耆卿寫景無不工，造句不事雕琢，清真效之。故學清真詞者，不可不讀柳詞。

耆卿多平鋪直敘，清真特變其法，一篇之中，回環往復，一唱三歎，故慢詞始盛於耆卿，大成於清真。

蔣兆蘭詞説

詞家正軌，自以婉約爲宗。歐、晏、張、賀，時多小令，慢詞寥寥，傳作較少。逮乎秦柳，始極慢詞之能事。其後清真崛起，功力既深，才調尤高，加以精通律吕，奄有衆長，雖率然命筆，而渾厚和雅，冠絶古今，可謂極詞中之聖。

戈順卿宋七家詞選，標舉詞家準的，詳於南宋者，以詞至南宋始極其精也。其實北宋慢詞如淮海、屯田，并臻極詣，亦治詞家所不容舍也。戈選不收，猶爲缺憾。

蔣兆蘭題姜白石詞後其二

小紅低唱伴歸船，聊慰吹簫白石仙。比似曉風殘月句，却誰按歌柳屯田。（青蕤盦詩卷一）

周曾錦　卧廬詞話

柳耆卿詞，大率前遍鋪敘景物，或寫羈旅行役，後遍則追憶舊歡，傷離惜别，基於千篇一律，絶少變换，不能自脱窠臼。詞格之卑，正不徒雜以鄙俚已也。

陳洵　海綃説詞

東坡獨崇氣格，箴規柳秦，詞體之尊，自東坡始。

潘飛聲　粤詞雅

昔人謂耆卿情有餘而才不足，夫以屯田猶未能兩者俱兼，況他人哉。

梁啓勳　曼殊室詞話

「晚春盤馬踏青苔，曾傍緑蔭深駐。落花猶在，香屏空掩，人面知何處。」此晏小山御街行也，頗似柳耆卿。「草色煙光殘照裏。無言誰會憑闌意。」「衣帶漸寬終不悔。爲伊消得人憔悴。」此柳耆卿蝶戀花也，極似晏小山。若互入兩人之本集，可以亂真。

詞至北宋，猶有五代遺風。造意以曲而見深，乃文章技術之一種。北宋詞人，雖曲其意境，猶不失其天真，「天然去雕飾」一語，可作總評。至耆卿乃漸流於濃艷，唯小山尚守輕清之家法，然已是尾聲矣。小山結北宋之局，耆卿開南宋之風。（周美成正如詩中之杜甫，乃集大成者。廣大無邊，不能僅以之作畫期之代表。）其間雖有蘇辛一派，力返自然，欲以雄豪剋濃艷，然而矯枉過直，難免有劍拔弩張之嫌。故南宋詞人目之爲别派，仍相率遵耆卿之作風，以漸入於堆垛之窮途。蓋天然界本是平淡，濃麗終屬人爲。既以濃麗相尚，則去天然漸遠，勢使然也。天然日以遠，意境日以窘，唯賴人爲之雕琢，貌爲深沉，則舍堆垛更有何法。是故南宋末流之晦澀，亦勢使然也。吾嘗謂意境宜曲折，最忌一覽無餘。若用障眼法而貌爲曲折，識破仍是一覽無餘。殊非深文周納之言。（以上卷二）

冒廣生遐菴詞稿序

詞家之聖，莫聖於周、柳，樂章、清真，全集具在。其於四聲，或此闋與彼闋之不同，或前編與後編之不同，甚至全句平仄互易，而律自諧。蓋工尺祗有高低，無平仄，字之平仄，則工尺之高低可以融之，使聽者之耳，與歌者之口，訢合而無間焉。詞云詞云，四聲云乎哉。（冒鶴亭詞曲論文集序跋）

蔡嵩雲柯亭詞論

詞講四聲，宋始有之，然多音律家之詞。文學家之詞，分平仄而已。音律家之詞，原可歌唱，四聲調叶，爲可歌之一種要素。仇山村曰：「詞有四聲、五音、均拍、輕重、輕濁之别。」即指可歌之詞而言。北宋如屯田、方回、清真、雅言諸家，南宋如白石、梅溪、夢窗、草窗、玉田諸家，大都妙解音律，所爲詞，聲文并茂。

北宋初，仍循五代遺法歌小令。中葉以後，慢詞漸盛，詞樂始突飛猛進，内容遂日趨於繁複矣。當時創調製譜最有名者，首推柳耆卿。所製新聲獨多，飲水處都歌柳詞，是其一證。繼之者爲周美成，曾充大晟府樂官。文人而通音律，故其詞和協流美，都可入樂，一時稱爲絶唱。宋初慢詞，猶接近自然時代，往往有佳句而乏佳章。自屯田出而詞法立，清真出而詞法密，詞風爲之丕變。如東坡之純任自然者，殆不多見矣。

自來評詞，尤鮮定論。派别不同，則難免入主出奴之見。往往同一人之詞，有揚之則九天，抑之則九淵者。如近世推崇屯田、夢窗，而宋末張玉田詞源，則非難備至，即其一例。屯田爲北宋創調名家，所爲詞，得失參半。其倡樓信筆之作，每以俳體爲世詬病，萬不可學。至其佳詞，則章法精嚴，極離合順逆貫串映帶之妙，下開清真、夢窗詞法。而描寫景物，亦極工麗。雨霖鈴調，在樂章集中，尚非絶詣。特以「楊柳岸，曉風殘月」句得名耳。

柳詞勝處，在氣骨，不在字面。其寫景處，遠勝其抒情處。而章法大開大闔。爲後起清真、夢窗諸家所取法，信爲創調名家。如玉蝴蝶「望處雨收雲斷」、夜半樂「凍雲黯淡天氣」、安公子「遠岸收殘雨」、傾杯樂「木落霜洲」、卜算子慢「江楓漸老」、甘州「對瀟瀟暮雨灑江天」諸闋，寫羈旅行役中秋景，均窮極工巧。

周詞淵源，全自柳出。其寫情用賦筆，純是屯田家法。特清真有時意較含蓄，辭較精工耳。細繹片玉集，慢詞學柳而脱去痕迹自成家數者，十居七八。字面雖殊格調未變者，十居二三。

陳裒碧有言：能見耆卿之骨，始能通清真之神。目光如炬，突過王晦叔、張玉田諸賢遠甚。夢窗深得清真之妙，其慢詞開闔變化，實間接自柳出。惟面貌全變，另具神理，不惟不似屯田，并不似清真。看詞者若僅於字句表面求之，更不易得其端倪矣。

蔡嵩雲 詞源疏證

按「二公則爲風月所使」一語，可謂調侃盡致。玉田康、柳并譏，其實康非柳比。耆卿風流俊邁，爲舉子時，喜狹邪游，既不得志於時，益縱情聲色以自遣，其批風抹月，或有激而然。伯可則以詞受知高宗，後又依附秦檜以求進，人品至爲鄙褻。即以詞而論，伯可多應制之作，諛艷粉飾，實無足觀。豈若耆卿專詣名家，不着筆墨，似古樂府，承平氣象，形容如畫，尤工於羈旅行役，乃當時競傳其俳體，後世遂大共非訾。李清照謂其「變舊聲作新聲，雖協音律，而詞語塵下」。陳質齋稱其「音律諧婉，詞意妥帖」，又謂其詞格不高。雖與玉田之一概抹煞不同，從無就柳詞之文學，作深至之批評者，惟勝清三家有之。

周介存、劉融齋、馮蒿庵三家評柳詞，均能發揮其長，而亦不諱其短，較之詞源品騭平允多矣。

陳匪石 聲執

吾人讀陶潛詩、梅堯臣詩，明白如話，實則鍊之聖者。珠玉、小山、子野、屯田、東山、淮海、清真，其詞皆神於鍊。不似南宋名家，鍼綫之迹未滅盡也。

行文有兩要素，曰「氣」，曰「筆」。氣載筆而行，筆因文而變。……但觀柳、賀、秦、周、姜、吴諸家所以涵育其氣，運行其氣者，即知東坡、稼軒音響雖殊，本原則一。

有曲直，有虛實，有疏密，在篇段之結構，皆爲至要之事。曲直之用，昔人謂曲已難，直尤不易。蓋詞之用筆以曲爲主，寥寥百字内外，多用直筆，將無回轉之餘地；必反面側面，前路後路，淺深遠近，起伏回環，無垂不縮，無往不復，始有尺幅千里之觀，玩索無盡之味。……一段之中，四句、五句、六句一氣趕下，稱爲大開大闔者，如清真還京樂換頭、西平樂後遍，而樂章集中尤多此類體格。（上卷）

張惠言詞選，四十四家，百十六首，陳鋭稱爲最約。……然於屯田、夢窗之佳處，未能知之。序中且有不滿之語。其外孫董毅作續詞選，一守其家法，柳、吴各選數首，而仍非兩家特色所在，則仍不能知柳、吴也。

凡兩宋之千門萬户，清真一集，幾擅其全，世間早有定論矣。然北宋之詞，周造其極。而先路之導，不止一家。……柳永高渾處、清勁處、體會入微處，皆非他人屐齒所到。且慢詞於宋，蔚爲大國。自有三變，格調始成。（卷下）

陳匪石舊時月色齋詞譚

屯田、子野、東坡，其超脱高渾處，詞境亦在南宋之上。

柳屯田有「忍把浮名，換了淺斟低唱」之句，論者譏其輕薄。又以集中諸詞多閨房媟褻語，議其輕褻。不知屯田詞品正如絶代佳人，亂頭粗服，而一種天然之致，自不可掩。且其氣沖和，純是渾淪未鑿氣象。余嘗歎其不易學步，絶不敢人云亦云，視樂章集之詞等於疑雨集之詩也。

錢梯丹　題紅梵詞稿其三

莫將無益責耆卿，亦是人間太恨生。淒絶曉風殘月裏，亂紅一舸若爲情。（佛影叢刊篋衍叢鈔）

姚錫鈞　眎了公論詞絶句十二首其二

玉田微削夢窗腴，柳七風神故不虚。若舍浮華論骨概，龍川一集有誰知。（姚鵷雛文集紅豆簃詩春塵集卷二）

劉咸炘　説詞韻語

高平婉溜本殊科，鐵板紅牙一樣和。絶妙好詞稱正統，如何處置六州歌。（其三）（介存分婉、溜、高、平爲四調，然則「大江東去」與「曉風殘月」固不容軒輊也。）

荷花桂子動邊愁，妙舞清歌過百秋。一勺西湖千古恨，倚闌空説有神州。（其十三）（柳耆卿望海潮詞説錢塘繁華，有「三秋桂子，十里荷花」之句。錢塘遺事謂此詞流播，金主亮聞之，欣然起投鞭渡江之志。謝處厚詩云：「誰把杭州曲子謳，荷花十里桂三秋。那知草木無情物，牽動長江萬里愁。」文本心水龍吟詞首云「一勺西湖水，渡江來、百年歌舞，百年酣醉」，末云「千古恨，幾時洗」。王壬父評之曰：「須得此洗盡綺語柔情，復還清明世界。」南宋詞悲壯者多言「西北」、「神州」，如方巨山云：「莫倚闌干北，天際是神州。」劉後村云：「男兒西北有神州，莫滴水西橋畔淚。」辛稼軒云：「西北是長安。」張蘆川云：「夢繞神州路。」（推十書戊輯）

吴梅詞學通論

余謂柳詞僅工鋪敘而已。每首中事實必清，點景必工，而又有一二警策語，爲全詞生色，其工處在此也。馮夢華謂其曲處能直，密處能疏，奡處能平，狀難狀之景，達難達之情，而出之以自然，自是北宋巨手。然好爲俳體，詞多媟黷，有不僅如提要所云以俗爲病者。此言甚是。余謂柳詞皆是直寫，無比興，亦無寄託。見眼中景色，即説意中人物，便覺直率無味。況時時有俚俗語。如晝夜樂云：「早知恁地難拚，悔不當初留住。其奈風流端正外，更別有繫人心處。一日不思量，也攢眉千度。」夢還京云：「追悔當初，繡閣話別太容易。」鶴沖天云：「假使重相見，還得似當初麼？悔恨無計那，迢迢長夜，自家只恁摧挫。」兩同心云：「箇人人，昨夜分明，許伊偕老。」征部樂云：「待這回好好憐伊，更不輕拆。」皆率筆無咀嚼處。諸如此類，不勝枚舉，實不可學。且通本皆摹寫艷情，追述別恨，見一斑已具全豹，正不必字字推敲也。惟北宋慢詞，確創自耆卿，不得不推爲大家耳。

夏承燾　瞿髯論詞絶句

風庭淚眼亂紅時，井水傳歌到四陲。壇坫從他笑歐柳，風花中有大家詞。（論歐陽修柳永詞）

唐圭璋　夢桐詞話

耆卿葬地之説有三：一、避暑録話謂王和甫葬之於潤州；二、獨醒雜誌謂群妓葬之於襄陽；三、王漁陽謂耆卿葬地在儀徵。此三説向不知孰是。近閲（萬曆）鎮江府志，始克論定。府志謂：「耆卿死，旅殯潤州僧寺，和甫欲葬之，藁殯久無歸者。陳朝請乃於土山下，市高燥地，親爲處葬具，耆卿始就窀穸。」事見葛勝仲丹陽集陳朝請墓志銘，當可確信。且府志言：「萬曆間，水軍鑿土土山下，得耆卿墓志銘，乃其姪所作，篆額曰『宋屯田郎中柳永墓志銘』。」據此，則柳墓之在土山下，愈無疑矣。土山在丹徒縣西江口，以其與金山對峙，故易名銀山。前乎萬曆志，若嘉定志、至順志，皆無柳墓記載；後乎萬曆志，若丹徒縣志，皆云柳墓在土山下，蓋本之萬曆志也。嗚呼，耆卿生前既顛沛流轉，而死後又爲人所聚訟，無從酹酒一弔，誠可慨也。今予明之，襄陽、儀徵之説，或可以不攻而自息矣。（卷四）

吴世昌　詞林新話

白雨齋詞話記蔡伯世語：「子瞻辭勝乎情，耆卿情勝乎辭，辭情相稱者，唯少游而已。」并評曰：「此論陋極。東坡之詞，純以情勝。情之至者詞亦至。只是情得其正，不似耆卿之喁喁兒女私情耳。」按伯世所謂情，正是兒女之情。誤解其意，斥爲鄙忘，非也。

或謂温庭筠寫過燒歌詩，詞却專寫艷情，歐陽修的詩和詞，迥然不同，柳永的詞裹決寫不進他的詩煮海歌一類的題材。這正證明，詩和詞本是兩種體裁，各有所長，正如紗羅不宜填絮，絨布不作夏衣。因而指責詞脱離社會現實、缺乏積極思想内容、藝術成就較高是畸形發展等説，這和天主教的「原罪論」差不多。

爲什麽反對將宋詞分爲「豪放」、「婉約」二派：……十、是蘇學柳永，還是柳永學蘇？

填詞之道，不必千言萬語，只一二句足以盡之。曰：説真話，説得明白自然，誠懇切實。前者指内容，後者指表現；前者指質地，後者指技巧。……晚唐五代詞可貴，即在所説皆真。其名物形容，皆即景寫景。雖去今已遠，唯見金碧燦爛，在當時固皆眼前實物，身上衣着。故至今讀之，猶有真趣。降而至屯田之楚館秦樓，小山之歌兒舞女，閑愁纏綿，情思宛轉，無一不真。

自清末以來，評詞者往往抑柳揚蘇。蓋皆站在士大夫立場評論，覺柳之鄙俚，推蘇之雅正。實則詞之爲體，出自民間，正要有俚語以見其本色。故蘇欲求俚而自恨不可得（見其與鮮于子駿書中解嘲），如雨中花慢「負淚」之説，即抄自柳詞。今之評詞，如能站在第三者立場，從士大夫正統觀念中解放出來，則不當以柳之鄙俚爲病。柳詞以外，周、秦、黄、張（先），又何嘗不用俚語，特評者不察耳。

胡寅曰：「及眉山蘇氏，一洗綺羅香澤之態，擺脱綢繆宛轉之度，使人登高望遠，舉首高歌，而逸懷浩氣，超然乎塵垢之外，於是花間爲皂隸，而柳氏爲輿臺矣。」此論全非事實。胡寅自己不會填詞，

專會瞎批評。全宋詞録有一首胡寅詞，乃晦庵題跋中無主名者，當爲朱熹作。（以上卷一）

蒿庵評耆卿詞云：「曲處能直，密處能疏，奡處能平，狀難狀之景，達難達之情，而出之以自然。」自是的評。但又云：「與其千夫競聲，毋寧白雪之寡和。」殊謬。

亦峰曰：「耆卿詞，善於鋪敘，羈旅行役，尤屬擅長。然意境不高，思路微左，全失温、韋忠厚之意。詞人變古，耆卿首作俑也。」此因三變自寫情懷，温、韋代歌女立言，一則傾懷盡意，一則含蓄矜持，與忠厚無關。

花庵詞選有王晉卿踏青游（「金鞍狨鞍」）一首，此詞學柳永。黄昇注王「名詵，與東坡最善」。又李景元詞似亦學柳永。

東坡戚氏（「玉龜山」），乃以柳永筆法寫游仙。

屯田、片玉而外，能以詞紀事者，方回而已。緑頭鴨所記尤曲折詳盡。（以上卷三）

啓功論詞絶句

詞人身世最堪哀，漸字當頭際遇乖。歲歲清明群吊柳，仁宗怕死妓憐才。（其五。柳永）

柔情似水能銷骨，珠玉何殊瓦礫堆。官大斥人拈繡綫，却甘詞費燕歸來。（其六。晏殊）

（啓功叢稿）

吴熊和 論詞絶句一百首

柳永

深宫夜醮集靈台，應制青詞次第來。内侍禁中再傳旨，中秋須進醉蓬萊。

以詞應制，始於柳永。樂章集中，應制詞多至十餘首。送征衣（過韶陽）、御街行（燔柴煙斷）、永遇樂（薰風解愠）三首，皆頌仁宗生日。仁宗生於大中祥符三年四月十四日，後以是日爲乾元節。柳永景祐元年登進士第，發榜後正值仁宗誕辰，群臣上壽於紫宸殿，契丹亦遣使來賀乾元節（續通鑑長編卷一一四）。柳永或於其時始作「聖壽」詞，時仁宗二十五歲，柳永則年近五十矣。又傾杯樂（禁漏花深）、玉樓春（皇都今夕、星闈上笏）三首，皆元宵應制；破陣樂（露花倒影）咏三月二十日駕幸金明池觀争標賜宴；玉樓春（昭華夜醮、鳳樓郁郁）咏大中祥符五年降聖節宫中夜醮；巫山一段雲（六六真游洞）五首咏大中祥符「天書」再降之六月六日天貺節；醉蓬萊（漸亭皋葉下）則咏嘉祐六年老人星現。王闢之澠水燕談録卷八謂「入内都知史某」，以老人星現命柳永以醉蓬萊應制。按史某爲史知聰，至和元年至嘉祐六年，爲入内副都知、都知，見續資治通鑑長編卷一九三、一九五。詳見醉蓬萊一詞的幾個疑點（吴熊和詞學論集）。

舞榭歌臺共侑觴，白衣卿相出平康。上清秘語憑誰問，漏泄天機在教坊。

柳永久試不第，自稱「白衣卿相」。玉樓春：「香羅薦地延真馭，萬乘凝旒聽秘語」，記大中祥符五年十二月二十四日夜，真宗於宮中延恩殿夢見「聖祖」趙延朗，真宗有聖祖降臨記記其秘訓，并以是日爲降聖節（宋史禮志七）。詳見余柳永與宋真宗「天書」事件。

京洛音聲牧馬兒，西陲井畔舞成圍。東瀛朝會奏唐樂，滿耳楚娘柳七詞。

柳詞以京洛音聲遠傳西夏，凡有井水處皆能歌之。同時又渡海東傳高麗。高麗史樂志所載「唐樂」，有柳永醉蓬萊、傾杯樂等八首。高麗教坊女弟子楚英嘗奏新傳拋球樂等歌舞曲。楚英等女伎爲徽宗政和間所遺。詳見余北宋詞曲與高麗唐樂。

暮年中第入淮行，殘月曉風別帝京。姓氏已留名宦録，桐江象海總親民。

雨霖鈴記於汴京東水門登舟，經汴河至泗州入淮，渡江而至兩浙，在今浙江桐江、象山爲親民官。兩浙方誌列柳永於名宦傳，記其親民善政。監曉峰鹽場所作鬻海歌，則其尤著者也。柳詞中淮楚詞，兩浙詞，可鈔爲一卷，以見其宦行踪迹。方回送紫陽玉山長俊甫如武林五首（一）：「歐九登庸柳七棄，昭陵曾築太平基。」以柳詞爲「淫辭」、「妖讖」（見桐江續集卷一七），蓋亦厚誣柳永矣。

（詞學第十六輯）

附録六　柳永簡譜

宋史無柳永傳，其聲名雖廣，事迹却頗隱晦不彰。宋人雜記及後世方志、詞話所載每多傳聞異辭，時見牴牾。宋元以來話本小説中之柳永，又經踵事增華，不足爲據。柳永詩文基本散佚，其樂章集中詞作，亦非盡爲其個人經歷及心態的直接反映，除少部分外，大都無法準確編年。故撰寫詳盡的、嚴格基於史實的柳永年譜，洵不易易。本譜在近現代學者研究成果的基礎上，將柳永事迹中可基本確考者大略依年編排，確不可考者，即付諸闕如。限於體例，只記事實，不多作引證。謹此説明。

柳永，初名三變，字景莊。後更名永，字耆卿。排行第七，故稱「柳七」。晚歲官至尚書工部屯田員外郎，故世稱「柳屯田」。致仕後贈官屯田郎中，故亦稱「柳郎中」。郡望河東（今山西永濟），里籍崇安（今福建武夷山市），世居五夫里金鵝峰之陽。柳永有子名柳涚，官著作郎。有孫柳彦輔（彦輔或爲其字）。有侄名柳淇，兄三接子。

世系：

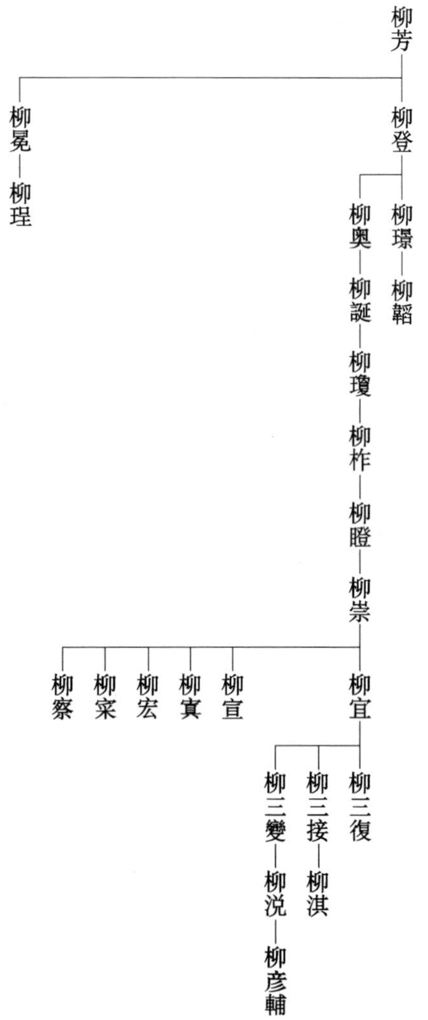

（按以上世系，略依王禹偁柳崇墓志銘等所載。然新舊唐書柳芳傳、柳登傳均未載登有子名奥者。）

七世祖柳奥，從季父柳冕入閩，遂家焉。祖柳崇，字子高，五代時處士。父柳宜，字無疑，仕南唐爲監察御史。入宋，歷任雷澤、費縣、任城令，通判全州，官贊善大夫、國子博士等（後世方志有謂其雍熙二年及第，官終工部侍郎者，今人多疑之）。叔父五人：柳宣、柳寘、柳宏、柳寀、柳察，均有科第功名於時。兄二人，柳三復、柳三接，與三變合稱「柳氏三絶」。

宋太宗雍熙元年（九八四）　一歲

父柳宜本年四十六歲，時任沂州費縣（今屬山東）令。柳永或即生於費縣。

和峴五十二歲。王禹偁三十一歲。蘇易簡二十七歲。寇準二十四歲。陳堯佐二十二歲。丁謂十九歲。林逋十七歲。楊億十一歲。錢惟演八歲。

宋太宗雍熙二年（九八五）　二歲

在費縣。

夏竦生。

宋太宗雍熙三年（九八六）　三歲

柳宜或於本年由費縣移濮州任城（今山東濟寧）令。柳永當偕往。

宋太宗端拱元年（九八八）　五歲

李遵勗生。聶冠卿生。和峴卒，年五十六。

宋太宗端拱二年（九八九）　六歲

范仲淹生。

宋太宗淳化元年(九九〇)　七歲

柳宜本年由任城抵汴京，攜文三十卷上書，召試改官，得除通判全州(今屬湖南)。王禹偁作送柳宜通判全州序送行。

張先生。

宋太宗淳化二年(九九一)　八歲

晏殊生。滕宗諒生。

宋太宗淳化三年(九九二)　九歲

張昇生。

宋太宗淳化四年(九九三)　十歲

王益生。

宋太宗淳化五年(九九四)　十一歲

柳宜以贊善大夫調揚州。柳永當偕往。

本年或次年，謝絳生。

宋太宗至道二年（九九六）　十三歲

柳永當隨父在揚州。

是年柳宜年五十八，請僧神秀爲己畫像。十二月，王禹偁自滁州改知揚州，與柳宜相晤，作柳贊善寫真并序。

宋太宗至道三年（九九七）　十四歲

三月，太宗崩，子趙恒即位，是爲宋真宗。

是年，柳宜由贊善大夫遷殿中丞，後因真宗即位遷國子博士。此後柳宜事迹即無確切記載。

本年以後十餘年間，柳永行迹不甚可考。但其中年以前主要生活於汴京，大致可以確信。其間參加過數次科舉考試，均未中第，或亦有漫游各地的經歷。

蘇易簡卒，年四十。

宋真宗咸平元年（九九八）　十五歲

叔父柳宏登第。

宋祁、賈昌朝生。

宋真宗咸平四年（一〇〇一）　十八歲

王禹偁卒，年四十八。

宋真宗景德元年（一〇〇四）　二十一歲

叔父柳察登第，賜同進士出身。

宋真宗景德四年（一〇〇七）　二十四歲

歐陽修生。

宋真宗大中祥符元年（一〇〇八）　二十五歲

正月，真宗與王欽若等合謀，製造「天書」事件，奉迎「天書」於京師左承天門，改年號爲大中祥符。六月，「天書」再降於泰山醴泉亭，真宗遂於十月東上泰山，舉行封禪大典。

蘇舜欽、韓琦、趙抃、劉幾生。

宋真宗大中祥符二年（一〇〇九）　二十六歲

蘇洵生。潘閬卒。

宋真宗大中祥符五年（一〇一二）　二十九歲

十月二十四日，真宗於延恩殿起道場祀聖祖趙玄朗，并自謂「聖祖臨降」，遂大舉慶賀。

本年柳永在汴京。八月，作玉樓春（星闈上笏金章貴）上丁謂。十月，作玉樓春（昭華夜醮連清曙）、（鳳樓郁郁呈嘉瑞），頌「天書」及「聖祖臨降」之事。另玉樓春（皇都今夕知何夕）亦作於本年前後。

蔡襄、韓絳生。

宋真宗大中祥符六年（一〇一三）　　三十歲

六月，真宗親製步虛詞六十首，付道門以備法醮。

本年前後，柳永在汴京，作巫山一段雲（六六真游洞）、（琪樹羅三殿）、（清旦朝金母）、（閬苑年華永）、（蕭氏賢夫婦）五首遊仙詞，均與「天書」事件有關，與真宗所撰步虛詞同是爲道門法醮與諸節宴慶而作的道曲。

李師中生。

宋真宗大中祥符七年（一〇一四）　　三十一歲

蔡挺生。

宋真宗大中祥符八年（一〇一五）　　三十二歲

叔父柳寘登第。

王益柔生。

宋真宗天禧元年（一〇一七）　三十四歲

正月，適逢「天書」降世十周年，改元天禧，真宗詣玉清昭應宫上玉皇大天帝聖號寶册，奉「天書」升太初殿，行宣讀「天書」之禮，奉「天書」合祭天地於南郊。

本年柳永在汴京。正月，作御街行（燔柴煙斷星河曙）詞，述南郊盛況，并祝真宗六十聖壽。

本年以後的十餘年間，柳永行蹤不能確考。樂章集中雪梅香（景蕭索）似作於淮楚真州一帶、采蓮令（月華收）似作於潤州赴汴京途中、陽臺路（楚天晚）似作於湖湘一帶。或爲柳永游蹤所經。

韓維生。

宋真宗天禧二年（一〇一八）　三十五歲

兄柳三復進士及第。

宋真宗天禧三年（一〇一九）　三十六歲

劉敞、曾鞏、王珪、司馬光、韓縝生。

宋真宗天禧四年（一〇二〇）　三十七歲

楊億卒，年四十七。

宋真宗天禧五年（一〇二一）　三十八歲

王安石、吴師孟生。

宋真宗乾興元年（一〇二二）　三十九歲

二月，真宗崩，趙禎即位，是爲仁宗，時年十三，由劉太后垂簾聽政。

鄭獬、强至生。

宋仁宗天聖元年（一〇二三）　四十歲

閏九月，寇準卒於雷州，年六十三。

宋仁宗天聖五年（一〇二七）　四十四歲

范純仁、章楶生。

宋仁宗天聖六年（一〇二八）　四十五歲

王安國、蒲宗孟、徐積生。林逋卒，年六十一。

宋仁宗天聖八年（一〇三〇）　四十七歲

晏幾道約生於本年前後。

宋仁宗明道二年（一〇三三）　五十歲

三月，劉太后薨。仁宗親政，詔改明年爲景祐元年。

宋仁宗景祐元年（一〇三四）　五十一歲

正月，下詔特開恩科，并規定「進士五舉年五十，諸科六舉年六十；曾經殿試，進士三舉，諸科五舉；及嘗預先朝御試，雖試文不合格，毋輒黜，皆以名聞」。

是年，柳永與兄柳三接同榜登進士第，賜同進士出身。省試題爲宣室受釐詩（據司馬光温公續詩話）。

四月，在汴京，作永遇樂（薰風解慍）、送征衣（過韶陽）二詞頌仁宗聖壽。

柳永授睦州（今浙江建德）團練推官。屬初等幕職官，選人七階中的第四階。

柳永赴任前，宋祁作送睦州柳從事詩贈之。宋詩首言「唱第千人俊」，後又云「新曲遍鷗絃」，正同時符合柳永本年登第、擅詞名、赴睦州推官任之情狀。時宋祁在汴京爲直史館。胡宿有送柳先輩從事桐廬詩，中有「江上桃歌傳樂録」句，當亦同時贈柳之作。

錢惟演卒，年五十八。

宋仁宗景祐二年（一〇三五）　五十二歲

柳永在睦州。到任僅月餘，知州吕蔚即具狀薦舉之，侍御史郭勸以其於制不合，加以駁回。

六月，朝廷遂降詔初任官須成考後方得薦舉。

柳永在睦州期間，作滿江紅（暮雨初收）詞。

王安禮、曾布生。

宋仁宗景祐三年（一〇三六）　五十三歲

春，聞「大封拜宗室」，作臨江仙（鳴珂碎撼都門曉）詞。

宋仁宗景祐四年（一〇三七）　五十四歲

六月，在蘇州，作永遇樂（天閣英游）詞贈知蘇州蔣堂。

蘇軾、許將生。丁謂卒，年七十二。

宋仁宗景祐五年（一〇三八）　五十五歲

十一月，改元寶元。

春，在蘇州，作木蘭花慢（古繁華茂苑）贈知蘇州柳植。

疑去年至本年前後，柳永在蘇州任職，其具體差遣則未詳。另瑞鷓鴣（全吴嘉會古風流）亦蘇州作。

李遵勗卒，年五十一。王益卒，年四十六。

宋仁宗寶元二年(一〇三九)　五十六歲

蘇轍生。謝絳卒，年四十五。

宋仁宗康定二年(一〇四一)　五十八歲

是年十一月，改元慶曆。

舒亶生。

宋仁宗慶曆二年(一〇四二)　五十九歲

寶元二年至本年之間，疑柳永曾監曉峰鹽場。作鬻海歌詩。

至遲到本年末，柳永已升至泗州判官，爲選人七階中的第三階。

聶冠卿卒，年五十五。

宋仁宗慶曆三年(一〇四三)　六十歲

五月二十五日，詔舉幕職、州縣官充京朝官，從參知政事范仲淹所奏。

在汴京，吏部不放改官。遂詣同中書門下平章事兼樞密使晏殊進狀申訴，然未獲援引。或因十月詔復審京朝官選人之進狀申訴，柳永遂得磨勘改官，升爲京官，職著作佐郎。

按宋制，初改官後的京官須先外任縣令。餘杭縣誌卷一九載柳永曾任餘杭(今屬浙江)令，疑即爲柳永改官後初授之差遣。

十月後，知杭州蔣堂以樞密直學士知益州，啓程赴蜀，柳永作一寸金（井絡天開）詞贈行。

（萬曆）鎮江府志卷三六引宋故郎中柳公墓志殘文，謂柳永改官後曾任西京靈臺（或指渭南）令。羅燁醉翁談録庚集卷三謂柳永曾宰華陰（今屬陝西）。具體何時均難以確考，大略應在柳永改官之後、皇祐五年致仕之前這十年内。樂章集中少年游（長安古道馬遲遲）、（參差煙樹霸陵橋）以及瑞鷓鴣（全吴嘉會古風流）中「渭南往歲憶來游」句，似可證柳永曾宦游西北。

宋仁宗慶曆四年（一〇四四）　六十一歲

王雱、黄裳生。陳堯佐卒，年八十二。

宋仁宗慶曆五年（一〇四五）　六十二歲

黄庭堅生。

宋仁宗慶曆六年（一〇四六）　六十三歲

本年，柳永當循資由著作佐郎轉爲著作郎。

晁端禮生。

宋仁宗慶曆七年（一〇四七）　六十四歲

滕宗諒卒，年五十七。尹洙卒，年四十七。

宋仁宗慶曆八年（一〇四八）　　六十五歲

李之儀、朱服、劉弇生。

宋仁宗皇祐元年（一〇四九）　　六十六歲

本年，柳永當循資由著作郎遷太常博士。

秦觀生。葉清臣卒，年五十。

宋仁宗皇祐三年（一〇五一）　　六十八歲

夏竦卒，年六十七。

宋仁宗皇祐四年（一〇五二）　　六十九歲

本年，柳永當循資由太常博士遷屯田員外郎。

賀鑄、陳師道生。范仲淹卒，年六十四。

宋仁宗皇祐五年（一〇五三）　　七十歲

本年，柳永致仕。按慣例增秩轉一官爲屯田郎中。

晁補之生。

宋仁宗至和元年（一〇五四）　七十一歲

二月，孫沔以資政殿學士出知杭州。柳永在杭州，作早梅芳（海霞紅）詞贈之。

八月，柳永在孫沔中秋府會中，作望海潮（東南形勝）詞。

張耒生。

宋仁宗至和二年（一〇五五）　七十二歲

晏殊卒，年六十五。

宋仁宗至和三年（一〇五六）　七十三歲

八月，老人星見。柳永在汴京，由入内副都知史志聰薦，作應制詞醉蓬萊（漸亭皋葉下）進呈，因用語深觸仁宗忌諱，而無果。

九月，改元嘉祐。

本年以後，柳永事迹即無見於載籍者。其身故應即在本年後不久。據（萬曆）鎮江府志載宋故郎中柳公墓志殘文，柳卒於潤州。

周邦彦生。

宋神宗熙寧八年乙卯（一〇七五）

十二月，王安禮知潤州（續資治通鑑長編卷二七一）。元豐元年（一〇七八）十月改知湖州

（〔嘉泰〕吴興志卷一四）。

據（萬曆）鎮江府志載，王安禮知潤州期間，爲柳永擇地安葬，由其侄（當即柳淇）撰墓志銘。墓志殘文謂「叔父之卒，殆二十餘年云」。王安禮葬柳永最遲在元豐元年，上距宋仁宗至和三年爲二十二年。故柳永去世時間定於至和三年後不久較爲合理。

十九畫

廿一畫

廿四畫

十四畫

十五畫

十六畫

十七畫

十八畫

十　畫

十一畫

十二畫

十三畫

七　畫

八　畫

九　畫

五　畫

六　畫

索　引

本索引以調名首字筆畫爲序；包括《樂章集》三卷、《樂章集續添曲子》、《樂章集逸詞》所録詞，及《柳永存目詞》之《醉翁談録載依託柳永詞》、《話本小説載依託柳永詞》、《全宋詞柳永存目詞》、《天機餘錦載柳永逸詞》所録詞，而《柳永存目詞》之《柳詞佚句》不與焉。

一　畫

二　畫

三　畫

四　畫

圖書在版編目(CIP)數據

樂章集校箋：典藏版 /（宋）柳永著；陶然，姚逸超箋注. —上海：上海古籍出版社，2019. 8
（中國古典文學叢書〔典藏版〕）
ISBN 978-7-5325-9272-2

Ⅰ. ①樂… Ⅱ. ①柳… ②陶… ③姚… Ⅲ. ①宋詞—注釋 Ⅳ. ①I222. 844

中國版本圖書館 CIP 數據核字(2019)第 129001 號

中國古典文學叢書〔典藏版〕
樂章集校箋
（全二册）
〔宋〕柳　永　著
陶　然　姚逸超　箋注
上海古籍出版社出版發行
（上海瑞金二路 272 號　郵政編碼 200020）
（1）網址：www. guji. com. cn
（2）E-mail：guji1@guji. com. cn
（3）易文網網址：www. ewen. co
浙江新華數碼印務有限公司印刷
開本 890×1240　1/32　印張 28. 25　插頁 13　字數 541，000
2019 年 8 月第 1 版　2019 年 8 月第 1 次印刷
印數：1—3，100
ISBN 978-7-5325-9272-2
I·3401　定價：198. 00 元
如有質量問題，請與承印公司聯繫

樂章集校箋

[宋]柳永 著
陶然 姚逸超 校箋

2016 《叢書》出版達 136 種，并推出典藏版

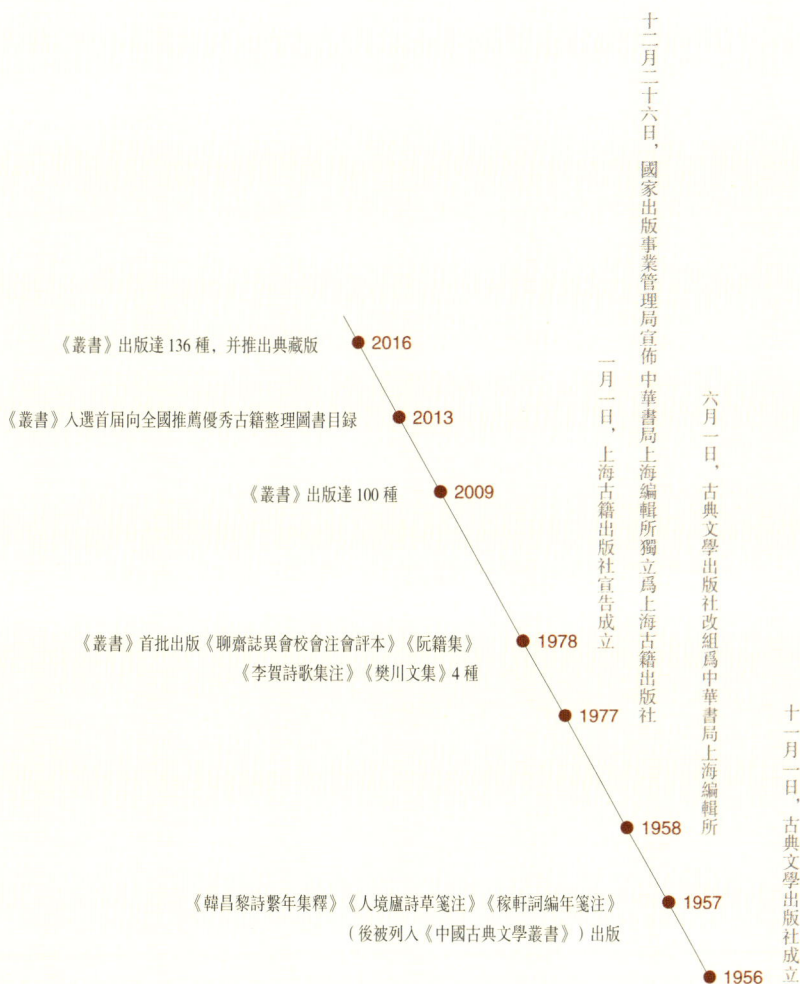

2013 《叢書》入選首届向全國推薦優秀古籍整理圖書目録

2009 《叢書》出版達 100 種

1978 《叢書》首批出版《聊齋誌異會校會注會評本》《阮籍集》《李賀詩歌集注》《樊川文集》4 種

一月一日，上海古籍出版社宣告成立

1977 十二月二十六日，國家出版事業管理局宣佈中華書局上海編輯所獨立爲上海古籍出版社

1958 六月一日，古典文學出版社改組爲中華書局上海編輯所

1957 《韓昌黎詩繫年集釋》《人境廬詩草箋注》《稼軒詞編年箋注》（後被列入《中國古典文學叢書》）出版

1956 十一月一日，古典文學出版社成立

陶然（一九七一—），江蘇南京人。浙江大學教授。

姚逸超（一九八九—），山西太原人。任教于浙江大學城市學院。

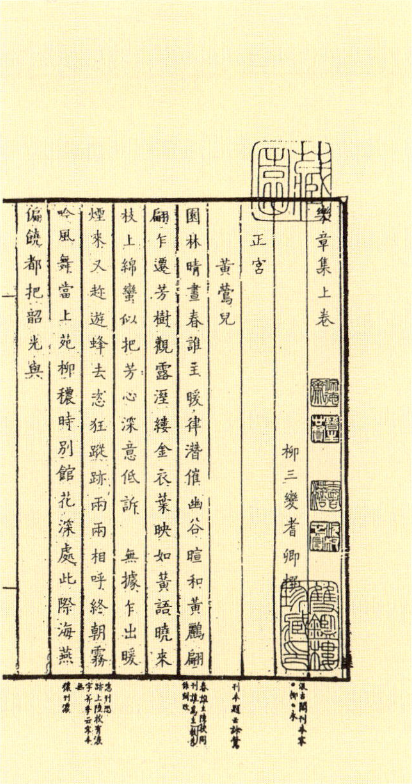

樂章集上卷

柳三變耆卿撰

正宮

黃鶯兒

園林晴晝春誰主暖律潛催幽谷暄和黃鸝翩翩乍遷芳樹觀露溼縷金衣葉映如簧語曉來枝上綿蠻似把芳心深意低訴 無據乍出暖煙來又趁遊蜂去恣狂蹤跡兩兩相呼終朝霧吟風舞當上苑柳穠時別館花深處此際海燕偏饒都把韶光與

《續修四庫全書》之清勞權鈔本《樂章集》書影

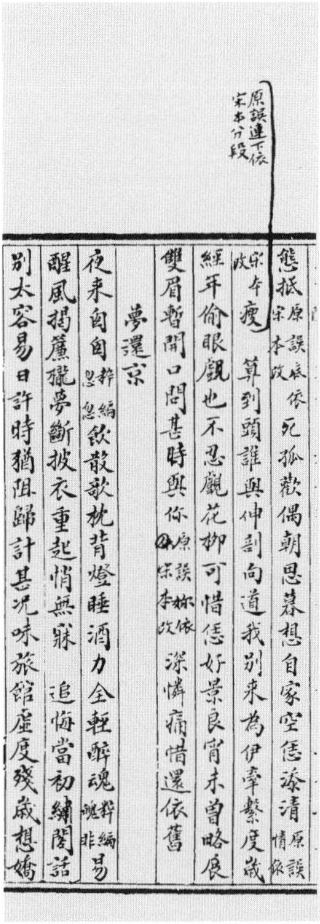

原誤連下依宋本分段

態抵（原誤底依宋本改）死孤歡偶朝思暮想自家空恁添清（原誤情依
瘦（宋本改）算到頭誰與伸剖向道我別來為伊牽繫度歲
經年偷眼覷也不忍覷花柳可惜恁好景良宵未曾略展
雙眉暫開口問甚時與你（原誤妳依宋本改）深憐痛惜還依舊

夢還京

夜來匆匆（辞編急急）飲散欹枕背燈睡酒力全輕醉魂（粹編魂非）易
醒風揭簾櫳夢斷披衣重起悄無寐　追悔當初繡閣話
別太容易日許時猶阻歸計甚況味旅館虛度殘歲想嬌

清張文虎校《樂章集》書影

向晚起板似豆因上句未叶
而此起乃是時韵
向晚起猶言從傍晚始也

舞袖二句亦是參差對
此琴辭之作法也

8

絃管新聲騰沸恣遊人無限馳驟嬌馬車如水竟尋芳
選勝歸來向晚起通衢近遠香塵細細太平世少年
時忍把韶光輕棄況有紅妝楚腰越艷一笑千金何啻
向尊前舞袖飄雪歌響行雲止願長繩且把飛烏繫任
好從容痛飲誰能惜醉

黃鍾羽

傾杯

水鄉天氣灑蒹葭露結寒生早客館更堪秋杪空階下
木葉飄零颯颯聲乾狂風亂掃當無緒人靜酒初醒天
外征鴻知送誰家歸信穿雲悲叫蛩響幽窗鼠窺寒
硯一點銀釭閒照夢枕頻驚愁衾半擁萬里歸心悄悄

《中國古典文學叢書》版書影

前言

在中國文學史上，柳永是一個很特殊的人物，仿佛一個「熟悉的陌生人」。和其他名家相比，不僅其生平及仕履情況至今仍有很多迷霧，而且對其人其詞，歷來也褒貶不一，褒之者譽以「學詩當學杜，學詞當學柳」（宋張端義貴耳集引項安世語），貶之者譏爲無行浪子、淫詞穢曲。儘管以柳詞比附杜詩，或推許過當，但柳永的地位和影響，實不能因其詞淺近俚俗而受輕視。南宋劉克莊謂梅堯臣爲宋詩開山之祖。如移之以論詞，能稱得上宋詞開山之祖的非柳永莫屬。柳永不僅在宋代詞壇是傑出的第一流作家，置於整個文學史上，也絕對稱得上是開宗立派、影響一代的大家。鄭文焯謂柳詞爲「北宋正宗」（鄭文焯手批樂章集），是否「正宗」固可討論，但可以肯定的是，如果没有柳詞，宋代詞壇的藝術趣味和審美趨向就缺失了鮮活生動的重要一極，而其在詞體發展方面所作的貢獻，更是促進宋詞繁榮和演進的强大動力之一。

一

柳永，初名三變，字景莊，後更名永，字耆卿。因其排行第七，故人稱「柳七」。柳永出身於官宦世家。根據宋初文人王禹偁爲柳永的祖父柳崇所作的墓碣銘，柳永的七世祖柳奥，是唐代史家柳芳之孫、柳登之子、著名文人柳冕之侄，柳奥隨叔父柳冕入閩，遂定居於崇安（今屬福建）五夫里金鵝峰之陽，開崇安柳氏一脈。如果這一記載可信，則柳永就和唐代高門河東（今山西永濟）柳氏攀上了關係。不過新舊唐書中的柳芳父子本傳，都沒有提到柳奥其人，故有學者懷疑王禹偁的説法不過是古代寫墓志銘時上攀高門名流的舊習而已，不能太當真。柳永的祖父柳崇，字子高，五代時以儒學著名，終生未仕，「以行義著於鄉里，以兢嚴治於閨門」（王禹偁建溪處士贈大理評事柳府君墓碣銘）。柳崇有六子：柳宜、柳宣、柳寘、柳宏、柳寀、柳察，皆有功名科第於時。柳永的父親柳宜，字無疑，生於後晉天福四年（九三九），曾仕於南唐，任監察御史，「多所彈射，不避權貴，故秉政者尤忌之」（王禹偁送柳宜通判全州序）。入宋後，先後任雷澤、費縣、任城令，通判全州，官贊善大夫、殿中丞、國子博士（有記載謂其官終工部侍郎，但恐怕也不很可信）。柳宜與王禹偁交好，王禹偁先後爲他寫了三篇文章，這爲後人了解柳永的家世提供了很有價值的材料。柳宜有三子：柳三復、柳三接、柳三變，「三復」、「三變」出自論語，「三接」

出自易經，看來柳宜對他們的期望還是很高的。事實上這三兄弟也都以文才得名，時稱「柳氏三絶」。柳永的叔父柳宏、柳寘、柳察在真宗年間先後中進士，長兄柳三復也是真宗年間的進士，柳永與次兄柳三接在仁宗景祐元年同科并中進士，柳永之子柳涚和柳三接的兒子柳淇也都得中進士。祖孫三代有八個進士，可謂簪纓世家。不過官職都不很高，而且除柳永以填詞著名外，其兄柳三復以蹴踘踢毬而得入丁謂門下（劉攽中山詩話），柳永的侄子柳淇是書法家，柳永的孫子柳彦輔精於算命，「決王公貴人生死禍福」（黄庭堅贈日者柳彦輔），看來其家族的「雜學」也是有傳統的。

柳永宋史無傳，其生平事迹多散見於野史雜著、流傳於雜劇小説之中，有的互相牴牾，有的明顯不可信從。關於其生平仕履，經幾輩學者多方考辨，雖難以確知，但大體可以確定柳永主要的活動年代是宋真宗、仁宗年間，而且在真宗年間已有不少詞作問世，因此柳永作爲北宋第一位大力填詞的名家，是毫無疑義的。柳永的一生，以他在宋仁宗景祐元年（一〇三四）中舉爲分界綫，大致可以分爲兩個階段：前期主要生活在汴京，多次參加科舉考試，還通過以詞應制頌聖等方式，不斷尋求入仕的機遇，同時多流連於汴京的秦樓楚館，恣情浪游；而中舉之後，則游宦四方，驅驅行役。這種生活經歷在他的創作上也留下了深刻的烙印。

柳永的家世出身決定了他并不是一個淡泊功名的人，他早年曾屢次參加科舉考試，但都未能及第。其征部樂謂：「況漸逢春色。便是有、舉場消息。」明顯是對科第中舉的希冀；柳初新中「別有堯階試罷。新郎君、成行如畫。杏園風細，桃花浪暖，競喜羽遷鱗化。徧九陌、相將遊冶。驟香塵、寶鞍驕馬」的描述，正折射出他對新科進士們的羨慕之情。而舉場的屢屢失意，也免不了讓他發出「黄金榜上，偶失龍頭望」的自遣之語，「才子詞人，自是白衣卿相」的自慰之辭，以及「忍把浮名，换了淺斟低唱」（鶴沖天）的自傲之意。或許正是科場的蹭蹬，使得他縱情放浪形骸於聲色酒樂之中，與北里歌妓樂工們結下了不解之緣。宋葉夢得謂柳永「爲舉子時，多遊狹邪，善爲歌辭。教坊樂工每得新腔，必求永爲辭，始行於世，於是聲傳一時」（避暑録話卷三）。從此文學史上便多了一位風流才子。柳永的樂章集中經常可以看到他對自己早年這種浪遊生活的回憶：「暗想從前，未名未禄，綺陌紅樓，往往經歲遷延」（戚氏）；「帝城當日，蘭堂夜燭，百萬呼盧。畫閣春風，十千沽酒」（笛家弄）；「長是因酒沈迷，被花縈絆」（鳳歸雲）。柳永在其如魚水詞中説自己「藝足才高，在處别得艷姬留」，樂章集中提到的「艷姬」，就有心娘、佳娘、蟲娘、酥娘、師師、秀香、瑶卿、香香、英英等，柳永的不少詞，就是爲這些歌妓所寫的。在這種縱遊倡館酒樓的生涯中，柳永度過了他的青壯年時代。這成就了他和他的詞聞名天下的聲望，但或許也使他爲此而付出了不小的代價。吴曾能改齋漫録卷一六載：「柳三變好爲淫冶謳歌之曲，傳播四方。嘗有鶴沖天詞云：『忍把浮名，换了淺斟低唱。』及臨軒放榜，（宋仁宗）特落之，曰：『且去填詞，何要浮名！』」其事雖未必確實，但反映出的當時人對柳永之看法，却是真實的。後來柳永在仕宦生涯中困於改官的經歷，也未嘗没有這一因素的影響。實際上，柳永的這種生活方式，一方面固然與其性格氣質有關，另一方面，據羅燁新編醉翁談録丙集卷二中説：「耆卿居京華，暇日偏遊妓館。所至妓者愛其有詞名，能移宫换羽，一經品題，聲價十倍。妓者多以金物資給之。」以一個官宦世家子弟的身份，而需歌妓的「資給」，其間或亦不乏淒涼與辛酸。樂章集中有那麽多描寫歌妓的作品，應該説與此是有關係的。柳永前期既汲汲於功名科第，真宗年間，還趁著「天書」事件的機會，寫了不少應制頌聖之作，以求一售。但又流連於坊曲之間，過著縱情遊冶的生活。這種看似兩歧的生活方式，實則是其内在心理矛盾的體現，似乎也預示了他一生的命運。

宋仁宗明道二年（一〇三三），垂簾了十年的章獻明肅劉太后去世，仁宗親政，改明年爲景祐元年。爲了祝賀親政，仁宗增加了景祐元年進士科及諸科的録取名額，并且特開恩科，對歷年來舉場沉淪失意的士人，格外放寬尺度：規定「進士五舉年五十，諸科六舉年六十；嘗經殿試，進士三舉，諸科五舉；及嘗預先朝御試，雖試文不合格，毋輒黜，皆以名聞」（李燾續資治通鑑長編卷一一四）。柳永和其兄柳三接在這年同科中舉，有可能就是以恩科特奏名，而得到「同進士出身」的身份，而此時他已年過半百了。中舉後的柳永，官運并不亨通。柳永初任睦州（今浙江建德）團練推官，屬初等幕職官。據葉夢得石林燕語及續資治通鑑長編卷一一六載，柳永到任僅月餘，知州吕蔚即具狀薦舉之，但侍御史郭勸以其於制不合，予以駁回。朝廷還專門下詔强調初任官須任滿成考纔能獲得薦舉。對柳永來説，初入仕途即升遷受阻，已經開始感受到宦游的艱辛，再加上幕職官風塵作吏、供人驅使的境地，使他産生了對官場的厭倦之意，如他在睦州所作的滿江紅謂：「游宦區區成底事，平生況有雲泉約。歸去來、一曲仲宣吟，從軍樂。」就是這種情緒的流露。此後整整八年，柳永最多只是升遷了一級，爲泗州判官。其間景祐四年（一〇三七）到寶元二年（一〇三九）間，可能在蘇州任職。寶元二年到慶曆二年（一〇四二）間，可能任監曉峰鹽場（在今浙江定海）。慶曆三年（一〇四三），朝廷下詔舉幕職、州縣官充京朝官，爲柳永磨勘改官提供了機會。但這次仍然没有成功，據張舜民畫墁録載：「柳三變既以詞忤仁廟，吏部不放改官，三變不能堪，詣政府。晏公（殊）曰：『賢俊作曲子麽？』三變曰：『只如相公亦作曲子。』公曰：『殊雖作曲子，不曾道「綵綫慵拈伴伊坐」。』柳遂退。」説明其詞作的聲望還是給柳永的仕途帶來了一些負面的影響。不過此後數月，由於朝廷再次覆核其申訴，柳永終於改爲著作佐郎，得以升爲京官，結束了「久困選調」的處境。柳永改官後，依例循資而遷，三年一轉，由著作佐郎遷著作郎，再遷太常博士，官終屯田員外郎，故後世稱之爲「柳屯田」。此時柳永當已是六十九歲的老人了。宋代官員一般七十歲致仕，柳永致仕後依例增秩轉了一官爲屯田郎中，故後世亦稱之爲「柳郎中」。這些官職在宋代都屬於寄禄官，并非實際差遣，按照宋代官制，改官後的京官須先外任縣令等親民官，柳永可能於慶曆三年末任餘杭（今屬浙江杭州）令。明萬曆鎮江府志卷三六引柳永之侄所作宋故郎中柳公墓志殘文，謂柳永改官後曾任西京靈臺（或指陝西渭南）令。羅燁新編醉翁談録庚集卷三謂柳永曾宰華陰（今屬陝西）。但具體何時則都難以確考。可見柳永所任的多爲地方小官，宦游的地域範圍也比較廣。因此柳永後期作品中，雖不免仍多懷舊之詞，但早年的風情明顯減退，其長相思中所云「又豈知、名宦拘檢，年來減盡風情」，就是其夫子自道之語。於是游宦羈旅便成爲這段時期柳詞的重要主題，其中以作於江淮和兩浙一帶的居多。另外，他在監曉峰鹽場時，還寫過一篇鬻海歌，是反映鹽民生活疾苦的詩作，有唐代白居易新樂府之風，這固然與詩詞之别有關，但或許也和他慢慢滌盡早年風流浪子的面目有一定關聯。

樂章集中，有不少投贈詞，都是上各地郡守的，以蘇州、杭州諸地爲多。其所投贈的對象，今可考者，有丁謂、蔣堂、柳植、孫沔等人。如果再加上寫過送睦州柳從事詩的宋祁、在知睦州時推薦過柳永的吕蔚（名相吕端之子）、和柳永有過一段對話的宰相晏殊、推薦柳永醉蓬萊詞給宋仁宗的入内副都知史志聰等，大多爲真宗、仁宗年間的名臣顯宦，則柳永的交游情況大略可見。

明萬曆鎮江府志卷三六載，柳永身殁於潤州（今江蘇鎮江），死後殯葬無著，二十餘年後王安石之弟王安禮知潤州時，爲柳永擇地安葬，并由柳永的侄子柳淇撰寫了墓志銘。據此推算其卒年在至和三年（一〇五六）後不久。宋元話本謂柳永死後由衆歌妓醵錢合葬，雖屬小説家言，不可爲據，但也稍稍折射出一代詞人的命運。

二

薛礪若宋詞通論曾稱柳永爲「宋詞革命鉅子」。其實嚴格來説，柳永不是一個「革命者」，而是一個開創者，是新的宋詞時代的開創者。柳永一生所經歷的太宗朝後期以及真宗、仁宗兩朝，正是北宋社會漸趨承平繁盛的時期。隨著社會的安定，都市經濟得到迅速發展，家家弦唱，處處笙歌，這種社會環境爲專供娱樂消遣的詞的發展，提供了豐厚的現實土壤。柳永詞就在這種時代氛圍中應運而生。他對於作爲民間俗文學的初起階段的詞、對於五代花間以來的傳統詞，固然都有繼承和發展，但更重要的是，柳永一方面採用市井新聲，一方面又進行融會與開創，從而形成了其所特有的「柳氏家法」、「屯田蹊徑」，創造出了獨特的風格，從詞調到作法，都爲宋詞的發展起到了開新局的作用。吴熊和師曾將柳永詞的藝術成就總結爲發展慢詞、多用賦體、雅俗并陳三個方面，以下就此略作申説補述。

慢詞即慢曲子，調長拍緩，在音樂上變化繁複，悠揚動聽，一般字數較多。唐五代詞調基本上都是短小的令曲，雖偶有慢詞出現，但影響不大。入宋以後，市井新聲競起，「新聲巧笑於柳陌花衢，按管調絃於茶坊酒肆」（孟元老東京夢華録序），這種新聲勃興的盛況使詞調獲得了大量的新增與擴充，而所增者大都爲慢曲長調，從此令詞小曲就退居相對次要的地位了。在這個轉變過程中，柳永詞所起的作用是巨大的。柳永在宋代是以精通音律而著稱的詞人之一，他致力於嘗試新曲，以新的詞風來推動新的樂曲的流行。柳永詞中屢屢提及這種「新聲」，如「風暖繁絃脆管，萬家競奏新聲」（木蘭花慢）；「是處樓臺，朱門院落，絃管新聲騰沸」（長壽樂）；「簾下清歌簾外宴。雖愛新聲，不見如花面」（鳳棲梧）等。樂章集中大部分就是這類新聲。柳永詞作今存二百餘篇，凡用十六宮調，一百五十餘曲，其中除十餘調是沿用唐五代舊曲外，其餘的都是首見於柳永詞的。論創調之多，兩宋詞人無出其右。這其中又有兩種情況，一是直接採用當時的市井新聲入詞，一是將前代令曲加以改造。而所創之調中，又大都是慢曲，有些曲調在教坊曲、敦煌曲中本爲小令者，柳永亦衍爲長調。如長相思本雙調三十六字，柳永衍爲雙調一百零三字；浪淘沙本雙調五十四字，柳永衍爲三疊一百四十四字。這就開闢了詞曲由小令進入長調的新階段，詞調從此也就日趨豐富和蕃盛了。

賦體是慢詞的藝術技巧。晚唐五代以來的令詞，由於受到篇幅短小的局限，遂以「深」、「細」、「小」而見長，注重含蓄朦朧地表達心靈深處隱約幽微的情感體驗。而慢詞勃興之後，傳統的令詞作法已與慢詞龐大的結構、繁複的聲律不相適應了。而柳永不僅在詞調和音律上發展了慢詞，在技巧上亦打破傳統，創造性地採用賦體筆法，爲慢詞長調的創作開闢了一條新的道路。賦者，鋪也。長調即宜於鋪陳。柳詞善於鋪敘，無論是敘事寫景，還是抒情議論，都能做到委婉曲折，層層深入，細膩妥帖，淋漓盡致地揭示人物的心理活動和情感歷程。結構上大開大闔，回環往復，一唱三歎。如其望海潮（東南形勝）一詞，就被譽爲一篇用詞體寫就的杭州賦。而其不少描寫汴京繁盛的詞作，又何嘗不是一篇篇具體而微的汴都賦呢？另一方面，柳永的不少詞還表現出强烈的故事化傾向。即在一首詞中，首尾具足地鋪寫一個完整的故事情節，猶如一部獨幕甚至多幕的歌劇。像他膾炙人口的名作雨霖鈴，就是一個典型的例子，全詞由餞別寫到催發，到淚眼相對，到執手告別，到別後的酒醉，到次日清晨的酒醒，到對將來的懸想，依次層層敘述離別的場面和雙方惜別的情懷行動，如同一首帶有敘事性的劇曲，寫出了動人的惜別一幕。它的細膩感、故事性和直接面對市井民衆的感染力，就不是令曲所能達到的。宋代李之儀謂唐五代詞，「大抵以花間集中所載爲宗，然多小闋。至柳耆卿始鋪敘展衍，備足無餘。形容盛明，千載如逢當日」（跋吴思道小詞），就是從詞史的角度肯定了柳詞以賦體作長調對宋詞發展的貢獻。

雅俗，是詞的格調、風味上的問題。宋人多言柳永詞近俗，或謂「雖協音律，而詞語塵下」（李清照詞論），或謂「雖極工緻，然多雜以鄙語，故流俗人尤喜道之」（徐度却掃編），或謂柳永「長於纖艷之詞，然多近俚俗，故市井之人悦之」（黄昇唐宋諸賢絶妙詞選）。他們雖承認柳永詞藝術技巧上的高妙，但對其淺近俚俗的詞格頗有異辭。實際上，柳詞這種世俗化的傾向，代表的是一種新的審美趣味和藝術風範，是城市市民階層的生活理想與精神風貌在藝術領域的反映。作爲與高雅的文人詞相對的一極，它是構成宋詞豐富多彩面貌的重要組成部分。同時，柳永詞也并非一味淺俗，他的一些名作，大都俗中有雅，可謂俗不傷雅，雅不避俗。如其八聲甘州（對瀟瀟、暮雨灑江天）一闋，其中既有「想佳人、妝樓顒望」這樣的「俗極」（陳廷焯白雨齋詞話）之語，也有被蘇軾賞識的「霜風淒慘，關河冷落，殘照當樓」這樣的高雅之句。雅俗雜陳，正是柳詞之所長。而從接受和傳播的層面來看，柳永的許多名作，也是雅俗共賞的，并非僅僅在市井民衆中流傳。宋人筆記中有不少關於文人偏好吟唱柳永詞的記載，甚至和尚、道士也都愛好柳詞，如邢州開元寺僧法明，金全真教祖師王重陽等，都幾乎從柳詞中參禪悟道。不僅如此，柳永詞還遠傳至異域，葉夢得避暑録話記西夏國「凡有井水飲處，即能歌柳詞」，羅大經鶴林玉露卷一載金主完顏亮聞歌柳永望海潮，「欣然有慕於『三秋桂子，十里荷花』，遂起投鞭渡江之志」。另柳詞還東傳到高麗，高麗史卷七一樂志二中就收録了不少柳詞。在兩宋，甚至歷代詞人中，作品能流播如此久遠，是不多見的。

宋人和歷代詞評家的主流輿論，對於後人評價柳詞之視野局限是有影響的。其實，柳永詞中，論闊遠，除八聲甘州外，有曲玉管「立望關河，蕭索千里清秋」，定風波「塞柳萬株，掩映箭波千里」之句；論雄放，有雙聲子「想當年、空運籌決戰，圖王取霸無休。江山如畫，雲濤煙浪，翻輸范蠡扁舟」之句；論瀟灑，有看花回「醉鄉風景好，攜手同歸」，引駕行「獨自箇、千山萬水，指天涯去」之句；論曠達，有過澗歇近「回首江鄉，月觀風亭，水邊石上，幸有散髮披襟處」，鳳歸雲「幸有五湖煙浪，一船風月，會須歸去老漁樵」之句；論感慨，有少年游「長安古道馬遲遲」及「參差煙樹霸陵橋」，瑞鷓鴣「最是簇簇寒村，遥認南朝路、晚煙收。三兩人家古渡頭」之句；論飄逸，有傾杯「何人月下臨風處，起一聲羌笛」，采蓮令「寒江天外、隱隱兩三煙樹」之句。在題材上，風情與羈役、都市繁華與江鄉寥落、詠物與節序、投贈與應制、懷古與傷今，樂章集中均兼而有之。其豐富性未必在後來的蘇、秦、周、姜之下。然而，後人一談及柳永，首先想到的仍然是風流俗詞。今日視之，柳永在詞律、詞風和詞品方面的開創之功，是有必要加以重新考察與評價的。

柳永詞所開創的「柳氏家法」，代表了詞體本色，是宋詞正宗之一。關於詞的正宗與别調問題，歷代詞論家討論得很多。但詞在唐宋時代，就其實質而言，是隨市民文化而興起的一種通俗音樂文藝，要討論詞的本色，便不能脱離這個根本性質。詞本起於民間，文人參與詞的創作之後，雅化與文人化是一個必然的趨勢，從這點來看，無論是周邦彦、姜夔也好，蘇軾、辛棄疾也好，他們的創作都推動了這一趨勢。唯有柳永詞在一定程度上仍然保持了民間通俗文藝的本來面目。「柳詞上承敦煌曲，下開金元曲子，在其間起著重要的橋梁和中介的作用。」（吴熊和師唐宋詞通論）清代況周頤説：「柳屯田樂章集爲詞家正體之一，又爲金元已還樂語所自出。」（蕙風詞話卷三）金代董解元的講唱文學作品西廂記諸宫調，體格即與樂章集爲近。元曲中的大量作品，在格調和氣質上都與柳詞十分類似。元明時代的戲曲小説中，關於柳永的題材非常多，如金院本有變柳七爨（見南村輟耕録）；元雜劇有鄭廷玉樂城驛（見録鬼簿）、戴善甫柳耆卿詩酒玩江樓(見録鬼簿)、楊景賢柳耆卿詩酒玩江樓(見録鬼簿續編)、關漢卿錢大尹智寵謝天香(見元曲選);宋元南戲有秋夜樂城驛(見南詞敘録)、汪元亨父子夢樂城驛(見寒山堂新定九宫十三攝南曲譜)、柳耆卿詩酒玩江樓(見九宫正始、雍熙樂府等)、柳耆卿花柳玩江樓(見南詞敘録)、花花柳柳祭柳七記(見寒山堂新定九宫十三攝南曲譜);明南戲有王元壽領春風(見遠山堂曲品)、鄒式金春風吊柳七(見遠山堂曲品);元話本柳耆卿詩酒玩江樓(見清平山堂話本)、明擬話本衆名妓春風吊柳七(見古今小説);明小説柳耆卿斷蘭芳菊(見寶文堂書目)、柳耆卿記(見寶文堂書目)等。這種現象,不僅因爲柳永風流浪子的形象及傳説早已流傳民間,也與柳詞與民間俗文學的密切關係有一定關聯。因此在詞、曲的風會轉移中,柳永詞所發揮的影響是非常巨大的。

三

柳永詞集名樂章集。宋黄裳演山集卷三五書樂章集後云:「余觀柳氏樂章,喜其能道嘉祐中太平氣象,如觀杜甫詩,典雅文華,無所不有。是時予方爲兒,猶想見其風俗,歡聲和氣,洋溢道路之間,動植咸若。」黄裳是北宋中後期人,則樂章集或許在柳永卒後不久即已行世。南宋陳振孫直齋書録解題歌詞類著録有樂章集九卷,乃長沙劉氏書坊百家詞本。毛扆汲古閣珍藏秘本書目著録有「宋版柳公樂章五本」，但都未見流傳。今傳樂章集有九卷本和三卷本兩個系統。九卷本見諸陳第世善堂藏書目録、朱彝尊詞綜發凡、朱澂結一廬書目所著録，俱未見傳本。毛晉汲古閣宋六十名家詞本樂章集一卷，書前總目中注云：「原本九卷。」光緒年間吴重熹石蓮庵刻山左人詞中的樂章集一卷，覆刊毛本，附以繆荃孫和曹元忠的校記。這兩種一卷本，當皆出自九卷本。三卷本系統則有明吴訥唐宋名賢百家詞本、梅鼎祚藏本、趙元度校焦弱侯藏本、毛扆校紫芝漫鈔宋元名家詞本。康熙年間，毛扆借涂元文含經樓所藏宋本校汲古閣本，又從孫氏、周氏兩鈔本校正，由勞權（巽卿）傳鈔。三卷共一百九十四首，又續添曲子一卷十二首，皆依宫調編次。晚清朱孝臧彊邨叢書即以此本爲底本，并參校各本，附以校記，成爲今日通行之本。後全宋詞亦以彊邨叢書本入録，并補六首，合計二百十二首。今人整理本以薛瑞生樂章集校注爲代表，其初版依彊邨叢書本排序，後出增訂本則編年排序，對推進柳詞研究很有貢獻。

樂章集雖歷經諸名家讎校，但尚有不少遺留問題。兹就柳詞校箋，略述數事。

一、關於樂章集之依調編排。唐宋詞别集中詞調的宫調歸屬的標注，約有兩端：一爲依調以類詞。如知不足齋叢書本張先子野詞，乃鮑廷博據緑斐軒抄本二卷付刻，按宫調編排，共用十四個宫調，猶存宋時編次。柳永的樂章集，朱孝臧以毛扆據宋本校補本刻入彊邨叢書，亦按宫調編次，共用十六個宫調。二爲就詞以注調。如南宋嘉定刻本陳元龍注周邦彦片玉集，按春景、夏景等分類編排，每類以調編次，調下注明宫調。彊邨叢書本吴文英夢窗詞則標注宫調者六十四首。又姜夔白石道人歌曲中之自度曲亦間注宫調。柳永通曉音律，擅於「變舊聲，作新聲」（胡仔苕溪漁隱叢話後集），故「教坊樂工每得新腔，必求永爲辭，始行於世」（葉夢得避暑録話）。而張先、周邦彦、吴文英、姜夔等，亦與柳永同爲宋代最負知音識律之名的詞家，其詞集均依宫調編排或標注宫調，應當不是偶然的，很可能它們原來都是作爲唱本行世的。依調以類詞，可以便利地顯示出柳永詞在北宋燕樂宫調體系中的覆蓋情況以及柳詞的宫調偏好。樂章集中所用宫調的分佈非常廣泛，計正宫十闋、中吕宫六闋、仙吕宫二闋、大石調二十四闋、雙調十八闋、小石調八闋、歇指調九闋、林鐘商四十四闋、中吕調十九闋、平調六闋、仙吕調三十八闋、南吕調十闋、般涉調七闋、黄鐘羽一闋、散水調二闋、黄鐘宫一闋、越調一闋。其中詞作最爲集中的是五個宫調，即大石調、雙調、林鐘商、中吕調和仙吕調。由此對柳詞涵蓋之音域及各宫調下詞作分佈的多寡、詞作的聲情特點等作進一步考察，則有可能爲考察宋代燕樂系統中俗樂、宫調、辭樂配合等問題，提供重要的啓示。樂章集依宫調編排的形式，或許就保留了一些可能蘊含的音樂信息，這對於進一步認識柳詞與宋代俗樂的關係、研究詞這一音樂文藝形式是有價值的。

二、關於樂章集的三種新見校記。樂章集今所常見者略有毛晉宋六十名家詞本、吴訥唐宋名賢百家詞本、吴重熹石蓮庵刻山左人詞本、勞權鈔毛斧季校正本、朱孝臧彊邨叢書本等。

其中吴氏石蓮庵刻山左人詞本及彊邨叢書本附刊有繆荃孫樂章集校勘記、曹元忠樂章集校勘記補遺及朱孝臧樂章集校記等多種名家校記，其中廣引宋本或舊本，有些久佚的版本如梅禹金鈔本、焦弱侯本等，皆賴這些校記而略存面目，對於校勘柳詞無疑有著非常重要的價值。而另有三種新見柳詞校記，爲校勘柳詞提供了不少新的資料，值得研究柳詞者注意。

其一，鄭文焯校批樂章集。鄭氏爲晚清詞學大家，精於校詞訂律，其所校清真詞、夢窗詞均以精審著稱。鄭氏校批樂章集之底本爲石蓮庵初印本，全書丹黄爛然，眉批滿紙。鄭氏自謂批校該書，「據宋本校訂補正」，「又依顧汝所、陳鍾秀校草堂詩餘本」，「又明梅禹金鈔校三卷本，多有佳證」，「明鈔花草稡編、天籟閣、嘯餘圖譜、梅苑、全芳備祖、花庵詞選、陽春白雪、樂府指迷諸本，間爲徵據」，略可見其取資之廣泛宏富。書版前批三則，分别爲：「己亥之歲中春校過」、「戊申春晚發明柳三變詞義爲北宋正宗」、「己酉秋再斠」，書末跋語署「辛亥夏五」。按己亥爲光緒二十五年（一八九九），戊申爲光緒三十四年（一九〇八），己酉爲宣統元年（一九〇九），辛亥爲宣統三年（一九一一）。可見鄭氏至少前後四校此集，歷時十三年之久，用力之勤，可與其所校夢窗詞媲美。是書今有臺灣廣文書局據張壽平所藏稿本影印本。本書完整輯録并取以校勘。

其二，秦巘詞繫校本。秦巘爲清代詞學家秦恩復之子，秦恩復有詞學叢書六卷，其家所藏詞籍亦多珍本。秦巘承家學淵源，撰詞繫二十四卷，書成於道光、咸豐間，爲未刊稿本，鮮爲人所知。夏承燾先生天風閣學詞日記曾載其與任二北、龍榆生、趙尊嶽等人訪求該書情況，并欲付印之，但終因秦氏後人索價過高而未得見全稿。後唐圭璋先生得知該書藏於北京師範大學圖書館，經鄧魁英、劉永泰整理後於一九九六年由北京師範大學出版社排印出版。該書所録柳詞較爲齊備，且每闋之後均據「宋本」詳細出校。其所長者在考律，頗能糾正詞律、詞譜諸書缺失，對於柳詞斠律有重要參考價值。該書雖出版已近二十年，但校柳詞者似多未加留意。本書并加輯録。

其三，陳運彰所録傅增湘過録趙元度校焦弱侯本校語。陳運彰（一九〇五——一九五五），原名彰，字君漠，一字蒙安，精書畫篆刻。其早年曾從況周頤學詞，爲況氏入室弟子。該校語手録於石蓮庵本樂章集之上，原書爲平湖葛渭君先生所藏。趙元度校焦弱侯本校語，彊邨叢書本校記中亦有引用，但陳氏所録與之頗有異同。例如樂章集開卷第一首黄鶯兒詞下片「恣狂蹤迹，兩兩相呼，終朝霧吟風舞」句，朱孝臧校、繆荃孫校皆引梅禹金鈔本謂「迹」字前空一格。曹元忠校根據本集本證謂：「本集征部樂調有『每追念狂蹤舊迹』句，則□或是『舊』字。」鄭文焯批語亦謂「梅禹金本多一字」，并夾批添一「舊」字。可見諸家校語多傾向此句作「恣狂蹤舊迹」。但陳運彰所録校記則作「恣狂蹤浪迹」，這也從勞權鈔校本中得到支持：「『迹』上陸校有『浪』字。斧季云：『宋本無。』」黄鶯兒這個詞調宋代詞人填的不多，此句究竟是四字句還是五字句，究竟是「浪迹」還是「舊迹」，雖看似無關大礙，但詞之爲體，句有定字，字有定聲，這一個字眼却也涉及這首詞的詞律，涉及文字的精微要眇。雖陳氏所録未必即爲柳詞原貌，但其文獻校勘價值是值得重視的。薛瑞生樂章集校注增訂本收録該校語，署葛渭君輯，然尚略有文字方面的訛誤。本書據原稿重加輯録。

另外，明陳耀文花草粹編共收柳詞一百六十一首，花草粹編成書於明萬曆十一年（一五八三），早於梅鼎祚、焦竑兩個明鈔本，其中九十四闋調下都有題注，多爲各本所無，調名、字句方面的異同更多，整理與研究柳詞，對花草粹編的校勘價值，應予以重視。朝鮮鄭麟趾所撰高麗史卷七一樂志二中録有不少北宋詞曲，其中所録柳永詞的異文，從時代上來説，也是遠早於現存諸本的。這些本書均取以校録。

三、所謂宋本不盡可據。就宋代詞籍而言，宋本的校勘價值自無庸置疑，但樂章集的情況比較特殊。明陳耀文花草粹編、清秦巘詞繫以及繆荃孫、曹元忠、鄭文焯、王國維諸家均謂曾見宋本，并據宋本入校。這些所謂宋本是否可據，至少存在三個問題：一是目前没有可信的宋本存世，樂章集現存的所有版本都在明代及明代以後；諸家校語中又絶口不提所謂宋本的來源及刊刻信息，各藏書志及公私圖書收藏中，均無相關著録。這些所謂宋本的來源是頗值得懷疑的。二是後世藏書家輾轉傳鈔和過録校記的過程中，也會出現許多異文。三是柳詞主要傳唱於市井民間，在傳播過程中樂工歌妓的再創造或不可避免地帶來各種異文。所以這些所謂宋本是否保留了柳詞的原貌仍然是有疑問的。兹以樂章集中二詞爲例，以見所謂宋本與異文修改之關係。玉女摇仙佩下片云：「且恁相偎倚。未消得、憐我多才多藝。願嬭嬭、蘭心蕙性，枕前言下，表余深意。」其中「願孀孀」三字，秦巘詞繫引宋本、繆荃孫校記引宋本及天籟軒本均作「但願取」。而毛晉宋六十名家詞本、吴氏石蓮庵本、均作「願奶奶」，勞權鈔本、鄭文焯校引顧本作「願妳妳」，「奶奶」、「妳妳」同「孀孀」，異體耳。按「孀孀」爲宋元時俗語中對女子的昵稱，如「姐姐」。很明顯，作「願孀孀」更接近民間俗語的使用習慣和柳詞的俗詞特性。而所謂宋本的「但願取」三字，體現出雅化與修飾。作「但願取」，意思并無不通順之處，但却遠不如「願孀孀」三字生動，而且也丢失了北宋時對青樓女子稱呼之文化信息。又如集賢賓一詞有「就中堪人屬意，最是蟲蟲」句。朱孝臧校、繆荃孫校引宋本以及勞權鈔本，「蟲蟲」均作「春風」。而曹元忠按語則謂：「『蟲蟲』，當時妓名，本集征部樂調『但願我、蟲蟲心下，把人看待，長似初相識』；玉樓春調『蟲娘舉措皆淹潤』是也。宋本於『蟲蟲』字皆改去，此等處似皆不如梅本。」所言是也。可見，所謂宋本不盡可據，主要與柳詞在傳唱的過程中被改編，以及編選、刻印、傳鈔過程中向詞句的文雅化方向修改的可能性，有較大關聯，這在校訂柳詞時不可輕忽。

四、校詞不易，箋詞尤難。由於詞在北宋多只是歌宴酒席間的應歌之曲，這種特殊性決定了詞人心迹在詞中往往只是略有折射，未必如詩文一般直接表達，故欲由詞以論人，必須考慮到這一背景。柳永的很多詞，從語氣和用詞方面來看，就不能將其作爲個人感情生活的表現，可能只是和歌妓的感情糾葛，甚至完全是代歌妓立言的作品。如駐馬聽（鳳枕鸞帷）一闋，有學者提出該詞是柳永與妻子感情齟齬後遠游途中所作。但細繹詞中用語，「鳳枕鸞帷」、「如魚似水」、「深憐多愛」、「盡意依隨」、「恣性靈」等，均不似形容夫妻間關係之語。又鬭百花（滿搦宮腰纖細）一闋，謂寫柳永與妻初婚情事。然詞中「風流沾惹」、「怯雨羞雲」、「解羅裳」等語，似過於輕薄。又如迷神引（紅板橋頭秋光暮）一闋，亦謂爲懷妻之作。然下片「遥夜香衾暖，算誰與。知他深深約，記得否」等句，似亦語氣不倫。又離别難（花謝水流倏忽）一闋，定爲悼亡妻之作。然詞中「美韶容、何啻值千金」、「纏綿香體」、「嬌魂媚魄」、「尊前歌笑」、「巫峰十二」諸語，按之古人的用語習慣，似皆不宜施於夫婦之間。這説明箋詞還需要考慮到詞作産生與傳唱的實際文化環境和習俗、語境等，有時候闕疑不失爲更審慎的做法。此外，柳詞雖被李清照稱爲「詞語塵下」，其實白話俚俗只是柳詞的一個方面，鄭文焯即謂：「耆卿取字，不僅在温、李詩中，蓋熟於六朝文，故語多艷冶，無一字無來處。」鄭語雖略有誇飾，但細繹柳詞字句，可以感受到與文學傳統的淵源關係，對於這些詞句，稍加舉證，往往便可涣然冰釋。例如木蘭花（黄金萬縷風牽細）闋結句云：「楚王空待學風流，餓損宫腰終不似。」此固然是用韓非子之典，然若拈舉唐唐彦謙垂柳詩「楚王江畔無端種，餓損纖腰學不成」，無疑更爲貼切。本書在箋釋過程中，注重詞句淵源，强調以柳詞證柳詞等，就都出於這種考慮。

四

憶十餘年前，業師吴熊和先生即授以葛渭君先生所藏有陳録校語的吴本樂章集複印件二册，囑重訂柳詞。然自愧因循延宕，至今始得完稿。熊和師駕鶴歸去，已歷三載，欲求教正，而仙蹤無覓，謹以此書作爲遲交的作業獻給先生。

本書由陶然、姚逸超合作完成。

本書作爲直接資助項目，得到全國高校古籍整理研究工作委員會的資助。浙江大學將本書列入「古代文化典籍整理保護與研究」項目，項目總負責人浙江大學古籍研究所張湧泉教授給予了關心與指導。本書亦爲浙江省哲學社會科學重點研究基地浙江大學宋學研究中心成果。浙江大學中文系韓泉欣教授、汪維輝教授、顔洽茂教授、胡可先教授、樓含松教授亦多有指教。在撰寫過程中，還得到上海古籍出版社查明昊、奚彤雲、常德榮等先生的大力幫助與指教，謹此一并致以衷心的感謝。

陶然

二〇一五年八月於浙江大學中文系

本書出版後，不斷得到學界前輩及同仁的鼓勵與指教。今幸值上海古籍出版社將以「典藏版」形式重新出版，遂再校訂增補一過。此次修訂，在參校本方面比較重要的補充是新增國家圖書館所藏清張文虎校屯田樂府之唐氏寫本。張氏謂曾以宋本校毛晉汲古閣本樂章集，又以花草粹編諸書參校。今檢其校語，與清秦巘詞繫多有相合處，其所謂宋本或許與秦氏所據戈載藏宋本爲同一來源。但張氏校語豐富，亦有其一定的文獻價值，故一并取以校勘并補入校記中。另外，在箋注、輯評及詩文輯佚等方面亦略有增補，并改正了初版中的數處訛誤。謹此説明，并望讀者方家不吝教正。

陶然

二〇一九年五月

凡例

一、本書以朱孝臧彊邨叢書本樂章集爲底本，簡稱朱本。校勘尊重底本，盡量不改動原文。異文列入校記。

二、本書參校各本及簡稱如下：

①明毛晉汲古閣宋六十名家詞本樂章集，簡稱毛本。

②清吴重熹石蓮庵刻山左人詞本樂章集，簡稱吴本。

③清勞權鈔本樂章集，簡稱勞鈔本。

④清張文虎校屯田樂府（國家圖書館藏海寧唐氏寫本），簡稱張校本。

⑤民國林大椿排印明吴訥百家詞本樂章集，簡稱林刊百家詞本。其中林注所謂之「原鈔本」即吴訥原本，兹簡稱林刊百家詞本原鈔本。

⑥唐圭璋全宋詞所録柳永詞，簡稱全宋詞本。

⑦明陳耀文花草粹編，簡稱花草粹編。

三、本書取以參校之各家校語、批語及其簡稱如下：

①清朱孝臧彊邨叢書本樂章集後附校勘記，簡稱朱校。

②清吴重熹石蓮庵刻山左人詞本樂章集後附繆荃孫校勘記，簡稱繆校。

③清吴重熹石蓮庵刻山左人詞本樂章集後附曹元忠校勘記補遺，簡稱曹校。

④清勞權鈔本樂章集校記，其中校語，簡稱勞校；其中批語，簡稱勞批。

⑤清張文虎校屯田樂府中校語，簡稱張校。

⑥清秦巘撰詞繫之柳詞校勘文字，簡稱詞繫。

⑦陳運彰所録傅增湘過録趙元度校焦弱侯本校語，簡稱陳録（該書原爲平湖葛渭君先生所藏）。

⑧鄭文焯手批吴重熹石蓮庵刻山左人詞本樂章集，其中校語，簡稱鄭校；其中批語，簡稱鄭批。

⑨夏敬觀手批彊邨叢書本樂章集，簡稱夏批。

四、本書取以參校及訂律之各選本中，以下數種，因徵引稍頻，兹使用簡稱：

①清萬樹撰詞律，簡稱詞律。

②清杜文瀾撰詞律校勘記，簡稱詞律校勘記。

③清徐本立撰詞律拾遺，簡稱詞律拾遺。

④清欽定詞譜，簡稱詞譜。
⑤清歷代詩餘，簡稱歷代詩餘。
⑥朝鮮鄭麟趾撰高麗史，簡稱高麗史。

五、各選本及各家校語、批語所校之異文，如與底本相同，或參校本已列出相同異文，爲避免繁瑣，一般不寫入校記。

六、校箋中所謂「今按」，指本書整理者之按語或考辨。

七、本書對於常見之異體字、通假字、避諱字，視具體語境或保留或統一，一般不寫入校記。

八、各詞後附「校記」、「訂律」、「箋注」、「輯評」、「考證」、「附録」。「校記」廣録諸本異文，「訂律」詳考詞調體格，「箋注」重在釋辭釋典，「輯評」彙録後世評論，「考證」推測創作背景，「附録」呈現相關材料。六項内容，或全或缺，詳略不一，隨詞而定。

九、本書後附樂章集逸詞及柳永存目詞。前者爲曹元忠所輯，刊於吴本之後；後者包括全宋詞輯自筆記、話本、小説之存目詞，薛瑞生樂章集校注所輯詞，本次校勘新輯詞及殘句等。

一〇、本書後附樂章集序跋題識、柳永詩文輯存、柳永資料彙編等。其中柳永資料彙編依朝代編排，主要包括柳永家世、事迹、傳略等材料以及後世對其人其詞所作之總評、論詞絶句等。大體詳古而略今。以先師吴熊和先生論詞絶句爲殿，以示本書淵源所在。

一一、本書後附柳永簡譜，以見柳永一生事迹之大略，詞作年代可推定者，亦繫年條列。

目録

樂章集卷中

樂章集卷下

樂章集續添曲子

樂章集卷上

正宫

黄鶯兒

園林晴晝春誰主。暖律潛催〔一〕，幽谷暄和〔二〕，黄鸝翩翩〔三〕，乍遷芳樹。觀露濕縷金衣〔四〕，葉映如簧語〔五〕。曉來枝上緜蠻〔六〕，似把芳心、深意低訴。無據〔七〕。乍出暖煙來〔八〕，又趁遊蜂去。恣狂蹤迹，兩兩相呼，終朝霧吟風舞。當上苑柳穠時〔九〕，别館花深處〔一〇〕。此際海燕偏饒〔一一〕，都把韶光與。

【校記】

〔黄鶯兒〕毛本、吴本、張校本調下有題曰「詠鶯」。鄭校：「此題疑非原有，樂章集中竝以宫調曲名命意，無所謂題也。」

〔春誰〕朱校引趙元度校焦弱侯本、毛本、吴本、林刊百家詞本、鄭校作「誰爲」。

〔葉映〕吴本、繆校引天籟軒本「映」作「隱」。

〔無據〕林刊百家詞本於此句後分片。

〔又趁遊蜂〕陳録：「『趁』一作『逐』。」

〔恣狂蹤迹〕毛本、林刊百家詞本「恣」作「恐」。朱校、繆校、曹校皆引梅禹金鈔本云「迹」上空一格。曹校：「本集征部樂調有『每追念狂蹤舊迹』句，則□或是『舊』字。」鄭校：「梅禹金本多一字。」并夾批添一「舊」字。陳録則作「恣狂蹤浪迹」。勞鈔：「『迹』上陸校（明陸貽典之校語）有『浪』字。斧季云：『宋本無。』」今按：「舊迹」、「浪迹」語意自較通順，然晁補之黄鶯兒此句爲「算人間事」，王詵詞此句爲「算知空對」，梅苑引無名氏詞此句爲「就中妖嬈」，皆作四字句，且金王喆和韻柳永此詞亦作「本元初得」，可證宋金時所傳柳詞此句皆爲四字句。

〔終朝〕朱校引草堂詩餘、曹校引顧陳本草堂詩餘（明顧汝所刻類編草堂詩餘與明陳鍾秀刊精選名賢詞話草堂詩餘）、鄭校引陳本并作「黄昏」。

〔柳穠〕毛本、吴本、林刊百家詞本「穠」作「濃」。

【訂律】

正宫爲燕樂七宫之一。新唐書禮樂志：「凡所謂俗樂者，二十有八調：正宫、高宫、中吕宫、道調宫、南吕宫、仙吕宫、黄鐘宫爲七宫；越調、大食調、高大食調、雙調、小食調、歇指調、林鐘商爲七商；大食角、高大食角、雙角、小食角、歇指角、林鐘角、越角爲七角；中呂調、正平調、高平調、仙呂調、黄鐘羽、般涉調、高般涉調爲七羽。皆從濁至清，更迭其聲，下則益濁，上則益清。」沈括夢溪筆談卷一：「無射宫今爲黄鐘宫。」又王灼碧雞漫志卷三：「黄鐘宫即俗呼正宫。」可知宋時黄鐘宫實爲無射宫，而正宫實爲黄鐘宫。樂章集按音律編排，其所用宫調爲：正宫、中呂宫、仙呂宫、大石調、雙調、小石調、歇指調、林鐘商、中呂調、平調、仙呂調、南呂調、般涉調、黄鐘羽、散水調（即中管林鐘商）、黄鐘宫、越調等。其中以大石調、雙調、林鐘商、仙呂調存詞最多。

調名黄鶯兒，始見於樂章集，詞即詠調名本意。

詞律卷一四：「向讀此詞，於『暖律』下，難以句豆。嘯餘强分『和』字住，爲八字句，『黄鸝』以下爲八字句。心嘗疑之，無可考證。後讀晁無咎詞，亦有此調，方喜得以校正矣，而晁詞此數句，比柳更多一字，尤難分斷。其首句七字，用韻起與柳同，其下云『兩兩三三修篁。新笋出初齊。猗猗過牆侵户』，共十七字，再四紬繹，不得其理。既而悟曰：此晁詞誤多一『出』字耳。蓋柳第二句是『暖律潛吹幽谷』六字，用鄒衍事，『吹』字誤『催』，其『谷』字，乃以入聲叶首句『主』字韻。中州韻云『谷』叶『古』是也。晁詞『修篁』，『篁』字乃是『竹』字之訛，其詞首句『暑』字，亦是魚虞韻，故以『竹』字叶。中州韻云『竹』叶『主』是也。柳詞『暄和黄鸝』是四字句，『翩翩乍遷芳樹』是六字句，『和』字去聲，謂當春暄，鶯聲相和而鳴，或是『暄』字之誤。晁詞『新笋初齊』四字句，『猗猗過牆侵户』六字句，蓋『竹』至『過牆』，不宜言『新出』，但言『新笋』爲是。如此則兩詞皆字字相合，而於文理條貫無聱牙矣。蓋『暄和』至『綿蠻』，與後『兩兩』至『偏饒』，俱相同也。兩『乍』字、『露』、『葉』、『似』、『意』、『又趁』、『恣』、『霧』、『上』、『別』、『此』諸仄字，兩詞如一，不可照譜用平。『幽』、『黃鸝』、『覷』、『枝』、『蹤』、『終』、『風』、『當』諸平字，不可照譜用仄。

詞譜卷二四：「調見樂章集，原注『正宮』，即詠黃鶯兒，取以爲名。」「雙調，九十六字，前段十句四仄韻，後段十句五仄韻。」「此調以此詞爲正體，王詵、陳允平詞正與此同。若晁詞之句讀小異，無名氏詞之減字，皆變體也。」「按此詞前段第二句至第五句，與王詵詞『北圃人來，傳道江梅，依稀芳姿，數枝新發』，陳允平詞『南陌嚶嚶，喬木初遷，紗窗無眼，畫闌憑曉』，句讀平仄如一，俱作四字四句。詞律點作六字一句，四字一句，又六字一句者，誤。至前段第六句作上一下五句法，第七句即與上句作五字對偶，王詞『誇嫩臉著臙脂，膩骨凝香雪』，陳詞『看止宿暗黃深，織霧金梭小』。後段第二、三句亦作五言對偶，第六、七句與前段同，五首皆然，當是此調體例。」

詞繫卷七：「樂章集屬正宮，九宮大成入南詞商調正曲，一名金衣公子。開元天寶遺事：明皇每於禁苑中見黃鶯，常呼之爲金衣公子。」「『覷』字、『當』字是領字，下各五言句，勿誤。詞律謂『催』字是『吹』字之誤，『谷』字以入作去，叶韻。愚按：『催』、『吹』二字無別，皆可解。『谷』字叶韻，非。梅苑二首皆四字句，并不叶韻。晁補之作『兩兩三三，修篁新笋』，王詵作『北圃人來，傳到江梅』，均作兩四字句。『暄和』之『和』字，詞律謂去聲，又改『暄』作『喧』。晁作『新笋』，王作『依稀』，無名氏作『紅芭』，其非去聲可知，或『笋』字以上作平耳。『似把』二字，晁作『遠林』，二字用平，王作『正好』，無名氏作『似睹』，與此同。『此際海燕』，晁作『怪來人道』，無名氏作『肯與梅臉』，平仄異，王作則無一字不同。想萬氏未見王詞，故臆見强分也。惟『黄鸝』二句，無名氏作『隱映疏篁，紅翠相間』，略異，其餘平仄，何能改易。」

清李佳左庵詞話卷上：「詞林正韻有云：入聲作三聲，詞家多承用。如……黄鶯兒『暖律潛催幽谷』，『谷』字作公五切，皆叶魚虞韻。」

夏批：「『谷』字是以入作上叶，乃萬紅友説。今以晁無咎詞校之，知其不然，蓋作平聲用也。」

夏承燾詞律三議宋詞不盡依宫調聲情：「正宫乃中原音韻所謂『惆悵雄壯』者也。今存詞調屬此者，有張子野之醉垂鞭，柳永之黄鶯兒、玉女摇仙佩、雪梅香、早梅芳、鬬百花、甘草子等。除柳永早梅芳（海霞紅）一首乃酬獻貴人者外，餘皆風情燕旎之作。……凡此『旖旎媚嫵』之辭，不以入小石而以填『惆悵雄壯』之正宫，非可怪耶。」

今按：此詞運用雙聲疊韻處甚多，如林晴、葉映、綿蠻、心深、無據、蹤迹、當上、此際、燕偏等。可見柳詞用律之精。

【箋注】

〔一〕暖律潛催：指陽春節候，風和氣暖，化物無聲。唐羅隱杏花：「暖氣潛催次第春，梅花已謝杏花新。」古以黄鐘、太蔟、姑洗、蕤賓、夷則、無射爲六律，以大吕、夾鐘、中吕、林鐘、南吕、應鐘爲六吕；陽者爲律，陰者爲吕，合謂十二律，又以之匹配時令。文選卷六魏都賦李善注引劉向別録曰：「鄒衍在燕，有谷，地美而寒，不生五穀。鄒子居之，吹律而温至黍生。今名黍谷。」暖律，即温暖的節候。唐李建勳春雪：「南國春寒朔氣迴，霏霏還阻百花開。全移暖律何方去，似誤新鶯昨日來。」

〔二〕幽谷：詩小雅伐木：「出自幽谷，遷于喬木。」

〔三〕黃鸝：即黃鶯。陸璣毛詩草木鳥獸蟲魚疏卷下：「黃鳥，黃鸝鶹也，或謂之黃栗留，幽州人謂之黃鶯，或謂之黃鳥，一名倉庚，一名商庚，一名鵹黃，一名楚雀。齊人謂之搏黍，關西謂之黃鳥。當葚熟時，來在桑間，故里語曰：『黃栗留，看我麥黃葚熟。』亦是應節趨時之鳥。或謂之黃袍。」　翩翩：疾飛貌。詩小雅四牡：「翩翩者鵻，載飛載下，集于苞栩。」

〔四〕縷金衣：即金縷衣，以金絲編織之衣。五代顧敻荷葉杯：「夜久歌聲怨咽。殘月。菊泠露微微。看看濕透縷金衣。」此指黃鸝毛羽，蓋亦雙關其黃袍之別名。

〔五〕「葉映」句：南朝梁何遜石頭答庾郎丹：「黃鸝隱葉飛，蛺蝶縈空戲。」詩小雅巧言：「巧言如簧。」簧，樂器中用以發聲的片狀振動體。

〔六〕緜蠻：鳥鳴聲。詩小雅緜蠻：「緜蠻黃鳥，止于丘阿。」唐韋應物聽鶯曲：「忽似上林翻下苑，緜緜蠻蠻如有情。」

〔七〕無據：無所依憑。

〔八〕暖煙：春天的煙霧。五代韋莊立春：「青帝東來日馭遲，暖煙輕逐曉風吹。」

〔九〕上苑：皇家園林。南朝梁吴均與柳惲相贈答六首：「黄鸝飛上苑，緑芷出汀洲。」

〔一〇〕别館：離宫、行宫。漢司馬相如上林賦：「離宫别館，彌山跨谷。」唐張説奉和春日幸望春宫：「别館芳菲上苑東，飛花澹蕩御筵紅。」

〔一一〕海燕：此指燕。古人認爲燕産於南方，須渡海而至北，故稱。唐沈佺期古意呈喬補闕知之：「海燕雙棲玳瑁梁。」　偏饒：張相詩詞曲語辭匯釋：「饒，猶添也；連也；不足而求增益也。即今所云討饒頭之饒……柳永黄鶯兒詞：『當上苑柳濃時，别館花深處。此際海燕偏饒，都把韶光與。』言海燕偏饒得韶光也。」唐羅隱雪：「細玉羅紋下碧霄，杜門傾巷落偏饒。」唐袁郊露：「湛湛騰空下碧霄，地卑濕處更偏饒。」

【輯評】

清鄒祇謨遠志齋詞衷：「胡元瑞又云：『升庵論曲中黄鶯兒、素帶兒，亦詠鶯詠帶者，尤非。鶯以喻聲，帶以寓情耳。』愚按，詞中亦有黄鶯兒，柳永樂章集第一首即是詠鶯，何胡見之偏也。大約此等處刻於彈射，輸攻墨守，徒勞揺襞，與詞理正自徑庭。」

清徐釚詞苑叢談卷一：「大率古人由詞而製調，故命名多屬本意。後人因調而填詞，故賦寄率離原詞，曰填，曰寄，通用可知。宋人如黄鶯兒之詠鶯，迎新春之詠春，月下笛之詠笛，暗香、疏影之詠梅，粉蝶兒之詠蝶，如此之類，其傳者不勝屈指。」

清黄蘇蓼園詞選：「翩翩公子，席寵承恩，豈海島孤寒能與伊争韶華哉！語意隱有所指，而詞旨穎發，秀氣獨饒，自然清雋。」

【附録】

黄鶯兒　金　王喆

心中真性修行主。鍛鍊金丹，津液交流，澆淋無根，有苗瓊樹。常灌溉潤瑶枝，密葉黄鶯語。瑩靈聲韻明眸，正覷嬰兒，兑方騎虎。　堪訴。姹女跨青龍，四箇同歸去。本元初得，靜裏還輝，迴光使胎仙舞。應出上現崑崙，得復蓬萊處。我不妄想雲霞，鸞鶴天然與。

黄鶯兒　金　王喆

堪嗟浮世如何度。酒色纏綿，財氣沈埋，人人都緣，四般留住。因上上起榮華，節節生迷誤。總誇伶俐惺惺，各鬬機關，皆結貪妬。　今古。幾箇便回頭，肯與神爲主。任從猿馬，每每調和，無由得知宗祖。唯轉轉入枯崖，越越投深土。大限直待臨頭，難免三塗苦。

玉女摇仙佩

飛瓊伴侶〔一〕，偶别珠宫〔二〕，未返神仙行綴〔三〕。取次梳妝〔四〕，尋常言語，有得幾多姝麗。擬把名花比〔五〕。恐旁人笑我，談何容易。細思算、奇葩艷卉，惟是深紅淺白而已。争如這多情〔六〕，占得人間，千嬌百媚。　須信畫堂繡閣〔七〕，皓月清風，忍把光陰輕棄。自古及今、佳人才子，少得當年雙美〔八〕。且恁相偎倚〔九〕。未消得〔一〇〕、憐我多才多藝。願嬭嬭〔一一〕、蘭心蕙性〔一二〕，枕前言下，表余深意。爲盟誓。今生斷不孤鴛被〔一三〕。

【校記】

〔玉女摇仙佩〕毛本、吴本、林刊百家詞本、勞鈔本、詞繫「佩」作「珮」。毛本、吴本調名下皆注「或入片玉集」，詞繫：「或入片玉集，誤。」陳録、勞鈔引陸校、全宋詞本調下注云「佳人」。全宋詞注謂：「題據毛扆校本樂章集補。」

〔偶别〕朱校、繆校、鄭校引梅本無「偶」字。今按：晁端禮玉女摇仙佩此句作「御柳摇金」，朱雍玉女摇仙佩此句作「佩解江干」，王喆玉女摇仙輩此句作「醴邑相逢」，皆可證梅本之誤。

〔幾多〕毛本、吴本、張校本、朱校引焦本「幾」作「許」，張校：「宋本『幾』。」

〔姝麗〕林刊百家詞本「姝」作「殊」。

〔旁人〕毛本、勞鈔本「旁」作「傍」。

〔艷卉〕花草粹編「艷」作「絶」。

〔淺白〕毛本、吴本、林刊百家詞本、朱校引焦本「淺」作「淡」，張校：「原作『淡』，依宋本。」

〔畫堂〕毛本、吴本、林刊百家詞本、朱校引焦本「畫」作「華」。

〔願嬭嬭〕詞繫、繆校引宋本及天籟軒本作「但願取」。毛本、吴本「嬭嬭」作「奶奶」，曹校、勞鈔本、鄭校引顧本、張校引宋本作「妳妳」。

〔今生〕詞繫作「從今」。

〔孤鴛被〕勞鈔本、詞繫「孤」作「辜」。

【訂律】

玉女摇仙佩始見於樂章集，金王喆重陽教化集卷二改名作玉女摇仙輩，吴藕汀詞名索引謂又名金童捧露盤，誤。

詞律卷二〇：「『偶別』至『而已』，與後『皓月』至『深意』同。但『枕前言下』四字平仄與『惟是深紅』不同。此調圖譜不收，嘯餘於『表余深意』句不知是叶韻，竟連下『爲盟誓』作七字句。豈如此著譜，而能禁人之指摘乎哉。」

詞律校勘記：「按宋本『願奶奶』三字作『但願取』，又『從今斷不負鴛被』句，『負』作『孤』，宜平聲，均應照改。」

詞譜卷三八：「柳永樂章集注『正宫』。」「雙調，一百三十九字，前段十四句六仄韻，後段十三句七仄韻。」

詞繫卷七：「本集屬正宫。」「詞譜以柳詞爲正體，以朱雍『灰飛嶰谷』詞爲又一體，雙調一百三十九字，前段十四句七仄韻，後段十三句七仄韻，并謂其『前段第五句押韻，結句作七字一句、六字一句，與前體異』。」

【箋注】

〔一〕飛瓊：謂西王母侍女許飛瓊。漢武帝内傳：「（王母）又命侍女許飛瓊鼓震靈之簧。」孟棨本事詩：「詩人許渾，嘗夢登山，有宫室淩雲，人云：『此昆侖也。』既入，見數人方飲酒，招之，至暮而罷。賦詩云：『曉入瑶臺露氣清，坐中唯有許飛瓊。塵心未斷俗縁在，十里下山空月明。』他日復夢至其處，飛瓊曰：『子何故顯余姓名於人間？』座上即改爲『天風吹下步虚聲』，曰：『善。』」王僧孺在王晉安酒席數韻：「詎減許飛瓊，絶勝劉碧玉。」白居易霓裳羽衣歌和微之：「上元點鬟招萼緑，王母揮袂别飛瓊。」

〔二〕珠宫：謂龍宫。楚辭九歌河伯：「魚鱗屋兮龍堂，紫貝闕兮朱宫。」文選引作「珠宫」。唐杜甫太子張舍人遺織成褥段：「煌煌珠宫物，寢處禍所嬰。」後多指仙宫殿、道觀佛寺。唐殷堯恭中元觀道流步虚：「玉洞花長發，珠宫月最明。」

〔三〕行綴：行列。禮記樂記：「其治民勞者，其舞行綴遠。其治民逸者，其舞行綴短。」

〔四〕取次：唐宋俗語，猶言隨便或草草。張相詩詞曲語辭匯釋：「柳永玉女摇仙佩詞：『取次梳妝，尋常言語，有得幾多姝麗。』此與尋常對舉，草草或隨便均可解。」柳永抛毬樂：「取次羅列杯盤，就芳樹、緑陰紅影下。」又柳永長壽樂：「解嚴妝巧笑，取次言談成嬌媚。」

〔五〕「擬把」句：唐李白清平調：「名花傾國兩相歡，長得君王帶笑看。」

〔六〕争如：唐宋俗語，猶言怎如。張相詩詞曲語辭匯釋：「争，猶怎也。……唐白居易題峽中石上詩：『誠知老去風情少，見此争無一句詩。』」五代韋莊夏口行寄婺州諸弟：「雙雙得伴争如雁，一一歸巢却羡鴉。」

〔七〕畫堂繡閣：形容女子居室之華麗。五代歐陽炯菩薩蠻：「畫屏繡閣三秋雨，香脣膩臉偎人語。」

〔八〕當年：謂青年、壯年。墨子非樂上：「將必使當年。」清孫詒讓墨子閒詁卷八：「王云：當年，壯年也。當有盛壯之意。……管子揆度篇曰：老者譙之，當壯者遣之邊戍。當壯即丁壯也，丁、當一聲之轉。」唐李白長歌行：「桃李待日開，榮華照當年。」唐李商隱送千牛李將軍赴闕五十韻：「照席瓊枝秀，當年紫綬榮。」

〔九〕恁：宋元俗語，猶言如此。柳永尾犯：「最無端處，總把良宵，衹恁孤眠却。」或加語助詞如恁般、恁地、恁麽，意亦同之，如柳永定風波：「早知恁麽，悔當初、不把雕鞍鎖。」

〔一〇〕未消得：張相詩詞曲語辭匯釋：「消，猶抵也，值也，配也。……柳永玉女摇仙佩詞：『且恁相偎倚，未消得憐我多才多藝。』此亦抵義。言看似偎倚情深，實抵不得憐我才藝之情尤深也。」

〔一一〕嬭嬭：同「奶奶」、「妳妳」，宋代俗語，對女子的昵稱，猶言姐姐。

〔一二〕蘭心蕙性：蘭、蕙皆香草，喻女子淑美善良的氣質。與「蕙質蘭心」、「蘭質蕙心」、「蕙態蘭心」等，意皆相類。柳詞中屢用之贊美歌妓，如夏雲峰：「越娥蘭態蕙心。逞妖艷、昵觀邀寵難禁。」又離別難：「有天然、蕙質蘭心。美韶容、何啻值千金。」

〔一三〕孤鴛被：柳永安公子：「恁數重鴛被，怎向孤眠不暖。」

【輯評】

清沈謙填詞雜説：「『雲想衣裳花想容』，此是太白佳境。柳屯田『擬把名花比，恐旁人笑我，談何容易』，大畏唐突，尤見温存，又可悟翻舊爲新之法。」

清沈雄古今詞話詞品下卷：「粗鄙之流爲調笑，調笑之變爲諛媚，是也。……諛媚之極，變爲穢褻。秦少游『怎得香香深處，作個蜂兒抱』。柳耆卿『願得妳妳蘭心慧性，枕前言下，表余深意』。所以『消魂當此際』，來蘇長公之誚也。」

清田同之西圃詞説：「王元美論詞云：『寧爲大雅罪人。』予以爲不然。文人之才，何所不寓，大抵比物流連，寄託居多。國風、騷、雅，同扶名教，即宋玉賦美人，亦猶主譎諫之義。良以端之不得，故長言詠歎，隨指以托興焉。必欲如柳屯田之『蘭心蕙性』、『枕前言下』等言語，不幾風雅掃地乎？」

王國維人間詞話删稿：「蝶戀花『獨立危樓』一闋，見六一詞，亦見樂章集。余謂：屯田輕薄子，只能道『奶奶蘭心蕙性』耳。」

雪梅香

景蕭索，危樓獨立面晴空。動悲秋情緒，當時宋玉應同〔一〕。漁市孤煙裊寒碧〔二〕，水村殘葉舞愁紅。楚天闊，浪浸斜陽，千里溶溶〔三〕。臨風。想佳麗〔四〕，别後愁顔，鎮斂眉峰〔五〕。可惜當年，頓乖雨迹雲蹤〔六〕。雅態妍姿正歡洽〔七〕，落花流水忽西東。無憀恨〔八〕、相思意，盡分付征鴻〔九〕。

【校記】

〔雪梅香〕花草粹編調下注曰「秋思」。

〔獨立〕陳録：「『立』一作『倚』。」

〔無憀恨相思意盡分付征鴻〕鄭校引宋本并作「無憀意、盡把相思，分付征鴻」。繆校、詞繫、張校本、詞律校勘記引宋本作「無聊意、盡把相思，分付征鴻」。曹校：「梅苑有無名氏用耆卿此韻，畢曲云『賞南枝、倚闌凝望，時見征鴻』，亦不盡如宋本也。」花草粹編「無憀」作「無限」。

【訂律】

雪梅香，首見於樂章集，入正宫。唐温庭筠河傳：「雪梅香。柳帶長。小娘。轉令人意傷。」調名或取此。宋詞中除柳永外尚有無名氏二闋，見梅苑卷四，皆詠調名本意，其一爲和韻柳詞之作，附後。

詞律卷一四：「『當時』下與後『頓乖』下同。此調惟耆卿有之，他無可考。其平仄自應守之。乃譜於第一『景』字便注『可平』，奇矣。『漁市』句與『雅態』句只第一字平仄可通用，餘乃鐵板定格，必如此，方成爲雪梅香調也。譜乃於下五字云可作仄平平仄仄，蓋欲與下句相對，作七言詩一聯，後之趁便者悉從之矣，豈非作俑者之過乎。或謂『風』字非叶，然過變處於第二字儼然用韻，不敢謂其偶合也。」

詞譜卷二三：「樂章集注『正宫』。」「雙調，九十四字。前段九句，四平韻；後段十一句，五平韻。」「此詞前段第五句，後段第七句例作拗體，填者辨之。可平可仄參下無名氏詞。」（今按：詞譜以梅苑載無名氏詞爲別體，换頭句不藏短韻，餘同柳詞。）

詞繫卷七：「本集屬正宫。」「詞律：恐『風』字偶合，非叶。愚按：過變處，每於第二字用韻，乃藏韻於句中，仍係五字句，北宋人詞中甚多，東坡尤著意於此，何得謂非叶！……『獨』、『楚』、『可』、『雅』可平，『孤』、『千』、『分』可仄。」

【箋注】

〔一〕「動悲秋」二句：楚辭宋玉九辯：「悲哉秋之爲氣也，蕭瑟兮草木摇落而變衰。憭慄兮若在遠行，登山臨水兮送將歸。」柳詞中屢及宋玉，如戚氏：「當時宋玉悲感，向此臨水與登山。」又玉蝴蝶：「晚景蕭疏，堪動宋玉悲涼。」玉蝴蝶：「蘭臺宋玉，多才多藝善詞賦。」爪茉莉：

「更休道，宋玉多悲，石人也須下淚。」

〔二〕漁市孤煙：宋王禹偁點絳唇：「水村漁市，一縷孤煙細。」　寒碧：謂秋空，唐陸龜蒙吴俞兒舞歌劍俞：「北斗離離在寒碧。」

〔三〕溶溶：水流動貌。楚辭九嘆逢紛：「揚流波之潢潢兮，體溶溶而東回。」

〔四〕佳麗：美女。南朝梁劉孝綽古意：「燕趙多佳麗，白日照紅妝。」

〔五〕鎮：長、久。唐李賀嘲少年：「莫道韶華鎮長在，髮白面皺專相待。」五代顧敻玉樓春：「鎮長獨立到黄昏，却怕良宵頻夢見。」柳永傾杯：「情知道世上，難使皓月長圓，彩雲鎮聚。」又定風波：「鎮相隨，莫抛躲。」

〔六〕乖：背離，分離，斷絶。　雨迹雲蹤：宋玉高唐賦序：「妾在巫山之陽，高丘之阻。旦爲朝雲，暮爲行雨，朝朝暮暮，陽臺之下。」柳永玉樓春：「狂殺雲蹤并雨迹。」

〔七〕雅態：柳永集賢賓：「有畫難描雅態，無花可比芳容。」

〔八〕無憀：謂空閒而煩悶的心情。唐李商隱楊柳枝：「暫憑樽酒送無憀，莫損愁眉與細腰。」唐皮日休晚秋留題魯望郊居：「秋花如有恨，寒蝶似無憀。」

〔九〕分付：交付，委託。唐顧況梁廣畫花歌：「紫書分付與青鳥，却向人間求好花。」張相詩詞曲語辭匯釋：「毛滂更漏子詞：『那些愁，推不去，分付一簷寒雨。』此爲委託意。寒雨爲愁悶之徵，委託寒雨，意言寒雨連綿，能代其擔承愁悶之情也。」

【輯評】

清周濟宋四家詞選批語：「本闋結句似在『意』字逗。」

清陳廷焯雲韶集：「『漁市孤煙裊寒碧，水村殘葉舞愁紅』二語，字字秀鍊，神理都到，千古詞人，一齊低首。『浸』字鍊。行文不苦澀，亦有落花流水之致。」

清鄧廷楨雙硯齋詞話：「柳耆卿以詞名景祐、皇祐間。樂章集中，冶游之作居其半，率皆輕浮猥媟，取譽箏琶。如當時人所譏，有教坊丁大使意。惟……雪梅香之『漁市孤煙嫋寒碧』，差近風雅。」

清陳廷焯詞則閑情集卷一：「（『漁市』二句）造語精絶。」「（『無憀恨』二句）一往不盡。」

【考證】

淮楚之什。或作於真州，旅懷京師舊情。

【附録】

雪梅香　宋　無名氏

凍雲深，六出瑶花滿長空。漸飄來呈瑞，皚皚萬里皆同。荒野枯冰竦欲折，小亭寒梅吐輕紅。暗香清，疏影横斜，照水溶溶。　臨風。傳芳信，驛使來自，庾嶺南峰。占早争先，總無粉蝶游蹤。妝點鮮妍漢宫裏，笛吹嗚咽畫樓東。賞南枝，倚闌凝望，時見征鴻。

尾犯

夜雨滴空階〔一〕，孤館夢回〔二〕，情緒蕭索。一片閒愁，想丹青難貌。秋漸老、蛩聲正苦〔三〕，夜將闌、燈花旋落〔四〕。最無端處〔五〕，總把良宵，祗恁孤眠却〔六〕。佳人應怪我，别後寡信輕諾。記得當初，翦香雲爲約〔七〕。甚時向〔八〕、幽閨深處，按新詞、流霞共酌〔九〕。再同歡笑，肯把金玉珠珍博〔一〇〕。

【校記】

〔尾犯〕陳録、勞校引陸校題云：「秋怨。一名碧芙蓉。」全宋詞本注：「案此首别又誤入吴文英夢窗詞集。」

〔想丹青難貌〕勞鈔本、曹校引顧陳本無「想」字。鄭校：「顧陳無『想』字，非是。以吴文英是詞攷定，字例直依柳詞，無一出入，足徵舊譜。」今按：金王喆和柳永尾犯此句亦作「趁輕肥爲作」，可證當作五字句。勞鈔本、林刊百家詞本、張校本「貌」作「邈」。吴本原注：「『貌』字叶未詳，疑从卜各反，一作『邈』，非」。鄭校：「案『貌』字，正韻在入聲十藥部，讀如『莫』音。」張校：「宋本『邈』」，稡編同。案此句宜韻，或讀『貌』作『邈』。」

〔正苦〕詞繫：「『正』字，一作『最』。」今按：後云「最無端處」，則此處不當云「最苦」。

〔旋落〕詞繫：「『旋』字，一作『漸』。」今按：前云「漸老」，則此處不當云「漸落」。

〔總把〕詞繫作「忍把」。

〔佳人應怪我〕張校：「原脱，依宋本補。」

〔別後〕詞繫引宋本、朱校、繆校引詞律「別」上均有「自」字。鄭校：「萬氏詞律『別後』上有『自』字，妄加，此不足據，夢窗正作六字。」今按：金王喆和柳永尾犯此句作「體爛應追却」，却作五字句。

〔當初〕詞繫作「當時」。

〔幽閨深處〕曹校引顧陳本作「深閨幽處」。

〔新詞〕毛本、吳本、林刊百家詞本「詞」作「調」。鄭校：「宋本作『詞』。」張校：「原作『調』，稡編同，今依宋本。」

〔肯把句〕曹校引樂府指迷謂：「古曲亦有拗者，今歌者亦以爲硋。如尾犯之用『金玉珠珍博』，『金』字當用去聲，是也。」鄭校：「樂府指迷：『金』字當用去聲，謂古曲亦有拗者也。」

【訂律】

尾犯，樂章集入正宮。又名碧芙蓉。詞名當來源於此詞結尾用犯調。姜夔淒涼犯詞序：「凡曲言犯者，謂以宮犯商、商犯宮之類。如道調宮『上』字住，雙調亦『上』字住，所住字同，故道調曲中犯雙調，或於雙調曲中犯道調，其他準此。」曲有犯調始於唐，陳暘樂書卷一六一：「樂府諸曲，自昔不用犯聲。唐自天后末年，劍器入渾脱，始爲犯聲，以劍器宮調，渾脱角調，以臣犯君也。明皇時，樂人孫處秀善吹笛，好作犯聲，亦鄭衛之變也。」填詞用犯調始於柳永，樂章集中另尚有小鎮西犯等。詞繫卷七云：「本集屬正宮。九宮大成入南詞中吕宮引，許譜（今按，謂許穆堂自怡軒詞譜）同。此調名尾犯，定是結尾句別調，與淒涼犯尾句差同，但不知所犯何調耳。」今按：宋張炎詞源卷上律吕四犯舉犯調有宮犯商、商犯羽、羽犯角、角歸本宮四類。此詞既屬正宮，當與商調相犯。柳永另有林鐘商尾犯，或爲商犯羽之同名異調。

詞律卷一四：「按此詞舊草堂所收而樂章、片玉詞皆載之，然玩其語句，則爲柳作無疑。但柳集止作『別後寡信輕諾』，少一『自』字，此字雖可有可無，而有之爲妥。『詞』字汲古柳集誤刻『調』字，不可錯認於此字用去聲也。尾句較前兩詞又各異，愚謂依吴詞『遠夢』句、蔣詞『我逢著』句，順而易填。然此『肯把』句與夢窗『別作滿地桂陰』句相合，必有定格，從之爲是，故雖同是九十五字，特具列於此，以備參考。蓋作譜欲使人明白易曉，若選聲、葫蘆、嘯餘而刪其各體，惟略注題下，欲取簡省，謂小册便攜，未免晦而難考耳。至譜圖注『肯把金』三字可作平平仄，不知出於何典，此亦亂注中之最無理者。而『夢』、『漸』、『後』、『共』等去聲字，皆云可平，亦誤甚。『貌』字，正韻在入聲六藥韻，讀若『莫』音，乃描畫人物。荀子『貌而不功』、楊妃傳『命工貌妃子别殿』、韓詩『不得畫師來貌取』、杜詩『屢貌尋常行路人』，皆謂寫人容貌也。嘯餘注叶未詳，疑从卜各反，一作『邈』，非。沈天羽云：『「貌」字於義合，「邈」字於韻合，詞韻「貌」字作轉韻亦通。』觀此等注，皆因未識

『貌』字入聲，故紛紛如此，可歎哉。」

詞譜卷二三：「調見樂章集。『夜雨滴空階』詞注『正宮』，『晴煙冪冪』詞注『林鐘商』。秦觀詞名碧芙蓉。」「雙調，九十四字。前段十句，四仄韻；後段八句，四仄韻。」「此調九十四字者，以此詞爲正體，秦觀、吴文英、趙以夫諸詞俱如此填。若蔣詞之後段第二句添一字，結句句法不同，乃變體也。沈伯時樂府指迷論此詞結句『金』字應用去聲。按吴文英『紺海掣微雲』詞『滿地桂陰無人惜』，趙以夫詞『殷勤更把茱萸囑』，『桂』字、『更』字去聲，但吴詞『陰』字平聲，趙詞『殷勤』二字平聲。吴詞別首『遠夢越來溪上月』，『上』字仄聲，則又與此詞不同。今以『滿地桂陰』句爲定格，蓋『陰』字平聲，可以『玉』字入聲替也。按趙詞前段第一句『長嘯躡高寒』，『長』字平聲。第六句『引光禄清吟興動』，『引』字仄聲，『光』字平聲。第七句『憶龍山舊遊夢斷』，『舊』字仄聲。秦詞第八、九、十句『欄杆閑倚，庭院無人，顛倒飄黄葉』，『欄』字、『庭』字、『顛』字俱平聲。吴詞第九、十句『忍向夜深，簾户照陳迹』，『夜』字、『照』字俱仄聲。秦詞後段第一、二句『故園當此際，遥想弟兄羅列』，『故』字仄聲，『遥』字、『兄』字俱平聲。第三句『攜酒登高』，『攜』字平聲。吴詞第五句『二十五聲聲秋點』，『十』字仄聲；第六句『夢不認、屏山路窄』，『不』字、『認』字俱仄聲。秦詞第七句『長吟抱膝』，『長』字平聲，『抱』字仄聲。譜内可平可仄據此，餘參蔣詞。此詞前段第五句、後段第四句，例作上一下四句法，如秦詞之『喜秋光清絶』、『把茱萸簪徹』，吴詞之『想清光先得』、『記年時相識』，又『冷霜波成纈』、『渺平蕪煙闊』，趙詞之『與斜陽天遠』、『覓東籬幽伴』，皆然，填者辨之。」

詞繫卷七：「本集屬正宫。九宫大成入南詞中吕宫引，許譜同。」「此調名尾犯，定是結尾句别調，與淒涼犯尾句差同，但不知所犯何調耳。詞律謂依吴文英、蔣捷末句，順而易填。然吴作『遠夢越來溪畔月』，又一首『滿地桂陰無人惜』，蔣作『我逢着梅花便説』，上三下四字，與此差異。汲古誤入夢窗乙稿。『夢』、『緒』、『漸』、『正』、『怪』、『信』、『共』等字，去聲不可易。此調諸家皆用入聲韻，是定格。趙以夫一首用上去韻，不可從。『貌』音『莫』，嘯餘諸書皆誤。『想丹青』句、『翦香雲』句，是一領四句法，勿誤。……『夢』、『緒』、『漸』、『正』、『旋』、『怪』、『信』、『共』可平。『旋』去聲。『應』平聲。」

【箋注】

〔一〕「夜雨」句：南朝梁何遜臨行與故游夜别：「夜雨滴空階，曉燈暗離室。」唐温庭筠更漏子：「梧桐樹，三更雨，不道離情正苦。一葉葉，一聲聲，空階滴到明。」柳永浪淘沙：「那堪酒醒，又聞空階，夜雨頻滴。」

〔二〕夢回：夢醒。南唐李璟浣溪沙：「細雨夢回雞塞遠，小樓吹徹玉笙寒。」

〔三〕蛩聲：蟋蟀鳴叫聲。唐孟郊西齋養病夜懷多感因呈上從叔子雲：「一床空月色，四壁秋蛩聲。」唐李頻郊居寄友人：「蛩聲非自苦，偏是旅人聞。」

〔四〕旋：還又。張相詩詞曲語辭匯釋：「柳永尾犯詞：『秋漸老、蛩聲正苦，夜將闌、燈花旋落。』」

此與『正』字相應，亦爲還又義。」五代牛嶠更漏子：「春夜闌，更漏促，金燼暗挑殘燭。」

〔五〕無端：無奈。李商隱爲有：「無端嫁得金龜婿，辜負香衾事早朝。」

〔六〕却：語助辭。杜甫一百五日夜對月：「斫却月中桂，清光應更多。」

〔七〕香雲：指女子頭髮。古代情人相別，女子常剪髮爲贈。詩鄘風君子偕老：「鬒髮如雲，不屑髢也。」宋樂史楊太真外傳：「（貴妃）忤旨放出……妃泣謂韜光曰：『妾罪合萬死。衣服之外，皆聖恩所賜，唯髮膚是父母所生，今當即死，無以謝上。』乃引刀剪其髮一繚，附韜光以獻。妃既出，上憮然。至是，韜光以髮搭於肩上以奏。上大驚惋，遽使力士就召以歸。」

〔八〕甚時向：即何時。張相詩詞曲語辭匯釋：「向，語助辭，專用於『怎奈』、『如何』一類之語，加强其語氣而爲其語尾。」

〔九〕流霞：仙酒名。漢王充論衡卷七道虚篇：「有仙人數人，將我上天……口飢欲食，仙人輒飲我以流霞一杯，每飲一杯，數月不飢。」

〔一〇〕肯：張相詩詞曲語辭匯釋：「猶拚也。柳永尾犯詞：『甚時向、幽閨深處，按新詞、流霞共酌。再同歡笑，肯把金玉珍珠博。』言拚以金玉珠珍博美人之歌酒歡會也。」博：張相詩詞曲語辭匯釋：「博，猶換也。白居易曉寢詩：『雞鳴一覺睡，不博早朝人。』言不肯以早朝之貴仕，換易雞鳴之晏睡也。」

【輯評】

宋龔頤正芥隱筆記：「陰鏗有『夜雨滴空階』，柳耆卿用其語，人但知爲柳詞耳。」（今按，龔氏

誤以何遜詩爲陰鏗作）

【附録】

尾犯　金　王喆

舉世總癡愚，貪戀財色，無不迷錯。一箇丹誠，趁輕肥爲作。三耀照、寧曾畏慎，四時長、追歡取樂。越頻頻做，恰似飛蛾，見火常投托。　光中方省悟，體爛應追却。悔恨遲遲，已遭逢燒烙。能遠害，焉今禍患，會全身，那經灼爍。請於身看，只被利名榮華縛。

早梅芳

海霞紅，山煙翠。故都風景繁華地〔一〕。譙門畫戟〔二〕，下臨萬井〔三〕，金碧樓臺相倚。芰荷浦漵〔四〕，楊柳汀洲，映虹橋倒影〔五〕，蘭舟飛棹，遊人聚散，一片湖光裏。　漢元侯〔六〕，自從破虜征蠻，峻陟樞庭貴〔七〕。籌帷厭久〔八〕，盛年晝錦〔九〕，歸來吾鄉我里〔一〇〕。鈴齋少訟〔一一〕，宴館多歡，未周星〔一二〕，便恐皇家，圖任勳賢〔一三〕，又作登庸計〔一四〕。

【校記】

〔早梅芳〕毛本、吴本無此闋。繆校引宋本録之，并於「樞庭貴」與「鈴齋」間夾注：「脱十四字。」勞校：「刊脱，陸校鈔補。」林刊百家詞本林大椿注謂：「原鈔本有目無詞，從彊邨叢書録補。」詞譜、詞律拾遺、詞繫作早梅芳慢。花草粹編調下注曰「上孫資政」。

〔樓臺〕勞鈔引陸鈔「臺」字脱。

〔虹橋〕詞繫「虹」作「紅」。

〔吾鄉我里〕張校本作「我鄉我里」。

〔鈐齋〕勞鈔引陸鈔「鈐」作「黔」。張校本「鈐」作「銓」。張校：「粹編作『黔』，注云羊祜傳有黔齋。今檢晉書祜傳但云鈐閣之下。疑『銓』『黔』皆『鈐』之訛。」

【訂律】

早梅芳，始見於柳詞。宋詞中僅此闋。周邦彦早梅芳與此同名異調。

詞譜卷三三：「早梅芳慢調見柳永詞，與早梅芳近不同。」「雙調，一百五字。前段十二句，四仄韻；後段十二句，三仄韻。此見花草粹編選本，樂章集不載，無別首宋詞可校。」

詞律拾遺卷五：「他少作者，不能旁注平仄。」

詞繫卷七：「本集屬正宮。」「此與早梅芳、早梅芳近皆無涉，宋本無『慢』字。」「此詞亦見花草粹編。前後段語意不倫，每段僅三韻，恐有錯誤，但宋本如是，存以俟考。」

【箋注】

〔一〕故都：此指杭州，五代時爲吴越國都。

〔二〕譙門：建有瞭望樓的城門。漢書陳勝傳：「攻陳，陳守令皆不在，獨守丞與戰譙門中。」顔師古注：「譙門，謂門上爲高樓以望者耳。」畫戟：有彩畫裝飾的戟。古代宫門及顯貴之家，門前列畫戟爲飾，或用作儀仗。宋史卷一五〇輿服志：「門戟。木爲之而無刃，門設架而列之，謂之棨戟。天子宫殿門左右各十二，應天數也。宗廟門亦如之。國學，文宣王廟、武成王廟亦賜焉，惟武成王廟左右各八。臣下則諸州公門設焉，私門則府第恩賜者許之。」宋孟元老東京夢華録卷一〇：「畫戟長矛，五色介冑。」

〔三〕萬井：指千家萬户。太平經卷四五：「今一大里，有百户，有百井；一鄉，有千户，有千井；一縣，有萬户，有萬井；一郡，有十萬户，有十萬井。」唐張九齡候使登石頭驛樓作：「萬井緣津渚，千艘咽渡頭。」柳永傾杯樂：「盈萬井、山呼鼇抃。」北宋杭州郡治在鳳凰山上，可南觀江潮，北俯市井，故云「下臨萬井」。

〔四〕芰荷：指菱葉與荷葉。楚辭離騷：「製芰荷以爲衣兮，集芙蓉以爲裳。」漢王逸注曰：「芰，蔆也。荷，芙蕖也。」宋洪興祖補注：「本草云：『其葉名荷，其華未發爲菡萏，已發爲芙蓉。芰荷，葉也，故以爲衣。』」　浦漵：水邊。唐楊炯青苔賦：「桂舟横兮蘭枻觸，浦漵遭回兮心斷續。」杜甫戲題王宰畫山水圖歌：「舟人漁子入浦漵，山木盡亞洪濤風。」

〔五〕虹橋：拱曲如虹的長橋。南朝梁蕭統昭明太子集卷三姑洗三月：「虹跨澗以成橋，遠現美人之影。」

〔六〕蘭舟：木蘭樹所製之舟。南朝梁任昉述異記卷下：「木蘭洲在潯陽江中，多木蘭樹。昔吴王闔閭植木蘭於此，用構宫殿也。七里洲中有魯般刻木蘭爲舟，舟至今在洲中，詩家云木蘭舟出於此。」唐獨孤及官渡柳歌送李員外承恩往揚州覲省：「遠客折楊柳，依依兩含情。夾郎木蘭舟，送郎千里行。」　元侯：諸侯之長，指重臣大吏。這裏借指本詞投贈的對象孫沔。春秋左傳正義卷二九襄公四年：「穆叔如晉，報知武子之聘也。晉侯享之，金奏肆夏之三。不拜……對曰：『三夏，天子所以享元侯也，使臣弗敢與聞。』」杜預注：「元侯，牧伯。」孔穎達疏：「牧是州長，伯是二伯，雖命數不同，俱是諸侯之長也。」「漢」，與下文「虜」、「蠻」對舉而已。

〔七〕峻陟：升遷。　樞庭：指樞密院。宋代以樞密院掌兵，長官爲樞密使。

〔八〕籌帷：「運籌帷幄」之省文。史記卷八高祖本紀：「夫運籌策帷帳之中，決勝於千里之外，吾不如子房。」

〔九〕晝錦：「衣錦晝行」之省文，指富貴還鄉。史記卷七項羽本紀：「富貴不歸故鄉，如衣繡夜行，誰知之者。」漢書作「衣錦夜行」。

〔一〇〕吾鄉我里：宋史卷二八八孫沔傳：「孫沔，字元規，越州會稽人。」越州、杭州，北宋時曾同屬兩浙路。

〔一一〕鈴齋：州郡長官辦事之所。唐韓翃贈鄆州馬使君：「他日鈴齋内，知君亦賦詩。」

〔二〕周星：指經年，一年。淮南子時則訓：「是月也，日窮于次，月窮于紀，星周于天，歲將更始。」

〔三〕圖任：謀任。尚書盤庚上：「亦惟圖任舊人共政。」

〔四〕登庸：選拔任用。唐宋時常指拜相。顏魯公集附令狐峘撰顏魯公神道碑：「宰臣楊國忠以外戚登庸，惡不附己者。」

【考證】

據吴熊和師考訂，此詞爲上知杭州孫沔之作。孫沔知杭州在至和元年（一〇五四）二月至嘉祐元年（一〇五六）八月間，詞作於孫沔就職之後。

花草粹編卷一一此詞調下注曰：「上孫資政。」此「孫資政」，即爲以資政殿學士出知杭州的孫沔。宋史卷二一一宰輔表：「至和元年二月壬戌，孫沔自樞密副使以資政殿學士出知杭州。」宋周淙乾道臨安志卷三：「至和元年二月壬戌，以樞密副使、給事中孫沔爲資政殿學士、知杭州。嘉祐元年八月戊午，加資政殿大學士、京東路安撫使、知青州。」説詳吴熊和師柳永與孫沔的交遊及柳永卒年新證一文。

吴熊和師柳永與孫沔的交遊及柳永卒年新證云：「孫沔是天禧三年（一〇一九）進士，歷任秘書丞，監察御史裏行，知處州，陝西轉運使，復知慶州、徐州、秦州，熟悉邊事，有治軍才。皇祐四年（一〇五二）五月，廣源州蠻首領儂智高起兵反宋，破邕州（今廣西南寧），建大南國，自稱仁惠皇帝。宋仁宗以孫沔爲廣南安撫使，率軍與狄青一起平定了廣西。宋滕元發有孫威敏征南録一卷，專記其事。由於這次軍功，皇祐五年（一〇五三）五月，任狄青爲樞密使，孫沔爲樞密副使。柳永早梅芳詞下片云：『漢元侯，自從破虜征蠻，峻陟樞庭貴。』就是稱頌孫沔攻破儂智高，升任樞密副使的這段經歷。」又：「宋史本傳記孫沔破儂智高後回到汴京：『帝問勞，解御帶賜之，以知杭州。召爲樞密副使。張貴妃薨，追册爲皇后，命沔讀册。故事，正后翰林學士讀册。沔既陳不可用宰相護葬，且曰：「陛下若以臣沔讀册則可，以樞密副使讀册則不可。」遂求罷職，以資政殿學士知杭州。』原來柳永詞中『籌帷厭久，盛年晝錦，歸來吾鄉我里』這幾句話的背後，還隱藏著孫沔抗命，拒絶爲已故張貴妃宣讀册封皇后詔文的一段内幕，并非真是因爲『籌帷厭久』而自請外任的。」又：「王珪華陽集卷二九有樞副孫沔可資政殿學士知杭州制。從至和元年（一〇五四）二月，到嘉祐元年（一〇五六）八月，孫沔在杭州任上度過了兩年多的歲月。柳永的早梅芳這首詞，就是至和元年孫沔到杭州就職之後進呈的，猶如一篇迎接新太守的頌辭。此詞結云：『未周星，便恐皇家，圖任勛賢，又作登庸計。』預祝孫沔不久將再次擢升，榮膺重任。這對孫沔來説，也不是泛泛的恭維。兩年後，孫沔便由資政殿學士遷爲資政殿大學士。」

鬬百花

颯颯霜飄鴛瓦〔一〕，翠幕輕寒微透，長門深鎖悄悄〔二〕，滿庭秋色將晚。眼看菊蕊，重陽淚落如珠，長是淹殘粉面〔三〕。鸞輅音塵遠〔四〕。無限幽恨，寄情空殢紈扇〔五〕。應是帝王，當初怪妾辭輦〔六〕。陡頓今來〔七〕，宫中第一妖嬈，却道昭陽飛燕〔八〕。

【校記】

〔鬬百花〕毛本、吴本、勞鈔本、林刊百家詞本、朱校、張校本注：「亦名夏州。」

〔微透〕勞校：「『透』字應用韻。」今按：後「煦色韶光明媚」一首次句「輕靄低籠芳樹」，「樹」字叶韻；又「滿搦宫腰纖細」一首次句「年紀方當笄歲」，「歲」字亦叶韻。而此首「透」字未叶。

〔鸞輅〕朱校：「是句疑是過片，下二闋同。」

〔今來〕毛本「今」作「令」。張校：「原爲『令』，依宋本改。」

【訂律】

五代王仁裕開元天寶遺事：「長安士女，春時鬬花戴插，以奇花多者爲勝。皆用千金市名花，植於庭苑中，以備春時之鬬也。」調名或來源於此。晁補之詞調名夏州。宋詞中僅柳、晁填此調。詞譜卷一九：「雙調，八十一字。前段八句，三仄韻；後段七句，三仄韻。」「此詞與『煦色韶光』同，惟前段第一、二、三句俱不押韻異。」

清丁紹儀聽秋聲館詞話卷一〇：「馮柳東大令，謂柳永鬬百花『終日扃朱户』，應作换頭起句。詞綜誤屬上闋。詞律收晁補之詞，亦同此誤，致疑參差無味。宜矣。按鬬百花調，柳詞三闋。一云『鸞輅音塵遠』，屬上屬下均可。一云『舉措多嬌媚』，若作换頭起句，則上文『如描似削身材，怯雨羞雲情意』，詞氣似尚未足。晁詞亦三闋，一即詞律所收『百態生珠翠』，截上歸下，已覺牽强。

一云『重向溪堂，臨風看舞梁州，依舊照人秋水』，緊接『轉更添姿媚』，以足上文語氣。若截歸下闋，似與下文『與問階上，簸錢時節』轉不相接。一云『微笑遮紈扇』，細玩詞意，亦宜屬上，不宜屬下。乃未經互校，率臆言之。昔賢有知，得毋齒冷。」

【箋注】

〔一〕鴛瓦：成對的瓦，又稱鴛鴦瓦。白居易長恨歌：「鴛鴦瓦冷霜華重，翡翠衾寒誰與共。」

〔二〕長門：司馬相如長門賦序：「孝武皇帝陳皇后，時得幸，頗妒，别在長門宫。愁悶悲思。」

〔三〕淹：遮蔽，遮蓋。五代孫光憲酒泉子：「淚淹紅，眉斂翠，恨沉沉。」

〔四〕鸞輅：天子所乘之車。吕氏春秋孟春紀：「天子居青陽左个。乘鸞輅，駕蒼龍。」高誘注：「輅，車也。鸞鳥在衡，和在軾，鳴相應和。後世不能復致，鑄銅爲之，飾以金，謂之鸞輅也。」

〔五〕殢：戀昵。張相詩詞曲語辭匯釋：「至晚唐詩人用殢字，其義漸異。羅隱西京崇德里居詩：『進乏梯媒退又難，强隨豪貴殢長安。』此尚爲滯留義。他如李山甫柳詩：『强扶柔態酒難醒，殢著春風别有情。』方干惜花詩：『今日流鶯來舊處，百般言語殢空枝。』韓偓寄友人詩：『夫君亦是多情者，幾處將愁殢酒家。』均爲糾纏不清之意，與泥義近。而韓偓有憶詩：

『愁腸泥酒人千里。』泥一作殢，則殢酒之殢直與泥同用矣。自殢之義既變，音讀亦隨之而變。殢爲他計切或呼計切，此爲本音。至臧氏元曲選之音注，則殢音膩，是直取泥之音義而俱代之矣。至與尤字并用時，初尚作泥，亦約略可徵。……而雲謡集雜曲子之洞仙歌：『擬鋪鴛被，把人尤泥，須索琵琶重理。』二字聯用，直爲戀昵義。此爲唐時民間流行之曲子，尚用『尤泥』字。至宋詞則競用『尤殢』矣。」今按：柳詞中屢用「尤殢」，如促拍滿路花云：「尤殢檀郎，未教拆了鞦韆。」又錦堂春云：「待伊要、尤雲殢雨，纏繡衾、不與同歡。」又長壽樂云：「尤紅殢翠。近日來、陡把狂心牽繫。」又小鎮西云：「夜來魂夢裏，尤花殢雪。分明似舊家時節。」皆指男女歡好之意。至於木蘭花云：「殢煙尤雨索春饒，一日三眠誇得意。」則借人喻柳也。

〔六〕怪妾辭輦：漢書卷九七外戚傳：「孝成班倢伃，……成帝遊於後庭，常欲與倢伃同輦載，倢伃辭曰：『觀古圖書，聖賢之君皆有名臣在側，三代末主乃有嬖女，今欲同輦，得無近似之乎？』上善其言而止。……其後趙飛燕姊弟亦從自微賤興，逾越禮制，寖盛於前。班倢伃及許皇后皆失寵，稀復進見。」

〔七〕陡頓：突然。柳永浪淘沙：「便忍把、從前歡會，陡頓翻成憂戚。」

〔八〕昭陽飛燕：昭陽，漢宮名。飛燕，趙飛燕。唐沈佺期鳳簫曲：「飛燕侍寢昭陽殿，班姬飲恨長信宮。」李白宮中行樂詞八首其二：「宮中誰第一，飛燕在昭陽。」清王琦注：「在昭陽舍者，乃其女弟合德，非飛燕也。然三輔黄圖：『成帝趙皇后居昭陽殿』，沈佺期詩：『飛燕恃寵昭陽殿，班姬飲恨長信宫。』古人亦有此誤，『飛燕在昭陽』之句，蓋有所自矣。」

其二

煦色韶光明媚。輕靄低籠芳樹。池塘淺蘸煙蕪，簾幕閒垂風絮。春困厭厭〔一〕，抛擲鬬草工夫〔二〕，冷落踏青心緒。終日扃朱户〔三〕。遠恨緜緜，淑景遲遲難度〔四〕。年少傅粉〔五〕，依前醉眠何處。深院無人，黄昏乍拆鞦韆，空鎖滿庭花雨。

【校記】

〔其二〕勞校引陸校、陳録下注曰「春恨」。

〔輕靄〕曹校引顧本、鄭校引顧本「靄」作「藹」。

〔風絮〕詞繫謂「風」一作「飛」。

〔踏青心緒〕詞繫謂「青」一作「春」，又引葉譜（今按，謂葉申薌天籟軒詞譜）「心」作「情」。

〔終日扃朱户〕張校謂宋本以此句屬過遍，誤。

〔黄昏〕曹校引陳本「黄昏」作「共」。

〔年少傅粉〕張校本作「傅粉年少」，謂「原誤作『年少傅粉』，依宋本改」。

〔乍拆〕詞繫「拆」作「坼」。

〔空鎖〕勞鈔本作「銷」。勞校：「『鎖』，誤『銷』刊『鑠』。」

【訂律】

詞譜卷一九：「樂章集注『正宮』。晁補之詞一名夏州。」「雙調八十一字，前段八句五仄韻，後段七句三仄韻。」「此調以此詞爲正體，柳永『滿搦宮腰』詞，晁補之『小小盈盈』詞，又『臉色朝霞』詞，正與此同。若柳詞別首之少押兩韻，晁詞別首之多押一韻，皆變格也。按『滿搦宮腰』詞，後段第四句『不肯便入鴛被』，『不肯』二字俱仄聲；結句『却道你但先睡』，『但』字仄聲。又『小小盈盈』詞，前段第二句『憶得眉長眼細』，『眼』字仄聲；結句『轉更添姿媚』，轉字仄聲。又『臉色朝霞』詞，後段起二句『低問石上鑿井，何由及底』，『石』字仄聲。譜內可平可仄據此，餘參下二詞。」詞律論後段第三句第三字，必要仄聲，觀宋詞或作平仄仄平，或作平仄仄仄可見，填者審之。」

詞繫卷七：「本集屬正宮，原注亦名『夏州』。」「開元天寶遺事：『長安士女，春時鬭花戴插，以奇花多者爲勝』，調名取此，與『鬭百草』無涉。」「『終日』句五字，詞律謂是後段起句，然晁詞皆屬上段。柳又一首，第三句一作『長門深鎖悄悄』，一與晁同。第四句一作『滿庭秋色將晚』，換頭處一作『無限幽恨，寄情空殢紈扇』，頗多參差。『年少傅粉』，『粉』字以上作平。柳又二首俱用平仄仄平。『心』字，葉譜作『情』；『風』字一作『飛』，『青』字作『春』；『擲』、『粉』作平；『輕』、『春』、『終』、『難』、『深』、『空』可仄；『冷』可平。」

夏批：「（「遠恨緜緜，淑景遲遲」）八字對。」

【箋注】

〔一〕厭厭：謂倦怠無聊，精神不振。柳永定風波：「暖酥消，膩雲嚲，終日厭厭倦梳裹。」又柳永祭天神：「念平生、單棲蹤迹，多感情懷，到此厭厭，向曉披衣坐。」

〔二〕鬬草：南朝梁宗懍荆楚歲時記：「五月五日，四民并踏百草，又有鬬百草之戲，采艾以爲人，懸門户上以禳毒氣。」五代王仁裕開元天寶遺事：「長安士女，春時鬬花戴插，以奇花多者爲勝。皆用千金市名花，植於庭苑中，以備春時之鬬也。」柳永木蘭花慢：「盈盈鬬草踏青，人艷冶、遞逢迎。」

〔三〕朱户：即朱門，紅漆大門，謂富貴豪家，此爲泛指。唐杜甫自京赴奉先縣詠懷五百字：「朱門酒肉臭，路有凍死骨。」

〔四〕淑景：謂春光。樂府詩集唐五郊樂章青郊迎神：「淑景遲遲，和風習習。」柳永古傾杯：「遲遲淑景，煙和露潤，偏繞長隄芳草。」

〔五〕傅粉：三國何晏俊美膚白，面如傅粉。後世用以代稱美男子。南朝宋劉義慶世説新語容止：「何平叔美姿儀，面至白，魏明帝疑其傅粉。正夏月，與熱湯餅。既噉，大汗出，以朱衣自拭，色轉皎然。」

【輯評】

清先著、程洪撰，胡念貽輯詞潔輯評卷三：「匀穩工整，在柳詞已是上乘。」

清周濟宋四家詞選批語：「柳詞總以平敘見長。或發端、或結尾、或换頭，以一二語勾勒提掇，有千鈞之力。」

俞陛雲唐五代兩宋詞選釋：「前、後段皆狀春閨妖慵之態，唯轉頭處略見懷人。屯田摹寫情景，頗似清真，而開合頓挫，視清真終隔一塵。」

其三

滿搦宫腰纖細〔一〕。年紀方當笄歲〔二〕。剛被風流沾惹，與合垂楊雙髻〔三〕。初學嚴妝〔四〕，如描似削身材，怯雨羞雲情意。舉措多嬌媚〔五〕。　争奈心性，未會先憐佳壻〔六〕。長是夜深，不肯便入鴛被〔七〕。與解羅裳，盈盈背立銀釭〔八〕，却道你但先睡。

【校記】

〔年紀方當〕勞鈔本、朱校引原本、繆校引宋本、鄭校引宋本、張校引宋本、林刊百家詞本「紀」

作「幾」。勞鈔本、朱校引原本、繆校引梅本「當」字脱。勞校：「『幾』刊『紀』，『方』下刊有『當』字，斧季云宋本無。」

〔争奈心性〕勞鈔本、朱校引原本張校引宋本脱。勞校：「『先會』上刊有『争奈心性』四字，斧季云應有。」（按，原文爲「未會」，當爲勞氏筆誤。）

〔你但〕毛本、吴本、林刊百家詞本「但」作「彈」，詞繫、張校本作「還」。張校：「原誤『彈』，依宋本改，粹編作『但』。」

【訂律】

詞繫卷七：「本集亦屬正宮。」「首句起韻，第三句平仄異。換頭句六字，次句四字，皆叶，餘同前作。『還』字，宋刊本作『但』，汲古作『彈』，誤。考各家此字皆用平聲，今從毛扆校本。」

【箋注】

〔一〕搦：握，持，把。「滿搦」猶言滿握。一握之腰，其細可知。柳永兩同心：「別有眼長腰搦。」　宮腰：即楚腰，形容細腰。韓非子二柄：「楚靈王好細腰，而國中多餓人。」後漢書卷二四馬廖傳：「楚王愛細腰，宮中多餓死。」李商隱又效江南曲：「掃黛開宮額，裁裙約楚腰。」

〔二〕笄歲：及笄之歲，謂十五歲。笄，簪。禮記内則：「（女子）十有五年而笄。」鄭玄注：「謂應年許嫁者。女子許嫁，笄而字之，其未許嫁，二十則笄。」

〔三〕與合垂楊雙髻：合髻爲唐宋時婚俗之一。歐陽修歸田録卷二：「劉岳書儀，婚禮有『女坐壻之馬鞍，父母爲之合髻』之禮。」宋孟元老東京夢華録：「凡娶媳婦……男左女右，留少頭髮，二家出疋段、釵子、木梳、頭鬚之類，謂之『合髻』。」

〔四〕嚴妝：整妝，梳妝打扮。古詩爲焦仲卿妻作：「雞鳴外欲曙，新婦起嚴妝。」

〔五〕舉措：亦作舉錯。舉動，行爲。漢書卷八一匡衡傳：「舉錯動作，物遵其儀。」柳永少年游：「文談閒雅，歌喉清麗，舉措好精神。」又柳永木蘭花：「蟲娘舉措皆温潤。每到婆娑偏恃俊。」

〔六〕未會：不懂，不明白。

〔七〕鴛被：繡有鴛鴦的錦被。唐駱賓王從軍中行路難同辛常伯作：「雁門迢遞尺書稀，鴛被相思雙帶緩。」

〔八〕銀釭：銀白色的燈盞、燭臺。白居易卧聽法曲霓裳：「起嘗殘酌聽餘曲，斜背銀釭半下帷。」

【輯評】

邵祖平詞心箋評：「柳詞以白描見長，如無淫媟之句，自是詞中白樂天。」

甘草子

秋暮。亂灑衰荷，顆顆真珠雨。雨過月華生，冷徹鴛鴦浦〔一〕。池上凭闌愁無侶。奈此箇〔二〕、單棲情緒。却傍金籠共鸚鵡〔三〕。念粉郎言語〔四〕。

【校記】

〔甘草子〕花草粹編調下注曰「秋深」。

〔池上凭闌愁無侶〕吴本作「飄散露華無似」。毛本作「池上凭欄愁無似」，詞律、陳録作「池上凭闌無似」。詞繫「愁」作「怨」。繆校：「次闋换頭『池上凭闌風緊』，不應均用此四字，明鈔本、梅本作『飄散露華清風緊』，當是傳鈔者互换耳。」鄭批：「『似』字亦叶，宋人詞『紙』、『語』通用。」張校：「原訛『似』，依宋本改，粹編同。」今按：證以王喆甘草子「直待陰公教來取」句，可知此處爲七字句，且當用韻，「似」（異體爲「佀」）、「侶」蓋因形近而訛。

〔却傍〕吴本「傍」作「倚」。

〔共鸚鵡〕毛本、吴本、張校本、朱校「共」作「教」。

【訂律】

甘草子，首見於宋寇準詞，寇詞上片第四句叶韻，宋人無依其填者。詞律、詞譜以柳永此闋爲正格。

詞律卷四：「『似』字非韻，乃借叶也。『教鸚鵡』，柳又作『慵整頓』，然觀揚无咎作『五湖去』，則仄平仄爲是。『凭』字音『并』，不可誤讀平聲。」

詞律校勘記：「按花草粹編後起云：『池上凭闌愁無侶。』『侶』字本韻，萬氏以『侶』作『似』，故注借叶，誤。」

詞譜卷六：「樂章集注『正宮』。」「雙調四十七字，前段五句三仄韻，後段四句四仄韻。」「換頭句『愁無侶』三字，詞律訛爲『愁無似』，今從花草粹編改正。柳詞別首，前段結句『還有邊庭信』，『還』字平聲；後段第二句『動羅幕曉寒猶嫩』，『羅』字平聲，『曉』字仄聲；第三句『中酒殘妝慵整頓』，『慵』字平聲，『整』字仄聲，楊詞『誰與浮家五湖去』，『誰』字平聲。譜内可平可仄據此。」

詞繫卷五（以寇準甘草子（春早）爲正體。柳永此首列爲又一體）：「樂章集屬正宮。前段第二第四句，平仄與前異。『愁』字平，亦異。『侶』字，汲古作似，詞律注借叶，誤。『共』字作『教』，今據宋本改正。柳永別首用平聲。」

【箋注】

〔一〕鴛鴦浦：據明一統志，慈利縣治北有鴛鴦浦。此爲泛指。五代毛文錫中興樂：「紅蕉葉裏猩猩語，鴛鴦浦，鏡中鸞舞，絲雨，隔荔枝陰。」

〔二〕此箇：這個。張相詩詞曲語辭匯釋：「箇（個、个），估量某種光景之辭，等於價或家。凡少則曰些兒箇。」

〔三〕金籠共鸚鵡：唐蔣防霍小玉傳：「庭間有四櫻桃樹，西北懸一鸚鵡籠，見生入來，即語曰：『有人入來，急下簾者。』」

〔四〕粉郎：用三國何晏典故，詳見前鬬百花（煦色韶光明媚）「傅粉」條注。此爲情郎之愛稱。

【輯評】

清彭孫遹金粟詞話：「柳耆卿『却傍金籠教鸚鵡。念粉郎言語』，花間之麗句也。辛稼軒『驀然回首，那人却在燈火闌珊處』，秦、周之佳境也。少游『怎得香香深處，作個蜂兒抱』，亦近似柳七語矣。」

【附録】

甘草子　金　王喆

塵所。不肯修行，箇箇貪歡聚。轉轉戀榮華，怎肯將心悟。　直待陰公教來取。便急與相隨去。早被兒孫送歸土。金玉誰爲主。

其二

秋盡。葉翦紅綃〔一〕，砌菊遺金粉。雁字一行來〔二〕，還有邊庭信。　飄散露華清風緊〔三〕。動翠幕、曉寒猶嫩〔四〕。中酒殘妝慵整頓〔五〕。聚兩眉離恨。

【校記】

〔飄散露華清風緊〕毛本作「飄散落花清風緊」，張校：「二字原作『落花』，依宋本改，粹編同。」吳本作「池上凭闌風緊」，陳録作「飄散露華風緊」。

〔聚兩眉〕毛本、吳本、張校本「聚」作「惹」，張校：「宋本『聚』，粹編同。」林刊百家詞本作「□」，朱校引焦本、繆校引明鈔本、勞校引陸校、陳録作「蹙」，陳録下注：「一作『聚』。」

【訂律】

夏批：「『整』，庚韻。」

【箋注】

〔一〕葉翦紅綃：唐劉禹錫洛中初冬拜表有懷上京故人：「清洛曉光鋪碧簟，上陽霜葉翦紅綃。」宋楊億秋晚：「溪流拖白練，樹葉剪紅綃。」

〔二〕雁字：雁飛成行，或如「一」字，或如「人」字，故云。漢書卷五四李廣蘇建傳：「天子射上林中，得雁，足有係帛書，言武等在某澤中。」鴻雁傳書之典即出於此。

〔三〕露華：露珠。　緊：急。唐杜牧南陵道中：「南陵水面漫悠悠，風緊雲輕欲變秋。」

〔四〕嫩：此指輕微。

〔五〕中酒：醉酒，病酒。唐岑參與獨孤漸道別長句兼呈嚴八侍御：「中酒朝眠日色高，彈棋夜半燈花落。」　整頓：收拾整齊，此指梳洗打扮。白居易琵琶行：「沉吟放撥插弦中，整頓衣裳起斂容。」

【考證】

以上甘草子二首，一詠「秋暮」，一詠「秋盡」，當爲聯章詞。

中呂宮

送征衣

過韶陽〔一〕。璿樞電繞〔二〕，華渚虹流〔三〕，運應千載會昌。罄寰宇、薦殊祥。吾皇。誕彌月〔四〕，瑤圖纘慶〔五〕，玉葉騰芳〔六〕。竝景貺〔七〕、三靈眷祐〔八〕，挺英哲、掩前王。遇年年、嘉節清和〔九〕，頒率土稱觴〔一〇〕。無間要荒華夏〔一一〕，盡萬里、走梯航〔一二〕。彤庭舜張大樂〔一三〕，禹會群方〔一四〕。鵷行〔一五〕。望上國〔一六〕，山呼鼇抃〔一七〕，遥爇鑪香〔一八〕。竟就日、瞻雲獻壽〔一九〕，指南山〔二〇〕、等無疆〔二一〕。願巍巍、寶曆鴻基〔二二〕，齊天地遥長。

【校記】

〔韶陽〕毛本、吴本、張校本、詞繫、詞律、詞譜「韶」作「昭」。張校：「宋本、粹編并作『韶』，誤。」

〔虹流〕吴本、勞鈔本、朱校引原本作「流虹」。朱本從焦本作「虹流」，以與上「電繞」爲對。曹校：「本集永遇樂調有『瑲樞繞電，華渚流虹』，宋本沿彼二語，故此處亦作『流虹』。」

〔頒率土稱觴〕詞律拾遺引别本「頒」作「頌」，曹校引明鈔本、鄭校引明鈔本「頒」下有「了」字。

〔大樂〕毛本、吴本、林刊百家詞本「大」作「太」。張校：「原訛『太』，依宋本改。」

〔禹會群方〕毛本「方」作「芳」。張校：「原訛『芳』，依宋本改。」今按，上片已有「芳」韻，恐不當重韻。

〔望上國〕毛本、吴本、林刊百家詞本、詞繫、朱校引焦本「望」作「趨」。張校：「原作『趨』，今依宋本。」

〔竟就日〕詞繫「竟」作「競」。

〔南山〕繆校引萬氏云「山」當作「嶽」。

〔齊天地遥長〕吴本、詞律拾遺引歷代詩餘作「天地齊長」。詞繫謂：「一作『天地遥長』。」

【訂律】

送征衣，唐教坊曲，見教坊記。蓋與唐樂府詩如王建送衣曲、張籍寄衣曲，皆得名於孟姜女故事。任二北敦煌曲初探謂此曲創於開元、天寶年間。敦煌曲雲謡集有此調一闋，柳詞與之不同。宋詞中存唯柳永此闋。

詞律卷二〇：「『吾皇』下與後『鵷行』下同。按此調六字句凡四用，皆中三字一豆者。如『慶寰宇』『宇』字，『挺英哲』『哲』字，『盡萬里』『里』字，皆用仄聲。則『指南山』『山』字，亦應用仄，恐是『岳』字之誤也。」

詞譜卷三六：「柳永樂章集注『中吕宫』。」「雙調一百二十一字，前段十二句七平韻，後段十一句六平韻。」「此調祇有此詞，無別詞可校。前段第六句、後段第五句，俱押二字短韻；兩結句，俱作上一下四句法。填者辨之。」

詞繫卷七：「唐教坊曲名，本集屬中吕宫。」「此調他無作者，平仄不可改易。詞律以『南山』山字比前段，謂是『岳』字之訛，究屬臆度。『皇』字、『行』字是藏韻，非叶韻，作者不可斷作兩句。『大』字，汲古作『太』，『方』字作『芳』，重韻，今據宋本改正。『昭』字，宋本作『韶』，未確。『頒』字一作『頌』。『齊天地遥長』五字，一作『天地遥長』。」

【箋注】

〔一〕韶陽：謂明媚的春光。唐皇甫冉東郊迎春：「律向韶陽變，人隨草木榮。」

〔二〕璿樞電繞：「璿樞」亦作璇樞，北斗第一星爲樞，第二星爲璇。宋書卷二七符瑞志：「黄帝軒轅氏，母曰附寶，見大電光繞北斗樞星，照郊野，感而孕。二十五月而生黄帝於壽丘。」

〔三〕華渚虹流：宋書卷二七符瑞志：「帝摯少昊氏，母曰女節，見星如虹，下流華渚，既而夢接意感，生少昊。」

〔四〕誕彌月：詩大雅生民：「誕彌厥月，先生如達。」讚美周朝始祖后稷。宋王林燕翼詒謀録卷三：「大中祥符八年二月丁酉，值仁宗皇帝誕生之日，真宗皇帝喜甚，宰臣以下稱賀，宫中出包子以賜臣下，其中皆金珠也。是年仁宗方就學，天生聖人，得於夢兆，方五歲，聖質已異常人，故均福臣下者特異。」（今按：仁宗生辰在四月，非二月，王氏蓋誤記。）

〔五〕瑶圖：帝王世系。

〔六〕玉葉：猶玉牒，指皇家譜系。南朝江淹宋安成王右常侍劉喬墓志文：「玉葉既積，金徽方傳。」

〔七〕景貺：即嘉貺，謂上天賜福。樂府詩集卷七周郊祀樂章：「上天垂景貺，哲后舉鑾觴。」

〔八〕三靈：蕭統文選卷四八班固典引：「因定以和神。答三靈之蕃祉，展放唐之明文。」李善注：「三靈，天、地、人也。」

〔九〕清和：農曆四月的俗稱。蓋時當仲春，天氣清明和暖。三國魏曹丕槐賦：「天清和而温潤，氣恬淡以安治。」

〔一〇〕率土：詩小雅北山：「率土之濱，莫非王臣。」

〔一一〕無間：不分。禮記檀弓上「不晝夜居于内」，鄭玄注：「無間晝夜，恒居于内。」　要荒：要服，荒服。古稱王畿外極遠之地，亦泛指遠方之國。劉向新序雜事二：「昔者唐虞崇舉九賢，布之於位，而海内大康，要荒來賓，麟鳳在郊。」

〔一二〕走梯航：謂登山航海而至。唐杜光庭太上黄籙齋儀卷三七遷拔清旦行道：「皇帝澤廣滄溟，壽均衡霍，走梯航於萬宇。」

〔一三〕彤庭：宫廷。漢代宫庭楹柱多漆以朱紅色，故稱。班固西都賦：「於是玄墀釦砌，玉階彤庭。」　大樂：用于帝王祭祀、朝賀、燕享等典禮的典雅莊重之樂。尚書益稷：「簫韶九成，鳳皇來儀。」孔傳：「韶，舜樂名。」

〔一四〕禹會群方：尚書大禹謨：「禹乃會群后，誓于師曰：『濟濟有衆，咸聽朕命。』」

〔一五〕鵷行：指朝官之行列，如鵷鷺般井然有序，故稱鵷行、鵷班、鵷鷺客等。梁書卷三四張緬傳：「此曹舊用文學，且居鵷行之首，宜詳擇其人。」白居易酬盧祕書二十韻：「鳳詔容徐起，鵷行許重陪。」

〔一六〕上國：外藩屬國對帝室或朝廷的稱呼。後漢書陳蕃傳：「夫諸侯上象四七，垂耀在天，下應分土，藩屏上國。」

〔一七〕山呼：亦作「嵩呼」，漢書卷六武帝紀：「翌日親登嵩高，御史乘屬、在廟旁吏卒咸聞呼萬歲者三。」後遂以叩頭高呼「萬歲」三次作爲對皇帝的祝頌儀式。　鼇抃：形容歡欣鼓舞。楚辭天問：「鼇戴山抃，何以安之？」

〔一八〕爇：焚燒。

〔一九〕就日、瞻雲：喻指對天子的崇仰。史記五帝本紀：「帝堯者，放勛。其仁如天，其知如神。就之如日，望之如雲。」唐李德裕奉和聖制南郊禮畢詩：「三臣皆就日，萬國望如雲。」

〔二〇〕南山：詩小雅天保：「如月之恒，如日之升，如南山之壽，不騫不崩。」

〔二一〕無疆：詩豳風七月：「稱彼兕觥，萬壽無疆。」

〔二二〕寶曆：指國祚、皇位。樂府詩集卷一五晉朝饗樂章：「椒觴再獻，寶曆萬年。」 鴻基：指王業。三國志卷三三蜀書載劉禪詔：「朕以幼沖，繼統鴻基，未習保傅之訓，而嬰祖宗之重。」

【輯評】

清沈雄古今詞話詞品上卷：「毛馳黄曰：……柳永送征衣詞，本江、講韻，而末用『遥』字。當是古人誤處，未宜因以爲例，所以不能概責之後來也。」

【考證】

此詞是爲宋仁宗乾元節聖壽而作的應制詞。疑當作於景祐元年（一〇三四）四月。宋仁宗生於大中祥符三年（一〇一〇）四月十四日，即位後定是日爲乾元節。與詞中「嘉節清和」語合。但仁宗即位時年僅十三歲，由章獻明肅劉太后垂簾聽政，「權處分軍國事」（宋史卷九仁宗紀）。定正月八日爲長寧節，爲太后上壽。據宋史卷一一二禮志一五載：「仁宗以四月十四日爲乾元節。正月八日皇太后爲長寧節。詔定長寧節上壽儀。」其後詳細記録了長寧節上壽之儀，却無一語提及乾元節上壽儀。又續資治通鑑長編（後簡稱長編）卷九九亦載長寧節前一月百官就大相國寺建道場，賜會錫慶院，禁刑及屠宰七日，前三日命婦進香上壽，三京度僧道等儀式，較之乾元節，所裁損者唯度僧道數減半及不奏紫衣師號而已。又長編卷一〇三載，天聖三年長寧節，「開封府言長寧節請如乾元節度僧道三百八人。詔止度三百人」。又長編卷一〇九載：「（天聖八年九月）詔長寧節天下建置道場及賜燕，并如乾元節。」這些記載説明在劉太后垂簾之十餘年間，長寧節實際是重於乾元節的。由此推測，柳永此詞不應作於仁宗親政之前。

詞中提到「無間要荒華夏，盡萬里、走梯航」諸語，明顯是指使臣來賀的情狀。按自天聖元年（一〇二三）仁宗即位，契丹即歲遣使來賀乾元節，西夏自慶曆五年後亦遣使來賀乾元節，歲以爲常。同時，契丹亦每歲遣使來賀長寧節。但仁宗親政之始的景祐元年，契丹使節的規格却與往年不同。長編卷一一一載明道元年契丹遣使：「辛亥，契丹遣安東軍節度使蕭好古、太僕卿王永孚來賀乾元節。」從天聖至明道年間，契丹遣使來賀乾元節及長寧節，均爲這一規格。但長編卷一一四載：「（景祐元年四月）庚子，契丹國母遣右威衛上將軍耶律𨊠、利州觀察使王惟永；國主遣廣德節度使耶律述、永州觀察使高昇來賀乾元節。」其後景祐二年又恢復原狀：「（景祐二年四月）甲子契丹遣林牙保大節度使耶律庶幾、政事舍人劉六符來賀乾元節。」可見，景祐元年的乾元節作爲仁宗親政後的第一個壽節，具有特別的意義。

景祐元年，柳永登第，時在汴京，待放榜後，正值仁宗乾元節聖壽，故填詞應制。另柳永永遇樂（薰風解愠）詞有「殊方異域，争貢琛賫，架巘航波奔湊」諸語，與本詞意頗相近，亦祝仁宗聖壽之作。二詞當作於同時。

【附録】

宋孟元老東京夢華録卷六記有元旦朝會時各國使臣來朝之儀，雖非乾元節儀式，但亦略可與此詞下片相參證。附之於此：「正旦大朝會，車駕坐大慶殿，有介胄長大人四人立於殿角，謂之『鎮殿將軍』。諸國使人入賀殿庭，列法駕儀仗，百官皆冠冕朝服，諸路舉人解首亦士服立班，其服二量冠白袍青緣。諸州進奏吏，各執方物入獻。諸國使人，大遼大使頂金冠，後簷尖長如大蓮葉，服紫窄袍，金蹀躞；副使展裹金帶如漢服。大使拜則立左足，跪右足，以兩手着右肩爲一拜。副使拜如漢儀。夏國使、副皆金冠短小樣製，服緋窄袍，金蹀躞，吊敦，背叉手展拜。高麗與南番交州使人并如漢儀。回紇皆長髯高鼻，以疋帛纏頭，散披其服。于闐皆小金花氈笠，金絲戰袍束帶，并妻男同來，乘駱馳氈氈銅鐸入貢。三佛齊皆瘦脊纏頭，緋衣上織成佛面。又有南蠻五姓番，皆椎髻烏氈，并如僧人禮拜，入見旋賜漢裝錦襖之類。更有真臘、大理、大石等國，有時來朝貢。其大遼使人在都亭驛，夏國在都亭西驛，高麗在梁門外安州巷同文館，回紇、于闐在禮賓院，諸番國在瞻雲館或懷遠驛。唯大遼、高麗，就館賜宴。大遼使人朝見訖，翌日詣大相國寺燒香。次日詣南御苑射弓，朝廷旋選能射武臣伴射，就彼賜宴，三節人皆與焉。先列招箭班十餘於垛子前，使人多用弩子射，一裹無脚小襆頭子、錦襖子遼人，踏開弩子，舞旋楛箭，過與使人，彼窺得端正，止令使人發牙。例本朝伴射用弓箭中的，則賜闊裝銀鞍馬、衣着、金銀器物有差。伴射得捷，京師市井兒遮路争獻口號，觀者如堵。翌日，人使朝辭。朝退，内前燈山已上綵，其速如神。」

晝夜樂

洞房記得初相遇〔一〕。便只合〔二〕、長相聚。何期小會幽歡〔三〕，變作離情別緒。況值闌珊春色暮〔四〕。對滿目、亂花狂絮。直恐好風光，盡隨伊歸去〔五〕。　一場寂寞憑誰訴。算前言、總輕負。早知恁地難拚〔六〕，悔不當時留住。其奈風流端正外〔七〕，更別有、繫人心處。一日不思量，也攢眉千度〔八〕。

【校記】

〔長相聚〕勞鈔本、朱校引原本、繆校引宋本、張校引宋本無「長」字。勞校云：「『合』下刊有『長』字，斧季云宋本無。」鄭校：「宋本無『長』字，非是。」

〔離情別緒〕毛本、吴本、林刊百家詞本、詞繫作「別離情緒」。鄭校同底本，并批云：「宋本如此，若與上文爲偶，故當據改正。」張校：「原作『別離情緒』，秤編同，今依宋本。」

〔悔不當時〕毛本、吴本、詞繫、朱校引焦本「時」作「初」，曹校引梅本無「悔」字。鄭校：「梅本脱『悔』字。宋本『初』作『時』。」張校：「原作『初』，今依宋本。」

〔更別有〕陳録注：「一本無『更』字。」

【訂律】

晝夜樂，始見於樂章集。宋詞中除柳永二詞外尚有黄庭堅及無名氏二詞。詞律卷一五：「前後段同。『暮』字叶，『外』字不叶，山谷一首亦然。而柳別作則前後皆叶，作者自當皆叶爲妥。『色』字別作用平，甚拗，或誤，不必從。兩結各五字二句，須知上句如五言詩，下句上一下四，此二句正如石州慢之結耳。」

詞譜卷二六：「樂章集注『中吕宫』。」「雙調，九十八字，前段八句六仄韻，後段八句五仄韻。」「此調創自柳永，有前後段第五句俱押韻者，有前段第五句押韻、後段第五句不押韻者。此詞後段第五句不押韻，黄庭堅詞正與此同。按黄詞前段第二句『説花時、歸來去』，『時』字平聲；第五、六句『其奈佳音無定據，約雲朝、又還雨暮』，『其』字平聲，『雨』字仄聲；結兩句『將淚入鴛衾，總不成行步』，『將』字平聲，『不』字仄聲；後段起句『元來也解知思慮』，『元』字平聲；第三句『情知玉帳堪歡』，『情』字平聲；第五句『直待腰金拖紫後』，『直』字仄聲；第六句『有夫人縣君相與』，『人』字平聲，又柳詞別首，『這歡娱漸入佳境』，『入』字仄聲；第七句『争奈會分疏』，『争』字平聲。譜内可平可仄據此，餘參梅苑無名氏詞。此詞前後段兩結句，俱上一下四句法，與第七句衹作五言者不同。」

詞繫卷七：「本集屬中呂宮，九宮大成入北詞平調雙曲。」「『暮』字叶，『外』字不叶，黄庭堅作亦然。兩結句是一領四字句法，與石州慢相似，勿誤認。宋本無『長』字，『別離情緒』四字作『離情別緒』，『初』字作『時』，仍從汲古本。『記』、『只』、『合』、『變』、『別』、『值』、『色』、『滿』、『目』、『直』、『總』、『早』、『悔』、『正』、『有』、『一』可平。『情』、『珊』、『當』、『留』、『流』可仄。『一日』之『一』作平。」

【箋注】

〔一〕洞房：幽深的内室。多指卧室、閨房。楚辭招魂：「姱容修態，絙洞房些。」

〔二〕只合：只應，本應。五代韋莊浣溪沙：「人人盡説江南好，遊人只合江南老。」

〔三〕幽歡：幽會之歡。柳永鵲橋仙：「當媚景，算密意幽歡，盡成輕負。」又柳永燕歸梁：「幽歡已散前期遠，無憀賴，是而今。」

〔四〕闌珊：衰減，零落。白居易偶作：「闌珊花落後，寂寞酒醒時。」南唐李煜浪淘沙：「簾外雨潺潺，春意闌珊。」

〔五〕伊：古時口語中的第三人稱代詞，相當於「他」、「她」或「它」，視上下文而定。

〔六〕恁地：如此，這樣。地爲語助詞。柳永錦堂春：「把芳容整頓，恁地輕孤，争忍心安。」

拚：割捨。張相詩詞曲語辭匯釋：「判，割捨之辭；亦甘願之辭。自宋以後多用拚字或拚字，而唐人則多用判字。」

〔七〕端正：整齊勻稱，得當，漂亮。唐韓愈寒食日出遊：「紛紛落盡泥與塵，不共新妝比端正。」此與「風流」對舉。

〔八〕攢眉：皺眉，蹙眉。胡笳十八拍：「攢眉向月兮撫雅琴，五拍泠泠兮音彌深。」

【輯評】

邵祖平詞心箋評：「樂章集有淡語而警絕者，如『直恐好風光，盡隨伊歸去』是也。」

吴熊和師手批樂章集：「樂章懷人詞，此爲上選。純用白話，直敘心曲，不必以雅俗論，自然流傳坊曲。」

其二

秀香家住桃花徑〔一〕。算神仙、纔堪竝。層波細翦明眸〔二〕，膩玉圓搓素頸〔三〕。愛把歌喉當筵逞。遏天邊〔四〕，亂雲愁凝。言語似嬌鶯，一聲聲堪聽。洞房飲散簾幃静。擁香衾、歡心稱。金鑪麝裊青煙，鳳帳燭摇紅影。無限狂心乘酒興。這歡娱、漸入嘉景。猶自怨鄰雞，道秋宵不永。

【校記】

〔其二〕吴本、毛本、張校本、唐宋諸賢絶妙詞選調下注曰「贈妓」。鄭批：「柳詞全用樂府義例，不復於曲名外更自爲題，此『贈妓』等字皆後人妄加。下準此。」

〔洞房〕曹校引陳本「洞」作「雕」。

〔簾幃〕林刊百家詞本、曹校引陳本「幃」作「幙」。鄭校：「陳本『幃』作『幙』，非。」

〔嘉景〕朱校引草堂、曹校引顧陳本「嘉」作「佳」。吴本「景」作「境」。勞校：「校云『嘉景』應作『佳境』爲是。校似陸校。」鄭校：「陳顧本『嘉』作『佳』，是。」

【訂律】

鄭批：「『凝』字叶。」

【箋注】

〔一〕秀香：當爲歌妓名。　桃花徑：桃花紛紜之路，代指妓女所居。南朝獨孤嗣宗紫騮馬：「倡樓望早春，寶馬度城闉。照耀桃花逕，蹀躞採桑津。」

〔二〕層波：喻美女的眼波。楚辭招魂：「娭光眇視，目曾波些。」王逸注：「波，華也。言美女酣樂，顧望娭戲，身有光文，眺視曲眄，目采盼然，白黑分明，若水波而重華也。」柳永少年游：「層波瀲灩遠山横。一笑一傾城。」又柳永西施：「萬嬌千媚，的的在層波。」

〔三〕膩玉：紋理細膩潤澤的玉。此形容皮膚之光滑細潤。太平廣記卷五〇裴航：「覩一女子，露裛瓊英，春融雪彩，臉欺膩玉，鬢若濃雲。」

〔四〕遏天邊：列子湯問：「薛譚學謳於秦青，未窮青之技，自謂盡之，遂辭歸。秦青弗止，餞於郊衢，撫節悲歌，聲振林木，響遏行雲。薛譚乃謝求反，終身不敢言歸。」

【輯評】

宋黄昇唐宋諸賢絶妙詞選卷五：「此詞麗以淫，不當入選，以東坡嘗引用其語，故録之。」

明楊慎詞品卷一：「詩：『膚如凝脂。』（「凝」音佞。）唐詩：『日照凝紅香。』白樂天詩：『落絮無風凝不飛。』又：『舞繁紅袖凝，歌切翠眉愁。』又：『舞急紅腰凝，歌遲翠黛低。』徐幹臣詞：『重省，別時淚漬，羅巾猶凝。』張子野詞：『蓮臺香燭殘痕凝。』高賓王詞：『想蓴汀、水雲愁凝，閒蕙帳、猿鶴悲吟。』柳耆卿詞：『愛把歌喉當筵逞。遏天邊，亂雲愁凝。』今多作平音，失之。音律亦不協也。」

明郎瑛七修類稿卷三一艷詞不可填條：「此雖贈妓，真可謂狎語淫言矣，宜戒之。」

清沈雄古今詞話詞品卷下：「花庵詞客曰：耆卿晝夜樂云『層波細翦明眸，膩玉潤搓圓頸』，至『無限狂心乘酒興。這歡娱、漸入佳境。猶自怨鄰鷄，道秋宵不永』。此詞麗以淫，爲妓作也。」

【附録】

滿庭芳　蘇軾

香靉雕盤，寒生冰筯，畫堂別是風光。主人情重，開宴出紅妝。膩玉圓搓素頸，藕絲嫩、新織仙裳。雙歌罷，虚檐轉月，餘韻尚悠颺。　人間，何處有，司空見慣，應謂尋常。坐中有狂客，惱亂愁腸。報道金釵墜也，十指露、春筍纖長。親曾見，全勝宋玉，想像賦高唐。

柳腰輕

英英妙舞腰肢軟〔一〕。章臺柳〔二〕、昭陽燕〔三〕。錦衣冠蓋〔四〕，綺堂筵會，是處千金争選。顧香砌、絲管初調，倚輕風、佩環微顫。乍入霓裳促徧〔五〕。逞盈盈、漸催檀板〔六〕。慢垂霞袖〔七〕，急趨蓮步〔八〕，進退奇容千變。算何止、傾國傾城〔九〕，暫回眸、萬人腸斷。

【校記】

〔柳腰輕〕吴本、毛本、張校本、唐宋諸賢絶妙詞選、花草粹編調下注曰「贈妓」。

〔筵會〕毛本、張校本「會」作「晏」。吴本、詞律「會」作「宴」。張校：「宋本『會』，粹編同。」

〔佩環〕毛本、吴本、勞鈔本「佩」作「珮」。

〔算何止〕毛本、吴本、張校本、林刊百家詞本「算」作「笑」。鄭校：「宋本作『算』，是。『笑』字必以形似訛。」張校：「宋本『算』。」

【訂律】

柳腰輕，始見於樂章集。當詠調名本意。宋詞中僅存此闋。

詞律卷一二：「『錦衣』以下前後相同，依後段『步』字，則前段『宴』字乃是偶合韻脚，而非叶也。作者可以不叶。」

詞譜卷一九：「調見樂章集，注中吕宫，因詞有『英英妙舞腰肢軟，章臺柳，昭陽燕』句，取以爲名。」「雙調八十二字，前段八句四仄韻，後段七句四仄韻。」「調近柳初新，但柳初新調，前後段第六句押韻，此不押韻。又柳詞所注宫調不同，自應各爲一體，無宋詞别首可校。」

詞繫卷七：「本集屬中吕宫，九宫大成入南詞小石調正曲，許譜同。」「『會』字，汲古、詞律作『宴』，『算』字作『笑』，據宋本改正。」

【箋注】

〔一〕英英：當爲歌妓名。「英英」與前闋「秀香」皆歌妓之共名泛稱。南唐徐鉉正初答鍾郎中見招：「南省郎官名藉藉，東鄰妓女字英英。」

〔二〕章臺柳：章臺，本漢長安街名。後世常以「章臺柳」比擬青樓女子。唐韓翃有姬柳氏，以艷麗稱。韓獲選上第歸家省親；柳留居長安，安史亂起，出家爲尼。後韓爲平盧節度使侯希逸書記，使人寄柳詩曰：「章臺柳，章臺柳，昔日青青今在否？縱使長條似舊垂，亦應攀折他人手。」柳爲蕃將沙吒利所劫，侯希逸部將許俊以計奪還歸韓。見唐許堯佐柳氏傳。

〔三〕昭陽燕：漢伶玄趙飛燕外傳：「宜主幼聰悟，家有彭祖方脈之書，善行氣術，長而纖便輕細，舉止翩然，人謂之飛燕。」參前鬭百花（颯颯霜飄鴛瓦）「昭陽飛燕」條注。

〔四〕錦衣：詩秦風終南：「君子至止，錦衣狐裘。」　冠蓋：指仕宦貴官。班固西都賦：「冠蓋如雲，七相五公。」

〔五〕霓裳：指唐代著名樂舞霓裳羽衣曲。新唐書卷二二禮樂志：「河西節度使楊敬忠獻霓裳羽衣曲十二遍，凡曲終必遽，唯霓裳羽衣曲將畢，引聲益緩。」此曲在宋代應已失傳，此爲借指。　促徧：謂樂曲將終之徧。促，促拍，一般指樂曲將終時的急拍。徧爲唐宋樂曲的結構單位，演奏一章爲一徧，亦稱「片」。

〔六〕檀板：檀木所製拍板，音樂表演時擊打以應節拍。舊唐書卷二九音樂二：「拍板，長闊如手，厚寸餘，以韋連之，擊以代抃。」唐杜牧自宣州赴官入京路逢裴坦制官歸宣州因題贈：「畫堂檀板秋拍碎，一引有時聯十觥。」宋王禹偁小畜集卷一三拍板謠：「麻姑親採扶桑木，鏤脆排焦其數六。雙成捧立王母前，曾按瑶池白雲曲。幾時流落來人間，梨園部中齊管絃。管絃才動我能應，知音審樂功何全。吴宫女兒手如笴，執向玳筵爲樂準。數聲慢，僊人屐齒下雲棧。老狐臘月渡黄河，緩步輕輕踏冰片。數聲急，空江雹打漁翁笠。鮫人泣對水精盤，滿抱珠璣連瀉入。劃然一聲送曲徹，由基射透七重札。金罍冷落闃無聞，隴頭凍把泉聲絶。律吕與我數目齊，絲竹望我爲宗師。總驅節奏在術内，歌舞之人無我欺。所以唐相牛僧孺，爲文命之爲樂句。」清丁紹儀聽秋聲館詞話卷二「拍板」條：「歌以木音爲節，古用柷敔，後世易以板，往往見於詞中。六一詞云：『檀板未終人又去。』子野詞云：『緩板香檀，唱徹伊家新製。』海野詞云：『絲管暗隨檀板。』曰緩、曰隨、曰未終，其節奏猶可想見。亦有用象牙者。

吹劍録所謂『柳郎中詞，只合十七八女郎，按紅牙板，唱「楊柳岸曉風殘月」』；子昂詞云『輕敲象板，緩歌金鏤』是也。然莫詳其製。近人斲木三片，貫繩於端，以一手拍之。獨臺灣北里中聯木六片，兩手捧拍，云是前朝大樂所遺。初謂齊東野人語耳，後見王元之（禹偁）小畜集，有拍板謡云：……始恍然臺陽所見，尚是古製。近世減六爲三，益趨簡便，無復有雙手捧拍者矣。『排焦』二字，不知何解。」

〔七〕霞袖：艷麗輕飄的舞衣。宋錢惟濟夜讌：「蹁躚霞袖舞，瀲灩羽觴飛。」

〔八〕蓮步：南史卷五齊本紀下廢帝東昏侯傳：「鑿金爲蓮華以帖地，令潘妃行其上，曰：『此步步生蓮華也。』」

〔九〕傾國傾城：漢書卷九七外戚傳載李延年歌曰：「北方有佳人，絶世而獨立，一顧傾人城，再顧傾人國。寧不知傾城與傾國，佳人難再得。」

【輯評】

吴熊和師手批樂章集：「『秀香』、『英英』兩詞亦聯章。花間多聯章體，樂章、六一、珠玉諸集，聯章亦往往多有。至蘇、黄，則已少見。此亦詞體嬗變之迹，以聯章多存於歌筵舞席，用於嘌唱也。」

西江月

鳳額繡簾高卷〔一〕，獸鐶朱户頻摇〔二〕。兩竿紅日上花梢。春睡厭厭難覺。

好夢狂隨飛絮，閒愁穠勝香醪〔三〕。不成雨暮與雲朝〔四〕。又是韶光過了。

【校記】

〔西江月〕陳録調下注曰「春」。花草粹編調下注曰「春感」。

〔獸鐶〕曹校引顧本「鐶」作「簷」，引陳本「鐶」作「頭」。

〔狂隨飛絮〕曹校引顧陳本「狂」作「往」。毛本、吳本、張校本「飛」作「風」。張校：「宋本『飛』。」鄭批：「宋本『風』作『飛』。顧陳本『狂隨』訛作『往』。（今按：當指「狂隨」之「狂」訛作「往」。）」

〔穠勝〕毛本、吳本、林刊百家詞本、全宋詞本「穠」作「濃」。全宋詞本注：「案『濃』原作『穠』，從毛校樂章集。」

【訂律】

西江月，唐教坊曲，又名白蘋香、步虛詞、晚香時候、玉爐三澗雪、江月令等。李白蘇臺覽古有「只今惟有西江月，曾照吳王宮裏人」句，或爲調名所本。宋詞中以柳永詞爲首出。

詞譜卷八：「唐教坊曲名。樂章集注『中呂宮』。歐陽炯詞，有『兩岸蘋香暗起』句，名白蘋香；程珌詞名步虛詞；王行詞名江月令。」「雙調，五十字，前後段各四句，兩平韻、一叶韻。」「此調始於南唐歐陽炯，前後段兩起句，俱叶仄韻，自宋蘇軾、辛棄疾外，填者絶少，故此詞必以柳詞爲正體。沈伯時樂府指迷云：『西江月第二句平聲韻，第四句就平聲切去押仄韻，如平聲押「東」字，仄聲須押「董」、「凍」字韻，不可隨意押入他韻。』其説正與柳詞體合。若吴詞之兩段各韻，歐詞之添字，趙詞之不叶韻，皆變體也。前段第四句，晏幾道詞『曉鏡心情更懶』，『更』字仄聲；後段第三句，司馬光詞『笙歌散後酒微醒』，『笙』字平聲；末句歐陽炯詞『猶占鳳樓春色』，『鳳』字仄聲。譜內可平可仄據之，餘參下詞。」

【箋注】

〔一〕鳳額：指簾幕橫額飾以鳳形圖案。

〔二〕獸鐶：舊時大門上的飾件，獸頭形的鋪首銜著的門環。唐趙光遠題妓萊兒壁：「魚鑰獸環斜掩門，萋萋芳草憶王孫。」

〔三〕香醪：美酒。李煜一斛珠：「羅袖裛殘殷色可。杯深旋被香醪涴。」

〔四〕雨暮雲朝：宋玉高唐賦：「妾在巫山之陽，高丘之阻。旦爲朝雲，暮爲行雨，朝朝暮暮，陽臺之下。」後以比喻男女之情。

【輯評】

明楊慎批點草堂詩餘卷一：「魏萬詩：『只今惟有西江月，曾照吴王宫裏人。』下片，怨甚可惜。」

【附録】

西江月　金　王喆

堪歎水流一道。須憑添鼎千遭。海心萬丈裊竿牢。定後尖生芝草。會得功夫早早。自然快樂陶陶。西江月裏採芝苗。携去十洲三島。

其二

堪歎這般曲調。感他石女吹簫。山頭謾説水頻澆。海底虚言火燎。遭逢圓明正照。真風廣布清飈。西江月裏喫芝苗。味味將來了了。

其三

悟徹兒孫偉貌。奪衣曰奪飧肴。笑欣悲怨類咆哮。正是犲狼虎豹。不與同居打閙。回頭便載青包。任隨雲步訪三茅。同話清虚道教。

仙吕宫

傾杯樂

禁漏花深〔一〕，繡工日永〔二〕，蕙風布暖〔三〕。變韶景、都門十二〔四〕，元宵三五〔五〕，銀蟾光滿〔六〕。連雲複道淩飛觀〔七〕。聳皇居麗〔八〕，嘉氣瑞煙葱蒨。翠華宵幸〔九〕，是處層城閬苑〔一〇〕。龍鳳燭〔一一〕、交光星漢。對咫尺鼇山開羽扇〔一二〕。會樂府兩籍神仙〔一三〕，梨園四部絃管〔一四〕。向曉色、都人未散。盈萬井〔一五〕、山呼鼇抃〔一六〕。願歲歲，天仗裏、常瞻鳳輦。

【校記】

〔傾杯樂〕勞校引陸校、陳録、花草粹編調下注曰「上元」。

〔蕙風〕毛本、吴本「蕙」作「薰」。張校：「原訛『薰』，依宋本改。」

〔變韶景〕高麗史「變」作「漸」。

〔嘉氣〕朱校引焦本、曹校引顧本、鄭校引顧本、高麗史「嘉」作「佳」。

〔宵幸〕高麗史「幸」作「倖」。

〔是處層城閬苑〕高麗史録此詞全詞不分片。

〔羽扇〕吴本、毛本、張校本、林刊百家詞本、詞繫、朱校引焦本、高麗史、明凌濛初二刻拍案驚奇卷五引此詞「羽」作「雉」。鄭校：「宋本作『羽』。」

〔向曉色〕高麗史「向」作「漸」。

〔常瞻〕高麗史「常」作「鎮」。

【訂律】

傾杯樂，曲名見教坊記。同名異曲者甚多。樂章集中即有傾杯、古傾杯、傾杯樂共八闋，分屬不同宫調。此闋曾傳至高麗。

詞譜卷三二：「雙調一百六字，前段十一句五仄韻，後段七句六仄韻。」「此詞樂章集注『仙吕宫』，曾覿、揚无咎詞，正與此同。按揚詞前段第二句『東風解凍』，『東』字平聲；曾詞第四句『望空際、瑶峰微吐』，『微』字平聲；楊詞第五句『柳枝金軟』，『柳』字仄聲；第九句『一夜萬花開遍』，『一』字仄聲，曾詞『依稀管絃臺榭』，『稀』字平聲；曾詞第十一句『一行珠簾不下』，『行』字平聲；揚詞後段第三句『擁襦袴、千里歌謡』，『千』字平聲。譜内可平可仄據此，餘參程詞。揚詞後段第一句『羅綺簇、歡聲一片』，『一』字以入作平，不注可仄。」

詞繫卷八：「唐教坊曲名。羯鼓録屬太簇商。本集屬仙吕宫。九宫大成入北詞平調雙曲。」「鄭樵樂略：『係宫調。唐太宗内宴，詔長孫無忌造傾杯曲。明皇有馬舞傾杯數十曲。宣宗喜吹蘆管，自製傾杯，皆唐樂府也。與傾杯令、傾杯近皆不同，故分列。』愚按：調名起於唐代，辭皆不傳。今所傳者以柳作爲最多。而樂章集中八首注明宫調，名各不同，故備列以俟知音論定，不得以其字句同而漏列也。」「葉夢得避暑録話：『永初爲上元辭「會樂府兩籍神仙，梨園四部絃管」之句，傳禁中，多稱之。後因秋晚張樂，有使作醉蓬萊詞以獻，語不稱旨。後改名三變，終屯田員外郎，死，旅殯潤州僧寺。』」「『聳皇居』句，中二字相連，曾覿、揚无咎皆有此調同體，勿誤，平仄亦不可易。『蕙』字，汲古作『薰』，據宋本改。『禁』、『蕙』、『布』、『樂』、『兩』、『部』可平。『元』、『銀』、『盈』可仄。『日』、『十』、『複』作平。」

鄭批：「萬紅友云：『調更長，句法更亂。』案此并無訛舛。蓋萬氏誤在不得其句投耳。」（今按：投、逗古通，句投即句逗。）

冒廣生傾杯考：「『府』字作平。『變韶景』三字、『麗嘉氣』三字、『龍』字、『對』字、『開』字、『會』字，俱襯。『觀』字、『漢』字、『散』字，增韻。即呂渭老二首之『老』字、『去』字，雲謠之『面』字、『媚』字，皆增韻也。增韻亦可謂之贈韻，猶曲中之有贈板，大抵皆求美聽耳。傾杯詞從六言絕句來。每遍四句，二十四字，二韻或三韻。柳能神明變化，故遍遍不同。此首第一遍加三襯，破六、六、六、六，作四、四、四，四、四、四、四。第二遍加三襯，破六、六、六、六，作七、七，四、六。增一韻。第三遍依本體加三襯。第四遍破六、六、六、六，作七、七，三、七。」

【箋注】

〔一〕禁漏：宮中計時漏刻。南唐馮延巳采桑子：「畫堂鐙煖簾櫳捲，禁漏丁丁。雨罷寒生。一夜西窗夢不成。」唐劉禹錫闕下待傳點呈諸同舍：「禁漏晨鐘聲欲絕，旌旗組綬影相交。」

〔二〕繡工：指刺繡勞動。

〔三〕蕙風：和暖的春風。西晉左思魏都賦：「蕙風如薰，甘露如醴。」

〔四〕都門十二：古時京城四面各有三座城門，共十二門。周禮考工記匠人：「匠人營國，方九里，旁三門。」鄭玄注：「天子十二門，通十二子。」唐李賀李憑箜篌引：「十二門前融冷光，二十三絲動紫皇。」北宋汴京外城南面三門、東面四門、西面四門、北面四門，共十五門；舊城則四面各三門，共十二門。諸城門名號，可參見宋孟元老東京夢華録卷一「東都外城」、「舊京城」兩條所載。

〔五〕三五：農曆十五日。古詩十九首：「三五明月滿，四五蟾兔缺。」此指正月十五元宵節。

〔六〕銀蟾：喻月亮。後漢書天文志劉昭注引張衡靈憲：「羿請無死之藥於西王母，姮娥竊之以奔月。……遂托身於月，是爲蟾蜍。」白居易中秋月：「照他幾許人腸斷，玉兔銀蟾遠不知。」

〔七〕複道：高樓間架空的通道。史記卷六秦始皇本紀：「秦每破諸侯，寫放其宮室，作之咸陽北阪上，南臨渭，自雍門以東至涇、渭，殿屋複道周閣相屬。」杜甫夔州歌之四：「楓林橘樹丹青合，複道重樓錦繡懸。」　飛觀：高聳的宮闕。漢王延壽魯靈光殿賦：「陽榭外望，高樓飛觀。」

〔八〕皇居：皇宮。漢孔融薦禰衡表：「鈞天廣樂，必有奇麗之觀；帝室皇居，必畜非常之寶。」

〔九〕葱蒨：草木青翠茂盛貌，此指氣象旺盛。南朝江淹池上酬劉記室：「葱蒨亘華堂，葐蒀雜綺樹。」唐温庭筠長安寺：「仁祠寫露宮，長安佳氣濃。煙樹含葱蒨，金刹映蘴茸。」翠華：天子儀仗中以翠羽爲飾的旗幟或車蓋，亦可指代天子。司馬相如上林賦：「建翠華之旗，樹靈鼉之鼓。」白居易長恨歌：「翠華摇摇行復止，西出都門百餘里。」

〔一〇〕層城閬苑：皆仙人所居。水經注卷一河水：「崑崙之山三級。下曰樊桐，一名板松。二曰玄圃，一名閬風。上曰層城，一名天庭。是謂太帝之居。」閬苑即閬風之苑。集仙録：「西王母所居宮闕，在閬風之苑，有城千里，玉樓十二。」

〔一一〕龍鳳燭：此指龍鳳形的彩燈。元陶宗儀説郛卷三八上引宋俞文豹清夜録：「宣和七年，預借元宵，時有謔詞云：『……萬民翹望彩都門，龍燈鳳燭相照。』」

〔一二〕鼇山開羽扇：宋時元宵夜放花燈，堆成山狀的巨形彩燈，名鼇山。羽扇，指天子儀仗中的掌扇。

〔一三〕樂府：管理音樂的官署，此指宋代教坊。漢書卷二二禮樂志：「乃立樂府，采詩夜誦，有趙、代、秦、楚之謳。」　兩籍：謂北宋在汴京所設之東西兩教坊。宋趙昇朝野類要卷一：「本朝增爲東西兩教坊，又別有化成殿、鈞容班。」宋孟元老東京夢華録卷二：「其御街東朱雀門外，西通新門瓦子，以南殺豬巷亦妓館。以南東西兩教坊。」一説兩籍謂太樂署與鼓吹署。

〔一四〕梨園：新唐書禮樂志一二：「玄宗既知音律，又酷愛法曲，選坐部伎子弟三百教於梨園，聲有誤音，帝必覺而正之，號『皇帝梨園弟子』。宮女數百，亦爲梨園弟子，居宜春北院。」　四部：北宋教坊分四部：大曲部用琵琶、箜篌、五絃琴、箏、笙、觱栗、笛、方響、羯鼓、杖鼓、拍板；法曲部用琵琶、箜篌、五絃、箏、笙、觱栗、方響、拍板；龜茲部用觱栗、笛、羯鼓、腰鼓、揩鼓、雞橋鼓、鼗鼓、拍板；鼓笛部用三色笛、杖鼓、拍板。四部皆有各自擅長的曲調與曲目。詳見宋史卷一四二樂志。

〔一五〕萬井：見前早梅芳（海霞紅）同條注。

〔一六〕山呼鼇抃：見前送征衣（過韶陽）同條注。

【輯評】

宋葉夢得避暑録話卷下：「永初爲上元辭，有『樂府兩籍神仙，梨園四部絃管』之句，傳禁中，多稱之。後因秋晚張樂，有使作醉蓬萊詞以獻，語不稱旨，仁宗亦疑有欲爲之地者，因置不問。永亦善爲他文辭，而偶先以是得名，始悔爲已累。後改名三變，而終不能救。擇術不可不慎。」

明楊慎批點草堂詩餘卷五：「此當是應制詞。」

明張綖草堂詩餘別録卷二：「有點，删。詞亦流暢，但稍似近俗。元宵詞佳者甚多，此可以削。」

【附録】

宋孟元老東京夢華録卷六：「正月十五日元宵，大内前自歲前冬至後，開封府絞縛山棚，立木正對宣德樓。遊人已集御街，兩廊下奇術異能，歌舞百戲，鱗鱗相切，樂聲嘈雜十餘里，擊丸、蹴踘、踏索、上竿、趙野人倒喫冷淘、張九哥吞鐵劍、李外寧藥法傀儡、小健兒吐五色水、旋燒泥丸子、大特落灰藥梢柮兒雜居、温大頭、小曹嵇琴、党千簫管、孫四燒煉藥方、王十二作劇術、鄒遇、田地廣雜扮、蘇十、孟宣築毬、尹常賣五代史、劉百禽蟲蟻、楊文秀鼓笛。更有猴呈百戲、魚跳龍門、使喚蜂蝶、追呼螻蟻。其餘賣藥、賣卦、沙書地謎，奇巧百端，日新耳目。至正月七日，人使朝辭出門，燈山上綵，金碧相射，錦繡交輝，面北悉以綵結山沓。上皆畫神仙故事。或坊市賣藥賣卦之人，橫列三門，各有綵結、金書大牌，中曰『都門道』，左右曰『左右禁衛之門』，上有大牌曰『宣和與民同樂』。綵山左右以綵結文殊、普賢，跨獅子、白象，各於手指出水五道，其手搖動。用轆轤絞水上燈山尖高處，用木櫃貯之，逐時放下，如瀑布狀。又於左右門上，各以草把縛成戲龍之狀，用青幕遮籠，草上密置燈燭數萬盞，望之蜿蜒如雙龍飛走。自燈山至宣德門樓橫大街，約百餘丈，用棘刺圍遶，謂之棘盆，內設兩長竿，高數十丈，以繒綵結束，紙糊百戲人物，懸於竿上，風動宛若飛仙。內設樂棚，差衙前樂人作樂雜戲，并左右軍百戲在其中，駕坐一時呈拽。宣德樓上皆垂黄緣簾，中一位乃御座，用黄羅設一綵棚，御龍直執黄蓋掌扇，列於簾外。兩朵樓各掛燈毬一枚，約方圓丈餘，內燃椽燭，簾內亦作樂。宮嬪嬉笑之聲，下聞於外。樓下用枋木壘成露臺一所，綵結欄檻，兩邊皆禁衛排立，錦袍幞頭簪賜花，執骨朵子。面此樂棚，教坊、鈞容直、露臺子弟，更互雜劇。近門亦有內等子班直排立。萬姓皆在露臺下觀看，樂人時引萬姓山呼。」

明凌濛初二刻拍案驚奇卷五襄敏公元宵失子十三郎五歲朝天：「這首詞，多説着盛時宮禁説話。只因宋時極作興是個元宵，大張燈火，御駕親臨，君民同樂。所以説道『金吾不禁夜，玉漏莫相催』。然因是傾城士女通宵出游，没些禁忌，其間就有私期密約，鼠竊狗偷，弄出許多話柄來。……正是太平時候，家家户户，點放花燈，自從十三日爲始，十街九市，歡呼達旦。這夜十五日是正夜，年年規矩，官家親自出來，賞玩通宵，傾城士女，專待天顔一看。且是此日難得一輪明月當空，照耀如同白晝，映着各色奇巧花燈，從來叫做燈月交輝，極爲美景。……皇帝正御宣德門樓，聖旨許令萬目仰觀，金吾衛不得攔阻。樓上設著鰲山，燈光燦爛，香煙馥郁。奏動御樂，簫鼓喧闐。樓上施呈百戲，供奉御覽。看的真是人山人海，擠得縫地都没有了。有翰林承旨王禹玉上元應制詩爲證：『雪消華月滿仙臺，萬燭當樓寶扇開。雙鳳雲中扶輦下，六鰲海上駕山來。鎬京春酒沾周宴，汾水秋風陋漢才。一曲升平人盡樂，君王又進紫霞杯。』

笛家弄

花發西園〔一〕，草薰南陌〔二〕，韶光明媚，乍晴輕暖清明後。水嬉舟動，禊飲筵開〔三〕，銀塘似染〔四〕，金隄如繡〔五〕。是處王孫，幾多遊妓，往往攜纖手。遣離人、對嘉景，觸目傷懷，盡成感舊。別久。帝城當日，蘭堂夜燭〔六〕，百萬呼盧〔七〕，畫閣春風〔八〕，十千沽酒〔九〕。未省、宴處能忘管絃，醉裏不尋花柳〔一〇〕。豈知秦樓〔一一〕，玉簫聲斷〔一二〕，前事難重偶。空遺恨，望仙鄉〔一三〕，一餉消凝〔一四〕，淚沾襟袖。

【校記】

〔笛家弄〕花草粹編作「笛家弄慢」。毛本、張校本、朱校引焦本無「弄」字。張校：「宋本作『笛家弄』。」鄭批：「宋本有『弄』字。」

〔明媚〕花草粹編、詞繫、曹校、鄭校「媚」作「秀」。曹校：「朱雍梅詞用耆卿韻，是句作『天然疏秀』。『秀』字疑是韻。」鄭批：「宋朱雍梅詞用柳韻，第三句是『秀』字，可證耆卿是句必叶，爲起調。」

〔傷懷〕毛本、吴本、朱校引焦本無，林刊百家詞本作「□□」。張校：「原脱二字，依宋本補。」鄭批：「宋本作『觸目傷懷，盡成感舊』。」

〔別久〕毛本、吴本、勞鈔本、林刊百家詞本、朱校引原本於此句後分片。張校：「二字原本屬上，今依宋本。」鄭批：「紅友以『別久』二字屬下段，是也。」

〔帝城〕詞繫「帝」作「汴」。

〔十千〕底本及林刊百家詞本「千」作「年」，據毛本、吴本、勞鈔本改。

〔管絃〕毛本、吴本、張校本作「絃管」。鄭批：「宋本作『管絃』。案此二句爲對仗，故知『絃管』不作『管絃』，而萬氏臆説，亦不攻自破已。」

〔遺恨〕毛本「遺」作「遣」。張校：「原訛『遣』，今依宋本。」

〔消凝〕毛本、吴本、朱校引焦本無，林刊百家詞本作「□□」。張校：「原脱二字，依宋本補。」

鄭校：「宋本作『一餉消凝，淚沾襟袖』。」鄭批：「宋本上下收句竝多二字，宜據正。」

【訂律】

笛家弄，首見於樂章集。宋朱雍有和韻詞一闋，附後。

詞律卷二〇：「按此調他無可考，惟屯田此一篇耳。舊刻以『別久』二字屬在前段之末，余力斷之曰：凡兩字句多用於換頭之首，或用於一段之中，未有前半已完，而贅加兩字者，況上說離人對景而感舊矣，又加『別久』二字，真爲蛇足。若作『感舊別久』，語氣不成文，四字疊仄，音韻亦不和協，且『舊』字明明用韻，顯而易見。前尾『觸目』句六字，後尾『一餉』句亦六字，端端正正，兩結相同，而人竟不察，沿習訛謬，可歎也。然於『舊』字用韻，而加兩字於下，猶爲不妨，乃將『感舊別久』四字合成一串，選聲連上作八字句，時人因有作轉歎離索者，豈不截鶴添鳧哉？且因此句讀錯，并將上『觸目盡成』四字，岸然作一句，而爲無奈閒愁矣，異哉！又按，凡長調詞起結前後互異，而中幅每每相同。此詞恐有顛倒。今以臆見附此。蓋『別久。帝城當日』是換頭起語，其下當移入『未省』至『花柳』十四字，而以『蘭堂』四句對前『水嬉』四句，豈知八字對前『是處』八字，『前事難重偶』對前『往往携纖手』。『空遺恨』以下兩三字、一六字，對前『遺離人』以下三句。句法、字法相同，豈不恰當。蓋謂因別久而追思當日在帝城之時，宴處即聽絃管，醉裏必尋花柳，從未有忘此二事者。故上加『未省』二字，未省者不解如此也。下即以『蘭堂』四句實注彼時歡會之勝，而下以『豈知』二字接之，言不料如今若此寂寥也。如此則意順調協矣。嗟嗟。安得起屯田於遮須國芙蓉城，而證其説乎？總之，舊集中惟樂章最多差訛脱落，難於稽覈。然後人亦宜將舊詞詳審妥確，而後填之。寧得躁率而自謂作家耶？如此詞論改易前後處，人或以古調傳久不便議改。若『别久』二字，則斷斷不可繫之於前尾，『舊』字斷斷不可不叶韻。任人間詈我狂妄，哂我穿鑿，而余必硜硜守是鄙説矣。」

詞律拾遺卷八：「笛家一百二十一字，或作笛家弄。『韶光明媚』，歷代詩餘作『明秀』，朱雍和詞亦作『天然疏秀』，餘字數平仄用韻并同，是此詞第三句起韻無疑。又於『感舊』分段，『帝城』作『汴城』。均應遵改。又校勘記云：『「觸目」下落「傷懷」二字，後「一餉」下落「消凝」二字，應從宋本。』補：余按，如此則與朱雍和詞又不合，未知孰是。」

詞譜卷三六：「一名笛家弄慢，柳永樂章集注『仙呂宮』。」「雙調一百二十一字，前段十四句四仄韻，後段十四句五仄韻。此調祇有朱雍和詞可校。」

詞繫卷八：「本集屬仙呂宮，汲古、詞律名笛家。」(「宋書樂志：『自列和晉人善吹笙，協律郎父祖漢世以來，笛家相傳，不知此法。』」)「此調自是創格，平仄字句皆當謹守，『未省』二句是二字領下兩六字句，勿誤。詞律竟欲移『未省』下十四字於『蘭堂』四句前，何所憑證？可謂不知而作之者。『别久』二字是换頭語，顯而易知，何必嘵辯？『秀』字，汲古誤作『媚』，是失却一韻矣。朱雍有詠梅一首和柳韻，亦用『秀』字。萬氏往往駁别譜之謬，此獨未考，竟尤而效之耶。朱於『薰』字、『嬉』字、『銀』字用仄，『盡』字用平，『城』字、『沽』字、『絃』字用仄，『不』字用平，『知』字用仄。『望仙鄉』下十一字，作『惹幽香不減，尚沾春袖』，一五一四字，與此略異，不另録。『傷懷』二字，『消凝』二字，汲古缺。『遺』字作『遣』。『帝』字，一本作『汴』，今據宋本訂正與朱作適合。『絃管』二字宋本作『管絃』，非。『豈知』二字，詞律訂疑是『豈料』，與前段『是』字合，存參。」

清丁紹儀聽秋聲館詞話卷一四：「笛家，應於『盡成感舊』句分段。」

曹校：「萬氏移下半闋『帝城當日』下接『未省宴處』二語，而以『蘭堂夜燭』四語在『豈知秦樓』之上，其説甚辨。特以宋朱雍梅詞用耆卿此韻者校之，則次第悉與樂章集吻合，無所用其更改耳。至『韶光明媚』句朱作『天然疏秀』『秀』字是韻，知柳詞必作『韶光明秀』，似當據改。」

鄭校：「案此二句爲對仗，故知『弦管』不作『管弦』。而萬氏舛誤亦不攻自破已！『望仙鄉一餉，淚沾襟袖』，宋本作『望仙鄉一晌，消凝淚沾襟袖』，上下收句多二字，宜據正。萬氏云當以『未省宴處』四字移『帝城當日』句下。然朱雍梅和柳則與樂章集合。『媚』作『秀』，宋朱雍梅詞韻，第三句是『秀』字，可證耆卿是句必叶爲起調。紅友以『別久』二字屬下段，是也。」

【箋注】

〔一〕西園：漢上林苑別名，文選張衡東京賦：「大閲西園。」薛綜注：「西園，上林苑也。」此借指汴京園林。

〔二〕草薰：江淹別賦：「閨中風暖，陌上草薰。」

〔三〕禊飲：謂三月上巳日之宴聚。古時風俗，於水邊灌濯以祓除妖邪，稱爲禊祓。後以三月三日爲春禊，七月十四日爲秋禊，然以春禊爲常。南朝梁宗懍荆楚歲時記：「三月三日，四民并出江渚池沼間，臨清流，爲流觴曲水之飲。」王羲之蘭亭集敘：「暮春之初，會于會稽山陰之蘭亭，修禊事也。」南朝齊王融三月三日曲水詩序：「惟暮之春，同律克和，樹草自樂。禊飲之日在兹，風舞之情咸蕩。」

〔四〕銀塘：梁簡文帝和武帝宴詩之一：「銀塘瀉清渭，銅溝引直漪。」

〔五〕金隄：堅固的隄堰，後爲隄堰之美稱。漢書司馬相如傳：「嫛姗勃窣，上金隄。」顔師古注：「言水之隄塘堅如金也。」

〔六〕蘭堂：芳潔的廳堂。漢書禮樂志：「神之出，排玉房，周流雜，拔蘭堂。」馮延巳應天長：「當時心事偷相許，宴罷蘭堂腸斷處。」

〔七〕呼盧：古代一種擲骰賭博遊戲，以五木爲子，五子全黑名「盧」，得頭彩。擲子時，高聲喊叫，希望得全黑，故稱「呼盧」，亦稱呼盧唱雉。晉書卷八五劉毅傳：「後在東府聚摴蒱大擲，一判應至數百萬，餘人并黑犢以還，唯劉裕及毅在後。毅次擲得雉，大喜，褰衣繞床，叫謂同坐曰：『非不能盧，不事此耳。』裕惡之，因挼五木久之，曰：『老兄試爲卿答。』既而四子俱黑，其一子轉躍未定，裕厲聲喝之，即成盧焉。」李白少年行：「君不見淮南少年游俠客，白日毬獵夜擁擲。呼盧百萬終不惜，報讎千里如咫尺。」

〔八〕畫閣：南朝梁庾肩吾詠舞曲應令：「歌聲臨畫閣，舞袖出芳林。」

〔九〕十千：萬錢。謂斗酒之價。曹植名都篇：「我歸宴平樂，美酒斗十千。」王維少年行：「新豐美酒斗十千，咸陽游俠多少年。」李白行路難：「金樽清酒斗十千，玉盤珍羞直萬錢。」

〔一〇〕尋花柳：五代王衍醉妝詞：「者邊走，那邊走，只是尋花柳。那邊走，者邊走，莫厭金杯酒。」

〔一一〕秦樓：劉向列仙傳：「蕭史者，秦繆公時人也，善吹簫，能致孔雀、白鶴於庭。穆公有女字弄玉，好之，公遂以女妻焉，日教弄玉作鳳鳴。居數年，吹似鳳聲，鳳凰來止其屋。公爲作鳳臺，夫婦止其上。不下數年，一旦皆隨鳳凰飛去。」李煜謝新恩：「秦樓不見吹簫女，空餘上苑風光。」柳詞中屢用「秦樓」，如引駕行：「秦樓永晝，謝閣連宵奇遇。」又滿朝歡：「因念秦樓彩鳳，楚觀朝雲，往昔曾迷歌笑。」又法曲獻仙音：「追想秦樓心事，當年便約，于飛比翼。」又長壽樂：「知幾度、密約秦樓盡醉。」又迷神引：「帝城賒，秦樓阻，旅魂亂。」多指歌館、妓館。

〔一二〕玉簫：此意雙關。唐韋皋未仕時寓江夏姜使君門館，與侍婢玉簫有情，約爲夫婦。韋歸省，愆期不至，玉簫絶食而卒。後玉簫轉世，終爲韋侍妾。見唐范攄雲溪友議卷中。

〔一三〕望仙鄉：韋莊怨王孫：「不知今夜，何處深鎖蘭房，隔仙鄉。」柳永留客住：「惆悵舊歡何處，後約難憑，看看春又老。盈盈淚眼，望仙鄉，隱隱斷霞殘照。」

〔一四〕一餉：張相詩詞曲語辭匯釋：「一向，指示時間之辭；有指多時者，有指暫時者。亦作一晌或一餉。」　消凝：張相詩詞曲語辭匯釋：「銷凝，亦作消凝，爲『銷魂凝魂』之約辭。銷魂與凝魂，同爲出神之義……要之銷與凝，均爲一往情深之義也。然此二字合成爲一辭，詞家使用極廣，意義亦於大同之中小有區别，其解釋有可以銷字爲準者，有可以凝字爲準者，約爲三類……由凝態、凝望義出，如低徊或躊躇，以及遠眺企望，足以表示發怔出神之情態者爲一類。柳永笛家弄詞：『豈知秦樓，玉簫聲斷，前事難重偶。空遺恨，忘仙鄉，一餉消凝，淚沾襟袖。』一餉爲霎時義，一餉消凝，猶云低徊了一會兒。」

【輯評】

吴熊和師手批樂章集：「『銀塘』與『金堤』相對。『銀塘』疑指西湖，『金堤』疑指白堤。詞中清明游宴之盛，唯西湖可當之。『玉簫聲斷』，言其人已亡。『望仙鄉』猶云憶帝京，『仙鄉』亦指其人已仙去。」

【附録】

笛家弄　用耆卿韻　宋　朱雍

瓌質仙姿，縞袂清格，天然疏秀。静軒煙鎖黄昏後。影瘦零亂，艷冷瓏璁，雪肌瑩暖，冰枝瑩繡。更賦風流，幾番攀贈，細撚香盈手。與東君、敘睽遠，脈脈兩情有舊。　立久。閬苑凝夕，瑶窗淡月，百琲尋芳，醉玉談群，千鍾酹酒。向此、是處難忘瘦花，送遠何勞垂柳。忍聽高樓，笛聲悽斷，樂事人非偶。空餘恨，惹幽香不滅，尚沾春袖。

大石調

傾杯樂

皓月初圓〔一〕，暮雲飄散，分明夜色如晴晝。漸消盡、醺醺殘酒。危閣迥、涼生襟袖。追舊事、一餉凭闌久。如何媚容艷態，抵死孤歡偶〔二〕。朝思暮想，自家空恁添清瘦〔三〕。　算到頭、誰與伸剖〔四〕。向道我別來〔五〕，爲伊牽繫，度歲經年，偷眼覷、也不忍覷花柳〔六〕。可惜恁、好景良宵，未曾略展雙眉暫開口。問甚時與你，深憐痛惜還依舊。

【校記】

〔傾杯樂〕張校本作「傾杯歡」。

〔危閣〕毛本、吴本、張校本「閣」作「樓」。張校：「宋本『閣』。」

〔抵死孤歡偶〕毛本、吴本「抵」作「底」。張校：「原誤『底』，依宋本改。」勞鈔本「孤」作「辜」。

〔清瘦〕毛本「清」作「情」。毛本全詞不分段。張校：「原誤『情』，依宋本改。原誤連下，依宋本分段。」

〔略展雙眉〕曹校引梅本無「展」字。

〔問甚時與你〕林刊百家詞本、曹校引梅本「問」字脱，曹校疑「問」即誤合上文「開口」二字而衍。毛本「你」作「妳」。張校：「原誤『妳』，依宋本改。」

【訂律】

傾杯樂，雙調一百十六字，前段十句六仄韻，後段九句四仄韻。

詞律卷七：「調更長，句亦更亂，愈難分晰矣。以上唯一百六字可學，餘但臚列，以備體格，不能彊爲論定也。或云：柳集一百六字，『禁漏花深』一首屬仙吕宫，『皓月金風』二首屬大石調，『木落』一首屬雙調，『樓鎖』、『凍水』、『離譙』三首屬林鐘商，『水鄉』一首屬黄鐘調，因調異，故曲異也。然又有同調而長短大殊者。總之，世遠音亡，字訛書錯，祇可闕疑而已。」

詞繫卷八：「本集屬大石調。」「前段與『離宴殷勤』一首略同，各本不分段。『閣』字，汲古作『樓』，『清』字作『情』，今據宋本訂正。」

清丁紹儀聽秋聲館詞話卷一四：「詞中换頭句扼一篇之要，故分段不容稍混。乃詞律有不知舊本之誤，而誤分未分者。亦有明知其誤而未經訂正者。如……又一體，應於『自家凭空添清瘦』句分段。」

冒廣生傾杯考：「『酒』字、『久』字，增韻。第三遍『繫』字應叶，此不叶，與『離宴殷勤』一首同。此詞家移韻法，蓋上句『剖』句可叶可不叶，移此叶彼。南宋人唯姜白石知之。如杏花天影第三句，應叶不叶，移在第四句短句內也。或疑此有誤字，則不應與『離宴殷勤』一首同，又同誤在一處也。『事』字讀作『時』字。『偷眼』句九字作一氣讀。此首第一遍加五襯。上三句破六、六作四、四、四。下二句亦作六、六。第二遍破六、六、六、六，作七、七，四、六。與第一首同。但第一首加三襯，此加六襯。八首三十二遍中，破法同者，襯必不同。第三遍加五襯。上二句亦作六、六。下二句破六、六作四、八。第四遍破六、六、六、六，作六、八，三、七。亦與第一首同。第一首不加襯，此加四襯，而第二句句法又異耳。詞律不知詞有襯字，又不明此詞本體，故云：『調更長，句亦更亂，愈難分晰。』以至段亦不分。」

【箋注】

〔一〕皓月：明月。南朝宋謝莊月賦：「情紆軫其何託，愬皓月而長歌。」

〔二〕抵死：宋代俗語。張相詩詞曲語辭匯釋：「抵死，猶云分外也；急急或竭力也；亦猶云終究或老是也。……柳永傾杯樂詞：『追舊事、一餉凭闌久。如何媚容艷態，抵死孤歡偶。』此終究義，言終究與情人暌隔也。……柳永滿江紅詞：『不會得都來些子事，甚恁底死難拚棄！』此終究義。」　歡偶：歡會偶合。

〔三〕清瘦：消瘦。五代鍾輻卜算子慢：「寫別來，容顏寄與，使知人清瘦。」

〔四〕伸剖：表白，剖白。

〔五〕向道：向，對、與。道，説。向道猶言與説、説與。白居易聽崔七妓人箏：「凭君向道休彈去，白盡江州司馬頭。」柳永法曲第二：「以此牽縈，等伊來、自家向道。」又柳永滿江紅：「誰恁多情凭向道，縱來相見且相憶。」

〔六〕花柳：唐段成式酉陽雜俎卷一二：「某少年，常結豪族爲花柳之遊，竟蓄亡命。訪城中名姬，如蠅襲羶，無不獲者。」參見前笛家弄（花發西園）「尋花柳」條注。

【輯評】

吴熊和師手批樂章集：「純白話體。」

迎新春

嶰管變青律〔一〕，帝里陽和新布。晴景回輕煦。慶嘉節、當三五。列華燈、千門萬户〔二〕。徧九陌〔三〕、羅綺香風微度〔四〕。十里然絳樹〔五〕。鼇山聳〔六〕、喧天簫鼓。

漸天如水，素月當午〔七〕。香徑裏、絶纓擲果無數。更闌燭影花陰下，少年人、往往奇遇〔八〕。太平時、朝野多歡民康阜〔九〕。隨分良聚〔一〇〕。堪對此景，争忍獨醒歸去。

【校記】

〔然絳樹〕毛本、吴本、勞鈔本、詞繫「然」作「燃」。

〔喧天簫鼓〕毛本、吴本、林刊百家詞本、朱校引焦本「天」作「喧」。鄭校引宋本作「喧天」。張校：「原作『喧喧』，今依宋本。」毛本、吴本全詞不分段。鄭批：「宋本以『漸天如水』爲過片。」張校：「原本誤連下，今依宋本分段。」

〔隨分〕毛本、吴本、張校本、林刊百家詞本、朱校引焦本「隨」上有「堪」字。

〔堪對此景〕毛本、吴本、林刊百家詞本、朱校引焦本作「對此」，無「堪」、「景」。鄭校據宋本補「景」字。張校「景」下注：「原脱，依宋本補。」

【訂律】

迎新春，首見於樂章集。宋詞中僅存此闋。

詞律卷一八：「按此調必係雙疊，或當於『簫鼓』下分段。或曰『漸天如水』二句，似『對此争忍』二句，恐於『當午』下分段。總無他詞可證，難以臆斷也。」

詞律拾遺卷八：「『慶喜節』之喜，葉本作『佳』。於『簫鼓』字分段，後結『堪』字至末，校勘記云應作：『隨分良緣。堪對此景，争忍獨醒歸去。』」

詞譜卷三二：「宋史樂志『雙角調』；樂章集注『大石調』。」「雙調一百四字，前段八句七仄韻，後段十一句六仄韻。」「詞律刻此詞不分段，今照花草粹編分。此調祇此一詞，無別首可校。」

詞繫卷九：「宋史樂志太宗製雙角調，本集屬大石調，九宮大成入南詞大石調正曲。許譜同。」「此詠本意爲名。汲古不分段，詞律謂宜『簫鼓』句分段，歷代詩餘於『當午』句分段，今從宋本。『絳』、『對』二字宜去聲，勿誤。『喧天』，汲古作『喧喧』。『堪』字，各本在『隨分』上，缺『景』字，亦據宋本訂正。『纓』字，詞譜作『因』，誤。」

清丁紹儀聽秋聲館詞話卷一四詞律分段之誤條：「詞中換頭句扼一篇之要，故分段不容稍混。乃詞律有不知舊本之誤，而誤分未分者。亦有明知其誤而未經訂正者。如柳永……迎新春，應於『喧天簫鼓』句分段。」

今按：此調屬大石調。大石調本作大食調，唐天寶十三載大樂署改太簇商號大食調。宋樂俗呼之太簇商爲中管高大石調。詞首云「嶰管變青律」，青律對應孟春，律中太簇。故此詞不僅詠調名本意，其用律亦合於月律。

【箋注】

〔一〕嶰管：嶰谷之竹所製的定樂律之器。漢書卷二一律曆志：「黄帝使泠綸，自大夏之西，昆侖之陰，取竹之解谷生，其竅厚均者，斷兩節間而吹之，以爲黄鐘之宫。制十二筩以聽鳳之鳴，其雄鳴爲六，雌鳴亦六，比黄鐘之宫，而皆可以生之，是爲律本。」　青律：青帝居東方，司春，故以青律稱代表春天的律管。宋陳元靚歲時廣記卷一：「隋天文志候氣之法，先治一室，令地極平，迺埋列管皆使上齊，入地有淺深，各從其方位排列，以葭莩灰實管中。候之氣至，則一律飛灰。假如冬至，陽氣距地面九寸而止，惟黄鐘一管達之，故黄鐘爲之應。」王勃上巳浮江宴序：「於時序躔青律，運啓朱明。」清蔣清翊注：「禮月令：『孟春之月，律中太簇；仲春之月，律中夾鐘；季春之月，律中姑洗。』」唐李建勛梅花寄所親：「一氣才新物未知，每慚青律與先吹。」

〔二〕千門萬户：李白侍從宜春苑奉詔賦龍池柳色初青聽新鶯百轉歌：「春風卷入碧雲天，千門萬户皆春聲。」

〔三〕九陌：漢長安城中的九條大道，後泛指京城大道和繁華鬧市。三輔黄圖卷二長安八街九陌條：「三輔舊事云：長安城中八街，九陌。」駱賓王帝京篇：「三條九陌麗城隅，萬户千門平旦開。」五代薛紹蘊喜遷鶯：「九陌喧，千户啓，滿袖桂香風細。」柳永柳初新：「徧九陌、相將游冶。」

〔四〕羅綺：羅和綺，借指衣著華貴的女子。李白清平樂：「女伴莫話孤眠。六宫羅綺三千。」柳永破陣樂：「簇嬌春羅綺，喧天絲管。」又柳永集賢賓：「小樓深巷狂游遍，羅綺成叢。」則指代歌妓。

〔五〕絳樹：神話中仙樹。淮南子墬形訓：「（昆侖山）上有木禾，其修五尋，珠樹、玉樹、琁樹、不死樹在其西，沙棠、琅玕在其東，絳樹在其南，碧樹、瑶樹在其北。」此指掛有彩燈的樹。

〔六〕鼇山：見前傾杯樂（禁漏花深）詞「鼇山開羽扇」條箋注。

〔七〕當午：指午夜。温庭筠菩薩蠻：「夜來皓月纔當午。重簾悄悄無人語。」

〔八〕絶纓：漢韓嬰韓詩外傳卷七：「楚莊王賜其群臣酒，日暮酒酣，左右皆醉，殿上燭滅，有牽王后衣者，后扢冠纓而絶之。言於王曰：『今燭滅，有牽妾衣者。妾扢其纓而絶之，願趣火視絶纓者。』王曰：『止。』立出令曰：『與寡人飲，不絶纓者不爲樂也。』於是冠纓無完者，不知王后所絶冠纓者誰，於是王遂與群臣歡飲乃罷。後吴興師攻楚，有人常爲應行合戰者，五陷陣却敵，遂取大軍之首而獻之。王怪而問之曰：『寡人未嘗有異於子，子何爲於寡人厚也。』對曰：『臣先殿上絶纓者也。』」唐李頎絶纓歌：「楚王宴客章華臺，章華美人善歌舞。玉顔艶艶空相向，滿堂莫逆不得語。紅燭滅，芳酒闌，羅衣半醉春夜寒。絶纓解帶一爲歡，君王捨過不之罪，暗中珠翠鳴珊珊。」　擲果：晉書卷五五潘岳傳：「岳美姿儀，辭藻絶麗，尤善爲哀誄之文。少時常挾彈出洛陽道，婦人遇者，皆連手縈繞，投之以果，遂滿車而歸。」柳永宣清：「念擲果朋儕，絶纓宴會，當時曾痛飲。」柳永合歡帶：「檀郎幸有，淩雲詞賦，擲果風標。」　奇遇：意外的相逢或遇合。此特指男女遇合。柳永引駕行：「秦樓永晝，謝閣連宵奇遇。」

〔九〕朝野多歡：文選卷二一張協詠史詩：「昔在西京時，朝野多歡娱。」　康阜：安樂富庶。

〔一〇〕隨分：張相詩詞曲語辭匯釋：「猶云隨便也，含有隨遇、隨處、隨意各義。……柳永迎新春詞：『更闌燭影花陰下，少年人、往往奇遇。太平時、朝野多歡民康阜。隨分良聚。』玩燭影花陰語，則含有隨處義。」

【輯評】

清徐釚詞苑叢談卷一：「大率古人由詞而製調，故命名多屬本意。後人因調而填詞，故賦寄率離原詞，曰填，曰寄，通用可知。宋人如黄鶯兒之詠鶯，迎新春之詠春，月下笛之詠笛，暗香、疏影之詠梅，粉蝶兒之詠蝶，如此之類，其傳者不勝屈指。」

吴熊和師手批樂章集：「汴京上元。樂章多佳日節令詞。」

曲玉管

隴首雲飛〔一〕，江邊日晚，煙波滿目憑闌久。立望關河〔二〕，蕭索千里清秋。忍凝眸。杳杳神京〔三〕，盈盈仙子〔四〕，别來錦字終難偶〔五〕。斷雁無憑〔六〕，冉冉飛下汀洲〔七〕。思悠悠。　暗想當初，有多少、幽歡佳會，豈知聚散難期，翻成雨恨雲愁。阻追遊〔八〕。每登山臨水〔九〕，惹起平生心事，一場消黯〔一〇〕，永日無言〔一一〕，却下層樓。

【校記】

〔曲玉管〕花草粹編調下注曰「秋思」。

〔立望〕毛本、吴本、林刊百家詞本、詞繫、朱校引焦本、張校本「立」作「一」。鄭校：「宋本作『立』。」張校：「宋本、粹編并作『立』，非。」

〔杳杳神京〕歷代詩餘「杳杳」作「窅窅」。詞繫、張校本於此句前分片。繆校：「天籟本分三疊，以『杳杳神京』爲第二段起句，以『暗想當初』爲第三段起句。」全宋詞本於此句前分片，并注云：「案此詞原分二段。詞譜卷三十三云：『此詞前段，截然兩對，即瑞龍吟調所謂雙拽頭也。』今從其説。」張校：「原本誤連下，案此雙拽頭也，依宋本分段。」

〔冉冉〕毛本、吴本、林刊百家詞本、張校本作「苒苒」。

〔汀洲〕吴本「汀」作「江」。

〔每登〕毛本、吴本、林刊百家詞本、詞繫「每」作「悔」。張校：「原作『悔』，依宋本改。」

【訂律】

曲玉管，唐教坊曲，曲名見教坊記。用作詞調首見於樂章集，宋詞中僅存柳永此闋。詞律卷一八：「此調亦平仄通叶者，『思悠悠』三字疑是後疊起句，因無他作可證，依舊録之。」詞律拾遺卷八：「葉本於『凝眸』句分第一段，爲雙拽頭體。歷代詩餘『杳杳』作『窅窅』。」詞譜卷三三：「唐教坊曲名。樂章集注『大石調』。」「雙調一百五字，前段十二句兩叶韻四平韻，後段十句三平韻。」「此詞前段，截然兩對，即瑞龍吟調，所謂拽頭也。間叶兩仄韻，亦是本部三聲叶，無別首宋詞可校。」

詞繫卷九：「唐教坊曲名。本集注大石調，九宮大成入南詞大石調正曲，許譜同。」「此本部三聲平仄通叶體，長調平仄互叶者始此。」「詞律云：『「思悠悠」三字，疑是後疊起句。』愚按：此是雙拽頭格，『隴首』至『凝眸』與『杳杳』至『悠悠』句，平仄相同，『一望關河』二句，或上六下四，或上四下六，一氣貫下，原可不拘。三字句凡三必仄平平，勿易。『平生心事』句當叶韻，恐有誤字。『一望』二字，宋本作『立望』，未確。『悔』字作『每』。國初董以寧於『暗想』句叶韻，『惹起』句七字叶，『一場』二句作五字一句，不知何據？存參。『思』去聲。」

鄭校：「是解夾叶，律以側聲字，如『久』、『偶』并是。」又：「天籟本分三疊，以『杳杳神京』爲第二段，以『暗想當初』爲第三段，頗可依據。以證清真詞雙頭蓮之音譜，亦如此曲分段爲三疊，於三字句結。蓋所謂雙頭蓮者即雙拽頭之義也。」

鄭文焯大鶴山人詞話附録大鶴山人論詞遺札與夏吷盦書：「前承示清真雙頭蓮校義至精，昨與漚公翻檢柳詞，得曲玉管一解，直是同譜異曲。起調兩段，乃與清真冥合。審是則詞之過片三字，碻爲屬上無疑。雖平側之調稍異，而句律則同一格，當據以引申補入校録。」

【箋注】

〔一〕隴首雲飛：隴首謂隴山之巔。漢書卷二二禮樂志：「朝隴首，覽西垠。」此泛指山巔。梁書卷二一柳惲傳：「惲立行貞素，以貴公子早有令名。少工篇什，始爲詩曰：『亭皋木葉下，隴首秋雲飛。』琅邪王元長見而嗟賞，因書齋壁。」柳永醉蓬萊：「漸亭皋葉下，隴首雲飛，素秋新霽。」亦用其語。

〔二〕關河：指函谷關與黄河，後泛指關山河川。唐許渾送前緱氏韋明府南游：「酒闌横劍歌，日暮望關河。道直去官早，家貧爲客多。山昏函谷雨，木落洞庭波。莫盡遠游興，故園荒薜蘿。」

〔三〕神京：帝都。五代和凝小重山：「春入神京萬木芳。禁林鶯語滑，蝶飛狂。」

〔四〕盈盈：舉止儀態美好貌。古詩十九首：「盈盈樓上女，皎皎當窗牖。」

〔五〕錦字：晉書卷九六列女傳竇滔妻蘇氏：「竇滔妻蘇氏，始平人也，名蕙，字若蘭。善屬文。滔，苻堅時爲秦州刺史，被徙流沙，蘇氏思之，織錦爲回文，旋圖詩以贈滔。宛轉循環以讀之，詞甚凄惋，凡八百四十字。」後常以代指夫妻或情人之間的書信。

〔六〕斷雁：離群孤雁。隋薛道衡出塞詩之二：「寒夜哀笛曲，霜天斷雁聲。」

〔七〕「冉冉」句：宋舒亶散天花：「西風偏解送離愁。聲聲南去雁，下汀洲。」與柳詞此句意似。

〔八〕追游：尋勝游覽。權德輿有詩題名：「和清明日裴閣老招城南游覽口號時以疾故有阻追游。」

〔九〕登山臨水：楚辭九辯：「憭慄兮若在遠行，登山臨水兮送將歸。」

〔一〇〕一場：猶一番。白居易感櫻桃花因招飲客：「誰能聞此來相勸，共泥春風醉一場。」消黯：黯然銷魂。江淹别賦：「黯然銷魂者，惟别而已矣。」

〔一二〕永日：長日，終日。五代韋莊丙辰鄜州遇寒食：「永日迢迢無一事，隔街聞築氣毬聲。」

【輯評】

吳熊和師手批樂章集：「『江邊』、『煙波滿目』、『千里清秋』、『汀洲』，皆非秦地風光。『隴首』者，蓋泛云山頭，非指隴地。」

滿朝歡

花隔銅壺〔一〕，露晞金掌〔二〕，都門十二清曉〔三〕。帝里風光爛漫〔四〕，偏愛春杪。煙輕晝永，引鶯囀上林〔五〕，魚遊靈沼〔六〕。巷陌乍晴，香塵染惹，垂楊芳草。　因念秦樓彩鳳〔七〕，楚觀朝雲〔八〕，往昔曾迷歌笑。別來歲久，偶憶歡盟重到。人面桃花〔九〕，未知何處，但掩朱扉悄悄。盡日竚立無言，贏得淒涼懷抱〔一〇〕。

【校記】

〔露晞〕吳本「晞」作「稀」。

〔風光〕繆校引梅本、鄭校引梅本、陳録、林刊百家詞本作「光風」。

〔楚觀〕毛本、吳本、林刊百家詞本、張校本、朱校引焦本「觀」作「館」。張校：「宋本作『觀』。」

〔歡盟〕繆校引梅本、鄭校引梅本「歡」作「舊」。
〔桃花〕林刊百家詞本「桃」作「挑」。
〔朱扉〕毛本、吴本、林刊百家詞本、詞繫、張校本、朱校引焦本「扉」作「門」。張校：「宋本『扉』。」

【訂律】

滿朝歡，首見於樂章集。

詞律卷一六：「此調無他詞可證，然平仄穩順可從。」

詞繫卷九：「唐教坊曲名。本集屬大石調，九宮大成入南詞高大石調正曲，許譜同。」「此爲滿朝歡正調，與歸朝歡無涉。李劉一首是萬年歡之别名，各譜誤并，今訂正分列。」「『二』字、『乍』字宜去聲，勿誤。『門』字，宋本作『扉』。『乍』必用仄聲。」

【箋注】

〔一〕銅壺：古代銅製壺形的計時器。唐顧況樂府：「玉醴隨觴至，銅壺逐漏行。」

〔二〕露晞：詩秦風蒹葭：「蒹葭萋萋，白露未晞。」毛傳：「晞，乾也。」　金掌：淵鑑類函卷一○引三輔故事：「漢武帝以銅作承露盤，高二十丈，大十圍，上有仙人掌承露，和玉屑飲之以求仙。」唐岑參尹相公京兆府中棠樹降甘露：「魏宫銅盤貯，漢帝金掌持。」

〔三〕都門十二：見傾杯樂（禁漏花深）同條注。

〔四〕帝里：猶言帝都，京都。晉書卷六五王導傳：「建康，古之金陵，舊爲帝里。」

〔五〕上林：漢長安苑名。三輔黄圖卷四：「漢上林苑即秦之舊苑也，漢書云：武帝建元三年開上林苑，東南至藍田、宜春、鼎湖、御宿、昆吾；旁南山而西至長楊、五柞；北繞黄山，瀕渭水而東，周袤三百里，離宫七十所。皆容千乘萬騎。」

〔六〕靈沼：詩大雅靈臺：「王在靈沼，於牣魚躍。」毛注：「沼，池也。靈沼，言靈道行於沼也。」西晉潘尼贈侍御史王元貺：「游鱗萃靈沼，撫翼希天階。」

〔七〕秦樓彩鳳：見前笛家弄（花發西園）「秦樓」條注。

〔八〕楚觀朝雲：宋玉高唐賦序：「昔者楚襄王與宋玉游於雲夢之臺，望高唐之觀，其上獨有雲氣，崪兮直上，忽兮改容，須臾之間，變化無窮。王問玉曰：『此何氣也？』玉對曰：『所謂朝雲者也。』王曰：『何謂朝雲？』玉曰：『昔者先王嘗游高唐，怠而晝寢，夢見一婦人曰：「妾，巫山之女也。爲高唐之客。聞君游高唐，願薦枕席。」王因幸之。去而辭曰：「妾在巫山之陽，高丘之阻，旦爲朝雲，暮爲行雨，朝朝暮暮，陽臺之下。」旦朝視之，如言。故爲立廟，號曰朝雲。』」

〔九〕人面桃花：唐孟棨本事詩：「博陵崔護姿質甚美，而孤潔寡合。舉進士下第，清明日獨遊都城南，得居人莊，一畝之宫，而花木叢萃，寂若無人。扣門久之，有女子自門隙窺之，問曰：『誰耶？』以姓字對，曰：『尋春獨行，酒渴求飲。』女入以杯水至，開門設牀命坐，獨倚小桃斜柯佇立，而意屬殊厚，妖姿媚態，綽有餘妍。崔以言挑之，不對，目注者久之。崔辭去，送至門，如不勝情而入。崔亦睠盼而歸。自後絶不復至。及來歲清明日，忽思之，情不可抑，逕往尋之。門牆如故，而已鎖扃之。因題詩於左扉曰：『去年今日此門中，人面桃花相映紅。人面祇今何處去，桃花依舊笑春風。』後數日，偶至都城南，復往尋之，聞其中有哭聲。扣門問之，有老父出曰：『君非崔護邪？』曰：『是也。』又哭曰：『君殺吾女。』護驚起，莫知所答。老父曰：『吾女甫笄知書，未適人，自去年以來，常恍惚若有所失。比日與之出，及歸，見左扉有字，讀之，入門而病。遂絶食，數日而死。吾老矣。一女所以不嫁者，將求君子以託吾身。今不幸而殞，得非君殺之耶。』又特大哭。崔亦感慟，請入哭之。尚儼然在牀。崔舉其首，枕其股，哭而祝曰：『某在斯，某在斯。』須臾開目，半日復活矣。父大喜，遂以女歸之。」

〔一〇〕贏得：落得。唐韓偓五更：「光景旋消惆悵在，一生贏得是淒涼。」

【輯評】

吳熊和師手批樂章集：「返京重訪舊曲。與清真瑞龍吟首闋同一背景，但風味迥别。」

夢還京

夜來忽忽飲散〔一〕，攲枕背燈睡。酒力全輕，醉魂易醒，風揭簾櫳〔二〕，夢斷披衣重起。悄無寐。　追悔當初，繡閣話别太容易〔三〕。　日許時〔四〕、猶阻歸計。　甚況味。　旅館虚度殘歲〔五〕。　想嬌媚。　那裏獨守鴛幃静〔六〕，永漏迢迢〔七〕，也應暗同此意。

【校記】

〔悄無寐〕繆校：「天籟本分三疊，以『悄無寐』爲第二段起句，以『甚況味』爲第三段起句。」詞律、詞譜同。

〔簾櫳〕勞鈔本「櫳」作「攏」。

【訂律】

夢還京，首見於樂章集。蓋詠調名本意。宋詞中唯存柳永此闋。

詞律卷一一：「無可引證，姑爲分句，恐有差落，未必確然。」

詞譜卷一八：「樂章集注『大石調』。」「三段，七十九字，前段六句兩仄韻，中段四句三仄韻，後段六句四仄韻。」「按樂章集及花草稡編，俱作兩段，今依詞緯訂定。平仄無别首可校。」

詞繫卷九：「本集注大石調，九宫大成入南詞大石調正曲。」「花草稡編、詞緯分三段，於『重起』爲一段，『歸計』爲二段。此調不應分三疊，或當於『容易』句分段，惜無他作可證。姑從宋本及汲古本。」

【箋注】

〔一〕夜來：入夜，夜間。杜甫遺懷：「夜來歸鳥盡，啼殺後棲鴉。」

〔二〕簾櫳：窗簾和窗牖，泛指門窗的簾子。南朝梁江淹張司空離情：「秋月映簾櫳，懸光入丹墀。」

〔三〕繡閣：見前玉女摇仙佩（飛瓊伴侶）「畫堂繡閣」條注。　容易：輕易，輕率。南唐李煜浪淘沙：「别時容易見時難。流水落花春去也，天上人間。」

〔四〕日許時：猶日許多時，指時間很久。張相詩詞曲語辭匯釋：「許，估計數量之辭。……又許多時，亦曰日許多時。……柳永夢還京詞：『追悔當初，繡閣話别太容易。日許時、猶阻歸計。』日許多時及日許時，殆皆當時熟語也。」

〔五〕「旅館」句：唐高適除夜作：「旅館寒燈獨不眠，客心何事轉悽然。故鄉今夜思千里，愁鬢明朝又一年。」

〔六〕鴛幃：猶鴛帳。五代顧敻楊柳枝：「秋夜香閨思寂寥。漏迢迢。鴛幃羅幌麝煙銷。燭光摇。　正憶玉郎游蕩去。無尋處。更聞簾外雨瀟瀟。滴芭蕉。」

〔七〕永漏：指長夜。唐李頻陝下懷歸：「獨夜懸歸思，迢迢永漏中。」

【輯評】

吴熊和師手批樂章集：「詠調名本意。」

鳳銜杯

有美瑤卿能染翰〔一〕。千里寄、小詩長簡。想初襞苔牋〔二〕，旋揮翠管紅窗畔〔三〕。漸玉箸〔四〕、銀鉤滿〔五〕。

錦囊收〔六〕，犀軸卷〔七〕。常珍重、小齋吟玩。更寶若珠璣，置之懷袖時時看〔八〕。似頻見、千嬌面。

【校記】

〔鳳銜杯〕花草粹編調下注曰「得書」。

〔初襞〕毛本、張校本「襞」作「擘」。

〔苔牋〕詞繫謂：「『苔』，一本作『蘭』。」

〔犀軸〕曹校引梅本「犀」作「群」。

〔小齋〕毛本「齋」作「齊」。

〔時時看〕毛本「看」下空一格，吴本「看」下增「此」字。

〔似頻見〕張校本、詞譜引此句「頻」作「頓」。張校：「原本『似』上空一字，『頓』誤『頻』。依粹編正。」

【訂律】

鳳銜杯，宋晏殊珠玉詞中亦有此調。

詞譜卷一二：「柳詞別首，前段起句『有美瑶卿能染翰』，『有』字、『染』字俱仄聲；三、四句『想初擘苔箋，旋揮翠管紅牕畔』，『初』字平聲，『翠』字仄聲；换頭句『錦囊收，犀軸卷』，『犀』字平聲，『軸』字仄聲；第四句『更寶若珠璣』，『寶』字仄聲；結句『似頓見、千嬌面』，『頓』字仄聲。」

詞繫卷五：「樂章集屬大石調。」「前後第三、四句，一五、一七字，後結亦六字，比晏作（今按：謂晏殊同調『青蘋昨夜秋風起』）多七字，『管』字恐是偶合，非叶。『苔』字，一本作『蘭』。『齋』字，汲古作『齊』，誤。『看』字下，汲古空一格，一本有『此』字，非是，今從宋本。『染』、『里』、『翠』可平。『初』、『旋』可仄。」

夏批：「上五下七中八字對。」（今按：謂「初擘苔牋，旋揮翠管」及「寶若珠璣，置之懷袖」。）

【箋注】

〔一〕有美：詩鄭風野有蔓草：「有美一人，清揚婉兮。邂逅相遇，適我愿兮。」瑶卿：當爲歌妓名。清李調元樂府侍兒小名卷上：「屯田鳳銜盃詞云：『有美瑶卿能染翰。千里寄、小詩長簡。想初擘苔牋，旋揮翠管紅窗畔。漸玉箸、銀鉤滿。』蓋能詩妓也。」染翰：以筆蘸墨，指作詩文或繪畫等。謝惠連秋懷：「賓至可命觴，朋來當染翰。」

〔二〕苔牋：以水苔所製之紙名苔紙，亦名側理紙，用之爲箋，名苔牋。東晉王嘉拾遺記卷九：

「南人以海苔爲紙，其理縱横邪側。」唐李肇國史補卷下：「紙則有越之剡藤、苔牋。」唐王勃乾元殿頌序：「金門獻納，縱麟筆於苔牋；石館論思，覈龜章於竹槧。」襞牋，謂摺紙作書。南史陳本紀下：「常使張貴妃、孔貴人等八人夾坐，江總、孔範等十人預宴，號曰『狎客』。先令八婦人襞采箋，製五言詩，十客一時繼和，遲則罰酒。」

〔三〕翠管：指毛筆。唐李遠觀廉女真葬：「玉窗抛翠管，輕袖掩銀鸞。」

〔四〕玉箸：謂小篆書體。唐李綽尚書故實引張懷瓘書斷曰：「如科斗、玉箸、偃波之類，諸家共五十二般。」唐齊己謝西川曇域大師玉箸篆書：「玉箸真文久不興，李斯傳到李陽冰。」

〔五〕銀鉤：喻書法之遒媚。晉書卷六〇索靖傳：「蓋草書之爲狀也，婉若銀鉤，飄若驚鸞。」杜甫陳拾遺故宅：「到今素壁滑，灑翰銀鉤連。」

〔六〕錦囊：錦製之袋，古人多用以藏詩稿或機密文書。新唐書卷二〇三李賀傳：「每旦暮出，騎弱馬，從小奚奴，背古錦囊，遇所得，書投囊中。」

〔七〕犀軸：用犀角所製之書畫卷軸。

〔八〕置之懷袖：樂府詩集卷七二西洲曲：「採蓮南塘秋，蓮花過人頭。低頭弄蓮子，蓮子青如水。置蓮懷袖中，蓮心徹底紅。憶郎郎不至，仰首望飛鴻。」唐張説送工部尚書弟赴定州詩序：「置之懷袖，以慰遐心云爾。」

【輯評】

清陳鋭褏碧齋詞話：「柳詞云：『算人生、悲莫悲於輕別。』又云：『置之懷袖時時看。』此從古樂府出。美成詞云：『大都世間最苦惟聚散。』乃得此意。」

其二

追悔當初孤深願〔一〕。經年價〔二〕、兩成幽怨。任越水吴山〔三〕，似屏如障堪遊玩。奈獨自、慵擡眼。賞煙花〔四〕，聽絃管。圖歡笑、轉加腸斷。更時展丹青，强拈書信頻頻看。又爭似〔五〕、親相見。

【校記】

〔其二〕花草粹編調下注曰「相思」。

〔孤深願〕毛本、吴本、勞鈔本、詞律「孤」作「辜」。

〔如障〕勞鈔本「障」作「幛」。

〔轉加〕林刊百家詞本「加」作「如」。

〔更時展〕毛本、吴本、林刊百家詞本「更」作「總」，朱校引焦本、曹校引梅本、陳録作「縱」。鄭校：「『總』，梅本作『縱』。」張校：「原作『總』，依宋本改。」

【訂律】

詞律卷八：「比前調（今按：謂晏殊「留花不住怨花飛」）前後第三句各多三字。」

詞譜卷一二：「此調有平韻、仄韻兩體。仄韻者樂章集注大石調。」「雙調六十三字，前段五句四仄韻，後段六句四仄韻。此與仄韻晏詞同，惟前段第三句、後段第四句，各添三字，兩結句俱六字異。」「柳詞別首，前段起句『有美瑤卿能染翰』，『有』字、『染』字俱仄聲；三、四句『想初襞苔牋，旋揮翠管紅窗畔』，『初』字平聲，『翠』字仄聲；換頭句『錦囊收，犀軸卷』，『犀』字平聲，『軸』字仄聲；第四句『更寶若珠璣』，『寶』字仄聲；結句『似頻見、千嬌面』，『頻』字仄聲。譜內可平可仄據此，餘參仄韻晏詞。」

【箋注】

〔一〕孤：同「辜」，辜負。

〔二〕價：張相詩詞曲語辭匯釋：「價，估量某種光景之辭，猶云這般或那般，這個樣兒或那個樣兒。柳永鳳銜杯詞：『經年價、兩成幽怨。』」

〔三〕越水吳山：唐李群玉寄張祜：「越水吳山任興行，五湖雲月掛高情。」

〔四〕煙花：指綺麗春花。南朝齊王融芳樹：「相望早春日，煙花雜如霧。」

〔五〕争似：怎似，怎如。張相詩詞曲語辭匯釋：「争，猶怎也。」

【輯評】

吳熊和師手批樂章集：「『瑤卿』善書。此二詞（今按：謂此詞及前闋『有美瑤卿能染翰』二首）亦聯章同韻。吳越作，皆懷『瑤卿』。『强拈書信』，即上詞關合，『頻頻看』，即『時時看』也。」

『時展丹青』，書信外别有畫像。」

【考證】

詞有「任越水吴山，似屏如障堪游玩」句，當作於吴越一帶。

宋王栐燕翼詒謀録卷一載：「景祐三年五月，詔中外臣僚許以家書附遞。明告中外，下進奏院依應施行。蓋臣子遠宦，孰無墳墓宗族親戚之念，其能專人馳書，必達官貴人而後可。此制一頒，則小官下位受賜者多。今所在士大夫私書多入遞者，循舊制也。」續資治通鑑長編卷一一八亦載：「（景祐三年五月）詔都進奏院，自今内外臣僚聽以家書附遞。」如柳永與「瑶卿」之書信雖未必爲家書，然「私書」亦可，亦附遞而往來，則或可推斷此詞作於景祐三年後，其時柳永亦正游宦於吴越一帶。

鶴沖天

閒窗漏永，月冷霜華墮〔一〕。悄悄下簾幕，殘燈火。再三追往事，離魂亂、愁腸鎖。無語沈吟坐。好天好景，未省展眉則箇〔二〕。從前早是多成破〔三〕。何況經歲月，相抛嚲〔四〕。假使重相見，還得似〔五〕、舊時麽。悔恨無計那。迢迢良夜，自家只恁摧挫〔六〕。

【校記】

〔鶴沖天〕花草粹編調下注曰「恨别」。

〔追往事〕毛本、吴本無「追」字。詞繫謂一本作「思」字。張校「追」下注：「原脱，依宋本改。」

〔好景〕勞鈔本、朱校引原本、繆校引宋本、鄭校引宋本、張校引宋本作「良夜」。今按：下片已有「迢迢良夜」之語。

〔早是〕陳録作「好事」。

〔舊時〕毛本、吴本、張校本、朱校引焦本作「當初」。張校：「二字宋本作『舊時』，粹編同。」

【訂律】

鶴沖天，首見於樂章集。與别名鶴沖天之喜遷鶯不同。柳永另有黄鐘宫鶴沖天。

詞律卷一二：「後段换頭七字起。」「按：此調名鶴沖天，然與喜遷鶯迥别，故另列於此。又按：此體亦與滿園花相似，或亦一調異名也。其用字平仄前後稍有不同，作者審而自填，兹不旁注。」

詞譜卷一一：「調見柳永樂章集。『閑窗漏永』詞，注『大石調』；『黄金榜上』詞，注『正宫』。與喜遷鶯、春光好别名鶴沖天者不同。」「雙調八十四字，前段九句五仄韻，後段八句五仄韻。」「此詞换頭句七字，賀鑄『亹亹鼓動』詞，正與此同。按，樂章集原注『大石調』，爲黄鐘之商聲，與『黄金榜上』詞，爲黄鐘之宫調者不同，宫調既别，其平仄亦不可强同，故此詞可平可仄，但與賀詞參校，不旁及他詞。賀詞，前段第二句『花外沈殘漏』，『花』字平聲；第三句『華月萬枝燈』，『華』字、『燈』字俱平聲；第五句『廣陌衣香度』，『陌』字仄聲，『香』字平聲；第六句『飛蓋影、相先後』，『蓋』字仄聲；第七句『箇處頻回首』，『箇』字仄聲；第八、九句『錦坊西去，期約武陵溪口』，『西』字、『期』字、『溪』字俱平聲；後段第二句『可堪流浪遠』，『可』字仄聲，『堪』字平聲；第六句『不似長亭柳』，『亭』字平聲；第七、八句『舞風眠雨，伴我一春消瘦』，『舞』字、『我』字俱仄聲，『春』字平聲。譜内可平可仄據此。」

詞繫卷八：「本集屬大石調，九宫大成入南詞大石調正曲。」「首句不起韻，前段第六句六字，换頭句七字，比前作少三字。汲古缺『追』字，一本作『思』字，據宋本補。『當初』二字，宋本作『舊時』，未確。『永』、『墜』、『三』、『魂』、『無』、『何』、『迢』、『家』可仄。『月』、『悄』、『往』、『好』、『未』、『則』、『計』、『恁』可平。」

【箋注】

〔一〕月冷霜華：白居易長相思：「九月西風興，月冷霜華凝。思君秋夜長，一夜魂九升。」

〔二〕則箇：張相詩詞曲語辭匯釋：「表示動作進行時之語助詞，近於『着』或『者』。」又作「子箇」、「只箇」，有加强語氣的作用。

〔三〕早是：本是，已是。唐王勃秋江送别：「早是他鄉值早秋，江亭明月帶江流。」五代孫光憲浣溪沙：「早是銷魂殘燭影，更愁聞著品絃聲。」　破：猶過也。杜甫絶句漫興：「二月已破三月來，漸老逢春能幾迴。」

〔四〕拋嚲：即拋躲。拋舍躲避，此指分離。柳永定風波：「鎮相隨，莫拋躲。」又柳永祭天神：「歎笑筵歌席輕拋嚲。」

〔五〕得似：怎似，何如。唐齊己寄湘幕王重書記：「可能有事關心後，得似無人識面時。」

〔六〕那：語助詞。表感歎。晉書卷五三愍懷太子傳：「陳舞復傳語曰：『不孝那！天與汝酒飲，不肯飲，中有惡物邪？』」　自家：自己。　摧挫：折磨，作踐。

【輯評】

吴熊和師手批樂章集：「白話俗語入詞。可據柳詞爲北宋白話詞典。」

【附録】

鶴沖天　金　王喆

迷祛惑去，正好修行做。清靜是根源，真門户。切莫他尋、恐遺遺望仙路。閑閑更閑處。靈根元明，轉轉愈爲開悟。　功圓行滿，惟有紅霞聚。往昔得遭逢，親師父。此則專來教長生訣，頻頻顧。方知今得度。便許相隨，永永共携雲步。

受恩深

雅致裝庭宇。黄花開淡泞〔一〕。細香明艷盡天與。助秀色堪餐〔二〕，向曉自有真珠露。剛被金錢妒〔三〕。擬買斷秋天〔四〕，容易獨步。粉蝶無情蜂已去。要上金尊，惟有詩人曾許。待宴賞重陽〔五〕，恁時盡把芳心吐〔六〕。陶令輕回顧〔七〕。免憔悴東籬，冷煙寒雨。

【校記】

〔受恩深〕毛本、吴本作「愛恩深」。花草粹編調下注曰「秋菊」。張校本題下注：「原誤作『愛恩深』，依宋本改，粹編同。宋本題『賞菊』，粹編題『秋菊』。」

〔淡泞〕全芳備祖「泞」作「佇」，曹校引梅本作「沱」。鄭校：「『泞』爲『沱』之缺，據梅本訂正。」鄭復校云：「『沱』失韻，梅本不足據。」

〔容易〕張校「易」下注：「疑當作『伊』，與後節『煙』字合。」

〔要上〕朱校引焦本「要」作「飛」。

〔輕回〕全芳備祖「輕」作「經」。

〔寒雨〕全芳備祖「寒」作「疏」，朱校引梅本、鄭校引梅本、曹校引梅本「雨」作「霧」。

【訂律】

受恩深，首見於樂章集。宋詞中僅存柳永此闋。

詞律拾遺卷三：「（補調）受恩深，八十六字，『受』或作『愛』。」「『助秀色』下與後『待宴賞』下同。」

詞譜卷二一：「一作愛恩深，樂章集注『大石調』。雙調八十六字，前段八句六仄韻，後段八句五仄韻。此詞無他作可校，平仄當遵之。」

詞繫卷九：「本集屬大石調，九宮大成入南詞大石調正曲。」「汲古名愛恩深，據宋本改。詞律未載此調。董以寧詞名恩愛深，更誤。」「『助秀』句、『待宴』句、『擬買』句、『免憔』句，是一領四字句法。『助』字、『待』字、『擬』字、『免』字是領字，勿誤。」

【箋注】

〔一〕淡泞：清新明淨。白居易泛春池：「泓澄動階砌，淡泞映户牖。」柳永木蘭花：「天然淡泞好精神，洗盡嚴妝方見媚。」

〔二〕秀色堪餐：形容秀美異常。楚辭離騷：「朝飲木蘭之墜露兮，夕餐秋菊之落英。」西晉陸機日出東南隅行：「鮮膚一何潤，秀色若可餐。」

〔三〕金錢：宋史鑄百菊集譜卷一引彭城劉蒙撰譜：「金錢菊，出西京。深黄雙紋重葉，似大金菊，而花形圓齊，頗類滴滴金。」

〔四〕買斷：獨占，占盡。唐盧延讓樊川寒食：「五陵年少麤於事，栲栳量金買斷春。」

〔五〕宴賞重陽：舊題東晉葛洪西京雜記卷三：「九月九日，佩茱萸、食蓬餌、飲菊花酒，令人長壽。」唐歐陽詢藝文類聚卷四：「魏文帝與鍾繇書曰：歲往月來，忽復九月九日。九爲陽數，而日月并應，俗嘉其名，以爲宜於長久，故以享宴高會。」

〔六〕恁時：那時。五代馮延巳憶江南：「東風次第有花開，恁時須約却重來。」

〔七〕陶令：東晉陶淵明曾任彭澤令，故稱。陶淵明飲酒：「采菊東籬下，悠然見南山。」又九日閑居詩序：「余閑居，愛重九之名。秋菊盈園，而持醪靡由，空服九華，寄懷於言。」

【輯評】

吴熊和師手批樂章集：「此詞詠菊。」

【附録】

受恩深　金　王喆

性亂因醪誤。精枯緣色妬。眼神傷敗，被財役住。鼻濁如何，只爲氣使馨清去。浮世人難悟。殢四事相牽，淪落苦處。達士怡然殊不顧。上淨真心，於下元陽堅固。左養取青龍，右邊白虎。咆哮做。都總來攢聚。便成結金丹，大羅歸去。

看花回

屈指勞生百歲期〔一〕。榮瘁相隨〔二〕。利牽名惹逡巡過〔三〕，奈兩輪〔四〕、玉走金飛〔五〕。紅顔成白髮，極品何爲〔六〕。塵事常多雅會稀。忍不開眉〔七〕。畫堂歌管深深處，難忘酒琖花枝。醉鄉風景好〔八〕，攜手同歸。

【校記】

〔看花回〕花草粹編調下注曰「述懷」。

〔榮瘁〕吴本「榮」作「勞」。

〔名惹〕詞繫「惹」作「役」。

〔白髮〕毛本、吴本、張校本、朱校引焦本「髮」作「首」。張校：「宋作『髮』。」

【訂律】

看花回，首見於樂章集。此調僅存柳永二闋，歐陽修、黄庭堅等所作看花回，乃同名異調。

詞譜卷一五：「雙調六十七字，前後段各六句，四平韻。」「此與前詞（今按：謂『玉城金階舞舜干』闋）同，惟後段第四句六字異。」

詞繫卷九：「本集亦屬大石調。」「後段第四句六字，比前少一字。『役』字，汲古作『惹』，誤。『髮』字作『首』。」

【箋注】

〔一〕勞生：辛苦勞累的生活。唐張喬江南別友人：「勞生故白頭，頭白未應休。」

〔二〕榮瘁：猶盛衰。李白上留田行：「交柯之木本同形，東枝憔悴西枝榮？」

〔三〕逡巡：頃刻，極短時間。唐張祜偶作：「徧識青霄路上人，相逢秪是語逡巡。」

〔四〕兩輪：指日、月。

〔五〕玉走金飛：謂日月如飛，喻時光易逝。玉，玉兔代指月亮；金，金烏代指太陽。唐呂巖寄白龍洞劉道人：「玉走金飛兩曜忙，始聞花發又秋霜。徒誇籛壽千來歲，也是雲中一電光。一電光，何太疾，百年都來三萬日。其間寒暑互煎熬，不覺童顔暗中失。」

〔六〕極品：最高的官品。舊唐書卷一四七杜佑傳：「位居極品，榮逮子孫。」

〔七〕開眉：笑，開顔。白居易偶作寄朗之：「歧分兩迴首，書到一開眉。」

〔八〕醉鄉：唐王績醉鄉記：「醉之鄉，去中國不知其幾千里也。……阮嗣宗、陶淵明等十數人，并游於醉鄉，没身不返，死葬其壤，中國以爲酒仙云。」

【輯評】

吴熊和師手批樂章集：「勸酒曲。」

其二

玉城金階舞舜干〔一〕。朝野多歡。九衢三市風光麗〔二〕，正萬家、急管繁絃。鳳樓臨綺陌〔三〕，嘉氣非煙〔四〕。　雅俗熙熙物態妍〔五〕。忍負芳年〔六〕。笑筵歌席連昏晝，任旗亭、斗酒十千〔七〕。賞心何處好，惟有尊前。

【校記】

〔正萬家〕毛本、勞鈔本、朱校引原本無「正」字。張校：「原脱『正』字，依宋本補。稡編同。」

〔嘉氣〕毛本、吴本、林刊百家詞本、張校本、詞繫「嘉」作「佳」。

〔熙熙〕毛本脱一「熙」字。張校：「原脱，依宋本補。」曹校：「本集玉蝴蝶調亦有『雅俗熙熙』句，宜從宋本，補『熙』字。」

〔忍負〕勞鈔本作「忍辜負」，朱校引原本作「忍孤負」。詞繫：「『忍負』二字，宋本作『忍辜負』，與後闋不合。」張校「忍」下注：「宋本下有『辜』字。」

〔昏晝〕吴本、繆校引天籟軒本「晝」作「曉」，毛本「晝」作「盡」。繆校引宋本、鄭校引宋本、張校引宋本作「宵晝」。

〔任旗亭〕毛本、林刊百家詞本「任」作「在」。張校：「原訛『在』，依宋本改。」

【訂律】

詞律卷一〇：「『萬家』句六字，而『在旗亭』句七字，又一首前反七字，而後反六字，必皆誤也。此調兩疊相符，作者或前後俱六，或前後俱七可也。」

詞律拾遺卷七：「『回』一作『迴』，取劉禹錫詩語爲調名。萬氏注云『萬家』句六字，而在『旗亭』句七字，又一首前反七字，而後反六字，必皆誤也。此調兩疊相符，作者或前後俱六，或前後俱七，可也。余按稡編『萬家』上有『正』字，是前後俱應七字也，又『連宵盡』作『連昏晝』，『在旗亭』之

『在』作『任』。又，一百一字，蔡伸。清真一首，前『新詩』二句，後『擬解』二句，俱作上四下七；又『對畫閣層巒』句，『奈事與心違』句，俱作仄仄仄平仄，均異。」

詞譜卷一五：「琴曲有看花回，調名本此。此調有兩體，六十八字者，始自柳永，樂章集注『大石調』，中原音韻注『越調』，無別首宋詞可校；一百一字者，始自黄庭堅，有周邦彦、蔡伸、趙彦端諸詞可校。」「雙調六十八字，前後段各六句，四平韻。」「詞律本前段第四句脱一字，今依本集改正。」「此調止有柳詞二首，無别首宋詞可校。其平仄亦如一，惟前結及换頭句小異。」

詞繫卷九：「琴曲調名。本集屬大石調，中原音韻注越調。」「此與黄庭堅看花回不同，故分列。」『十』作平聲。」『萬家』上，宋本、汲古、詞律俱缺『正』字。汲古缺一『熙』字，『晝』字作『盡』，『任』字作『在』。『昏』字，一作『宵』，今據詞譜訂正。『忍負』二字，宋本作『忍辜負』，與後闋不合。」

【箋注】

〔一〕玉墄：即玉墀，與金階均指宫殿前臺階。舞舜干：尚書大禹謨：「帝乃誕敷文德，舞干羽于兩階。」孔穎達疏：「帝舜乃大布文德，舞干羽于兩階之間。」干，盾。文舞執羽，武舞執干。

〔二〕九衢：縱横交叉的大道，繁華的街市。楚辭天問：「靡蓱九衢，枲華安居。」王逸注：「九交道曰衢。」常指京城街道。唐韋應物長安道：「歸來甲第拱皇居，朱門峨峨臨九衢。」　三市：指大市、朝市、夕市，泛指鬧市。文選何晏景福殿賦：「類眺三市，孰有誰無？」李善注引周禮：「大市，日仄而市；朝市，朝時爲市；夕市，夕時爲市。」唐盧照鄰長安古意：「南陌北堂連北里，五劇三條控三市。」

〔三〕鳳樓：猶秦樓，見前笛家弄（花發西園）「秦樓」條注。五代馮延巳鵲踏枝：「幾度鳳樓同飲宴。此夕相逢，却勝當時見。」　綺陌：繁華的街道。南朝梁簡文帝登烽火樓：「萬邑王畿曠，三條綺陌平。」唐劉滄及第後宴曲江：「歸時不省花間醉，綺陌香車似水流。」柳永玉樓春：「皇都今夕知何夕。特地風光盈綺陌。」又訴衷情近：「閒情悄，綺陌游人漸少。」又戚氏：「未名未祿，綺陌紅樓，往往經歲遷延。」

〔四〕非煙：史記卷二七天官書：「若煙非煙，若雲非雲，鬱鬱紛紛，蕭索輪囷，是謂卿雲。卿雲見，喜氣也。」後因以「非煙」、「卿雲」指祥雲。唐權德輿雜詩：「婉彼嬴氏女，吹簫偶蕭史。綵鸞駕非煙，綽約兩仙子。」

〔五〕雅俗熙熙：謂雅士俗人衆庶和樂。熙熙，和樂貌。漢書卷二二禮樂志：「衆庶熙熙，施及夭胎。」顔師古注：「熙熙，和樂貌。」柳永一寸金：「雅俗多遊賞，輕裘俊、靚妝艷冶。」又玉蝴蝶：「雅俗熙熙，下車成宴盡春臺。」　物態：景物。唐張旭山行留客：「山光物態弄春輝，莫爲輕陰便擬歸。」

〔六〕芳年：美好的年歲，青春年華。文選卷三一南朝宋劉鑠擬行行重行行：「芳年有華月，佳人無還期。」

〔七〕旗亭：酒樓。唐劉禹錫武陵觀火：「花縣與琴焦，旗亭無酒濡。」　斗酒十千：見前笛家弄（花發西園）「十千」條注。唐李白將進酒：「陳王昔時宴平樂，斗酒十千恣歡謔。」

【輯評】

吴熊和師手批樂章集：「勸酒曲。」

柳初新

東郊向曉星杓亞〔一〕。報帝里、春來也。柳擡煙眼〔二〕，花勻露臉，漸覺緑嬌紅姹。妝點層臺芳榭。運神功〔三〕、丹青無價。　別有堯階試罷〔四〕。新郎君〔五〕、成行如畫。杏園風細〔六〕，桃花浪暖〔七〕，競喜羽遷鱗化〔八〕。徧九陌〔九〕、相將遊冶〔一〇〕。驟香塵〔一一〕、寶鞍驕馬。

【校記】

〔向曉〕詞譜「曉」作「晚」。

〔柳擡〕毛本「擡」作「臺」。張校：「原訛『臺』，依宋本改。」

〔妝點〕吳本、勞鈔本、曹校引宋本「妝」作「裝」。

〔芳榭〕毛本「榭」作「樹」。詞繫：「『榭』字作『樹』，失韻。」張校：「原訛『樹』，依宋本改。」

〔競喜〕吳本、勞鈔本、曹校引宋本「競」作「竟」。

〔相將〕詞律引圖譜脱「相」字。

〔驕馬〕勞校「驕」作「嬌」。

【訂律】

柳初新，首見於樂章集。蓋賦調名本意。

詞律卷一二：「『柳臺』下與『杏園』下前後皆同，只『偏九陌』句多一字，必『妝點』上落一字。今姑照舊録之，作者添字與後同可也。圖譜於『相將遊冶』落『相』字，遂致前段六字相連，後段三字兩句，不合矣。『運神』、『驟香』俱作可用平仄，何據？」

詞譜卷一九：「宋周密天基聖節樂次：『第十三盞，觱篥起柳初新慢。』樂章集注大石調。」「雙調八十一字，前後段各七句五仄韻。」「此詞前段第六句六字，後段第六句七字，沈會宗『楚天來駕』詞正與此同。按，沈詞前段第一句『楚天來駕春相送』，『楚』字仄聲；第六句『誰拂瑤琴巧弄』，『巧』字仄聲；後段第三句『桃花溪上』，『桃』字平聲；第五句『愁掩五雲真洞』，『愁』字平聲；第六句『算曾揖、飛鸞雙控』，『曾』字平聲；結句『等閒入、襄王春夢』，『入』字仄聲，『襄』字平聲。譜內可平可仄據此，餘參無名氏詞。」

詞繫卷九：「周密天基聖節樂次：『第十三盞，觱篥起柳初新慢。』本集屬大石調，九宮大成入南詞大石調引，許譜同。」「『擡』字，汲古作『臺』。『榭』字作『樹』，失韻。『驕』字作『嬌』，皆誤。『向』、『報』、『柳』可平。」

鄭校：「此首已從宋本校定。」

【箋注】

〔一〕東郊：禮記月令：「（孟春之月）立春之日，天子親帥三公、九卿、諸侯、大夫以迎春於東郊。」　星杓：又稱斗柄，指北斗七星柄部的玉衡、開陽、搖光三星。史記卷二七天官書「北斗七星」索隱引春秋運斗樞：「斗，第一天樞，第二旋，第三璣，第四權，第五衡，第六開陽，第七搖光。第一至第四爲魁，第五至第七爲杓，合而爲斗。」　亞：張相詩詞曲語辭匯釋：「亞，有縱橫二方面之二義。自其縱者而言，猶低也，俯也。」

〔二〕煙眼：即柳眼，早春初生的柳葉，細長如人之睡眼初展，故云。唐元稹生春：「何處生春早，春生柳眼中。」

〔三〕神功：文選卷四〇任昉到大司馬記室箋：「神功無紀，作物何稱。」

〔四〕堯階：代指宮殿臺階。此謂皇帝親臨策士之殿試。宋代殿試、放榜在三月。

〔五〕新郎君：唐宋時對新進士或新及第者的俗稱。五代王定保唐摭言卷三：「薛監晚年厄於宦途，嘗策羸赴朝，值新進士榜下，綴行而出。時進士團所由輩數十人，見逢行李蕭條，前導曰：『回避新郎君！』」

〔六〕杏園：唐長安園名，在大雁塔南，地近曲江池，與慈恩寺相接。唐李綽秦中歲時記：「進士杏園初宴，謂之探花宴，差二人少俊者爲探花使。偏遊名園，若他人先折得名花，則二使皆被罰。」王定保唐摭言卷三：「神龍已來，杏園宴後，皆於慈恩寺塔下題名。」唐温庭筠春日將欲東歸寄新及第苗紳先輩：「知有杏園無計入，馬前惆悵滿枝紅。」

〔七〕桃花浪：即桃花汛，春天水漲，值桃花盛開，故稱。唐杜甫春水：「三月桃花浪，江流復舊痕。」唐歐陽詢藝文類聚卷九六引辛氏三秦記曰：「河津一名龍門，大魚集龍門下數千，不得上。上者爲龍，不上者魚。」唐范攄雲溪友議卷中：「初，（柳）棠與馮戡争先，棠所頡頏，及第後，戡與詩曰：『桃花浪裏成龍去，竹葉山頭退鷁飛。』」

〔八〕羽遷鱗化：羽遷即羽化，謂飛昇成仙。鱗化即化鱗，化魚爲龍。皆喻取得功名。唐劉得仁上姚諫議：「終計依門館，何疑不化鱗。」

〔九〕九陌：見前迎新春（嶰管變青律）「九陌」條注。王定保唐摭言卷三：「曲江之宴，行市羅列，長安幾於半空。公卿家率以其日揀選東牀。車馬闐塞，莫可殫述。」

〔一〇〕相將：張相詩詞曲語辭匯釋：「相將，猶云相與或相共也。……柳永尉遲杯詞：『且相將共樂平生，未肯輕分連理。』秦觀沁園春詞：『柳下相將游冶處，便回首青樓成異鄉。』皆其例也。」

〔二〕香塵：芳香之塵，多指女子之步履而起者。晉王嘉拾遺記：「（石崇）又屑沉水之香如塵末，布象牀上，使所愛者踐之。」唐沈佺期洛陽道：「行樂歸恒晚，香塵撲地遥。」柳永浪淘沙令：「曲終獨立斂香塵。」

【考證】

此詞詠春闈放榜後新進士京城遊宴。玩其語氣，非自賀，乃賀人，當爲宴新進士時所唱之曲。

兩同心

嫩臉修蛾〔一〕，淡匀輕掃〔二〕。最愛學、宫體梳妝，偏能做、文人談笑。綺筵前、舞燕歌雲〔三〕，別有輕妙。

飲散玉鑪煙裊〔四〕。洞房悄悄。錦帳裏、低語偏濃，銀燭下、細看俱好。那人人〔五〕，昨夜分明，許伊偕老。

【校記】

〔修蛾〕張校本作「修娥」。

〔能做〕毛本、吴本、張校本、朱校引焦本「做」作「效」。鄭校：「宋本『效』作『做』。『做』字佳。」張校：「宋本『做』。」

〔舞燕〕毛本、吴本、張校本、繆校引宋本「燕」作「宴」，陳録作「雪」。張校：「字疑誤。」張校本眉批：「『宴』，毛斧季校宋本作『宴』，趙清常本作『雪』。」

〔那人〕毛本、吴本、張校本、林刊百家詞本、朱校引焦本「那」作「箇」。張校：「宋本『那』。」

【訂律】

兩同心，首見於樂章集。

【箋注】

〔一〕修蛾：修長的眉毛。柳永尉遲杯：「天然嫩臉修蛾，不假施朱描翠。」

〔二〕淡匀輕掃：唐杜甫虢國夫人：「却嫌脂粉涴顏色，淡掃蛾眉朝至尊。」唐韓偓咏手：「背人細撚垂煙鬟，向鏡輕匀襯臉霞。」

〔三〕舞燕：見前柳腰輕（英英妙舞腰肢軟）「昭陽燕」條注。　歌雲：見前晝夜樂（秀香家住桃花徑）「遏天邊」條注。

〔四〕玉鑪：熏爐的美稱。五代毛文錫虞美人：「玉鑪香暖頻添炷，滿地飄輕絮。」

〔五〕人人：張相詩詞曲語辭匯釋：「人人，對於所昵者之稱，多指彼美而言。」宋歐陽修蝶戀花：「翠被雙盤金縷鳳。憶得前春，有箇人人共。」

其二

竚立東風，斷魂南國。花光媚、春醉瓊樓〔一〕，蟾彩迴〔二〕、夜遊香陌〔三〕。憶當時，酒戀花迷，役損詞客〔四〕。別有眼長腰搦。痛憐深惜。鴛會阻〔五〕、夕雨淒飛，錦書斷、暮雲凝碧〔六〕。想別來，好景良時，也應相憶。

【校記】

〔腰搦〕曹校引梅本、鄭校引梅本「搦」作「嫋」。

〔鴛會阻〕毛本、吴本、林刊百家詞本、詞繫「鴛會」作「鴛鴦」。張校：「原誤『鴦』字，依宋本改。稡編作『衾』。」繆校引另一本、勞校引陸校、陳録、鄭校引一本「鴛會阻」作「鴛衾冷」。

〔夕雨淒飛〕吴本、詞繫「淒飛」作「淒淒」，毛本、勞鈔本、張校本、林刊百家詞本、朱校引原本、繆校引宋本、陳録作「朝飛」。繆校引另一本、勞校引陸校、陳録引另一本、鄭校引另一本作「暮雨淒飛」。鄭校引宋本作「暮雨朝飛」。

〔錦書斷暮雲〕勞校引陸校、鄭校引一本「暮」作「朝」。陳録作「錦書朝雲」。

【訂律】

詞律卷一〇：「字句同上（今按，黄庭堅同調「一笑千金」），但用仄耳。叶韻上一字俱用平，方有調，圖譜概作可仄，誤。」

詞譜卷一六：「此調有三體，仄韻者創自柳永，樂章集注『大石調』；平韻者創自晏幾道；三聲叶韻者創自杜安世。」「雙調六十八字，前段七句三仄韻，後段七句四仄韻。」「此詞以此詞爲正體，若揚詞（今按，謂揚无咎同調「秋水明眸」）之前段起句用韻，及前後段第五句押韻，皆變格也。按，柳詞別首，後段第一、二句『飲散玉鑪煙裊，洞房悄悄』，上『悄』字仄聲；第三句『錦帳裏低語偏濃』，『錦』字仄聲；第四句『銀燭下細看俱好』，『燭』字仄聲。又，揚无咎詞，前後段第四句『饒濟入時打扮』，『唯綴得秋波一盼』，『打』字、『一』字俱仄聲，『秋』字平聲；兩結『小從容，不似前回，匆匆得見』，『告從今，休要教人，千呼萬喚』，『得』字、『萬』字俱仄聲，『休』字、『千』字俱平聲；又一首，前段第三句『見玉人且喜且悲』，『人』字平聲，兩『且』字俱仄聲；後段第一、二句『覺來滿船清悄，愁恨多少』，『來』字、『愁』字俱平聲，『恨』字仄聲。譜內可平可仄據此，餘參所采揚詞二首，唯前後段第五句平仄全異，故不參校。」

詞繫卷九：「本集屬大石調，九宫大成入北詞高大石角隻曲。」「詞名集解云：古樂府蘇小小歌『何處結同心』，唐教坊曲遂有同心結，詞家因有兩調同此名，遂名之曰兩同心。『夜』、『損』、『夕』、『錦』、『別』可平。『花』、『光』、『深』、『鴛』、『鴦』、『書』可仄。『應』平聲。『鴦』字，宋本作『會』，『凄凄』二字，汲古作『朝飛』。」

【箋注】

〔一〕瓊樓：形容華美的樓臺。唐皮日休臘後送内大德從勗游天台：「夢入瓊樓寒有月，行過石樹凍無煙。」

〔二〕蟾彩：指月之光輝。見前傾杯樂（禁漏花深）「銀蟾」條注。五代韋莊天仙子：「蟾彩霜華夜不分。天外鴻聲枕上聞。」

〔三〕香陌：唐李賀夢天：「老兔寒蟾泣天色，雲樓半開壁斜白。玉輪軋露濕團光，鸞珮相逢桂香陌。」

〔四〕役損：因勞神而損傷。

〔五〕鴛會：指男女歡會。

〔六〕錦書：即錦字，指書信。見前曲玉管（隴首雲飛）「錦字」條注。暮雲凝碧：南朝江淹雜體詩休上人怨別：「日暮碧雲合，佳人殊未來。」

【輯評】

清劉熙載藝概卷四詞曲概：「耆卿兩同心云：『酒戀花迷，役損詞客。』余謂此等只可名迷戀花酒之人，不足以稱詞客，詞客當有雅量高致者也。或曰：『不聞花間、尊前之名集乎？』曰：『使兩集中人可作，正欲以此質之。』」

吴熊和師手批樂章集：「江南作，懷京妓。」

女冠子

斷雲殘雨。灑微涼、生軒户。動清籟〔一〕、蕭蕭庭樹。銀河濃淡，華星明滅，輕雲時度。莎階寂靜無覩〔二〕。幽蛩切切秋吟苦〔三〕。疏篁一徑〔四〕，流螢幾點〔五〕，飛來又去。　對月臨風，空恁無眠耿耿〔六〕，暗想舊日牽情處。綺羅叢裏〔七〕，有人人、那回飲散，略曾諧鴛侶。因循忍便睽阻〔八〕。相思不得長相聚。好天良夜，無端惹起〔九〕，千愁萬緒。

【校記】

〔斷雲〕毛本、吳本、林刊百家詞本、詞繫、朱校引焦本「雲」作「煙」。張校：「原作『煙』，依宋本。」

〔蕭蕭〕勞校：「陸校無下『蕭』字。旁○或斧季校。宋本有。」

〔略曾〕毛本、吳本、林刊百家詞本、朱校引焦本「略」字重文，詞繫、朱校、繆校引梅本作「略略」。鄭校：「梅本無『曾』字。非是。」

【訂律】

女冠子，唐教坊曲，曲名見教坊記。令詞見花間集温庭筠所作，多緣題而詠女道士。此慢詞首見於樂章集，蓋因唐曲舊名翻演新聲。此調在樂章集中有大石、仙呂、中呂三調，亦各不同。宋蔣捷等所作與柳詞中呂調相同。

詞譜卷四：「唐教坊曲名。小令始於温庭筠，長調始於柳永。」「雙調一百十三字，前段十二句七仄韻,後段十一句五仄韻。」「此詞樂章集注『大石調』。與前首『淡煙飄薄』詞注『仙吕調』者不同。宋詞中亦無他首可校。」

詞繫卷八:「本集屬大石調。」「此與前作(今按謂柳永同調「淡煙飄薄」)迥異,『莎階』下與後段『因循』下同,前半則句法懸殊,姑爲句讀。『煙』字,宋本作『雲』。『略略』二字少一『略』字。」

繆校:「此首頗難句讀,又與他首多寡不同,無憑考核。」

鄭校:「繆校云此首頗難句讀,又與它首多少不同,無從考核。今特點斷,以朱筆圈出韻例,似無不可句投也。」「案此調上下收處相類,刻本固無甚訛舛,以宋本校之,正合。」

【箋注】

〔一〕清籟:猶清響。唐戴叔倫聽霜鐘:「虚警和清籟,雄鳴隔亂峯。」

〔二〕莎階:長有莎草的臺階。唐李中秋夜吟寄左偃:「溪閣共誰看好月,莎階應獨聽寒蛩。」

〔三〕蛩:蟋蟀。西漢王褒聖主得賢臣頌:「蟋蟀候秋吟,蜉蝣出以陰。」柳永傾杯樂:「離緒萬端,聞岸草,切切蛩吟如織。」

〔四〕疏篁:稀疏的竹叢。五代李中春閨辭:「疏篁留鳥語,曲砌轉花陰。」

〔五〕流螢:唐杜牧秋夕:「紅燭秋光冷畫屏,輕羅小扇撲流螢。天階夜色涼如水,坐看牽牛織女星。」

〔六〕耿耿:煩躁不安,心事重重。詩邶風柏舟:「耿耿不寐,如有隱憂。」楚辭遠遊:「夜耿耿而不寐兮，魂煢煢而至曙。」

〔七〕綺羅：美女之代稱，此當指歌妓。五代韋莊江亭酒醒却寄維揚餞客：「滿坐綺羅皆不見，覺來紅樹背銀屏。」

〔八〕因循：流連，徘徊不去，引申爲飄泊。唐姚合武功縣中作：「門外青山路，因循自不歸。」柳永浪淘沙：「嗟因循久作天涯客，負佳人幾許盟言。」　睽阻：離别阻隔。

〔九〕無端：無因由，無緣無故。楚辭九辯：「蹇充倔而無端兮，泊莽莽而無垠。」王逸注：「媒理斷絶，無因緣也。」

【輯評】

吴熊和師手批樂章集：「作於江南，『疏篁一徑』可知。『好天良夜』，似詠七夕。」

玉樓春

昭華夜醮連清曙〔一〕。金殿霓旌籠瑞霧〔二〕。九枝擎燭燦繁星〔三〕，百和焚香抽翠縷〔四〕。　香羅薦地延真馭〔五〕。萬乘凝旒聽祕語〔六〕。卜年無用考靈龜〔七〕，從此乾坤齊曆數〔八〕。

【校記】

〔連清〕毛本、吴本、張校本、林刊百家詞本「連」作「逢」。

〔焚香〕毛本、吴本、張校本、勞鈔本「香」作「煙」。

〔卜年〕毛本、林刊百家詞本「卜」作「百」。張校：「原訛『百』，依宋本改。」

【訂律】

玉樓春，見花間集録牛嶠等所作。與木蘭花體格相同，或即同調異名。樂章集另有林鐘商木蘭花。

詞譜卷一二：「花間集顧夐詞起句有『月照玉樓春漏促』句，又有『柳映玉樓春日晚』句；尊前集歐陽炯詞起句有『春早玉樓煙雨夜』句，又有『日照玉樓花似錦，樓上醉和春色寢』句，取爲調名。李煜詞，名惜春容；朱希真詞，名西湖曲；康與之詞，名玉樓春令；高麗史樂志詞名歸朝歡令。尊前集注『大石調』，又『雙調』；樂章集注『大石調』，又『林鐘商』。皆李煜詞體也。樂章集又有仙吕調詞，與各家平仄不同。」

【箋注】

〔一〕昭華：古代一種玉製的管樂器名。舊題東晉葛洪西京雜記卷三：「玉管長二尺三寸，二十六孔，吹之則見車馬山林，隱轔相次，吹息亦不復見，銘曰『昭華之琯』。」晉書卷一六律曆志：「黄帝作律，以玉爲管，長尺，六孔，爲十二月音。至舜時，西王母獻昭華之琯，以玉爲之。」唐杜牧出宮人：「閑吹玉殿昭華管，醉折梨園縹蒂花。」　醮：禱神的祭禮。文選卷一九宋玉高唐賦：「醮諸神，禮太一。」李善注：「醮，祭也。」

〔二〕霓旌：相傳仙人以雲霞爲旗幟。楚辭劉向九嘆遠逝：「舉霓旌之墆翳兮，建黄纁之總旄。」王逸注：「揚赤霓以爲旌，雜五色以爲旗旄。」五代韋莊喜遷鶯：「香滿衣，雲滿路。鸞鳳繞身飛舞。霓旌絳節一群群。引見玉華君。」

〔三〕九枝：一幹九枝的燭燈。南朝梁沈約傷美人賦：「拂螭雲之高帳，陳九枝之華燭。」

〔四〕百和：即百和香，由多種香料合成的香。南朝梁何遜七夕：「月映九微火，風吹百和香。」

〔五〕香羅薦地：香羅，指華麗的羅帛。薦，鋪。東漢班固漢武帝内傳：「七月七日，乃修除宮掖，設坐大殿，以紫羅薦地，燔百和之香，張雲錦之幃，然九光之燈，列玉門之棗，酌蒲萄之醴，宮監香果，爲天宮之饌。帝乃盛服立于陛下，敕端門之内，不得妄有窺者，内外寂謐，以候雲駕。」　真馭：謂仙人車駕。宋張君房雲笈七籤卷一〇〇真宗皇帝御製先天紀敘：「顧以眇躬，紹兹寶曆。元符之降，實荷於鴻仁；真馭之臨，獲聞於諄誨。」

〔六〕凝旒：帝王冠冕前後懸垂的玉串停止不動，形容肅穆專注之態。五代韋莊和鄭拾遺秋日感事一百韻：「負扆勞天眷，凝旒念國章。」

〔七〕卜年：以占卜來預測享國的年數。左傳宣公三年：「成王定鼎于郟鄏，卜世三十，卜年七百，天所命也。」　考靈龜：古代以龜卜決疑，謂之考卜。詩大雅文王有聲：「考卜維王，宅是鎬京。維龜正之，武王成之。」鄭玄箋：「考猶稽也……稽疑之法，必契灼龜而卜之。」

〔八〕曆數：曆運之數，謂國運天命。論語：「堯曰：『咨，爾舜，天之曆數在爾躬。』」

【考證】

此詞與下闋「鳳樓郁郁呈嘉瑞」均作於大中祥符五年（一〇一二）。記宋真宗齋醮事。說詳吴熊和師柳永與宋真宗「天書」事件一文。

吴熊和柳永與宋真宗「天書」事件云：「第一首寫金殿設壇，通宵夜醮，真宗親臨道場，迎候仙駕。真宗篤信道教，常於宮中設壇祈禱。景德四年十一月，自言夜夢神人告以將降『天書』之後，即於乾元殿建黄籙道場，結綵壇九級，齋醮一月。此後朝廷齋醮，一歲中多至四十九次。但此詞所述宮中夜醮，除了在正殿進行，隆重而神秘以外，它本身還是一個非同尋常的特殊事件。一是『香羅薦地延真馭』，彷佛真有仙駕降臨；二是『萬乘凝旒聽秘語』，真宗不僅親臨迎候，而且就在當場恭聽了仙尊的秘訓。『延真馭』與『聽秘語』這兩點，就是這次宮中夜醮的特點。它在真宗『天書封祀』的一系列活動中占有突出地位。事件經過可以在有關載籍中找到并考定其年月。」又：「宋史禮志對於『延真馭』與『聽秘語』的描述歷歷如繪，與柳永兩首玉樓春所詠，合若符契。此事發生的時間是大中祥符五年（一〇一二）十月二十四日，地點爲宮中的延恩殿。『真馭』并非泛言仙駕，而是指被尊爲趙宋聖祖的趙玄朗。『秘語』也不是秘不可聞，十一月庚子，即由真宗親撰的聖祖降臨記以『宣示中外』。可將宋史禮志的記載與柳永此詞對照一下：『大中祥符五年十月，語輔臣曰：「朕夢先降神人傳玉皇之命云：『先令汝祖趙某授汝天書，令再見汝，如唐朝供奉玄元皇帝。』翼日，復夢神人傳天尊言：『吾坐西，斜設六位以候。』是日，即於延恩殿設道場。五鼓一籌，先聞異香。頃之，黄光滿殿。散燈燭，覩靈仙儀衛，天尊至。朕再拜殿下。俄黄霧起，須臾霧散。由西陛升，見侍從在東陛。天尊就坐，有六人揖天尊而後坐。朕欲拜六人，天尊止，令揖，命朕前曰：『吾人皇九人中一人也，是趙之始祖。再降，乃軒轅皇帝；凡世所知少典之子，非也。母感電，夢天人，生於壽丘。後唐時，奉玉帝命，七月一日下降，總治下方，主趙氏之族，今已百年。皇帝善爲撫育蒼生，無怠前志。』即離座，乘雲而去。」王旦等皆再拜稱賀，即召至延恩殿，歷觀臨降之所，并布告天下。』所謂天尊降臨，當然是真宗與宰相王旦等彼此默契所製造的又一個荒誕的神話，這裡不憚徵引，僅是爲柳永詞提供一個可靠的注脚，證明玉樓春所述宫中夜醮，以及『延真馭』、『聽秘語』等情節，實有其本事，并非柳永憑空虚構或虚辭誇飾。柳永可以説是『忠實地』根據真宗『佈告天下』的御撰聖祖臨降記來寫這兩首詞的。作詞的時間，即可定爲大中祥符五年。」

其二

鳳樓郁郁呈嘉瑞〔一〕。降聖覃恩延四裔〔二〕。醮臺清夜洞天嚴〔三〕，公讌凌晨簫鼓沸〔四〕。保生酒勸椒香膩〔五〕。延壽帶垂金縷細〔六〕。幾行鵷鷺望堯雲〔七〕，齊共南山呼萬歲。

【校記】

〔醮臺〕毛本、吴本、張校本、朱校引焦本「臺」作「壇」。張校：「宋本『臺』。」

〔保生酒〕毛本、吴本、林刊百家詞本「酒」作「香」。張校：「原訛『香』，依宋本改。」

〔鵷鷺〕勞鈔本「鵷」作「鴛」。

【箋注】

〔一〕鳳樓：指宫中樓閣。南朝宋鮑照代陳思王京洛篇：「鳳樓十二重，四户八綺窗。」

〔二〕降聖：指降聖節。宋李燾續資治通鑑長編卷七一：「先是，有汀州人王捷者，咸平初賈販至南康軍，於逆旅遇道人，自言姓趙氏。是冬再見於茅山，命捷市鉛汞鍊之，少頃成金。捷即隨至和州諸山，得其術，又授以小鐶神劍，密緘之，戒曰：『非遇人主，切勿輕言。』捷詣闕求見不得，乃謀以罪名自達。至信州，佯狂大呼，遂坐配隸嶺南。未幾，逃至京師，官司捕繫，閤門祗候謝德權嘗爲嶺南巡檢，知捷有異術，爲奏請得釋，乃解軍籍。劉承珪聞其事，爲改名中正，得對龍圖閣，且陳靈應，特授許州參軍。留止皇城廨舍，時出游鄽市。常有道人偶語云：『即授中正法者，司命真君也。』承珪遂筑新堂，乃以景德四年五月十三日降堂之紗幬中，戴冠佩劍，服皆青色，自是屢降。中正常達其言，既得天書，遂東封，加號司命天尊，是爲聖祖。」宋史卷八真宗紀：「（大中祥符五年）冬十月戊午，延恩殿道場，帝瞻九天司命天尊降。……閏月己巳，上聖祖尊號。辛未，謝太廟。壬申，立先天、降聖節。五日休沐、輟刑。」續資治通鑑長編卷七九：「休假五日，兩京諸州前七日建道場設醮，假内禁屠輟刑，聽士民宴樂，京師張燈一夕。」宋真宗以正月三日「天書」降日爲天慶節，六月六日「天書」再降爲天貺節，七月一日趙玄朗下降日爲先天節，十月二十四日趙氏始祖趙玄朗降延恩殿日爲降聖節。降聖節與天慶節、先天節，并稱三大節。宋洪邁容齋隨筆五筆卷一：「大中祥符之世，諛佞之臣，造爲司命天尊下降及天書等事，於是降聖、天慶、天祺、天貺諸節并興。始時京師宮觀每節齋醮七日，旋減爲三日、一日，後不復講。百官朝謁之禮亦罷。今中都未嘗舉行，亦無休假，獨外郡必詣天慶觀朝拜，遂休務，至有前後各一日。此爲敬事司命過於上帝矣，其當寢明矣，惜無人能建白者。」按延恩殿，後改名觀文殿，設學士。　覃恩：廣施恩澤。即上引「休沐」、「禁屠輟刑」、「宴樂」、「張燈」諸事。

〔三〕醮臺：即醮壇，道士祈神的壇場。唐陸龜蒙和南陽潤卿將歸雷平：「真仙若降如相問，曾步星罡遶醮壇。」　洞天：道家稱神仙所居。茅君内傳：「大天之内，有地之洞天三十六所，乃真仙所居。」唐陳子昂送中嶽二三真人序：「楊仙翁玄默洞天，賈上士幽棲牝谷。」此指道場。

〔四〕公讌：公卿或官府之宴會。

〔五〕保生酒：指「保生壽酒」。宋真宗爲趙玄朗所上尊號爲「聖祖上靈高道九天司命保生天尊大帝」，簡稱「保生天尊」，保生酒之名即本於此。宋史卷一一二禮志記降聖節之禮儀云：「中書、親王、節度、樞密、三司以下至駙馬都尉，詣長春殿進金縷延壽帶、金絲續命縷，上保生壽酒。改御崇德殿，賜百官衣，如聖節儀。前一日，以金縷延壽帶、金塗銀結續命縷、緋綵羅延壽帶、彩絲續命縷，分賜百官，節日戴以入。禮畢，宴百官於錫慶院。」　椒香：指淑酒之香。南朝梁宗懍荆楚歲時記：「俗有歲首酌椒酒而飲之，以椒性芬香又堪爲藥，故此日採椒花以貢尊者飲之，亦一時之禮也。」

〔六〕延壽帶：即上引「金縷延壽帶」。　金縷：即上引「金絲續命縷」。

〔七〕鵷鷺望堯雲：參見前送征衣（過韶陽）「鵷行」、「就日瞻雲」諸條注。

【考證】

作於宋真宗大中祥符五年（一〇一二）。

吴熊和師柳永與宋真宗「天書」事件云：「第二首寫夜醮的翌日舉行慶典，真宗盛宴宫中，接受朝臣稱賀。真宗在『天書』事件期間，下詔頒佈了若干舉行慶祝的節日。以正月三日『天書』降日爲天慶節，六月六日『天書』再降爲天貺節。在這次『降聖』延恩殿後，又詔以七月一日趙玄朗降生爲先天節，十月二十四日降延恩殿日爲降聖節。并詔在京師建景靈宫以奉聖祖，天下府州軍監天慶觀增置聖祖殿。降聖節與天慶節、先天節，同稱爲三大節日，諸州官吏要置道場散齋致齋。

降聖節所奉之禮，較天慶節尤爲隆重。『休假五日，兩京諸州前七日建道場設醮，假内禁屠輟刑，聽士民宴樂，京師張燈一夕。』柳永此詞所謂『降聖覃恩延四裔』，即指趙玄朗降臨延恩殿一事。詞中『延壽帶』與『保生酒』，也是降聖節所奉禮儀中所特有的必備之物。……此後仁宗繼位，則於天聖元年（一〇二三）五月，廢止真宗詔令，『罷先天、降聖節進延壽帶、續命縷』。所以柳永這兩首詞，決不可能作於仁宗時期。」

其三

皇都今夕知何夕〔一〕。特地風光盈綺陌〔二〕。金絲玉管咽春空〔三〕，蠟炬蘭燈燒曉色〔四〕。　鳳樓十二神仙宅〔五〕。珠履三千鵷鷺客〔六〕。金吾不禁六街遊〔七〕，狂殺雲蹤并雨迹〔八〕。

【校記】

〔燒曉〕毛本、吴本作「曉夜」，繆校引梅本、朱校引焦本、陳録、鄭校、張校本作「燒夜」。張校「燒」下注：「原訛『曉』，依宋本改。」張校「夜」下注：「宋本『曉』。」

〔珠履〕毛本、吴本、張校本、朱校引焦本「珠」作「朱」。

【箋注】

〔一〕今夕知何夕：詩唐風綢繆：「今夕何夕，見此良人。」唐韓愈同侯十一詠燈花：「今夕知何夕，花燃錦帳中。」

〔二〕特地：張相詩詞曲語辭匯釋：「特地，猶云特别也；猶云特爲或特意也。羅隱汴河詩：『當時天子是閒遊，今日行人特地愁。』特地，特别也，與閒字相應。……米黻竹西寺詩：『竹西桑柘暮鴉盤，特地霜風滿倦顔。』義同上。」

〔三〕咽：充塞。西漢劉向新序雜事：「雲霞充咽，則奪日月之明。」

〔四〕蘭燈：精緻的燈具。南齊書卷三六劉祥傳：「故墜葉垂蔭，明月爲之隔輝；堂宇留光，蘭燈有時不照。」

〔五〕鳳樓十二：見前玉樓春（鳳樓郁郁呈嘉瑞）「鳳樓」注。

〔六〕珠履三千：珠履爲珠飾之履。史記卷七八春申君列傳：「趙平原君使人於春申君，春申君舍之於上舍。趙使欲夸楚，爲瑇瑁簪，刀劍室以珠玉飾之，請命春申君客。春申君客三千餘人，其上客皆躡珠履以見趙使，趙使大慚。」此指群臣。　鵷鷺客：見前送征衣（過韶陽）「鵷行」條注。

〔七〕金吾：古官名。負責皇帝大臣警衛、儀仗及徼循京師、掌管治安的武職官員。班固漢書卷一九上百官公卿表：「中尉，秦官，掌徼循京師。有兩丞、候、司馬、千人。武帝太初元年更名執金吾。」顔師古注：「應劭曰：『吾者，禦也，掌執金革以禦非常。』師古曰：『金吾，鳥名也，主辟不祥。天子出行，職主先導，以禦非常，故執此鳥之象，因以名官。』」唐置金吾街使、左右金吾將軍，宋置左、右金吾街司主其事。　六街：唐長安有左右六街，宋司馬光資治通鑑卷二〇九：「中書舍人韋元徼巡六街。」胡三省注：「長安城中左右六街，金吾街使主之。左、右金吾將軍掌晝夜巡警之法，以執禦非違。」北宋汴京亦有六街，宋史卷二七〇魏丕傳：「初，六街巡警皆用禁卒，至是，詔左、右街各募卒千人，優以廩給，使傳呼備盜。」宋祝穆古今事文類聚前集卷七引唐韋述西都雜記：「西都京城街衢有金吾，曉暝傳呼，以禁夜行，惟正月十五夜，勑許金吾弛禁，前後各一日。」唐蘇味道正月十五夜：「金吾不禁夜，玉漏莫相催。」宋梅堯臣醉中留別永叔子履：「六街禁夜猶未去，童僕竊訝吾儕癡。」

〔八〕狂殺：猶言狂絶。殺，是形容極甚之辭。　李白寄韋南陵冰余江上乘興訪之遇尋顔尚書笑有此贈：「月色醉遠客，山花開欲然。春風狂殺人，一日劇三年。」唐温庭筠河傳六首其五：「春晚。風暖。錦城花滿。狂殺遊人。」

【考證】

作於大中祥符中「天書封祀」期間。

吴熊和師柳永與宋真宗「天書」事件云：「『皇都今夕』一首，初讀以爲詠上元燈節。但上元年年舉燈，久成慣例。何以『今夕何夕』發端，令人頗感突兀。接云『特地風光』，『特地』二字，亦堪玩味。尤其下闋『鳳樓』、『鵷鷺』二句，均非上元詞中常見的民間游宴，而是專指宮中賜宴與百官集會。這種京師張燈與朝官宴集伴隨在一起的『特地風光』，正好是真宗所定的天慶節、降聖節的慶祝場面。續資治通鑑長編卷七〇記大中祥符元年十一月，『詔以正月三日天書降日爲天慶節，休假五日，京師於上清宮建道場七日，宰相迭宿，罷日，文武官、內職皆集，賜會錫慶院。是夕，京師張燈。』又宋史禮十六：『大中祥符元年十一月二十五日，詔天慶節聽京師然燈一晝夜。六年四月十六日，先天、降聖節亦如之。』仁宗即位後亦予廢止，『天聖二年六月，罷降聖節燃燈』。柳詞所述，就是大中祥符間這種節日的張燈與宴集，故有『今夕何夕』與『特地風光』之語。下闋即謂文武官賜宴於錫慶院。錫慶院在宮城之南，本是宋太宗任京兆尹時的府邸。大中祥符元年以後，就作爲聖節酺宴百官的場所，因名錫慶院。」

其四

星闈上笏金章貴〔一〕。重委外臺疏近侍〔二〕。百常天閣舊通班〔三〕，九歲國儲新上計〔四〕。太倉日富中邦最〔五〕。宣室夜思前席對〔六〕。歸心怡悅酒腸寬〔七〕，不泛千鍾應不醉。

【校記】

〔不醉〕毛本、吴本、林刊百家詞本、張校本、朱校引焦本「不」作「未」。張校：「宋本『不』。」

【箋注】

〔一〕星闈：皇宮。説文：「闈，宮中之門也」。　上笏：文選卷三一袁淑雜體詩：「和惠頒上笏，恩渥浹下筵。」劉良注：「頒，布也。上笏，謂大夫之爵。言天子和澤布及大臣，而恩渥遍浹於下席。」笏即朝笏，一名手板，古代大臣上朝時執於手中之狹長板子，用玉、象牙、竹木製成。東漢劉熙釋名疏證卷六：「笏，忽也。君有教命及所啓白，則書其上，備忽忘也。」　金章：指金魚袋與章服，是古代高級官員的服飾。宋史卷一五三輿服志：「魚袋，其制自唐始，蓋以爲符契也……宋因之，其制以金銀飾爲魚形，公服則繫於帶而垂於後，以明貴賤，非復如唐之符契也。」又：「宋因唐制，三品以上服紫，五品以上服朱，七品以上服緑，九品以上服青。」又：「服緋紫者，必佩魚，謂之章服。」

〔二〕外臺：宋代朝廷主理財賦的三司，號外臺。宋史卷三三〇李參傳：「嘉祐七年，召爲三司使。參知政事孫抃曰：『參爲主計，外臺將承風刻剥天下，天下之民困矣。』」又同書卷三四二孫永傳：「時邊用不足，以解鹽市馬，別爲一司，外臺不得與。」　近侍：謂親近皇帝的侍從大臣。

〔三〕百常：常爲古代度量單位，八尺爲尋，倍尋爲常，百常謂一千六百尺，極言其高。文選卷二張衡西京賦：「通天訬以竦峙，徑百常而莖擢。」薛綜注：「倍尋曰常。」　天閣：指尚書臺。唐徐堅初學記卷一一引宋元嘉起居注：「領曹郎中荀萬秋每設事緣私遊，肆其所之，豈可復參列士林，編名天閣，請免萬秋所居官。」柳永永遇樂：「天閣英游，内朝密侍，當世榮遇。」　通班：通於朝班。唐劉知幾史通卷二○：「僕少小從仕，早躡通班。」

〔四〕九歲國儲：禮記王制：「國無九年之畜，曰不足。」淮南子主術訓：「夫天地之大，計三年耕而餘一年之食，率九年而有三年之畜，二十七年而有九年之儲。」唐李商隱爲汝南公以妖星見賀德音表：「罷去休營，惜漢氏十家之産；勸課耘耔，復周邦九歲之儲。」又宋吕祖謙宋文鑑卷二楊侃皇畿賦：「天設二渠，曰蔡曰汴。通江會海，縈畿帶甸。千倉是興，萬庾是建。杜預主計，劉晏司漕。何貢何輸，吴粳楚稻。月致百萬，猶責其少。漢之太倉，積粟紅腐，使彼粒而計之，未及我斗量之數。成王之庾，萬箱以供，未若我千艘往來，運江淮而無窮。是故備九年之儲，充六軍之給。」此指國家的糧食等儲備富足。或謂指九歲立爲太子的宋仁宗，似不確。　上計：古代地方官於年終將境内户口、賦税、盜賊、獄訟等項編造計簿，遣吏逐級奏呈朝廷，借資考績，謂之上計。淮南子人間訓：「解扁爲東封，上計而入三倍，有司請賞之。」杜甫陰雨不得歸瀼西甘林：「諸侯舊上計，厥貢傾千林。」此實借指丁謂所上之景德會計録。詳見後考證。

〔五〕太倉：古代京師儲糧的大倉。史記卷三○平準書：「漢興七十餘年之間，國家無事，非遇水旱之災，民則人給家足，都鄙廩庾皆滿，而府庫餘貨財。京師之錢累巨萬，貫朽而不可校。太倉之粟陳陳相因，充溢露積於外，至腐敗不可食。」　中邦：中原，中國。書禹貢：「成賦中邦。」孔傳：「成九州之賦。」蔡沈集傳：「中邦，中國也。」　最：會聚，聚合。管子禁藏：「冬，收五藏，最萬物。」

〔六〕宣室：指漢代未央宫的宣室殿。　前席：謂欲更接近而移坐向前。漢書卷四八賈誼傳：「文帝思誼，徵之。至入見，上方受釐，坐宣室。上因感鬼神事，而問鬼神之本。誼具道所以然之故。至夜半，文帝前席。」

〔七〕酒腸：代指酒量。唐孟郊、韓愈同宿聯句：「爲君開酒腸，顛倒舞相飲。」唐李群玉重經巴丘追感：「詩句亂隨青草發，酒腸俱逐洞庭寬。」

【考證】

吴熊和師柳永與宋真宗「天書」事件謂此詞「亦爲『頌聖』之辭，所頌即爲真宗」。今提出另一假説：疑此詞爲宋真宗大中祥符五年（一〇一二）投獻丁謂之作。

詞中所涉官職諸語，多與丁謂仕履暗合。以下試分疏之：（一）關於「金章」。既稱爲「貴」，當指服紫佩金魚袋，前已注在北宋元豐改官制之前，是爲三品以上官員的服飾。宋史卷二八三丁謂傳載：「（大中祥符二年二月）遷給事中，真拜三司使。……建會靈觀，謂復總領之。遷尚書禮部侍郎，進户部，參知政事。」又據明李濂汴京遺迹志卷一〇會靈觀「大中祥符五年創建」，明陳邦瞻宋史紀事本末卷四「（大中祥符）五年八月，作會靈觀，奉祀五嶽」等記載，可知丁謂遷尚書禮部侍郎在五年八月之後。又據宋史卷八真宗紀三及李燾續資治通鑑長編卷七八，大中祥符五年九月，即所謂聖祖降於延恩殿道場之前一月，以三司使、禮部侍郎丁謂爲户部侍郎、參知政事。按北宋元豐改制前文官寄禄官階序列，給事中正四品，禮部侍郎和户部侍郎均爲從三品。雖依據宋太宗太平興國二年詔「朝官出知節鎮及轉運使副衣緋緑者，并借紫」（宋史卷一五三輿服志），丁謂前已曾外任轉運使，可以借紫，但畢竟轉爲從三品之禮部侍郎後，方得正式服紫。柳詞中「金章貴」者，即指此而言。（二）關於「外臺」，前已注外臺爲三司之別稱，而丁謂得獲進用即由三司。宋史卷二八三丁謂傳：「踰年，直史館，以太子中允爲福建路採訪。還，上茶鹽利害，遂爲轉運使，除三司户部判官。……入權三司鹽鐵副使。……（大中祥符元年）召爲右諫議大夫，權三司使。……遷給事中，真拜三司使。祀汾陰，爲行在三司使。……遷尚書禮部侍郎，進户部，參知政事。」三司使主計，丁謂任職三司期間，逢迎宋真宗「天書」屢降及東封西祀諸事，供億無缺，故得進用。柳詞中「重委外臺」者，即指此而言。（三）關於「天閣」，前已注天閣指尚書臺，而丁謂於大中祥符五年八月遷尚書禮部侍郎。亦合。（四）關於「舊通班」，宋史卷二八三丁謂傳：「淳化三年，登進士甲科，爲大理評事、通判饒州。」宋代官制有京朝官與幕職州縣官之別。丁謂釋褐即授大理評事，已入京朝官序列，故得謂「通班」。自宋太宗淳化三年（九九二）至真宗大中祥符五年（一〇一二）已二十年，故詞曰「舊通班」。

詞中所頌之時裕民康，均與丁謂任使之三司所掌相關。以下試分疏之：（一）關於「上計」。宋史卷七真宗紀二載：「（景德四年八月）丁謂上景德會計録。」宋鄭樵通志卷六五載：「景德會計録六卷，丁謂撰。」宋史卷二八三丁謂傳載：「上會計録，以景德四年民賦户口之籍，較咸平六年之數，具上史館，請自今以咸平籍爲額，歲較其數以聞。詔奬之。」宋李燾續資治通鑑長編卷六六載：「（景德四年七月）權三司使丁謂言：『景德三年新收户三十三萬二千九百九十八，流移者四千一百五十，總舊實管七百四十一萬七千五百七十户，一千六百二十八萬二百五十四口，比咸平六年計增五十五萬三千四百一十户，二百萬二千二百一十四口。賦入總六千三百七十三萬一千二百二十九費、石、匹、斤，數比咸平六年計增三百四十六萬五千二百九。欲望特降詔旨，自今以咸平六年户口賦入爲額，歲較其數，具上史館。』從之。」又同書同卷載：「（景德四年八月）權三司使丁謂上景德會計録六卷，詔奬之，以其書付秘閣。」（二）關於「九歲國儲」。宋真宗咸平元年（九九八）即位，至景德四年（一〇〇七）丁謂上景德會計録時，正爲九年。這既是用古典，亦是用今典。（三）關於「太倉日富」。按宋真宗大中祥符年間，連歲豐稔。李燾續資治通鑑長編卷七四載：「（大中祥符三年八月）詔近臣觀書龍圖閣，上閲元和國計簿。三司使丁謂進曰：『唐朝江淮歲運米四十萬至長安，今乃五百餘萬，府庫充牣，倉庫盈衍。』上曰：『民俗康阜，誠賴天地宗廟降祥，而國儲有備，亦自計臣宣力也。』」又：「（九月）江淮發運使李溥言：『今春運米六百七十九萬石，諸路各留三年支用。』」又同上書卷七八載：「（大中祥符五年六月）諸州言歲豐穀賤，咸請博糴，上慮傷農，即詔三司使丁謂規畫以聞。謂言莫若和市，而諸州積鏹數少，癸丑，出内藏庫錢百萬貫付三司以佐用度。」（四）關於「疏近侍」及「宣室」。宋史卷二八三丁謂傳：「大中祥符初，議封禪，未決。帝問以經費，謂對『大計有餘』，議乃決。因詔謂爲計度泰山路糧草使。」此事亦見續資治通鑑長編卷六八。丁謂傳又謂：「初，議即宮城乾地營玉清昭應宮，左右有諫者，帝召問，謂對曰：『陛下有天下之富，建一宮奉上帝，且所以祈皇嗣也。群臣有沮陛下者，愿以此諭之。』王旦密疏諫，帝如謂所對告之，旦不復敢言。」續資治通鑑長編卷七一亦載此事而略詳：「(大中祥符二年四月)初議作宮，命謂經度，謂欲殫國財力，規模宏大，近臣多言其不可，殿前都虞侯張旻亦言土木之侈，不足以承天意。上召問謂，謂曰：『陛下富有天下，建一宮崇奉上帝，何所不可。且今未有皇嗣，建宮於宮城之乾地，正可以祈福。群臣不知陛下此意，或妄有沮止，願以諭之。』既而王旦又密疏諫上，上諭之如謂所對，旦遂不敢復言。」此所謂「近臣」或即詞中「近侍」之語所指。

丁謂逢迎宋真宗之欲，是「天書」事件中的重要人物。而柳永玉樓春諸詞又多與「天書」事件有關，揆以上舉諸證，此詞投獻丁謂的可能性是比較大的。詞中所述多爲丁謂任三司使時事，如作於大中祥符五年九月丁謂參知政事之後，不應無一語涉及參政之事，疑即作於該年八月丁謂進禮部侍郎之後、九月參知政事之前。

宋劉邠中山詩話載：「鞠，皮爲之，實以毛，蹙蹋而戲。晚唐已不同矣。歸氏子弟嘲皮日休云：『八片尖皮砌作毬，火中燀了水中揉。一包閒氣如常在，惹踢招拳卒未休。』今柳三復能之，述曰：『背裝花屈膝，白打大廉斯。進前行兩步，蹺後立多時。』柳欲見晉公無由，會公蹴毬後園，偶迸出，柳挾取之，因懷所業，戴毬以見公。出書再拜者三，每拜，毬起復於背膂襆頭間，公乃笑而奇之，遂延於門下。然弟子拜師，常禮也，獨毬多賤人能之，每見勞於富貴子弟，莫不拜謝而去，此師拜弟子也。術不可不慎，此亦可喻大云。」可知耆卿長兄柳三復是丁謂門下，柳永作此詞投贈是有其渠道的。

其五

閬風歧路連銀闕〔一〕，曾許金桃容易竊〔二〕。烏龍未睡定驚猜〔三〕，鸚鵡多言防漏泄〔四〕。　　忽忽縱得鄰香雪〔五〕，窗隔殘煙簾映月。别來也擬不思量，争奈餘香猶未歇〔六〕。

【校記】

〔多言〕勞鈔本、全宋詞本、張校本「多」作「能」。全宋詞本注：「原作『多』，據毛校樂章集改。」

〔縱得〕鄭校「得」作「説」。

〔鄰香雪〕毛本、吴本「鄰」作「憐」。張校：「原作『憐』，今依宋本。」

【箋注】

〔一〕閬風：見前傾杯樂（禁漏花深）「層城閬苑」條注。　銀闕：道家謂天上有白玉京，爲仙人所居。南朝梁元帝揚州梁安寺碑：「白珪玄璧，餞瑶之上；銀闕金宮，出瀛州之下。」

〔二〕金桃容易竊：唐虞世南北堂書鈔卷一三引漢武帝故事云：「東郡送一短人，長五寸，衣冠具足，上疑其精，召東方朔至。朔呼短人曰：『巨靈，阿母還來否？』短人不對。因指謂上：『王母種桃三千年一結子，此兒不良，已三過偷之，失王母意，故被謫來此。』」南朝梁任昉述異記卷上：「日本國有金桃，其實重一斤。」杜甫山寺：「麝香眠石竹，鸚鵡啄金桃。」

〔三〕烏龍：犬名。舊題陶潛搜神後記卷九：「會稽句章民張然，滯役在都，經年不得歸，家有少婦，無子，唯與一奴守舍。婦遂與奴私通。然在都養一狗甚快，名曰『烏龍』，常以自隨。後假歸，婦與奴謀欲得殺然。然及婦作飯食，共坐下食，婦語然：『與君當大别離，君可强啖。』然未得噉，奴已張弓拔矢當户，須然食畢。然涕泣不食，乃以盤中肉及飯擲狗，祝曰：『養汝數年，吾當將死，汝能救我否？』狗得食不啖，唯注睛舐唇視奴。然亦覺之，奴催食轉急，然決計，拍膝大呼曰：『烏龍與手。』狗應聲傷奴，奴失刀杖倒地，狗咋其陰，然因取刀殺奴，以婦付縣，殺之。」此泛指家養之犬。唐李商隱題二首後重有戲贈任秀才：「遥知小閣還斜照，羨殺烏龍卧錦茵。」

〔四〕鸚鵡多言：五代王仁裕開元天寶遺事卷上：「長安城中有豪民楊崇義者，家富數世，服玩之屬，僭於王公。崇義妻劉氏有國色，與鄰舍兒李弇私通，情甚於夫，遂有意欲害崇義。忽一日醉歸，寢於室中，劉氏與李弇同謀而害之，埋於枯井中。其時僕妾輩并無所覺，唯有鸚鵡一隻在堂前架上。洎殺崇義之後，其妻却令童僕四散尋覓其夫，遂經府陳詞，言其夫不歸，竊慮爲人所害。府縣官吏，日夜捕賊，涉疑之人及童僕輩，經拷捶者百數人，莫究其弊。後來縣官等再詣崇義家撿校，其架上鸚鵡忽然聲屈。縣官遂取於臂上，因問其故，鸚鵡曰：『殺家主者劉氏、李弇也。』官吏等遂執縛劉氏及捕李弇下獄，備招情款。府尹具事案奏聞，明皇歎訝久之。其劉氏、李弇依刑處死，封鸚鵡爲綠衣使者，付後宮養餵。張説後爲綠衣使者傳，好事者傳之。」

〔五〕香雪：本指白花，喻女子所用之花粉，引申指女子身體。五代韋莊閨怨：「啼妝曉不乾，素面凝香雪。」

〔六〕餘香：李白寄遠十二首其十一：「美人在時花滿堂，美人去後餘空牀。牀中繡被卷不寢，至今三載聞餘香。」

金蕉葉

厭厭夜飲平陽第〔一〕。添銀燭、旋呼佳麗。巧笑難禁〔二〕，艷歌無間聲相繼。準擬幕天席地〔三〕。金蕉葉泛金波齊〔四〕。未更闌、已盡狂醉。就中有箇〔五〕，風流暗向燈光底。惱徧兩行珠翠〔六〕。

【校記】

〔添銀燭〕張校本作「銀燭」。

〔金蕉葉〕花草粹編調下注曰「夜宴」。

〔金波齊〕毛本、張校本、林刊百家詞本、花草粹編「齊」作「霽」。

〔就中〕毛本、吴本「就」作「袖」。張校：「原訛『袖』，依宋本改。」今按：下片「就中」二句，諸本皆作「就中有箇風流，暗向燈光底」，作六五句法。詞律已謂「兩段句法一般」，今據上片改爲四七句法。

【訂律】

金蕉葉，首見於樂章集。蓋以詞中「金蕉葉泛金波齊」而取名，詞亦賦調名本意。北宋晁端禮、僧仲殊有此調。南宋袁去華、蔣捷所作，詞譜以爲「從柳詞減字」，恐不確。

詞律卷四：「與前調（今按：指蔣捷同調「雲褰翠幙滿天星」闋）全異，『袖中』至『光底』十一字，與前段『巧笑』至『相繼』十一字，句豆平仄雖微有不同，實則兩段句法一般也。後起句有『金蕉葉』字，或因句立名，或取名入句，此類甚多。」

詞譜卷一四：「此調始自柳永，因詞有『金蕉葉泛金波霽』句，取以爲名。袁去華、蔣捷詞，皆從柳詞減字。樂章集注『大石調』。元高拭詞注『越調』。」「雙調六十二字，前後段各五句，四仄韻。柳詞此體，無別首可校。」

詞繫卷九：「本集屬大石調，高拭詞注越調，九宮大成入南詞越調引，又入北詞越角雙曲。」「李適之酒器有九品，其五曰金焦葉。後起有『金焦葉』句，取以立名。」「前後段同，『巧笑』以下與『就中』以下，句豆微異，實則一氣也。『齊』字，汲古、詞律作『霽』，『齊』去聲，見周禮。『就』字，汲古作『袖』，今從宋本。『旋』、『間』去聲。」

【箋注】

〔一〕厭厭夜飲：詩小雅湛露：「厭厭夜飲，不醉無歸。」毛注：「厭厭，安也。」　平陽第：平陽主家府第。漢書卷九七上外戚傳：「孝武衛皇后字子夫，生微也。其家號曰衛氏，出平陽侯邑。子夫爲平陽主謳者。武帝即位，數年無子。平陽主求良家女十餘人，飾置家。帝祓霸上，還過平陽主。主見所侍美人，帝不説。既飲，謳者進，帝獨説子夫。帝起更衣，子夫侍尚衣軒中，得幸。還坐驩甚，賜平陽主金千斤。主因奏子夫送入宮。」唐王昌齡春宮曲其一：「昨夜風開露井桃，未央前殿月輪高。平陽歌舞新承寵，簾外春寒賜錦袍。」

〔二〕巧笑：詩衛風碩人：「巧笑倩兮，美目盼兮。」

〔三〕幕天席地：以天爲幕，以地爲席，形容行爲放曠。晉劉伶酒德頌：「行無轍迹，居無室廬，幕天席地，縱意所如。」

〔四〕金蕉葉：酒杯名。唐馮贄雲仙雜記酒器九品：「李適之有酒器九品：蓬萊盞、海川螺、舞仙、瓠子卮、幔捲荷、金蕉葉、玉蟾兒、醉劉伶、東溟樣。」亦省作「金蕉」。宋張先天仙子：「固愛弄妝傅粉，金蕉并爲舞時空。」　金波：酒名。宋朱弁曲洧舊聞卷七：「（張次賢）嘗記天下酒名，今著於此：后妃家……河間府金波，又玉醞。」　齊：讀若「劑」。本指帶糟的濁酒。周禮天官酒正：「辨五味之名：一曰泛齊，二曰醴齊，三曰盎齊，四曰緹齊，五曰沈齊。」清孫詒讓正義：「五齊，有滓未泲之酒也……呂飛鵬云：『五齊指酒之濁者。』」引申指釀造。唐杜牧雪中書懷：「行當臘欲破，酒齊不可遲。」

〔五〕就中：其中。杜甫麗人行：「就中雲幕椒房親，賜名大國虢與秦。」

〔六〕珠翠：珍珠翡翠，借指盛裝女子。唐陸龜蒙雜伎：「六宮争近乘輿望，珠翠三千擁赭袍。」

【考證】

據「平陽第」語，此詞當詠貴家盛宴。

惜春郎

玉肌瓊艷新妝飾。好壯觀歌席。潘妃寶釧〔一〕，阿嬌金屋〔二〕，應也消得〔三〕。

屬和新詞多峻格〔四〕。敢共我勍敵〔五〕。恨少年、枉費疏狂，不早與伊相識。

【校記】

〔惜春郎〕毛本、吴本無此闋。繆校：「宋本有惜春郎、傳花枝二闋，原脱。」林刊百家詞本林大椿注：「原鈔本有目無詞，從彊邨叢書録補。」花草粹編調下注曰「美人」。

〔峻格〕繆校引宋本、張校本「峻」作「俊」，全宋詞本同，并注云：「案『俊』原作『峻』，據毛校樂章集改。」

【訂律】

惜春郎，首見於樂章集。宋詞中僅存柳永此闋。

詞律拾遺卷一：「前後第一、二句同。花草粹編『筵』作『歌』。」

詞譜卷七：「調見花草粹編柳永詞，因樂章集不載，故宮調無考。雙調四十九字，前段五句三仄韻，後段四句三仄韻。此調亦無別詞可校。」

詞繫卷九：「本集屬大石調，九宮大成入南詞羽調正曲。調見宋本及花草粹編，他無作者。汲古、詞律未載。」

【箋注】

〔一〕潘妃寶釧：潘妃爲南齊東昏侯妃。南史卷五廢帝東昏侯傳：「潘妃服御，極選珍寶，主衣庫舊物，不復周用，貴市人間金銀寶物，價皆數倍，虎珀釧一隻，直百七十萬。」

〔二〕阿嬌金屋：漢武帝故事：「帝以乙酉年七月七日生於猗蘭殿。年四歲，立爲膠東王。數歲，長公主嫖抱置膝上，問曰：『兒欲得婦不？』膠東王曰：『欲得婦。』長主指左右長御百餘人，皆云不用。末指其女問曰：『阿嬌好不？』於是乃笑對曰：『好！若得阿嬌作婦，當作金屋貯之也。』」

〔三〕消得：參見玉女摇仙佩（飛瓊伴侶）「未消得」條注。

〔四〕峻格：高超的格調。晉葛洪抱朴子外篇卷四二應嘲：「伯陽以道德爲首，莊周以逍遥冠篇，用能標峻格於九霄，宣芳烈於罔極也。」

〔五〕敢：張相詩詞曲語辭匯釋：「敢，猶可也。」　勍敵：有力的對手，謂才藝相當之人。唐司空圖戊午三月晦二首：「牛誇棋品無勍敵，謝占詩家作上流。」

【考證】

此詞詠歌席。蓋席間歌妓亦能詞，堪爲「勍敵」，故以「峻格」譽其和作，復惜「少年」時未能「早與伊相識」。則或柳永中年後作。

傳花枝

平生自負，風流才調。口兒裏、道知張陳趙〔一〕。唱新詞，改難令〔二〕，總知顛倒。解刷扮〔三〕，能咴嗽〔四〕，表裏都峭〔五〕。每遇著、飲席歌筵，人人盡道。可惜許老了〔六〕。

閻羅大伯曾教來〔七〕，道人生，但不須煩惱。遇良辰，當美景，追歡買笑。賸活取百十年〔八〕，只恁厮好。若限滿〔九〕、鬼使來追〔一〇〕，待倩箇、掩通著到〔一一〕。

【校記】

〔傳花枝〕毛本、吴本無此闋。林刊百家詞本林大椿注：「原鈔本有目無詞，從彊邨叢書録補。」高麗史卷七一樂志二録此詞調作「轉花枝」，調下注曰「令」。

〔自負〕勞校引陸鈔「負」作「附」。

〔口兒裏〕林刊百家詞本「口」誤缺作「□」。

〔道知張陳趙〕勞鈔本、張校本、詞繫、繆校引宋本「陳」作「鄭」。高麗史此句作「道得些知張鄭趙」。

〔哄嗽〕花草粹編、張校本、繆校引宋本、高麗史「哄」作「倛」。

〔都峭〕繆校引宋本「都」作「多」。高麗史「峭」作「俏」。

〔歌筵〕詞繫、張校本「筵」作「巡」。

〔可惜許老了〕張校本作「可惜老了」。

〔閻羅〕高麗史「羅」作「家」。

〔教來〕今按：疑當作「來教」，「教」亦叶韻。

〔但不須煩惱〕高麗史「但」後多「寬懷」二字。

〔當美景〕勞校引陸鈔「景」作「境」。張校本無「當」字。

〔賸活取〕勞鈔本、張校本、繆校引宋本「賸」作「剩」。

〔十年〕高麗史「十」作「千」。

〔待倩箇〕高麗史「待」前多一「臨」字。

〔掩通〕朱校引焦本「掩」作「淹」。

【訂律】

傳花枝，首見於樂章集。傳花應指宴席酒令游戲，調名或取義於此。柳永此詞曾傳至高麗。詞繫卷九：「本集屬大石調。」「此調各譜皆不載，僅見此詞，今從宋本補。」「通體俳語，雖甚鄙俚，足備一格。」「趙長卿臨江仙詞有『滿傾蕉葉，齊唱轉花枝』句，是轉花枝詞，宋時著名，惜未見他作。『傳』字當讀作上聲。」

【箋注】

〔一〕道知張陳趙：或指「拆白道字」，宋元時一種文字游戲，用拆字法將一字拆開，使成一句話。如宋黄庭堅兩同心：「你共人女邊著子，争知我門裏挑心。」「女邊著子」爲「好」，「門裏挑心」爲「悶」。

〔二〕難令：或指拗口難唱的曲調。

〔三〕刷扮：裝扮，打扮。

〔四〕哄嗽：哄同噴，吐出。嗽，吮入。或指唱歌時的運氣工夫。

〔五〕峭：俊俏。「刷扮」爲表，「哄嗽」爲裏，故謂「表裏皆峭」。

〔六〕許：張相詩詞曲語辭匯釋：「許，猶云這樣或如此也。杜甫野人送殷桃詩：『數回細寫愁仍破，萬顆勻圓訝許同。』」柳永滿江紅：「可惜許枕前多少意，到如今兩總無終始。」意亦相同。

〔七〕閻羅大伯：閻羅，梵語的略譯，佛教稱主管地獄之神。唐釋道世法苑珠林卷一二：「閻羅王者，昔爲毗沙國王。經與維陀如生王共戰，兵力不敵，因立誓願爲地獄主。」

〔八〕賸：盡，盡情。柳永應天長：「塵勞無暫歇。遇良會、賸偷歡悦。」

〔九〕限滿：大限已滿，謂人的壽命已到期限。

〔一〇〕鬼使：冥司的衙役、雜差。唐段成式酉陽雜俎廣知：「玉女以黄玉爲誌，大如黍，在鼻上，無此誌者，鬼使也。」

〔一一〕掩通著到：未詳。

【輯評】

吴熊和師手批樂章集：「自嘲。與關漢卿不伏老套曲同一類型。可集此種自嘲、自負、自解、調侃，并見才人本色之作爲一集。亦多用口語，但不免費解。『刷扮』、『呿嗽』、『掩通』，皆不明所指。『人人盡道』，或人人贊賞之意。」

樂章集卷中

雙調

雨霖鈴

寒蟬淒切〔一〕。對長亭晚〔二〕，驟雨初歇。都門帳飲無緒〔三〕，留戀處、蘭舟催發〔四〕。執手相看淚眼，竟無語凝噎。念去去〔五〕、千里煙波，暮靄沈沈楚天闊。多情自古傷離別。更那堪、冷落清秋節。今宵酒醒何處，楊柳岸〔六〕、曉風殘月。此去經年，應是良辰、好景虛設。便縱有、千種風情，更與何人説。

【校記】

〔雨霖鈴〕吴本作「雨零鈴」，高麗史卷七一樂志二録此詞作「雨淋鈴」，調下注曰「慢」。毛本、吴本、唐宋諸賢絶妙詞選、花草粹編調下注曰「秋別」，陳録調下注曰「秋蟬」。

〔對長亭〕高麗史「對」作「向」。

〔帳飲〕吴本「帳」作「暢」，林刊百家詞本「帳」作「悵」。

〔留戀〕毛本、吴本、張校本、林刊百家詞本、朱校引焦本、高麗史「留」上有「方」字。張校「方」下注：「宋本無。」鄭校：「宋本無『方』字，真一字千金譜也。『留戀處』句，正與下闋『楊柳岸』同律，增一『方』字便差，此未見宋本之誤。」「諸刻并有『方』字。」「和柳詞者亦未之精審音拍耳。」

〔蘭舟催發〕高麗史「蘭舟」後多一「初」字。

〔凝噎〕林刊百家詞本、曹校引顧本「噎」作「咽」。

〔清秋節〕林刊百家詞本此句以下脱。林大椿從彊邨叢書録補。

〔今宵〕高麗史「宵」作「霄」。

〔縱有〕毛本、吴本「縱」作「總」。張校：「原作『總』，依宋本改。稡編草堂同。」

〔風情〕曹校引黄本「情」作「流」。

〔更與〕曹校引黄本、陳録「更」作「待」。

【訂律】

雨霖鈴，曲名見教坊記。取以入詞，首見於樂章集。柳永此詞曾傳入高麗，元燕南芝庵唱論大樂十曲中亦有此調，可見傳播甚廣。

宋王灼碧雞漫志卷五：「雨淋鈴，明皇雜録及楊妃外傳云：『帝幸蜀，初入斜谷，霖雨彌旬，棧道中聞鈴聲，帝方悼念貴妃，採其聲爲雨淋鈴曲以寄恨。時梨園弟子唯張野狐一人善篳篥，因吹之，遂傳於世。』予考史及諸家説，明皇自陳倉入散關，出河池，初不由斜谷路。今劍州梓桐縣地名上亭，有古今詩刻，記明皇聞鈴之地，庶幾是也。羅隱詩云：『細雨霏微宿上亭，雨中因感雨淋鈴。貴爲天子猶魂斷，窮著荷衣好涕零。劍水多端何處去，巴猿無賴不堪聽。少年辛苦今飄蕩，空媿先生教聚螢。』世傳明皇宿上亭，雨中聞牛鐸聲，悵然而起，問黄幡綽鈴作何語。曰：『謂陛下特郎當！』特郎當，俗稱不整治也。明皇一笑，遂作此曲。楊妃外傳又載上皇還京後，復幸華清，從官嬪御多非舊人，於望京樓下，命張野狐奏雨淋鈴曲，上四顧悽然，自是聖懷耿耿，但吟：『刻木牽絲作老翁，雞皮鶴髮與真同。須臾弄罷寂無事，還似人生一世中。』杜牧之詩云：『零葉翻紅萬樹霜，玉蓮開蘂煖泉香。行雲不下朝元閣，一曲淋鈴淚數行。』張祜詩云：『雨淋鈴夜却歸秦，猶是張徽一曲新。長説上皇和淚教，月明南内更無人。』張徽，即張野狐也。或謂祜詩言上皇出蜀時曲，與明皇雜録、楊妃外傳不同。祜意明皇入蜀時作此曲，至雨淋鈴夜却又歸秦，猶是張野狐向來新曲，非異説也。元微之琵琶歌云：『淚垂捍撥朱絃濕，冰泉嗚咽流鶯澀。因兹彈作雨淋鈴，風雨蕭條鬼神泣。』今雙調雨淋鈴慢，頗極哀怨，真本曲遺聲。」

詞律卷一八：「此（黄裳同調「天南遊客」）係詞綜所載，與屯田『曉風殘月』詞相符，只『君』字，柳用『雨』字，或可不拘，不如依柳爲是。而『飛帆』句，柳云『多情自古傷離別』如七言詩句，此則上三下四不同，自應從柳詞。所以取此者，欲廣見聞也。『甚而今』八字，柳云：『對長亭晚，驟雨初歟。』是『晚』字斷句，此應於『今』字作豆。蓋此八字總一氣，亦於『却』字借豆耳。『秣馬』以下十一字，柳云『執手相看淚眼，竟無語凝咽』。譜分上作六字句，下作五字句，大差。而『語凝』二字注『可用平仄』。『送兩城』句，柳云『暮靄沈沈楚天闊』，注『可用平平仄仄平平仄』，『鱸』字注『可仄』，『須記』下八字，柳云『應是良辰、好景虚設』，注謂『良辰好景，可用仄仄平平』，更差。」

詞譜卷三一：「一名『雨霖鈴慢』，唐教坊曲名。明皇雜録：『帝幸蜀，初入斜谷，霖雨彌日。棧道中聞鈴聲，採其聲爲雨霖鈴曲。』宋詞蓋借舊曲名，另倚新聲也。調見柳永樂章集，屬雙調。」「雙調一百三字，前段十句五仄韻，後段九句五仄韻。」「此調以此詞爲正體，王安石『孜孜矻矻』詞，正與此同。若王詞、黄詞之句讀小異，乃變格也。按，王安石詞，前段第四句『浮名浮利何濟』，下『浮』字平聲，譜内據此。其餘可平可仄，悉參王、黄二詞。」

詞繫卷九：「唐教坊大曲名。唐樂府商調曲，本集屬雙調。」「『零』字，樂府雅詞作『淋』，或作『霖』。」「太真外傳云：『明皇幸蜀，南入斜谷口。屬霖雨涉旬，於棧道雨中聞鈴聲，隔山相應。上既悼念貴妃，因採其聲爲製雨霖鈴曲，以寄恨焉。』明皇雜録云：『時梨園善觱篥工張徽從至蜀，以其曲授之，後入法部。』樂府雜録云：『樂人張野狐製。』」「『執手』下二句，詞律於『看』字句，當從圖譜。王庭珪一首同，此詞膾炙人口久矣。詞律不取，反録黄裳作，不知其另一體也。『長亭』二字相連，『竟無語』句是一領四字句，『應是』下是八字句，王、黄兩作同，勿忽。『留戀』上，汲古多『方』字，據王作當有一字，『從』字作『總』，據宋本改。『雨』、『飲』、『淚』、『去』、『那』、『景』可平。

『無』、『多』、『楊』可仄。」

鄭批：「考唐樂府雜録別樂五音廿八調圖，入聲商七調，第四運雙調。故填是曲宜用入聲均，但柳詞於雙調宮譜中亦用上聲，起調以商角同用之例，角爲上聲也。此義鮮有知之者。」

鄭文焯致朱祖謀書：「去春曾假尊藏樂府雅詞，得審雨霖鈴曲有上聲起調之例，忘其爲誰作，即乞更借一觀。記得當時亦識此曲爲雙調譜，本有商角同用之律，角爲上聲。曩考原五音二十八調圖，入聲商七調第四，已詳斯旨。但世之詞家罕有津逮耳。拙集冷紅詞有雨霖鈴一解，頗爲子苾、伯弢諸同調賞擊。徒以所製非側韻，疑失舊律。伯弢所著之裒碧齋詞話，似深惜之。乃宋人有先我爲之者。且與今所校之宋本樂章集差異，如『方留戀處』之多『方』字，轉與汲古本合，是知宋人所填宮譜已如是，此校律之難也。」（詞學第七輯黃墨谷録詞林翰藻殘璧遺珠）

陳匪石宋詞舉：「詞律載黃裳詞，第二句讀法作三、五，杜文瀾駁之，是也。此調以遵柳爲正，且宋人作者不多。調名起原，當係唐玄宗劍閣聞鈴事。」

【箋注】

〔一〕寒蟬：蟬的一種，又稱寒螿、寒蜩。禮記月令：「孟秋之月……涼風至，白露降，寒蟬鳴。」鄭玄注：「寒蟬，寒蜩，謂蜺也。」文選曹植贈白馬王彪：「秋風發微涼，寒蟬鳴我側。」李善注：「蔡邕月令章句曰：『寒蟬應陰而鳴，鳴則天涼，故謂之寒蟬也。』」

〔二〕長亭：古代於道路每隔十里設長亭，供行旅停息，近城者常爲送別之處。班固漢書卷一：

「（高祖）及壯，試吏，爲泗上亭長。」顔師古注：「秦法十里一亭，亭長者，主亭之吏也。亭謂停留，行旅宿食之館。」北周庾信哀江南賦：「十里五里，長亭短亭。」倪璠注：「白孔六帖云：『十里一長亭，五里一短亭。』」

〔三〕都門：京城之門。此指汴京東南之東水門。宋孟元老東京夢華録卷一：「東城一邊，其門有四。東南曰東水門，乃汴河下流水門也。其門跨河，有鐵裹窗門，遇夜如閘垂下水面。兩岸各有門，通人行路。」　帳飲：在郊野張設帷帳，宴飲送别。晉書卷三三石崇傳：「出爲征虜將軍……崇有别館在河陽之金谷，一名梓澤；送者傾都，帳飲於此焉。」南朝江淹别賦：「帳飲東都，送客金谷。」唐楊炯送徐録事詩序：「臨御溝而帳飲，就離亭而出宿。」

〔四〕蘭舟：見前早梅芳（海霞紅）同條注。

〔五〕凝噎：張相詩詞曲語辭匯釋：「凝，爲一往情深專注不已之義，猶今所云『發癡』『發怔』『失魂』也。……有曰凝噎者。柳永雨霖鈴詞：『執手相看淚眼，竟無語凝噎。』凝噎，哽咽不已也。」亦作「凝咽」，柳永應天長：「休效牛山，空對江天凝咽。」　去去：謂遠去。文選蘇武古詩其三：「參辰皆已没，去去從此辭。」唐孟郊感懷：「去去勿復道，苦饑形貌傷。」

〔六〕楊柳岸：隋書卷二四食貨志：「煬帝即位……開渠引穀、洛水，自苑西入，而東注於洛。又自板渚引河，達於淮海，謂之御河。河畔築御道，樹以柳。」唐劉禹錫楊柳枝：「煬帝行宫汴水濱，數株楊柳不勝春。」唐白居易隋堤柳：「大業年中煬天子，種柳成行夾流水。西自黄河東至淮，緑陰一千三百里。」唐杜牧隋堤柳：「夾岸楊柳三百里，只應圖畫最相宜。」

【輯評】

宋俞文豹吹劍録續録：「東坡在玉堂，有幕士善謳，因問：『我詞比柳詞何如？』對曰：『柳郎中詞，只好十七八女孩兒，執紅牙拍板，唱「楊柳外、曉風殘月」。學士詞，須關西大漢執鐵板，唱「大江東去」。』公爲之絶倒。」

宋陳善捫虱新話上集卷四：「東坡醉白堂記，荆公謂是韓白優劣論；而荆公虔州州學記，東坡亦謂之學校策；范文正岳陽樓記，或者又曰：此傳奇體也。文人相譏，蓋自古而然。退之畫記，或謂與甲乙帳無異；樂天長恨歌曰：『上窮碧落下黄泉，兩處茫茫尋不見。』當是目蓮救母辭爾。近柳屯田云『楊柳岸、曉風殘月』，最是得意句，而議者鄙之曰：『此梢子野溷時節也。』尤爲可笑。」

宋普濟五燈會元卷一六法明上座：「邢州開元法明上座，依報本未久，深得法忍。後歸里，事落魄，多嗜酒呼盧。每大醉唱柳詞數闋，日以爲常。鄉民侮之，召齋則拒，召飲則從。如是者十餘年。咸指曰『醉和尚』。一日謂寺衆曰：『吾明旦當行，汝等無他往。』衆竊笑之。翌晨，攝衣就座，大呼曰：『吾去矣，聽吾一偈。』衆聞奔視，師乃曰：『平生醉裏顛蹶，醉裏却有分别。今宵酒醒何處，楊柳岸、曉風殘月。』言訖寂然，撼之已委蜕矣。」

元陶宗儀南村輟耕録卷二七：「近世所謂大曲。蘇小小蝶戀花、鄧千江望海潮、蘇東坡念奴嬌、辛稼軒摸魚子、晏叔原鷓鴣天、柳耆卿雨霖鈴、吴彦高春草碧、朱淑真生查子、蔡伯堅石州慢、張子野天仙子。」

明王世貞藝苑卮言：「『今宵酒醒何處，楊柳岸、曉風殘月』，與秦少游『酒醒處，殘陽亂鴉』，同一景事，而柳尤勝。」

明楊慎批點草堂詩餘卷五：「此詞只是『酒醒何處』二句，千古膾炙人口，柳詞遂爲第一。與少游詞『酒醒處殘陽亂鴉』，同一景事，而柳猶勝。」

明俞彦爰園詞話：「不知萬頃波濤，來自萬里，吞天浴日，古豪傑英爽都在，使屯田此際操觚，果可以『楊柳岸、曉風殘月』命句否。且柳詞亦只此佳句，餘皆未稱。而亦有本，祖魏承班漁歌子『窗外曉鶯殘月』，第改二字增一字耳。」

清王又華古今詞論引毛稚黄詞論：「柴虎臣云：『指取温柔，詞歸藴藉。暱而閨帷，勿浸而巷曲。浸而巷曲，勿墮而邨鄙。』又云：『語境則咸陽古道、汴水長流，語事則赤壁周郎、江州司馬，語景則岸草平沙、曉風殘月，語情則紅雨飛愁、黄花比瘦。』可謂雅暢。」

清沈謙填詞雜説：「詞不在大小淺深，貴於移情。『曉風殘月』、『大江東去』，體制雖殊，讀之皆若身歷其境，惝恍迷離，不能自主，文之至也。」

清王士禛花草蒙拾：「柳七葬真州西仙人掌，僕嘗有詩云：『殘月曉風仙掌路，何人爲吊柳屯田。』」

清賀裳皺水軒詞筌：「柳屯田『今宵酒醒何處，楊柳岸、曉風殘月』，自是古今俊句。或譏爲艄公登溷詩，此輕薄兒語，不足聽也。」

清鄒祇謨遠志齋詞衷：「宋人填詞絶唱，如『流水孤村』、『曉風殘月』等篇，皆與調名了不關涉。」

清沈雄古今詞話詞話上卷：「江尚質曰：東坡酹江月，爲千古絶唱。耆卿雨霖鈴，唯是『今宵酒醒何處，楊柳岸、曉風殘月』，東坡喜而嘲之。沈天羽曰：『求其來處，魏承班「簾外曉鶯殘月」，秦少游「酒醒處，殘陽亂鴉」，豈盡是登溷語。』余則爲耆卿反脣曰：『大江東去，浪淘盡千古風流人物』，死屍狼藉，臭穢何堪，不更甚於袁綯之一哂乎？」

清鄭方坤全閩詩話卷二引詞統：「沈天羽云：『今宵酒醒何處』二句，耆卿爲詞宗，實甫爲曲祖。求其似之，秦少游『酒醒處，殘陽亂鴉』，魏承班『簾外曉鶯殘月』。」

清田同之西圃詞説：「今人論詞，動稱辛、柳……耆卿詞以『關河冷落，殘照當樓』與『楊柳岸、曉風殘月』爲佳，非是則淫以褻矣。此不可不辨。」

清馮金伯詞苑萃編卷二一：「蘇東坡『大江東去』，有銅將軍鐵綽板之譏。柳七『曉風殘月』，謂可令十七八女郎按紅牙檀板歌之。此袁綯語也。後人遂奉爲美談。然僕謂東坡詞自有横槊氣概，固是英雄本色。柳纖艷處，亦麗以淫耳。況『楊柳外』句，又本魏承班漁歌子『窗外曉鶯殘月』，祇改二字增一字，焉得獨擅千古。」

清吴衡照蓮子居詞話卷一：「詞有襲前人語而得名者，雖大家不免。如方回『梅子黄時雨』，耆卿『楊柳岸、曉風殘月』，少游『寒鴉數點，流水遶孤村』，幼安『是他春帶愁來，春歸何處，却不解帶將愁去』等句。唯善於調度，正不以有藍本爲嫌。」

清黄蘇蓼園詞選：「送别詞，清和朗暢，語不求奇，而意致綿密，自爾穩愜。」

清劉熙載藝概卷四詞曲概：「詞有點有染，柳耆卿雨淋鈴云：『多情自古傷離别。更那堪、冷落清秋節。今宵酒醒何處，楊柳岸、曉風殘月。』上二句點出『離别』、『冷落』，『今宵』二句乃就上二句意染之。點染之間，不得有他語相隔。隔則警句亦成死灰矣。」

清江順詒詞學集成卷七：「詞概云：……詒案：點與染分開説，而引詞以證之，閲者無不點首。得畫家三昧，亦得詞家三昧。」

清周濟宋四家詞選：「（雨霖鈴眉批）清真詞多從耆卿奪胎，思力沈摯處往往出藍。然耆卿秀淡幽艷，實不可及。後人摭其樂章，訾爲俗筆，真瞽説也。」

清張德瀛詞徵卷三：「詞之用字，凡同在一紐一弄者，忌相連用之，宋人於此最爲矜慎。如柳耆卿雨淋鈴詞：『今（見母牙音，角屬純清）宵（心母齒頭音，商屬次清）酒（照母正齒音，商屬次清）醒（心母齒頭音，商屬次清）何（匣母喉音，羽屬半濁）處（清母齒頭音，商屬次清）楊（喻母喉音，羽屬平。宋人所分四等聲，其不清不濁者統謂之平，無所謂全濁聲者。若四聲等子所列，則以疑、泥、孃、明、微、喻、來、日八母爲不清不濁，即宋人所謂平也。其邪、禪二母，不清不濁亦平也。

其以群、定、澄、并、奉、從、牀、匣八母爲全濁者，婺源江氏亦從其説，乃宋人所謂半濁也）柳（來母半舌音，徵屬半濁）岸（疑母牙音，角屬平）曉（匣母喉音，羽屬純清）風（非母輕脣音，宫屬純清）殘（從母齒頭音，商屬半濁）月（疑母牙音，角屬平）。』其用字之法，洵可爲軌範矣。」

清陳廷焯詞則大雅集卷二：「（『今宵』二句）預思別後情況，工於言情。」

清陳廷焯雲韶集：「起數語疎落，作家風格。」「（『執手相看淚眼』數句）傳神入骨。」「『今宵酒醒何處，楊柳岸曉風殘月』二語，想到別後情景，迷離綽約，一片神光。宜東坡自歎其『大江東去』一闋不如也。」

蔡嵩雲柯亭詞論：「雨霖鈴調，在樂章集中，尚非絶詣。特以『楊柳岸、曉風殘月』句得名耳。」

梁啓超飲冰室評詞：「（周邦彦夜飛鵲）『兔葵燕麥』二句，與柳屯田之『曉風殘月』，可稱送別詞中雙絶，皆鎔情入景也。」

梁啓勳曼殊室詞話卷三：「柳耆卿『寒蟬淒切』之雨霖鈴，其上半闋結韻曰『暮靄沉沉楚天闊』；又『凍雲黯淡』之夜半樂，其下半闋結韻曰『斷鴻聲遠長天暮』。一以天爲闊，一以天爲長。實則凡屬茫無際涯者只能謂之闊，不得謂之長。『斷鴻』句之『長』字乃從上文之『遠』字得來，如雁過長空，亦是此類。若云雁過闊空，則不妥矣。蓋雁程含有遠字之意，故曰長。一物之形容詞，每有因他物而變其容貌者，此類是也。」

陳匪石宋詞舉：「草堂題曰『秋別』，樂章集無之。味詞意，當是話別之作。『寒蟬』句點明秋令。『長亭』是啓行之地。『驟雨』未歇，舟不能發，『初歇』則爲下文『催發』張本也。此三句雖未言行事，已微含別意。『都門帳飲』，借用二疏事，點出別筵，即詞所由作。『無緒』近影『凝咽』，遠影『傷離別』。『留戀』是不忍別，『催發』是不得不別，半句一轉。清真之『掩重關、遍城鐘鼓』，實青出於藍。『執手』兩句，『留戀』情狀。『相看』、『無語』，形容極妙。『念去去』二句，於無語之時想到別後之望而不見。『煙波』之上，又有『暮靄』，『沉沉』字、『闊』字，皆『凝咽』之心理。話別正面，至此說盡矣。過變推開，先作泛論，見離別之情不自我始。『更那堪』，用時令合拍，上應首句，於此處則爲進一層。『今宵』以下，亦推想將來。其與前結不同者，『千里煙波』，不過四顧蒼茫之象，此則由『帳飲』想入。『楊柳岸』七字，千古名句，從魏承班之『簾外曉鶯殘月』化出；而少游之『酒醒後，殘陽亂鴉』，則又由柳詞出。細細咀嚼，當知其味。蓋不獨與寫景工緻，而一宵之易過，乍醒之情懷，說來極渾脫且極深厚也。『此去經年』四句，盡情傾吐，老筆紛披，北宋人拙樸本色，不得以率筆目之。至由『今宵』以推到『經年』，亦見層次。」

俞陛雲唐五代兩宋詞選釋：「首三句虛寫送別時之秋景，後乃言留君不住，別淚沾巾，目送蘭舟向楚水湘雲而去，舉別時情事，次第寫之。後半起句用提空之筆，言南浦、陽關，爲自古傷心之事，況涼秋遠役，遥想酒醒夢回，扁舟摇漾，當在垂楊岸側、曉風殘月之中。客情之淒涼，風景之清幽，懷人之綿邈，皆在『楊柳岸』七字之中，宜二八女郎紅牙按拍，都唱屯田也。此七字已探得驪珠。後四句乃敘別後之情，以完篇幅。後闋以『自古傷離』、『更與何人說』二語作起結，提得起，勒得住，能手無弱筆也。」

唐圭璋夢桐詞話卷一：「透過句，多用『縱』字，意謂縱然如此，亦無可奈何，何況不如此也。此較層深句更加曲折。如秦觀阮郎歸『夢魂縱有也成虛。那堪和夢無』，柳永雨霖鈴『便縱有、千種風情，待與何人説』，所寫皆沉痛無匹。」

唐圭璋唐宋詞簡釋：「此首寫别情，盡情展衍，備足無餘，渾厚綿密，兼而有之。宋于庭謂柳詞多『精金粹玉』，殆謂此類。起三句，點明時地景物，蓋寫未别之情景，已淒然欲絶。長亭已晚，雨歇欲去，此際不聽蟬鳴，已覺心碎，況蟬鳴淒切乎。『都門』兩句，寫餞别時之心情極委婉，欲飲無緒，欲留不能。『執手』兩句，寫臨别之情事，更是傳神之筆。『念去去』兩句，推想别後所歷之境。以上文字，皆鬱結蟠屈，至此乃凌空飛舞。馮夢華所謂『曲處能直，密處能疏』也。換頭，重筆另開，歎從來離别之可哀。『更那堪』句，推進一層。言己之當秋而悲，更甚於常情。『今宵』兩句，逆入，推想酒醒後所歷之境。惝怳迷離，『此去』兩句，更推想别後經年之寥落。『便縱有』兩句，仍從此深入，歎相期之願難諧，縱有風情，亦無人可説，餘恨無窮，餘味不盡。」

劉永濟唐五代兩宋詞簡析：「此乃别京都戀人之詞，當是出爲屯田員外郎時所作。上半闋敘臨别時之情景，下半闋乃設想别後相思之苦。從今宵以至經年均一時想到。『今宵』二句，傳誦一時，蓋所寫之景與别情相切合。今宵别酒醒時，恰是明早舟行已遠之處，而『楊柳岸、曉風殘月』又恰是最淒涼之景，讀之自然使人感到一種難堪之情，故一時傳誦以爲名句。」

邵祖平詞心箋評：「文賦：『立片言以居要，乃一篇之警策。』此詞鋪敘展衍，娓娓道來，至下闋換頭處，以『多情自古傷離別』蓄勢，『更那堪冷落清秋節』襯之，故『今宵酒醒何處，楊柳岸、曉風殘月』二語，摇曳而出，幽秀逸艷，慢詞中之絶佳者也。慢詞不同小令，小令中寫景語，如『紅杏枝頭春意鬧』、『緑楊樓外出秋千』，皆以本句完成其意旨，若此詞設無『今宵酒醒何處』二句，即『楊柳岸、曉風殘月』亦不能生動矣。」

舍我天問廬詞話：「皋文選詞之旨，不外『莊雅醇麗』四字。其遺耆卿者，以耆卿之詞過於輕佻耳。然予以爲柳詞雖多淫冶之處，而雨霖鈴及八聲甘州二闋，旖旎纏綿，要自不可没也。」

吴世昌詞林新話卷三：「耆卿雨霖鈴中『對長亭晚』之『晚』，名詞也，指漸漸晚下去這一天時現象。下句『歇』字亦作名詞用。上句『對』字所對者乃『晚』、『歇』二事。又『帳飲』，亦稱『露飲』，見清真瑞龍吟：『知誰伴、名園露飲，東城閑步。』户外飲宴，圍以布帳，以防塵土，且女眷不欲爲路人見也。晉時用『步障』，亦爲無頂之帳。石崇有紫絲步障數里。又『暮靄沉沉楚天闊』，有注以爲江南一帶，皆故楚地。按：安徽已是『吴頭楚尾』，江南非『皆故楚地』。柳詞明言『都門』，在汴京，尤與江南無涉。」

吴熊和師柳詞三題：「雨霖鈴一詞的寫作年代固然難以考定，但無疑是柳永離開汴京，南下江浙時寫的。……北宋時，自汴京到江南，主要是走的水路。汴京本倚汴水建成。汴水又稱汴河、汴渠，北納黄河，南注淮水。從汴京上船，經汴水入淮，再經運河，渡江到江南。雨霖鈴詞中寫的行程，就是走的這條航綫，是汴京通向東南的水運幹道。……秦觀御街行『岸柳微風吹殘酒。斷腸時，至今依舊』（一作黄庭堅詞）；僧仲殊柳梢青『行人一棹天涯。酒醒時，殘陽亂鴉』，并脱胎於柳詞『今宵』二句，未免學步。……宋時汴上送別，猶唐時灞上送別。張耒柯山集卷一三汴上觀迎送有感：『居人憐客千里來，掃堂爲客致酒杯。夜闌再拜客辭去，尊前美人不成舞。陽關八疊倒玉船，銷魂此地自年年。船頭旂竿船尾柂，南游江淮北長安。長亭出城十餘里，柳邊人家飯游子。少年此地幾經過，白頭相逢可奈何。』與柳永雨霖鈴中離開汴京、從水路乘舟南下的送行場景，可以參證。」

【附録】

解佩令　愛看柳詞，遂成。　金　王喆

平生顛傻，心猿輕忽。樂章集、看無休歇。逸性攄靈，返認過、修行超越。仙格調，自然開發。　四旬七上，慧光崇兀。詞中味、與道相謁。一句分明，便悟徹、耆卿言曲。楊柳岸、曉風殘月。

定風波

竚立長隄，淡蕩晚風起〔一〕。驟雨歇、極目蕭疏，塞柳萬株，掩映箭波千里〔二〕。走舟車向此，人人奔名競利。念蕩子〔三〕、終日驅驅〔四〕，争覺鄉關轉迢遞〔五〕。

何意。繡閣輕拋，錦字難逢〔六〕，等閒度歲〔七〕。奈泛泛旅迹，厭厭病緒，邇來諳盡，宦遊滋味。此情懷、縱寫香牋，憑誰與寄。算孟光〔八〕、爭得知我，繼日添憔悴〔九〕。

【校記】

〔定風波〕林刊百家詞本林大椿注：「定風波、尉遲杯二闋，原鈔本有目無詞，從彊邨叢書録補。」花草粹編調下注曰「旅情」。

〔長隄〕詞律拾遺引閩詞鈔「隄」作「亭」。

〔蕭疏〕詞繫「疏」作「條」。

〔塞柳〕毛本、吴本無「塞」字，朱校、曹校引梅本「塞」作「露」。張校「塞」下注：「原脱，依宋本補，粹編同。」

〔驅驅〕朱校引原本、勞鈔本、張校本作「區區」，毛本、吴本、詞繫作「驅馳」。張校：「原作『驅馳』，今依宋本，粹編同。」

〔何意〕毛本、吴本於此句後分片。鄭校：「『何意』字，疑爲過片。」張校：「原以二字屬上段，依宋本改，粹編同。」

〔邇來〕毛本、吴本、張校本、詞繫、朱校引焦本「邇」作「近」。張校：「宋本『邇』。」

〔縱寫〕毛本、曹校引梅本「縱」作「總」。張校：「原誤『總』，依宋本改。」

【訂律】

定風波，曲名見教坊記。與唐宋流行之令詞定風波不同。龍榆生唐宋詞格律謂此調係柳永由唐教坊曲定風波翻演之新聲。首見於樂章集。宋詞中僅存柳永此闋。柳永另有林鐘商定風波，爲同名異調。

詞律卷九：「『何意』二字，向刻前尾，今改正爲後起句。玩『走舟車』至『競利』，似對後『此情懷』至『與寄』，該於『車』字豆，『人』字句。然亦一氣貫下也。」

詞譜卷二八：「定風波慢，此調有兩體。一百字者，柳永詞注『林鐘商』，張翥詞注『商角調』，有梅苑詞可校；一百五字者，柳永詞注『夾鐘商』，無宋詞可校。雙調一百五字，前段九句四仄韻，後段十一句六仄韻。此詞前後段不押短韻，與『自春來』詞宮調不同，其句讀亦別，因調名同，故爲類列。」

詞繫卷九：「本集屬雙調，唐書樂志：雙調爲夾鐘之商聲。」「此與定風波小令迥異，當分列。」「『塞』字，據宋本補，『何意』二字，汲古屬上段，誤。『爭覺』二字葉譜作『怎覺』，『爭得』二字作『安得』。『厭』平聲。」

鄭校：「依宋本校。」

【箋注】

〔一〕淡蕩：水迂迴緩流貌。引申爲和舒。唐陳子昂與東方左史虬修竹篇：「春風正淡蕩，白露已清泠。」

〔二〕箭波：流動迅速有如飛箭的水波。太平御覽卷四〇引慎子曰：「河之下龍門，其流駛如竹箭駟馬，追走弗能及。」唐盧照鄰江中望月：「鏡圓珠溜澈，弦滿箭波長。」

〔三〕蕩子：指辭家遠出、羈旅不返的男子。文選古詩青青河畔草：「蕩子行不歸，空牀難獨守。」

〔四〕驅驅：奔走辛勞。敦煌變文集妙法蓮華經講經文：「如此富貴多般，早是累生修種，何得於此終日驅驅，求甚事意？」

〔五〕争覺：怎覺。張相詩詞曲語辭匯釋：「争，猶怎也。自來謂宋人用怎字，唐人只用争字。唐玄宗題梅妃畫真詩：『霜綃雖似當時態，争奈嬌波不顧人！』」迢遞：遥遠貌。魏嵇康琴賦：「指蒼梧之迢遞，臨回江之威夷。」

〔六〕錦字：見前曲玉管（隴首雲飛）同條注。

〔七〕等閒度歲：唐白居易琵琶行：「今年歡笑復明年，秋月春風等閒度。」

〔八〕孟光：東漢劉向古列女傳卷八：「梁鴻妻者，右扶風梁伯淳之妻，同郡孟氏之女。其姿貌甚醜，而德行甚修。鄉里多求者，而女輒不肯。行年三十，父母問其所欲，對曰：『欲節操如梁鴻者。』時鴻未娶，扶風世家多願妻者，亦不許。聞孟氏女賢，遂求納之……字之曰德曜，名孟光。……妻每進食，舉案齊眉，不敢正視。以禮修身，所在敬而慕之。」

〔九〕繼日：連日。柳永古傾杯：「追思往昔年少。繼日恁把酒聽歌，量金買笑。」

【考證】

據結拍「算孟光、争得知我，繼日添憔悴」，當爲宦游途中思鄉憶内之詞。柳永羈旅詞中之相思，多爲憶妓之作，此首則懷内。蓋「孟光」除指妻子外，不可移用他人。樂章集中亦僅見此一例。

尉遲杯

寵佳麗。算九衢紅粉皆難比〔一〕。天然嫩臉修蛾，不假施朱描翠〔二〕。盈盈秋水〔三〕。恣雅態、欲語先嬌媚。每相逢、月夕花朝，自有憐才深意。綢繆鳳枕鴛被〔四〕。深深處、瓊枝玉樹相倚〔五〕。困極歡餘，芙蓉帳暖〔六〕，别是惱人情味。風流事、難逢雙美〔七〕。況已斷、香雲爲盟誓〔八〕。且相將、共樂平生，未肯輕分連理〔九〕。

【校記】

〔尉遲杯〕林刊百家詞本林大椿注：「定風波、尉遲杯二闋，原鈔本有目無詞，從彊邨叢書録補。」

〔佳麗〕毛本、吴本、詞繫「佳」作「嘉」。

〔鳳枕〕繆校引天籟軒本「枕」作「衾」。鄭校旁注「衾」。

〔困極歡餘〕勞鈔本、朱校引原本、繆校引宋本、張校引宋本以「困極歡餘」句爲下片起句。曹校：「清真片玉集此調上半闋亦於『每相逢、月夕花朝，自有憐才深意』處分段。又換頭『綢繆鳳枕鴛被』句不叶韻，疑『被』乃『衾』之誤，後人因其似韻而不覺耳。」鄭校圈去「暖」字，於「帳」字斷句，并批云：「案清真、夢窗此句并作七字，且上四下三字，是柳詞傳鈔之衍誤可證。但去『暖』字，斯與諸家無出入，平側亦甚合，不可概名爲又一體也。」「宋本以『困極』句作後段起，亦誤。」

〔共樂平生〕毛本、吴本作「盡平生」。曹校按云：「畢曲『且相將盡平生』句六字，當從宋本作『且將共樂平生』爲是。」張校「共樂」下注：「原誤『盡』，依宋本改。」

【訂律】

尉遲杯，填詞名解：「尉遲杯，尉遲敬德飲酒必用大杯也。蓋大石調曲。」首見於樂章集。柳詞、吴文英詞入雙調，周邦彦詞入大石調。

詞譜卷三三：「雙調一百五字，前段八句六仄韻，後段九句六仄韻」「此調押仄韻者，以此詞及無名氏詞、周詞爲正體，若賀詞之多作折腰句法，万俟詞之添字皆變格也。」

詞繫卷九：「本集屬雙調，詞名續解云『大石調曲』。」「調名不知命意。詞品所載，本諸小説，不足爲據。」「宋本於『相倚』句分段，照各家詞，宜從汲古。」「『共樂』二字，詞譜作『意』，汲古作『盡』，少一字，今從宋本。」

【箋注】

〔一〕九衢：見前看花回（玉城金階舞舜干）同條注。　紅粉：女子化妝用的胭脂和鉛粉，借指美女，此謂歌妓。唐孟棨本事詩高逸第三載杜牧詩：「忽發狂言驚滿座，兩行紅粉一時迴。」

〔二〕施朱描翠：謂塗粉描眉。宋玉登徒子好色賦：「著粉則太白，施朱則太赤。」

〔三〕盈盈：儀態美好貌。古詩十九首青青河畔草：「盈盈樓上女，皎皎當窗牖。娥娥紅粉妝，纖纖出素手。」李善注：「廣雅曰：『嬴，容也。』『盈』與『嬴』同，古字通。」　秋水：比喻明澈的眼波。唐白居易箏：「雙眸剪秋水，十指剥春葱。」

〔四〕綢繆：纏綿。詩唐風綢繆：「綢繆束薪，三星在天。」毛傳：「綢繆，猶纏綿也。」

〔五〕瓊枝：喻美女。唐韋應物黿頭山神女歌：「皓雪瓊枝殊異色，北方絶代徒傾國。」　玉樹：喻佳美子弟，此指才子。南朝宋劉義慶世説新語言語：「謝太傅問諸子侄：『子弟亦何預人事，而正欲使其佳？』諸人莫有言者。車騎答曰：『譬如芝蘭玉樹，欲使其生於階庭耳。』」

〔六〕芙蓉帳：用芙蓉花染繒製成的帳子，泛指華麗帷帳。白居易長恨歌：「芙蓉帳暖度春宵。」

〔七〕雙美：見前玉女摇仙佩（飛瓊伴侶）同條注。其詞云「自古及今，佳人才子，少得當年雙美」，與本詞意同。

〔八〕香雲：見前尾犯（夜雨滴空階）同條注。

〔九〕連理：指異根草木，枝幹連生，古代以爲吉祥之兆。東漢班固白虎通封禪：「德至草木，朱草生，木連理。」後喻結爲夫婦或男女歡愛。白居易長恨歌：「在天願作比翼鳥，在地願爲連理枝。」

慢卷紬

閒窗燭暗，孤幃夜永，攲枕難成寐。細屈指尋思，舊事前歡，都來未盡〔一〕，平生深意。到得如今，萬般追悔。空只添憔悴。對好景良辰，皺著眉兒，成甚滋味。紅茵翠被〔二〕。當時事、一一堪垂淚。怎生得依前，似恁偎香倚暖，抱著日高猶睡。算得伊家〔三〕，也應隨分〔四〕，煩惱心兒裏。又争似從前，淡淡相看，免恁牽繫。

【校記】

〔慢卷紬〕勞鈔本「卷」作「捲」。詞繫作「幔捲綢」。花草粹編作「幔捲紬」，調下注曰「相思」。

〔都來〕鄭校：「二字疑倒。此與下闋句調同例。然詞律亦有上下平側互易者，如姜白石一萼紅『漸笑語』，下則爲『想垂楊』。」

〔良辰〕毛本、吴本、林刊百家詞本、詞繫、朱校引焦本作「良宵」。張校：「原作『宵』，今依宋本。」

〔當時事〕毛本、吳本無「事」字。張校「事」下注：「原脱，依宋本補。」

〔牽繫〕毛本、吳本、張校本、林刊百家詞本、詞繫、朱校引焦本「牽」作「縈」。張校：「宋本『牽』。」

【訂律】

慢卷紬，首見於樂章集。

詞律卷一九：「『細屈指』下與後『怎生得』下同，但『似恁』句該六字，『抱著』句該六字，而『舊事』至『都來』不成句，『都來』二字平聲必有誤耳。按題名『卷紬』無義理，『紬』字恐是『袖』字之訛。」

詞譜卷三五：「柳永樂章集注『夾鐘商』。雙調一百十一字，前段十三句四仄韻，後段十一句五仄韻。此調柳詞外，祇有李甲詞（今按，謂「絶羽沈鱗」闋）可校。」

詞繫卷九：「本集屬雙調。」「『幔』字，汲古作『慢』，誤。詞律云：『題名「卷紬」，無義理，「紬」字恐是「袖」字之訛。』愚按：『幔』字是幃幔之幔，紬幔何無義理，且『紬』字是俗寫，應作『綢』，何得妄改『袖』字？豈能將幃幔捲在袖上耶？改得反無義理。『都來』二字平，與後段異。所謂舊事前歡都上心頭耳，并非有誤，詞律所論亦謬。『當時』下，汲古缺『事』字，據李詞亦作三字，今從宋本。『宵』字，宋本作『辰』，『縈』字作『牽』。『應』、『看』平聲。」

【箋注】

〔一〕都來：張相詩詞曲語辭匯釋：「都來，猶云統統也；不過也；算來也。……柳永慢卷紬詞：『細屈指尋思，舊事前歡，都來未盡，平生深意。』此猶云統統。又滿江紅詞：『不會得都來些子事，甚恁底死難拚棄。』此猶云不過。又合歡帶詞：『一箇肌膚渾似玉，更都來、占了千嬌。妍歌艷舞，鶯慚巧舌，柳妒纖腰。』此猶云統統。言就肌膚一項而論，已有如玉之美，更加以歌舌舞腰，統統都美，所謂都來占了千嬌也。」

〔二〕紅茵翠被：紅色的墊褥和繡有翡翠紋飾的被子。南朝梁簡文帝紹古歌：「網户珠綴曲瓊鉤，芳茵翠被香氣流。」

〔三〕算得：料想。柳永彩雲歸：「算得伊、鴛衾鳳枕，夜永争不思量。」又柳永塞孤：「算得佳人凝恨切，應念念，歸時節。」伊家：張相詩詞曲語辭匯釋：「伊，第二人稱之辭，猶云君或你，與普通用如他字者異。……亦作伊家。」柳永少年游：「試問伊家，阿誰心緒，禁得恁無憀。」又宋黄庭堅點絳唇：「聞道伊家，終日眉兒皺。」意均相同。

〔四〕隨分：張相詩詞曲語辭匯釋：「隨分，猶云照樣也；照例或應景也。白居易續古詩七：『盈盈三尺水，浩浩千丈河。勿言小大異，隨分有風波。』言照樣有風波也。……柳永慢卷紬詞：『算得伊家，也應隨分，煩惱心兒裏。』言照樣煩惱也。」

【輯評】

夏敬觀手批樂章集：「『都來』謂都上心來也，萬紅友謂不成句何耶？」

劉永濟唐五代兩宋詞簡析：「此乃别後追念舊歡之情。上半闋從獨處無寐引起回憶，覺從前共處之時，總算起來，還是未盡相愛之情，今日追悔，但使人消瘦，即遇良好時光，也皺眉不樂。下半闋先言舊時歡事，今日思之皆生悲感，怎得如從前之共同歡樂，因而想對方之人，亦必多所苦惱。像這樣，倒不如從前淡淡相看，免得如此牽掛。前言舊日，不夠盡情，後又言不如淡淡相看者，凡情到極深時，必然會有此矛盾心理也。五代閨情詞皆寫女性相思之苦，柳詞换寫男性，却也能委婉屈折如此，可稱抒情能手。還有當注意者，封建社會重男輕女，男子玩弄女性，況妓女之社會地位甚低，根本是供男子尋樂之用者，而柳詞中之男性對女性却無此種痕迹。即如此詞表情極爲真摯而深厚，絶無輕薄之語，故不可以浮艷目之也。」

邵祖平詞心箋評：「抽情宛轉，蓄感沈著，故雖有『抱著日高猶睡』一語，猶非淫詞；如歐陽炯之『蘭麝細香聞喘息，綺羅纖縷見肌膚。此時還恨薄情無』，拙重處亦勝於輕薄也。」

吴世昌詞林新話卷三：「耆卿慢卷紬（「閑窗燭暗」）末句：『又争似從前，淡淡相看，免恁牽繫。』敦煌曲子有『淡薄知聞解好麽』，柳詞亦用當時習語。」

吴熊和師手批樂章集：「『好景良辰』之類，層見疊出，不斷重複己作，柳永堪爲其首。」

征部樂

雅歡幽會，良辰可惜虚抛擲。每追念、狂蹤舊迹。長祇恁、愁悶朝夕。憑誰去、花衢覓〔一〕。細説此中端的〔二〕。道向我、轉覺厭厭，役夢勞魂苦相憶。須知最有，風前月下，心事始終難得。但願我、蟲蟲心下〔三〕，把人看待，長似初相識。況漸逢春色。便是有、舉場消息〔四〕。待這回、好好憐伊，更不輕離拆。

【校記】

〔征部樂〕花草粹編調下注曰「相思」。

〔良辰〕毛本、吴本、張校本、林刊百家詞本、朱校引焦本「辰」作「夜」。張校：「宋本『辰』。」

〔每追念〕毛本、吴本、張校本無「每」字。張校「抛擲」下注：「宋本有『每』字。」

〔愁悶朝夕〕張校本「愁」字脱。

〔花衢〕毛本、吴本、張校本、詞繫「衢」作「街」。張校：「宋本『衢』。」

〔細説〕毛本、吴本、張校本、林刊百家詞本、詞繫、朱校引焦本「細説」下多一「與」字。張校：「宋本無『與』字。」

〔轉覺厭厭〕張校本無「覺」字。

〔役夢勞魂〕毛本、吴本、林刊百家詞本作「夢役勞魂」，張校本、繆校引萬氏云當作「夢役魂勞」。詞律拾遺引閩詞鈔作「魂勞」。張校：「宋本『夢役』倒，毛本『魂勞』倒，今從粹編。」

〔蟲蟲〕勞鈔本、詞繫、繆校引宋本、張校引宋本、朱校引原本、鄭校作「重重」。陳録作「㦬㦬」，并注：「一作『重重』。」

〔況漸逢〕毛本、吴本無「漸」字。詞繫、張校本重「漸」字，作「況漸漸逢」。張校「漸漸」下注：「二字原脱，依宋本補，粹編亦有『漸』字。」

〔舉場〕詞律拾遺引閩詞鈔、陳録「場」作「觴」。

〔輕離拆〕毛本、吴本、朱校引焦本無「離」字。鄭校：「『離拆』字，宋人詞中恒見之。」張校本「拆」作「坼」。張校「離」下注：「原脱，依宋本補。」

【訂律】

征部樂，首見於樂章集。宋詞中僅存柳永此闋。

詞律卷一八：「或曰『惜』字是起韻，非也。『勞魂』當作『魂勞』，不然上是『役夢』。」

杜文瀾詞律校勘記：「按詞譜『追念狂蹤舊迹』句，『追』字上有『每』字。又『細説與此中端的』句，無『與』字。又『況逢春色』句，『況』字下有『漸』字。又『舉場消息』句，『場』作『觴』。又『更不輕拆』句，『拆』字上有『離』字。宋本同。應遵照增删改正。又宋本『蟲蟲心下』句，『蟲蟲』作『重重』，宜從。」

詞譜卷三四：「柳永樂章集注『夾鐘商』。」「雙調一百六字，前段九句六仄韻，後段十句五仄韻。」「汲古閣刻此詞，前段第三句脱『每』字，後段第七句脱『漸』字，結句脱『離』字，今從花草粹編校正。」

詞繫卷九：「本集屬雙調。」「此調無他作者，平仄不可臆注。『役夢勞魂』四字，詞律作『夢役勞魂』，『追念』上少『每』字，『況』字下少『漸漸』二字，『重重』二字作『蟲蟲』，末句缺『輕』字，據宋本訂正。『夜』字，宋本作『辰』。『細説與』三字，缺『與』字，照後段當從汲古本。『厭』平聲。」

夏批：「『須知』句當連下至『心事』止斷句，紅友於『有』字、『下』字分句，誤矣。」「『蟲蟲』是妓名，杜筱舫欲改爲『重重』，殆忘却本詞木蘭花有『蟲娘』之稱也。集賢賓亦作『蟲蟲』。」

【箋注】

〔一〕花衢：即花街，指妓館。宋孟元老東京夢華録序：「新聲巧笑於柳陌花衢，按管調絃於茶坊酒肆。」宋羅燁新編醉翁談録丙集卷二花衢實録「柳屯田耆卿」條：「至今柳陌花衢，歌姬舞女，凡吟詠謳唱，莫不以柳七官人爲美談。」

〔二〕端的：始末，底細。張相詩詞曲語辭匯釋：「端的，猶云真個或究竟也；的確或憑準也；情節或事實也；明白也。……柳永征部樂詞：『憑誰去、花衢覓。細説此中端的。』此猶云情節或事實。」

〔三〕蟲蟲：妓名。柳永集賢賓云「就中堪人屬意，最是蟲蟲」，曹元忠按：「『蟲蟲』，當時妓名。

本集征部樂調『但願我，蟲蟲心下，把人看待，長似初相識』，玉樓春調『蟲娘舉措皆淹潤』是也。」（今按：「蟲娘舉措」句，樂章集在木蘭花調。）

〔四〕舉場：科舉考場。唐李肇唐國史補卷下：「進士爲時所尚久矣……其都會謂之舉場。」唐宋省試皆於初春，故上云「漸逢春色」。

【考證】

詞中云：「況漸逢春色。便是有，舉場消息。」指春試，詞中亦流露期盼登第之意，可知爲柳永景祐元年登第前所作。

佳人醉

暮景蕭蕭雨霽。雲淡天高風細。正月華如水。金波銀漢〔一〕，瀲灩無際〔二〕。冷浸書帷夢斷〔三〕，却披衣重起。臨軒砌〔四〕。　素光遥指〔五〕。因念翠娥，杳隔音塵何處，相望同千里〔六〕。儘凝睇〔七〕。厭厭無寐。漸曉雕闌獨倚。

【校記】

〔冷浸〕毛本、吴本「浸」作「侵」。張校：「原誤『侵』，今依宋本。」

〔臨軒砌〕詞繫、張校本、繆校引天籟軒本以「臨軒砌」爲下片起句。張校：「原本此三字屬上，依宋本正。」

〔遥指〕毛本、吴本「遥」作「摇」。張校：「原誤『摇』，依宋本改。」

〔翠娥〕毛本、吴本、林刊百家詞本、朱校引焦本「娥」作「眉」。

〔杳隔〕毛本、吴本、林刊百家詞本無「杳隔」二字。

〔儘凝睇〕勞鈔本、林刊百家詞本「儘」作「盡」。

〔雕闌〕毛本、吴本、林刊百家詞本「闌」作「檻」，勞鈔本、繆校引宋本作「欄」。

【訂律】

佳人醉，首見於樂章集。唐貫休富貴曲：「佳人醉唱，敲玉釵折。」宋詞中僅柳永及劉弇有此調。

詞律卷一〇：「姑依韻分句，恐有訛錯，未必確然。『臨軒砌』恐是後段起句。圖譜以『夢斷』下分句，『却披衣』至『軒砌』爲八字句。或又曰前起該四字三句，因無他作，難以訂正耳。」

詞律拾遺卷七：「葉本於『披衣重起』分段。」

詞譜卷一六：「樂章集注『雙調』。」「雙調七十一字，前段七句五仄韻，後段八句六仄韻。」「汲古閣本樂章集，前段於『臨軒砌』句分段，後段第四句少二字，今從花草粹編，亦無别首宋詞可校。」

詞繫卷九：「本集屬雙調。」「『臨軒砌』與下『素光遥指』一氣，應是换頭句，汲古、詞律誤屬上段。『浸』字作『侵』，『娥』字作『眉』，又落『杳隔』二字，『闌』字作『檻』，均誤。據宋本訂正。」

夏批：「『臨軒砌』屬下，爲換頭，始合。詞譜是。」

鄭校：「下闋依宋本校。」

【箋注】

〔一〕金波：謂月光。漢書卷二二禮樂志：「月穆穆以金波，日華燿以宣明。」顏師古注：「言月光穆穆，若金之波流也。」

〔二〕瀲灩：水波蕩漾貌。南朝梁蕭統文選卷二〇木華海賦：「爾其爲狀也，則乃浟湙瀲灩，浮天無岸。」李善注：「瀲灩，相連之貌。」唐方干題應天寺上方兼呈謙上人：「勢横緑野蒼茫外，影落平湖瀲灩間。」

〔三〕書帷：書齋的帷帳，借指書齋。南朝陳徐陵玉臺新咏序：「開兹縹帙，散此緗編，永對玩於書帷，長循環於纖手。」

〔四〕軒砌：屋前臺階。杜甫八哀詩贈秘書監江夏李公邕：「重敘東都别，朝陰改軒砌。」

〔五〕素光：指潔白明亮的月光。晉左思雜詩：「明月出雲崖，曒撽流素光。」

〔六〕「因念」三句：文選卷一三南朝宋謝莊月賦：「美人邁兮音塵闕，隔千里兮共明月。」翠娥：指美女。

〔七〕凝睇：張相詩詞曲語辭匯釋：「凝，爲一往情深專注不已之義，猶今所云『發癡』、『發怔』、『失魂』也。……同一以凝字描寫態度……凝目，猶云凝望或注目。……有曰凝睇者。柳永佳人醉詞：『儘凝睇。厭厭無寐。漸曉雕闌獨倚。』凝睇，亦與凝目同義。」

【輯評】

吴熊和師手批樂章集：「中秋詞。」

迷仙引

纔過笄年〔一〕，初綰雲鬟〔二〕，便學歌舞。席上尊前，王孫隨分相許〔三〕。算等閒、酬一笑〔四〕，便千金慵覷。常祇恐、容易蕣華偷换〔五〕，光陰虛度。已受君恩顧。好與花爲主。萬里丹霄〔六〕，何妨攜手同歸去。永棄却、煙花伴侶〔七〕。免教人見妾，朝雲暮雨〔八〕。

【校記】

〔迷仙引〕曹校引梅本、鄭校引梅本作「迎仙引」。花草粹編調下注曰「風塵」。

〔尊前〕林刊百家詞本作「前尊」。

〔便千金〕毛本、吴本、林刊百家詞本「便」作「但」，繆校引宋本、鄭校引宋本作「使」。張校：「原作『但』，依宋本。」

〔容易蕣華偷換〕毛本、吴本、林刊百家詞本「蕣」作「瞬」。鄭校：「宋本作『蕣』，是。」歷代詩餘此句作「舜華容易偷换」。

〔君恩〕歷代詩餘作「深恩」。

〔何妨〕朱校引原本、曹校引宋本、鄭校引宋本、張校引宋本、勞鈔本「妨」作「勞」。

〔攜手同歸去〕毛本、吴本、林刊百家詞本作「攜手同去去」，陳録作「萬里同歸去」。繆校：「蓮子居詞話：『何妨攜手同去。去。永棄却、煙花伴侣。』亦通。」鄭校：「按多一『去』字，不成句調，當是衍文。」張校「歸」下注：「原誤『去』，依宋本改。」

〔見妾〕詞繫張校引宋本作「得見」，繆校引宋本作「見得」。

【訂律】

迷仙引，首見於樂章集。宋詞中僅存柳永此闋。

詞律卷一二：「只『席上』二句與後『萬里』二句相合，餘各不同。『瞬』字應是『蕣』字，第二『去』字必訛，或誤多此一字。大約此調定有訛脱處，無他詞可證也。」「與迷神引無涉。」

詞繫卷九：「本集屬雙調。『便』字，汲古、詞律作『且』，『蕣』字作『瞬』，『歸去』二字作『去去』，俱誤。『得見』二字作『見妾』，據宋本改。『容易蕣華』四字一作『蕣華容易』，『虚』字作『暗』，『君』字作『深』。」

【箋注】

〔一〕笄年：即笄歲。見前鬬百花(滿搦宫腰纖細)「笄歲」條注。

〔二〕雲鬟：謂高聳的環形髮髻。李白久别離：「至此腸斷彼心絶，雲鬟緑鬢罷梳結。」

〔三〕隨分：此處意爲應景。見前慢卷紬(閒窗燭暗)同條注。

〔四〕酬一笑：東漢崔駰七依：「回顧百萬，一笑千金。」南朝梁王僧孺詠寵姬：「再顧連城易，一笑千金買。」宋宋祁玉樓春：「浮生長恨歡娱少。肯愛千金輕一笑。」柳永詞中屢用此意，如合歡帶：「莫道千金酬一笑，便明珠、萬斛須邀。」又少年游：「佳人巧笑值千金。」又木蘭花：「而今長大懶婆娑，只要千金酬一笑。」又引駕行：「算贈笑千金，酬歌百琲，盡成輕負。」

〔五〕蕣華：木槿之花。因朝開暮謝，故用以借指美好而易逝的年華或容顏。詩鄭風有女同車：「有女同車，顏如舜華。」毛傳：「舜，木槿也。」孔疏：「陸機疏云：『舜一名木槿、一名櫬、一名曰椴，齊魯之間謂之王蒸，今朝生暮落者是也。』」南朝宋鮑照擬行路難：「君不見蕣華不終朝，須臾奄冉零落銷。」

〔六〕丹霄：謂天空。東晉庾闡游仙詩：「神嶽竦丹霄，玉堂臨雪嶺。」亦可指京城。唐韋應物白沙亭逢吴叟歌：「親觀文物蒙雨露，見我昔年侍丹霄。」

〔七〕煙花：謂歌妓。唐黄滔閨怨：「塞上無煙花，寧思妾顏色。」

〔八〕朝雲暮雨：見前西江月(鳳額繡簾高卷)「雨暮雲朝」條注。此借指青樓生涯。

【輯評】

清吳衡照蓮子居詞話卷三：「屯田迷仙引，紅友詞律疑其脱誤，今細繹之，殆無訛也。後片云：『萬里丹霄，何妨攜手同去。去。便棄却煙花伴侶。免教人見妾，朝雲暮雨。』上『去』字叶，下『去』字疊，頓折成文，猶北曲醉春風體也。且辭意完足，雖無他詞可證，即亦不證可耳。朱竹垞題水蓼花譜此解，上『去』字不叶，下『去』字不疊，并七字一句，終未爲得也。」

御街行

燔柴煙斷星河曙〔一〕。寶輦回天步〔二〕。端門羽衛簇雕闌〔三〕，六樂舜韶先舉〔四〕。鶴書飛下，雞竿高聳〔五〕，恩霈均寰寓。赤霜袍爛飄香霧〔六〕。喜色成春煦。九儀三事仰天顔〔七〕，八彩旋生眉宇〔八〕。椿齡無盡〔九〕，蘿圖有慶〔一〇〕，常作乾坤主。

【校記】

〔御街行〕勞鈔本、詞繫、張校引宋本、陳録、花草粹編調下注曰「聖壽」。全宋詞本注：「題據毛校樂章集補。」高麗史卷七一樂志二録此詞調作「御街行」，調下注曰「令」。

〔雕闌〕高麗史「闌」作「欄」。

〔恩霈〕毛本「霈」作「霑」。張校：「原訛『霑』，依宋本改。」

〔寰寓〕高麗史、張校本「寓」作「宇」。

〔蘿圖〕高麗史「蘿」作「羅」。

【訂律】

御街行，又名孤雁兒。樂章集及張先子野詞并入雙調。同時之范仲淹、歐陽修均有此調。此闋曾傳至高麗。

詞譜卷一八：「柳永樂章集注『夾鐘宮』。古今詞話無名氏詞，有『聽孤雁聲嘹唳』句，更名孤雁兒。」「雙調七十六字，前後段各七句，四仄韻。」「此調以此詞及范詞爲正體，若柳詞別首之句讀參差，張、范、高及無名氏詞之添字，皆變格也。此詞前後段第二句俱五字，有晏幾道、張先、晁補之、王安中、辛棄疾諸詞可校。按，張詞，前段起句『畫船横倚煙溪半』，『畫』字仄聲；第二句『春入吴山遍』，『春』字平聲；第四句『程入花溪遠遠』，上『遠』字仄聲；王詞，後段第四句『争絢青天馥鬱』，『馥』字仄聲。譜内可平可仄據此，餘參所采諸詞。」

詞繫卷五：「樂章集屬雙調，張先詞（今按謂張先同調「天非花豔輕非霧」）亦屬雙調。」「前後段次句俱五字，晏幾道亦有此體。北宋人多用之。『霈』字，汲古、詞律作『露』，各本作『澤』，均誤。今據宋本訂正。」

【箋注】

〔一〕燔柴：古代祭天儀式。將玉帛、犧牲等置於積柴上而焚之。儀禮覲禮：「祭天，燔柴。」爾雅釋天：「祭天曰燔柴，祭地曰瘞埋。」邢昺疏：「祭天禮，積柴以實牲體、玉帛而燔之，使煙氣之臭上達於天，因名祭天曰燔柴也。」

〔二〕寶輦：皇帝的車駕。唐廣宣駕聖容院應制：「清殿虔心隨寶輦，廣庭徐步引金輪。」天步：天之行步。詩小雅白華：「天步艱難，之子不猶。」此代指天子之步。

〔三〕端門：宫殿或皇宫的正南門。北宋汴京皇城正南門曰南薰門，宫城正南門曰明德門，後陸續改名丹鳳門、正陽門、宣德門、乾元門等。見宋史卷八五地理志。羽衛：天子的衛隊和儀仗。南朝梁江淹雜體詩效袁太尉從駕：「羽衛藹流景，綵吹震沈淵。」

〔四〕六樂：謂黄帝、堯、舜、禹、湯、周武王六代的古樂。周禮地官大司徒：「以六樂防萬民之情，而教之和。」鄭玄注引鄭司農曰：「六樂謂雲門、咸池、大韶、大夏、大濩、大武。」舜韶：即大韶，傳説虞舜所製。東漢應劭風俗通聲音序：「堯作大章，舜作韶。」參見前送征衣（過韶陽）「大樂」條注。

〔五〕鶴書：謂懸於木鶴之赦書。詳見後考證。雞竿：一端附有金雞的長竿，多於大赦日樹立。新唐書卷四八百官志：「赦日，樹金雞於仗南，竿長七丈，有雞高四尺，黄金飾首，銜絳幡長七尺，承以綵盤，維以絳繩，將作監供焉。」

〔六〕赤霜袍：傳説中神仙穿的長袍。太平御覽卷六七五引真誥：「上元夫人服赤霜袍，披青毛錦裘。」亦指皇帝之袍。唐歐陽詢藝文類聚卷六七引漢武帝内傳曰：「上元夫人降，武帝服赤霜袍，雲采亂色，非錦非繡，不可得名。」

〔七〕九儀：天子接待不同來朝者而制定的九種禮節。周禮秋官大行人：「以九儀辨諸侯之命，等諸臣之爵，以同邦國之禮而待其賓客。」鄭玄注：「九儀，謂命者五：公、侯、伯、子、男也；爵者四：公、卿、大夫、士也。」後稱朝見天子之禮爲九儀。三事：指三公。詩小雅雨無正：「三事大夫，莫肯夙夜。」孔穎達疏：「三事大夫爲三公耳。」漢書卷七三韋賢傳：「天子我監，登我三事。」顏師古注：「三事，三公之位，謂丞相也。」

〔八〕八彩：亦作八采，孔叢子居衛：「昔堯身修十尺，眉分八采。」後因以八彩指堯眉或形容帝王容顏。

〔九〕椿齡：大椿的年齡。莊子逍遥遊：「上古有大椿者，以八千歲爲春，八千歲爲秋。」後世因以椿齡或椿年爲祝人長壽之詞。唐吴筠步虚詞：「緜緜慶不極，誰謂椿齡多。」

〔一〇〕蘿圖：指疆宇，皇圖。宋計有功唐詩紀事卷一一載唐鄭愔陪幸昭容院獻詩四首：「願奉蘿圖泰，長聞錦翰裁。」

【考證】

此詞據吴熊和師考訂，斷爲宋真宗天禧元年（一〇一七）正月作。説詳吴熊和師柳永與宋真宗天書事件一文。

吴熊和師柳永與宋真宗天書事件指出，按例郊祀本在十一月至日舉行，而此詞中有「喜色成春煦」之句，可證此次郊祀指的就是天禧元年正月十一日舉行的最盛大的一次郊祀，「上闋『燔柴』兩句，述祭天與還宫。『端門』以下，言還京御宫殿正門，奏樂，大赦天下」，并引續資治通鑑長編卷八九所載天禧元年郊祀後，「常赦所不原者，咸除之。賞賜如東封例。免災傷州軍見欠田租及和糴。減荆湖南路鹽價。蠲天下逋欠。雖盜用三十年者，亦蠲之。令有司速定茶鹽條貫，唯務便民，勿拘歲課。合入令録人歷任無過者，吏部銓考課以聞。江淮上供米，特權罷今年春運一次」，指出詞中所謂「恩霈均寰宇」即指此而言。「下闋寫在宫中接受君臣稱賀。真宗祭天時常服通天冠，絳紗袍。詞中『赤霜袍爛』，就是指所服絳紗袍而言。……全詞所述，就是郊禮三個階段依次進行的過程，兩者亦一一相符。天禧元年，真宗正好是六十歲（生於開寶元年）。既是『天書』降世十周年，又是真宗六十大壽，柳永作御街行以獻，就正合其時」。

今按宋史卷九九禮志二載南郊儀：「十一月日至，皇帝服袞冕執圭，合祭天地於圜丘。還御明德門樓，肆赦。」又宋史卷一四八儀衛志：「鷄竿，附竿爲鷄形，金飾，首銜絳旛，承以綵盤，維以絳索，揭以長竿。募衛士先登，争得鷄者，官給以纈襖子，或取絳旛而已。大禮畢，麗正門肆赦則設之。其義則鷄爲巽神，巽主號令，故宣號令則象之。陽用事則鷄鳴，故布宣陽澤則象之。一曰『天鷄星動爲有赦』，故王者以天鷄爲度。金鷄事，六朝已有之，或謂起於西京。」又宋史卷一一七禮志二十：「御樓肆赦。每郊祀前一日，有司設百官、親王、蕃國、諸州朝貢使、僧道、耆老位宣德門外，太常設宫縣、鉦鼓。其日，刑部録諸囚以俟。駕還至宣德門内幄次，改常服，群臣就位，帝登樓御坐，樞密使、宣徽使侍立，仗衛如儀。通事舍人引群臣横行再拜訖，復位。侍臣宣曰『承旨』，舍人詣樓前，侍臣宣敕立金鷄。舍人退詣班南，宣付所司訖，太常擊鼓集囚。少府監立鷄竿於樓東南隅，竿末伎人四面緣繩争上，取鷄口所銜絳幡，獲者即與之。樓上以朱絲繩貫木鶴，仙人乘之，奉制書循繩而下，至地以畫臺承鶴，有司取制書置案上。閤門使承旨引案宣付中書門下，轉授通事舍人，北面宣云『有制』，百官再拜。宣赦訖，還授中書門下，付刑部侍郎承旨放囚，百官稱賀。閤門使進詣前，承旨宣答訖，百官又再拜，舞蹈，退。若德音、赦書自内出者，并如文德殿宣制之儀。其降御劄，亦閤門使跪授殿門外置箱中，百官班定，閤門授宰臣讀訖，傳告，百僚皆拜舞稱萬歲。真宗宣制，有司請用儀仗四千人，自承天殿設細仗導衛，近臣起居訖，則分左右前導之。」以上皆可見真宗年間郊祀儀式。

其二

前時小飲春庭院。悔放笙歌散。歸來中夜酒醺醺，惹起舊愁無限。雖看墜樓換馬〔一〕，争奈不是鴛鴦伴。　朦朧暗想如花面。欲夢還驚斷。和衣擁被不成眠〔二〕，一枕萬回千轉。惟有畫梁，新來雙燕，徹曙聞長歎。

【校記】

〔其二〕花草粹編調下注曰「相思」。

〔酒醺〕勞鈔本、朱校引原本、繆校引宋本、鄭校引宋本「酒」作「飲」。

〔惹起〕勞鈔本、朱校引原本、張校引宋本「惹起」二字脱，勞校引斧季云宋本脱。

〔鴛鴦〕吴本、林刊百家詞本、朱校引焦本、毛本「鴦」作「幃」。張校：「原作『幃』，今從宋本。」

〔暗想如〕毛本、吴本作「俱妙暗」。

【訂律】

詞律卷一一：「『雖看墜樓』以下十四字，語氣宜在『换馬』斷句，然此調結處俱是兩四字、一五字者，想一氣貫下，『馬』字可以作平，歌時無礙耳。『樓』、『梁』二字用平，與前異。『暗』字宜平，恐誤。」

詞譜卷一八：「雙調，七十六字。前段六句四仄韻，後段七句四仄韻。」「此詞前段第五、六句，例作四字兩句，結句例作五字一句，此作六字一句、七字一句，蓋拘於用事，故句讀參差，采以備體，不可爲法。後段第五句『畫梁』，『梁』字平聲，亦不合調，故不校注。」

詞繫卷五：「本集亦屬雙調。」「前結一六、一七字，一氣貫下，原可不拘，但『墜』字、『馬』字、『畫』字作仄聲異。或『馬』字是以上作平。『暗想如』三字，汲古作『俱妙暗』，今據宋本改正。」

【箋注】

〔一〕墜樓：用西晉石崇、緑珠事。晉書卷三三石崇傳：「崇有妓曰緑珠，美而艷，善吹笛。孫秀使人求之。……崇勃然曰：『緑珠吾所愛，不可得也。』……崇竟不許。秀怒，乃勸倫誅崇……介士到門，崇謂緑珠曰：『我今爲爾得罪。』緑珠泣曰：『當效死於官前。』因自投於樓下而死。」　換馬：唐李冗獨異志卷中：「後魏曹彰，性倜儻。偶逢駿馬，愛之，其主所惜也。彰曰：『余有美妾可換，唯君所選。』馬主因指一妓，彰遂換之。馬號曰『白鶻』。後因獵，獻於文帝。」樂府詩集卷七三愛妾換馬引樂府解題曰：「愛妾換馬，舊説淮南王所作。疑淮南王即劉安也。古辭今不傳。」下録梁簡文帝、劉孝威、庾肩吾、僧法宣、張祜詩。宋祝穆事文類聚後集卷一六人倫部以妾易馬條引異聞録曰：「酒徒鮑生多蓄聲妓，外弟韋生好乘駿馬，遊行四方，各求所好。一日相遇於山寺，兩易所好，乃以女妓善四絃者換紫叱撥。」

〔二〕和衣：謂不脱衣服。宋張先南歌子：「醉後和衣倒，愁來殢酒醺。」

歸朝歡

別岸扁舟三兩隻。葭葦蕭蕭風淅淅。沙汀宿雁破煙飛〔一〕，溪橋殘月和霜白。

漸漸分曙色。路遥山遠多行役〔二〕。往來人，隻輪雙槳〔三〕，盡是利名客。一望鄉關煙水隔。轉覺歸心生羽翼。愁雲恨雨兩牽縈，新春殘臘相催逼〔四〕。歲華都瞬息。浪萍風梗誠何益〔五〕。歸去來，玉樓深處〔六〕，有箇人相憶。

【校記】

〔曙色〕陳録「曙」下注：「一作『樹』」。

〔山遠〕毛本、吴本、張校本、林刊百家詞本、朱校引焦本「山」作「川」。張校：「宋本『山』。」

〔隻輪雙槳〕毛本作「隻輪隻槳」，吴本作「雙輪隻槳」。張校「雙」下注：「原訛『隻』，依宋本改。」

〔牽縈〕毛本、吴本、張校本、林刊百家詞本、朱校引焦本作「縈牽」。張校：「二字宋本倒。」

〔殘臘〕毛本作「殘蠟」。張校：「原訛『蠟』，依宋本改。」

〔催逼〕毛本、陳録作「催迫」。張校：「宋本『逼』。」

〔誠何〕毛本、吴本、林刊百家詞本、朱校引焦本「誠」作「成」。張校：「原訛『成』，依宋本改。」

〔歸去來〕毛本、吴本、林刊百家詞本脱此三字。鄭校：「宋本『玉樓』上有『歸去來』三字，宜據增。」張校：「三字原脱，依宋本補。」

【訂律】

歸朝歡，首見於樂章集。

詞譜卷三二：「樂章集注：『夾鐘商』。辛棄疾詞，有『菖蒲自照清溪緑』句，名菖蒲緑。」「雙調一百四字，前後段各九句，六仄韻。」「此調以此詞爲正體，蘇軾、張先、嚴仁、辛棄疾、馬莊父、詹正諸詞，俱如此填。若王（王之道）詞之多押一韻，乃變格也。按，張詞，前段第一句『聲轉轆轤聞露井』，『聲』字平聲，『轆』字仄聲；辛詞，第三句『有時光彩射星躔』，『有』字仄聲，『光』字平聲；第四句『却將此石投閑處』，『此』字仄聲；嚴詞，第五句『西風吹夢草』，『西風』二字俱平聲；辛詞，第六句『先生拄杖來看汝』，『拄』字仄聲；詹詞，第七句『空悵望』，『空』字平聲，『悵望』二字俱仄聲；張詞，結句『同作飛梭擲』，『同』字、『飛』字俱平聲；馬詞，後段第一句『團團寶月憑纖手』，『團團』二字俱平聲，『寶月』二字俱仄聲，『纖』字平聲；嚴詞，第二句『求劍刻舟應笑汝』，『求』字平聲，『刻』字仄聲；張詞，第三句『有情無物不雙棲』，『有』字仄聲，『無』字平聲；辛詞，第四句『有朋只就芸窗讀』，『有』字、『只』字俱仄聲；馬詞，第六句『萊衣煥爛潘輿穩』，『煥』字仄聲；詹詞，第七、八句『猶記得，顛崖如此』，『猶』字、『顛』字俱平聲，『記得』二字俱仄聲；張詞，結句『簾幕卷花影』，『簾』字平聲，『卷』字仄聲。譜内可平可仄據此。餘參王詞（王之道同調「透隙敲窗風摵摵」）。」

鄭批：「東坡有此詞，同一體。　此解上下闋聲調皆從同。『漸漸』二字，當是去作平。上下結同調。」

【箋注】

〔一〕沙汀宿雁：杜甫遣意二首：「野船明細火，宿雁起圓沙。」唐許渾晨裝：「晨雞鳴遠戍，宿雁起寒塘。雲卷四山雪，風凝千樹霜。」唐温庭筠商山早行：「雞聲茅店月，人迹板橋霜。」

〔二〕行役：指行旅、出行。南朝宋鮑照送從弟道秀别：「遊子苦行役，冀會非遠期。」柳永安公子：「自覺多愁多病，行役心情厭。」

〔三〕隻輪：春秋公羊傳僖公三十三年：「然而晉人與姜戎要之殽而擊之，匹馬隻輪無反者。」此代指車馬，與下文代指舟船之雙槳對應。

〔四〕殘臘：農曆年底。唐李頻湘口送友人：「零落梅花過殘臘，故園歸去又新年。」此「新春殘臘」，正分指年頭歲尾。

〔五〕浪萍風梗：浪中浮萍，風中草梗，喻行蹤不定。白居易送客南遷：「客似驚弦雁，舟如委浪萍。誰人勸言笑，何計慰漂零。」北周庾信和張侍中述懷：「漂流從木梗，風卷隨秋籜。」柳永彩雲歸：「此際浪萍風梗，度歲茫茫。」

〔六〕玉樓：指妓樓。白居易聽崔七妓人箏：「花臉雲鬢坐玉樓，十三絃裏一時愁。」

【輯評】

吴熊和師手批樂章集：「南行憶京。上片曉行。」

采蓮令

月華收，雲淡霜天曙。西征客、此時情苦。翠娥執手送臨岐〔一〕，軋軋開朱户〔二〕。千嬌面、盈盈竚立，無言有淚，斷腸争忍回顧。　一葉蘭舟，便恁急槳淩波去。貪行色、豈知離緒。萬般方寸〔三〕，但飲恨，脈脈同誰語。更回首、重城不見〔四〕，寒江天外，隱隱兩三煙樹〔五〕。

【校記】

〔情苦〕毛本、吴本「情」作「清」。張校：「原訛『清』，依宋本改。」

〔千嬌面〕毛本、吴本「面」作「血」。鄭校：「宋本作『面』。『血』字大誤。以形訛。」張校：「原誤『血』，依宋本改。」

〔斷腸争忍回顧〕毛本、吴本全詞不分段。勞鈔本、繆校引宋本於此句後分片。鄭校：「宋本以『一葉』爲過片。宜據訂。」張校：「原誤連下，依宋本分段。」

〔兩三〕詞律拾遺引閩詞鈔「三」作「行」。

【訂律】

采蓮令，唐教坊曲有采蓮子，宋大曲有采蓮，令曲有采紅蓮，曲破有采蓮回等。大曲采蓮，宋史樂志注雙調。采蓮令首見於樂章集。南宋史浩采蓮舞第一首采蓮令與柳永同。

詞律卷一三：「『清苦』應是『情苦』。『血』字差，『急槳』下與前段合，只『飲恨』二字、『更』字、第二『隱』字、『兩三』二字，平仄稍異，不拘。」

詞譜卷二三：「按宋史樂志，曲宴游幸，教坊所奏十八調曲，九曰雙調采蓮，今柳永樂章集有之，亦注雙調。碧雞漫志：『夾鐘商俗呼雙調。』雙調九十一字，前後段各八句，四仄韻。此調只此一詞，無別首可校。」

詞繫卷九：「本集屬雙調。」「宋史樂志曲宴游幸，教坊所奏十八調曲，九曰雙調采蓮。」「此與采蓮子不同，他無作者，平仄無可擬議。汲古不分段。『情』字，汲古、詞律作『清』，『面』字作『血』，皆誤，據宋本訂正。」

夏批：「紅友於『執手』斷句。『歧』字注豆，以與下半闋相比，不知『歧』字平，『恨』字去，若一平一上尚可相比，平與去則不可代替。論文氣，自當於『歧』字斷句也。」

【箋注】

〔一〕臨歧：臨至岔路，後用爲贈別之辭。杜甫送李校書二十六韻：「臨歧意頗切，對酒不能喫。」

〔二〕軋軋：象聲詞。唐許渾旅懷：「征車何軋軋，南北極天涯。」

〔三〕方寸：心緒，心思。晉陳壽三國志卷三五蜀書諸葛亮傳：「今已失老母，方寸亂矣，無益於事，請從此別。」唐李中懷舊夜吟寄趙杞：「悠悠方寸何因解，明日江樓望渺瀰。」

〔四〕重城：古代城市有外城、内城，故稱，此泛指城市。唐歐陽詹初發太原途中寄太原所思：「驅馬覺漸遠，回頭長路塵。高城已不見，況復城中人。」

〔五〕兩三煙樹：宋歐陽修桃源憶故人：「少年行客情難訴。泣對東風無語。目斷兩三煙樹。翠隔江南浦。」

【輯評】

唐圭璋唐宋詞簡釋：「此首，初點月收天曙之景色，次言客心臨别之悽楚。『翠娥』以下，接送行人之情態。執手勞勞，開户軋軋，無言有淚，記事既生動，寫情亦逼真。『斷腸』一句，寫盡兩面依依之情。換頭，寫别後舟行之速。『萬般』兩句，寫别後心中之恨。『更回首』三句，以遠景作收，筆力千鈞。上片之末言回顧，謂人。此則謂舟行已遠，不獨人不見，即城亦不見，但見煙樹隱隱而已。一顧再顧，總見步步留戀之深。屈子云：『過夏首而西浮兮，顧龍門而不見。』收處仿佛似之。」

吴熊和師手批樂章集：「多疊詞。」

【考證】

此詞當作於自潤州赴汴京途中。詞中有「西征客」之語。按北宋人所謂西上、西征、西行，除通常之向西行進含意外，還往往指由兩浙江淮一帶沿運河、汴水進京。如王禹偁寄贊寧上人云：「若念重瞳欲相見，未妨西上一浮杯。」賀鑄送畢平仲西上云：「吟鞭西指鳳皇州，好趁年華訪昔游。」周邦彦西平樂詞序云：「元豐初，予以布衣西上，過天長道中。」此詞寫船行，其地當在東南一帶。

秋夜月

當初聚散。便喚作、無由再逢伊面。近日來、不期而會重歡宴。向尊前、閒暇裏，斂著眉兒長歎。惹起舊愁無限。盈盈淚眼。漫向我耳邊〔一〕，作萬般幽怨。奈你自家心下，有事難見。待信真箇〔二〕，恁別無縈絆。不免收心，共伊長遠。

【校記】

〔漫向〕毛本、張校本、勞鈔本「漫」作「謾」。

〔有事〕毛本、吴本、林刊百家詞本無「有」字。張校「有」下注：「原脱，依宋本補。」

〔待信〕毛本、吴本、林刊百家詞本、詞繫、朱校引焦本作「待音信」。

【訂律】

秋夜月，始見尊前集載五代尹鶚詞。與相見歡别名秋夜月不同。

詞律卷一二：「中多參差不確，觀後尹詞（今按謂尹鶚同調「三秋佳節」），則此篇必有訛脱。」

詞譜卷一一：「調見尊前集，因尹鶚詞起結有『三秋佳節』及『夜深、窗透數條寒月』句，取以爲名。樂章集注：『夾鐘商。』『雙調八十三字，前段八句五仄韻，後段十句五仄韻。』『此即尹詞體，然句讀參差，恐有訛脱，姑録以備一體。』」

詞繫卷三：「樂章集屬雙調。」「此與尹作微異，當附列。汲古、詞律落『有』字，據宋本補。」

【箋注】

〔一〕漫向：空向，徒向。張相詩詞曲語辭匯釋：「漫，本爲漫不經意之漫，爲聊且義或胡亂義，轉變而爲徒義或空義。字亦作漫，又作慢。」

〔二〕待：張相詩詞曲語辭匯釋：「待，擬詞，猶將也；打算也。」

【輯評】

清焦循雕菰樓詞話：「毛大可稱詞本無韻，是也。偶檢唐宋人詞，如……柳永秋夜月用散（旱）、面（霰）、歎（幹）、限（潸）、怨（願）、達（阮）……按唐人應試用官韻，其非應試，如韓昌黎贈張籍詩，以城、堂、江、庭、童、窮一韻，則庚、青、江、陽、東通協，不拘拘如律詩也。至於詞，更寬可知矣。」

巫山一段雲

六六真游洞〔一〕，三三物外天〔二〕。九班麟穩破非煙〔三〕。何處按雲軒〔四〕。

昨夜麻姑陪宴〔五〕。又話蓬萊清淺〔六〕。幾回山脚弄雲濤。仿佛見金鼇〔七〕。

【校記】

〔九班〕毛本「班」作「□」，吴本脱「班」字，林刊百家詞本作「卯」，鄭校依宋本補作「班」。陳録：「九卯，一作『斑』」。張校「班」下注：「原空，依宋本補。」

〔麟穩〕毛本、吴本「穩」作「穏」，誤。蓋因形近而訛。張校「穩」下注：「宋本『穩』。」

〔雲軒〕毛本、吴本、張校本、朱校引焦本「軒」作「軿」。張校：「宋本『軒』。」今按此處應協韻，作「軒」爲是。

【訂律】

巫山一段雲，唐教坊曲，用作詞調見花間集録毛文錫、李珣等所作。蓋取義於宋玉賦中巫山神女事。

【箋注】

〔一〕六六真游洞：六六，三十六。真，仙。此指道家所謂神仙所居的三十六洞天。參見前玉樓春（鳳樓郁郁呈嘉瑞）闋「洞天」條注。今按：大中祥符五年趙玄朗降聖延恩殿後，真宗改延恩殿爲真游殿，又御撰真游頌。柳詞用「真游」之語，有其時代特徵。

〔二〕三三物外天：三三，九。物外，塵世之外。此指道家所謂九天。九天一指九野，如吕氏春秋卷一三有始覽第一：「天有九野……何謂九野？中央曰鈞天，其星角、亢、氐；東方曰蒼天，其星房、心、尾；東北曰變天，其星箕、斗、牽牛；北方曰玄天，其星婺女、虚、危、營室；西北方曰幽天，其星東壁、奎、婁；西方曰顥天，其星胃、昴、畢；西南方曰朱天，其星觜嶲、參、東井；南方曰炎天，其星輿鬼、柳、七星；東南方曰陽天，其星張、翼、軫。」九天又指天有九重，如漢揚雄太玄經卷八玄數：「九天，一爲中天，二爲羡天，三爲從天，四爲更天，五爲晬天，六爲廓天，七爲減天，八爲沉天，九爲成天。」孫子軍形第四：「善守者藏於九地之下，善攻者動於九天之上。」唐李白望廬山瀑布：「飛流直下三千尺，疑是銀河落九天。」

〔三〕九班：指九仙。宋張君房雲笈七籤卷三：「九仙者，第一上仙、二高仙、三大仙、四玄仙、五天仙、六真仙、七神仙、八靈仙、九至仙。」　麟穩：傳説仙人多騎麒麟，故云。宋張君房雲笈七籤卷一一四西王母傳下位道：「乘麟駕鹿之衛，軒車天馬，霓旍羽幢，千乘萬騎，光耀宫闕。」

破非煙：謂踏祥雲。非煙，參前看花回（玉墄金階舞舜干）闋同條注。

〔四〕按：止。詩大雅皇矣：「爰整其旅，以按徂旅。」毛傳：「按，止也。」　雲軒：雲車，傳説中仙人的車駕。文選卷三五張協七命：「爾乃巾雲軒，踐朝霧，赴春衢，整秋御。」李善注：「淮南子：馮夷、大丙之御也，乘雲車，入雲霓，遊微霧。」

〔五〕麻姑：仙女名。相傳三月三日西王母壽辰，麻姑在絳珠河畔以靈芝釀酒，爲王母祝壽，稱爲麻姑獻壽。

〔六〕「又話」句：傳説東漢桓帝時曾應仙人王遠召，降於蔡經家，自謂「接侍以來，已見東海三爲桑田，向到蓬萊，水又淺于往昔，會時略半也，豈將復還爲陵陸乎？」事見東晉葛洪神仙傳卷三。蓬萊：仙山名。列子卷五湯問：「其中有五山焉，一曰岱輿、二曰員嶠、三曰方壺、四曰瀛洲、五曰蓬萊，其山高下周旋三萬里，其頂平處九千里，山之中間相去七萬里，以爲鄰居焉。其上臺觀皆金玉，其上禽獸皆純縞，珠玕之樹皆叢生，華實皆有滋味，食之皆不老不死。所居之人皆仙聖之種，一日一夕飛相往來者，不可數焉。」史記卷六秦始皇本紀：「齊人徐市等上書言：『海中有三神山，名曰蓬萊、方丈、瀛洲，仙人居之。請得齋戒與童男女求之。』」

〔七〕金鼇：傳説負載東海三神山的巨鼇。文選卷一五思玄賦：「登蓬萊而容與兮，鼇雖抃而不傾。」唐李善注引列仙傳曰：「巨鼇負蓬萊山而抃於滄海之中。」

其二

琪樹羅三殿〔一〕，金龍抱九關〔二〕。上清真籍總群仙〔三〕。朝拜五雲間〔四〕。

昨夜紫微詔下〔五〕。急喚天書使者。令齎瑶檢降彤霞〔六〕。重到漢皇家〔七〕。

【校記】

〔紫微〕毛本、勞鈔本、詞繫「微」作「薇」。

〔急喚〕張校本「喚」字脱。

〔令齎〕毛本、勞鈔本、張校本、詞繫「齎」作「賫」。

〔彤霞〕毛本、吴本、林刊百家詞本、詞繫「彤」作「雕」。張校：「原訛『雕』，依宋本改。」

【訂律】

詞繫卷二一：「樂章集屬雙調。」「後段亦换韻，與李曄第二首（今按謂李曄同調「蝶舞梨園雪」）同，唯兩結句平仄異。」

【箋注】

〔一〕琪樹：神話中的玉樹。山海經卷一一：「開明北有視肉、珠樹、文玉樹、玗琪樹。」郭璞注：「玗琪，赤玉屬也。吴天璽元年，臨海郡吏伍曜在海水際得石樹，高二尺餘，莖葉紫色，詰曲傾靡，有光彩，即玉樹之類也。」文選卷一一孫綽游天台山賦：「建木滅景於千尋，琪樹璀璨而垂珠。」吕延濟注：「琪樹，玉樹。」 三殿：唐大明宮之麟德殿一殿而有三面，故稱三殿，見宋王應麟玉海卷一六〇唐三殿條。此指宫中殿宇。唐蔣防望禁院祥光：「嘉瑞生天色，葱蘢幾效祥。樹摇三殿側，日映九城傍。」

〔二〕金龍：金色龍形的裝飾物。五代和凝宫詞：「玉殿朦朦散曉光，金龍高噴九天香。」 九關：指九重天門或九天之關。楚辭招魂：「魂兮歸來，君無上天些。虎豹九關，啄害下人些。」東漢王逸注：「言天門凡有九重，使神虎豹執其關閉，主啄齧天下欲上之人而殺之也。」

〔三〕上清：道家所稱三清境之一。以玉清、上清、太清爲三清，皆仙人所居之府。宋張君房雲笈七籤卷三：「其三清境者，玉清、上清、太清是也。亦名三天，其三天者，清微天、禹餘天、大赤天是也。」又同書卷八：「上清之天，在絶霞之外，有八皇老君，運九天之仙，而處上清之宫也。」

〔四〕五雲：五色祥雲，謂仙人所乘之雲。南齊書卷一一樂志迎神奏昭夏樂歌辭：「聖祖降，五雲集。」宋李昉太平廣記卷六引東方朔别傳：「朔曰：『臣至東極，過吉雲之澤。』帝曰：『何爲吉雲？』曰：『其國常以雲氣占凶吉，若有喜慶之事，則滿室雲起，五色照人，着於草樹，皆成五色露，露味皆甘。』」

〔五〕紫微：即紫微垣。星官名，三垣之一。晉書天文志上：「紫宫垣十五星，其西蕃七，東蕃八，在北斗北。一曰紫微，大帝之座也，天子之常居也，主命主度也。」

〔六〕賫：送與，饋贈。瑶檢：即玉檢，玉牒書的封簽。説文：「檢，書署也。」清段玉裁注：「玉牒檢者，玉牒之玉函也，所謂玉檢也。」唐李嶠爲何舍人賀梁王處御書雜文表：「跪發珍藏，肅承瑶檢。」唐李商隱贈華陽宋真人兼寄清都劉先生：「玉檢賜書迷鳳篆，金華歸駕冷龍鱗。」

〔七〕「重到」句：漢武帝内傳：「（元封四年）四月戊辰，帝閒居承華殿，東方朔、董仲舒在側，忽見一女子著青衣，美麗非常。帝愕然，問之，女對曰：『我墉宫玉女王子登也，乃爲王母所使，從崑崙山來。』語帝曰：『聞子輕四海之禄，尋道求生，降帝王之位，而屢禱山嶽，勤哉！有似可教者也。從今日清齋不閑人事，至七月七日王母暫來也。』」其後即記七月西王母來訪事。

今按：宋真宗大中祥符元年正月三日，「天書」初降於承天門。四月一日，再降於大内功德閣。六月六日，復降於泰山醴泉亭。此謂「重到漢皇家」，有再寄企盼之意。

其三

清旦朝金母〔一〕，斜陽醉玉龜。天風搖曳六銖衣〔二〕。鶴背覺孤危〔三〕。　貪看海蟾狂戲〔四〕。不道九關齊閉。相將何處寄良宵。還去訪三茅〔五〕。

【校記】

〔搖曳〕林刊百家詞本「搖」作「瑶」。

〔貪看〕古今詞統「貪」作「會」。

【箋注】

〔一〕金母：即西王母。太平廣記卷五六引集仙録：「西王母者，九靈太妙龜山金母也，一號太靈九光龜臺金母元君，乃西華之至妙，洞陰之極尊。……所居宮闕，在龜山春山西那之都，崑崙玄圃閬風之苑。……茅君從西城王君詣白玉龜臺，朝謁王母，求長生之道。」

〔二〕六銖衣：謂神仙之衣。銖爲古代衡制中的重量單位，二十四銖爲一兩。長阿含經謂：「忉利天衣重六銖。」言其輕而薄，後稱仙佛之衣爲六銖衣。唐宋之問奉和幸大薦福寺：「欲知皇劫遠，初拂六銖衣。」唐李商隱聖女祠：「無質易迷三里霧，不寒長著六銖衣。」

〔三〕鶴背：東晉王嘉拾遺記卷一〇：「崑崙山有昆陵之地，其高出日月之上……群仙常駕龍乘鶴遊戲其間。」唐白居易酬贈李鍊師見招：「曾犯龍鱗容不死，欲騎鶴背覓長生。」

〔四〕海蟾：指月中蟾蜍。宋邵桂子海蟾：「三足老蟆太陰精，夜載阿姮朝帝庭。澡形不假桂花露，背負金輪浴滄溟。騰騰躍起幾萬尺，癡腹一團露圓白。」一說指道家南宗之祖劉海蟾，狂戲指劉海蟾撒金錢之戲。元趙道一歷世真仙體道通鑑卷四九：「劉玄英，字宗成，號海蟾子。初名操，字昭遠，後得道，改稱焉。燕地廣陵人也。以明經擢第，仕燕主劉守光爲相。素喜性命之説，欽崇黄老之教。一日忽有道人來謁，海蟾乃邀坐堂上，待以賓禮，問其氏族名字，俱不對，但自稱正陽子。海蟾順風請益，道人爲演清静無爲之宗、金液還丹之要。既竟，乃索雞卵十枚、金錢十文，以一文置之几上，累十卵於錢，若浮圖之狀。海蟾驚異之，嘆曰：『危哉！』道人曰：『人居榮禄之場，履憂患之地，其危有甚於此者。』復以盡其錢擘破爲二，擲之，遂辭而去。海蟾因此大悟，是夜命家人設宴，棄擲金玉，翌早解印辭朝，易服從道。」

〔五〕三茅：指三茅君。茅山，又名句曲山，在今江蘇。相傳漢代茅盈、茅固、茅衷三兄弟於此修練成仙。東晉葛洪神仙傳卷五：「茅君者，名盈，字叔申，咸陽人也。……茅君十八歲入恒山學道，積二十年，道成而歸。……治於句曲山，山有洞室，神仙所居，君治之焉。……時人因呼此山爲茅山焉。後二弟年衰，各七八十歲，棄官委家，過江尋兄。君使服四扇散，却老還嬰，於山下洞中修練四十餘年，亦得成真。太上老君命五帝使者持節以白玉版黄金刻書加九錫之命，拜君爲太元真人東嶽上卿司命真君，主吴越生死之籍。方却昇天，或治下於潛山。又使使者以紫素策文拜固爲定録君，衷爲保命君，皆例上真，故號三茅君焉。」宋李燾續資治通鑑長編卷九三：「（天禧三年四月）丁酉，知江寧府丁謂言，中使雷允恭詣茅山投進金龍玉簡，設醮次，七鶴翔於壇上。上作詩賜謂。」

【輯評】

明卓人月輯、徐士俊參評古今詞統卷五：「第四句游仙未慣之語。」

其四

閬苑年華永〔一〕，嬉遊別是情。人間三度見河清〔二〕。一番碧桃成〔三〕。金母忍將輕摘。留宴鼇峰真客〔四〕。紅猊閒臥吠斜陽〔五〕。方朔敢偷嘗〔六〕。

【訂律】

夏批：「『番』讀去聲。杜工部詩『會須上番看成竹』，獨孤及詩『舊日霜毛一番新』。」

鄭批：「（「番」）作去。」

【箋注】

〔一〕閬苑：謂西王母居所。參前闋「金母」條注。

〔二〕河清：黄河水清，爲升平祥瑞之象徵。文选卷一五張衡歸田賦：「徒臨川以羨魚，俟河清乎未期。」吕延濟注：「河清，喻明時。」東漢王粲登樓賦：「惟日月之逾邁兮，俟河清其未極。」東晉王嘉拾遺記卷一：「黄河千年一清。」今按：據宋李燾續資治通鑑長編卷七四，大中祥符三年十一月，「陝州言寶鼎縣黄河清。遣官致祭，群臣稱賀」；十二月，「寶鼎縣黄河再清。經略制置副使李宗諤以聞。上作詩，近臣畢賀」。晏殊曾上河清頌。詞中云「人間三度見河清」，即據此而發。

〔三〕碧桃：指神話中西王母的蟠桃，蟠屈三千里，三千年一結果。東漢班固漢武帝内傳：「又命侍女更索桃果，須臾，以玉盤盛仙桃七顆，大如鴨卵，形圓，青色，以呈王母。母以四顆與帝，三顆自食。桃味甘美，口有盈味。帝食輒收其核，王母問帝，帝曰：『欲種之。』母曰：『此桃三千年一生實，中夏地薄，種之不生。』帝乃止。」唐許渾登故洛陽城：「可憐緱嶺登仙子，猶自吹笙醉碧桃。」

〔四〕鼇峰：指巨鼇所負載的東海神山，參見前巫山一段雲（六六真遊洞）闋「蓬萊」、「金鼇」條注。真客：仙人。

〔五〕尨：同尨，犬名。詩召南野有死麕：「無使尨也吠。」毛傳：「尨，狗也。非禮相陵則狗吠。」

唐耿湋送葉尊師歸處州：「狺狺犬聲吠，洞府有仙尨。」

〔六〕方朔：東方朔，漢武帝臣。宋祝穆古今事文類聚前集卷三四引漢武帝内傳：「七月七日，上於承華殿齋，忽有一青鳥從西方來集殿前，上問東方朔，朔曰：『此西王母欲來也。』有頃，王母至，乘紫雲之輦，駕五色斑龍，上殿，自設精饌，以柈盛桃七枚，帝食之甘美。母曰：『此桃三千年一結實。』又南窗下有人窺看，帝驚問何人，王母曰：『是我鄰家小兒東方朔，性多滑稽，曾三來偷桃子。此子昔爲太上仙官，但務游戲，太上謫斥，使在人間。』」

其五

蕭氏賢夫婦〔一〕，茅家好弟兄〔二〕。羽輪飆駕赴層城〔三〕。高會盡仙卿。一曲雲謡爲壽〔四〕。倒盡金壺碧酒〔五〕。醺酣争撼白榆花〔六〕。蹋碎九光霞〔七〕。

【校記】

〔層城〕曹校引梅本「層」作「重」。

〔金壺〕林刊百家詞本「壺」作「臺」。

〔醺酣〕古今詞統作「微醺」。

【箋注】

〔一〕蕭氏賢夫婦：指蕭史和弄玉。列仙傳載蕭史善吹簫，能作鳳鳴。秦穆公以女弄玉妻之，并爲其建鳳凰臺。後二人乘鳳凰仙去。參見前笛家弄（花發西園）闋「秦樓」條注。

〔二〕茅家好弟兄：指三茅君。參見前巫山一段雲（清旦朝金母）闋「三茅」條注。

〔三〕羽輪：以鸞鶴爲馭的坐車，傳爲神仙所乘。明馮惟訥古詩紀卷一四三引周氏通冥記五仙詩：「太霞鬱紫蓋，景風飄羽輪。」　飆駕：即飆車，御風而行之神車。太平廣記卷五六引集仙録：「（西王母）所居宫闕，在龜山春山，西那之都，崑崙之圃，閬風之苑，有城千里，玉樓十二……其山之下，弱水九重，洪濤萬丈，非飆車羽輪不可到也。」唐李白古風之四：「羽駕滅去影，飆車絶迴輪。」

〔四〕雲謡：指白雲謡。太平廣記卷二引仙傳拾遺：「遂登春山，又觴西王母於瑶池之上。王母謡曰：白雲在天，道里悠遠，山川間之，將子無死，尚能復來。」唐李白大獵賦：「哂穆王之荒誕，歌白雲之西母。」唐白居易八駿圖：「白雲黄竹歌聲動，一人荒樂萬人愁。」後蜀歐陽炯花間集序：「是以唱雲謡則金母詞清，挹霞醴則穆王心醉。」

〔五〕金壺：酒壺之美稱。唐韓翃田倉曹東亭夏夜飲得春字：「玉佩迎初夜，金壺醉老春。」　碧酒：清澄的美酒，清酒。杜甫送率府程録事還鄉：「素絲挈長魚，碧酒隨玉粒。」唐薛曜奉和聖制夏日游石淙山：「此中碧酒恒参聖，浪道崑山别有仙。」

〔六〕白榆花：古樂府隴西行：「天上何所有，歷歷種白榆。」杜甫大覺高僧蘭若：「香爐峰色隱晴湖，種杏仙家近白榆。」

〔七〕九光霞：指五彩絢爛的雲霞。九光爲道家慣用之辭。舊題西漢東方朔海内十洲記：「昆侖，號曰昆崚……碧玉之堂，瓊華之室，紫翠丹房，錦雲燭日，朱霞九光，西王母之所治也。」東晉葛洪抱朴子至理：「懷重規於絳宫，潛九光於洞冥。」唐吴筠游仙：「靈旛七曜動，瓊障九光開。」

【輯評】

清沈雄古今詞話詞辨上卷：「巫山一段雲。樂府解題曰：漢鐃歌巫山高爲思婦詞，一曰狀巫峽。按太平廣記，王母第二十三女名瑶姬，號雲華夫人，居巫山，詩家所謂神女也。峽下有神女祠，過此爲無我灘矣。詞盛於花間李珣、毛文錫諸人。又唐昭宗宫人題於寶雞驛壁者，换頭用六字句，叶仄韻，與柳郎中之詠游仙相類。昭宗宫人云：『青鳥不來愁絶。忍看鴛鴦雙結。春風一等少年心。閒情恨不禁。』柳郎中云：『一曲雲謡爲壽。倒盡玉壺春酒。微醺争撼白榆花，踏碎九光霞。』箋體中應備之。」

清李調元雨村詞話卷一：「詩有遊仙，詞亦有遊仙，人皆謂柳三變樂章集工於閨帳淫媟之語、羈旅悲怨之辭。然集中巫山一段雲詞，工於遊仙，又飄飄有淩雲之意，人所未知。……末二句（今按謂「醺酣」二句）真不食煙火語。」

鄭批：「此五闋，蓋詠當時宮詞之類也，托之遊仙，唐詩人常有此格，特詞家罕見之。」

【考證】

以上巫山一段雲五闋，據吴熊和師考訂，當作於大中祥符六年(一〇一三)。説詳吴熊和師柳永與宋真宗「天書」事件一文。

吴熊和師柳永與宋真宗「天書」事件云：「真宗除了御撰大中祥符頌、真游頌賜天下道藏外，還於大中祥符六年(一〇一三)六月，親自『作步虛詞六十首，付道門以備法醮』。樂府解題曰：『步虛詞，道家曲也，備言衆仙縹緲輕舉之類。』柳永這五首詞，就其內容來説，也就是步虛詞。當時京師與各地道場按時齋醮，先天、降聖、承天諸節日又盛行宴集，都需要演奏道曲，這些道曲還需要配上新的樂辭。在這些節日之前一個月，京師就召集樂工先行練習。柳永這首詞，就適用於這類場合，或許它們就是爲道門法醮與諸節宴慶而作的，其作年當與真宗御撰步虛詞約略同時。唐時劉禹錫、韋渠牟等，都寫過五律或七絶的步虛詞。真宗步虛詞六十首，久已失傳，不知何體。柳永所作，則是最先用詞體寫的步虛詞了。」(今按，真宗步虛詞未佚，收於明正統道藏洞真部贊頌類之金籙齋三洞贊詠儀卷中，包括步虛詞、玉清樂、太清樂、白鶴贊各十首，散花詞二十首，共六十首。)

婆羅門令

昨宵裏、恁和衣睡。今宵裏、又恁和衣睡。小飲歸來，初更過、醺醺醉。中夜後、何事還驚起。霜天冷，風細細。觸疏窗、閃閃燈摇曳。　空牀展轉重追想，雲雨夢、任攲枕難繼。寸心萬緒，咫尺千里。好景良天，彼此空有相憐意〔一〕。未有相憐計。

【校記】

〔何事〕林刊百家詞本「何」作「可」。

〔何事還驚起〕毛本、吴本、林刊百家詞本、詞繫、張校本於此句後分片。鄭校：「宋本以『空床』句爲過片。」

〔細細〕勞鈔本、朱校引原本、繆校引宋本、張校引宋本脱一「細」字。

〔疏窗〕張校本作「疏林」。

〔任攲枕〕勞鈔本、朱校引原本、繆校引宋本「任」作「如」。張校：「宋本『如』，非。」

【訂律】

婆羅門令，調名源於唐大曲婆羅門。首見於樂章集，宋詞中僅存柳永此闋。與同源於大曲婆羅門之詞調婆羅門、望月婆羅門引不同。

詞律卷一一：「與前詞（曹組婆羅門引）全不同，句豆以意點定，或有訛處，未可知也。」

詞譜卷一一：「調見柳永樂章集，原注『夾鐘商』，與婆羅門引不同。」「雙調八十六字，前段六句三仄韻、一疊韻，後段十句六仄韻。」「此調祇有此詞，無別首宋詞可校。花草粹編於『閃閃燈搖曳』句分段，然前後段終不整齊，今從本集。」

詞繫卷九：「羯鼓録屬太簇商調。本集屬雙調。」「唐書云：開元中，西涼府節度楊敬述進。天寶十三載改爲霓裳羽衣。愚按：婆羅門引屬黄鐘商，與此宫調不同，故分列。餘詳婆羅門引下。」「汲古於『搖曳』句分段，今從宋本。『細細』二字，宋本少一『細』字，『任』字作『如』。『重追』二字，葉譜作『追思』。」

勞批：「此闋汲古本另編，別有『雙調』二字，斧季亦標『七十八』三字（原夾注：調上又標），疑誤標於宫調，因復改標詞調上，宫調上未及删去耳。」

夏批：「『此』字是句中韻。」

鄭批：「與夢窗婆羅門引異。」

【箋注】

〔一〕相憐：相互憐愛，憐惜。列子楊朱：「古語有之：『生相憐，死相捐。』」

【輯評】

清陳廷焯詞則閑情集卷一：「起數語俚淺。」「末二語開出多少傳奇。」

清陳廷焯雲韶集：「（上闋）筆致飛舞。」「『中夜後、何事還驚起』一語，不是有心人道不出。」「（結二句）嗚咽纏綿，不知是血是淚。」

邵祖平詞心箋評：「此詞已逗大石之門，張小山朝天子云：『與誰。畫眉。猜破風流謎。銅駝巷裏玉驄嘶。夜半歸來醉。小意收拾，怪膽矜持。不識羞，誰似你！自知。理虧。燈下和衣睡。』令詞之成爲慢詞，柳耆卿、賀方回二家關繫爲多，此闋則直詞餘矣。」

小石調

法曲獻仙音

追想秦樓心事〔一〕，當年便約，于飛比翼〔二〕。每恨臨歧處，正攜手、翻成雲雨離拆。念倚玉偎香，前事頓輕擲。慣憐惜。饒心性，鎮厭厭多病〔三〕，柳腰花態嬌無力。早是乍清減，別後忍教愁寂。記取盟言，少孜煎〔四〕、賸好將息〔五〕。遇佳景、臨風對月，事須時恁相憶〔六〕。

【校記】

〔每恨〕毛本、吴本、張校本、林刊百家詞本、朱校引焦本「每」作「悔」。張校：「宋本『每』。」

〔離拆〕毛本、吴本「拆」作「析」。鄭校：「『析』字當爲『拆』之訛。清真念奴嬌：『奈有離拆。』」張校本「拆」作「坼」。

〔頓輕擲〕毛本、吴本「頓」作「慣」。張校：「原誤『慣』，依宋本改。」（今按，下片有「慣憐惜」，「慣」當爲「頓」字。）

〔慣憐惜〕毛本、吴本、林刊百家詞本於此句後分片。張校：「三字原誤屬上，依宋本正。」

〔鎮厭厭〕毛本、吴本、張校本、林刊百家詞本、朱校引焦本「鎮」作「正」。張校：「宋本『鎮』。」

〔早是〕鄭校：「『早是』二字疑衍。」

〔事須〕陳録「事」作「時」。鄭校：「『事須』二字衍。」

【訂律】

法曲獻仙音，首見於樂章集。宋史卷一四二樂志謂：「法曲部，其曲二，一曰道調宫望瀛，二曰小石調獻仙音。」此調樂章集即入小石調。樂章集另有小石調法曲第二，應爲此調變體。周邦彦有大石調法曲獻仙音。

詞律卷一三：「柳詞多訛，此調與諸家句法大異，必有錯誤處，不可從，姑存之，以俟識者。」

詞譜卷二二：「陳暘樂書云：『法曲興於唐，其聲始出清商部，比正律差四律，有鐃鈸鐘磬之音，獻仙音其一也。』又云：『聖朝法曲，樂器有琵琶、五絃箏、箜篌、笙、笛、觱篥、方響、拍板，其曲所存，不過道調望瀛、小石獻仙音而已，其餘皆不復見矣。』樂章集注『小石調』；姜夔詞注『大石調』；周密詞名獻仙音；姜夔詞名越女鏡心。按：唐張籍酬朱慶餘詩，有『越女新妝出鏡心』句，姜詞調名本此。』「雙調九十一字，前段八句四仄韻，後段九句四仄韻。」「小石調獻仙音詞，以此詞爲正體，句讀與周詞（按指同調「蟬咽涼柯」闋）迥別，若『青翼傳情』（柳永同調別首）詞之減字，或名法曲第二，想亦小石調之變體耳。」

詞繫卷九：「宋史樂志法曲部小石調。陳暘樂書：『法曲興於唐，其聲始出清商部，比正律差四律，有鐃鈸鐘磬之音，獻仙音其一也。聖朝法曲樂器，有琵琶、五絃箏、箜篌、笙、笛、觱篥、方響、拍板，其曲所存不過道調望瀛、小石獻仙音而已，餘皆不及見矣。』本集屬小石調，九宮大成入北詞仙呂調，許譜同。」「歐陽修六一詩話云：『王建有霓裳詞，今教坊尚存其聲，而其舞則廢不傳矣。近世有望瀛府、獻仙音二曲，乃其遺聲也。』沈括夢溪筆談：『蒲中逍遥樓楣上有唐人横書梵字，相傳是霓裳譜，字訓不通，莫知其説。或謂今燕都有獻仙音曲，乃其遺聲。然霓裳本謂之道調曲，獻仙音乃小石調耳。』嘉祐雜志：『同州樂工，翻河中黄幡綽霓裳譜，人以爲非是，仍依法曲造成。伶人花日新見之，題其後云：法曲雖精，莫近望瀛。』碧雞漫志：『望瀛府屬黄鐘宫，獻仙音屬小石調，了不相干。歐陽永叔知霓裳羽衣爲法曲，而以望瀛府、獻仙音爲法曲中遺聲，不明宫調，亦太疏矣。』又云：『予謂筆談知獻仙音非是，乃指爲道調法曲，則無所著見。雜志謂同州樂工翻黄幡綽譜，遂不載何宫調，安知非逍遥樓上楣横書耶。』詞名集解：『宋春、秋、聖節三大宴，第十七奏鼓吹，或用法曲，或用龜兹法曲部。其曲有二，一曰道調宫望瀛，一曰小石調獻仙音。樂用琵琶、箜篌、五絃、方響等器。』愚按：諸所謂獻仙音者，即此調也。法曲乃一部之名，宋時盛行，但非唐時霓裳之舊耳。其爲小石調無疑。而望瀛府宋詞并無其體，又不傳久矣。餘與拂霓裳、婆羅門、霓裳中序第一參看。詞律謂此詞必有錯誤，與諸家大異，不確。『每』字，汲古作『悔』，『拆』字作『析』，『頓』字作『慣』。『慣憐惜』三字屬上段。『孜』字，一本作『愁』，今據宋本訂正。」

清丁紹儀聽秋聲館詞話卷一四：「詞中換頭句扼一篇之要，故分段不容稍混。乃詞律有不知舊本之誤，而誤分未分者。亦有明知其誤而未經訂正者。如……法曲獻仙音，應於『頓輕擲』句分段。」

曹校：「『少孜煎，剩好將息』，與本集駐馬聽調『無事孜煎』，『孜煎』疑皆『敖煎』，傳寫訛『敖』爲『孜』耳。」

夏批：「『孜煎』當是宋代俗語。紅友但於『煎』字注豆。」

鄭批：「此詞與宋諸家聲調有別，或又一體邪。紅友謂有訛誤，亦難盡信。」「按此闋正與宋本法曲第二句調無異。」

【箋注】

〔一〕秦樓：見前笛家弄（花發西園）同條注。

〔二〕于飛：詩邶風雄雉：「雄雉于飛，泄泄其羽。」詩邶風燕燕：「燕燕于飛，差池其羽。」又詩小雅鴛鴦：「鴛鴦于飛，畢之羅之。」　比翼：山海經卷六：「南山在結匈東南，比翼鳥在其東，其爲鳥青赤，兩鳥比翼。」又卷二：「有鳥焉，其狀如梟，而一翼一目，相得乃飛，名曰蠻鸞。」郭璞注：「比翼鳥也。色青赤，不比不能飛。爾雅作鶼鶼鳥也。」「于飛」、「比翼」皆以喻男女之恩愛和美。

〔三〕鎮：張相詩詞曲語辭匯釋：「鎮，猶常也；長也；儘也。」　厭厭：病態或精神不振貌。東晉陶潛和郭主簿：「檢素不獲展，厭厭竟良月。」南朝宋劉義慶世説新語品藻：「曹蜍、李志雖見在，厭厭如九泉下人。」唐韓偓春盡：「把酒送春惆悵在，年年三月病厭厭。」

〔四〕孜煎：愁苦，憂煩。柳永駐馬聽：「奈何伊。恣性靈、忒煞些兒。無事孜煎，萬回千度，怎忍分離？」

〔五〕賸：張相詩詞曲語辭匯釋：「賸，猶真也；盡也；頗也；多也。」　將息：養息，唐王建留別張廣文：「千萬求方好將息，杏花寒食約同行。」亦謂珍重、保重之意。東晉王羲之問慰諸帖：「雨氣無已，卿復何似？耿耿，善將息！」

〔六〕事須：謂情勢應該如此，理應如此。唐劉禹錫和僕射牛相公寓言：「只恐重重世緣在，事須三度副蒼生。」一説事須爲唐宋習用語。宋陸游小雨：「事須求暫假，宜睡稱燒香。」自注：「事須二字，蓋唐人公移中語也。」

西平樂

盡日憑高目，脈脈春情緒。嘉景清明漸近，時節輕寒乍暖，天氣纔晴又雨。煙光淡蕩〔一〕，妝點平蕪遠樹〔二〕。黯凝竚〔三〕。臺榭好、鶯燕語。正是和風麗日，幾許繁紅嫩緑，雅稱嬉遊去〔四〕。奈阻隔、尋芳伴侣。秦樓鳳吹，楚館雲約〔五〕，空悵望、在何處。寂寞韶華暗度。可堪向晚〔六〕，村落聲聲杜宇〔七〕。

【校記】

〔西平樂〕花草粹編調下注曰「春暮」。

〔憑高目〕毛本、吴本、林刊百家詞本、詞繫、朱校引焦本「目」上有「寓」字。張校：「宋本無『寓』字。」

〔嘉景〕詞繫「嘉」作「佳」。

〔煙光〕詞繫「光」作「花」。

〔妝點〕毛本、吴本、張校本、勞鈔本、詞繫「妝」作「裝」。

〔黯凝竚〕毛本、吴本、張校本、林刊百家詞本於此句後分片。鄭校：「宋本以『正是和風』爲後段起句。」張校引宋本於「鶯燕語」後分段。

〔雅稱嬉遊去〕繆校：「萬氏云：『晁無咎詞此句作：「準擬金尊時舉。」六字，柳集必落去一字。』然朱雍和詞作：『好趁飛瓊去。』則亦作五字，似不必增也。」

〔楚館〕毛本「館」作「管」，吴本作「臺」。張校：「原訛『管』，依宋本改。」

〔悵望〕毛本「悵」作「帳」，當誤。張校：「原訛『帳』，依宋本改。」

〔韶華〕毛本、吴本、張校本、林刊百家詞本、朱校引焦本「華」作「光」。張校：「宋本『華』。」

〔暗度〕毛本、吴本無「暗」字。曹校：「朱雍梅詞用耆卿此韻，作『晝角哀時暗度』，當據宋本補『暗』字。」張校「暗」下注：「原脱，依宋本補。」

【訂律】

西平樂，首見於樂章集。填詞名解：「古清商曲有西平樂。」周邦彦有平韻西平樂。樂章集、清真集及吴文英夢窗詞，均入小石調。

詞律卷一七：「按晁無咎此調一首與柳詞俱同，只向來樂章集『雅稱』句止五字，而晁詞此句作『準擬金尊時舉』，六字，是知柳集必落去一字，故於『遊』字下補□。或曰：『柳與晁或是二體，子安得必合之爲一？』余曰：『觀前段有六字三句，一調中句法定應相似，況樂章多訛脱，如汲古刻於「寂寞」句亦無「暗」字，則的係誤落，非兩體也。況其餘字句平仄無不同乎？』『乍煖』、『又雨』、『燕語』、『伴侣』、『向晚』、『杜宇』等去上聲妙，晁亦同。又，晁於『嫩緑』二字作一部，乃叶通篇韻者，此『緑』字恐亦宜作叶韻。北音『緑』字原作『慮』音也。」

詞譜卷三〇：「此調有仄韻、平韻兩體。仄韻者，始自柳永，樂章集注『小石調』；平韻者，始自周邦彦，一名西平樂慢。」「雙調一百二字，前段八句四仄韻，後段十三句六仄韻。」「此調押仄聲韻者，以此詞爲正體，若朱詞之減字，晁詞之添字，皆變格也。」「詞律疑『雅稱嬉遊去』句脱一字，因晁詞『準擬金尊時舉』，作六字句也。若朱詞本和柳韻，其後段第五句『好趁飛瓊去』，仍作五字句，則知樂章集所載并無譌脱，詞律臆説不可從。此詞可平可仄，悉參朱詞、晁詞。」

詞繫卷九：「本集屬小石調，九宮大成入南詞小石調引，許譜同。」「詞名集解云：『古清商曲，或加「慢」字。』古今樂録云：『倚歌也。』」「汲古於『凝佇』分段，今從宋本。『雅稱』句，詞律於『去』字上加□，誤。宋本本五字，朱雍有和詞，此句亦作五字，不得援晁詞以爲例也。『緑』字，詞律謂音慮，亦誤，朱作亦不叶也。『吹』字，朱作去聲，當讀去。其餘平仄照注如下。至『乍暖』、『又雨』、『燕語』、『伴侣』、『向晚』、『杜宇』諸去上聲，宜從，唯『又』字，朱作『如』字，用平，異誤。『館』字，汲古作『管』，詞律作『臺』；『華』字，汲古作『光』，據宋本改正。『寓』字，宋本缺，是脱誤。『煙花』二字，詞譜作『煙光』，『堪』字作『憐』。『脈』、『又』、『樹』、『幾』、『阻』、『可』可平。『春』可仄。『稱』、『吹』去聲。」

鄭批：「美成是解音拍迴異，蓋別一宫譜。」

【箋注】

〔一〕淡蕩：水迂迴緩流貌，引申爲和舒。唐陳子昂與東方左史虬修竹篇：「春風正淡蕩，白露已清泠。」

〔二〕平蕪：草木叢生的平曠原野。南朝梁江淹去故鄉賦：「窮陰匝海，平蕪帶天。」宋歐陽修踏莎行：「平蕪盡處是春山，行人更在春山外。」

〔三〕凝竚：張相詩詞曲語辭匯釋：「凝竚，亦作凝佇。離騷：『悔相道之不察兮，延佇乎吾將反。』王逸注：『延，長也。佇，立貌。』……竚爲有所企待之義，與凝字合成一辭，仍爲發怔或出神之義。……有爲凝魂義者，凡感懷傷神等等表示情感者屬之。……柳永鵲橋仙詞：『但黯然凝竚，暮煙寒雨，望秦樓何處？』此用黯然字，猶云黯凝魂或黯銷魂也。又西平樂詞：『黯凝竚。臺榭好、鶯燕語。正是和風麗日，幾許繁紅嫩緑，雅稱嬉遊去。奈阻隔、尋芳伴侣。』用黯字，義同上。」

〔四〕雅稱：張相詩詞曲語辭匯釋：「雅，猶頗也；又爲發語辭。……朱敦儒眼兒媚詞：『青錦成帷瑞香濃，雅稱小簾櫳。』雅稱，頗相稱也。」

〔五〕「秦樓」、「楚館」：見前滿朝歡（花隔銅壺）「秦樓彩鳳」、「楚觀朝雲」二注。

〔六〕向晚：張相詩詞曲語辭匯釋：「向晚，猶云臨晚或傍晚也。」唐李頎送魏萬之京：「關城曙色催寒近，御苑砧聲向晚多。」

〔七〕杜宇：東晉常璩華陽國志卷三蜀志：「後有王曰杜宇，教民務農，一號杜主。時朱提有梁氏女，利遊江源，宇悦之，納以爲妃。移治郫邑，或治瞿上。七國稱王，杜宇稱帝，號曰望帝，更名蒲卑，自以功德高諸王，乃以褒斜爲前門，熊耳、靈關爲後户，玉壘、峨眉爲城郭，江潛、綿洛爲池澤，以汶山爲畜牧，南中爲園苑。會有水災，其相開明决玉壘山以除水害。帝遂委以政事，法堯舜禪授之義，遂禪位於開明帝，升西山隱焉。時適二月，子鵑鳥鳴，故蜀人悲子鵑鳥鳴也。巴亦化其教而力農務，迄今巴蜀民農時先祀杜主君。」此指杜鵑鳥。

【附録】

西平樂 用耆卿韻 宋朱雍

夜色娟娟皎月，梅玉供春緒。不使鉛華點綴，超出精神淡竚。休妒殘英如雨。清香眷戀，只恐隨風滿路。散無數。　江亭暮。嗚佩語。正值忽忽乍别，天遠瑶池縞霰，好趁飛瓊去。忍孤負、瑶臺伴侣。瓊肌瘦盡，庾嶺零落，空悵望、動情處。畫角哀時暗度。參横向曉，吹入深沈院宇。（全宋詞於「散無數」句下注：「别作『只恐他風滿樹，散難竚』，韻與柳合，應從。」）

鳳棲梧

簾下清歌簾外宴〔一〕。雖愛新聲〔二〕，不見如花面。牙板數敲珠一串〔三〕。梁塵暗落瑠璃琖〔四〕。　桐樹花深孤鳳怨〔五〕。漸遏遥天〔六〕，不放行雲散。坐上少年聽不慣。玉山未倒腸先斷〔七〕。

【校記】

〔鳳棲梧〕毛本、吴本、張校本作「蝶戀花」。毛本調下注「一刻六一詞」。吴本調下注：「一刻六一詞。三首。」景刊宋金元明本詞景宋吉州本歐陽文忠公近體樂府卷二録此詞作歐陽修詞。

〔簾下〕吴本「下」作「内」。

〔花深〕毛本、吴本、張校本「深」作「聲」。張校：「字疑誤。」

〔不慣〕毛本、吴本、張校本、林刊百家詞本「不」作「未」。

〔未倒〕毛本、吴本、張校本、林刊百家詞本「未」作「將」。張校：「宋本『將』作『未』。」

【訂律】

鳳棲梧，即鵲踏枝、蝶戀花。杜甫秋興八首有「碧梧棲老鳳凰枝」，調名或本此。

詞譜卷一三：「唐教坊曲，本名鵲踏枝，宋晏殊詞改今名。樂章集注『小石調』；趙令畤詞注『商調』；太平樂府注『雙調』。馮延巳詞，有『楊柳風輕，展盡黄金縷』句，名黄金縷；趙令畤詞，有『不卷珠簾，人在深深院』句，名卷珠簾；司馬槱詞，有『夜涼明月生南浦』句，名明月生南浦；韓淲詞，有『細雨吹池沼』句，名細雨吹池沼；賀鑄詞，名鳳棲梧；李石詞，名一籮金；衷元吉詞，名魚水同歡；沈會宗詞，名轉調蝶戀花。」

【箋注】

〔一〕簾下清歌：梁書卷二八夏侯亶傳：「晚年頗好音樂，有妓妾數十人，竝無被服姿容，每有客，常隔簾奏之。時謂簾爲夏侯妓衣也。」蘇軾東坡志林卷一：「蘇子美家收張長史書，云：『隔簾歌已俊，對坐貌彌精。』語既凡而字無法。」

〔二〕新聲：謂新製或新流行之燕樂曲調。

〔三〕牙板：亦作「牙版」，以象牙或竹木所製之拍板，歌時擊之爲節拍。宋王禹偁送刑部韓員外同年致仕歸華山：「妻閑栽藥草，兒戲雜猿猴。買竹憑牙板，疏泉濕鹿裘。」參見前柳腰輕（英英妙舞腰肢軟）「檀板」條注。　珠一串：謂歌聲清麗如貫珠。唐白居易琵琶行：「嘈嘈切切錯雜彈，大珠小珠落玉盤。」

〔四〕梁塵：唐歐陽詢藝文類聚卷四三引劉向别録曰：「有麗人歌賦，漢興以來，善雅歌者，魯人虞公，發聲清哀，蓋動梁塵。」後遂以「動梁塵」形容歌聲之高亢響亮、美妙動人。西晉陸機擬東城一何高：「長歌赴促節，哀響逐高徽。一唱萬夫歎，再唱梁塵飛。」　瑠璃琖：即琉璃盞，代指酒杯。唐施肩吾夜宴曲：「被郎嗔罰琉璃盞，酒入四肢紅玉軟。」

〔五〕桐樹：詩大雅卷阿：「鳳凰鳴矣，于彼高岡。梧桐生矣，于彼朝陽。」　孤鳳怨：此以鳳鳴形容歌聲。用蕭史、弄玉之典，參見前笛家弄（花發西園）「秦樓」條注。

〔六〕漸遏遥天：用響遏行雲之典。參見前晝夜樂（秀香家住桃花徑）「遏天邊」條注。

〔七〕玉山未倒：南朝宋劉義慶世説新語卷下容止：「嵇叔夜之爲人也，巖巖若孤松之獨立；其醉也，傀俄若玉山之將崩。」後因以「玉山倒」形容人酒醉欲倒之態。李白襄陽歌：「清風朗月不用一錢買，玉山自倒非人推。」柳永小鎮西犯：「酩酊誰家年少。信玉山倒。家何處，落日眠芳草。」

其二

竚倚危樓風細細。望極春愁，黯黯生天際。草色煙光殘照裏。無言誰會凭闌意。

擬把疏狂圖一醉〔一〕。對酒當歌〔二〕，强樂還無味。衣帶漸寬終不悔〔三〕。爲伊消得人憔悴〔四〕。

【校記】

〔其二〕毛本調下注「一刻六一詞」。景刊宋金元明本詞景宋吉州本歐陽文忠公近體樂府卷二録此詞作歐陽修詞。明卓人月編、徐士俊參評古今詞統卷九録此詞調下注「登樓有懷」。

〔竚倚〕毛本、吴本、張校本「竚」作「獨」。朱本引焦本、陳録「倚」作「立」。

〔春愁〕毛本、吴本、張校本「春」作「離」，林刊百家詞本、陳録「春」作「清」。

〔煙光〕毛本、吴本、張校本「煙」作「山」。勞鈔本、朱校引原本、繆校引宋本、張校引宋本「光」作「花」。

〔無言誰會〕毛本、吴本、張校本作「無人會得」。張校引宋本作「無人誰會」。

〔擬把〕毛本、吴本、張校本作「也擬」。張校引宋本作「擬把」。

〔對酒〕勞鈔本、朱校引原本、張校引宋本脱此二字。勞校云：「刊（毛刊本）有『對酒』二字，斧季云宋本無。」
〔消得〕勞鈔本「消」作「銷」。

【箋注】

〔一〕疏狂：狂放，不受拘束。白居易代書詩寄微之：「疏狂屬年少，閑散爲官卑。」

〔二〕對酒當歌：三國魏曹操短歌行：「對酒當歌，人生幾何？譬如朝露，去日苦多。」

〔三〕衣帶漸寬：指消瘦。古詩十九首行行重行行：「相去日已遠，衣帶日已緩。」南朝梁沈約與徐勉書：「百日數旬，革帶常應移孔。」

〔四〕消得：張相詩詞曲語辭匯釋：「消，猶抵也；值也；配也。李商隱牡丹詩：『終銷一國破，不啻萬金求。』銷與消同，言其艷色值得如佳人之傾國也。……又鳳棲梧詞：『衣帶漸寬終不悔，爲伊消得人憔悴。』言爲伊之故，值得憔悴也。」

【輯評】

明卓人月編、徐士俊參評古今詞統卷九：「（『衣帶』二句）有云『薄情年少悔思量』者，非情癡矣。」

清賀裳皺水軒詞筌：「小詞以含蓄爲佳，亦有作決絶語而妙者，如韋莊『誰家年少足風流。妾擬將身嫁與，一生休。縱被無情棄，不能羞』之類是也。牛嶠『須盡一生拚，盡君今日歡』，抑亦其次。柳耆卿『衣帶漸寬終不悔，爲伊消得人憔悴』，亦即韋意，而氣加婉矣。」

清陳廷焯詞則閑情集卷一：「（「衣帶」二句）情深語切。」

王國維人間詞話：「古今之成大事業、大學問者，必經過三種之境界：『昨夜西風凋碧樹，獨上高樓，望盡天涯路』，此第一境也。『衣帶漸寬終不悔，爲伊消得人憔悴』，此第二境也。『衆裏尋他千百度，回頭驀見，那人正在，燈火闌珊處』，此第三境也。此等語皆非大詞人不能道。然遽以此意解釋諸詞，恐爲晏歐諸公所不許也。」

俞陛雲唐五代兩宋詞選釋：「長守尾生抱柱之信，拚減沈郎腰帶之圍，真情至語。此詞或作六一詞，汲古閣本則列入樂章集。」

唐圭璋唐宋詞簡釋：「此首，上片寫境，下片抒情。『獨倚』三句，寫遠望生愁。『草色』兩句，實寫所見冷落景象與傷高念遠之意。換頭深婉。『擬把』句，與『對酒』兩句呼應。强樂無爲，語極沉痛。『衣帶』兩句，更柔厚。與『不辭鏡裏朱顔瘦』語，同合風人之旨。」

邵祖平詞心箋評：「自古忠臣烈士成仁就義，皆所謂『衣帶漸寬終不悔，爲伊消得人憔悴』者也。柳屯田在詞中，究是大家，觀其心氣噴薄而出，雖令詞尚得大開大闔。」

錢鍾書管錐編：「『願言思伯，甘心首疾。』按王國維論柳永鳳棲梧『衣帶漸寬終不悔，爲伊消得人憔悴』，以爲即伯兮此章之遺意（靜安文集續編古雅之在美學上之地位），是也。西詩名句所謂：『爲情甘憔悴，爲情甘苦辛。』」

吴世昌詞林新話卷一：「靜安論古今成大事業之三種境界，此亦附會之談，非作者本意。『衣帶漸寬終不悔，爲伊消得人憔悴』，語出於古詩『相去日已遠，衣帶日以緩』，沈約革帶移孔亦即此意，無非説相思瘦損，與政治何涉？」

其三

蜀錦地衣絲步障〔一〕。屈曲回廊，靜夜閒尋訪。玉砌雕闌新月上。朱扉半掩人相望。　旋暖熏鑪温斗帳〔二〕。玉樹瓊枝〔三〕，迤邐相偎傍〔四〕。酒力漸濃春思蕩。鴛鴦繡被翻紅浪。

【校記】

〔熏鑪〕毛本、吴本、勞鈔本「熏」作「燻」，林刊百家詞本「熏」作「重」。

【箋注】

〔一〕蜀錦：蜀地所産之錦。三國魏曹丕與群臣論蜀錦書：「前後每得蜀錦，殊不相比，適可訝，而鮮卑尚復不喜也。」杜甫白絲行：「繰絲須長不須白，越羅蜀錦金粟尺。」宋晏殊山亭柳：「偶學念奴聲調，有時高遏行雲。蜀錦纏頭無數，不負辛勤。」明周復俊全蜀藝文志卷五六蜀錦譜：「蜀以錦擅名天下，故城名以錦官，江名以濯錦，而蜀都賦云：『貝錦斐成，濯色江波。』遊蜀記云：『成都有九璧村，出美錦，歲充貢。宋朝歲輸上供等，錦帛轉運司給其費，而府掌其事。元豐六年，吕汲公大防始建錦院於府治之東，募軍匠五百人織造，置官以涖之，創樓於前，以爲積藏待發之所，榜曰錦官。』」　地衣：即地毯。白居易紅綫毯：「地不知寒人要暖，少奪人衣作地衣。」　步障：亦作「步鄣」。用以遮蔽風塵或視綫的一種帷幕。曹植妾薄命二首：「華燈步障舒光，皎若日出扶桑。」晉書卷三三石崇傳：「（王）愷作紫絲布步障四十里，崇作錦步障五十里以敵之。」

〔二〕熏爐：亦作「燻爐」，用以熏香或取暖的爐子。唐張曙浣溪沙：「枕障熏爐隔繡帷。二年終日苦相思。杏花明月爾應知。」　斗帳：釋名釋床帳：「小帳曰斗帳，形如覆斗也。」玉臺新詠古詩爲焦仲卿妻作：「紅羅複斗帳，四角垂香囊。」

〔三〕玉樹瓊枝：比喻才子佳人。見前尉遲杯（寵佳麗）闋「瓊枝玉樹」條注。

〔四〕迆邐：「迆」同「迤」。迤邐，曲折連綿貌。南朝齊謝朓治宅：「迢遞南川陽，迤邐西山足。」

【輯評】

吴熊和師手批樂章集：「柳詞末句頗涉蕩思，易安用之，便歸雅正。」

法曲第二

青翼傳情〔一〕，香徑偷期〔二〕，自覺當初草草。未省同衾枕，便輕許相將，平生歡笑。怎生向〔三〕、人間好事到頭少。漫悔懊〔四〕。　細追思，恨從前容易，致得恩愛成煩惱。心下事千種，盡憑音耗〔五〕。以此縈牽，等伊來、自家向道。洎相見〔六〕，喜歡存問〔七〕，又還忘了。

【校記】

〔法曲第二〕毛本、吴本無此闋，繆校據宋本補。林刊百家詞本此詞後林大椿注云：「八六子迄法曲第二（按指八六子「如花貌」、惜春郎「玉肌瓊艷新妝飾」、傳花枝「平生自負風流才調」、過澗歇近拍「酒醒」、早梅芳「海霞紅」、瑞鷓鴣「吴會風流」、法曲第二「青翼傳情」七詞），凡七闋，原鈔本有目無詞，從彊邨叢書録補。堅之注。」花草稡編調下注曰「偷期」。

〔當初〕花草稡編、勞校引陸鈔「初」作「年」。

〔悔懊〕詞繫謂：「宋本作『誨』，誤。」

〔致得〕詞繫、張校本「得」作「將」。

〔以此〕張校本「以」作「似」。

〔縈牽〕詞繫「縈牽」倒作「牽縈」。

〔等伊來〕張校本作「等伊」。

〔喜歡存問〕張校本無「喜」字。

【訂律】

詞律拾遺卷三：「『慢悔懊』句，樂章集原屬後段换頭，葉本改歸前結，姑仍之。」詞繫卷九：「本集亦屬小石調。」「此調從宋本補，各譜皆不載，是排遍之第二曲也。」「宋本於『漫悔懊』分段，今從詞譜。『初』字，詞譜作『年』，『將』字作『得』，『以』字作『似』，『牽縈』二字作『縈牽』，今從宋本。唯『悔』字，宋本作『誨』，誤。」

【箋注】

〔一〕青翼：即青鳥，神話中爲西王母取食傳信的神鳥。山海經西山經：「三危之山，三青鳥居之。」晉郭璞注：「三青鳥主爲西王母取食者，别自棲息於此山也。」唐歐陽詢藝文類聚卷九一：「漢武故事曰：七月七日，上於承華殿齋，正中，忽有一青鳥從西方來，集殿前。上問東方朔，朔曰：『此西王母欲來也。』有頃，王母至，有二青鳥如烏，挾持王母旁。」後遂以「青鳥」爲信使的代稱。唐李商隱無題：「蓬山此去無多路，青鳥殷勤爲探看。」

〔二〕香徑：花間小路，或指落花滿地的小徑。唐戴叔倫游少林寺：「石龕苔蘚積，香徑白雲深。」宋晏殊浣溪沙：「無可奈何花落去，似曾相識燕歸來。小園香徑獨徘徊。」

〔三〕怎生向：怎向，怎奈。張相詩詞曲語辭匯釋：「向，語助詞，專用於『怎奈』、『如何』一類之語，加强其語氣而爲其語尾。有曰争向者。白居易題酒甕詩：『若無清酒兩三甕，争向白鬚千萬莖。』争向，猶云怎奈或奈何也。……柳永臨江仙詞：『牽情繫恨，争向年少偏饒。』義均同上。有曰怎向者，即争向也。柳永過澗歇近詞：『怎向心緒，近日厭厭長似病。』……義均同争向。……有曰怎生向者。柳永法曲第二詞：『怎生向、人間好事到頭少』……義均與怎向同。有曰如何向者。柳永鶴沖天詞：『黄金榜上，偶失龍頭望。明代暫遺賢，如何向。』……凡言如何向，猶云如之何也。省言之則曰何向。」

〔四〕悔懊：懊悔。唐韓愈薦士：「善善不汲汲，後時徒悔懊。」

〔五〕音耗：音信，消息。周書卷一一晉蕩公護傳：「既許歸吾於汝，又聽先致音耗。」

〔六〕洎：及，到。莊子寓言：「吾及親仕，三釜而心樂；後仕，三千鍾而不洎，吾心悲。」郭象注：「洎，及也。」

〔七〕存問：慰問，問候。史記卷八高祖本紀：「病愈，西入關，至櫟陽，存問父老。」

秋蕊香

留不得。光陰催促，奈芳蘭歇，好花謝，惟頃刻。彩雲易散瑠璃脆〔一〕，驗前事端的〔二〕。

風月夜，幾處前蹤舊迹。忍思憶。這回望斷，永作終天隔。向仙島，歸冥路，兩無消息〔三〕。

【校記】

〔秋蕊香〕毛本、吴本、張校本、林刊百家詞本、詞繫作「秋蕊香引」。花草粹編調下注曰「相思」。

〔奈芳蘭〕林刊百家詞本、詞繫、曹校引梅本、鄭校引梅本、張校引宋本、朱校引焦本「奈」作「有」。勞鈔本、朱校引原本「芳」作「有」。

〔終天〕詞繫作「蓬山」，曹校引徐本作「天涯」。鄭校：「徐本『終天』作『天涯』，是。」

〔歸冥路兩無消息〕毛本「冥」作「宴」，詞繫作「雲」。張校：「原本『雲』作『宴』，『路』在兩字下，依宋本改。粹編同，『雲』作『冥』。」毛本、陳録「路兩」作「兩路」。

【訂律】

秋蕊香，首見於樂章集。晏殊有令詞秋蕊香，曹勛有慢詞秋蕊香，蓋本爲大曲，詞譜謂柳永自度曲，不確。

詞律拾遺卷二：「首句三字起韻，『歇』字在月韻，不同部，當是借叶，然必有訛脱處，惜少他作可證。此調萬氏不收，但收四十八字秋蘂香一調，余按凡調名加引字者，引而伸之也，即添字之謂也。此『奈芳蘭歇』句即本調『雪殘香瘦』四字也；『好花』句六字，與『羅幙』句同；『彩雲』句七字，與『多情』句同；結句少一字；後起二句九字，較本調多二字；『忽思憶』句與『翻紅袖』句同；『這回』二句一四一五，較本調『金烏』七字多『望斷』二字；結二句十字，較本調多四字，雖前後共多十二字，而相同處音調脗合，正宜類列秋蘂香後耳。結句葉本作『向僊島，歸冥路，兩無消息』（詞律拾遺所録柳詞正文結句作「向僊島歸宴，兩路無消息」），較明順。」

詞譜卷七：「秋蕊香，此調有兩體，四十八字者始於晏殊，九十七字者始於趙以夫，兩詞迥別，因調名同，故爲類列。若柳永六十字秋蕊香引，仍即挨字另編。」

詞譜卷一三：「秋蕊香引，樂章集注『小石調』。」「雙調六十字，前段七句三仄韻，後段八句四仄韻。」「此柳永自度曲，無別首可校，其句讀平仄當遵之。」

詞繫卷九：「本集注小石調，九宮大成入南詞高大石調正曲。」「此與秋蕊香小令及秋蕊香近皆不同，故另列。」「『有』字，汲古作『奈』，『蓬山』二字作『終天』，誤，一作『天涯』。『雲』字作『宴』，一作『冥』。『謝』字，葉譜不斷句。『路』、『雨』二字，汲古倒，今從宋本。」

【箋注】

〔一〕「彩雲」句：唐白居易簡簡吟：「大都好物不堅牢，彩雲易散琉璃脆。」

〔二〕端的：見前征部樂（雅歡幽會）同條注。

〔三〕「向仙島」三句：白居易長恨歌：「上窮碧落下黄泉，兩處茫茫皆不見。」

【考證】

此詞似爲傷悼詞，所悼對象不可考，從「彩雲」句所用典故來看，似非其妻。樂章集傷離詞多，而傷悼詞則僅離別難（花謝水流）與此耳。

一寸金

井絡天開〔一〕，劍嶺雲橫控西夏〔二〕。地勝異〔三〕、錦里風流〔四〕，蠶市繁華〔五〕，簇簇歌臺舞榭。雅俗多遊賞，輕裘俊〔六〕、靚妝豔冶。當春晝，摸石江邊〔七〕，浣花溪畔景如畫〔八〕。　夢應三刀〔九〕，橋名萬里〔一〇〕，中和政多暇〔一一〕。仗漢節〔一二〕、攬轡澄清〔一三〕，高掩武侯勳業〔一四〕，文翁風化〔一五〕。台鼎須賢久〔一六〕，方鎮靜〔一七〕、又思命駕〔一八〕。空遺愛〔一九〕，兩蜀三川〔二〇〕，異日成嘉話。

【校記】

〔一寸金〕吴本、毛本、林刊百家詞本無此闋，繆校據宋本補。花草稡編調下注曰「上蜀刺史」。張校調下注：「此下五詞（案一寸金、如魚水「帝里」、滿江紅「匹馬」、臨江仙「畫舸」、長壽樂「繁紅」）原脱去，依宋本補。」

〔風流〕花草稡編、詞繫、詞譜「流」作「光」。

〔當春晝〕張校：「宋本原脱十五字，依稡編補。」

〔江邊〕花草稡編、詞繫、詞譜「江」作「池」。

〔溪畔〕花草稡編、詞譜「畔」作「上」。

〔風化〕詞律拾遺「風」作「雅」。
〔又思〕花草粹編、詞譜「思」作「還」。
〔兩蜀〕詞譜「兩」作「西」。
〔三川〕花草粹編、詞譜「三」作「山」。

【訂律】

一寸金，首見於樂章集。吴文英夢窗詞亦入「小石調」。

詞律拾遺卷五：「分句與周詞（按：謂周邦彦同調「州夾蒼崖」闋）多異，粹編『雅化』作『風化』。」

詞譜卷三四：「調見柳永詞。」「雙調一百八字，前段十句四仄韻，後段十一句四仄韻。」「此調始於此詞，但後段句讀參差，且宋詞多照周邦彦詞體填，故可平可仄，俱注周詞之下。前段結句，平仄與諸家不同，不參校入譜。」

詞繫卷七：「本集屬中吕宫，九宫大成入南詞越調正曲。」「此調汲古缺載，據宋本補。」「『控』、『景』、『政』三字必仄聲，勿誤。『雅俗』下十五字，宋本缺，據詞譜補。『畔』字，一本作『上』，『須』字作『思』，『思』字作『還』，『兩』字作『西』，『三』字作『山』，據宋本改。『風化』二字，葉譜作『雅化』。『光』字，宋本作『流』，誤，今從詞譜。『井』、『異』、『錦』、『舞』、『雅』、『夢』、『萬』、『節』字可平。『蠶』、『衮』可仄。」

夏批：「八字對者三處。」

【箋注】

〔一〕井絡：井宿區域。西晉左思蜀都賦：「岷山之精，上爲井絡。」井謂井星，二十八宿之一，其分野對應蜀地岷山。唐李商隱井絡：「井絡天彭一掌中，漫誇天設劍爲鋒。」亦可泛指蜀地。

〔二〕劍嶺：指大小劍山，位於川陝之間，中有劍閣，勢爲天險。北魏酈道元水經注卷二〇：「小劍戍北西，去大劍三十里，連山絶嶮，飛閣通衢，故謂之劍閣也。」西夏：北宋太宗以來，党項族拓跋氏後裔李氏常爲患於西北，至宋仁宗景祐五年（一〇三八），李元昊稱帝於興慶（今寧夏銀川），國號大夏，宋人稱之爲西夏。享國一百五十餘年，後爲蒙古所滅。

〔三〕勝異：奇妙出衆。唐元結浯溪銘序：「浯溪在湘水之南，北匯於湘，愛其勝異，遂家溪畔。」

〔四〕錦里：即錦官城。後人以錦里泛指成都。東晉常璩華陽國志卷三：「州奪郡文學爲州學，郡更於夷里橋南岸道東邊起文學，有女牆，其道西城，故錦官也。錦江織錦濯其中，則鮮明，濯他江則不好，故命曰錦里也。」唐李商隱籌筆驛：「他年錦里經祠廟，梁父吟成恨有餘。」

〔五〕蠶市：買賣蠶具的集市。蜀地舊俗春時有蠶市，買賣蠶具兼及花木、果品、藥材雜物，并供人游樂。宋黄休復茅亭客話卷九：「蜀有蠶市，每年正月至三月，州城及屬縣循環一十五處。耆舊相傳，古蠶叢氏爲蜀主，民無定居，隨蠶叢所在致市居，此之遺風也。」五代韋莊怨王孫：「錦里蠶市，滿街珠翠，千萬紅妝。」

〔六〕輕裘：輕暖的皮衣。此爲「輕裘肥馬」的省言。論語雍也：「赤之適齊也，乘肥馬，衣輕裘。」此代指富家公子。

〔七〕摸石：宋時成都風俗。宋陳師道和魏衍三日二首其二「踏青摸石修祕祝」句，宋任淵注：「摸石，蓋俚巷舊俗。楊元素本事詞載海雲故事，是也。」（按：今詞話叢編本楊繪時賢本事曲子集無此條，當已佚。）清厲鶚宋詩紀事卷一三載宋吴中復游海雲寺唱和詩王霽序云：「成都風俗，歲以三月二十一日游城東海雲寺，摸石於池中，以爲求子之祥。太守出郊，建高旟，鳴笳鼓，作馳騎之戲，大讌賓從，以主民樂。觀者夾道百里，飛蓋蔽山野，讙謳嬉笑之聲，雖田野間如市井，其盛如此……」吴詩云：「錦里風光勝别州，海雲寺枕碧江頭。連郊瑞麥青黄秀，繞路鳴泉深淺流。彩石池邊成故事，茂林坡上憶前游。緑樽好伴衰翁醉，十日殘春不少留。」元費著歲華紀麗譜：「十一日出大東門，宴海雲山鴻慶寺，登衆春閣，觀摸石。蓋開元二十三年靈智禪師以是日歸寂，邦人敬之，入山遊禮，因而成俗。山有小池，士女探石其中，以占求子之祥。」

〔八〕浣花溪：一名濯錦江，又名百花潭，在成都西，爲錦江支流。成都舊俗於四月十九日宴遊浣花溪畔，謂之浣花日。蘇軾次韻劉景文周次元寒食同游西湖：「藍尾忽驚新火後，遨頭要及浣花前。」自注：「成都太守自正月十日出游，至四月十九日浣花乃止。」陸游老學庵筆記卷八：「四月十九日，成都謂之浣花，遨頭宴於杜子美草堂滄浪亭。傾城皆出，錦繡夾道，自開歲宴遊，至是而止，故最盛於他時。予客蜀數年，屢赴此集，未嘗不晴。蜀人云：『雖戴白之老，未嘗見浣花日雨也。』」宋祝穆方輿勝覽卷五一成都府路浣花溪條：「浣花溪在城西五里，一名百花潭。按吳中復冀國夫人任氏碑記云：『夫人微時，以四月十九日見一僧墜污渠，爲濯其衣，百花滿潭，因名曰百花潭。』」

〔九〕夢應三刀：晉書卷四二王濬傳載：「濬夜夢懸三刀於卧室梁上，須臾又益一刀，濬驚覺，意甚惡之。主簿李毅再拜賀曰：『三刀爲州字，又益一者，明府其臨益州乎？』及賊張弘殺益州刺史皇甫晏，果遷濬爲益州刺史。濬設方略，悉誅弘等，以勳封關内侯。」益州，即今成都。

〔一〇〕萬里：橋名，在成都南，跨錦江上。唐李吉甫元和郡縣志卷三二：「萬里橋架大江水，在縣南八里。蜀使費禕聘吳，諸葛亮祖之，禕嘆曰：『萬里之路，始於此橋。』因以爲名。」

〔一一〕中和：中正平和。荀子王制：「公平者職之衡也，中和者聽之繩也。」唐楊倞注：「中和謂寬猛得中也。」

〔一二〕漢節：本指漢天子所授符節。此代指皇命。古代大臣出使或大將出師，皇帝授予符節，作爲憑證及權力的象徵。仗節即手持符節。

〔一三〕攬轡澄清：後漢書卷六七范滂傳載范滂爲清詔使，按察冀州，「滂登車攬轡，慨然有澄清天下之志。及至州境，守令自知臧汙，望風解印綬去」。

〔一四〕武侯：指諸葛亮。西晉陳壽三國志卷三五諸葛亮傳：「建興元年，封亮武鄉侯，開府治事。」

〔一五〕文翁：東漢班固漢書卷八九文翁傳：「文翁，廬江舒人也。少好學，通春秋，以郡縣吏察舉。景帝末，爲蜀郡守，仁愛好教化。見蜀地辟陋，有蠻夷風。文翁欲誘進之，乃選郡縣小吏開敏有材者張叔等十餘人，親自飭厲，遣詣京師，受業博士，或學律令。……數歲，蜀生皆成就還歸，文翁以爲右職，用次察舉官，有至郡守刺史者。又修起學官於成都市中……繇是大化……蜀地學於京師者比齊魯焉。至武帝時，乃令天下郡國皆立學校官，自文翁爲之始云。文翁終於蜀，吏民爲立祠堂，歲時祭祀，不絶至今，巴蜀好文雅，文翁之化也。」杜甫將赴荆州寄别李劍州：「但見文翁能化俗，焉知李廣不封侯。」

〔一六〕台鼎：古稱三公爲台鼎，如星之有三台，鼎之有三足。東漢蔡邕太尉汝南李公碑：「天垂三台，地建五嶽，降生我哲，應鼎之足。」後常用以代指宰輔之位。唐顔真卿贈司空上柱國隴西郡開國公李公神道碑：「儼然王公之量，鬱有台鼎之姿。」

〔一七〕鎮靜：平靜，安定。白居易與宗儒詔：「及司管籥，鎮静有方。」

〔一八〕命駕：命人駕車馬。謂立即動身。左傳哀公十一年：「退，命駕而行。」

〔一九〕遺愛：謂遺留仁愛、恩惠。唐王維故右豹韜衛長史賜丹州刺史任君神道碑：「爲政以德，遺愛在人。」

〔二〇〕兩蜀：即兩川，東川和西川之合稱。舊唐書卷四一地理志四劍南道：「至德二年十月，改蜀郡爲成都府，長史爲尹，又分爲劍南東川、西川，各置節度使。」唐李洞戲贈侯常侍：「兩蜀詞人多載後，同君諱却馬相如。」　三川：即三蜀。漢初分蜀郡置廣漢郡，武帝時又分置犍爲郡，合稱三蜀。杜甫春日江村：「迢遞來三蜀，蹉跎有六年。」一説指嘉陵江、岷江、瀘江等蜀地大江，泛指蜀地。

【考證】

疑爲慶曆三年（一〇四三）末送蔣堂自杭州移蜀作，時任餘杭令。

蔣堂，字希魯，常州宜興人。宋史卷二九八有傳，謂其「累遷左司郎中，知杭州，以樞密直學士知益州」。據北宋經撫年表，蔣堂於慶曆二年（一〇四二）知杭州，三年八月（乾道臨安志卷三謂六月）知益州。其前任爲楊日嚴，而據成都文類卷二二張俞送楊府公歸朝序：「樞密學士、諫議大夫楊公治益州，政成有庸，四年春，公遂朝京師。」可知楊日嚴離任赴京在慶曆四年春，則蔣堂到任亦在四年春，但四年十二月，朝廷即以文彦博代之，蔣堂在益州任不滿一年。詞中雖寫益州風物及民俗，但多用故事，柳永未必親至其地。而所寫多爲春景，正是預估蔣堂上任時間而言的。

又首韻所謂「劍嶺雲横控西夏」，不僅僅謂蜀地形勝，特地提及「控西夏」，也不甚常見。宋史卷四四八鄭驤傳載驤在熙河築六城以控西夏，是真正控扼西夏。而蜀地距離遼遠，詞中所謂控西夏，只是就地勢大略而言耳。但如結合慶曆初年前後北宋與西夏的政治局勢來看，則詞中所述正符時局。從康定元年（一〇四〇）的劉平、石元孫之敗，到慶曆元年（一〇四一）任福戰死好水川、慶曆三年葛懷敏戰死定州，宋軍屢失大將，「軍須日廣，三司告不足，仁宗爲之旰食」（宋史卷四八五夏國上）。至慶曆四年末兩國和談，宋册封李元昊爲夏國主，方告一段落。這一政治背景，恰可爲此詞的編年提供佐證。

又詞中所謂「攬轡澄清」、「文翁風化」，參之以宋史蔣堂傳及續資治通鑑長編諸書所載，頗可印證。宋史蔣堂傳載：「慶曆初，詔天下建學。漢文翁石室在孔子廟中，堂因廣其舍爲學宮，選屬官以教諸生，士人翕然稱之。」又長編卷一五三載：「（慶曆四年十二月）甲辰，龍圖閣直學士、吏部員外郎、知秦州文彦博爲樞密直學士、知益州，代蔣堂也。初，晏殊欲用堂代楊日嚴，王舉正謂不如明鎬，爭累日不得，卒用堂。會詔天下建學，漢文翁石室在孔子廟中，堂因廣其舍爲學宮，選屬官以教諸生，士人翕然稱之。日嚴在蜀有能名，堂不喜之，於是節游燕，減厨傳，專尚寬縱，頗變日嚴之政。又建銅壺閣，其制宏敞，而材不預具，功既半，乃伐喬木于蜀先主惠陵、江瀆祠，又毁后土及劉禪祠，蜀人寖不悦，獄訟滋多。久之，反私官妓，爲清議所嗤。日嚴時在朝，因進對，從容言遠方所宜撫安之，無容變法以生事。故不竢歲滿，亟徙堂知河中府。」按蔣堂在蜀爲政多有變革，和范仲淹等推行慶曆新政有關。天下建學的詔書，就是慶曆四年三月，因「范仲淹等意欲復古勸學，數言興學校，本行實。詔近臣議。於是翰林學士宋祁，御史中丞王拱辰，知制誥張方平、歐陽修，殿中侍御史梅摯，天章閣侍講曾公亮、王洙，右正言孫甫，監察御史劉湜等合奏」（長編卷一四七），遂下詔施行。蔣堂和范仲淹也早有政治上的聯繫：明道二年仁宗廢郭后時，范仲淹與「權御史中丞孔道輔率知諫院孫祖德、侍御史蔣堂、郭勸、楊偕、馬絳，殿中侍御史段少連，左正言宋郊，右正言劉渙，詣垂拱殿門伏奏，願賜對以盡其言」（長編卷一一三）。蔣堂是仁宗年間的能吏，爲人「清修純飭，遇事毅然不屈」（宋史卷二九八本傳），才堪大用，但至慶曆四年末、五年初，隨著新政失敗，范仲淹等外放，蔣堂被調離益州，更已無進入中樞的可能，其仕途在再知杭州、蘇州後也基本結束。

柳永於慶曆三年得以改官。餘杭縣志卷一九謂柳永曾任餘杭（今屬杭州）令，或柳永改官後初任差遣即爲餘杭令。蔣堂於該年八月改知益州，然繼任知杭州宋祁未行即改知審刑院，遂於九月以知越州楊偕知杭州（乾道臨安志）。蔣堂離杭州應在十月以後，此詞應即柳永初任餘杭令時爲蔣堂送行之作。

柳永與蔣堂的交往除見於本詞外，永遇樂（天閣英游）一詞也應是投獻給蔣堂的，時爲景祐四年（一〇三七）。詳見該詞後考證。

歇指調

永遇樂

薰風解愠〔一〕，晝景清和〔二〕，新霽時候。火德流光〔三〕，蘿圖薦祉〔四〕，累慶金枝秀〔五〕。璿樞繞電，華渚流虹〔六〕，是日挺生元后〔七〕。纘唐虞垂拱〔八〕，千載應期〔九〕，萬靈敷祐〔一〇〕。殊方異域，爭貢琛賫〔一一〕，架巘航波奔湊〔一二〕。三殿稱觴〔一三〕，九儀就列〔一四〕，韶護鏘金奏〔一五〕。藩侯瞻望彤庭〔一六〕，親攜僚吏，競歌元首〔一七〕。祝堯齡〔一八〕、北極齊尊〔一九〕，南山共久〔二〇〕。

【校記】

〔清和〕毛本、吴本、林刊百家詞本「清」作「晴」。張校：「原作『晴』，今依宋本。」

〔薦祉〕毛本、勞鈔本、張校本「祉」作「趾」。張校：「疑當作『祉』。」

〔璿樞〕毛本、吴本「璿」作「旋」，林刊百家詞本、詞繫、陳録作「璇」，勞校引陸校作「琁」。勞批：「元本『旋』改傍從王，又校『璿』字於行間。」張校「璿」下注：「原作『旋』，今依宋本。」

〔纘唐〕毛本、吴本「纘」作「績」，詞繫謂：「一本作『續』。」張校：「原訛『績』，依宋本改。」

〔巘航〕毛本、吴本作「瓛杭」。張校：「原訛『瓛杭』，依宋本改。」

〔韶護〕毛本、吴本「護」作「濩」。

〔競歌〕毛本、吴本、林刊百家詞本「競」作「竟」。張校：「原訛『竟』，依宋本改。」詞繫：「一本作『賡』。」

【訂律】

永遇樂，首見於樂章集。錦繡萬花谷載中唐即有此調，恐不可信。吴文英夢窗詞亦入歇指調，晁補之所作入越調。南宋陳允平填此調改押平韻。

錦繡萬花谷前集卷一三：「唐杜秘書工於小詞，鄰翁有女，小字酥香，凡才人所爲歌曲，悉能諷之。一夕逾墻而至，杜始望不及此，鄰翁失女所在，後半年，僕有過，杜笞之，竄而聞官。杜流河朔，臨行述永遇樂一詞訣別，女持紙三唱而死（并白樂天集）。」

詞譜卷三二：「周密天基節樂次：『樂奏夾鐘宫，第五盞，觱篥起永遇樂慢。』此調有平韻、仄韻兩體。仄韻者，始自北宋，樂章集注『林鐘商』。晁補之詞名消息，自注『越調』。平韻者，始自南宋，陳允平創爲之。」「雙調一百四字，前段十一句四仄韻，後段十一句四仄韻。」「此亦與蘇詞（明月如霜）同，唯前結作五字一句、四字兩句，後段第七句六字，第八、九句四字異。」

詞繫卷一〇：「前結一五、兩四字，後段第七、八、九句一六、兩四字句，與前異。『清』字，汲古作『晴』，『璇』字作『旋』，『纘』字作『績』，一本作『續』。『巘航』二字作『巘杭』。『競』字作『竟』，一本作『賡』。『景』字作『錦』，『蘿』字作『緑』，『三』字作『二』，俱誤，今從宋本改正。『霽』、『萬』、『異』、『共』必用去聲。『繞』可平，『薰』可仄。」

鄭批：「『（瞻望彤）庭』，本作去聲。」

【箋注】

〔一〕薰風解愠：薰風，指東南風，和風。愠，郁結。史記卷二四樂書：「昔者舜作五絃之琴，以歌南風。」集解：「王肅曰：南風，育養民之詩，其辭曰：『南風之薰兮，可以解吾民之愠兮。』」

〔二〕清和：農曆四月爲清和月，見前送征衣（過韶陽）同條注。

〔三〕火德：古代陰陽家以五行附會王朝曆運，按照五行相克或相生順序，交互更替。宋以火德王，故云。宋史卷一太祖本紀：「建隆元年……三月壬戌，定國運以火德王，色尚赤，臘用戌。」

〔四〕蘿圖：見前御街行（燔柴煙斷星河曙）同條注。　薦祉：即薦福，謂祭神以求福。

〔五〕金枝：帝王子孫的貴孫。此指宋仁宗。逸周書武儆：「惟十有二祀四月，王告夢，丙辰出金枝。」仁宗生日正在四月。

〔六〕「璿樞」二句：見前送征衣（過韶陽）詞「璿樞電繞」、「華渚虹流」二條注。

〔七〕挺生：挺拔生長。南朝宋范曄後漢書卷一一八西域傳：「靈聖之所降集，賢懿之所挺生。」　元后：天子。尚書虞書大禹謨：「天之歷數在汝躬，汝終陟元后。」孔疏：「舜善禹有治水之大功，言天道在汝身，汝終當升爲天子。」

〔八〕纘：繼承。禮記中庸：「武王纘太王、王季、文王之緒。」鄭注：「纘，繼也。」　唐虞：唐堯與虞舜之并稱。堯號陶唐，舜稱虞舜，見司馬遷史記五帝本紀。　垂拱：垂衣拱手，言帝王無爲而治。尚書周書武成：「惇信明義，崇德報功，垂拱而天下治。」孔穎達疏：「説文云：拱，斂手也。『垂拱而天下治』，謂所任得人，人皆稱職，手無所營，下垂其拱。」唐吴兢貞觀政要卷一君道：「鳴琴垂拱，不言而化。」

〔九〕應期：順應期運。南朝梁任昉爲范尚書讓吏部封侯第一表：「陛下應期萬世，接統千祀。」

〔一〇〕萬靈：衆神。司馬遷史記卷二八封禪書：「黄帝接萬靈明廷。」　敷祐：亦作敷佑。尚書金縢：「乃命于帝庭，敷佑四方。」孔傳：「汝元孫受命于天庭爲天子，布其德教，以佑助四方。」

〔一一〕琛賫：獻貢的財貨。魏書卷九五匈奴劉聰等傳序：「辮髮之渠，非逃則附；卉服之長，琛賫繼入。」唐歐陽詹石韞玉賦：「我唐文武建元，成康紹胤，獲王母之玉琯，致淮夷之琛賫。」

〔一二〕架巘航波：謂跋山涉水。參見前送征衣（過韶陽）「走梯航」條注。

〔一三〕三殿：見前巫山一段雲（琪樹羅三殿）同條注。

〔一四〕九儀：見前御街行（燔柴煙斷星河曙）同條注。

〔一五〕韶護：亦作韶護、韶濩，湯樂名。左傳襄公二十九年：「見舞韶濩者。」杜預注：「殷湯樂。」孔穎達疏：「以其防濩下民，故稱濩也……韶亦紹也，言其能紹繼大禹也。」一説謂舜樂和湯樂。此泛指廟堂之樂。　鏘金：本指撞擊金屬器物而發聲，此指樂器演奏。

〔一六〕藩侯：藩王。魏曹植與楊德祖書：「吾雖薄德，位爲藩侯，庶幾戮力上國，流惠下民。」此指屬國之主。

〔一七〕元首：君主。尚書益稷：「乃歌曰：『股肱喜哉，元首起哉，百工熙哉。』」孔安國傳：「元首，君也。」

〔一八〕堯齡：相傳堯在位九十八年，壽逾百歲，後因以堯齡爲祝頌帝王長壽之語。尚書虞書舜典：「二十有八載，帝乃殂落。」孔安國傳：「殂落：死也。堯年十六即位，七十載求禪，試舜三載，自正月上日至崩二十八載，堯死壽一百一十七歲。」

〔一九〕北極：指北極星座。晉書卷一一天文志：「北極五星，鉤陳六星，皆在紫宫中。北極，北辰最尊者也，其紐星，天之樞也。天運無窮，三光迭耀，而極星不移，故曰：『居其所而衆星共之。』」後因以喻帝王。

〔二〇〕南山：喻長壽。見前送征衣（過韶陽）同條注。南朝梁沈約爲南郡王舍身疏：「望北極而有恒，瞻南山而同永。」

【考證】

此詞與送征衣（過韶陽）均爲景祐元年（一〇三四）頌仁宗乾元節聖壽之作。參見送征衣（過韶陽）詞後附考證。

其二

天閣英游〔一〕，内朝密侍〔二〕，當世榮遇。漢守分麾〔三〕，堯庭請瑞〔四〕，方面憑心膂〔五〕。風馳千騎，雲擁雙旌〔六〕，向曉洞開嚴署〔七〕。擁朱轓〔八〕、喜色歡聲，處處競歌來暮〔九〕。　吴王舊國〔一〇〕，今古江山秀異，人煙繁富。甘雨車行〔一一〕，仁風扇動〔一二〕，雅稱安黎庶〔一三〕。棠郊成政〔一四〕，槐府登賢〔一五〕，非久定須歸去。且乘閒、孫閣長開〔一六〕，融尊盛舉〔一七〕。

【校記】

〔朱幡〕毛本、吳本、張校本「幡」作「旛」，詞繫作「幡」。張校：「原誤『暖』，依宋本改。」

〔孫閣〕毛本、吳本、林刊百家詞本「孫」作「暖」，歷代詩餘、詞譜作「弘」，詞繫作「宏」。

【訂律】

詞譜卷三二：「雙調一百四字，前後段各十一句，四仄韻。此亦與蘇詞同，唯後段第二句六字，第三句四字異。」

詞繫卷一〇：「本集屬歇指調，九宮大成入南詞商調引，詞名集解：歇拍調。」「周密天基聖節樂次：『樂奏夾鐘宮，第五盞，觱篥起永遇樂慢。』集解：『唐杜秘書工小詞。鄰家有小女名酥香，凡才人歌曲，悉能吟諷，尤喜杜詞，遂成踰牆之好。後爲僕訴，杜流河朔，臨行述永遇樂詞訣別，女持紙三唱而死。』愚按：此語不知所據何書，杜秘書不著名號，究未知此調創自杜否。」「各家平仄多有不同，今列三體以備擇用。『世』、『競』、『舊』、『盛』等字，定去聲，『融』字亦當用去爲妙。『宏』字，汲古作『暖』。『雲擁』句、『喜色』句、『仙郎』句、『槐府』句、『宏閣』句，梅苑詞平仄俱相反。又一首於前結句作五字，是遺脱也。趙長卿作，於前結一三、一六、一四字，平仄亦異。『擁朱幡』

句，『且成閑』句趙師俠作『萬花覆』，『尊之至』，平仄異，餘同梅苑。兩結各家平仄亦多相反。『密』、『擁』、『喜』、『處』、『古』、『秀』、『扇』、『雅』、『府』可平。『方』、『千』、『旌』、『歡』、『山』、『人』、『甘』、『棠』、『賢』、『非』、『長』、『融』可仄。『騎』、『稱』去聲。」

【箋注】

〔一〕天閣：指尚書臺，見前玉樓春（星闈上笏金章貴）同條注。一説指天章閣，疑不確。英游：謂英俊之才。宋范仲淹楊文公寫真贊：「當時臺閣英游，蓋多出於師門矣。」

〔二〕内朝：古代天子、諸侯處理政事和休息的場所。尚書召誥孔穎達疏云：「外朝一，在庫門之外，皋門之内，是詢衆庶之朝。内朝二者，其一在路門外，王每日所視，謂之治朝；其一在路門内，路寢之朝，王每日視訖，退適路寢，謂之燕朝，或與宗人圖私事。」宋制常參官可赴内朝，此處以内朝與天閣相對而言。密侍：近侍，近臣。唐權德輿唐使君盛山唱和集序：「談者謂翰飛密侍，潤色告命，如取諸懷之易也。」

〔三〕漢守分麾：麾有旌麾意，後多以「一麾出守」用作朝官出爲外任之典。唐柳宗元爲劉同州謝上表：「八命作牧，一麾出守，拔自下位，寄之雄藩。」宋宋祁上大名相公啓：「鄧侯輔漢，以上宰而分麾；召伯佐周，抗二公而居外。」此即用東漢鄧禹之典，見後漢書卷四六。

〔四〕請瑞：瑞指古代用作符信的玉。左傳哀公十四年：「司馬請瑞焉，以命其徒攻桓氏。」杜預注：「瑞，符節，以發兵。」

〔五〕方面：指一地之軍政長官。後漢書卷四七馮異傳：「受任方面，以立微功。」李賢注：「謂西方一面專以委之。」　心膂：心與脊背，比喻親信得力的辅佐之臣。尚書周書君牙：「今命尔予翼，作股肱心膂。」孔穎達疏云：「股，足也；肱，臂也；膂，背也。汝爲我輔翼，當如我之身，故舉四支以喻爲股肱心體之臣，言委任如身也。」

〔六〕雙旌：唐節度領刺史者出行時的儀仗。新唐書卷四九百官志：「節度使掌總軍旅，顓誅殺。初授，具帑抹兵仗詣兵部辭見，觀察使亦如之。辭日，賜雙旌雙節。」唐李商隱爲懷州李中丞謝上表：「仍其柏署之雄，賜以竹符之重。遂使霍氏固辭之第，早建雙旌；于公必大之門，更屯五馬。」清徐炯注：「儲光羲詩『今之太守古諸侯，出入雙旌垂七旒。』案：雙旌唯節度領刺史者有之，諸州不與焉，今則通用爲太守之故事矣。」

〔七〕嚴署：森嚴的官署。

〔八〕朱轓：車乘兩旁之紅色障泥。東漢班固漢書卷五景帝紀：「令長吏二千石車朱兩轓，千石至六百石朱左轓。」唐顏師古注引應劭曰：「車耳反出，所以爲之藩屏，翳塵泥也。」

〔九〕來暮：本爲東漢蜀郡百姓對太守廉范的頌辭，後用爲稱頌地方官德政之典。後漢書卷三一廉范傳：「廉范字叔度，京兆杜陵人，趙將廉頗之後也。……建初中，遷蜀郡太守，其俗尚文辯，好相持短長，范每厲以淳厚，不受偷薄之説。成都民物豐盛，邑宇逼側，舊制禁民夜作，以防火災，而更相隱蔽，燒者日屬。范乃毁削先令，但嚴使儲水而已。百姓爲便，乃歌之曰：『廉叔度，來何暮？不禁火，民安作。平生無襦今五絝。』」白居易敘德書情四十韻上宣歙崔中丞：「楚老歌來暮，秦人詠去思。」

〔一〇〕吴王舊國：指蘇州，曾爲春秋吴國都城。唐陳羽吴城覽古：「吴王舊國水煙空，香逕無人蘭葉紅。春色似憐歌舞地，年年先發館娃宫。」

〔一一〕甘雨車行：甘雨指適時好雨。太平御覽卷一〇引三國吴謝承後漢書：「百里嵩，字景山，爲徐州刺史。境旱，嵩出巡，遽甘雨輒澍。東海、祝其、合鄉等三縣父老訴曰：『人等是公百姓，獨不迂降？』迴赴，雨隨車而下。」後成爲稱美地方官德行之典。

〔一二〕仁風扇動：晉書卷九二袁宏傳：「謝安常賞其機對辯速。後安爲揚州刺史，宏自吏部郎出爲東陽郡，乃祖道於冶亭，時賢皆集，安欲以卒迫試之，臨别執其手，顧就左右取一扇而授之曰：『聊以贈行。』宏應聲答曰：『輒當奉揚仁風，慰彼黎庶。』時人歎其率而能要焉。」

〔一三〕雅稱：見前西平樂（盡日憑高目）同條注。

〔一四〕棠郊成政：司馬遷史記卷三四燕召公世家：「周武王之滅紂，封召公於北燕。其在成王時，召公爲三公。自陝以西，召公主之；自陝以東，周公主之。……召公巡行鄉邑，有棠樹，決獄政事其下。自侯伯至庶人，各得其所，無失職者。召公卒而民人思召公之政，懷棠樹不敢伐，歌詠之，作甘棠之詩。」

〔一五〕槐府：謂三公官署。周禮秋官朝士：「朝士掌建邦外朝之法，左九棘，孤卿大夫位焉，群士在其後。右九棘，公、侯、伯、子、男位焉，群吏在其後。面三槐，三公位焉，州長衆庶在其後。」鄭玄注：「樹棘以爲位者，取其赤心而外刺，象以赤心三刺也。槐之言懷也，懷來人於此，欲與之謀。」

〔一六〕孫閣：用公孫弘開閣延賢事。漢書卷五八公孫弘傳：「時上方興功業，婁舉賢良。弘自見爲舉首，起徒步，數年至宰相封侯，於是起客館，開東閤以延賢人，與參謀議。」後以「開閣」指大臣禮賢愛士。唐邵謁論政：「孫弘不開閣，丙吉寧問牛。」宋魏野和呈寇相公見贈：「孫閣有歌凝翠黛，召棠無訟鎖青苔。」

〔一七〕融尊：後漢書卷七〇孔融傳：「性寬容少忌，好士，喜誘益後進。及退閑職，賓客日盈其門，常歎曰：『坐上客恒滿，尊中酒不空，吾無憂矣。』」

【考證】

疑此詞爲景祐四年（一〇三七）投贈知蘇州蔣堂作。

羅忼烈柳永六題推測此詞爲上蘇守滕宗諒之作。按據明王鏊姑蘇志卷三古今守令表，滕宗諒於慶曆六年（一〇四六）八月自知岳州徙蘇，七年正月到任，未逾月卒。則滕宗諒實際莅蘇未滿一月。將此詞定爲上滕宗諒作，時間上似略匆促。

據宋范成大吴郡志卷一一，蔣堂兩知蘇州，一爲景祐四年六月，以朝散郎、尚書吏部員外郎知蘇州；一爲皇祐元年（一〇四九），以樞密直學士、左諫議大夫知蘇州。姑蘇志卷三則謂其以「景祐四年五月，以知越州移任。在官百日，召判尚書刑部三司户部勾院」，又「皇祐元年正月乙卯，自杭州再任。二年十月，改給事中，仍舊任。三年四月丙午，以禮部侍郎致仕」。

詞中「天閣」謂尚書臺，吏部本號天官，此前蔣堂曾任侍御史，而「仁風扇動」句用晉袁宏之典，前注中已引袁宏以吏部郎出爲東陽郡，景祐元年蔣堂知蘇州之職官正爲尚書吏部員外郎，與袁宏相同，可見柳詞用事之精密貼切。若此詞爲皇祐元年作，對於蔣堂前後兩知蘇州之盛事，詞中不應無一語譽及。又詞結句云：「且乘閒、孫閣長開，融尊盛舉。」用公孫弘、孔融好士延賢之典。今按景祐四年，距柳永登第，以及得睦州知州吕蔚薦舉而被駁回，已有數年，正是求取舉狀以謀改官的關鍵時期，故詞末流露出明顯的自薦干謁之意，這與柳永當時的身份亦相吻合。

卜算子

江楓漸老，汀蕙半凋，滿目敗紅衰翠。楚客登臨〔一〕，正是暮秋天氣。引疏砧〔二〕、斷續殘陽裏。對晚景、傷懷念遠，新愁舊恨相繼。 脈脈人千里。念兩處風情，萬重煙水。雨歇天高，望斷翠峰十二〔三〕。儘無言、誰會憑高意。縱寫得、離腸萬種，奈歸雲誰寄〔四〕。

【校記】

〔卜算子〕張校本、詞律、詞譜作「卜算子慢」。鄭校：「案此調當有『慢』字。」花草稡編調下注曰「傷秋」。

〔歸雲〕吴本「雲」作「鴻」。

【訂律】

卜算子，此調爲卜算子慢之省稱。首見全唐詩附録五代鍾輻詞。填詞名解：「唐駱賓王詩好用數名，人稱爲卜算子。詞取以名。」詞律卷三：「按山谷詞『似扶着賣卜算』，蓋取義以今賣卜算命之人也。」張先詞亦入歇指調。

詞律卷三：「『楚客』至『念遠』，與後『雨歇』至『萬種』同。『半』字、『恨』字定格去聲，後張詞（按：張先同調「溪山别意」闋）亦用『去』、『絮』二字。『漸老』、『對晚』、『念遠』、『念兩』、『縱寫』、『萬種』等，用六個去上，妙絶！」

詞譜卷二一：「樂章集注『歇指調』。」「雙調八十九字，前段八句四仄韻，後段八句五仄韻。」「此調以此詞爲正體，鍾輻『桃花院落』詞，與此同。若張詞之添字，乃變格也。按，鍾輻，五代時人，在柳永之前，因其前段第六句脱一字，故以柳詞作譜。鍾詞，前段第四句『風拂珠簾』，『風』字平聲；第五句『還記去年時候』，『還』字平聲；第七句『倚屏山、和衣睡覺』，『屏』字、『山』字俱平聲；第八句『醺醺暗消殘酒』，『消』字平聲；後段第五句『萬般自家甘受』，『般』字平聲；第六句

『抽金釵、欲買丹青手』，『抽』字平聲；第七句『寫別來、容顏寄與』，『來』字平聲。譜内可平可仄據此。餘參張詞（張先同調「溪山別意」闋）。」

【箋注】

〔一〕楚客登臨：用宋玉悲秋之典。見前雪梅香（景蕭索）「宋玉」條注。南朝梁江淹雜體詩休上人怨別：「西北秋風至，楚客心悠哉。日暮碧雲合，佳人殊未來。」

〔二〕疏砧：稀疏斷續的搗衣聲。砧：搗衣石，引申指搗衣聲。南朝梁柳惲搗衣：「軒高夕杵散，氣爽夜砧鳴。」杜甫秋興：「寒衣處處催刀尺，白帝城高急暮砧。」「疏砧」即與「急砧」相對而言。

〔三〕翠峰十二：謂巫山十二峰。元劉壎隱居通議卷二九：「巫山十二峰，口習耳聞熟矣，終未悉其何名。今因蜀江圖所載，始得其詳。曰獨秀，曰筆峰，曰集仙，曰起雲，曰登龍，曰望霞，曰聚鶴，曰棲鳳，曰翠屏，曰盤龍，曰松巒，曰仙人。」明曹學佺蜀中廣記卷二二：「峽中有十二峰，曰：望霞、翠屏、朝雲、松巒、集仙、聚鶴、淨日、上昇、起雲、棲鳳、登龍、聖泉，其下即神女廟。」唐宋之問巫山高：「巫山峯十二，環合象昭回。俯聽琵琶峽，平看雲雨臺。」按唐詩言及「十二峰」者，常以「三千里」、「五千里」、「七千里」爲對，如唐何贊書事：「雲遮劍閣三千里，水隔瞿塘十二峰。」又唐崔塗巫山旅別：「五千里外三年客，十二峰前一望秋。」又唐齊己自湘中將入蜀留別諸友：「七千里路到何處，十二峰雲更那邊。」又唐釋慕幽三峽聞猨：「七千里外一家住，十二峰前獨自行。」此詞前謂「人千里」，此謂「翠峰十二」，或亦沿唐人舊習。

〔四〕歸雲：猶行雲。晉陸機擬行行重行行：「驚飈褰反信，歸雲難寄音。」柳永少年游：「歸雲一去無蹤迹，何處是前期。」

【輯評】

清周濟宋四家詞選批語：「後闋一氣轉注，聯翩而下，清真最得此妙。」

清陳廷焯詞則別調集卷一：「(「雨歇天高」以下)曲折深婉。」

清陳廷焯雲韶集：「(上闋)淒秀絶世。」「(下闋)淋漓沉痛，滿紙是淚。」

清蔡嵩雲柯亭詞論：「柳詞勝處，在氣骨，不在字面。其寫景處，遠勝其抒情處。而章法大開大闔。爲後起清真、夢窗諸家所取法，信爲創調名家。如卜算子慢……寫羈旅行役中秋景，均窮極工巧。」

鵲橋仙

屆征途，攜書劍〔一〕，迢迢匹馬東去。慘懷，嗟少年易分難聚〔二〕。佳人方恁繾綣〔三〕，便忍分鴛侶。當媚景，算密意幽歡〔四〕，盡成輕負。　此際寸腸萬緒。慘愁顏、斷魂無語。和淚眼、片時幾番回顧〔五〕。傷心脈脈誰訴。但黯然凝佇。暮煙寒雨。望秦樓何處〔六〕。

【校記】

〔屆征途〕花草粹編「屆」作「留」。

〔東去〕花草粹編、詞繫、詞譜、繆校引宋本、張校引宋本作「東歸去」。

〔慘懷〕毛本、吴本、張校本、林刊百家詞本、花草粹編、詞繫、朱校引焦本作「慘離懷」。夏批：「似從焦本作『慘離懷』爲順，但下又有『慘愁顔』句，『慘』字重，恐有訛誤。」鄭校：「宋本無『離』字，似不足據訂。疑『嗟』字原衍。案上既用『慘』，不當復用『嗟』字。且此句與下闋正同一例也。然下闋又有『慘愁顔』，似與上複，二者必有一誤。」張校「離」下注：「宋本脱。」

〔少年〕詞律作「年少」。

〔便忍〕勞鈔本、朱校引原本、繆校引宋本、張校引宋本「忍」作「恁」。

〔輕負〕詞律「輕」作「辜」。

〔此際〕毛本、吴本「此」作「且」。張校：「原誤『且』，依宋本改。」

【訂律】

鵲橋仙，調名本七夕牛郎織女相會故事。令詞鵲橋仙首見歐陽修詞。此闋爲慢詞體，首見樂章集，宋詞中僅存柳永此闋。

詞律卷八：「與前調（秦觀鵲橋仙「纖雲弄巧」）迥别。」

詞律拾遺卷七：「又名廣寒秋，柳永此調詠本意居多。歷代詩餘『匹馬東去』作『東歸去』，『年少』作『少年』，『辜負』作『輕負』。」

詞譜卷一二：「此調有兩體，五十六字者始自歐陽修，因詞中有『鵲迎橋路接天津』句，取爲調名。周邦彦詞名鵲橋仙令，梅苑詞名憶人人，韓淲詞取秦觀詞句名金風玉露相逢曲，張輯詞有『天風吹送廣寒秋』句，名廣寒秋。元高拭詞注仙吕調。八十八字者始自柳永，樂章集注云『歇指調』。」「雙調八十八字，前段十句四仄韻，後段八句七仄韻。」「此詞句韻，與鵲橋仙令不同，蓋慢詞體也。因調名同，故爲類列，亦無宋詞别首可校。詞律誤從汲古閣本，前段第三句少一字，今照花草粹編增定。」

詞繫卷一〇：「本集屬歇指調，唐書樂志歇指調爲林鐘之商聲。」「此與鵲橋仙小令迥别，故另列。」「無他作可證。汲古缺『歸』字，『此』字作『且』。『少年』二字，詞律作『年少』，據宋本訂正。」

【箋注】

〔一〕攜書劍：唐許渾别劉秀才：「三獻無功玉有瑕，更攜書劍客天涯。」柳永安公子：「驅驅攜書劍。」

〔二〕易分難聚：三國魏曹丕燕歌行：「别日何易會日難。」

〔三〕繾綣：纏綿。唐元稹鶯鶯傳：「留連時有恨，繾綣意難終。」

〔四〕密意幽歡：南朝陳徐陵洛陽道：「相看不得語，密意眼中來。」柳永晝夜樂：「何期小會幽歡，變作離情别緒。」

〔五〕片時：片刻。南朝陳江總閨怨篇：「願君關山及早度，念妾桃李片時妍。」

〔六〕秦樓：見前笛家弄（花發西園）同條注。

【輯評】

清李佳左庵詞話卷上：「有借音數字，宋人習用之。如柳永鵲橋仙：『算密意幽歡，盡成孤負。』『負』字叶，方佈切。……」

浪淘沙

夢覺、透窗風一綫，寒燈吹息。那堪酒醒，又聞空階〔一〕，夜雨頻滴。嗟因循〔二〕、久作天涯客。負佳人、幾許盟言，便忍把、從前歡會，陡頓翻成憂戚〔三〕。　　愁極。再三追思，洞房深處，幾度飲散歌闌，香暖鴛鴦被，豈暫時疏散〔四〕，費伊心力。殢雲尤雨〔五〕，有萬般千種，相憐相惜。　　恰到如今，天長漏永，無端自家疏隔。知何時、卻擁秦雲態〔六〕，願低幃昵枕，輕輕細説與，江鄉夜夜，數寒更思憶〔七〕。

【校記】

〔浪淘沙〕毛本、吴本、林刊百家詞本、詞律、詞譜、詞繫作「浪淘沙慢」。花草粹編調下注曰「相思」。

〔便忍〕毛本、吴本、勞鈔本、張校本、詞繫「便」作「更」。

〔愁極〕林刊百家詞本「愁極」二字屬第一片。

〔歌闌〕吴本、朱校引焦本「闌」作「闋」。夏批：「焦本『闌』作『闋』，則是韻，然不若『闌』字近理。」

〔殢雲尤雨〕毛本、吴本、張校本、林刊百家詞本作「殢雨尤雲」。張校引宋本作「殢雲尤雨」。

〔相憐相惜〕毛本、吴本、林刊百家詞本作「相憐惜」。張校引宋本作「相憐相惜」。毛本、吴本、詞繫此句後不分片。繆校：「宋本分三段，以『陡頓翻成憂戚』爲首段，『有萬般千種，相憐相惜』爲二段，『恰到如今』爲三段。」鄭校：「宋本自『到如今』又分作一段。」

〔恰到〕毛本、吴本、張校本、林刊百家詞本無「恰」字。張校引宋本作「恰到」。

〔天長〕勞鈔本作「長天」。

〔知何時〕毛本「知」作「如」。

【訂律】

浪淘沙，唐教坊曲，曲名見教坊記。唐有齊言、雜言二體，此闋與之均不同。柳詞入歇指調，周邦彦清真詞、吴文英夢窗詞并入商調。

詞律卷一：「亦與前調（周邦彦同調「曉陰重」）字數同，而中間句法又多異處，至結語竟判然不同矣。然樂章多有訛錯，難於考訂，不敢妄爲之説。『歌闋』，『闋』字舊刻作『闌』，『知何時』，舊刻作『如何時』，今改正之。」

詞譜卷三七：「浪淘沙慢，柳永樂章集注『歇指調』。」「雙調一百三十三字，前段九句四仄韻，後段十六句五仄韻。」「此詞平仄，無别首可校。後段第九句，花草粹編作『相憐相惜』，今從汲古閣本。」

詞繫卷一〇：「本集屬歇指調。」「此與浪淘沙令、浪淘沙近皆不同，故另列。」「照周詞當於『恰到如今』下分第三段。『闋』字，汲古作『闌』，失韻；『殢雲尤雨』四字作『殢雨尤雲』；『相憐』下缺一『相』字及『恰』字；『知』字作『如』，今據宋本訂正。後結似當於『與』字句，『夜』字句，『數』字屬下句。」

曹校：「起調至下半闋『相憐相惜』，句法與清真皆合，唯换頭後微異，自『恰到如今』以下句法既異，又四十一字中只叶『隔』、『説』、『憶』三韻，訛繆疊出。恐尊前酒邊爲歌兒增損，大非耆卿之舊矣。」

鄭批：「以清真、夢窗兩家是調校之，微有同異。」

【箋注】

〔一〕空階：見前尾犯（夜雨滴空階）「夜雨」句注。

〔二〕因循：見前女冠子（斷雲殘雨）同條注。

〔三〕陡頓：見前鬬百花（颯颯霜飄鴛瓦）同條注。

〔四〕疏散：分散，離散。唐駱賓王疇昔篇：「賓階客院常疏散，蓬徑柴扉終寂寞。」

〔五〕殢雲尤雨：喻男女之間的纏綿歡愛。柳永錦堂春：「待伊要、尤雲殢雨，纏繡衾、不與同歡。」另參見前鬬百花（颯颯霜飄鴛瓦）「殢」條注。

〔六〕秦雲：宋高似孫緯略卷八：「兵書又曰：『韓雲如布，趙雲如牛，楚雲如日，宋雲如車，魯雲如馬，衛雲如犬，周雲如輪，秦雲如美人。』」

〔七〕「知何時」至「數寒」五句，用唐李商隱夜雨寄北「何當共剪西窗燭，却話巴山夜雨時」詩意。

【輯評】

梁啓勳曼殊室詞話卷二：「更有一種，寫的是習見景物，只將動詞活用之，意境便新。如歐陽永叔之『緑楊樓外出鞦韆』，佳處只在一『出』字。又如柳耆卿之『夢覺透窗風一綫』，下句曰『寒燈吹息』，但不用下句，即『透』字與『一綫』等字，已能把户牖嚴閉之寒夜景象刻畫出來。只著力在一二動詞，而意境便新。」

夏雲峰

宴堂深。軒楹雨，輕壓暑氣低沈。花洞彩舟泛斝〔一〕，坐繞清潯〔二〕。楚臺風快〔三〕，湘簟冷〔四〕、永日披襟。坐久覺、疏絃脆管〔五〕，時换新音〔六〕。越娥蘭態蕙心〔七〕。逞妖艷〔八〕、昵歡邀寵難禁〔九〕。筵上笑歌間發，舄履交侵〔一〇〕。醉鄉歸處，須盡興、滿酌高吟。向此免、名韁利鎖，虚費光陰。

【校記】

〔夏雲峰〕陳録調下注曰「夏景」。花草粹編調下注曰「避暑」。高麗史卷七一樂志二録此詞調下注曰「慢」。

〔宴堂〕高麗史「堂」作「坐」。

〔軒楹〕林刊百家詞本、草堂詩餘、高麗史「楹」作「檻」。

〔彩舟〕張校本作「新舟」。

〔湘簟〕高麗史「簟」作「潭」。

〔時换新音〕勞鈔本、朱校引原本、繆校引宋本、張校引宋本、曹校引顧陳本無「時」字。詞律引趙長卿「體段輕盈」，張元幹「玉燕投懷」諸句，謂當有「時」字。曹校：「梅苑有無名氏此調，作

『怎奈向、風寒景裏，獨是開時。』則似當有『時』字也，梅本有之。」

〔蘭態蕙心〕吴本、草堂詩餘、詞繫、朱校引焦本、毛本、張校本作「蕙態蘭心」。

〔逞妖艷〕高麗史「逞」作「呈」。

〔昵歡〕曹校引顧本、高麗史「昵」作「泥」。

〔歸處〕吴本、林刊百家詞本、詞繫、朱校引焦本、毛本、張校本「歸」作「深」。張校：「宋本『歸』。」

〔虚費〕朱校引草堂詩餘、曹校引陳本「費」作「負」。

【訂律】

夏雲峰，首見於樂章集。填詞名解謂出自顧愷詩「夏雲多奇峰」。僧仲殊所作夏雲峰别名金明池，與此同名異調。此闋曾傳至高麗。

詞律卷一三：「『暑氣』上去，『洞彩』、『泛罼』、『坐遶』、『簟冷』、『坐久』、『脆管』、『向此』、『利鎖』各去上聲，俱妙；而『脆管』、『利鎖』之下，接以『時换』、『虚費』之平去，尤妙。『花洞』至『清潯』十字，惜香作『朱户小窗，坐來低按秦箏』，似句法四六不同，然此是十字一氣，所謂可上可下者也，『筵上』十字亦然。結句『向此』以下，趙云是『我不卿卿，更有誰可卿卿』，亦是語氣貫下，音韻諧適，不必拘也。『須盡興』七字，趙作『一任側耳與心傾』，句法不同，不可從。前段結語，原係『時换新音』四字，本集現明。因草堂舊刻傳訛，落去『時』字，譜圖遂以爲據，將『坐久』至末作十字句，不知前後只首句有異，其餘字字相同。『時换新音』正如後之『虚費光陰』也，趙作『體段輕盈』，盧川作『玉燕投懷』，俱同。今少一字，不唯失却古調，且使作者棘手，可歎哉。此調本非僻調，舊草堂即已收之，而詞統、詞匯、圖譜等書竟皆遺却，所更奇者詞匯反將仲殊『天濶雲高』一首收作夏雲峯，不知『天濶雲高』詞乃金明池也，大誤大奇。」

詞譜卷二二：「樂章集注『歇指調』。」「雙調九十一字，前後段各八句，五平韻。」「此調以此詞爲正體，曹詞（今按，謂曹勛同調「紹洪基」闋）、張詞（今按，謂張元幹同調「涌冰輪」闋）句讀雖異，猶爲整齊，若無名氏詞與趙詞之句讀參差，皆變格也。譜內可平可仄，即參下所採四詞。」

詞繫卷一〇：「本集屬歇指調。」「此調咏本意爲名，平仄皆宜遵守，勿誤。詞匯誤列僧揮金明池『天闊雲高』一首，詞律已證其誤。『新』字一本作『清』；『態』字，葉譜作『質』，『舄履』二字作『履舄』，誤。『宴』、『暑』、『泛』、『越』、『滿』可平。『輕』、『湘』、『觀』可仄。」

【箋注】

〔一〕花洞：唐李賀春懷引：「芳蹊密影成花洞，柳結濃煙花帶重。」唐温庭筠女冠子：「玉樓相望久，花洞恨來遲。」　斝：殷周時期之青銅酒器名，後借指酒杯。五代魏承斑玉樓春：「玉斝滿斟情未已，促坐王孫公子醉。」

〔二〕清潯：清流之旁。

〔三〕楚臺風快：宋玉風賦：「楚襄王游於蘭臺之宮，宋玉、景差侍。有風颯然而至，王乃披襟而當之，曰：『快哉此風！寡人所與庶人共者邪。』」

〔四〕湘簟：湘竹所編之席。唐韋應物横塘行：「玉盤的歷矢白魚，湘簟玲瓏透象牀。」五代韋莊和薛先輩見寄初秋寓懷即事之作二十韻：「露白凝湘簟，風篁韻蜀琴。」

〔五〕脆管：笛的别稱。白居易霓裳羽衣歌和微之：「清絃脆管纖纖手，教得霓裳一曲成。」

〔六〕新音：即新聲。見前鳳棲梧（簾下清歌簾外宴）「新聲」條注。

〔七〕蘭態蕙心：參見前玉女摇仙佩（飛瓊伴侣）「蘭心蕙性」條注。

〔八〕妖艷：艷麗。唐徐堅初學記卷二七引三國魏鍾會菊花賦：「妍姿妖艷，一顧傾城。」

〔九〕昵歡邀寵：謂親昵求歡、企求愛寵。

〔一〇〕舃履交侵：司馬遷史記卷一二六滑稽列傳載淳于髡對齊威王語：「日暮酒闌，合尊促坐，男女同席，履舃交錯，杯盤狼藉，堂上燭滅，主人留髡而送客，羅襦襟解，微聞薌澤。當此之時，髡心最歡，能飲一石。故曰：酒極則亂，樂極則悲。」

【輯評】

明楊慎詞品卷一：「俗謂柔言索物曰泥，乃計切，諺所謂軟纏也。杜子美詩：『忽忽窮愁泥殺人。』……柳耆卿詞：『泥歡邀寵最難禁。』字又作誽，花間集顧敻詞：『黄鶯嬌轉誽芳妍。』又『記得泥人微斂黛』。字又作妮，王通叟詞：『十三妮子緑窗中。』今山東人目婢曰小妮子，其語亦古矣。」

明楊慎批點草堂詩餘卷三：「『泥歡』，亦作『誽歡』，俗謂柔言索物曰泥，猶軟纏也。」

清沈雄古今詞話詞品下卷：「泥，與殢一音。柳永『泥歡邀龍最難禁』，鄧文原『銀燈影裏泥人嬌』，俱本元微之『泥他沽酒拔金釵』來，非止云柔情不斷也。」

【附録】

夏雲峰　金　王喆

守株林。無作用，空外獨卧高岑。石枕草衣偃仰，極目觀臨。水桃山杏，隨分吃、且盜陽陰。欵欵脱、塵軀俗狀，三疊琴心。舞胎仙論淺深。自然見、不須重恁搜尋。已通玄妙，得步瓊林。玉花叢裏，從此便、養透真金。瑩靜與、清風皓月，長做知音。

浪淘沙令

有箇人人〔一〕。飛燕精神〔二〕。急鏘環佩上華裀〔三〕。促拍盡隨紅袖舉〔四〕，風柳腰身〔五〕。　簌簌輕裙。妙盡尖新〔六〕。曲終獨立斂香塵〔七〕。應是西施嬌困也〔八〕，眉黛雙顰。

【校記】

〔浪淘沙令〕詞繫調作「浪淘沙」。花草粹編調下注曰「美人舞」。高麗史卷七一樂志二録此詞調作「浪淘沙」，調下注曰「令」。

〔有箇人人〕毛本、吴本作「有一箇人人」。鄭校：「宋本無『一』字，應據删。」張校「有」下注：「原本下衍『一』字，依宋本删。」

〔急鏘〕高麗史「鏘」作「將」。

〔環佩〕毛本、吴本、勞鈔本「佩」作「珮」。

〔華裀〕高麗史「裀」作「茵」。

〔促拍〕毛本、吴本無「拍」字。鄭校：「宋本作『促拍』。」高麗史作「捉拍」，疑誤。張校「拍」下注：「原脱，依宋本補。」

〔紅袖〕高麗史作「袖紅」。

〔簌簌〕毛本、吴本、詞繫、高麗史作「蔌蔌」。

〔西施〕毛本、吴本、林刊百家詞本、詞繫、高麗史作「四肢」。鄭校：「宋本作『西施』。」張校：「二字原脱『四肢』，依宋本改。」今按，作「四肢」與前飛燕典故相關聯，且更有俗曲意味。

【訂律】

浪淘沙令，浪淘沙本爲唐教坊曲，唐人所作均爲七言絶句體，李煜始創爲雙調令詞，應爲借舊曲之名另倚新腔。此闋曾傳至高麗。

詞律卷一：「比前李詞（李煜同調「簾外雨潺潺」）前後首句俱少一字，餘皆同。以調名加『令』字，故收在後。或謂凡小調俱可加『令』字，非因另一體而加『令』字也。汲古刻作『有一箇人人』，

『促』字下誤少一字，今爲『□』以補之。或曰『有一箇人人』，仍是五字句，或『蔌蔌』下落一字，亦未可知。余曰：『有一箇人人』語氣不可於第二字署斷，周美成柳梢青起句亦云『有箇人人』，更何疑乎？」

詞譜卷一〇：「樂章集注『歇指調』。蔣氏九宮譜目越調。按，唐書禮樂志歇指調，乃林鐘律之商聲；越調，乃無射律之商聲也。賀鑄詞，名曲入冥；李清照詞，名賣花聲；史達祖詞，名過龍門；馬鈺詞，名煉丹砂。按唐人浪淘沙，本七言斷句，至南唐李煜，始製兩段令詞，雖每段尚存七言詩兩句，其實因舊曲名，另創新聲也。杜安世詞，於前段起句減一字；柳永詞，於前後段起句各減一字。均爲令詞，句讀悉同。即宋祁、杜安石仄韻詞，稍變音節，然前後第二句四字、第三句七字，其源亦出於李煜詞也。至柳永、周邦彦別作慢詞，與此截然不同，蓋調長拍緩，即古曼聲之意也。詞律於令詞强爲分體，於慢詞或爲類列者誤。」「雙調五十二字，前後段各五句，四平韻。」「此詞汲古閣本，首句誤刻『有一箇人人』，第四句『促拍』，脱一『拍』字，今從花草粹編改定。又高麗史樂志載宋所賜大晟樂，有此詞，與花草粹編同。」「按此即李煜詞體，不過前後段兩起句，各減去一字耳。詞律因樂章集調名加以令字，另收在後，不知宋詞字數少者爲令，字數多者爲慢。即李煜詞，在本集原名浪淘沙令，詞律自未考索耳。」

清沈雄古今詞話詞辨上卷：「柳耆卿作歇指調，云：『有箇人人……』起句少原調一字。」

詞繫卷一：「樂章集注歇指調。詞譜注雙角。蔣氏九宮譜目注越調。唐書禮樂志歇指調乃林鐘律之商聲，越調乃無射律之商聲。九宮大成入南詞羽調正曲。」「比前李詞（李煜「簾外雨潺潺」）前後首句俱少一字，餘同。原調加『令』字，或謂凡小調俱可加『令』字。汲古閣六十家詞首句作『有一箇人人』，『一』字衍誤。今從宋刊本樂章集。」

鄭批：「按此上下闋無異，宋本多『拍』字可證。」

【箋注】

〔一〕人人：見前兩同心（嫩臉修蛾）同條注。

〔二〕飛燕：指漢成帝皇后趙飛燕。元陶宗儀説郛卷一一一下引宋樂史楊太真外傳卷上：「漢成帝獲飛燕，身輕欲不勝風。恐其飄翥，帝爲造水晶盤，令宮人掌之而歌舞，又製七寶避風臺，間以諸香安於上，恐其四肢不禁也。」參見前鬬百花（颯颯霜飄鴛瓦）「昭陽飛燕」條注，及柳腰輕（英英妙舞腰肢軟）「昭陽燕」條注。

〔三〕急鏘環佩：急鏘猶言鏘金鳴玉，環佩指女子所佩玉飾。此謂舞女所佩首飾，因其舞蹈動作而互相碰撞，發出清亮的聲音。　華裀：即花裀，指織花或繡花的墊子。南朝梁蕭統三婦艷：「大婦舞輕巾，中婦拂華裀。」

〔四〕促拍：即催拍，又稱簇拍。指樂曲節奏加快，促節繁聲之意。亦指節奏急促的樂曲。宋陳暘樂書卷一八五女樂下：「至於優伶常舞大曲，唯一工獨進。但以手袖爲容，蹋足爲節，其妙串者，雖風旋鳥騫不踰其速矣。然大曲前緩，疊不舞，至入破則羯鼓、震鼓、大鼓與絲竹合作，句拍益急，舞者入場，投節制容，故有催拍、歇拍之異，姿制俯仰，百態橫出。」歐陽修浣溪沙：「白髮戴花君莫笑，六幺催拍盞頻傳。人生何處似樽前。」

〔五〕風柳腰身：唐孟棨本事詩：「白尚書姬人樊素善歌，妓人小蠻善舞，嘗爲詩曰：『櫻桃樊素口，楊柳小蠻腰。』」

〔六〕尖新：新穎，新奇。敦煌曲子詞內家嬌：「善別宮商，能調絲竹，歌令尖新。」宋晏殊山亭柳：「家住西秦。賭博藝隨身。花柳上，鬭尖新。」

〔七〕香塵：見前柳初新（東郊向曉星杓亞）闋同條注。

〔八〕西施：莊子天運：「故西施病心而矉其里，其里之醜人見而美之，歸亦捧心而矉其里。」

荔枝香

甚處尋芳賞翠〔一〕，歸去晚。緩步羅韈生塵〔二〕，來繞瓊筵看〔三〕。金縷霞衣輕褪〔四〕，似覺春遊倦。遥認，衆裏盈盈好身段〔五〕。擬回首，又竚立、簾幃畔。素臉紅眉〔六〕，時揭蓋頭微見〔七〕。笑整金翹〔八〕，一點芳心在嬌眼〔九〕。王孫空恁腸斷。

【校記】

〔荔枝香〕吴本調作「荔枝香近」。

〔來繞瓊筵〕勞鈔本、朱校引原本、繆校引宋本、張校引宋本「來」字脱。勞鈔本、朱校引原本「瓊」作「瑶」。

〔紅眉〕詞譜「紅」作「翠」。花草粹編、陳録、張校本「眉」作「粧」。

【訂律】

荔枝香，唐教坊曲，曲名見教坊記。詞調荔枝香當是因舊名而倚新聲。首見於樂章集。周邦彦清真詞名荔枝香近，亦入歇指調。吴文英夢窗詞入大石調。

宋王灼碧雞漫志卷四：「荔枝香。唐史禮樂志云：『帝幸驪山，楊貴妃生日，命小部張樂長生殿，奏新曲，未有名，會南方進荔枝，因名曰荔枝香。』脞説云：『太真妃好食荔枝，每歲忠州置急遞上進，五日至都。天寶四年夏，荔枝滋甚，比開籠時，香滿一室，供奉李龜年撰此曲進之，宣賜甚厚。』楊妃外傳云：『明皇在驪山，命小部音聲於長生殿奏新曲，未有名，會南海進荔枝，因名荔枝香。』三説雖小異，要是明皇時曲，然史及楊妃外傳，皆謂帝在驪山，故杜牧之華清絶句云：『長安回望繡成堆，山頂千門次第開。一騎紅塵妃子笑，無人知是荔枝來。』遯齋閑覽非之曰：『明皇每歲十月幸驪山，至春乃還，未嘗用六月，詞意雖美而失事實。』予觀小杜華清長篇，又有『塵埃羯鼓索，片段荔枝筐』之語，其後歐陽永叔詞亦云：『一從魂散馬嵬間。只有紅塵無驛使，滿眼驪山。』唐史既出永叔，宜此詞亦爾也。今歇指、大石兩調皆有近拍，不知何者爲本曲。」

詞譜卷一八：「唐史樂志：『帝幸驪山，貴妃生日，命小部張樂長生殿，奏新曲，未有名，會南方進荔枝，因名荔枝香』。碧雞漫志：『今歇指調、大石調，皆有近拍，不知何者爲本曲。』按，荔枝香有兩體，七十六字者，始自柳永，樂章集注「歇指調」，有周邦彦、方千里、楊澤民、陳允平及吴文英詞可校；七十三字者始自周邦彦，有方千里、楊澤民、陳允平和詞，及袁去華詞可校，一名荔枝香近。」「雙調七十六字，前後段各七句，四仄韻。」「此調七十六字者，名荔枝香，無『近』字，以此詞爲正體，周邦彦『照水殘紅』詞，正與此同，但前段結句，脱落一字耳。若方詞之多押一韻，楊詞之多押兩韻，陳詞及吴詞二首之句讀小異，皆變格也。此詞前段結句，可點四字一讀、五字一句，亦可點六字一讀、三字一句，今照詞律點定二字一讀、七字一句，仄仄平平仄平仄，與後段『一點芳心』句平仄同。此詞可平可仄，悉參周、方、楊、陳四詞及吴詞二首之句法同者，其類列荔枝香近三詞，恐各寓音律，不復彙校。」

詞繫卷一〇：「本集注歇指調。碧雞漫志云：『歇指、大石調，皆有近拍，不知何者爲本曲。』九宫大成入南詞大石調正曲，許譜同。」「唐書禮樂志：『明皇幸驪山。楊貴妃生日，命小部張樂長生殿。因奏新曲，未有名。會南方進荔枝，因名曰荔枝香。』太真外傳：『天寶十四載六月一日，上幸華清宫，乃貴妃生日。上命小部音聲（小部者，梨園法部所置，凡三十人，皆十五以下）於長生殿奏新曲，未有名。會南海進荔枝，因以曲名荔枝香。』脞説：『忠州進荔枝，比至開籠時，香滿一室。供奉李龜年撰此曲進之，宣賜甚厚。』沈作喆寓簡：『衡山南岳祠宫，舊多遺迹。徽宗政和間新作燕樂，搜訪古曲遺聲。聞宫廟有唐時樂曲，自昔秘藏，詔使上之，得黄帝鹽、荔枝香二譜。黄帝鹽本交趾來獻，其聲古樸，棄不用。荔枝香音節韶美，遂入燕樂。』」「前結句是九字句，用『遥認』二字領起，此處略逗，不可用上四下五，上三下六句法。『去』字，一本作『來』，『紅』字作『翠』。『賞』、『去』、『擬』、『笑』可平。『羅』、『回』可仄。」

曹校：「元忠按：明盟鷗園主影元巾箱本清真集此調亦屬歇指，其弟一闋工調與此悉合，唯『黄昏客枕無憀』句，此作『金縷霞衣輕褪』，平側微異耳。據彼，則『來繞瓊筵看』之『來』字是宋本誤敓。猶調名『荔支香』下亦敓『近』字，蓋此詞歇指調有近拍，固明見於碧雞漫志也。」

鄭批：「案此爲歇指調，有近拍，見碧雞漫志。此與清真詞格調無少異。」

【箋注】

〔一〕尋芳賞翠：謂游賞春日美景。唐姚合游陽河岸：「尋芳愁路近，逢景畏人多。」此賞翠意同拾翠，本指拾取翠鳥羽毛以爲首飾，後多指婦女游春。三國魏曹植洛神賦：「或採明珠，或拾翠羽。」

〔二〕羅襪生塵：三國魏曹植洛神賦：「凌波微步，羅襪生塵。」

〔三〕瓊筵：盛筵，美宴。南朝齊謝朓始出尚書省：「既通金閨籍，復酌瓊筵醴。」李白春夜宴從弟桃花園序：「開瓊筵以坐花，飛羽觴而醉月。」

〔四〕金縷霞衣：以金絲編織的彩衣。南朝梁劉孝威擬古應教：「青鋪緑瑣琉璃扉，瓊筵玉笥金縷衣。」唐李嶠舞：「霞衣席上轉，花袖雪前明。」參見前黄鶯兒（園林晴晝春誰主）「縷金衣」

條注。

〔五〕身段：謂身體或體態。柳永木蘭花：「星眸顧拍精神峭，羅袖迎風身段小。」

〔六〕紅眉：疑爲宋代女子眉妝。宋鄭獬祭劉丞相文：「左右夾侍，紅眉緑鬟。」宋李廌田舍女：「紅眉紫襜青絹襖。」又宋李廌曉至長湖戲贈德麟：「黄茆野店人争看，籬上紅眉粉額妝。」

〔七〕蓋頭：指女子外出時，用以蔽塵的面巾披肩。宋周煇清波雜誌卷二：「士大夫於馬上披涼衫，婦女步通衢，以方幅紫羅障蔽半身，俗謂之蓋頭。」

〔八〕金翹：一種金製的女子首飾，狀如鳥尾上的長羽。五代毛熙震浣溪沙：「晚起紅房醉欲消。緑鬟雲散嫋金翹。雪香花語不勝嬌。」

〔九〕嬌眼：宋歐陽修玉樓春：「緑楊嬌眼爲誰回，芳草深心空自動。」又歐陽修浣溪沙：「雙手舞餘拖翠袖，一聲歌已釂金觴。休回嬌眼斷人腸。」

林鐘商

古傾杯

凍水消痕，曉風生暖，春滿東郊道〔一〕。遲遲淑景〔二〕，煙和露潤，偏繞長隄芳草。

斷鴻隱隱歸飛〔三〕，江天杳杳。遥山變色，妝眉淡掃〔四〕。目極千里〔五〕，閒倚危檣迥眺〔六〕。　動幾許、傷春懷抱。念何處、韶陽偏早〔七〕。想帝里看看〔八〕，名園芳樹，爛漫鶯花好〔九〕。追思往昔年少。繼日恁把酒聽歌，量金買笑〔一〇〕。别後暗負，光陰多少。

【校記】

〔古傾杯〕陳録「杯」作「懷」。

〔凍水〕林刊百家詞本「水」作「冰」。張校：「原訛『冰』，依宋本改。」

〔淑景〕林刊百家詞本「淑」作「洲」。

〔露潤〕毛本、吴本無「潤」字。張校「潤」下注：「原誤在『偏』下，依宋本正。」

〔偏繞〕毛本、吴本作「偏潤」，林刊百家詞本脱此二字，詞繫作「遍繞」，繆校引宋本作「繞偏」，朱校引焦本、陳録作「偏染」。鄭校：「一作『潤遍』。宋本『潤』下有『繞』字。」張校「繞」下注：「原脱，依宋本補。」

〔看看〕毛本脱一「看」字。

〔芳樹〕毛本、吴本、張校本、林刊百家詞本、詞繫、朱校引焦本「樹」作「榭」。張校：「宋本『樹』。」

【訂律】

詞律卷七：「字句又異前數篇，注亦未確。」

詞譜卷三二：「雙調一百八字，前段十二句五仄韻，後段十句六仄韻。」「此詞樂章集亦注『林鐘商』，然句、韻與前一首（柳詞同調「离宴殷勤」闋）又不同。」

詞繫卷八：「本集屬林鐘商。」「『水』字，汲古作『冰』，『潤遍繞』三字，汲古、詞律作『偏潤』二字。『暗』字，詞律作『頓』，據宋本訂正。『樹』字，宋本作『樹』。」「此下三首，一名古傾杯，一名傾杯，不僅字句互異，實因宮調懸殊也，仍列原調名，以存真面。」

【箋注】

〔一〕東郊：禮記月令：「（孟春之月）立春之日，天子親帥三公、九卿、諸侯、大夫以迎春於東郊。」宋宋祁玉樓春：「東城漸覺風光好。縠皺波紋迎客棹。緑楊煙外曉寒輕，紅杏枝頭春意鬧。」

〔二〕遲遲淑景：見前鬬百花（煦色韶光明媚）「淑景」條注。

〔三〕斷鴻：失群的孤雁。唐李嶠送光禄劉主簿之洛：「背櫪嘶班馬，分洲叫斷鴻。」柳永夜半樂：「斷鴻聲遠長天暮。」又柳永玉蝴蝶：「斷鴻聲裏，立盡斜陽。」

〔四〕妝眉淡掃：題東晉葛洪西京雜記卷二：「文君姣好，眉色如望遠山。」另參見前兩同心（嫩臉修蛾）「淡匀輕掃」條注。

〔五〕目極千里：楚辭招魂：「目極千里兮傷春心，魂兮歸來哀江南。」

〔六〕危檣：高桅。南朝陳陰鏗渡青草湖：「行舟逗遠樹，度鳥息危檣。」杜甫旅夜書懷：「細草微風岸，危檣獨夜舟。」

〔七〕偏早：特別早。唐許稷風動萬年枝：「瓊樹春偏早，光風處處宜。」

〔八〕看看：張相詩詞曲語辭匯釋：「看看，估量時間之辭。有轉眼義；有當前義；又有當前義轉而爲剛剛義。……施肩吾望夫詞：『看看北雁又南飛，薄倖征夫久不歸。』言正當雁來時候也。柳永古傾杯詞：『想帝里看看，名園芳樹，爛漫鶯花好。』言帝里正當鶯花時候也。」

〔九〕鶯花：鶯啼花開，泛指春景。杜甫陪李梓州等四使君登惠義寺：「鶯花隨世界，樓閣倚山巔。」

〔一〇〕量金買笑：量金謂用量器計量黃金，喻不惜重價。唐黃滔司馬長卿：「漢宮不鎖陳皇后，誰肯量金買賦來。」五代盧延讓樊川寒食：「五陵年少麤於事，栲栳量金買斷春。」買笑謂狎妓游冶。唐劉禹錫泰娘歌：「自言買笑擲黃金，月墮雲中從此始。」

【輯評】

清陳鋭褎碧齋詞話：「隔句協，始於詩之『蕭蕭馬鳴，悠悠旆旌』，『蕭』、『悠』爲韻。而古風之『思君令人老，歲月忽已晚。棄捐勿複道，努力加餐飯』，『老』、『道』繼之。詞則柳耆卿傾杯樂云：『動幾許、傷春懷抱。念何處、韶陽偏早。』『許』、『處』爲韻也。」

冒廣生傾杯考：「『杳』字、『年少』之『少』字，增韻。第四遍『歌』字應叶，此不叶，與『離宴殷勤』、『金風淡蕩』、『樓鎖輕煙』、『木落霜洲』四首并同。蓋移在第三句『笑』字叶也。『滿』字、『極』字，均作平。此首第一遍加三襯。亦破六、六、六、六，作四、四、四、四、四，與第一首同。第二遍破六、六、六、六，作六、八、四、六。增『江天杳杳』一句。下二句與第一、二首同。第三遍加四襯。上二句亦作六、六。下二句破六、六作七、五。第四遍加一襯。上二句亦作六、六。下二句破六、六作四、二、六。而移叶於第三句。詞律云：『字句又異前數篇。』然亦自承其『注未確』矣。」

傾杯

離宴殷勤，蘭舟凝滯，看看送行南浦〔一〕。情知道世上〔二〕，難使皓月長圓〔三〕，彩雲鎮聚〔四〕。算人生、悲莫悲於輕别〔五〕，最苦正歡娱，便分鴛侶。淚流瓊臉，梨花一枝春帶雨〔六〕。

慘黛蛾、盈盈無緒。共黯然消魂〔七〕，重攜纖手，話别臨行，猶自再三、問道君須去。頻耳畔低語。知多少、他日深盟，平生丹素〔八〕。從今盡把憑鱗羽〔九〕。

【校記】

〔傾杯〕毛本、吴本、林刊百家詞本、詞繫、朱校引焦本調作「傾杯樂」，陳録作「傾懷樂」，全宋詞本作「傾杯」，并注云：「案調名原與上首同，據毛校樂章集改。」花草稡編調下注曰「送別」。

〔世上〕毛本、吴本「上」作「人」。張校：「原誤『人』，依宋本改。」

〔長圓〕吴本「圓」作「圜」，毛本作「畫」。張校：「原誤『畫』，依宋本改。」

〔悲莫〕勞鈔本、朱校引原本「悲」作「愁」。張校：「二『悲』字，宋本并作『愁』。」

〔鴛侶〕毛本此詞不分段。吴本於此句後分片。鄭校：「宋本以『梨花一枝』句爲上段。」張校引宋本同。

〔淚流〕毛本、吴本、林刊百家詞本「流」作「滴」。勞校云：「流，行間校从云，斧季標上方，从云。」張校：「原作『滴』，依宋本改。」

〔黛蛾〕朱校引焦本、陳録作「蛾黛」。

〔慘黛蛾〕至〔話別臨行〕毛本、吴本作「慘黛別臨行」，脱中間十五字。張校：「原脱上十五字，依宋本補。」鄭校：「宋本下段作：『慘黛蛾，盈盈無緒。共黯然消魂，重攜纖手，話別臨行，再三問道君須去。頻耳畔低語。』增十五字，删『猶自』二字。梅本同，惟『猶自』未删。此當依宋本改定。」

〔猶自再三〕詞繫無「猶自」二字。繆校引宋本、張校引宋本、勞校引毛斧季校删「猶自」二字。繆校謂梅本「『猶自』二字未删」。

〔平生〕張校本作「平時」。

〔從今〕毛本、吳本「今」作「此」，張校：「原作『此』，今依宋本。」林刊百家詞本作「□」。

【訂律】

詞律卷七：「以上二調字句參差，柳集最訛，莫可訂正。次首（柳詞同調「木落霜洲」）尤多錯亂，分句未確，且長調應分兩段，原刻如右，姑仍之。」

詞繫卷八：「本集屬林鐘商。」「前段與前作略同。後段則迥不相侔。汲古、詞律於『淚流』下分段，照『皓月初圓』一首當於『春帶雨』分段爲是。『蛾盈』至『手話』十五字，汲古缺，『臨行』下多『猶自』二字，『世上』二字作『世人』，『圓』字作『畫』，『流』字作『滴』，今字作『此』，俱從宋本訂正。」

鄭批：「徐本遵歷代詩餘，故多與宋本同。」

冒廣生傾杯考：「此首第三遍第二句『手』字應叶不叶，移在第一句『緒』字叶。第四遍『盟』字應叶不叶，移在第三句『素』字叶也。『語』字增韻。『使』字作平。第一遍加五襯。破六、六、六、六，作四、四、四、四、四、四。與第一、第三首同。第二遍加五襯。破六、六、六、六，作七、七，四、六。與第一、第二首同。第三遍加五襯。上二句亦作六、六。下三句破六、六作四、四、四。與第二、第三首同。第四遍破六、六、六、六，作五、七，四、七，衹二十三字。疑『頻』字下應疊『頻』字，今加一空格。詞律依毛刻落十五字。以字句參差，不敢分段。歷代詩餘此首一入九十五字，一入一百八字。奉旨校刊諸臣實未細檢。」

【箋注】

〔一〕看看：見前古傾杯（凍水消痕）同條注。　南浦：水邊送別之地。楚辭九歌河伯：「子交手兮東行，送美人兮南浦。」南朝梁江淹別賦：「送君南浦，傷如之何。」

〔二〕情知道：即情知，深知、明知之義。唐駱賓王艷情代郭氏答盧照鄰：「情知唾井終無理，情知覆水也難收。」

〔三〕皓月長圓：宋曾慥類説卷五六石曼卿對條：「李長吉歌云：『天若有情天亦老。』石曼卿對：『月如無恨月長圓。』」

〔四〕彩雲：用白居易「彩雲易散琉璃脆」詩意。參見前秋蕊香（留不得）「彩雲易散瑠璃脆」條注。

〔五〕悲莫悲：楚辭九歌少司命：「悲莫悲兮生別離，樂莫樂兮新相知。」

〔六〕梨花：白居易長恨歌：「玉容寂寞淚闌干，梨花一枝春帶雨。」

〔七〕黯然消魂：「消魂」同「銷魂」。南朝梁江淹別賦：「黯然銷魂者，唯別而已矣。」

〔八〕丹素：赤誠純潔之心。李白贈溧陽宋少府陟：「人生感分義，貴欲呈丹素。」清王琦注引宋楊齊賢曰：「丹素，心也。」

〔九〕把憑：憑證，此爲依仗義。　鱗羽：代稱魚和雁，借指書信。樂府詩集卷三八飲馬長城窟行：「客從遠方來，遺我雙鯉魚。呼兒烹鯉魚，中有尺素書。」鴻雁傳書之典，見前甘草子（秋盡）「雁字」條注。

【輯評】

清陳鋭褒碧齋詞話：「柳詞云：『算人生、悲莫悲於輕別』又云：『置之懷袖時時看。』此從古樂府出。美成詞云：『大都世間最苦唯聚散。』乃得此意。」

破陣樂

露花倒影，煙蕪蘸碧，靈沼波暖〔一〕。金柳摇風樹樹〔二〕，繫彩舫龍舟遥岸。千步虹橋〔三〕，參差雁齒〔四〕，直趨水殿〔五〕。繞金隄、曼衍魚龍戲〔六〕，簇嬌春羅綺，喧天絲管。霽色榮光〔七〕，望中似覩，蓬萊清淺〔八〕。時見。鳳輦宸遊〔九〕，鸞觴禊飲〔一〇〕，臨翠水、開鎬宴〔一一〕。兩兩輕舠飛畫檝〔一二〕，競奪錦標霞爛〔一三〕。罄歡娱，歌魚藻，徘徊宛轉。別有盈盈遊女，各委明珠，争收翠羽〔一四〕，相將歸遠。漸覺雲海沈沈，洞天日晚〔一五〕。

【校記】

〔一〕樹樹〕毛本、吴本、林刊百家詞本作「木木」，詞繫作「木末」。張校：「二『樹』字原脱『木』，依宋本改。」繆校云：「宋本作『樹樹』。改『木木』者，避英宗嫌名。（夾注：天籟本作「木末」，亦是叶。」

〔時見〕毛本、吴本「見」作「光」。繆校：「宋本作『時見』，『見』字叶韻。」鄭校：「宋本作『見』，非。）」鄭校：「以避宋英宗諱改『木』。」

〔龍舟〕毛本、吴本、張校本「舟」作「船」。張校：「宋本作『舟』。」

〔罄歡娱〕毛本、吴本「罄」作「聲」，林刊百家詞本「罄」字脱。鄭校：「宋本作『罄』，是。張校：「原誤『聲』，依宋本改。」此以形訛。」

〔别有盈盈遊女〕繆校云：「『别有』以下至尾方用韻，萬氏云：『疑訛脱。』」歷代詩餘「游」後多一「洛」字。詞繫：「一本『女』字上多『洛』字，下缺『各』字。」

〔各委明珠〕毛本、吴本無「委」字。張校「委」下注：「原脱，依宋本補。」歷代詩餘「各委」作「採」。繆校：「梅本、天籟本作『各委明珠，争收翠羽』，『羽』字叶韻。」夏批：「歷代詩餘作：『别有盈盈游洛女，採明珠争收翠羽。』較此爲佳。」鄭校：「梅本有『委』字，與下句對。」

〔歸遠〕毛本、吴本、朱校引焦本、林刊百家詞本「遠」作「去」。繆校：「『别有』以下，至尾方用韻，萬氏云疑訛脱。」鄭校：「『去』，宋本作『遠』，叶，是。此脱訛。」「紅友以『别有』以下至尾方用韻，疑有訛脱，不知宋本『遠』字已協。此宋槧之足貴也。」「繆氏校以爲『羽』叶均，誤已。詞例凡對句於長調中最具絶大魄力，如西平樂、蘭陵王等曲是也，對句中因多不叶，以歌者一氣合拍作肉裏聲。此詞自『轉』字至『遠』均，才隔一二句，正長調恒例，何有訛奪？繆失考。」

【訂律】

破陣樂，唐教坊曲，曲名見教坊記。用作慢曲詞調，首見於樂章集。唐貞觀間有秦王破陣樂大曲。宋史卷一四二樂志載宋太宗親製大曲十八，首爲正宮平戎破陣樂。柳詞入林鍾商。與出於大曲破陣樂之令詞破陣子不同。

詞律卷二〇：「此調無考證處。」「『木木』二字無理，『金柳』至『水殿』，似對後段『兩兩』至『宛轉』，但『聲歡娱，歌魚藻』六字比『千步』二句少二字，必係差落，蓋『聲歡娱』不成語也。『各明珠』句，『各』字下落『採』字，但『別有』以下直至尾纔叶韻，亦必有訛脱，不可考也。」

詞譜卷三七：「唐教坊曲名。宋史樂志：正宮。柳永樂章集注『林鍾商』。」「雙調一百三十三字，前段十四句五仄韻，後段十六句五仄韻。」「此詞載樂章集，頗有脱誤。後段第七句『聲歡娱』，『聲』字或係『罄』字之訛；第十句『各』字下刻本脱一字，今從詞緯抄本校正。可平可仄，參下張詞。」

詞繫卷六：「樂章集亦屬林鍾商。」「後段第十句六字，十一句四字，『管』字、『遠』字叶韻，與張作異。『木末』二字，汲古作『木木』，詞律遂於『繫』字句。『見』字作『先』，『罄』字作『聲』，『委』字作『採』，『遠』字作『去』。一本『女』字上多『洛』字，下缺『各』字，俱誤。今據宋本改正。」

【箋注】

〔一〕靈沼：見前滿朝歡（花隔銅壺）同條注。此蓋指汴京金明池。宋晁載之續談助卷二：「金明池，方八里，太平興國中太宗以其地停水，因疏爲大池。池中構廣殿，通以飛梁。其南瓊林苑，面池起樓。每歲暮春，具樓船水嬉，以備車駕臨幸焉。」

〔二〕金柳：宋孟元老東京夢華録卷七：「三月一日，州西順天門外，開金明池、瓊林苑。每日教習車駕上池儀範。……池之東岸，臨水近墻皆垂楊。……其池之西岸，亦無屋宇，但垂楊蘸水，煙草鋪堤，遊人稀少，多垂釣之士。……習水教罷，繫小龍船於此，池岸正北對五殿起大屋，盛大龍船，謂之奥屋。」

〔三〕虹橋：見前早梅芳（海霞紅）同條注。

〔四〕雁齒：喻橋的臺階。白居易答王尚書問履道池舊橋：「虹梁雁齒隨年換，素板朱欄逐日修。」

〔五〕水殿：臨水的殿堂。孟元老東京夢華録卷七：「入池門内南岸西去百餘步，有面北臨水殿，車駕臨幸觀争標，錫宴於此。……又西去數百步，乃仙橋。南北約數百步，橋面三虹，朱漆欄楯，下排雁柱，中央隆起，謂之駱駝虹，若飛虹之狀。橋盡處，五殿正在池之中心。」

〔六〕曼衍魚龍：古代百戲之名。漢書卷九六下西域傳：「設酒池肉林以饗四夷之客，作巴俞都盧、海中碭極、漫衍魚龍、角抵之戲以觀視之。」顔師古注：「漫衍者，即張衡西京賦所云『巨獸百尋，是爲漫延』者也。魚龍者，爲舍利之獸，先戲於庭極，畢，乃入殿前激水，化成比目魚，跳躍漱水，作霧障日，畢，化成黄龍八丈，出水敖戲於庭，炫燿日光。西京賦云：『海鱗變而成龍。』即爲此色也。」孟元老東京夢華録卷七：「殿上下回郎，皆關撲錢物、飲食、伎藝人作場，勾肆羅列左右。橋上兩邊用瓦盆，内擲頭錢，關撲錢物、衣服、動使。游人還往，荷蓋相望。橋之南立櫺星門，門裏對立綵樓。每争標作樂，列妓女於其上。門相對街南有磚石甃砌高臺，上有樓觀，廣百丈許，曰寶津樓。前至池門，闊百餘丈，下闞仙橋、水殿，車駕臨幸，觀騎射、百戲於此。」宋陳暘樂書卷一八六俗部即載有「魚龍戲、漫衍戲」等。

〔七〕榮光：五色雲氣。吉祥之兆。唐歐陽詢藝文類聚卷一一：「尚書中候曰：『帝堯即政，榮光出河，休氣四塞。』」

〔八〕蓬萊清淺：用麻姑、蓬萊事。見前巫山一段雲（六六真遊洞）「麻姑」、「蓬萊」二條注。

〔九〕鳳輦宸遊：鳳輦指皇帝的車駕。唐沈佺期陪幸韋嗣立山莊：「虹旗縈秀木，鳳輦拂疏筇。」宋史卷一四九輿服志：「鳳輦，赤質，頂輪下有二柱，緋羅輪衣，絡帶、門簾皆繡雲鳳。頂有金鳳一，兩壁刻畫龜文、金鳳翅。」宸遊指帝王巡游。文選卷三〇南朝齊謝朓始出尚書省：「宸景厭照臨，昏風淪繼體。」李善注：「宸，北辰，以喻帝位也。」唐蘇頲奉和初春幸太平公主南莊應制：「主第山門起灞川，宸遊風景入初年。」柳永醉蓬萊：「此際宸遊，鳳輦何處。」

〔一〇〕鸞觴：刻有鸞鳥花紋的酒杯。文選卷二九嵇康雜詩：「鸞觴酌醴，神鼎烹魚。」張銑注：「鸞觴，盃也，刻爲鸞鳥之文。」一説爲刻成鸞鳥形狀的酒杯。宋鄭獬觥記注：「嵇叔夜刻杯爲鸞鳥之形，名曰鸞觴。」　　禊飲：見前笛家弄（花發西園）「禊飲」條注。

〔一一〕鎬宴：詩小雅魚藻：「魚在在藻，有頒其首。王在在鎬，豈樂飲酒。」鄭玄箋：「豈亦樂也？天下平安，萬物得其性。武王何所處乎？處於鎬京。樂八音之樂，與群臣飲酒而已。」後以鎬飲或鎬宴謂天下太平，君臣同樂。唐崔湜奉和春日幸望春宫：「即此歡容齊鎬宴，唯應率舞樂薰風。」下「歌魚藻」亦用此典。

〔一二〕輕舠：輕快的小舟。詩衛風河廣：「誰謂河廣，曾不容刀。」刀，即舠。李白送當塗趙少府赴長蘆：「我來揚都市，送客迴輕舠。」

〔一三〕競奪錦標：唐宋有競渡奪錦標之俗。孟元老東京夢華録卷七：「駕先幸池之臨水殿，錫宴群臣。……有小龍船二十隻，上有緋衣軍士各五十餘人，各設旗鼓銅鑼。船頭有一軍人校，舞旗招引，乃虎翼指揮兵級也。又有虎頭船十隻，上有一錦衣人，執小旗立船頭上，餘皆着青短衣、長頂頭巾，齊舞棹，乃百姓卸在行人也。又有飛魚船二隻，綵畫間金，最爲精巧，上有雜綵戲衫五十餘人，間列雜色小旗緋傘，左右招舞，鳴小鑼鼓、鐃鐸之類。又有鰍魚船二隻，止容一人撑划，乃獨木爲之也，皆進花石朱勔所進。諸小船競詣奥屋，牽拽大龍船出詣水殿，其小龍船争先團轉翔舞，迎導於前，其虎頭船以繩牽引龍舟。大龍船約長三四十丈，闊三四丈，頭尾鱗鬣，皆雕鏤金飾，㮰板皆退光，兩邊列十閤子，充閤分歇泊。中設御座。龍水屏風，㮰板到底深數尺，底上密排銕鑄大銀樣，如卓面大者壓重，庶不欹側也。上有層樓臺觀，檻曲安設御座，龍頭上人舞旗，左右水棚，排列六槳，宛若飛騰，至水殿艤之一邊。水殿前至仙橋，預以紅旗插於水中，標識地分遠近。所謂小龍船，列於水殿前，東西相向；虎頭、飛魚等船，布在其後，如兩陣之勢。須臾，水殿前水棚上，一軍校以紅旗招之，龍船各鳴鑼鼓出陣，划棹旋轉，共爲圓陣，謂之旋羅。水殿前又以旗招之，其船分而爲二，各圓陣，謂之海眼。又以旗招之，兩隊船相交互，謂之交頭；又以旗招之，則諸船皆列五殿之東，面對水殿，排成行列。則有小舟，一軍校執一竿，上掛以錦綵銀盌之類，謂之標竿，插在近殿水中。又見旗招之，則兩行舟鳴鼓并進，捷者得標，則山呼拜舞，并虎頭船之類，各三次争標而止。其小船復引大龍船入奥屋内矣。」

〔一四〕「明珠」、「翠羽」二句：三國魏曹植洛神賦：「命儔嘯侶，或戲清流，或翔神渚，或采明珠，或拾翠羽。」

〔一五〕洞天：見前玉樓春（鳳樓郁郁呈嘉瑞）同條注。唐陳鴻長恨歌傳：「於時雲海沉沉，洞天日晚，瓊户重闔，悄然無聲。」

【輯評】

宋葉夢得避暑録話卷下：「蘇子瞻於四學士中最善少游，故他文未嘗不極口稱善，豈特樂府。然猶以氣格爲病。故嘗戲云：『山抹微雲秦學士，露花倒影柳屯田。』『露花倒影』，柳永破陣子語也。」

宋陸游老學庵筆記卷二：「張子韶對策有『桂子飄香』之語，趙明誠妻李氏嘲之曰：『露花倒影柳三變，桂子飄香張九成。』」

鄭文焯大鶴山人詞話續編卷一：「雷溪子注蕭閑老人明秀集引長恨傳云：『雲海茫茫，洞天日晚。』柳詞此煞拍正用之。繆氏校以爲『羽』字叶韻，誤已。詞例凡對句於長調中最具絶大魄力，如西平樂、蘭陵王等曲是也，對句中因多不叶，以歌者一氣合拍作肉裏聲，此詞自『轉』字至『遠』韻，才隔一二句，正長調恒例。紅友以『别有』以下至尾方用韻，疑有訛脱，不知宋本『遠』字已協，此宋槧之足貴也。」（今按：四印齋所刻詞本魏道明蕭閑老人明秀集注卷三念奴嬌「念奴玉立」闋「雲海茫茫人换世」句，魏注：「長恨傳：『雲海茫茫，洞天日晚。』山谷：『眼看人换世。』」）

【考證】

此詞詠汴京金明池游宴。作於大中祥符年間或天禧年間。

金明池爲宋太宗太平興國三年所鑿，太宗歲時臨幸觀水戲并習水戰。孟元老東京夢華録三月一日開金明池瓊林苑條，又駕幸臨水殿觀争標錫宴條，對宋時金明池及其宴游場面有詳細記載。

又宋史卷一一三禮志十六「游觀」：「天子歲時游豫，則上元幸集禧觀、相國寺，御宣德門觀燈；首夏幸金明池，觀水嬉，瓊林苑宴射。……（真宗咸平）三年五月，幸金明池，觀水戲，揚旗鳴鼓，分左右翼，植木繫綵以爲標識，方舟疾進，先至者賜之。移幸瓊林苑，登露臺，鈞容直奏樂臺下，百戲競集，從臣皆醉。自是凡四臨幸。」按柳永此詞中云：「時見。鳳輦宸游。」既云「時見」，則非咸平三年事可知，當作於咸平三年後。真宗其後之三次駕幸金明池確在何年，雖宋史未載，然檢宋王應麟玉海，則均赫然在目：玉海卷三〇祥符宴射詩條：「（大中祥符）五年四月五日壬寅，幸金明池、瓊林苑宴射。」又同卷天禧賞花釣魚詩條：「（天禧三年）四月癸卯，幸金明池、瓊林苑。」又卷七五祥符水心殿宴射條：「（大中祥符三年）三月壬辰幸金明池、瓊林苑宴射。」可知真宗年間四次駕幸金明池，分别在咸平三年（一〇〇〇）五月、大中祥符三年（一〇一〇）三月、大中祥符五年（一〇一二）四月和天禧三年（一〇一九）四月。此詞或即作於其後三次中的某次前後。

又玉海卷一九五皇祐黄雲條載「皇祐二年四月朔，幸金明池。司天言雲色黄，其形輪囷，此聖孝感天之應。」這是仁宗年間駕幸金明池的記載。但柳詞如作於此後，以柳永填此類詞的習慣，不應於詞中無一語頌及此種象徵祥瑞的「黄雲」天象。

雙聲子

晚天蕭索，斷蓬蹤迹〔一〕，乘興蘭棹東遊〔二〕。三吴風景〔三〕，姑蘇臺榭〔四〕，牢落暮靄初收〔五〕。夫差舊國〔六〕，香徑没〔七〕、徒有荒丘。繁華處，悄無覩，惟聞麋鹿呦呦〔八〕。

想當年、空運籌決戰，圖王取霸無休。江山如畫，雲濤煙浪，翻輸范蠡扁舟〔九〕。驗前經舊史，嗟漫載、當日風流。斜陽暮草茫茫，盡成萬古遺愁。

【校記】

〔雙聲子〕花草粹編調下注曰「游吳」。

〔夫差〕詞繫「夫差」上有「嘆」字。

〔荒丘〕曹校引梅本「荒」作「虎」。吳本「丘」作「邱」。鄭校：「『荒邱』即謂虎丘。梅本作『虎丘』，不如元作『荒丘』遠矣，且失平仄。梅本不足據。」

〔舊史〕詞繫：「『舊』字，一本作『後』。」

【訂律】

雙聲子，首見於樂章集，宋詞中僅存柳永此闋。

詞律卷一八：「後起或讀作三字兩句，是以『籌』字似叶韻也。不知此句該在『決戰』住句，蓋後段之『圖王』至『風流』，即與前段之『乘興』至『荒丘』相同，況『圖王』句連上『決戰』二字，文義亦不妥也。『覩』字上疑有落字，『驗前經』句比前多一『驗』字，或『夫差』上缺一字耳。」

詞譜卷三二：「樂章集注『林鐘商』。」「雙調一百四字，前段十一句四平韻，後段十句四平韻。」「此調只有柳永一詞，其平仄亦遵之。」

詞繫卷一〇：「本集屬林鐘商。九宫大成入南詞越調正曲，與南詞黃鐘宫正曲不同。」「此隋唐時曲也，他無作者。與雙韻子無涉。宋本、汲古俱缺『嘆』字。詞律疑『夫差』上、『睹』字下，俱有缺字，今據歷代詩餘本增。圖譜於『籌』字句注叶，大誤，宜從詞律。『舊』字，一本作『後』。」

【箋注】

〔一〕斷蓬：猶飛蓬，比喻漂泊無定。唐王之渙九日送別：「今日暫同芳菊酒，明朝應作斷蓬飛。」

〔二〕乘興：謂興會所至。南朝宋劉義慶世説新語任誕：「王子猷居山陰，夜大雪……忽憶戴安道。時戴在剡，即便夜乘小船就之，經宿方至，造門不前而返。人問其故，王曰：『吾本乘興而行，興盡而返，何必見戴？』」蘭棹：即蘭舟。見前早梅芳（海霞紅）「蘭舟」條注。

〔三〕三吴：説法不一，北魏酈道元水經注漸水：「漢高帝十二年，一吴也，後分爲三，世號三吴，吴興（今浙江湖州）、吴郡（今江蘇蘇州）、會稽（今浙江紹興）其一焉。」唐杜佑通典卷一八二：「秦置會稽郡……漢亦爲會稽郡，後順帝分置吴郡。晉宋亦爲吴郡，與吴興、丹陽爲三吴。」宋税安禮歷代地理指掌圖以蘇（東吴蘇州）、常（中吴常州）、湖（西吴湖州）三州爲三吴。宋范成大吴郡志卷四八：「三吴之説，世未有定論。十道四番志以吴郡及丹陽、吴興爲三吴，又以義興、吴興及吴爲三吴。郡國志謂吴興、義興、吴郡爲三吴，又云丹陽亦曰三吴。元和郡國圖誌亦曰與吴興、丹陽爲三吴……今當以十道四蕃志及郡國志别説爲正。」今人王鏗在東晉南朝時期「三吴」的地理範圍一文（中國史研究二〇〇七年第一期）中提出狹義的三吴當即爲水經注所云吴郡、吴興郡和會稽郡。

〔四〕姑蘇臺榭：姑蘇，亦作「姑胥」，山名，在今江蘇蘇州。山有姑蘇臺，相傳爲吴王夫差所築。墨子非攻中：「（夫差）遂築姑蘇之臺，七年不成。」國語越語下：「吴王帥其賢良與其重禄，以上姑蘇。」韋昭注：「姑蘇，宫之臺也，在吴閶門外，近湖。」李白烏棲曲：「姑蘇臺上烏棲時，吴王宫裏醉西施。」清王琦注引述異記云：「吴王夫差，築姑蘇之臺，三年乃成。周旋詰曲，横亘五里，崇飾土木，殫耗人力，宫妓千人。上别立春宵宫，爲長夜之飲，造千石酒鍾，作天池，池中造青龍舟，舟中盛陳妓樂，日與西施爲水嬉。」

〔五〕牢落：猶寥落。稀疏零落貌，零落荒蕪貌。文選卷八司馬相如上林賦：「牢落陸離，爛熳遠遷。」李善注：「牢落陸離，群奔走也。牢落，猶遼落也。」

〔六〕夫差：春秋時吴王，曾争霸諸侯，後爲越王句踐所攻，國滅身死。其都城舊址在姑蘇。蘇州市郊有靈巖山，傳説夫差宫殿即在此處，故云。

〔七〕香徑：即采香徑，在靈巖山上，據説是當年吴國宫女采花之徑。唐劉禹錫館娃宫：「唯餘采香徑，一帶繞山斜。」宋范成大吴郡志卷八：「采香徑，在香山之傍小溪也。吴王種香於香山，使美人泛舟於溪以采香。今自靈巖山望之，一水直如矢，故俗又名箭涇。」

〔八〕麋鹿呦呦：呦呦爲鹿鳴之聲。詩小雅鹿鳴：「呦呦鹿鳴，食野之苹。」史記卷一一八淮南衡南列傳載伍被語：「臣聞子胥諫吴王，吴王不用，乃曰：『臣今見麋鹿游姑蘇之臺也。』」

〔九〕范蠡：越國大夫，曾協助句踐滅吴，傳説其功成身退後攜西施泛舟遊於五湖。宋鄧肅詠史：「五湖范蠡攜西子，三國周郎嫁小喬。」

【輯評】

鄭批：「（「驗前經舊史」至結句）只數語，便抵得無限懷古傷高之致。」

吴熊和師柳詞三題：「這首詞當爲姑蘇懷古，嗟歎吴王夫差亡國事。它在聲律上很值得注意。……詞中雙聲疊韻，層見間出，反覆運用，貫徹始終，可以説是一首名副其實的雙聲疊韻之曲。這個詞調或許爲柳永首創，所以其詞與調名相合。雙聲子全詞二十三句，僅六句未用雙聲疊韻詞。詞中雙聲處，計有：蕭索、蹤迹、棹東、牢落、繁華、惟聞、決戰、翻輸。詞中疊韻處，計有：晚天、蓬蹤、乘興、姑蘇、暮初、有丘、無覩、呦呦、想當、圖取無、驗前、漫載、茫茫、盡成。……宋詞中善以雙聲疊韻組成歌詞聲律的，就要首推柳永。」

陽臺路

楚天晚。墜冷楓敗葉，疏紅零亂〔一〕。冒征塵、匹馬驅驅，愁見水遥山遠。追念少年時，正恁鳳幃〔二〕，倚香偎暖。嬉遊慣。又豈知、前歡雲雨分散。此際空勞回首，望帝里、難收淚眼。暮煙衰草，算暗鎖、路歧無限。今宵又、依前寄宿〔三〕，甚處葦村山館〔四〕。寒燈畔。夜厭厭〔五〕、憑何消遣。

【校記】

〔陽臺路〕花草稡編調下注曰「旅情」。

〔冷楓〕毛本、吴本「楓」作「風」。張校：「原訛『風』，依宋本改。」

〔驅驅〕毛本、吴本、張校本、林刊百家詞本、詞律「驅驅」作「區區」。張校：「宋本『驅驅』。」

〔少年時〕毛本、吴本、張校本作「平時」，林刊百家詞本、朱校引焦本、陳録作「年時」。張校引宋本作「念少年時」。

〔燈畔〕毛本、吴本、林刊百家詞本、詞繫「畔」作「半」。張校：「原訛『半』，依宋本改。」

【訂律】

陽臺路，調名當取義於巫山神女事。首見於樂章集，宋詞中僅存柳永此闋。

詞律卷一四：「此篇婉順可從，平仄宜悉遵之。幸譜圖失收，尚留得本來面目，未被雕鏤塗抹也。」

詞譜卷二四：「樂章集注『林鐘商』。」「雙調，九十六字。前段九句六仄韻；後段八句四仄韻。」「此調祇有此詞，無别首可校。柳詞俱入宫調，其句讀平仄須遵之。」

詞繫卷一〇：「本集屬林鐘商。」「此調無他作可證，平仄悉宜遵之。『楓』字，汲古、詞律作『風』，『驅驅』二字作『區區』，『少年時』作『平時』，皆誤。『帝里』二字作『京洛』，『畔』字作『半』，『淚』字，葉譜作『望』，『算』字作『但』，據宋本訂正。『厭』平聲。」

鄭批：「兩結處『歡』與『厭』并是夾協。」

【箋注】

〔一〕疏紅：唐李群玉秋怨：「疏紅落殘艷，冷水凋芙蓉。歲暮空太息，年華隨遺蹤。」

〔二〕鳳幃：謂閨中帷帳。

〔三〕寄宿：借宿，投宿。唐高適寄宿田家：「今夜早應還寄宿，明朝拂曙與君辭。」

〔四〕山館：山中館驛。唐李郢送劉谷：「郵亭已送征車發，山館誰將候火迎。」柳永臨江仙引：「況繡幃人靜，更山館春寒。今宵怎向漏永，頓成兩處孤眠。」與此詞意脈亦頗相近。

〔五〕厭厭：綿長貌。唐李商隱楚宮：「暮雨自歸山峭峭，秋河不動夜厭厭。」

【考證】

起云「楚天晚」，或作於湖湘一帶。

内家嬌

煦景朝升〔一〕，煙光晝斂〔二〕，疏雨夜來新霽。垂楊艷杏，絲軟霞輕，繡出芳郊明媚〔三〕。處處踏青鬭草，人人眷紅偎翠〔四〕。奈少年、自有新愁舊恨，消遣無計。帝里。風光當此際。正好恁攜佳麗。阻歸程迢遞。奈好景難留，舊歡頓棄。早是傷春情緒，那堪困人天氣。但贏得、獨立高原，斷魂一餉凝睇〔五〕。

【校記】

〔内家嬌〕花草粹編調下注曰「春恨」。

〔煦景〕毛本、吴本、林刊百家詞本、朱校引焦本「煦」作「媚」。張校：「原誤『媚』，依宋本改。」

〔煙光〕吴本作「煙花」。

〔晝歛〕毛本「晝」作「圓」。張校：「原誤『圓』，依宋本改。」詞繫謂：「一本作『盡』，誤。」

〔睠紅偎翠〕毛本、吴本、林刊百家詞本、詞繫、朱校引焦本作「偎紅倚翠」。

〔奈好景〕吴本、詞繫「奈」作「奈何」，毛本、林刊百家詞本作「奈向」。張校「奈」下注：「此下原有『向』字，今依宋本删。」繆校云「向」疑「頃」。曹校：「『向』疑『何』字之訛，本集駐馬聽調亦有『奈何伊恣性靈』等句。」

〔頓棄〕毛本、吴本、朱校引焦本「頓」作「頻」。張校：「原作『頻』，今依宋本。」

〔獨立〕毛本脱「獨」字。張校「獨」下注：「原脱，依宋本補。」

〔斷魂〕毛本、吴本、張校本、朱校引焦本、林刊百家詞本「魂」作「腸」。張校：「宋本『魂』。」

〔一餉〕吴本作「一晌」，當爲誤刻。

【訂律】

内家嬌，唐曲，見雲謡集雜曲子録無名氏詞，題作林鐘商，與柳詞同。清徐本立詞律拾遺卷五：「與一名内家嬌之風流子不同。『處處』二句與後『早是』二句，同葉本。換頭『帝里』二字爲句，注叶。『奈向』作『奈何』。」

詞譜卷三四：「樂章集注『林鐘商』。」「雙調一百六字，前段十句四仄韻，後段十句七仄韻。」

「此調僅見此詞，無他作可校。」

詞繫卷一〇：「本集屬林鐘商。」「此内家嬌正調，與風流子別名不同，僅見此詞。詞律失收，想因別名不收，未及細考耳。」「『遺』、『晌』二字仄聲，勿誤，餘亦當謹守。『晝』字，汲古作『圓』，一本作『盡』，誤。『何』字，宋本無，汲古作『向』，『頓』字作『頻』，又缺『獨』字，『魂』字作『腸』，誤，今從宋本。『媚』字，宋本作『煦』。」

【箋注】

〔一〕煦景：晴光，指春日和煦的陽光。唐韋應物春游南亭：「景煦聽禽響，雨餘看柳重。」

〔二〕煙光：雲靄霧氣。唐元稹飲致用神麴酒三十韻：「雪映煙光薄，霜涵霽色泠。」

〔三〕芳郊：花草叢生之郊野。唐王勃登城春望：「芳郊花柳遍，何處不宜春。」柳永拋毬樂：「少年馳騁，芳郊緑野。」又柳永玉蝴蝶：「漸覺芳郊明媚，夜來膏雨，一灑塵埃。」又夜半樂：「艷陽天氣，煙細風暖，芳郊澄朗閑凝竚。」　鬬草：見前鬬百花（煦色韶光明媚）同條注。

〔四〕睠：同「眷」，垂愛，依戀。唐韓偓李太舍池上玩紅薇醉題：「酩酊不能羞白髮，顛狂猶自睠紅英。」

〔五〕一餉：表示時間之辭，或指時間短暫，或指時間長久，這裏是長久的意思。參見前笛家弄（花發西園）同條注。　凝睇：參見佳人醉（暮景蕭蕭雨霽）同條注。

二郎神

炎光謝〔一〕。過暮雨、芳塵輕灑。乍露冷風清庭户〔二〕，爽天如水〔三〕，玉鈎遥挂〔四〕。應是星娥嗟久阻〔五〕，敘舊約、飆輪欲駕〔六〕。極目處、微雲暗度，耿耿銀河高瀉〔七〕。　閒雅。須知此景，古今無價。運巧思、穿鍼樓上女〔八〕，擡粉面、雲鬟相亞。鈿合金釵私語處〔九〕，算誰在、回廊影下。願天上人間，占得歡娛，年年今夜。

【校記】

〔二郎神〕毛本、吴本、張校本、唐宋諸賢絶妙詞選、花草稡編調下注曰「七夕」。

〔炎光謝〕吴本「謝」作「初謝」。繆校：「梅本、詞律、天籟本均無『初』字。萬氏云：『初』字不宜有。聽秋聲館詞話云：『初』字，謝天羽妄增。」鄭校：「梅本無『初』字。聽秋聲館詞話云是謝天羽妄增。」（今按：詞話叢編本聽秋聲館詞話作「沈天羽」。）

〔暗度〕勞鈔本「度」作「渡」。

〔樓上女〕張校本無「女」字。

〔願天上〕吴本「願」作「顧」。曹校：「『顧』乃『願』之訛，本集洞仙歌調亦云『願人間天上』，可互證。」鄭校：「顧本、宋本均作『願』。」

【訂律】

二郎神，唐教坊曲，曲名見教坊記。教坊記箋訂：「二郎神之本事有二説：秦李冰次子在蜀之灌江，隋趙昱在吴之灌口，均以靈異，被稱爲『二郎神』。唐曲未知何指。」用作詞調首見於樂章集。

詞律卷一五：「『乍露冷』至『欲駕』，同後『運巧思』至『影下』，此調與前後體原是各異，首句向來傳刻皆三字，沈氏謂『光』字下缺『初』字，蓋欲添入一字，以湊成四字句，而不知此字不宜作平聲，『初』字之杜撰，不辨而自露也。且此句必欲强之使同，則後段許多不同處，能使之俱同乎？古人所謂本無事而自擾之也。嘯餘依本集作『炎光謝』矣，而亦欲湊四字，竟將下一字補上，作『炎光謝過』，其下只作六字句，誤失一韻，尤爲可笑。且以『露冷風清』爲四字句，『庭户』至『遥挂』爲十字句，蓋謂『爽天』二字相連，故又注『爽』字可平，奇極！奇極！」

詞譜卷三二：「唐教坊曲名。樂章集注『商調』。徐伸詞名轉調二郎神。吴文英詞名十二郎。」「雙調一百四字，前段八句五仄韻，後段十句五仄韻。」「此調有兩體，前段起句三字者，名二郎神；前段起句四字者，名轉調二郎神，其前段第三、四句，後段第四、五句，第六、七句及兩結句讀，亦不同。詞律疏於考證，以轉調爲本調，誤矣。譜内各以類列，庶不蒙混。此詞可平可仄，悉參王（王十朋同調「深深院」闋）、張（張安國同調「坐中客」闋）二詞。王詞，换頭『日』字，以入作平，故不注可仄。」

詞繫卷一〇：「唐教坊曲名。本集屬林鐘商。九宫大成入南詞商調正曲，又入北詞商角隻曲，許譜亦入南詞商調引。」『樂府雜録：『離别難，武后朝有士陷冤獄，妻配入掖庭。善吹簫，乃撰此曲，名大郎神，蓋取良人行第也。後易其名曰悲切子，又曰怨回鶻。』輟耕録：『此樂府傳寫之誤，實大郎神，一作二郎神慢。』楊纘作詞五要第四要隨律押韻：『如越調水龍吟、商調二郎神，皆合用平入聲韻。古詞俱押去聲，所以轉折怪異，成不祥之音。』沈際飛草堂詩餘箋：『「光」字下脱「初」字。』不確。」

【箋注】

〔一〕炎光：陽光。文選卷四八揚雄劇秦美新：「震聲日景，炎光飛響。」李善注：「炎光，日景也。」南朝梁蕭統林下作妓詩：「炎光向夕斂，徙宴臨前池。」亦可指暑氣。白居易香山寺石樓潭夜浴：「炎光晝方熾，暑氣宵彌毒。」

〔二〕露冷風清：唐徐昌圖河傳：「秋光滿目，風清露白，蓮紅水緑。」

〔三〕爽天如水：唐李益詣紅樓院尋廣宣供奉不遇留題：「柿葉翻紅霜景秋，碧天如水倚紅樓。」南唐馮延巳鵲踏枝：「殘酒欲醒中夜起。月明如練天如水。」

〔四〕玉鈎：如鈎的弦月。南朝宋鮑照翫月城西門廨中：「始見西南樓，纖纖如玉鈎。末映東北墀，娟娟似蛾眉。蛾眉蔽珠櫳，玉鈎隔瑣窗。」

〔五〕星娥：謂織女。唐李商隱聖女祠：「星娥一去後，月姊更來無？」朱鶴齡注：「星娥謂織女。」歲華紀麗卷三引漢應劭風俗通佚文：「織女七夕當渡河，使鵲爲橋。」天中記卷二引南朝梁殷芸小説：「天河之東有織女，天帝之子也。年年機杼勞役，織成雲錦天衣，容貌不暇整理。帝憐其獨處，許嫁河西牽牛郎，嫁後遂廢織紝。天帝怒，責令歸河東，但使一年一度相會。」杜甫牽牛織女：「牽牛出河西，織女處其東。萬古永相望，七夕誰見同？」

〔六〕飆輪：御風而行之車。參見前巫山一段雲（蕭氏賢夫婦）「羽輪」、「飆駕」二條注。

〔七〕耿耿：明亮貌。文選卷二六南朝齊謝朓暫使下都夜發新林至京邑贈西府同僚：「秋河曙耿耿，寒渚夜蒼蒼。」李善注：「耿耿，光也。」

〔八〕穿鍼：南朝梁宗懔荆楚歲時記：「七月七日爲牽牛織女聚會之夜。是夕，人家婦女結綵縷，穿七孔鍼，或以金銀鍮石爲鍼，陳几筵酒脯瓜果於庭中，以乞巧。」宋孟元老東京夢華録卷八載宋人「七夕」習俗云：「至初六日七日晚，貴家多結綵樓於庭，謂之『乞巧樓』。鋪陳磨喝樂、花瓜、酒炙、筆硯、針錢，或兒童裁詩，女郎呈巧，焚香列拜，謂之『乞巧』。婦女望月穿鍼，或以小蜘蛛安合子内，次日看之，若網圓正，謂之『得巧』。里巷與妓館，往往列之門首，争以侈靡相尚。」

〔九〕鈿合金釵私語：白居易長恨歌：「惟將舊物表深情，鈿合金釵寄將去。釵留一股合一扇，釵擘黄金合分鈿。但令心似金鈿堅，天上人間會相見。臨别殷勤重寄詞，詞中有誓兩心知。七月七日長生殿，夜半無人私語時。在天願作比翼鳥，在地願爲連理枝。」

【輯評】

宋莊綽雞肋編卷下：「徽宗嘗問近臣：『七夕何以無假？』時王黼爲相，對云：『古今無假。』徽宗喜甚，還語近侍，以黼奏對有格制。蓋柳永七夕詞云：『須知此景，古今無價。』而俗謂事之得體者，爲有格制也。」

明楊慎批點草堂詩餘卷五：「不作十分艷語，自是清纖可喜。」

清鄭方坤全閩詩話卷二引委巷叢談：「宋時行都節序皆有休假，唯七夕百司皆入局，不准假。有時相古樸，問堂吏云：『七夕不作假，有何典故？』吏應曰：『七夕古今無假。』時相但唯唯，不知其有所侮也。蓋用柳詞七夕二郎神，云『須知此景，古今無價』。」

清丁紹儀聽秋聲館詞話卷一：「柳耆卿七夕二郎神云……首句有作『炎光初謝』者，乃沈天羽妄增，不足據。二郎神本有三字起體，王梅溪詠海棠詞正與此同，唯中間多押四韻，後結句讀平仄稍異而已。」

醉蓬萊

漸亭皋葉下，隴首雲飛〔一〕，素秋新霽〔二〕。華闕中天〔三〕，鎖葱葱佳氣〔四〕。嫩菊黄深，拒霜紅淺〔五〕，近寶階香砌〔六〕。玉宇無塵〔七〕，金莖有露〔八〕，碧天如水。正值昇平，萬幾多暇〔九〕，夜色澄鮮，漏聲迢遞。南極星中〔一〇〕，有老人呈瑞。此際宸遊，鳳輦何處，度管絃清脆。太液波翻〔一一〕，披香簾捲〔一二〕，月明風細。

【校記】

〔醉蓬萊〕毛本、吴本、張校本、唐宋諸賢絶妙詞選、花草粹編調下注曰「慶老人星現」，陳録作「慶老壽星現」。高麗史卷七一樂志二録此詞調下注曰「慢」。

〔鎖葱葱〕高麗史「鎖」作「鎮」，詞繫作「瑣」。清金堡醉蓬萊（正秋分氣爽）「和柳耆卿詞」後原注引柳詞「葱葱」作「鬱葱」。

〔佳氣〕毛本、吴本、林刊百家詞本「佳」作「嘉」。

〔萬幾〕毛本、吴本、高麗史、林刊百家詞本、清金堡醉蓬萊（正秋分氣爽）「和柳耆卿詞」後原注引柳詞「幾」作「機」。

〔夜色〕曹校引陳本「色」作「光」。

〔此際〕高麗史作「此處」。

〔管絃清脆〕陳録、林刊百家詞本作「絃管」。曹校引黄本及陳本、清金堡醉蓬萊（正秋分氣爽）「和柳耆卿詞」後原注引柳詞「清」作「聲」。

【訂律】

醉蓬萊，首見於樂章集。吴文英夢窗詞入夷則商。此闋曾傳至高麗。

詞譜卷二五：「樂章集注『林鐘商』。趙磻老詞有『璧月流光，雪消寒峭』句，名雪月交光；韓淲詞有『玉作山前，冰爲水際，幾多風月』句，名冰玉風月。」「雙調九十七字，前段十一句四仄韻，後段十二句四仄韻。」「此調以此詞爲正體，若蘇詞之句讀小異，乃變格也。此詞前段起句、第五句、第八句，後段第六句、第九句，例作上一下四句法。唯劉圻父詞前段第五句『一點和羹信』、第八句『瑞啓千年運』、後段第九句『萬宇同歌詠』，又王沂孫詞前段第八句『聊慰登臨眼』、後段第六句『誰念幽芳遠』，仍作五言，俱無領字，此亦間一爲之，不可從。前段第一句，劉一止詞『正五雲飛仗』，『五』字仄聲，『飛』字平聲；第三句，吕渭老詞『裙腰芳草』，『裙』字平聲；第四句，万俟咏詞『絳燭銀燈』，『絳』字仄聲；第五句，黄庭堅詞『鎖楚宫佳麗』，『楚』字仄聲；第六句，劉圻父詞『淮海維揚』，『淮』字平聲；第七句，謝薖詞『歸心暗折』，『歸』字平聲，『暗』字仄聲；第八句，楊无咎詞『冠中州雙井』，『中』字平聲；第九句，趙彦端詞『東閣詩成』，『東』字平聲；第十句，謝詞『錦袍何處』，『錦』字仄聲，『何』字平聲；結句，劉詞『高空真侣』，高字平聲；後段第一、二句，万俟詞『金闕南邊，採山北面』，『金』字平聲，『北』字仄聲，謝詞『好在南鄰，詩盟酒社』，『詩』字平聲；第三句，葉夢得詞『絃管風高』，『絃』字平聲；第五句，葉詞『曲水流觴』，『曲』字仄聲；第六句，葉詞『有山中行處』，『山』字平聲；第八句，無名氏詞『山中古寺』，『山』、『中』二字俱平聲，『古』字仄聲；第九句，趙磻老詞『映山河多少』，『山』字平聲；第十句、十一句，万俟詞『太平無事，君臣宴樂』，『平』字平聲，『事』字、『宴』字俱仄聲；結句，葉詞『重翻新曲』，『重』字平聲。譜内可平可仄據此，餘參蘇詞。至前段第三句，揚无咎詞『地靈境勝』，『境』字仄聲；第四句，陳瓘詞『狼山相望』，『山』字平聲，『望』字仄聲，無名氏詞『小雨弄晴』，『弄』字仄聲；第六句，万俟詞『明月逐人』，『逐』字入聲；後段第四句，趙詞『笑花寂寞』，『寂』字入聲；第六句，無名氏詞『作江南一瑞』，『一』字入聲；結句，謝詞『又成浩嘆』，『浩』字仄聲。或以入作平，或偶然誤用，俱不校注平仄。」

詞繫卷一〇：「本集屬林鐘商。」「劉一止詞名雪月交光。韓淲詞有『玉作山前，冰爲水際』句，名冰玉風月。」「宋人多從此體，凡五字句者五，皆一領四字句法，不可上二下三，作五言詩句。詞律所注領字必去聲，凡領字皆去聲字，可不必注。而圖譜所注可平，更誤。本譜皆以他詞比較，其不可從者不注。『葉』、『隴』、『嫩』、『碧』、『正』、『老』、『液』、『月』可平。『華』、『蔥』、『翻』、『簾』可仄。『輦』作平聲。」

【箋注】

〔一〕「亭皋」二句：化用南朝梁柳渾擣衣詩：「亭皋木葉下，隴首秋雲飛。」參見前曲玉管（隴首雲飛）「隴首雲飛」條注。亭皋：水邊平地。文選卷八司馬相如上林賦：「亭皋千里，靡不被築。」張銑注：「皋澤中有隄，隄上十里置一亭，是名亭皋也。」

〔二〕素秋：秋季。古代五行之説，秋屬金，其色白，故稱素秋。唐徐堅初學記卷三：「梁元帝纂要曰：『秋曰白藏，亦曰收成，亦曰三秋、九秋、素秋、素商、高商。』」西晉陸機爲周夫人贈車騎一首：「日月一何速，素秋墜湛露。」

〔三〕華闕中天：形宮闕壯麗，高聳天半。文選卷一班固西都賦：「樹中天之華闕，豐冠山之朱堂。」李善注：「列子曰：『周穆王築臺，號曰中天之臺。』」

〔四〕葱葱：氣象旺盛貌。李白侍從游宿温泉宫作：「日出瞻佳氣，葱葱繞聖君。」佳氣：美好的雲氣，爲吉祥、興隆之瑞。班固白虎通封禪：「德至八方則祥風至，佳氣時喜。」李白明堂賦：「含佳氣之青葱，吐祥煙之鬱葎。」

〔五〕拒霜：木芙蓉之别稱，冬凋夏茂，仲秋開花，耐寒不落，故名。宋宋祁益部方物略記：「添色拒霜花。生彭、漢、蜀州，花常多葉，始開白色，明日稍紅，又明日則若桃花然。」

〔六〕寶階：佛教稱佛自天下降的步階。東晉法顯佛國記：「佛從忉利天上來，向下下時，化作三道寶階，佛在中道七寶階上行。」此與下「香砌」皆指宫殿階砌。

〔七〕玉宇：指天空。金董解元西廂記諸宫調卷五云：「是夜玉宇無塵，銀河瀉露。」與此詞意同。

〔八〕金莖：文選卷一班固西都賦：「抗仙掌以承露，擢雙立之金莖。」李善注：「金莖，銅柱也。」參見前滿朝歡（花隔銅壺）「金掌」條注。

〔九〕萬幾：指皇帝日常處理的紛繁政務。尚書禹書皋陶謨：「兢兢業業，一日二日萬幾。」孔傳：「幾，微也，言當戒懼萬事之微。」「萬幾多暇」，謂政務清簡，天下太平。

〔一〇〕南極星：又名老人星、壽星。老人星現，象徵祥瑞。司馬遷史記卷二七天官書：「狼比地有大星，曰南極老人。老人見，治安；不見，兵起。常以秋分時候之於南郊。」正義：「老人一星，在弧南，一曰南極，爲人主占壽命延長之應。常以秋分之曙見於景，春分之夕見於丁。見，則國長命，故謂之壽昌，天下安寧；不見，人主憂也。」宋真宗景德三年詔定壽星之祀，見宋史卷一〇三禮志六。

〔二〕太液：太液池，漢宮苑池名。司馬遷史記卷二八載漢武帝時於建章宮北「治大池，漸臺高二十餘丈，命曰太液池。中有蓬萊、方丈、瀛洲、壺梁，象海中神山龜魚之屬。」唐大明宮亦有太液池，李白宮中行樂詞：「鶯歌聞太液，鳳吹繞瀛洲。」後遂成爲宮中池沼之代稱。題宋陳師道後山詩話載北宋盧多遜詩：「太液池邊看月時，好風吹動萬年枝。」

〔三〕披香：指披香殿，漢宮殿名。三輔黄圖卷三「武帝時，後宮八區。有昭陽、飛翔、增成、合歡、蘭林、披香、鳳皇、鴛鴦等殿。」唐李商隱宮妓：「珠箔輕明拂玉墀，披香新殿鬭腰支。」

【輯評】

宋王闢之澠水燕談録卷八：「柳三變，景祐末登進士第。少有俊才，尤精樂章。後以疾更名永，字耆卿。皇祐中，久困選調，入内都知史某愛其才而憐其潦倒。會教坊進新曲醉蓬萊，時司天臺奏：『老人星見。』史乘仁宗之悦，以耆卿應制。耆卿方冀進用，欣然走筆，甚自得意，詞名醉蓬萊慢。比進呈，上見首有『漸』字，色若不悦。讀至『宸遊鳳輦何處』，乃與御製真宗挽詞暗合，上慘然。又讀至『太液波翻』，曰：『何不言波澄？』乃擲之於地。永自此不復進用。」

宋陳師道後山詩話：「柳三變遊東都南北二巷，作新樂府，骫骳從俗，天下詠之，遂傳禁中。

仁宗頗好其詞，每對酒，必使侍從歌之再三。三變聞之，作宮詞號醉蓬萊，因内官達後宫，且求其助。仁宗聞而覺之，自是不復歌其詞矣。會改京官，乃以無行黜之。後改名永，仕至屯田員外郎。」

宋葉夢得避暑録話卷下：「永初爲上元詞，有『樂府兩籍神仙，梨園四部絃管』之句，傳禁中，多稱之。後因秋晚張樂，有使作醉蓬萊詞以獻，語不稱旨，仁宗亦疑有欲爲之地者，因置不問。永亦善爲他文辭，而偶先以是得名，始悔爲己累。後改名三變，而終不能救。擇術不可不慎。」

宋蔡絛西清詩話卷下：「仁廟嘉祐中，開賞花釣魚燕，王介甫以知制誥預末坐。帝出詩示群臣，次第屬和。末至介甫，日將夕矣，亟欲奏御，得『披香殿』字，未有對。時鄭毅父獬接席，顧介甫曰：『宜對太液池』。故其詩有云：『披香殿上留朱輦，太液池邊送玉杯。』翌日，都下盛傳王舍人竊柳詞『太液波翻，披香簾捲』。介甫頗銜之。」

宋胡仔苕溪漁隱叢話後集卷三九引藝苑雌黃：「皇祐中，老人星現，永應制撰詞，意望厚恩。無何，始用『漸』字，終篇有『太液翻波』之語，其間『宸遊鳳輦何處』，與仁廟挽詞闇合，遂致忤旨。士大夫惜之。余謂柳作此詞，借使不忤旨，亦無佳處。如『嫩菊黄深，拒霜紅淺』，竹籬茅舍間，何處無此景物。方之李謫仙、夏英公等應制辭，殆不啻天冠地履也。」

宋吴曾能改齋漫録卷八：「西清詩話記荆公賞花釣魚詩：『披香殿上留朱輦，太液池邊送玉盃。』都下翌日競以公用柳耆卿詞『太液波翻，披香簾捲』之語。余讀唐上官儀初春詩：『步輦出披香，清歌臨太液。』乃知上官儀已嘗對之，豈始耆卿耶。隋庾信春賦：『宜春苑中春已歸，披香殿裹作春衣。』長安有宜春宮，此又以宜春對披香矣。」

宋曾季貍艇齋詩話：「柳三變詞：『漸亭皋葉下，隴首雲飛。』全用柳惲詩也。柳惲詩云：『亭皋木葉下，隴首秋雲飛。』」

宋黄昇唐宋諸賢絶妙詞選卷五：「永爲屯田員外郎，會太史奏老人星見，時秋霽，宴禁中，仁宗命左右詞臣爲樂章，内侍屬柳應制，柳方冀進用，作此詞奏呈。上見首有『漸』字，色若不懌，讀至『宸游鳳輦何處』，乃與御製真宗挽詞暗合，上慘然。又讀至『太液波翻』，曰：『何不言波澄。』投之於地。自此不復進用。」

宋陳元靚歲時廣記卷一七弔柳七條引楊湜古今詞話：「柳耆卿祝仁宗皇帝聖壽，作醉蓬萊一曲云（詞略）。此詞一傳，天下皆稱妙絶。蓋中間誤使『鳳輦宸遊』挽章句。耆卿作此詞，唯務鉤摘好語，却不參考出處。仁宗皇帝覽而惡之，及御注差注至耆卿，抹其名曰：『此人不可仕宦，儘從他花下淺斟低唱。』由是淪落貧窘，終老無子，掩骸僧舍。京西妓者鳩錢葬於棗陽縣花山。既出郊原，有浪子數人戲曰：『這大伯做鬼也愛打哄。』其後，遇清明日，遊人多狎飲墳墓之側，謂之弔柳七。」

明王世貞藝苑卮言：「宋仁宗時，老人星見，柳耆卿託内侍以醉蓬萊詞進。仁宗閱首句『漸亭皋葉下』，『漸』字，意不懌。至『宸游鳳輦何處』，與真宗挽歌暗同，慘然久之。讀至『太液波翻』，忿然曰：『何不言太液波澄耶。』擲之地，罷不用。此詞之不遇者也。高宗在德壽宮，游樂景園，偶步入一酒肆，見素屏有俞國寶書風入松一詞，嗟賞之。誦至『明日重攜殘酒，來尋陌上花鈿』，曰：『未免酸氣。』改『明日重扶殘醉』，乃即日予釋褐。此詞之遇者也。耆卿詞毋論觸諱，中間不能一語形容老人星，自是不佳。『重扶殘醉』勝初語數倍，乃見二主具眼。」

清沈雄古今詞話詞話上卷：「太平樂府曰：柳永曲調傳播四方，嘗候榜作鶴沖天詞云：『忍把浮名，換了淺斟低唱。』仁宗聞之曰：『此人風前月下，淺斟低唱，好填詞去。』柳永下第，自此詞名益振。後以登第冀進用，適奏老人星現。左右令永作醉蓬萊以獻云：『漸亭皋葉下……』仁宗一看『漸』字便不懌，至『此際宸游鳳輦何處』，却與挽真宗詞意相合，爲之悵然。再讀『太液波翻』字，仁宗欲以『澄』字換『翻』字，投之於地。」

清焦循易餘籥録卷一七：「柳屯田醉蓬萊詞，以篇首『漸』字與『太液波翻』『翻』字見斥。有善詞者問余，余曰：詞所以被管絃，首用『漸』字起調，與下『亭皋落葉，隴首雲飛』，字字響亮。嘗欲以他字易之，不可得也。至『太液波翻』，仁宗謂何不云『波澄』，無論『澄』字，前已用過。而『太』爲徵音，『液』爲宫音，『波』爲羽音，若用『澄』字商音，則不能協，故仍用羽音之『翻』字。兩羽相屬，蓋宫下於徵，羽承於商，而徵下於羽。『太液』二字，由出而入，『波』字由入而出，再用『澄』字而入，則一出一入，又一出一入，無復節奏矣。且由『波』字接『澄』字，不能相生。此定用『翻』字。『波翻』二字，同是羽音，而一軒一輊，以爲俯仰，此柳氏深於音調也。余爲此論，客不甚以爲然。已而秦太史敦夫以新刻張玉田詞源見遺，内一條記其先人賦瑞鶴仙，有『粉蝶兒、撲定落花不去』，『撲』字不協，遂改爲『守』字，始協。又作惜花春早起（按：詞調當作惜花春起早）云：『瑣窗深。』『深』字意（按：當爲「音」）不協，改爲『幽』字，又不協，改爲『明』字，歌之始協。此三字皆平聲，胡爲或協或不協。蓋五音有喉、齒、唇、舌、鼻，所以輕清重濁之分，故平聲字可爲上、入者，此也。『撲』、『深』二字何以不協，『守』、『明』二字何以協，蓋『粉』爲羽音，『蝶』爲徵音，『兒』爲變徵，由外而入。若用『撲』字羽音，突然而出，則不協矣。故用『守』字，仍從内轉接。直至『不』字乃出爲羽音。『瑣窗』二字皆商音，又用『深』字商音，則專壹矣。故用『明』字羽音，自商而出乃協。以此例之柳詞，乃自信前説可存。因録於此，以質諸世之爲詞者。此不可以譜定，惟從口舌上調之耳。」

清徐釚詞苑叢談卷七：「菊莊曰：柳七此遇，與孟襄陽『卿自棄朕』無異。始歎才人遭際不偶，不如摩詰以鬱輪袍爲王門伶人通公主關節也。」

【考證】

吴熊和師斷此詞作於至和三年（一〇五六）八月。

澠水燕談録所謂「入内都知史某」，據續資治通鑑長編、宋會要輯稿等，可知其名爲史志聰。續資治通鑑長編考其於至和元年（一〇五四）正月爲入内副都知。嘉祐三年（一〇五八）五月爲入内都知。嘉祐六年（一〇六一）十一月落職。又據宋會要輯稿，仁宗一朝老人星見凡十五次，其中至和、嘉祐間凡十一次，其中至和三年、嘉祐二年、三年、四年、六年均老人星見於八月。又據續資治通鑑長編卷一八二，至和三年，各處水災頻仍，汴京自五月大雨不止，「折壞官司廬舍數萬區，城中繫筏渡人」。至七月十日，猶未放晴。本年仁宗自年初養病宫中，逢此天變，復群議訩訩，要求仁宗下詔立嗣，以塞天變。仁宗遂自七月始引對群臣。此詞云「素秋新霽」，是八月之事，并非泛泛之語，是與時事有關的。審如此，則仁宗深覺忌諱，亦得到合理的解釋。説詳吴熊和師柳詞三題。

【附録】

醉蓬萊　老人星，和柳耆卿　清　金堡

正秋分氣爽，明月重輪，老人星現。萬里山呼，繞未央宫殿。几杖尊賢，膏粱敬長，自上天申眷。南極光中，東王玉珮，西王金釧。　北闕垂衣，慶雲深處，一道同風，四兵無戰。鼓腹行歌，喜百年清健。三祝堯仁，五絃舜樂，願從今長見。歲歲群臣，花牋綵筆，霞觴同獻。（花庵詞客云：「柳耆卿爲屯田員外郎，會太史奏老人星現，時秋霽宴禁中，仁宗命左右詞臣爲樂章。内傳屬耆卿應制。耆卿方冀進用，作醉蓬萊一闋云：『漸亭皋葉下，隴首雲飛，素秋新霽。華闕中天，鎖鬱葱佳氣。嫩菊黄深，拒霜紅淺，近寶階香砌。玉宇無塵，金莖有露，碧天如水。正值昇平，萬機多暇，夜色澄鮮，漏聲迢遞。南極星中，有老人呈瑞。此際宸遊，鳳輦何處，度管絃聲脆。太液波翻，披香簾捲，月明風細。』既奏呈，上見首有『漸』字，色若不懌，讀至『宸游鳳輦何處』，乃與御製真宗挽詞暗合，益慘然，又讀至『太液波翻』，曰：『何不言波澄？』投之於地。自此不復進用。」予謂朝廷用人，自須觀其識度。耆卿此詞，從不在經世上着想。「曉風殘月」，「詩酒排場」，元只堪付與倡條冶葉耳。仁宗豈以觸諱而不憐才耶？因别之，以見應制自有體裁。首從時令入題，次及致此之由，歸之上天申命，太平有象，民被其庥，臣同其樂。蓋誦聖之詞，未有不合言天人者。庶幾理事無失耳，不計其工拙也。）

宣清

殘月朦朧，小宴闌珊，歸來輕寒凜凜。背銀釭、孤館乍眠，擁重衾、醉魄猶噤。永漏頻傳，前歡已去，離愁一枕。暗尋思、舊追遊，神京風物如錦。念擲果朋儕，絶纓宴會〔一〕，當時曾痛飲。命舞燕翩翻，歌珠貫串〔二〕，向玳筵前〔三〕，盡是神仙流品。至更闌、疏狂轉甚。更相將、鳳幃鴛寢〔四〕。玉釵亂横〔五〕，任散盡高陽〔六〕。這歡娱、甚時重恁。

【校記】

〔宣清〕花草稡編調下注曰「憶舊」。

〔凜凜〕毛本、吴本、林刊百家詞本作「森森」。鄭校：「案『凜』字起調，『森森』因義近而訛，并平仄亦失之，鈔胥之過也。」張校：「原作『森森』，仍宋本改。」

〔銀釭〕毛本、勞鈔本「釭」作「缸」。

〔醉魄〕詞繫、繆校引宋本、張校引宋本「魄」作「魂」。夏批：「『魄』，繆校宋本作『魂』，杜校同，宜從。」

〔頻傳〕曹校引梅本「傳」作「轉」。

〔翩翻〕毛本、吴本作「翻翻」，勞鈔本、詞繫、朱校引原本、繆校引宋本、張校引宋本、陳録作「翩翩」，曹校引徐本作「翩躚」。

〔歌珠〕此句至「更相將」，毛本、吴本無。張校：「原脱上二十四字，依宋本補。」繆校：「九十二字，詞律同宋本，百二十一字，天籟本同。」又：「『歌珠貫弗，向玳筵前，盡是神仙流品。至更闌、疏狂轉甚。更相將，共鳳幃鴛寢』。凡增廿四字，梅本同。」鄭校：「宋本作『命舞燕翩翩，歌珠貫弗，向玳筵前，盡是神仙流品。至更闌、疏狂更甚。更相將，共鳳帷鴛寢』。凡增廿四字。梅本同。此脱簡，宜據補入。」

〔向玳筵〕林刊百家詞本「向」字脱。

〔盡是〕朱校引焦本上有「箇箇」二字。林刊百家詞本、曹校引梅本「盡是」作「箇箇」，陳録作「箇箇」，下注一作「盡是」。

〔轉甚〕陳録無「甚」字。

〔相將〕陳録「相」作「將」。

〔鳳幃〕毛本、林刊百家詞本作「鳳樓」。張校：「原誤『樓』，依宋本改。」

〔亂横〕詞繫、張校本、繆校引宋本、鄭校引宋本作「横處」。夏批：「『横』下依繆校宋本增『處』爲句，較佳，杜校同繆校，可信。」

〔任散盡〕毛本、吴本、林刊百家詞本「任」上多一「信」字。

【訂律】

宣清，首見於樂章集，宋詞中僅存柳永此闋。

詞律卷一三：「『森』字平起，是又一平仄兩叶之調矣。若以『噤』字起韻，恐無自首起二十八字纔用韻之理也。或云『衾』字亦是叶，總因只此一篇，無可考證。按杜曾詩『哀猿藏森聳，渴鹿聽潺湲』，自注『森字去聲』，或此亦作去叶耳。」

詞譜卷三六：「柳永樂章集注『林鐘商』。」「雙調一百十五字，前段十一句四仄韻，後段十二句五仄韻。」「汲古閣刻此詞，後段脱『歌珠貫弗』至『更相將』二十四字，今從花草粹編增定。此調衹有此詞，無别詞可校。」

詞繫卷一〇：「本集屬林鐘商。」「此調詞律疑有脱誤，今從宋本補録，增入『歌珠』至『相將』二十四字，改正三字，此調始全，亦快事也。『凜凜』二字，汲古作『森森』。『森』字上聲入二十一寢韻。詞律讀作平，乃謂平仄互叶，不知此詞全用閉口仄韻，填詞家侵韻獨用，尚多有之，至用侵韻之去上，往往混入他韻，不協宫調矣。『魂』字，汲古作『魄』，『翩翩』二字作『翻翻』。『横處』二字作『亂橫信』三字，花草粹編無『信』字，今據宋本訂正。」

【箋注】

〔一〕「擲果」、「絶纓」：見前迎新春（嶰管變青律）同條注。

〔二〕歌珠：謂圓潤如珠的歌聲。唐盧鄴和李尚書命妓餞崔侍御：「何郎載酒别賢侯，更吐歌珠宴庾樓。」

〔三〕玳筵：玳瑁筵。隋江總今日樂相樂：「綺殿文雅遒，玳筵歡趣密。」

〔四〕鴛寢：喻共眠。後蜀魏承班滿宫花：「玉郎何處歡飲。醉時想得縱風流，羅帳香帷鴛寢。」

〔五〕玉釵亂橫：尊前集題白居易宴桃源：「腸斷。腸斷。記取釵橫鬢亂。」

〔六〕高陽：司馬遷史記卷九七酈生陸賈列傳：「沛公引兵過陳留，酈生踵軍門上謁……使者出謝曰：『沛公敬謝先生，方以天下爲事，未暇見儒人也。』酈生瞋目案劍叱使者曰：『走！復入言沛公，吾高陽酒徒也，非儒人也。』」李白梁父吟：「君不見高陽酒徒起草中，長揖山東隆準公。」

錦堂春

墜髻慵梳，愁蛾嬾畫〔一〕，心緒是事闌珊〔二〕。覺新來憔悴，金縷衣寬。認得這、疏狂意下，向人誚譬如閒〔三〕。把芳容整頓〔四〕，恁地輕孤〔五〕，争忍心安。依前過了舊約，甚當初賺我〔六〕，偷翦雲鬟〔七〕。幾時得歸來，香閣深關。待伊要、尤雲殢雨〔八〕，纏繡衾、不與同歡。儘更深、款款問伊〔九〕，今後敢更無端〔一〇〕。

【校記】

〔錦堂春〕毛本、吴本、朱校引焦本作「雨中花慢」，林刊百家詞本作「雨中花」。鄭校：「宋本作『錦堂春』。」花草粹編調下注曰「再會」。

〔是事〕繆校引宋本、張校引宋本「是」作「事」。

〔疏狂〕林刊百家詞本「狂」作「枉」。

〔整頓〕毛本、吴本、張校本、林刊百家詞本、朱校引焦本「整」作「陡」張校：「宋本『整』。」

〔輕孤〕勞鈔本「孤」作「辜」。

〔雲鬟〕毛本、吴本、林刊百家詞本、朱校引焦本「雲」作「香」。張校：「原作『香』，依宋本改。」

〔殢雨〕吴本作「滯雨」。

〔繡衾〕毛本、吴本、林刊百家詞本、朱校引焦本「繡」作「鴛」。張校：「原作『鴛』，依宋本改。」

〔敢更〕毛本、吴本作「更散」，張校：「二字原誤『更散』，依宋本改。」林刊百家詞本作「更敢」。陳録作「敢」。

【訂律】

錦堂春，首見於樂章集。與別名錦堂春之令詞體烏夜啼無涉。

詞律卷七：「『認得這』兩句，即後『待伊要』兩句，該十四字，今少一字，且難解，恐有誤耳。『儘更深』下，照前該在『款款』斷句，而語氣則該『更深處』略豆。總之，一氣貫下，不拘也。」

詞譜卷二六：「雙調一百字，前後段各十句，四平韻。」「此詞換頭三句，前後段第六、七句，句讀與各家異，雖有宮調，因無別首可校，故不注可平可仄。」

詞繫卷一一：「樂章集屬林鐘商。宋本調名錦堂春，汲古名雨中花慢。細按兩調，字句相仿，未知孰是。」「前後段第四、五、六、七句，句法不同，字數恰合，或破句也。與雨中花迥異，當從宋本。『事事』二字，汲古作『是事』。『整』字作『陡』，『雲』字作『香』，『繡』字作『鴛』，『敢更』二字作『更散』，俱誤，今從宋本。『纏』去聲。」

鄭批：「紅友以爲『認得』句下難解，恐必有誤。案此云『向人誚譬』，即用北語。『誚譬』者，言善謔浪，作罕譬譏箋之語，如閒中信口詼諧也。」「『誚譬』，北語，猶言工諧謔也。」

【箋注】

〔一〕「墜髻」、「愁蛾」：墜髻爲墜馬髻、墮馬髻或倭墜髻的省稱，古時一種髮飾。愁蛾即愁眉。後漢書卷一〇三五行志一：「桓帝元嘉中，京都婦女作愁眉、啼妝、墮馬髻、折要步、齲齒笑。所謂愁眉者，細而曲折；啼妝者，薄拭目下，若啼處；墮馬髻者，作一邊。」晉崔豹古今注雜著第七：「長安婦人好盤桓髻，到于今其法不絶。墮馬髻今無復作者。綏墮髻，一云墮馬之餘形也。」白居易代書詩一百韻寄微之：「風流夸墜髻，時世鬭啼眉。」自注：「貞元中，城中復爲墜馬髻、啼眉妝也。」

〔二〕是事：張相詩詞曲語辭匯釋：「是，該括辭，猶凡也。習見者爲是處、是人、是事、是物等語。……是事，猶云事事或凡事也。柳永定風波詞：『自春來、慘緑愁紅，芳心是事可可。』謝天香劇二，引此詞作『芳心事事可可』。可證是事即事事也。更廣其例……柳永錦堂春詞：『墜髻慵梳，愁蛾嬾畫，心緒是事闌珊。』」

〔三〕向人：猶言「對我」，此處「人」爲自指。 誚譬如閑：猶言「直是視若等閒」。宋人俗語中「誚」有簡直、完全之義，如宋曾覿醉落魄：「情深恨切，憶伊誚没些休歇。」又宋葛長庚永遇樂：「尋思往事，千頭萬緒，回首誚如夢裏。」「誚譬如」意同「誚如」。鄭文焯釋「誚譬」爲「工諧謔」義，似不甚確。

〔四〕整頓：整理。白居易琵琶行：「沉吟放撥插絃中，整頓衣裳起斂容。」

〔五〕輕孤：孤單無依。柳永木蘭花慢：「念對酒當歌，低幃并枕，翻恁輕孤。」

〔六〕賺：哄騙，誑騙。全唐詩卷八七二載朝士戲任轂：「從此見山須合眼，被山相賺已多時。」

〔七〕偷翦雲鬟：參見前尾犯（夜雨滴空階）「香雲」條注。

〔八〕尤雲殢雨：參見前鬭百花（颯颯霜飄鴛瓦）「殢」條注。

〔九〕款款：徐緩貌。杜甫曲江：「穿花蛺蝶深深見，點水蜻蜓款款飛。」

〔一〇〕無端：無緣無故，無因由。唐唐彦謙柳：「楚王江畔無端種，餓損宫娥學不成。」此謂無緣無故地「過了舊約」。

定風波

自春來、慘緑愁紅，芳心是事可可〔一〕。日上花梢，鶯穿柳帶，猶壓香衾卧。暖酥消〔二〕，膩雲嚲〔三〕。終日厭厭倦梳裹〔四〕。無那〔五〕。恨薄情一去，音書無箇〔六〕。

早知恁麽。悔當初、不把雕鞍鎖。向雞窗〔七〕、只與蠻牋象管〔八〕，拘束教吟課〔九〕。鎮相隨，莫抛躲。鍼綫閒拈伴伊坐。和我。免使年少，光陰虚過。

【校記】

〔定風波〕詞譜作「定風波慢」。元關漢卿雜劇錢大尹智寵謝天香第一折謂此詞「詞寄定風波，是商角調」。

〔是事〕元關漢卿雜劇錢大尹智寵謝天香第一折引此詞「是」作「事」。張校：「敬齋古今黈引此句以爲趙獻可詞『是』作『事』，與前調宋本『事事闌珊』合，然『是事』即『事事』，猶『是處』即『處處』，意本同。」

〔鶯穿〕元關漢卿雜劇錢大尹智寵謝天香第一折引此詞「穿」作「喧」。

〔膩雲嚲〕元關漢卿雜劇錢大尹智寵謝天香第一折引此詞「嚲」作「髻」。

〔厭厭〕元關漢卿雜劇錢大尹智寵謝天香第一折引此詞作「懨懨」。

〔無那〕元關漢卿雜劇錢大尹智寵謝天香第一折引此詞「那」作「奈」。

〔恨薄情〕元關漢卿雜劇錢大尹智寵謝天香第一折引此詞「恨」作「想」。

〔恁麽〕毛本、吴本、張校本、詞繫作「恁般麽」。鄭校：「宋本無『般』字。」張校同。

〔只與〕元關漢卿雜劇錢大尹智寵謝天香第一折引此詞「收拾」。

〔蠻牋〕毛本、吴本、詞繫、張校本、朱校引焦本「蠻」作「鸞」。張校：「宋本『蠻』。」

〔吟課〕毛本、吴本、林刊百家詞本作「吟詠」。張校：「原誤『詠』，依宋本改。」繆校：「宋本『詠』作『課』，正叶韻。」鄭校：「『課』字是韻，此宋本之可證音譜者，若作『詠』，則不成格調矣。」元關漢卿雜劇錢大尹智寵謝天香第一折引此詞「課」作「和」。詞繫亦謂「課」一作「和」。

〔鎮相隨〕元關漢卿雜劇錢大尹智寵謝天香第一折引此詞「鎮」後多一「日」字。

〔拋躲〕毛本「躲」作「朵」，勞鈔本、曹校引宋本作「嚲」。曹校：「上半闋已叶『煖酥銷膩雲嚲』，此處不得重『嚲』韻。疑『朵』即俗『躲』字。」其説可從。張校：「宋本『嚲』，疑誤，當作『躲』。」

〔閒拈伴伊坐〕元關漢卿雜劇錢大尹智寵謝天香第一折引此詞「閒拈伴」作「拈來共」。

〔年少〕毛本、吴本、張校本、林刊百家詞本、朱校引焦本、元關漢卿雜劇錢大尹智寵謝天香第一折引此詞作「少年」。

【訂律】

詞律卷九：「比前詞（張翥同調「恨行雲」）只後起句多一字。『詠』字不叶韻，『免使少年』作仄仄仄平，三處異耳。余斷以爲即是前調，後起句應從柳作，蓋如『膩雲嚲』等仄平仄句，篇中多用之，則此『恁般麽』亦不誤也。『麽』字去聲，『免使』句應從張作，蓋照前段『薄情一去』平仄可也，至『詠』字無不叶之理，必是『和』字去聲，而訛寫『詠』字無疑也。又，竹坡有定風波令，查係琴調相思引，故此不列。」

詞譜卷二八：「定風波慢。此調有兩體，一百字者，柳永詞注『林鐘商』，張翥詞注『商角調』，有梅苑詞可校；一百五字者，柳永詞注『夾鐘商』，無宋詞可校。」「雙調一百字，前段十一句六仄韻，後段十一句七仄韻。」「此調創自此詞，張詞及梅苑詞，俱從此出，故可平可仄，悉參二詞。此定風波慢詞，雖押兩短韻，實與定風波令不同。」

詞繫卷九：「本集屬林鐘商。」「此與前作迥異，又一體也。『課』字，汲古、詞律俱作『詠』，一作『和』，此字應叶韻，據宋本改正。『麽』字去聲。詞律云：『後起句應從柳作，「免使」句應從張作。』愚按：詞體各有一格中，從柳從張作者擇定，慎勿作騎牆之見，餘仿此。『躲』字，汲古作『朵』，『年少』二字作『少年』，亦從宋本訂正。『般』字，宋本缺。」

【箋注】

〔一〕可可：不經心貌。前蜀薛昭藴浣溪沙：「瞥地見時猶可可，却來閑處暗思量。」張相詩詞曲語辭匯釋：「可，輕易之辭。引伸之則猶云小事也；容易也；尋常也；在其次也；不在意也。再引申之，則猶云含糊也；隱約也。……柳永定風波詞：『自春來慘緑愁紅，芳心是事可可。』言凡事不在意或一切含糊過去也。樂府陽春白雪前五，張小山小令滿庭芳：『愁春未醒，芳心可可，舊友卿卿。』此即本上柳詞。」

〔二〕暖酥：指女子酥軟的肌膚。

〔三〕膩雲：比喻光澤的髮髻。太平廣記卷一五二引鄭德璘傳：「韋氏美而艷，瓊英膩雲，蓮蘂瑩波，露濯蕣姿。」　嚲：下垂。宋周邦彦浣溪沙慢云：「燈盡酒醒時，曉窗明，釵横鬢嚲。」與此意同。

〔四〕梳裹：梳洗打扮。

〔五〕無那：無奈。杜甫奉寄高常侍：「汶上相逢年頗多，飛騰無那故人何。」又元王實甫西廂記第二本第三折：「我這裏粉頸低垂，蛾眉頻蹙，芳心無那。」與此意同。

〔六〕無箇：猶没有。箇爲語助詞。唐王維贈吴官：「長安客舍熱如煮，無箇茗糜難御暑。」

〔七〕雞窗：唐歐陽詢藝文類聚卷九一引南朝宋劉義慶幽明録：「晉兖州刺史沛國宋處宗嘗買得一長鳴雞，愛養甚至，恒籠著窗間。雞遂作人語，與處宗談論，極有玄致，終日不輟。處宗因此功業大進。」後遂以雞窗指書齋、書窗。唐羅隱題袁溪張逸人所居：「雞窗夜靜開書卷，魚檻春深展釣絲。」

〔八〕蠻牋：謂牋紙。元陶宗儀説郛卷二四下「蠻紙」條：「唐，中國未備，多取於外夷，故唐人詩中多用蠻牋字，亦有爲也。高麗歲貢蠻紙，書卷多用爲襯。日本國出松皮紙。又南番出香皮紙，色白，紋如魚子。又苔紙，以水苔爲之，名側理紙。……又扶桑國出芨皮紙……」唐陸龜蒙酬襲美夏首病愈見招次韻：「雨多青合是垣衣，一幅蠻牋夜款扉。」象管：象牙製的筆管，代指珍貴的毛筆。唐罗隱清溪江令公宅：「蠻牋象管夜深時，曾賦陳宮第一詩。」明潘之淙書法離鈎卷九：「古人以象管爲筆，重而不適。竹管兔毫者爲佳，取圓熟而健。而狸毫者峭而不圓，未善也。」

〔九〕拘束教吟課：拘束：限制，約束。教：令，使。吟課：吟詠誦讀。

【輯評】

宋張舜民畫墁録：「柳三變既以詞忤仁廟，吏部不放改官。三變不能堪，詣政府。晏公曰：『賢俊作曲子麽？』三變曰：『只如相公亦作曲子。』公曰：『殊雖作曲子，不曾道「綵綫慵拈伴伊坐。」』柳遂退。」

鄭批：「喁喁如兒女私語，意致如抽絲千萬緒盡成文理，真妍手也。」

梁啓勳曼殊室詞話卷一：「舊説，一妓女偶因誤唱秦少游之門韻滿庭芳，而臨時改作江陽韻者。又有因一時窘迫，不得已而强改柳耆卿之可韻定風波者。并録之以作譚資之助。……開封府尹錢可，字可道，性嚴峻而迂，人多畏之。一日讌客，傳營妓來供應。有歌耆卿此詞者（或曰謝天香），至第一韻『可可』，其人猛憶此字犯長官之諱，懼獲譴，乃將『可』字發音臨時收束，餘韻在喉中盤旋，變爲『呵嗚噫』，三轉而發一『已』字音。府尹嗔目視之，聽其續歌曰：『自春來、慘緑愁紅，芳心是事已已。日上花梢，鶯穿柳帶，猶壓香衾睡。暖酥消，膩雲髻。終日厭厭倦梳洗。無奈。恨薄情一去，音書誰寄。　早知恁地。悔當初、不把雕鞍繫。向雞窗只與，蠻牋象管，拘束教儂字。鎮相隨，莫抛棄。鍼綫閒拈靜相對。和你。免使年少，光陰虛費。』歌未竟，此穆然之府尹，早已顔色和霽，繼則點頭按拍，報以微笑。此兩首所難在臨時更改而流麗自然，堪稱妙品。但滿庭芳一首，變易原文十一字，定風波一首，變易原文十八字。然而倉促之間，其亦難能矣。」（今按此故事出自元關漢卿雜劇錢大尹智寵謝天香）

劉永濟唐五代兩宋詞簡析：「此代妓女抒寫離情之詞。詞意極明，當是爲妓女歌唱而作者。」

訴衷情近

雨晴氣爽，竚立江樓望處。澄明遠水生光〔一〕，重疊暮山聳翠。遥認斷橋幽徑，隱隱漁村〔二〕，向晚孤煙起。　殘陽裏。脈脈朱闌靜倚。黯然情緒，未飲先如醉。

愁無際。暮雲過了，秋光老盡，故人千里。竟日空凝睇。

【校記】

〔訴衷情近〕林刊百家詞本無「近」字。花草粹編調下注曰「秋思」。

〔望處〕繆校：「蓮子居詞話云『處』字是韻，引蔣勝欲探春令『處』、『翅』、『住』、『指』并叶可證。然下闋（今按謂下首「景闌晝永」）『序』字，梅本『序』作『候』，均非韻，又不可通矣。」

〔遥認〕毛本、吴本、林刊百家詞本、詞繫「認」作「想」。鄭校：「『想』，宋本作『認』。宜據正。」張校：「原作『想』，今依宋本。」

〔殘陽裏〕林刊百家詞本於此句後分片。

〔秋光〕毛本、吴本、林刊百家詞本、詞繫「光」作「風」。鄭校：「『風』字，宋本作『光』。」張校：「原作『風』，今依宋本。」

【訂律】

訴衷情近，唐教坊曲有訴衷情，訴衷情近則首見於樂章集。除柳詞二闋之外，宋詞中僅晁補之有此調一闋，三闋體格均不同。

詞律卷二：「圖譜收『景闌晝永』一首，後段『帝城信阻天涯，目斷暮雲芳草』分作兩六字句，誤也。本係三句，每句四字。如此詞豈可讀作『暮雲過了秋風』耶？此作『雨晴』句，他作『景闌』句，俱上平去上。『暮雲』句，他作『帝城』句，俱去平去上，妙，必如此，方起調。『聳翠』、『靜倚』，亦不可用平仄。」

詞譜卷一七：「調見樂章集，注『林鐘商』。與訴衷情令不同。」「雙調七十五字，前段七句三仄韻，後段九句六仄韻。」「此調祇有柳詞一首及晁詞一首，故此詞可平可仄，悉參所採二詞。柳永、晁補之，皆精於審音，故三詞參校，其可平可仄處，不過三、四字。詞律論『雨晴氣爽』句是上平去上，『暮雲過了』句是去平去上，『聳翠』、『靜倚』皆上去，亦細。」

詞繫卷一〇：「本集屬林鐘商。」「與温庭筠訴衷情小令無涉，故另列。」「『處』字宜叶韻，柳又一首亦不用韻。『想』字，宋本作『認』。『雨』、『遠』、『隱』可平。」

清吴衡照蓮子居詞話卷三：「屯田訴衷情近七十五字體：『雨晴氣爽，竚立江樓望處。澄明遠水生光，重疊暮山聳翠。』紅友於『翠』字注韻，殊不知『處』字即韻。蔣勝欲探春令『處』、『翅』、『住』、『指』竝叶，可證。且從無至第四句二十二字纔起韻之理。」

【箋注】

〔一〕澄明：清澈明淨。南朝梁元帝烏棲曲：「月華似璧星如珮，流影澄明玉堂内。」

〔二〕隱隱漁村：宋王禹偁點絳唇：「雨恨雲愁，江南依舊稱佳麗。水村漁市。一縷孤煙細。」

【輯評】

清陳廷焯詞則別調集卷一：「詞中有畫。此情此景，黯然銷魂。」

清陳廷焯雲韶集：「『隱隱漁村，向晚孤煙起』，畫境，如摩詰之詩。」「（「暮雲過了」三句）『暮雲』二句是景，『故人』一語是情，此情此景，對此能不銷魂。」

其二

景闌晝永，漸入清和氣序〔一〕，榆錢飄滿閒階〔二〕，蓮葉嫩生翠沼。遥望水邊幽徑，山崦孤村〔三〕，是處園林好。　閒情悄。綺陌遊人漸少。少年風韻，自覺隨春老。追前好。帝城信阻，天涯目斷，暮雲芳草。竚立空殘照。

【校記】

〔其二〕陳録調下注曰「夏景」。

〔景闌〕毛本、吴本作「幽闌」，陳録謂一作「景閑」。張校：「二字原誤『幽闌』，依宋本改。」

〔氣序〕繆校引梅本「序」作「候」。

〔閒階〕張校本作「閒街」。

〔閒情悄〕林刊百家詞本於此句後分片。

〔前好〕毛本、吴本、林刊百家詞本作「先好」。張校：「原作『先』，依宋本改。」

【訂律】

詞譜卷一七：「雙調七十五字，前段七句兩仄韻，後段九句六仄韻。此與『雨晴氣爽』詞同，唯前段第二句不用韻異。」

【箋注】

〔一〕清和：謂四月。見前送征衣（過韶陽）同條注。　氣序：季節，氣候。宋孟元老東京夢華録卷八：「迤邐時光晝永，氣序清和。榴花院落，時聞求友之鶯；細柳亭軒，乍見引雛之燕。」

〔二〕榆錢：榆莢。因其形似小銅錢，故稱。唐施肩吾戲詠榆莢：「風吹榆錢落如雨，繞林繞屋來不住。」

〔三〕山崦：山坳，山曲。唐許渾歲暮自廣江至新興往復中題峽山寺：「樹隨山崦合，泉到石稜分。」

【輯評】

明楊慎批點草堂詩餘卷三：「寫景真有感慨。」

俞陛雲唐五代兩宋詞選釋：「上、下闋分寫情景。『少年風韻』二句，寄慨良深，有『春來懶上樓』之感。結句餘韻不盡。」

留客住

偶登眺。凭小闌、艷陽時節，乍晴天氣，是處閒花芳草。遥山萬疊雲散，漲海千里，潮平波浩渺。煙村院落，是誰家緑樹，數聲啼鳥。旅情悄。遠信沈沈，離魂杳杳。對景傷懷，度日無言誰表。惆悵舊歡何處〔一〕，後約難憑〔二〕，看看春又老〔三〕。盈盈淚眼，望仙鄉〔四〕，隱隱斷霞殘照。

【校記】

〔小闌〕毛本、吴本、張校本、林刊百家詞本、詞繫「闌」作「樓」，張校：「宋本『闌』。」勞鈔本、繆校引宋本作「欄」。

〔芳草〕詞繫「芳」作「野」。

〔遥山萬疊雲散漲海千里〕詞繫作「雲散遥山萬疊，漲海千重」。繆校引宋本、鄭校引宋本亦謂「雲散」二字在「遥山」上，「千里」作「千重」，并謂與萬氏所改合。鄭校又謂：「宋本『潮平』二字當在『漲海』上。」

〔旅情悄〕毛本、吴本、林刊百家詞本於此句後分片。鄭校：「『旅情悄』三字過片，與法曲獻仙音同例。此宋本之足貴者。」張校：「三字原上屬，依宋本正。」

〔遠信〕詞繫、繆校引宋本、鄭校引宋本、張校引宋本「遠信」前有「念」字。

【訂律】

留客住，唐教坊曲，用作詞調，首見於樂章集。隋曲有神仙留客，或爲此曲所本。宋詞中僅存柳永、周邦彦二闋。

詞律卷一四：「此亦有差落處，但比前詞稍全。『旅情悄』係後段起句，舊刻屬前結尾，今照周詞改正。『度日』句，可擬『是處』句，『遥山』至『浩渺』十五字，宜同『惆悵』至『又老』十五字，今觀後段不差，此必前段訛錯。愚謂『里』字應作『重』字，而顛倒之。云『雲散遥山萬疊，漲海千重，潮平波浩渺』，則可與後相符。『煙村』以下，則前後原同矣。」

詞譜卷二六：「唐教坊曲名。樂章集注『林鐘商』。」「雙調九十八字，前段九句四仄韻，後段十句五仄韻。」「此調唯柳、周（今按謂周邦彦同調「嗟烏兔」）二詞，但周詞減字，其句讀亦異，故不校注平仄。」

詞繫卷一〇：「唐教坊曲名。本集屬林鐘商。」「汲古於『旅情悄』分段，今從宋本。『雲散』二字，原在『萬疊』下，『重』字作『里』，今從詞律。『野』字，汲古作『芳』，又缺『念』字，皆誤。今從歷代詩餘訂正。」

夏批：「（「遥山」三句）六字一句，九字一句，前六字對。」

鄭批：「全據宋本改訂。但『波浩渺』上二句似作六字對仗，則宋槧不盡可依也。」「此闋據宋本『雲散』爲逗，統下二句八字，與下闋『惆悵』句正同例。」「案『遥山』二句爲對仗。」「『潮平』五字，與下闋『看看春又老』同一格。」「清真亦有是闋，自第三句下，上下闋并字律無異，雖與柳詞句法少變，而音節正合。」

【箋注】

〔一〕舊歡：昔日歡樂。唐温庭筠更漏子：「春欲暮，思無窮，舊歡如夢中。」

〔二〕後約：日後的約會。柳永夜半樂：「到此因念，繡閣輕拋，浪萍難駐。歎後約丁寧竟何據。」「何據」即「難憑」也。

〔三〕看看：轉眼。張相詩詞曲語辭匯釋：「看看，估量時間之辭。有轉眼義……杜牧湖南正初招李郢秀才詩：『看看白蘋花欲吐，雪舟相訪勝閒行。』此正初預約口氣，言轉眼蘋花欲吐也。……又（柳永）留客住詞：『惆悵舊歡何處，後約難憑，看看春又老。』言轉眼春又老也。」

〔四〕望仙鄉：參見前笛家弄（花發西園）同條注。

【輯評】

宋張津乾道四明圖經卷七昌國縣鹽場：「曉峰場。在縣西十二里。柳永字耆卿，以字行，本朝仁廟時爲屯田郎官，嘗監曉峰鹽場，有長短句，名留客住，刻於石，在廟舍中。後厄兵火，毀棄不存。今詞集中備載之。」

宋羅濬寶慶四明志卷二〇昌國縣誌：「東江鹽場。縣東八里。又有子場，曰曉峰，在縣西十二里。『曉』字本避英宗皇帝廟諱更名。屯田郎官柳永耆卿，嘗爲監場，有長短句題壁，因兵火失之。」

清全祖望句餘土音卷中江浦訪柳屯田永冶遊巷：「屯田不羈人，冶春恣遊屧。妙寫烏絲詞，雕以薄金葉。女兒百輩隨，如花環以蝶。畏涼添半臂，迎風揮團箑。興來輒畫眉，醉後或傷靨。當時有清議，頗共訶褻媟。顧聞鹽場課，會記罔不協。乃知雖放浪，亦自克整攝。曉峰何峩峩，江樓何淒淒。留客唱驪駒，花柳紛稠疊。有情天亦醉，伊川爲心懾。」

【考證】

據乾道四明圖經及寶慶四明志諸書所載，此詞爲柳永監曉峰鹽場時所作，詞中「漲海千里」、「潮平波浩渺」諸語亦可相參證。按宋代鹽場監當官正常情況下例爲選人差遣，故此詞應作於柳永景祐元年（一〇三四）入仕爲州縣幕職官之後、慶曆三年（一〇四三）改官之前。而這期間柳永行蹤及仕履可考者有：登第後授睦州團練推官；景祐二年仍在睦州任；景祐四年在蘇州作永遇樂（天閣英游）詞上蔣堂；景祐五年（一〇三八）在蘇州作木蘭花慢（古繁華茂苑）詞上柳植；慶曆二年已任泗州判官；慶曆三年在杭州作一寸金（井絡天開）詞贈蔣堂赴益州任。依此推斷，其監曉峰鹽場之任，當在寶元二年（一〇三九）至慶曆二年（一〇四二）這三年之間。

迎春樂

近來憔悴人驚怪。爲別後、相思煞〔一〕。我前生、負你愁煩債。便苦恁難開解。　良夜永、牽情無計奈。錦被裏、餘香猶在〔二〕。怎得依前燈下。恣意憐嬌態〔三〕。

【校記】

〔別後〕毛本、吳本、詞繫、張校本無「後」字。

〔相思煞〕毛本、吳本、張校本「煞」作「嘸」。鄭校：「『嘸』，當依宋本作『煞』。此作『日』旁，乃『口』之訛，類嘸字，則又一誤也。」

〔便苦〕陳録「便」作「使」。

〔無計奈〕毛本作「無計」，吳本、張校本作「無奈」。張校：「原誤『計』，依宋本改。」繆校：「宋本『錦被』上有『奈』字。」鄭校：「繆校此句上有『奈』字，不知爲上句衍入也。」

【訂律】

迎春樂，首見於樂章集。張先張子野詞入小石調，周邦彦清真集入雙調。

詞律卷六：「第二句五字，第三句八字，與前詞（今按謂秦觀同調「菖蒲葉葉知多少」）異。汲古刻本集『奈』字訛『計』，便失却一韻。」

詞譜卷九：「宋柳永詞注『林鐘商』。元王行詞注『夾鐘商』。」「雙調五十二字，前段四句四仄韻，後段四句三仄韻。」「後段第三句六字、結句五字，此體始於晏詞，因晏詞換頭句八字，宋人無照此填者，故取此詞作譜。其可平可仄，即參下晏、秦、楊三詞。」

詞繫卷五：「樂章集屬林鐘商。元王行詞注夾鐘商。九宮大成入南詞商調正曲。」「前段次句五字，比晏作（今按謂晏殊同調「長安紫陌春歸早」）少一字，『爲別』下詞譜多『後』字，似勝，正與晏作合。」

【箋注】

〔一〕煞：亦作殺、[口煞]。張相詩詞曲語辭匯釋：「煞，甚辭。字亦作[口煞]，作殺。柳永迎春樂詞：『近來憔悴人争怪，爲別後相思煞。我前生、負你愁煩債。便苦恁難開解。』玩叶韻知讀去聲，音晒。」

〔二〕「錦被」句：用李白詩。參見前玉樓春（閬風岐路連銀闕）「餘香」條注。

〔三〕恣意憐：南唐李煜菩薩蠻：「畫堂南畔見。一向偎人顫。奴爲出來難。教君恣意憐。」

隔簾聽

咫尺鳳衾鴛帳，欲去無因到。鰕鬚窣地重門悄〔一〕。認繡履頻移，洞房杳杳。强語笑。逞如簧、再三輕巧。梳妝早。琵琶閒抱。愛品相思調。聲聲似把芳心告。隔簾聽〔二〕，贏得斷腸多少。恁煩惱。除非共伊知道。

【校記】

〔隔簾聽〕花草粹編調下注曰「相思」。

〔鴛帳〕詞繫：「『鴛』字，一本作『鸞』。」

〔鰕鬚〕毛本、吴本、勞鈔本「鰕」作「蝦」。張校本作「蝦須」。

〔窣地〕林刊百家詞本「窣」作「穿」。

〔杳杳〕吴本作「窅窅」。

〔梳妝早〕毛本、吴本、勞鈔本、林刊百家詞本、朱校引原本於此句後分片。鄭校：「天籟本以『梳妝早』爲過片，宜據改。」張校：「三字原上屬，依宋本改。」

〔隔簾聽〕毛本脱「聽」字。吴本作「但隔簾」。張校本作「但隔簾聽」，張校：「原脱『但』字、『聽』字，依宋本補。」繆校：「『但隔簾，贏得斷腸多少』，宋本『簾』下有『聽』字。」鄭校：「宋本『簾』下有『聽』字。此調之所以名也。」

〔除非〕吴本作「除非是」。

【訂律】

隔簾聽，唐教坊曲，曲名見教坊記。首見於樂章集。宋詞中僅存柳永此闋。詞律卷一一：「樂章如此分段，然『梳妝早』三字，不應贅於前結之下，玩其語意，自爲過變起句。且『蝦鬚』句七字，抵後『聲聲』句七字；『認繡履』二句，抵後『隔簾』二句；『强歡笑』三字，抵後『恁煩惱』三字；『逞如簧』句七字，抵後末句，則『梳妝早』非屬後段而何？況語意亦謂梳妝早完，閒暇無事，故抱弄琵琶耳。」

詞譜卷一七：「唐教坊曲名，樂章集注『林鐘商』。」「雙調七十五字，前段七句五仄韻，後段八句七仄韻。」「坊刻與『梳妝早』句分段，今照花草粹編校正，其平仄無別首可校。」

詞繫卷一〇：「唐教坊曲名。本集屬林鐘商，九宮大成入南詞小石調正曲，許譜同。」「此以『隔簾聽』句立調名。『梳妝早』句，當是換頭句。『隔簾』下，汲古、詞律缺『聽』字，今據宋本改正。『衾』字，詞譜作『幃』，『隔簾』上多『但』字，『除非』下多『是』字。『鴛』字，一本作『鸞』。」

清丁紹儀聽秋聲館詞話卷一四：「詞中換頭句扼一篇之要，故分段不容混淆。乃詞律有不知舊本之誤，而誤分未分者，亦有明知其誤而未經訂正者。如隔簾聽，應於『逞如簧再三輕巧』句分段。」

【箋注】

〔一〕鰕鬚：亦作蝦鬚，謂以海中大鰕的觸鬚所製之鰕鬚簾。宋陸佃增修埤雅廣要：「爾雅以鰝爲大蝦，郭氏云：『出海中者，長二三丈，鬚長數尺。』可爲簾也。」唐無名氏小蘇家：「堂內月娥橫翦波，倚門腸斷鰕鬚隔。」南唐李煜采桑子：「畫雨新愁，百尺蝦鬚在玉鉤。」　窣地：垂地，拂地。唐李隆基初入秦川路逢寒食：「洛陽芳樹映天津，灞岸垂柳窣地新。」五代和凝臨江仙其二：「披袍窣地紅宮錦，鶯語時囀輕音。」

〔二〕隔簾聽：唐王建霓裳詞十首其二：「中管五絃初半曲，遥教合上隔簾聽。」

【考證】

此詞詠調名本意。柳永鳳棲梧云：「簾下清歌簾外宴。雖愛新聲，不見如花面。」黄庭堅有粹老家隔簾聽琵琶詩，可見當時奏樂場面。

鳳歸雲

戀帝里，金谷園林〔一〕，平康巷陌〔二〕，觸處繁華，連日疏狂，未嘗輕負，寸心雙眼。況佳人、盡天外行雲〔三〕，掌上飛燕〔四〕。向玳筵、一一皆妙選。長是因酒沈迷，被花縈絆。　更可惜、淑景亭臺，暑天枕簟。霜月夜凉，雪霰朝飛，一歲風光，盡堪隨分〔五〕，俊遊清宴。算浮生事，瞬息光陰，錙銖名宦〔六〕。正歡笑，試恁暫時分散。却是恨雨愁雲，地遥天遠。

【校記】

〔鳳歸雲〕花草粹編調下注曰「適懷」。

〔掌上〕毛本、林刊百家詞本、詞繫「掌」作「堂」。張校：「原訛『堂』，依宋本改。」

〔因酒〕鄭校：「『因』，當是『困』之訛。」

〔夜涼〕毛本、吴本無「涼」字。張校「涼」下注：「原脱，依宋本補。」繆校謂花草稡編「涼」作「明」字（今按花草稡編卷二四録柳永此詞仍作「涼」字）。鄭校：「宋本有『涼』字，與下句爲對。」

〔暫時〕毛本、吴本無「時」字。張校「時」下注：「原脱，依宋本補。」

〔却是〕毛本、吴本「却」作「即」。鄭校：「宋本作『却』，此『即』爲『却』之訛舛，宜改訂。」張校：「原訛『即』，依宋本改。」

【訂律】

鳳歸雲，唐教坊曲，見雲謡集雜曲子。此爲慢詞體鳳歸雲，首見於樂章集。柳永另有平韻仙吕調鳳歸雲。

詞律卷一七：「用仄韻，與前調迥别（今按，謂柳永鳳歸雲「向深秋」），此調因前起於二十七字方用韻，後起於三十字方叶韻，故爾難讀，疑有誤處，不唯選詞不載，譜亦不收，不知當時自有此體，非誤也。據愚論之，前後段本是相同，只後起多一四字句耳，故敢竟爲分句如右。前自三字起至『巷陌』語氣一止；『觸處』二句是相對語，一止；『未嘗』二句一止，乃用韻也。後段亦三字起，『篁』字閉口韻，不可誤認是叶，此即前『陌』字也。『霜月』句對前『觸處』句，該四字，蓋因『夜』字下缺一『明』字，故難分句。若作『霜月夜明』則四字四句，恰與前合。然不敢竟添入，故加一□以補之。蓋『淑景』句是春，『暑天』句是夏，『霜月』句是秋，『雪霰』句是冬，故下云『一歲風光』也。

是則『淑景』以下四句相排，豈可缺一字平？『一歲風光』句乃總上四句，故下云『盡堪游宴』，是則此處比前段多『一歲風光』一句，『盡堪』二句乃叶韻也。其下則前後俱相同，只前則『筵』字平，『妙』字仄，後則『笑』字仄，『分』字平，稍異，不拘。」

詞譜卷二九：「唐教坊曲名。柳永樂章集，平韻一百一字者，注『仙吕調』；仄韻一百十八字者，注『林鐘商調』。」「雙調一百一字，前段十句四平韻，後段十一句三平韻。」「此體押平韻者，祇有趙詞可校，譜内可平可仄悉參之。」

詞繫卷八：「本集屬林鐘商。」「此用仄韻，細玩前後段字字相同，只後多『一歲風光』四字，『試恁』句多一字，然無廿七字始起韻之例。且與前詞比較，起三字同，次四字四句，與前一七、一四、一五字數同，而平仄少異。『天外』至尾，與前『天末』至『光動』同，但多『向玳筵』三字，少末句六字。後起四字四句同，又多『更可惜』三字。『瞬息』下至末，與前『抛擲』至末同，但『正歡笑』句多四字。亦少末句六字，或有遺脱。『佳人』、『浮生』皆相連，宜從。前首『天末』末字，此首『夜涼』涼字、『時』字汲古、詞律俱缺。『却』字作『即』。『堂』字，一作『掌』。據宋本訂正。」

鄭批：「集中長調起均，有在三四句後者，如引駕行至『征』字始入均。此例自是舊律，非有脱誤也。」

【箋注】

〔一〕金谷：谷名，在今河南洛陽西北。晉書卷三三石崇傳：「崇有別館在河陽之金谷，一名梓澤。」同書卷六二劉琨傳：「時征虜將軍石崇河南金谷澗中有別廬，冠絶時輩，引致賓客，日以賦詩。」又北魏酈道元水經注卷一六：「石季倫金谷詩集敘曰：『余以元康七年從太僕出爲征虜將軍。有別廬在河南界金谷澗中，有清泉茂樹，衆果竹柏藥草備具。』」此代指汴京園林。

〔二〕平康：唐長安丹鳳街有平康坊，爲妓女聚居之地，亦稱平康里。五代王仁裕開元天寶遺事卷二：「長安有平康坊，妓女所居之地。京都俠少，萃集於此，兼每年新進士，以紅牋名紙遊謁其中。時人謂此坊爲風流藪澤。」唐孫棨北里志：「平康里，入北門，東回三曲，即諸妓所居之聚也。妓中有錚錚者多在南曲、中曲，其循墻一曲，卑屑妓所居，頗爲二曲輕視之。其南曲中者，門前通十字街。初登館閣者，多於此竊游焉。二曲中居者，皆堂宇寬靜，各有三數廳事，前後植花卉，或有怪石盆池，左右對設小堂，垂簾、茵褥、帷幌之類稱是。」又宋羅燁醉翁談録丁集卷一載：「平康里者，乃東京諸妓所居之地也。自城北門而入，東回三曲。妓中最勝者，多在南曲。其曲中居處，皆堂宇寬靜，各有三四廳事，前後多植花卉，或有怪石盆池；左經右史，小室垂簾，茵榻帷幌之類。凡舉子及新進士、三司、幕府，但未通朝籍，未直館殿者，咸可就游，不吝所費，則下車水陸備矣。其中諸妓，多能文詞，善吐談，亦評品人物，應對有度。及膏粱子弟來游者，僕馬繁多，宴游崇侈。以同年俊少者，爲兩街探花使。有登甲乙第者，關送。天官氏設春關（原注：天官氏，禮部侍郎），近年多延至；中夏所貴，眷戀狂游稍久。京中飲妓，籍屬教坊，凡朝士有宴聚，須假諸曹署行牒，然後致於它處。唯新進士設酒饌，吏使可牒取。取其所辟之資，可則倍於常價。中曲者，散樂雜班之所居也。夫善樂色技藝者，皆其世習，以故絲竹管絃，艷歌妙舞，咸精其能。凡朝貴有宴聚，一見曹署行牒，皆攜樂器而往，所贈亦有差。暇日群聚金蓮棚中，各呈本事，求歡之者，皆五陵年少及豪貴子弟。就中有妓艷入眼者，俟散，訪其家而宴集焉。其循牆一曲，卑下凡雜之妓居焉。二曲所居之妓，繫名官籍者。凡官設法賣酒者，以次分番供應。如遇并番，一月止一二日也。」又柳永長相思：「過平康款轡，緩聽歌聲。」

〔三〕天外行雲：用響遏行雲之典，謂佳人歌藝之妙。參見前晝夜樂（秀香家住桃花徑）「遏天邊」條注。

〔四〕掌上飛燕：用趙飛燕之典。參見前浪淘沙令（有箇人人）「飛燕」條注。

〔五〕隨分：此爲隨意義。參見前迎新春（嶰管變青律）同條注。

〔六〕錙銖：六銖爲錙，二十四銖爲兩，比喻數量微小。莊子達生：「累丸二而不墜，則失者錙銖。」名宦：謂名聲與官職。舊唐書卷一八八李日知傳：「家産屢空，子弟名宦未立，何爲遽辭職也。」此處謂浮生名宦，亦不過爲錙銖之微者。

【附録】

明楊慎詞品卷二：「唐制妓女所居曰坊曲，北里志有南曲北曲，如今之南院北院也。宋陳敬叟詞：『窈窕青門紫曲。』周美成詞：『小曲幽坊月暗。』又：『愔愔坊曲人家。』近刻草堂詩餘改作『坊陌』，非也。謝皋羽天地間集載孟鯁南京詩云：『愔愔坊曲傍深春，活活河流過雨渾。花鳥幾時充貢賦，牛羊今日上丘原。猶傳柳七工詞翰，不見朱三有子孫。我亦前生梁楚士，獨持心事過夷門。』」

抛毬樂

曉來天氣濃淡，微雨輕灑。近清明，風絮巷陌，煙草池塘，盡堪圖畫。艷杏暖、妝臉勻開，弱柳困、宫腰低亞〔一〕。是處麗質盈盈，巧笑嬉嬉〔二〕，手簇鞦韆架。戲綵毬羅綬〔三〕，金雞芥羽〔四〕，少年馳騁，芳郊緑野。占斷五陵遊〔五〕，奏脆管、繁絃聲和雅。

向名園深處，争柅畫輪〔六〕，競羈寶馬。取次羅列杯盤，就芳樹、緑陰紅影下。舞婆娑，歌宛轉，彷彿鶯嬌燕姹。寸珠片玉〔七〕，争似此、濃歡無價。任他美酒，十千一斗〔八〕，飲竭仍解金貂貰〔九〕。恣幕天席地〔一〇〕，陶陶盡醉太平〔一一〕，且樂唐虞景化〔一二〕。須信艷陽天，看未足、已覺鶯花謝。對緑蟻翠蛾〔一三〕，怎忍輕捨。

【校記】

〔抛毬樂〕花草粹編調下注曰「春賞」。

〔曉來〕林刊百家詞本「曉」作「晚」。

〔風絮〕張校本作「風雨」。

〔手簇〕毛本、吴本、張校本、勞鈔本、林刊百家詞本、詞繫「手」作「争」。

〔争梔〕毛本、吴本、林刊百家詞本「梔」作「泥」。陳録、勞鈔本「梔」作「抳」。張校：「原作『泥』，今依宋本。」

〔競羈寶馬〕朱校引焦本、吴本、林刊百家詞本、毛本於此句後分片。鄭校：「宋本以『向名園』句爲過片，當據訂。」張校：「原於此分段，今依宋本。」

〔緑陰紅影〕毛本、林刊百家詞本作「緑影紅陰」。張校：「原『陰』『影』互易，今依宋本。」

〔争似此〕毛本、吴本、林刊百家詞本無「此」字。張校「此」下注：「原脱，依宋本補。」

〔金貂貰〕張校「貰」下注：「疑當作『買』，叶韻。」

〔翠蛾〕勞鈔本、毛本、張校本「蛾」作「娥」。張校：「疑當作『蛾』。」

〔怎忍〕毛本、吴本、朱校引焦本、林刊百家詞本「忍」作「生」。張校「忍」下注：「原作『生』，今依宋本。」

【訂律】

抛毬樂，唐教坊曲，曲名見教坊記。雲謡集雜曲子録無名氏詞，唐人所作多存律體，柳詞體格與唐五代之作迥異，蓋依唐曲舊名翻演之新聲。

詞律卷一：「『是處』以下與後段『任他』以下相合，至結處，比前段少四字耳。『泥』字去聲。作長調須要如此照管，則知安字平仄處，裁句長短處，不然，隨讀隨填，必至前後盡錯矣，況不如此體認，而惟舊譜是依，豈不大誤耶？」

詞譜卷二：「唐教坊曲名。唐音癸籤云：『拋球樂，酒筵中拋球爲令，其所唱之詞也。』宋史樂志：『女弟子舞隊，三曰拋球樂。』按：此調三十字者，始於劉禹錫詞，皇甫松本此填，多一和聲。三十三字者，始於馮延巳詞，因詞有『且莫思歸去』句，或名莫思歸。皆五七言小律詩體。至宋柳永，則借舊曲名，別倚新聲，始有兩段一百八十七字體。樂章集注『林鐘商調』。與唐詞小令體制，迥然各別。以同一調名，故類列之。」「（柳詞）雙調一百八十七字，前段十九句七仄韻，後段十七句七仄韻。」按：宋史樂志有夾鐘商拋球樂，其詞不傳。元人有黄鐘宮拋球樂，字數參差，詞亦俚鄙。樂章集亦僅見此作，別無可校。平仄宜遵之。」

詞繫卷一〇：「唐教坊曲名。本集屬林鐘商。宋史樂志有夾鐘商拋球樂，其詞不傳。元人有黄鐘宮拋球樂，餘詳劉禹錫小令下。」「此與拋球樂小令全異，故另列。」「汲古於『寶馬』句分段，『是處』下與後段『任他』下同，只結處少四字，似宜從汲古，論文義當從宋本。『抳』字去聲，汲古作『泥』，『緑蔭紅影』四字作『緑影紅蔭』，『争似此』句缺『此』字，『忍』字作『生』，皆誤，今據宋本訂正。『飲』、『竭』作平。」

【箋注】

〔一〕宫腰低亞：形容柳枝低垂。唐韓偓春盡日：「柳腰入户風斜倚，榆莢堆牆水半淹。」

〔二〕嬉嬉：喜笑貌。易家人：「婦子嘻嘻。」唐陸德明經典釋文卷二：「嘻嘻，張作嬉嬉，陸作喜喜。」

〔三〕綵毬羅綬：唐段成式酉陽雜俎卷一：「寒食日，賜侍臣綵毬繡。」李白宫中行樂詞：「素女鳴珠佩，天人弄綵毬。」唐杜牧後池泛舟送王十秀才：「問拍擬新令，憐香占彩毬。」羅綬或指綵毬上之絲帶。

〔四〕金雞芥羽：左傳昭公二十五年：「季、郈之雞鬬，季氏介其雞，郈氏爲之金距。」晉杜預注：「擣芥子而播其羽也，或曰以膠沙播之爲介雞。」唐孔穎達疏引鄭衆曰：「介，甲也，爲雞著甲。」東漢應瑒鬬雞：「芥羽張金距，連戰何繽紛。」

〔五〕五陵：文選卷一東漢班固西都賦：「鄉曲豪俊，游俠之雄。節慕原嘗，名亞春陵。連交合衆，騁騖乎其中。南望杜霸，北眺五陵。名都對郭，邑居相承。英俊之域，紱冕所興。冠蓋如雲，七相五公。」李善注：「宣帝葬杜陵，文帝葬霸陵；高帝葬長陵，惠帝葬安陵，景帝葬陽陵，武帝葬茂陵，昭帝葬平陵。」

〔六〕梶畫輪：謂停車。梶爲止車之木，梶車即停車。宋王禹偁寄題陝府南溪兼簡孫何兄弟：「梶車得三宿，延我入溪洞。」畫輪，晉書卷二五輿服志：「畫輪車，架牛，以綵漆畫輪轂，故名曰畫輪車。」

〔七〕寸珠片玉：謂徑寸之珠、成片之玉，喻其貴重。題漢劉向列仙傳卷上載漢高后時朱仲獻三寸珠、四寸珠事。唐楊炯老人星賦：「比秋草之一螢，狀荆山之片玉。」

〔八〕十千一斗：參見前笛家弄（花發西園）「十千」條注。

〔九〕金貂貰：金貂，皇帝左右侍臣的冠飾。東漢班固漢書卷八五谷永傳：「戴金貂之飾，執常伯之職者，皆使學先王之道，知君臣之義。」南朝宋范曄後漢書志第三十輿服志下：「武冠。一曰武弁大冠，諸武官冠之。侍中、中常侍加黄金璫，附蟬爲文，貂尾爲飾，謂之『趙惠文冠』。胡廣説曰：『趙武靈王效胡服，以金璫飾首，前插貂尾，爲貴職。秦滅趙，以其君冠賜近臣。』」貰，抵押，交换。金貂换酒，晉書卷四九阮孚傳：「嘗以金貂换酒，復爲所司彈劾，帝宥之。」唐盧照鄰行路難：「金貂有時换美酒，玉麈但摇莫計錢。」唐王維過崔駙馬山池：「脱貂貰桂醑，射雁與山廚。」

〔一〇〕幕天席地：見前金蕉葉（厭厭夜飲平陽第）同條注。

〔一一〕陶陶：和樂貌。詩王風君子陽陽：「君子陶陶，左執翿，右招我由敖，其樂只且。」毛傳：「陶陶，和樂貌。」晉書卷四九劉伶傳：「先生於是方捧甖承槽，銜盃漱醪，奮髯箕踞，枕麯藉糟，無思無慮，其樂陶陶。」

〔一二〕唐虞：參見前永遇樂（薰風解愠）同條注。 景化：南齊書卷二三王儉傳：「弼兹景化，以贊隆平。」

〔一三〕緑蟻：指美酒。文選卷二六南朝齊謝朓在郡卧病呈沈尚書：「嘉魴聊可薦，緑蟻方獨持。」

李善注：「釋名曰：『酒有汎齊，浮蟻在上汎汎然。』」　翠蛾：女子細而長曲的黛眉，借指美女。唐薛逢夜宴觀妓：「愁傍翠蛾深八字，笑回丹臉利雙刀。」

【輯評】

鄭批：「結拍與破陣樂『漸覺雲海沉沉，洞天日晚』，語意俱有掉入蒼茫之概，骨氣雄逸，與徒寫景物情事，意境不同。」

集賢賓

小樓深巷狂遊徧，羅綺成叢〔一〕。就中堪人屬意〔二〕，最是蟲蟲。有畫難描雅態，無花可比芳容。幾回飲散良宵永，鴛衾暖、鳳枕香濃。算得人間天上，惟有兩心同。　近來雲雨忽西東。誚惱損情悰〔三〕。縱然偷期暗會〔四〕，長是怱怱。爭似和鳴偕老〔五〕，免教斂翠啼紅〔六〕。眼前時、暫疏歡宴，盟言在、更莫忡忡〔七〕。待作真箇宅院〔八〕，方信有初終〔九〕。

【校記】

〔集賢賓〕花草粹編調下注曰「佳人」。

〔蟲蟲〕勞鈔本、朱校引原本、繆校引宋本、鄭校引宋本、陳録作「春風」。曹校：「『蟲蟲』當時妓名，本集征部樂調『但願我、蟲蟲心下，把人看待，長似初相識』；玉樓春調『蟲娘舉措皆淹潤』是也。宋本於『蟲蟲』字皆改去，此等處似皆不如梅本。」張校：「二字宋本作『春風』。」

〔歛散〕勞鈔本、朱校引原本、繆校引宋本、鄭校引宋本、張校引宋本「歛」作「欲」。

〔鴛衾暖〕毛本、吴本、張校本、林刊百家詞本無「暖」字。繆校引宋本、鄭校引宋本「暖」作「暎」。

〔忽西東〕毛本、吴本、張校本「忽」作「每」。張校：「宋本『忽』。」

〔誚惱損情悰〕詞繫、繆校引宋本、張校引宋本「誚」作「煩」。毛本「損」作「愪」。張校：「原訛『愪』，依宋本改。」陳録此句作「悄煩惱情悰」。

〔長是〕毛本、吴本、勞鈔本、朱校引原本「是」作「似」。

〔偕老〕毛本、吴本「偕」作「諧」。鄭校：「『諧』本是誤字，此何待宋本校定。」張校「偕」下注：「原訛『諧』，依宋本改。」

〔更莫〕張校本作「莫更」，張校：「二字原倒，依宋本正。」

〔方信〕詞繫：「『方』字，一本作『可』。」

【訂律】

集賢賓，花間集録五代毛文錫接賢賓調，柳詞加一疊，改爲集賢賓。

詞律卷九：「與前詞（今按謂毛文錫接賢賓「香韉鏤襜五色驄」）同調，只前是單調，此以前調合爲一段而加後疊耳。調名『接』、『集』二字北音相同，實一字也。論花間在前，該從『接』字，但自北曲相沿至南曲皆有集賢賓，俱作『集』字，不便作『接』，故并列於此。按此詞除後起『東』字叶韻外，前後俱宜相同。『羅綺』句不應少一字，恐係脱落。比前毛詞亦應五字，『盟言』句比『鴛衾』句不應多一字。若此句七字，則『鴛衾』句亦應加一字矣。其與前毛詞較異者，則首句不起韻，『有畫』、『争似』二句少一字，『惟有』、『誚惱』、『方信』三句比前『值』字、『向』字領句者稍不同，而前『信穿花』下六字作兩句，此合爲一句，是則宋體耳。」

詞譜卷一三：「此調有兩體，五十九字者始於毛文錫詞，一百十七字者始於柳永詞。樂章集注『林鐘商調』。一名集賢賓。」「雙調一百十七字，前段十句五平韻，後段十句六平韻。」「此即毛詞體再加一疊，但前段起句不用韻，第二句少一字，前後段第五句減一字，第八句各添一字，兩結句讀小異耳。按：宋詞無填此調者，其平仄當依之。詞律誤從汲古閣本，其前段第八句脱一字，今從花草粹編校正。元曲馬致遠商調集賢賓與此同，惟前段第二句亦作五字，前後段第九句俱作五字，亦因柳詞減字也。因詞俚不録。」

詞繫卷三：「樂章集屬林鐘商。」「與毛詞（今按謂毛文錫接賢賓「香韉鏤襜五花驄」）同，只前段次句兩五句各少一字，兩八句多一字。是因毛詞加一疊衍爲慢曲。詞律僅以『接』、『集』二字音相近，未及細勘，今特標出，故類列。『鴛衾』下，汲古、詞律少『暖』字，『眼前』下缺『時』字，『欲』字作『飲』，『忽』字作『每』，『煩』字作『誚』，『偕』字作『諧』，『莫更』二字作『更莫』。『方』字，一本作『可』，今據宋本訂正。『蟲蟲』二字，宋本作『春風』。」

【箋注】

〔一〕羅綺：見前迎新春（嶰管變青律）同條注。

〔二〕屬意：猶傾心，指男女相愛悦。五代前蜀李珣南鄉子：「暗裏迴眸深屬意，遺雙翠，騎象背人先過水。」

〔三〕誚惱：憂愁煩惱。誚，通悄。　情悰：情懷，情緒。李珣臨江仙：「引愁春夢，誰解此情悰！」

〔四〕偷期暗會：猶偷情幽會。宋陶穀清異録：「雖伉儷之正，婢妾之微，買笑之略，偷期之秘，仙凡交會，華戎配接，率由一道焉。」

〔五〕和鳴：互相應和而鳴，喻夫妻和睦。詩周頌有瞽：「喤喤厥聲，肅雝和鳴。」左傳莊公二十二年：「初，懿氏卜妻敬仲。其妻占之，曰：『吉。』是謂『鳳皇于飛，和鳴鏘鏘。』」　偕老：詩邶風擊鼓：「執子之手，與子偕老。」

〔六〕斂翠啼紅：謂皺眉流淚。翠指翠眉，紅指沾有脂粉的紅淚。唐歐陽詢藝文類聚卷三二梁元帝蕩婦秋思賦：「愁縈翠眉斂，啼多紅粉漫。」

〔七〕忡忡：憂愁貌。詩召南草蟲：「未見君子，憂心忡忡。」

〔八〕宅院：帶院落的宅子，住宅。此借指納於家中的姬妾。

〔九〕初終：始終。白居易蕭俛除吏部尚書制：「本末初終，不失其道。」有初終，即有始有終之義。

【考證】

關於蟲蟲、蟲娘：柳永征部樂謂：「但願我，蟲蟲心下，把人看待，長似初相識。」玉樓春謂：「蟲娘舉措皆温潤。」本詞中又有「盟言」、「待作真箇宅院」之語，則或有納爲姬妾之約。其關係略可考見。

殢人嬌

當日相逢，便有憐才深意。歌筵罷、偶同鴛被。別來光景，看看經歲。昨夜裏、方把舊歡重繼。　曉月將沈，征驂已鞴〔一〕。愁腸亂、又還分袂〔二〕。良辰好景，恨浮名牽繫。無分得〔三〕、與你恣情濃睡〔四〕。

【校記】

〔更莫〕張校本作「莫更」，張校：「二字原倒，依宋本正。」

〔已鞴〕鄭校：「『鞴』，疑本作『備』。」

〔舊歡〕林刊百家詞本「歡」作「歌」。

〔愁腸亂〕陳録「亂」作「斷」。

〔好景〕毛本、吴本、張校本、朱校引焦本、林刊百家詞本「好」作「美」。張校引宋本作「好景」。

〔與你〕吴本、毛本「你」作「妳」。張校：「原作『妳』，依宋本改。」

〔濃睡〕吴本、毛本、林刊百家詞本「濃」作「睡」。張校：「原誤『睡』，依宋本改。」

【訂律】

殢人嬌，首見於樂章集。晏殊有此調，體格與柳作大略相同。

夏批：「『鞴』，戈順卿分作佳韻。」

【箋注】

〔一〕征驂：謂遠行的車馬。唐王勃餞韋兵曹：「征驂臨野次，別袂慘江垂。」　鞴：指裝備車馬，把鞍轡等套在馬上。五代前蜀薛昭藴離别難：「寶馬曉鞴雕鞍，羅幃乍別情難。」

〔二〕分袂：離别。東晉干寶搜神記卷一六：「取金枕一枚，與度爲信，乃分袂泣别。」文選卷二五謝惠連西陵遇風獻康樂：「飲餞野亭館，分袂澄湖陰。」

〔三〕無分：無緣。唐杜甫九日其一：「竹葉於人既無分，菊花從此不須開。」

〔四〕恣情：縱情。唐白居易喜山石榴花開：「但知爛漫恣情開，莫怕南賓桃李妒。」

思歸樂

天幕清和堪宴聚〔一〕。想得盡、高陽儔侶〔二〕。皓齒善歌長袖舞〔三〕。漸引入、醉鄉深處〔四〕。　晚歲光陰能幾許。這巧宦〔五〕、不須多取。共君把酒聽杜宇〔六〕。解再三、勸人歸去。

【校記】

〔想得〕毛本、吴本、張校本、林刊百家詞本「想」作「相」。詞繫作「相對」。張校：「宋本『想』。」

〔共君把酒〕詞繫、繆校引宋本、鄭校引宋本、張校引宋本作「把酒共君」。

〔聽杜宇〕毛本、吴本、林刊百家詞本「聽」作「勸」。張校：「原作『勸』，依宋本改。」

〔解再三〕毛本、吴本無「解」字。張校：「原脱，依宋本補。」

〔勸人〕毛本、吴本、林刊百家詞本、朱校引焦本「勸」作「唤」。張校：「原作『唤』，依宋本改。」

【訂律】

思歸樂，樂府詩集卷八〇載：「思歸樂，商調曲，後一曲犯角。」柳永當借舊名另翻新聲。

詞律卷八：「此調亦似於中好，只前結句七字，而前第三句平仄與後段異，於中好，則皆用『共君』句平仄也。」

詞譜卷一二：「樂章集注『林鐘商』。」「雙調五十六字，前後段各四句，四仄韻。」「詞律誤從汲古閣本，後段結句脱一字，今從花草粹編校正，平仄無他首可校。」

詞繫卷一〇：「唐樂府名。羯鼓録名思歸，屬太簇商，商調曲，本集屬林鐘商。」「冥音録：廬江尉李侃外婦崔氏，有女弟茝奴，善鼓箏，未嫁而卒。崔生二女，心念其姨，夢中傳十曲，又留一曲曰思歸樂（節録）。餘詳滿江紅下。」「詞譜與柳摇金合調，但兩起句平仄異，後起不叶韻。（今按：詞譜卷一二柳摇金調下引沈會宗詞，并云：「此調句讀近思歸樂，惟前後段兩起句平仄不同，且换頭句不押韻，故與思歸樂有别。」）詞律謂似於中好，但兩結六字更不合。與步蟾宫亦相似，但兩起句、兩三句，平仄皆不同，且不叶韻，皆不得以字數同而歸并也。惜無他詞爲證。」「『對』字，汲古作『得』。『把酒共君』四字作『共君把酒』，『聽』字作『勸』，今從詞譜。『再三』上，汲古缺『解』字，『勸』字作『唤』，據宋本訂正。」

【箋注】

〔一〕天幕：天。天空如幕覆蓋大地，故稱。唐李商隱假日：「誰向劉伶天幕内，更當陶令北窗風。」

〔二〕高陽儔侶：謂酒友。參見前宣清（殘月朦朧）「高陽」條注。

〔三〕皓齒：潔白的牙齒。唐權德輿六府詩：「木蘭泛方塘，桂酒啓皓齒。」 長袖：指舞衣。

韓非子五蠹：「鄙諺曰：長袖善舞，多錢善賈。」文選卷一七漢傅毅舞賦：「羅衣從風，長袖交横。」

〔四〕醉鄉：見前看花回（屈指勞生百歲期）同條注。

〔五〕巧宦：指鑽營諂媚而獲仕進。文選卷一六西晉潘岳閑居賦序：「岳嘗讀汲黯傳，至司馬安四至九卿，而良史書之題以巧宦之目，未嘗不慨然廢書而嘆。」唐陳子昂題祀山烽樹贈喬十二侍御：「漢庭榮巧宦，雲閣薄邊功。」

〔六〕杜宇：古人以爲杜鵑啼聲似言「不如歸去」。宋梅堯臣杜鵑：「蜀帝何年魄，千春化杜鵑。不如歸去語，亦自古來傳。」參見前西平樂（盡日憑高目）同條注。

應天長

殘蟬漸絶。傍碧砌修梧〔一〕，敗葉微脱。風露淒清，正是登高時節〔二〕。東籬霜乍結〔三〕。綻金蘂〔四〕、嫩香堪折。聚宴處，落帽風流〔五〕，未饒前哲〔六〕。　把酒與君説。恁好景佳辰，怎忍虚設。休效牛山〔七〕，空對江天凝咽。塵勞無暫歇。遇良會、賸偷歡悦〔八〕。歌聲闋。杯興方濃，莫便中輟。

【校記】

〔應天長〕勞校引陸校、陳録調下注曰「重九」，花草稡編調下注曰「重陽」。

〔殘蟬漸絶〕毛本、吴本、張校本、林刊百家詞本、詞繫、朱校引焦本「殘蟬」後多一「聲」字。鄭校：「宋本首句無『聲』字。」

〔堪折〕吴本「折」作「拆」。

〔佳辰〕張校本作「良辰」。

〔良會〕林刊百家詞本「良」作「佳」。

〔歌聲〕毛本、吴本、林刊百家詞本、詞繫、朱校引焦本「聲」作「未」。張校：「原作『未』，依宋本改。」

〔中輟〕詞繫「輟」作「轍」。

【訂律】

應天長，有令、慢兩體，令詞見花間集，慢詞體首見於樂章集。周邦彦詞名應天長慢，入商調。吴文英詞入林鐘商。

詞譜卷八：「此調有令詞、慢詞。令詞始於韋莊，又有顧敻、毛文錫兩體，宋毛幵詞名應天長令；慢詞始於柳永，樂章集注『林鐘商調』，又有周邦彦一體，名應天長慢。」「雙調九十四字，前段十句六仄韻，後段十句七仄韻。」「此調九十四字者，始於此詞，葉詞之少押四韻，無名氏詞之多押一韻，皆從此詞出也。故譜內可平可仄，即參兩詞。」

詞繫卷一〇：「本集注林鐘商。九宫大成入北詞高宫雙曲，與北詞商角雙曲不同。」「此與應天長小令不同，自是慢曲，故分列。各家多用入聲韻。無名氏作，於『聚宴處』『處』字叶韻，宜從。前結作『一步回顧』，换頭處作『行行愁獨珍，想媚容今宵』，平仄微異，似不甚協。『漸』字，葉譜作『斷』。『正』、『嫩』、『聚』、『落』、『把』、『酒』、『與』、『景』、『忍』、『莫』、『便』可平。『風』、『登』、『東』、『金』、『饒』、『江』、『良』、『歌』可仄。『葉』作平聲。」

鄭校：「此與清真、夢窗所作别是一體，然皆宜入均。」

【箋注】

〔一〕碧砌修梧：唐劉禹錫秋聲賦：「晚枝多露蟬之思，夕蔓趣寒螿之愁。至若松竹含韻，梧楸蚤脱，驚綺疏之曉吹，墮碧砌之涼月。」

〔二〕登高時節：南朝梁宗懍荆楚歲時記：「九月九日，四民并藉野飲宴。按杜公瞻云：『九月九日宴會，未知起於何代，然自漢至宋未改，今北人亦重此節，佩茱萸、食餌、飲菊花酒，云令人長壽。近代皆設宴於臺榭。』又續齊諧記云：『汝南桓景隨費長房游學累年，長房謂曰：「九月九日汝家中當有災，宜急去令家人作絳囊盛茱萸以繫臂，登高飲菊花酒，此禍可除。」景如言，齊家登山，夕還，見雞犬牛羊一時暴死。長房聞之，曰：「此可代也。」』今世人九日登高飲酒，婦人帶茱萸囊，蓋始於此。」

〔三〕東籬：東晉陶潛飲酒：「採菊東籬下，悠然見南山。」

〔四〕金蘂：謂菊。南朝梁蕭統七契：「玉樹始落，金蕊初榮。」

〔五〕落帽風流：晉書卷九八孟嘉傳：「（嘉）後爲征西桓温參軍，温甚重之。九月九日，温燕龍山，寮佐畢集。時佐吏并著戎服，有風至，吹嘉帽墮落，嘉不之覺。温使左右勿言，欲觀其舉止。嘉良久如廁，温令取還之，命孫盛作文嘲嘉，著嘉坐處。嘉還見，即答之，其文甚美，四坐嗟歎。」柳永玉蝴蝶：「西風吹帽，東籬攜酒，共結歡遊。」

〔六〕未饒：未讓。李白上皇西巡南京歌：「柳色未饒秦地緑，花光不減上陽紅。」

〔七〕牛山：春秋時齊國山名，在今山東淄博。晏子春秋内篇諫上：「（齊）景公游于牛山，北臨其國城而流涕曰：『若何滂滂去此而死乎！』艾孔、梁丘據皆從而泣，晏子獨笑於旁。公刷涕而顧晏子曰：『寡人今日之游悲，孔與據皆從寡人而涕泣，子之獨笑，何也？』晏子對曰：『使賢者常守之，則太公、桓公將常守之矣。使勇者常守之，則莊公、靈公將常守之矣。數君者將守之，則吾君安得此位而立焉？以其迭處之，迭去之，至于君也。而獨爲之流涕，是不仁也。不仁之君見一，諂諛之臣見二，此臣之所以獨竊笑也。』」唐杜牧九日齊山登高：「古往今來只如此，牛山何必獨霑衣。」

〔八〕𦡶：盡，盡情。

合歡帶

身材兒、早是妖嬈〔一〕。算風措、實難描。一箇肌膚渾似玉，更都來〔二〕、占了千嬌。妍歌艷舞，鶯慚巧舌，柳妒纖腰。自相逢，便覺韓娥價減〔三〕，飛燕聲消。

桃花零落，溪水潺湲，重尋仙徑非遥〔四〕。莫道千金酬一笑〔五〕，便明珠、萬斛須邀〔六〕。檀郎幸有〔七〕，淩雲詞賦〔八〕，擲果風標〔九〕。況當年〔一〇〕，便好相攜，鳳樓深處吹簫。

【校記】

〔合歡帶〕花草粹編調下注曰「美人」。

〔算風措〕林刊百家詞本「算」作「美」。毛本、吴本、張校本「風措」作「舉措」，張校：「宋本『風』。」陳録作「風措」（夾注：一作「標」，又作「指」。「措」下注六字）。勞批：「草書『舉』作□，與『風』相似。必誤。然亦□□□也。」又：「舉措，□□詞中屢見，此作『風』，恐誤。汲古本『舉』亦剜改。其底本或亦作『風』。□□□□中舉止衍一□字，乃校注語入正文之語，竄作□□。」（今按此批語中有數字漫漶莫辨，以□代之。）鄭校：「『舉措』，柳詞恒用字。清真詞亦有之。梅本改作『風措』，誤。」

〔似玉〕林刊百家詞本「似」作「是」。

〔艷舞〕詞繫："『艷』字，一本作『妙』。"

〔價減〕勞鈔本、朱校引原本作"減價"。朱校云："與下『聲消』爲對。"

【訂律】

合歡帶，首見於樂章集。

詞律卷一八："首句比前調（今按謂杜安世同調"樓臺高下玲瓏"）多一字，自『相逢』下，前詞一四一六，此一六一四。後起兩四一六，亦與前異。後結與前調之前結同，而『便好相攜』四字平仄亦異。"

詞譜卷三三："樂章集注『林鐘商』。""雙調一百五字，前段九句五平韻，後段十句四平韻。""此調只有柳詞及杜詞兩體，其平仄亦不甚異同。"

詞繫卷一〇："本集屬林鐘商。""此調當是贈妓之作，想係創製。吴任臣云：『物以合歡名者，合歡宫、合歡筍、合歡鞋、合歡花、合歡被、合歡帶，舞名取此。』""『舉』字，宋本作『風』。『艷』字，一本作『妙』。"

【箋注】

〔一〕早是：本是，已是。參見前鶴沖天（閒窗漏永）同條注。

〔二〕都來：見前慢卷紬（閒窗燭暗）同條注。

〔三〕韓娥：相傳爲韓之善歌者。列子湯問："昔韓娥東之齊，匱糧，過雍門，鬻歌假食。既去，而餘音繞梁欐，三日不絶，左右以其人弗去。過逆旅，逆旅人辱之。韓娥因曼聲哀哭，一里老幼悲愁，垂泣相對，三日不食。遽而追之，娥還，復爲曼聲長歌，一里老幼喜躍抃舞，弗能自禁，忘向之悲也。乃厚賂發之。故雍門之人，至今善歌哭，放娥之遺聲。」唐沈亞之答馮陶書：「聞古之韓娥，其歌也，能易哀樂，變林籟，則有是也。」

〔四〕「桃花」三句：佩文韻府卷七三引南朝宋劉義慶幽明録：「漢永平中，劉晨、阮肇采藥失故道，行至溪滸，二女迎歸，食以胡麻飯。求去，指示之，至家已七世矣。」太平廣記卷六二：「劉晨、阮肇入天台採藥，遠不得返。經十三日，饑，遥望山上有桃樹子熟，遂躋險援葛至其下，噉數枚，饑止體充，欲下山以杯取水。見蕪菁葉流下甚鮮妍，復有一杯流下，有胡麻飯焉，乃相謂曰：『此近人矣。』遂渡山，出一大溪，溪邊有二女子，色甚美。見二人持盃，便笑曰：『劉阮二郎，捉向杯來。』劉阮驚，二女遂忻然如舊相識曰：『來何晚耶？』因邀還家。……至十日，求還。苦留半年，氣候草木常是春時，百鳥啼鳴，更懷鄉，歸思甚苦。女遂相送，指示還路，鄉邑零落已十世矣。」後世再加演繹，言劉阮再上天台，而不復見二女，如唐曹唐有劉阮再到天台不復見仙子詩。

〔五〕千金酬一笑：見前迷仙引（纔過笄年）「酬一笑」條注。

〔六〕萬斛：古以十斗爲一斛，宋末改爲五斗。此極言容量之大。

〔七〕檀郎：西晉潘岳美姿容，小字檀奴。後因以檀郎爲女子稱其所歡之代稱。唐温庭筠蘇小小歌：「吴宫女兒腰似束，家在錢唐小江曲。一自檀郎逐便風，門前春水年年緑。」南唐李煜一斛珠：「繡牀斜憑嬌無那。爛嚼紅茸，笑向檀郎唾。」柳永促拍滿路花：「最是嬌癡處，尤殢檀郎，未教拆了鞦韆。」

〔八〕凌雲詞賦：司馬遷史記卷一一七司馬相如傳：「相如既奏大人之頌，天子大説，飄飄有凌雲之氣，似游天地之間。」

〔九〕擲果風標：擲果用潘岳典，見前迎新春（嶰管變青律）同條注。風標，風度，姿容神態。唐楊炯和劉長史答十九兄：「風標自落落，文質且彬彬。」

〔一〇〕當年：年紀相當，合適之義。金董解元西廂記諸宫調卷四：「薄情業種，咱兩箇彼各當年。」蓋宋元俗語用法。

少年遊

長安古道馬遲遲〔一〕。高柳亂蟬棲。夕陽島外，秋風原上，目斷四天垂。歸雲一去無蹤迹〔二〕，何處是前期〔三〕。狎興生疏〔四〕，酒徒蕭索〔五〕，不似去年時。

【校記】

〔少年游〕花草稡編、勞校引陸校調下注曰「游宴」。

〔蟬棲〕毛本、吴本、張校本、林刊百家詞本、朱校引焦本「棲」作「嘶」。張校：「宋本『棲』。」

〔島外〕林刊百家詞本「外」作「上」。

〔原上〕曹校引黄本「原」作「江」，陳録「原」一作「江」。

〔不似〕勞鈔本「似」作「是」。

〔去年〕毛本、吴本、朱校引焦本「去」作「少」。

【訂律】

少年游，調見晏殊珠玉詞。張先詞入般涉調，周邦彦詞一注黄鐘，一注商調。

【箋注】

〔一〕長安古道：蓋指長安東門外潼關道，爲長安、洛陽間的驛路。與後闋「參差煙樹霸陵橋」相應。宋晁補之潼關道中：「塵土長安古道深，潼關依舊接桃林。」　遲遲：徐行貌。詩邶風谷風：「行道遲遲，中心有違。」毛傳：「遲遲，舒行貌。」

〔二〕歸雲：見前卜算子（江楓漸老）同條注。

〔三〕前期：事前或過去的約定，與「後約」意同。五代孫光憲定風波：「年來年去負前期，應是秦雲兼楚雨。」

〔四〕狎興：謂狎邪之游的興致。

〔五〕酒徒：嗜酒者。唐韋應物酒肆行：「長安酒徒空擾擾，路傍過去那得知。」

【輯評】

清王士禛花草蒙拾：「『樓上晴天碧四垂』本韓侍郎『淚眼倚樓天四垂』，不妨并佳。歐文忠『拍堤春水四垂天』，柳員外『目斷四天垂』，皆本韓句，而意致少減。」

清譚獻復堂詞話：「挑燈讀宋人詞，至柳耆卿云：『狎興生疏，酒徒蕭索，不似去年時。』語不工，甚可慨也。」

鄭批：「(「高柳」以下四句)晚唐詩中無此俊句。」

其二

參差煙樹霸陵橋〔一〕。風物盡前朝〔二〕。衰楊古柳，幾經攀折，憔悴楚宫腰。　夕陽閒淡秋光老，離思滿蘅皋〔三〕。一曲陽關〔四〕，斷腸聲盡，獨自凭蘭橈〔五〕。

【校記】

〔其二〕陳録、花草稡編調下注曰「秋思」。

〔參差〕林刊百家詞本「參」作「忝」。

〔霸陵〕勞鈔本「霸」作「灞」。

〔閒淡〕陳録「閒」作「閃」。

〔凭蘭橈〕毛本、吴本、張校本、林刊百家詞本、朱校引焦本「凭」作「上」。張校：「宋本『凭』。」

【箋注】

〔一〕霸陵橋：即灞陵橋，又名灞橋，在長安東。三輔黄圖：「灞橋在長安東，跨水作橋。漢人送客至此橋，折柳贈別。」

〔二〕前朝：過去的朝代或前一朝代。唐劉禹錫楊柳枝詞：「請君莫唱前朝曲，聽唱新翻楊柳枝。」唐都長安經晚唐戰亂漸趨蕭條，北宋以汴京爲東都，洛陽爲西都，長安不與也。

〔三〕蘅皋：長有杜蘅香草的沼澤。文選卷一九曹植洛神賦：「爾迺税駕乎蘅皋，秣駟乎芝田。」李善注：「蘅，杜蘅也。皋，澤也。」劉良注：「蘅皋，香草之澤也。」

〔四〕陽關：陽關曲，唐王維渭城曲：「勸君更盡一杯酒，西出陽關無故人。」後入聲詩爲送別曲，又名陽關三疊。唐李商隱飲席戲贈同舍：「唱盡陽關無限疊，半盃松葉凍頗黎。」此泛指離別之歌。

〔五〕蘭橈：小舟之美稱。唐太宗帝京篇：「飛蓋去芳園，蘭橈游翠渚。」

【輯評】

清先著、程洪撰，胡念貽輯詞潔輯評卷一：「屯田此調，居然勝場，不獨『曉風殘月』之工也。」

清陳廷焯雲韶集：「描寫秋色，懷古情傷，柳詞見長專在此等處。」

俞陛雲唐五代兩宋詞選釋：「上闋蒼涼懷古，下闋傷離怨別，與前首略同。『陽關』三句，有曲終人遠之思。」

吴熊和師手批樂章集：「『前朝』，唐。『憑蘭橈』，渭水。」

其三

層波瀲灩遠山横〔一〕。一笑一傾城〔二〕。酒容紅嫩，歌喉清麗，百媚坐中生〔三〕。　　牆頭馬上初相見〔四〕，不準擬〔五〕、恁多情。昨夜杯闌，洞房深處，特地快逢迎〔六〕。

【校記】

〔其三〕花草粹編調下注云「美人」。

〔不準擬〕鄭校：「『不』字衍，宜删。按是解又一體上下闋并有作六字句者，此多一『不』字，殊費解，故知爲衍。」今按：鄭校無據。蓋未思及白居易有不准擬諸詩也。

〔杯闌〕陳録「杯」一作「更」。

【箋注】

〔一〕層波：見前晝夜樂（秀香家住桃花徑）同條注。　瀲灩：水波蕩漾貌，此喻指眼波流動。

遠山：形容女子秀麗之眉。元陶宗儀説郛卷七七下：「西京雜記云：『司馬相如妻文君眉色如望遠山，時人效畫遠山眉。』」唐崔仲容贈歌姬：「皓齒乍分寒玉細，黛眉輕蹙遠山微。」

〔二〕傾城：參見前柳腰輕（英英妙舞腰肢軟）「傾國傾城」條注。

〔三〕百媚：形容極其嫵媚。白居易長恨歌：「回眸一笑百媚生，六宫粉黛無顔色。」

〔四〕牆頭馬上：白居易井底引銀瓶：「妾弄青梅憑短牆，君騎白馬傍垂楊。牆頭馬上遥相顧，一見知君即斷腸。」後遂以「牆頭馬上」爲男女愛慕之典實。柳永長相思：「牆頭馬上，漫遲留、難寫深誠。」

〔五〕準擬：同「准擬」，料想之意。白居易不准擬其一：「不准擬身年六十，上山仍未要人扶。」其二：「不准擬身年六十，遊春猶自有心情。」敦煌曲子詞集送征衣：「今世共你如魚水，是前世因緣，兩情准擬過千年。」

〔六〕特地：見前玉樓春（皇都今夕知何夕）同條注。　快：善於，能。白居易有夢：「馬肥快行走，妓長能歌舞。」

其四

世間尤物意中人〔一〕。輕細好腰身。香幃睡起，發妝酒釅〔二〕，紅臉杏花春。

嬌多愛把齊紈扇〔三〕，和笑掩朱脣。心性温柔，品流詳雅〔四〕，不稱在風塵〔五〕。

【校記】

〔酒釅〕毛本、吴本「釅」作「釃」。張校：「原訛『釃』，依宋本改。」

〔嬌多〕陳録作「多嬌」。

〔詳雅〕朱校引焦本「詳」作「閒」，陳録「詳」一作「閑」。

【箋注】

〔一〕尤物：指絶色美女。左傳昭公二十八年：「夫有尤物，足以移人；苟非德義，則必有禍。」唐陳鴻長恨歌傳：「意者不但感其事，亦欲懲尤物，窒亂階，垂於將來也。」白居易真孃墓：「脂膚荑手不牢固，世間尤物難留連。難留連，易銷歇。塞北花，江南雪。」

〔二〕發妝酒釅：發妝，梳妝。酒釅，謂酒味醇厚。古人有晨間亦飲酒，稱爲卯酒，白居易醉吟：「耳底齋鐘初過後，心頭卯酒未消時。」宋釋覺範長春花：「人間花亦有仙骨，卯酒發妝呼不醒。」此謂梳妝之時，淺酌杯酒，與下「紅臉杏花春」對應，形容臉頰微紅含春之態。

〔三〕齊紈扇：以齊地所産之絹製成的團扇。列子周穆王：「衣阿錫，曳齊紈。」張湛注：「齊，名紈所出也。」文選卷二七漢班婕妤怨歌行：「新裂齊紈素，皎潔如霜雪。裁爲合歡扇，團團似明月。」

〔四〕詳雅：安詳温雅。晉書卷四三王衍傳：「衍字夷甫，神情明秀，風姿詳雅。」

〔五〕風塵：風月場。五代前蜀王衍甘州曲：「柳眉桃臉不勝春。薄媚足精神。可惜淪落在風塵。」

其五

淡黄衫子鬱金裙〔一〕。長憶箇人人。文談閒雅，歌喉清麗，舉措好精神〔二〕。　當初爲倚深深寵，無箇事、愛嬌瞋。想得别來，舊家模樣，只是翠蛾顰。

【校記】

〔爲倚〕陳録「倚」一作「擬」。

〔嬌瞋〕毛本、吴本、勞鈔本「瞋」作「嗔」。

〔只是〕毛本、吴本、張校本、朱校引焦本「是」作「恁」。張校：「宋本『是』。」

【訂律】

詞律卷五：「後段次句用六字。」

【箋注】

〔一〕鬱金裙：金黄色的裙子。古時用鬱金根染裙。明李時珍本草綱目卷一四鬱金條集解：「恭曰：『鬱金生蜀地及西戎。苗似薑黄，花白質紅，末秋出莖心而無實。』……頌曰：『今廣南、江西州郡亦有之，然不及蜀中者佳。四月初生苗似薑，如蘇恭所説。』宗奭曰：『鬱金不香。今人將染婦人衣最鮮明，而不耐日炙，微有鬱金之氣。』時珍曰：『鬱金有二，鬱金香是用花，見本條；此是用根者。其苗如薑，其根大小如指頭，長者寸許，體圓有横紋如蟬腹狀，外黄内赤。人以浸水染色，亦微有香氣。』」唐杜牧送容州中丞赴鎮：「燒香翠羽帳，看舞鬱金裙。」前蜀李珣浣溪沙：「入夏偏宜淡薄粧。越羅衣褪鬱金黄。翠鈿檀注助容光。」

〔二〕舉措：見前鬬百花（滿搦宫腰纖細）同條注。

其六

鈴齋無訟宴遊頻〔一〕。羅綺簇簪紳〔二〕。施朱傅粉，豐肌清骨，容態盡天真。

舞裀歌扇花光裏〔三〕，翻回雪〔四〕、駐行雲。綺席闌珊，鳳燈明滅〔五〕，誰是意中人。

【校記】

〔簪紳〕毛本、吴本、林刊百家詞本「紳」作「纓」。張校引宋本「簪」作「紳」。

〔舞裀歌扇〕毛本、吴本、林刊百家詞本、朱校引焦本作「歌裀舞扇」。鄭校引宋本同底本，并云：「此鈔者倒置之誤。」張校：「原『舞』『歌』互易，依宋本改。」

【箋注】

〔一〕鈴齋：見前早梅芳（海霞紅）同條注。

〔二〕簪紳：指古代官員所服之簪纓綬帶。唐顏師古奉和正日臨朝：「肅肅皆鵷鷺，濟濟盛簪紳。」此代指長官。

〔三〕舞裀：舞毯，舞褥。參見前浪淘沙令（有箇人人）「華裀」條注。　歌扇：歌舞時用的扇子。北周庾信和趙王看伎：「綠珠歌扇薄，飛燕舞衣長。」唐戴叔倫暮春感懷：「歌扇多情明月在，舞衣無意彩雲收。」

〔四〕回雪：形容舞姿如雪飛舞迴旋。唐歐陽詢藝文類聚卷四三引漢張衡舞賦：「裾似飛鸞，袖如迴雪。」三國魏曹植洛神賦：「髣髴兮若輕雲之蔽月，飄颻兮若流風之迴雪。」唐楊炯幽蘭賦：「舞袖迴雪，歌聲遏雲。」

〔五〕鳳燈：即鳳腦燈，油燈的美稱。傳説周穆王用鳳凰腦作燈油。唐徐堅初學記卷二五：「拾遺記曰：『周穆王設長生之燈以自照，列璠龍膏之燭，徧於宫内。又有鳳腦之燈，冰荷以蓋其上。』」

【輯評】

清張德瀛詞徵卷三：「戈氏於入聲韻編分五部，覈諸唐宋諸家詞，獨見精審。惟以第六部之真、諄等韻，第十一部之庚、耕等韻，第十三部之侵韻，判而爲三，與宋人旨意多不相合。其辨學宋齋詞韻，謂所學皆宋人誤處，而力詆真、諄、臻、文、欣、魂、痕、庚、耕、清、青、蒸、登、侵十四部同用之非。今考宋詞用韻，如柳耆卿少年游，以頻、纓、真、雲、人通叶。……此等處宋人自有律度，展轉相通，强爲遷就，固屬不可。然概指爲誤，轉無以處宋人，吴氏所輯，亦非無所見也。」

【考證】

據詞中「鈴齋」、「簪紳」諸語推斷，此詞或爲參與某地郡守官宴之作，其詳則不可考矣。

其七

簾垂深院冷蕭蕭。花外漏聲遥〔一〕。青燈未滅，紅窗閒卧，魂夢去迢迢。　薄情漫有歸消息，鴛鴦被、半香消。試問伊家，阿誰心緒〔二〕，禁得恁無憀〔三〕。

【校記】

〔其七〕陳録、花草稡編調下注曰「相思」。

〔蕭蕭〕吴本、勞鈔本作「瀟瀟」。

〔禁得〕張校本「禁」作「縈」。

【箋注】

〔一〕花外漏聲遥：唐温庭筠更漏子：「柳絲長，春雨細。花外漏聲迢遞。」

〔二〕阿誰：疑問代詞。猶言誰，何人。樂府詩集卷二五梁鼓角横吹曲紫騮馬歌辭：「十五從軍征，八十始得歸。道逢鄉里人，家中有阿誰？」

〔三〕禁得：猶言禁得住，禁得起。

【輯評】

清沈雄古今詞話詞辨上卷：「少年游。古今詞譜曰：黄鐘宫曲，林君復、蘇東坡俱有之，亦不一體，其更變俱在换頭也。東坡詞换頭云：『捲簾對酒邀明月。』非對酒捲簾也，刻誤。落句云：『恰似姮娥憐雙燕，分明照、畫梁斜。』異矣。耆卿换頭云：『薄情慢有歸消息，鴛鴦被，半香消。』異矣。小山换頭云：『可憐人意，薄於雲水，佳會更難重。』則又異矣。餘則俱同。當以美成詞爲正。」

其八

一生贏得是淒涼〔一〕。追前事、暗心傷。好天良夜，深屏香被，争忍便相忘。

王孫動是經年去〔二〕，貪迷戀、有何長。萬種千般，把伊情分，顛倒儘猜量〔三〕。

【校記】

〔贏得是〕毛本、吳本無「是」字。張校「是」下注：「原脱，依宋本補。」

〔前事〕詞繫：「『前』字，一本作『往』。」

〔暗心傷〕張校本「暗」作「好」。

〔争忍〕勞鈔本、朱校引原本無「争」字。

〔相忘〕林刊百家詞本「相」作「想」。

〔經年去〕勞鈔本「去」作「志」。

〔何長〕詞繫「長」作「常」。

〔把伊〕詞繫：「一本……『把』字作『託』。」

〔猜量〕詞繫、詞律校勘記引宋本「猜」作「思」。

【訂律】

詞律卷五：「首句六字（今按：詞律所引柳詞正文首句無「是」字），前後第二句皆六字。」

詞譜卷八：「雙調五十二字，前段五句三平韻，後段五句兩平韻。」「此亦與晏詞同，惟前後段第二句各添一字，俱作六字句異。」

詞繫卷五：「樂章集屬林鐘商。」「前後段次句俱六字，與前異。汲古、詞律脱『是』字，『儘』字作『盡』。『前』字，一本作『往』，『把』字作『託』，據宋本訂正。」

鄭校：「此首獨變調，而字數相合。」

【箋注】

〔一〕「一生」句：唐韓偓五更：「光景旋消惆悵在，一生贏得是淒涼。」

〔二〕動是：動輒。宋王禹偁中秋月：「莫辭終夕看，動是隔年期。」

〔三〕猜量：猜測估量。

其九

日高花榭嬾梳頭。無語倚妝樓〔一〕。修眉斂黛〔二〕，遥山横翠〔三〕，相對結春愁。

王孫走馬長楸陌〔四〕，貪迷戀、少年遊。似恁疏狂，費人拘管〔五〕，争似不風流。

【校記】

〔其九〕陳録、花草粹編調下注曰「閨怨」。

〔遥山〕陳録「遥」一作「遠」。

〔長楸〕毛本、張校本「楸」作「秋」。

【訂律】

詞譜卷八：「雙調五十一字，前段五句三平韻，後段五句兩平韻。」「此與晏詞（今按謂晏殊同調「芙蓉花發去年枝」）同，惟後段第二句添一字，作六字異。樂章集四首皆然。歐陽修二詞，『追往事、又成空』，『忍拋棄、向秋光』，亦與此同。」

【箋注】

〔一〕倚妝樓：唐温庭筠望江南：「梳洗罷，獨倚望江樓。過盡千帆皆不是，斜暉脈脈水悠悠。腸斷白蘋洲。」

〔二〕斂黛：猶斂蛾。五代韋莊悔恨：「幾爲妬來頻斂黛，每思閒事不梳頭。」

〔三〕遥山横翠：唐劉禹錫望洞庭：「遥望洞庭山水翠，白銀盤裏一青螺。」宋張先碧牡丹：「怨入眉頭，斂黛峰横翠。」與柳詞此數句意甚近似。

〔四〕長楸：高大的楸樹，古代常種於道旁。屈原哀郢：「望長楸而太息兮，涕淫淫其若霰。」王逸注：「長楸，大梓。言己顧望楚都，見其大道長樹，悲而太息。」文選卷二七魏曹植名都篇：「鬭雞東郊道，走馬長楸間。」唐李商隱訪人不遇留别館：「卿卿不惜鎖窗春，去作長楸走馬身。」

〔五〕拘管：管束。此與定風波「拘束教吟課」意近似。

【輯評】

明卓人月編、徐士俊參評古今詞統卷六：「『不風流』，恐又耐他不過耳。」

其十

佳人巧笑值千金〔一〕。當日偶情深。幾回飲散，燈殘香暖，好事盡鴛衾。　如今萬水千山阻，魂杳杳、信沈沈。孤棹煙波，小樓風月，兩處一般心〔二〕。

【校記】

〔值千金〕勞鈔本「值」作「直」。

【箋注】

〔一〕巧笑值千金：見前金蕉葉（厭厭夜飲平陽第）「巧笑」條注及迷仙引（纔過笄年）「酬一笑」條注。

〔二〕一般：一樣，同樣。唐王建宮詞：「雲駮月驄各試行，一般毛色一般纓。」

長相思

畫鼓喧街〔一〕，蘭燈滿市〔二〕，皎月初照嚴城〔三〕。清都絳闕夜景〔四〕，風傳銀箭〔五〕，露霙金莖〔六〕。巷陌縱横。過平康款轡〔七〕，緩聽歌聲。鳳燭熒熒〔八〕。那人家、未掩香屏。向羅綺叢中，認得依稀舊日，雅態輕盈。嬌波艷冶，巧笑依然，有意相迎。牆頭馬上〔九〕，漫遲留、難寫深誠。又豈知、名宦拘檢〔一〇〕，年來減盡風情〔一一〕。

【校記】

〔長相思〕詞譜作「長相思慢」。勞鈔本、朱校引原本、陳録、花草粹編調下注曰「京妓」。

〔鳳燭熒熒〕勞鈔本、朱校引原本、繆校引宋本於此句後分片。

〔露霙〕毛本、吴本、林刊百家詞本、詞繫、張校本「霙」作「暖」。張校：「字疑誤，宋本作『霙』，亦可疑。」

〔那人家、未掩香屏〕張校：「宋本以此七字句屬後段。」

〔名宦〕繆校引天籟本作「宦名」。

【訂律】

長相思，唐教坊曲，曲名見教坊記。敦煌曲亦别有長相思三闋。柳永此闋爲慢詞，首見於樂章集。

詞譜卷三一：「樂章集注『商調』。」「雙調一百三字，前段十一句六平韻，後段十句四平韻。」

「此調以柳詞、秦詞（今按謂秦觀同調「鐵甕城高」）爲正體，若周詞（今按謂周邦彥同調「夜色澄明」）、袁詞（今按謂袁去華同調「葉舞殷紅」）之句讀小異，皆變格也。此詞與周詞大同小異，故可平可仄，悉參周詞。」

詞繫卷一〇：「本集屬林鐘商。」「此與長相思小令不同，當另列。」「宋本於『熒熒』句分段，非，宜從汲古。周邦彥一首與此同，只結尾一五、一四字異。後起詞律於『得』字斷句，誤。今照周邦彥詞讀。『暖』字，宋本作『⿱雨爰』，『寫』字，葉譜作『賦』，『名宦』二字作『宦名』。」

鄭批：「清真詞有『慢』字，句例與此悉合，但煞拍微異，疑有訛脱。」「此解入聲字律，唯第三句之『月』字，下闋第二句『得』字，清真并墨守之，餘悉有出入。」「宋本以『那人家』句爲過片，非是，清真詞可證。」「案汲古本清真詞煞句注云時刻『但連環不解』句下有『流水長東』四字，誤。今證以柳詞，字律正合，非衍誤也。汲古失考已甚。」「柳詞亦有是調，結句十三字與時刻字律正合。」

【箋注】

〔一〕畫鼓：飾有彩繪之鼓。白居易柘枝妓：「平鋪一合錦筵開，連擊三聲畫鼓催。」

〔二〕蘭燈：見前玉樓春（皇都今夕知何夕）同條注。

〔三〕嚴城：戒備森嚴的城池。此當指汴京。南朝梁何遜臨行公車：「禁門儼猶閉，嚴城方警夜。」宋張先清平樂：「畫堂新月朱扉。嚴城夜鼓聲遲。」

〔四〕清都：本指天帝所居之宮闕，後亦指帝王所居之京城。列子周穆王：「清都、紫微、鈞天、廣樂，帝之所居。」唐楊炯崇文館宴集詩序：「皇家以中樞北極，清都有天子之宮。」　絳闕：指宮殿前的朱色門闕，代指宮殿。　唐獨孤及送陳兼應辟：「相逢絳闕下，應道軒車遲。」

〔五〕銀箭：謂銀飾的標記時刻以計時的漏箭。　南朝陳江總雜曲：「鯨燈落花殊未盡，虯水銀箭莫相催。」

〔六〕露霙金莖：霙爲雲氣濃盛或香煙繚繞貌，此借指露氣繚繞。　金莖，見前醉蓬萊（漸亭皋葉下）同條注。

〔七〕平康：見前鳳歸雲（戀帝里）同條注。

〔八〕熒熒：光閃爍貌。　玉臺新詠卷九秦嘉贈婦詩：「飄飄帷帳，熒熒華燭。」亦可指光豔貌。　史記卷四三趙世家：「美人熒熒兮，顔若苕之榮。」

〔九〕牆頭馬上：見前少年遊（層波瀲灩遠山橫）同條注。

〔一〇〕拘檢：拘束，束縛。　唐韋應物南園陪王卿遊矚：「形迹雖拘檢，世事澹無心。」

〔一一〕年來：近來。　王鍈詩詞曲語辭例釋：「年來，等於説近來，指距眼前不遠的一段時間，不是『近年以來』的省略，時間名詞。　戴叔倫和汴州李相公勉人日喜春詩：『年來日日春光好，今日春光好更新。』『年來』與『今日』對舉，顯然不是指近年。」

尾犯

晴煙冪冪〔一〕。漸東郊芳草，染成輕碧。野塘風暖，遊魚動觸，冰澌微坼〔二〕。幾行斷雁，旋次第、歸霜磧〔三〕。詠新詩，手撚江梅，故人贈我春色〔四〕。似此光陰催逼。念浮生、不滿百〔五〕。雖照人軒冕〔六〕，潤屋珠金〔七〕，於身何益。一種勞心力〔八〕。圖利禄，殆非長策〔九〕。除是恁、點檢笙歌〔一〇〕，訪尋羅綺消得〔一一〕。

【校記】

〔尾犯〕林刊百家詞本、勞校引陸校、陳録調下注：「亦名碧芙蓉。」詞繫調下注：「一名碧芙蓉。」

〔羃羃〕毛本、林刊百家詞本作「幕幕」。

〔微坼〕勞鈔本「坼」作「拆」。

〔珠金〕毛本、吴本、林刊百家詞本作「金珠」。

〔勞心〕毛本「勞」作「芳」。張校：「原訛『芳』，依宋本改。」

【訂律】

詞律卷一四：「首句四字起韻，刻本誤『羃』作『幕』，便不是韻矣。『勞』字刻『芳』，亦誤。或謂『野塘』句應於『動』字分斷，則下句五字，便合前調『想丹青』句法。余謂此本兩體，不可强同，及讀後晁詞『深溪池底』句，益信余言非妄。又或謂此十二字，宜作兩六字讀，未審然否？」

詞譜卷二三：「雙調九十八字，前段十句五仄韻，後段十句六仄韻。」「此調九十八字者，以此詞爲正體，若晁詞（今按，謂晁補之同調「廬山小隱」）之添一字，無名氏詞（今按，謂無名氏同調「輕風淅淅」）之添二字，皆變體也。此詞可平可仄，即參下晁詞及無名氏詞。」

詞繫卷七：「本集屬林鐘商。」「通首另一體格，與前迥異，『羃羃』二字，汲古作『幕』，失叶，『勞』字作『芳』，皆誤，今從宋本。」

夏批：「（「點檢笙歌，訪尋羅綺」）八字對。」

【箋注】

〔一〕羃羃：密布貌。唐喻鳧春雨如膏：「羃羃斂輕塵，濛濛濕野春。」唐盧照鄰悲窮通：「離離碣石之鴻，羃羃江潭之草。」

〔二〕冰澌微坼：冰澌，江河解凍時流動的冰。坼，裂開。

〔三〕霜磧：北方磧鹵之地。磧，沙漠。此指雁歸之北方。唐劉滄八月十五日夜玩月：「此夜空亭聞木落，蒹葭霜磧雁初過。」

〔四〕贈我春色：太平御覽卷一九：「荆州記曰：『陸凱與范曄爲友，在江南寄梅花一枝詣長安，與曄，并贈詩云：「折梅逢驛使，寄與隴頭人。江南無所有，聊贈一枝春。」』」

〔五〕「浮生」二句：古詩十九首：「生年不滿百，常懷千歲憂。」浮生，莊子刻意：「其生若浮，其死若休。」

〔六〕軒冕：軒車和冕服。都是古代卿大夫的車服。東晉陶潛感士不遇賦：「既軒冕之非榮，豈緼袍之爲耻。」唐李白贈孟浩然：「紅顔棄軒冕，白首卧松雲。」
〔七〕潤屋：使居室華麗生輝。禮記大學：「富潤屋，德潤身。」
〔八〕一種：一樣，同樣。唐元稹酬樂天得微之詩知通州事因成四首：「定覺身將囚一種，未知生共死何如。」
〔九〕長策：猶良計。史記卷一〇六吳王濞列傳：「而爲畔逆，以憂太后，非長策也。」
〔一〇〕點檢：清點，查檢。此有品評、鑑賞之意。白居易問江南物：「引手摩挲青石笋，迴頭點檢白蓮花。」宋晏殊木蘭花：「當時共我賞花人，點檢如今無一半。」
〔一一〕消得：值得。參見前玉女摇仙佩（飛瓊伴侣）「未消得」條注。

木蘭花

心娘自小能歌舞〔一〕。舉意動容皆濟楚〔二〕。解教天上念奴羞〔三〕，不怕掌中飛燕妒〔四〕。　玲瓏繡扇花藏語〔五〕。宛轉香茵雲襯步。王孫若擬贈千金〔六〕，只在畫樓東畔住。

【校記】

〔木蘭花〕吳本、毛本、張校本作玉樓春，後二闋同。勞鈔本「蘭」作「欄」。鄭校：「宋本作『木欄花』。」

【箋注】

〔一〕心娘：當爲歌妓名。

〔二〕舉意：涉想，動念。杜甫鳳凰臺：「坐看綵翮長，舉意八極周。」　動容：舉止儀容。孟子盡心下：「動容周旋中禮者，盛德之至也。」　濟楚：美好。宋元俗語。如宋張元幹青玉案：「月華冷沁花梢露。芳意戀，香肌住。心字龍涎饒濟楚。」宋張孝祥醜奴兒：「十分濟楚邦之媛，此日追遊。雨霽雲收。夢入瀟湘不那愁。」意皆同。

〔三〕解教：猶言「可使」、「能令」。宋楊傑同浩然正叔賦夏英公宅延春亭得登字：「暖律解教寒谷變，熙臺還許衆人登。」　念奴：唐天寶年間歌妓，以善歌著名。唐元稹連昌宫詞：「力士傳呼覓念奴，念奴潛伴諸郎宿。須臾覓得又連催，特敕街中許然燭。春嬌滿眼睡紅綃，掠削雲鬢旋裝束。飛上九天歌一聲，二十五郎吹管逐……」注云：「念奴，天寶中名倡，善歌。每歲樓下酺宴，累日之後，萬衆喧隘。嚴安之、韋黄裳輩，闢易不能禁，衆樂爲之罷奏。玄宗遣高力士大呼於樓上曰：『欲遣念奴唱歌，邠二十五郎吹小管逐，看人能聽否？』未嘗不悄然奉詔。其爲當時所重也如此！然而玄宗不欲奪俠游之盛，未嘗置在宫禁。或歲幸湯泉，時巡東洛，有司潛遣從行而已。」

〔四〕掌中飛燕：見前浪淘沙令（有箇人人）「飛燕」條注。

〔五〕玲瓏：玉聲。文選卷一班固東都賦：「鳳蓋棽麗，龢鑾玲瓏。」李善注：「埤蒼曰：『玲瓏，玉聲也。』」此形容歌聲。

〔六〕贈千金：參見前迷仙引（纔過笄年）「酬一笑」條注。

其二

佳娘捧板花鈿簇〔一〕。唱出新聲群艷伏。金鵝扇掩調纍纍〔二〕，文杏梁高塵簌簌〔三〕。　鸞吟鳳嘯清相續〔四〕。管裂絃焦争可逐〔五〕。何當夜召入連昌〔六〕，飛上九天歌一曲。

【校記】

〔群艷伏〕毛本、吴本、張校本、林刊百家詞本、朱校引焦本「伏」作「服」。勞批：「白樂天琵琶行『善才服』，宋本作『伏』字，寫本作『服』，非也。」張校：「宋本『伏』。」

〔簌簌〕毛本、吴本、勞鈔本、張校本作「蔌蔌」。

〔管裂〕毛本、吴本「裂」作「烈」。張校：「原訛『烈』，依宋本改。」

【箋注】

〔一〕佳娘：當爲歌妓名。　板：拍板。參見前柳腰輕（英英妙舞腰肢軟）「檀板」條注。　花鈿：用金翠珠宝製成的花形首飾。白居易長恨歌：「花鈿委地無人收，翠翹金雀玉搔頭。」

〔二〕金鵝扇：唐李賀洛姝真珠：「金鵝屏風蜀山夢，鸞裾鳳帶行煙重。」五代韋莊觀浙西府相畋游：「紫袍日照金鵝鬥，紅旆風吹畫虎獰。」蓋指金色鵝形飾品。此金鵝扇當指鵝羽所製之扇。　纍纍：聯貫成串貌。禮記樂記：「纍纍乎端如貫珠。」

〔三〕文杏梁：司馬相如長門賦：「刻木蘭以爲榱兮，飾文杏以爲梁。」李善注：「木蘭，似桂，木名。文杏，亦木名。」　簌簌：墜落貌。唐元稹連昌宫詞：「又有牆頭千葉桃，風動落花紅簌簌。」此用「聲動梁塵」之典，參見前鳳棲梧（簾下清歌簾外宴）「梁塵」條注。

〔四〕鸞吟鳳嘯：本喻樂聲，此形容歌聲。唐張仲素夜聞洛濱吹笙：「鳳管聽何遠，鸞聲若在群。」唐李紳悲善才：「花翻鳳嘯天上來，裴回滿殿飛春雪。」

〔五〕管裂：白居易小童薛陽陶吹觱栗歌：「翕然聲作疑管裂，詘然聲盡疑刀截。」

〔六〕何當：張相詩詞曲語辭匯釋：「何當，猶云合當也；何合聲近，故以何當爲合當。……柳永木蘭花詞：『鸞吟鳳嘯清相續，管裂絃焦争可逐。何當夜召入連昌，飛上九天歌一曲。』言合當如念奴之夜召入連昌宫歌一曲也。」　連昌：連昌宫，唐高宗顯慶三年所建，故址在今河南宜陽。此用念奴故事。見前闋木蘭花（心娘自小能歌舞）「念奴」條注。

其三

蟲娘舉措皆温潤〔一〕。每到婆娑偏恃俊〔二〕。香檀敲緩玉纖遲〔三〕，畫鼓聲催蓮步緊〔四〕。　貪爲顧盼誇風韻〔五〕。往往曲終情未盡。坐中年少暗消魂，争問青鸞家遠近〔六〕。

【校記】

〔蟲娘〕勞鈔本、朱校引原本、繆校引宋本、鄭校引宋本、張校引宋本「蟲」作「重」。

〔温潤〕毛本、吴本、林刊百家詞本、朱校引焦本「温」作「淹」。張校：「原訛『淹』，依宋本改。」

〔聲催〕毛本、吴本、朱校引焦本「催」作「喧」。張校：「原訛『喧』，今依宋本。」

【箋注】

〔一〕蟲娘：當爲歌妓名，即蟲蟲。娘爲年輕女子之通稱。宋黄庭堅步蟾宫：「蟲兒真箇忒靈利。惱亂得、道人眼起。」亦稱妓爲「蟲兒」。　舉措：見前鬬百花（滿搦宫腰纖細）同條注。

〔二〕婆娑：舞貌。詩陳風東門之枌：「子仲之子，婆娑其下。」毛傳：「婆娑，舞也。」唐段安節樂府雜録：「舞者，樂之容也。有大垂手、小垂手，或如驚鴻，或如飛燕。婆娑舞態也，蔓延舞綴也，古之能者不可勝記。」

〔三〕香檀：謂檀板。見前柳腰輕（英英妙舞腰肢軟）「檀板」條注。　玉纖：纖纖之玉指，喻美人之手。唐張泌浣溪沙：「閒折海棠看又撚，玉纖無力惹餘香。此情誰會倚斜陽。」五代歐陽炯花間集序：「舉纖纖之玉指，拍按香檀。」

〔四〕蓮步：見前柳腰輕（英英妙舞腰肢軟）同條注。

〔五〕顧盼：眷顧，愛慕。李白感時留別從兄徐王延年從弟延陵：「君王一顧盼，選色獻蛾眉。」

〔六〕青鸞：即青鳥。參見前法曲第二（青翼傳情）「青翼」條注。此指可傳信通好之侍女等。　家遠近：參見前鳳歸雲（戀帝里）「平康」條注引新編醉翁談録。

其四

酥娘一搦腰肢裊〔一〕。回雪縈塵皆盡妙〔二〕。幾多狎客看無厭〔三〕，一輩舞童功不到〔四〕。　星眸顧拍精神峭〔五〕。羅袖迎風身段小。而今長大嬾婆娑，只要千金酬一笑〔六〕。

【校記】

〔腰肢裊〕吴本「裊」作「褭」。今按：二字古同。

〔功不到〕張校本「功」作「歌」。

〔顧拍〕勞鈔本、朱校引原本、繆校引宋本、張校引宋本「拍」作「指」。鄭校：「『拍』，宋本作『指』。訛。」

〔迎風〕勞鈔本、張校引宋本「迎」作「隨」。

【箋注】

〔一〕酥娘：當爲歌妓名。

〔二〕回雪：見前少年遊（鈴齋無訟宴遊頻）同條注。　縈塵：舞名。東晉王嘉拾遺記卷四：「燕昭王即位二年，廣延國來獻善舞者二人……其舞一名縈塵，言其體輕與塵相亂。」

〔三〕狎客：唐韓偓六言：「春樓處子傾城，金陵狎客多情。」宋孟元老東京夢華録卷七：「妓女舊日多乘驢，宣政間惟乘馬，披涼衫，將蓋頭背繫冠子上。少年狎客，往往隨後。」

〔四〕一輩：同輩。如宋馮山和八舍弟贊賢司理再和二首其二：「兒童一輩年將晚，研席平生分不輕。」又宋陳傅良同游張園：「一輩衣冠方事事，故園松竹已陰陰。」皆同輩之義。　舞童：唐祖詠宴吴王宅：「連夜徵詞客，當春試舞童。」又宋代有小兒隊舞，宋史卷一四二樂志：「隊舞之制，其名各十。小兒隊凡七十二人。」

〔五〕星眸：謂明亮的目光或明媚的眼神。太平廣記卷一九四崑崙奴載崔生詩：「誤到蓬山頂上游，明璫玉女動星眸。」

〔六〕千金酬一笑：參見前迷仙引（纔過笄年）「酬一笑」條注。

駐馬聽

鳳枕鸞帷。二三載，如魚似水相知。良天好景，深憐多愛，無非盡意依隨〔一〕。奈何伊。恣性靈、忒煞些兒〔二〕。無事孜煎〔三〕，萬回千度，怎忍分離。　而今漸行漸遠，漸覺雖悔難追。漫寄消寄息，終久奚爲〔四〕。也擬重論繾綣〔五〕，争奈翻復思維〔六〕。縱再會，只恐恩情，難似當時。

【校記】

〔駐馬聽〕林刊百家詞本、勞鈔本引陸校、陳録調下并注：「亦名應天長。」

〔恣性靈〕林刊百家詞本「恣」作「姿」。

〔鸞帷〕毛本、張校本、林刊百家詞本、詞繫、朱校引焦本「鸞」作「鴛」。

〔忒煞〕毛本、吴本、林刊百家詞本作「撻嗽」。勞鈔本、詞繫、張校本作「忒嗽」。繆校引宋本、鄭校引宋本作「忒殺」。張校「忒」下注：「原誤『撻』，依宋本改。」

〔怎忍〕毛本、吳本、張校本、林刊百家詞本、朱校引焦本「忍」作「免」。張校：「宋本『忍』。」

〔漸行〕毛本、吳本、張校本、林刊百家詞本「行」作「疏」。張校：「宋本『行』，稡編同。」

〔漸覺雖悔〕花草稡編無「漸覺」二字。鄭校：「『雖』字爲『難』字誤，與上句爲對（伯弢説）。」

〔漫寄消寄息〕毛本、吳本、林刊百家詞本、朱校引焦本作「漫恁寄消息」。勞鈔本作「漫恁寄消寄息」。花草稡編作「謾□□恁寄消寄息」。詞繫、張校本作「謾恁寄消傳息」。張校「傳」下注：「原脱，依宋本補。」繆校引宋本、鄭校引宋本作「漫寄消傳息」。

〔翻復〕勞鈔本、詞繫「復」作「覆」。

〔只恐恩情〕毛本、吳本、林刊百家詞本無「只」字。繆校：「宋本上有『衹』字。」鄭校：「宋本『恐』上有『衹』字。」張校「只」下注：「原脱，依宋本補。」

【訂律】

駐馬聽，首見於樂章集。宋詞中僅存柳永此闋。沈瀛及無名氏所作，與此不同，蓋同名異調。

詞律卷一三：「只此一首，無可查對，然亦無訛。」

詞譜卷二三：「樂章集注『林鐘商』。」「雙調九十四字，前段十句六平韻，後段九句四平韻。」「此調惟見樂章集一詞，其平仄當遵之。」

詞繫卷一〇：「本集屬林鐘商，九宮大成入南詞中呂宮集曲，與本宮引四十三字者不同。愚按：林鐘商即俗名爲歇指調。『忒』字，汲古、詞律作『撻』，『忍』字作『免』，『行』字作『疏』，又缺

『傳』字、『祇』字，均誤，今據宋本訂正。『鴛』字，宋本作『鸞』。」

【箋注】

〔一〕盡意：猶盡情。唐元稹遣春：「逢酒判身病，拈花盡意憐。」

〔二〕忒煞：亦作忒殺。太甚，過分。宋元俗語。如朱子語類卷二三：「陳少南要廢魯頌，忒煞輕率。」元陶宗儀南村輟耕録卷二八：「興廢從來固有之，爾家忒煞欠扶持。」皆此例。　些兒：少許，一點兒。

〔三〕孜煎：見前法曲獻仙音（追想秦樓心事）同條注。

〔四〕終久奚爲：猶言終究爲何。唐方干山中：「松月水煙千古在，未知終久屬誰家。」白居易和大觜烏詩：「慈烏爾奚爲，來往何憧憧。曉去先晨鼓，暮歸後昏鐘。」

〔五〕繾綣：見前鵲橋仙（届征途）同條注。

〔六〕思維：亦作「思惟」。考慮，思量。漢書卷五九張湯傳：「使專精神，憂念天下，思惟得失。」

訴衷情

一聲畫角日西曛〔一〕。催促掩朱門。不堪更倚危闌，腸斷已消魂。　年漸晚，雁空頻。問無因。思心欲碎，愁淚難收，又是黃昏。

【校記】

〔訴衷情〕勞鈔本卷中録此詞，校語云：「刊入續添曲子集。」卷下續添曲子復録此詞，校語云：「此闋宋本編入中卷，此校云：『此首入前。』似陸校語。斧季亦不標志各鈔本有無。今仍從刊本録入。」林刊百家詞本入續添曲子。花草稡編調下注曰「日暮」。

〔危闌〕毛本、吴本作「木闌」，張校：「原誤『木』，依宋本改。」勞鈔本、陳録作「危欄」，繆校引梅本作「朱闌」。鄭校：「梅本作『朱闌』，是。此訛脱。」

【箋注】

〔一〕畫角：古管樂器。傳自西羌。形如竹筒，本細末大，以竹木或皮革等製成，外有彩繪，故名畫角。發聲哀厲高亢，古時軍中多用以警昏曉，振士氣，肅軍容。帝王出巡，亦用以報警戒嚴。南朝梁簡文帝折楊柳：「城高短簫發，林空畫角悲。」唐陳子昂和陸明府贈將軍重出塞：「晚風吹畫角，春色耀飛旌。」柳詞中「畫角」凡四見，另有竹馬子（登孤壘荒涼）「南樓畫角」、迷神引（一葉扁舟輕帆卷）「孤城暮角」、白苧（繡簾垂）「燕然畫角」三處，或多與駐軍之所有關。

日西曛：日西垂而昏黄，指天色已晚。楚辭九章思美人：「指嶓冢之西隈兮，與纁黄以爲期。」王逸注：「纁黄，蓋黄昏時也。纁，一作曛。」唐李商隱代元城吴令暗爲答：「背闕歸藩路欲分，水邊風日半西曛。」

中呂調

戚氏

晚秋天。一霎微雨灑庭軒〔一〕。檻菊蕭疏〔二〕，井梧零亂惹殘煙〔三〕。淒然。望江關。飛雲黯淡夕陽間。當時宋玉悲感〔四〕，向此臨水與登山。遠道迢遞，行人淒楚，倦聽隴水潺湲〔五〕。正蟬吟敗葉，蛩響衰草〔六〕，相應喧喧。孤館度日如年。風露漸變，悄悄至更闌。長天淨，絳河清淺〔七〕，皓月嬋娟。思緜緜。夜永對景，那堪屈指，暗想從前。未名未祿，綺陌紅樓，往往經歲遷延〔八〕。帝里風光好，當年少日，暮宴朝歡。況有狂朋怪侶〔九〕，遇當歌、對酒競留連。別來迅景如梭〔一〇〕，舊遊似夢，煙水程何限。念利名、憔悴長縈絆〔一一〕。追往事、空慘愁顏。漏箭移〔一二〕，稍覺輕寒。漸嗚咽、畫角數聲殘。對閑窗畔，停燈向曉〔一三〕，抱影無眠〔一四〕。

【校記】

〔蕭疏〕曹校引顧本「蕭」作「瀟」。

〔井梧〕曹校引顧本「梧」作「桐」。

〔江關〕毛本、吴本、張校本、詞繫、朱校引焦本、林刊百家詞本「江」作「鄉」。

〔喧喧〕吴本、詞繫、朱校引焦本作「聲喧」。

〔蟬吟〕陳録「吟」一作「鳴」。

〔至更闌〕張校本「至」作「五」。

〔天淨〕毛本、吴本、林刊百家詞本「淨」作「静」。

〔皓月〕林刊百家詞本「月」作「日」。

〔思緜緜〕林刊百家詞本分兩片，此句後分片。

〔往往經歲〕毛本作「往經歲」。

〔競留連〕勞鈔本、曹校引顧本「競」作「竟」。鄭校：「坡詞於『留連』句下多一均，作七字。」

〔似夢〕毛本「夢」後多「一」「裏」字。

〔煙水程何限〕毛本無「煙」字。

〔縈絆〕張校本作「牽絆」。

〔漸嗚咽〕毛本、吴本、張校本、詞繫「漸」作「聽」。張校：「宋本『漸』。」

〔停燈〕曹校引顧本「燈」作「針」。

【訂律】

戚氏，首見於樂章集。宋詞中僅存柳永此闋及蘇軾作。金丘處機詞改名夢游仙。

詞律卷二〇：「譜圖於『然』字不注叶，失一韻矣。『遠道迢遞』，譜云可平平平平；『蛩響衰草』，譜云可仄平仄仄；『風露漸變』，譜云可仄平平仄，誤，觀後坡詞可知。」

詞譜卷三九：「柳永樂章集注『中吕調』。丘處機詞名夢遊仙。」「三段二百十二字，前段十五句九平韻，中段十二句六平韻，後段十六句六平韻、兩叶韻。」「此調宋人作者甚少，可平可仄俱參後蘇（今按謂蘇軾同調「玉龜山」）、丘（今按謂丘處機夢遊仙）二詞。後段兩仄韻，亦用三聲叶。」

詞繫卷七：「本集屬中吕宫，九宫大成入南詞大石調引，又入北詞中吕調雙曲。歷代詩餘：『本曲名爲詞調。』丘處機詞有『夢遊仙』句，亦名夢遊仙。此調柳、蘇兩首，平仄大略相同。其不同者一二，照注如右，勿徇圖譜之誤。『年少』、『閑窗』皆中二字相連。『聲喧』二字，汲古作『喧喧』，今從詞譜。『鄉關』二字，詞律作『江關』；『淨』字，汲古作『靜』，『煙』字作『裡』；『鳴』字，葉譜作『吟』，『怪』字作『快』，『向』字作『待』，今從宋本。『一』、『霎』、『聽』、『咽』字作平。『黯』、『此』、『遠』、『隴』、『夜』、『往』、『别』可平。『淒』、『清』可仄。」

曹校：「元延祐雲間本東坡樂府分兩段，與此分三段異。而工調悉合，惟『别來迅影如梭，舊遊似夢裏，水程何限』三句，凡十五字，無一叶韻者。蘇詞則作『雲璈韻響寫寒泉。浩歌暢飲，斜月低河漢。漸漸。』視此多兩字，又叶兩韻，疑樂章集訛敓。」

夏批：「『亂』、『館』、『變』、『淺』、『畔』，俱是仄叶，紅友泥於蘇詞未叶，以定此詞，非是。」又云：「紅友於『堪』字斷句，而注爲叶。則『悲感』之『感』，豈非與『堪』字同在一部，而亦可注爲叶耶？總由泥於蘇詞之故，而忘其文理未安也。『限』、『絆』，因蘇詞是叶仄，紅友乃敢注爲仄叶。」

鄭批：「東坡亦有是曲。」「此調至長，中多夾叶，并有側聲借叶例。」「第一段『亂』、『淡』、『感』，第二段『館』、『變』，第三段『限』、『絆』、『畔』。用仄聲叶例。」

【箋注】

〔一〕一霎：謂時間極短，頃刻之間。唐孟郊春後雨：「昨夜一霎雨，天意蘇群物。」　庭軒：庭院中的小室。宋張先青門引：「庭軒寂寞近清明，殘花中酒，又是去年病。」

〔二〕檻菊：宋晏殊蝶戀花：「檻菊愁煙蘭泣露。羅幕輕寒，燕子雙飛去。」

〔三〕井梧：杜甫宿府：「清秋幕府井梧寒，獨宿江城蠟炬殘。……風塵荏苒音書絶，關塞蕭條行路難。」

〔四〕宋玉悲感：見前雪梅香（景蕭索）「宋玉」條注。

〔五〕隴水：河流名。源出隴山。北魏酈道元水經注：「渭水又東與新陽崖水合，即隴水也。東北出隴山，其水西流。」唐李吉甫元和郡縣志卷三九：「小隴山，一名隴坻，又名分水嶺。……隴阪九迴，不知高幾里。每山東人西役，升此瞻望，莫不悲思。隴山有水，東西分流，因號驛爲分水驛。行人歌曰：『隴頭流水，鳴聲幽咽。遥見秦川，肝腸斷絶。』」李白秋浦歌：「青溪非隴水，翻作斷腸流。」

〔六〕蛩響：猶蛩聲。唐王維早秋山中作：「草間蛩響臨秋急，山裏蟬聲薄暮悲。」

〔七〕絳河清淺：指銀河。唐徐堅初學記卷一：「天河謂之天漢。」注：「亦曰雲漢、星漢、河漢、清漢、銀漢、天津、漢津、淺河、銀河、絳河。」古代觀天象者以北極爲基準，天河在北極之南，南方屬火，尚赤，因借南方之色稱之曰「絳河」。

〔八〕遷延：徘徊，徜徉，流連。淮南子卷九主術訓：「明堂之制，有蓋而無四方，風雨不能襲，寒暑不能傷，遷延而入之，養民以公。」高誘注：「遷延，猶徜徉也。」司馬相如美人賦：「有女獨處，婉然在牀，奇葩逸麗，淑質艷光，覩臣遷延，微笑而言。」

〔九〕狂朋怪侣：謂狂放古怪、恣肆奇特的朋友。如宋韓淲二十二日：「狂朋怪侣難收拾，騃女疾兒易長成。」

〔一〇〕迅景：指易逝之光陰。樂府詩集卷三四謝惠連豫章行：「促生靡緩期，迅景無遲蹤。」迅景如梭，猶言日月如梭，形容時間過得很快。

〔一一〕憔悴：憂戚，煩惱。楚辭九歎惜賢：「倚巖石以流涕兮，憂憔悴而無樂。」王逸注：「中心憔悴，無歡樂之時也。」　縈絆：牽纏，牽掛。唐高駢平流園席上：「却緣龍節爲縈絆，好是狂時不得狂。」

〔一二〕漏箭：古代計時器漏壺上的部件，上刻時辰度數，隨水浮沉移動以計時。白居易聞楊十二新拜省郎遥以詩賀：「曉日雞人傳漏箭，春風侍女護朝衣。」

〔一三〕停燈：放燈，點燈。白居易衰病：「行多朝散藥，睡少夜停燈。」唐王建惜歡：「歲去停燈守，花開把火看。」

〔一四〕抱影：亦作抱景，謂守著影子，形容孤獨。文選卷三〇南朝宋王微雜詩：「朱火獨照人，抱景自愁怨。」

【輯評】

宋王灼碧雞漫志卷二：「前輩云：『離騷寂寞千年後，戚氏淒涼一曲終。』戚氏，柳所作也。柳何敢知世間有離騷？惟賀方回、周美成時時得之。」

清陳廷焯雲韶集：「『紅樓』二語，穠艷中寓以蒼茫之氣，情景兼到，宜爲東坡歎服。」

清蔡嵩雲柯亭詞論：「戚氏爲屯田創調，『晚秋天』一首，寫客館秋懷，本無甚出奇，然用筆極有層次。初學慢詞，細玩此章，可悟謀篇布局之法。第一遍，就庭軒所見，寫到征夫前路。第二遍，就流連夜景，寫到追懷昔遊。第三遍，接寫昔遊經歷，仍落到天涯孤客，竟夜無眠情況，章法一絲不亂。惟第二遍自『夜永對景』至『往往經歲遷延』，第三遍自『別來迅景如梭』至『追往事空慘愁顏』，均是數句一氣貫注。屯田詞，最長於行氣，此等處甚難學。後人遇此等處，多用死句填實，縱令琢句工穩，其如憊憊無生氣何。」

梁啓勳曼殊室詞話卷三：「古者鄉舉里選，鄉與里，乃平民之所居，如『放歸田里』，可以爲證。然而柳耆卿之『帝里風光好』，『杳杳神京路』，同是指京都而言。莊嚴鄭重，則曰『神京』、『皇都』；親切有味，則曰『帝鄉』、『帝里』。鄉里固不必專隸於平民。此乃本國人運用本國之文化，無施不可，借用則不逮矣。」

冒廣生疚齋詞論卷中：「歷代詩餘謂：『戚氏本曲名。』今南北曲俱無。僅據樂章集，知其隸中吕調而已。詞律以『往往經歲遷延』分段，作第二遍，蓋沿坊刻樂章集之誤。詞律拾遺補注云：『帝里風光好』三句，與第一段『正蟬鳴』三句字數相同。且所言即是經歲遷延時所爲之事，正可屬之第二段下。『況有狂朋怪侶』句乃是於『暮宴朝歡』外推開説，尤似换頭語也。其説甚是，從之。并爲分别暗韻、增韻、增字、增疊，讀者可一醒心目矣。」「第一遍：『望江關』至『與登山』，疊上『晚秋天』至『惹殘煙』四句，增『淒然』二字。『天』字、『然』字、『關』字并暗韻。『倦聽』二字、『正』字并增。第二遍：『孤館』至『思綿綿』，當是第一遍起四句。惟與第三遍皆不加疊（「孤館」句是過變，不必去增字）。『年』字、『變』字、『淺』字、『娟』字并暗韻。『悄悄』二字、『長天静』三字、『往往』二字、『好』字并增。『帝里』至『朝歡』，疊『未名』至『遷延』三句。遍首不疊，而與第三首皆疊遍尾，以求匀襯。此詞家變化不測處，吾於樂章、清真兩集，時時遇之。第三遍：起句不叶，以『天』字、『年』字非官韻也。『遇』字、『别來』二字、『煙水』二字，增。『限』字仄叶，是官韻。『利名』四句，并破四、四、四作六、六。增『念』字、『長』字、『追』字、『箭』字、『聽』字、『數』字及中間『絆』字、『寒』字并暗韻。大抵無論何詞，分正、襯，解攤、破，則萬法歸一。不能分正、襯，解攤、破，則蒙頭蓋面，永永不識太行山，而慢詞爲尤甚也。」

輪臺子

一枕清宵好夢，可惜被、鄰雞喚覺〔一〕。忽忽策馬登途，滿目淡煙衰草。前驅風觸鳴珂〔二〕，過霜林、漸覺驚棲鳥。冒征塵遠況，自古淒涼長安道〔三〕。行行又歷孤村〔四〕，楚天闊、望中未曉。念勞生，惜芳年壯歲，離多歡少。歎斷梗難停〔五〕，暮雲漸杳〔六〕。但黯黯魂消，寸腸憑誰表。恁驅驅〔七〕、何時是了。又争似、却返瑶京，重買千金笑。

【校記】

〔自古淒涼長安道〕毛本、吴本、林刊百家詞本、詞繫、朱校引焦本於此句後分片。鄭校：「宋本以『念勞生』爲下段起句。」張校引宋本以「念勞生」分段。

〔前驅風觸〕曹校引梅本「驅」上有「馳」字。

〔魂消〕吴本、勞鈔本「消」作「銷」。毛本、詞繫、張校本作「銷魂」，朱校引焦本作「消魂」。張校「銷魂」下注：「二字宋本倒。」

〔驅驅〕繆校引天籟軒本、鄭校引天籟軒本、曹校引梅本作「馳驅」，陳録作「區區」。詞律：「『驅驅』恐是『驅馳』。」詞律校勘記：「按歷代詩餘「驅驅」作「驅馳」，與萬氏説合，應遵改。」

【訂律】

輪臺子，首見於樂章集。任二北唐聲詩謂唐有大曲輪臺。柳永另有中吕調輪臺子一闋。宋詞中僅存柳永此二闋。

詞律卷一九：「只此一首，平仄宜遵，亦熨帖可從。」

詞譜卷三六：「柳永樂章集注『中吕調』。」「雙調一百十四字，前段八句四仄韻，後段十一句六仄韻。」「此詞見樂章集，宋人無填此體者，其平仄無可參校。」

詞繫卷七：「本集屬中吕調，九宫大成名古輪臺，入南詞中吕宫正曲。」「輪臺，西域地名，詞調取此。」「他無作者，平仄不可移易。『唤』、『未』、『漸』、『是』四字仄聲，勿誤。『馳驅』二字，汲古、詞律作『驅驅』，誤。」

【箋注】

〔一〕鄰雞：杜甫曉發公安：「北城擊柝復欲罷，東方明星亦不遲。鄰雞野哭如昨日，物色生態能幾時。」唐温庭筠商山早行：「晨起動征鐸，客行悲故鄉，雞聲茅店月，人迹板橋霜。」

〔二〕鳴珂：珂爲玉石，相擊有聲，常作馬勒上的飾物，行則作響。南朝梁何遜車中見新林分別甚盛：「隔林望行幰，下阪聽鳴珂。」

〔三〕長安道：參見前少年遊（長安古道馬遲遲）「長安古道」條注。

〔四〕行行：謂不停地前行。古詩十九首行行重行行：「行行重行行，與君生别離。」

〔五〕斷梗：折斷的葦梗，喻漂泊不定。唐羅隱歸夢：「日晚向隅悲斷梗，夜闌澆酒哭知音。」

〔六〕暮雲：見前兩同心（竚立東風）「暮雲凝碧」條注。

〔七〕驅驅：奔走，匆忙之義。五代南唐伍喬林居喜崔三博遠至：「幾日區區在遠程，晚煙林徑喜相迎。」此處「區區」即驅驅。

【輯評】

宋胡仔苕溪漁隱叢話後集卷三九引藝苑雌黄：「世傳永嘗作輪臺子蚤行詞，頗自以爲得意。其後張子野見之云：『既言「匆匆策馬登途，滿目淡煙衰草」，則已辨色矣，而後又言「楚天闊，望中未曉」，何也？柳何語意顛倒如是。』」

清沈雄古今詞話詞品下卷：「輪臺，古遷謫地。岑參詩『西去輪臺萬里餘』。楊基詩『聖明寬逐客，不遺過輪臺』。牛嶠詞『星漸稀，漏頻轉。何處輪臺聲怨』。中吕宫，柳永有輪臺子。」

引駕行

虹收殘雨。蟬嘶敗柳長隄暮。背都門、動消黯，西風片帆輕舉。愁覩。泛畫鷁翩翩〔一〕，靈鼉隱隱下前浦〔二〕。忍回首、佳人漸遠，想高城、隔煙樹〔三〕。幾許。秦樓永晝〔四〕，謝閣連宵奇遇〔五〕。算贈笑千金，酬歌百琲〔六〕，盡成輕負。南顧。念吴邦越國，風煙蕭索在何處。獨自箇、千山萬水，指天涯去。

【校記】

〔引駕行〕花草稡編調下注曰「秋恨」。

〔靈鼉隱隱下前浦〕勞鈔本、朱校引原本、繆校引宋本、鄭校引宋本於此句後分片。

「幾許」毛本、吴本、林刊百家詞本於此句後分片。張校：「二字原上屬，依宋本改。」

【訂律】

引駕行，首見於樂章集。晁補之詞注亦名「長春」。柳永另有仙吕調引駕行，較此闋多出二十餘字。

詞律卷七：「前段與晁全篇同（今按謂晁補之同調「梅梢瓊綻」），是則『幾許』二字即前『雅戲』二字，宜屬於前尾者。蓋前詞既然，後所載一首，亦用『銷凝』二字於末，雖用平韻，而體格則相似耳。『吴邦越國』，疑是『越國吴邦』，此四字即前『畫鷁翩翩』也。」

詞譜卷一〇：「此調有五十二字者，有一百字者，有一百二十五字者。五十二字詞即一百字詞前段。一百二十五字詞亦就一百字詞多五句。晁補之一百字詞名長春。柳永一百字詞注『中吕調』，一百二十五字詞注『仙吕調』。」「雙調一百字，前段十句六仄韻，後段十句五仄韻。」「此詞前段即晁『梅梢瓊綻』詞體，後段結句，作上一下一中二字相連句法，晁詞亦然，填者依之。譜内可平可仄，悉參前後二晁詞（今按謂晁補之同調「梅梢瓊綻」、「春雲輕鎖」二闋）。」

詞繫卷七：「本集屬中吕調，九宫大成入南詞南吕宫正曲。」「晁補之詞注亦名長春。」「『幾許』二字，詞律屬上段，誤。觀晁作自應如是。『天涯』二字宜相連，勿誤。『千山萬水』四字，葉譜作『萬水千山』。『隱』、『幾』、『笑』、『越』可平。『煙』可仄。」

夏批：「句中八字對者二處。」

鄭批：「此曲夾協最多。」

【箋注】

〔一〕畫鷁：指代船。鷁是繪於船頭的水鳥。淮南子本經訓：「龍舟鷁首，浮吹以娱。」高誘注：「鷁，大鳥也。畫其象著船頭，故曰鷁首也。」唐温庭筠昆明治水戰詞：「滇池海浦俱喧豗，青翰畫鷁相次來。」

〔二〕靈鼉：穴居於江河岸邊或湖沼底部的一種鰐，又稱鼉龍、豬婆龍、揚子鱷。其皮可鞔鼓。秦李斯諫逐客書：「建翠鳳之旗，樹靈鼉之鼓。」

〔三〕「忍回首」二句：用唐歐陽詹詩意。見前采蓮令（月華收）「重城」條注。

〔四〕秦樓：此代指歌妓所居之樓。見前笛家弄（花發西園）同條注。

〔五〕謝閣：謝娘之閣，代指妓樓。謝娘，即謝秋娘，唐宰相李德裕家歌妓。唐段安節樂府雜録：「望江南始自朱崖李太尉鎮浙西日，爲亡妓謝秋娘所撰。」唐李賀惱公：「春遲王子態，鶯囀謝娘慵。」　連宵：猶通宵。魏書卷九〇李謐傳：「隆冬達曙，盛暑連宵。」　奇遇：見前迎新春（嶰管變青律）同條注。

〔六〕百琲：極言珍珠之多。説文解字：「琲，珠五百枚也。」東晉王嘉拾遺記卷九：「（石崇）又屑沉水之香，如塵末，布象牀上，使所愛者踐之，無迹者賜以真珠百琲。有迹者節其飲食，令體輕弱。故閨中相戲曰：爾非細骨輕軀，那得百琲真珠。」

【考證】

據「長隄」、「都門」、「西風片帆」、「南顧」、「吴邦越國」諸語，可知乃自汴京南行赴吴越時作。

望遠行

繡幃睡起。殘妝淺，無緒匀紅補翠〔一〕。藻井凝塵〔二〕，金梯鋪蘚〔三〕，寂寞鳳樓十二〔四〕。風絮紛紛，煙蕪苒苒，永日畫闌，沈吟獨倚。望遠行，南陌春殘悄歸騎。凝睇。消遣離愁無計〔五〕。但暗擲、金釵買醉〔六〕。對好景、空飲香醪，争奈轉添珠淚。待伊遊冶歸來，故故解放翠羽〔七〕，輕裙重繫。見纖腰，圖信人憔悴〔八〕。

【校記】

〔望遠行〕花草稡編調下注曰「相思」。

〔補翠〕毛本、吴本、林刊百家詞本「補」作「鋪」。夏批：「詞律『補』作『鋪』。」鄭校：「『補』字自佳，且『鋪』字與下句複，此亦鈔者之訛舛耳。」張校：「原作『鋪』，與下復，依宋本改。」

〔苒苒〕詞繫作「冉冉」。

〔金梯〕吴本、朱校引焦本、張校本「梯」作「階」，張校：「宋本『梯』。粹編同。」毛本「梯」作「堦」。

〔金釵〕繆校引宋本「釵」作「錢」。

〔對好景〕毛本、吴本無「對」字。詞譜作「對此好景」。夏批：「依詞譜『對下』有『此』字。」詞繫作「對兹好景」。張校「對」下注：「原脱，依宋本補。」張校「好」下注：「宋本『兹』。」

〔見纖腰圖信人憔悴〕林刊百家詞本作「見纖腰，圖□信人憔悴。」花草粹編、詞繫、詞譜、繆校引宋本、張校引宋本作「見纖腰圍小，信人憔悴」。夏批：「依繆校宋本，『圖』作『圍小』，爲妥。」鄭校：「『圖』字即『圍』之訛。」

【訂律】

望遠行，唐教坊曲。任二北教坊記箋訂：「調名本義與漢横吹曲内之望遠人同。王建、張籍均有望行人辭。孟郊有望遠曲。」詞見敦煌曲及花間集録韋莊、李珣所作。柳永此闋爲慢詞，首見於樂章集，亦變舊曲作新聲者。柳永另有仙吕調望遠行。

詞律卷七：「此詞前後參差，恐有錯訛，不如後一百六字者整齊可從（今按，謂柳永同調「長空降瑞」）。」

詞譜卷一一：「唐教坊曲名。令詞始自韋莊，中原音韻注『商調』，太和正音譜亦注『商調』；慢詞始自柳永，『繡幃睡起』詞注『中吕調』，『長空降瑞』詞注『仙吕調』。」「雙調一百七字，前段十句四仄韻，後段十一句六仄韻。」「汲古閣本後段第四句脱去『對此』二字，結句『圍』字誤作『圖』字，又脱去『小』字，今從花草粹編增定。按，宋人填此調者，只柳永詞二首，梅苑詞一首，故譜内可平可仄，悉參後詞，無他首相校。」

詞繫卷七：「本集屬中吕調。」「此與望遠行小令無涉，自當另列。想以『望遠行』句爲名。」「『補』字，汲古作『鋪』，『梯』字作『瑎』，『好景』上缺『對玆』二字。『圍小』二字作『圖』，誤，據宋本改正。」

【箋注】

〔一〕匀紅補翠：指塗粉補妝。紅謂紅粉，翠謂眉黛。

〔二〕藻井：古代堂殿等建築中天花板上的一種裝飾處理，一般做成圓形、方形或多邊形的凹面，上有各種花紋、雕刻和彩畫，常見荷菱等圖案。文選卷二漢張衡西京賦：「蒂倒茄於藻井，披紅葩之狎獵。」薛綜注：「藻井，當棟中交木方爲之，如井榦也。」李善注：「孔安國尚書傳曰：『藻，水草之有文者也。』風俗通曰：『今殿作天井。井者，東井之像也；菱，水中之物；皆所以厭火也。』」李白明堂賦：「藻井綵錯以舒蓬，天牕艴翼而銜霓。」

〔三〕金梯：金飾之階梯，此代指裝飾華美之階梯。南朝梁費昶行路難：「朝踰金梯上鳳樓，暮下瓊鉤息鸞殿。」

〔四〕鳳樓十二：見前看花回（玉墄金階舞舜干）同條注。南朝宋鮑照代陳思王京洛篇：「鳳樓十二重，四户八綺窗。」

〔五〕消遣：排遣。唐鄭谷渼陂：「潸然四顧難消遣，祇有佯狂泥酒盃。」

〔六〕「但暗擲」句：謂以金釵换酒，唐元稹遣悲懷：「顧我無衣搜藎篋，泥他沽酒拔金釵。」宋晏幾道清平樂：「歸來紫陌東頭。金釵换酒銷愁。」若依繆校作「金錢」，則化用唐于鵠江南曲：「偶向江邊采白蘋，還隨女伴賽江神。衆中不敢分明語，暗擲金錢卜遠人。」語含雙關，義似較勝。

〔七〕故故：張相詩詞曲語辭匯釋：「故，猶云故意或特意也。……故故亦同義。薛能春日使府寓懷詩：『青春背我堂堂去，白髮欺人故故生。』此爲故意或特意義，故故猶云特特也。……柳永望遠行詞：『待伊游冶歸來，故故解放翠羽，輕裙重繫。』言故意解裙重繫也。」　解放：解開，放松。北魏賈思勰齊民要術卷四：「十月中以藁裹而纏之，二月初解放。」　翠羽：翠鳥的羽毛，古代多用作飾物。文選卷三四三國魏曹植七啓：「戴金摇之熠燿，揚翠羽之雙翹。」劉良注：「金摇，釵也；熠爍，光色也；又飾以翡翠之羽於上也。」

〔八〕圖信：此爲料當相信之義。

彩雲歸

蘅皋向晚艤輕航〔一〕。卸雲帆、水驛魚鄉〔二〕。當暮天、霽色如晴晝，江練靜〔三〕、皎月飛光〔四〕。那堪聽、遠村羌管〔五〕，引離人斷腸。此際浪萍風梗〔六〕，度歲茫茫。　堪傷。朝歡暮宴，被多情、賦與淒涼。别來最苦，襟袖依約，尚有餘香〔七〕。算得伊、鴛衾鳳枕，夜永争不思量。牽情處，惟有臨岐，一句難忘。

【校記】

〔彩雲歸〕花草粹編調下注曰「恨别」。

〔魚鄉〕詞繫謂「魚」字一作「雲」。

〔羌管〕詞繫謂「管」字一作「笛」。

〔此際〕詞繫、朱校、張校引宋本、繆校引花草粹編「際」下有「恨」字。鄭校：「花草粹編『際』下有『恨』字，當據補『恨』字。案上下結同一例，故知當有一字在『此際』下爲合拍。」

〔暮宴〕毛本、吴本、林刊百家詞本、詞繫、張校本作「暮散」。張校：「宋本『宴』。」

〔尚有〕詞繫謂「有」字一作「帶」。

〔鴛衾〕吴本「衾」作「被」。詞繫亦謂「衾」字一作「被」。

【訂律】

彩雲歸，宋史卷一四二樂志載教坊大曲有仙吕調彩雲歸。首見於樂章集，宋詞中僅存柳永此闋。

詞律卷一六：「圖譜以『别來』句爲六字，『依約』句爲六字，論文義，應作四字三句，故未注句豆。然其語氣總一貫者，至其平仄，無他作可證，悉隨意改之，余不敢從。」

詞譜卷二九：「宋史樂志仙吕調；樂章集注中吕調。雙調一百一字，前段八句五平韻，後段十句五平韻。此調祇此一詞，無他首可校。汲古閣刻樂章集，前段第七句脱一『恨』字，今從花草粹編增定。」

詞繫卷七：「宋史樂志仙吕調大曲名，本集屬中吕調。」「此調無他作可證。圖譜以『别來』二句爲兩六字，詞律謂四字三句，文氣一貫，可不拘。汲古缺『恨』字，據宋本補。『散』字，宋本作『宴』。『魚』字一作『雲』，『管』字作『笛』，『有』字作『帶』，『衾』字作『被』。」

【箋注】

〔一〕蘅皋：見前少年遊（參差煙樹霸陵橋）同條注。　艤：使船靠岸。文選卷四西晉左思蜀都賦：「試水客，艤輕舟。」劉逵注：「應劭曰：艤，正也。一曰南方俗謂正船迴濟處爲艤。」

〔二〕水驛：水路驛站。唐六典卷五：「凡三十里一驛，天下凡一千六百三十有九所。」夾注：「二百六十所水驛，一千二百九十七所陸驛，八十六所水陸相兼。」杜甫過南嶽入洞庭湖：「欹側風帆滿，微寘水驛孤。」五代孫光憲楊柳枝：「獨有晚來臨水驛，閑人多凭赤欄干。」

〔三〕江練靜：南朝齊謝朓晚登三山還望京邑：「餘霞散成綺，澄江靜如練。」

〔四〕飛光：猶耀光。南朝梁江淹别賦：「日下壁而沉彩，月上軒而飛光。」

〔五〕羌管：即羌笛。管樂器，長二尺四寸，三孔或四孔。因出於羌中，故名。漢應劭風俗通義卷六：「其後又有羌笛。馬融笛賦曰：『近世雙笛從羌起。羌人伐竹未及已，龍鳴水中不見已，截竹吹之音相似。剡其上孔通洞之，材以當撾便易持。京君明賢識音律，故本四孔加以一。君明所加孔後出。是謂商聲五音畢。』」唐李商隱和鄭愚贈汝陽王孫家箏妓二十韻：「羌管促蠻柱，從醉吴宫耳。」

〔六〕浪萍風梗：見前歸朝歡（别岸扁舟三兩隻）同條注。

〔七〕餘香：見前玉樓春（閬風歧路連銀闕）「餘香」條注。

洞仙歌

佳景留心慣。況少年彼此，風情非淺。有笙歌巷陌〔一〕，綺羅庭院〔二〕。傾城巧笑如花面〔三〕。恣雅態、明眸回美盼〔四〕。同心綰〔五〕。算國艷仙材〔六〕，翻恨相逢晚。

繾綣。洞房悄悄，繡被重重，夜永歡餘，共有海約山盟〔七〕，記得翠雲偷翦〔八〕。和鳴彩鳳于飛燕〔九〕。閒柳徑花陰攜手徧。情眷戀。向其間、密約輕憐事何限〔一〇〕。忍聚散。況已結深深願〔一一〕。願人間天上，暮雲朝雨長相見。

【校記】

〔洞仙歌〕詞繫作「洞仙歌慢」。花草稡編調下注曰「密約」。

〔少年〕毛本作「年少」。张校：「二字原倒，依宋本。」

〔回美盼〕詞譜「回」作「同」。蓋因下「同心綰」而訛。

〔翻恨〕林刊百家詞本「恨」作「限」。

〔繾綣〕毛本、吴本、勞鈔本、林刊百家詞本、朱校引原本於此句後分片。鄭校：「案此二字夾協，當屬過片。」張校：「二字原上屬，依宋本正。」

〔閒柳徑〕詞繫、詞譜、張校本「閒」作「向」。朱校：「按『閒』字疑誤。」張校：「原誤『閒』，依宋本改。」

〔眷戀〕詞譜「眷」誤作「卷」。

〔向其間〕詞繫、詞譜、張校本「向」作「問」。張校：「原訛『向』，依宋本改。」

〔長相見〕張校本「長」作「常」。

【訂律】

洞仙歌，唐教坊曲。唐人作此調見雲謠集雜曲子。五代有洞仙歌令，宋史樂志有歇指調洞仙歌、林鐘商洞中仙諸曲。柳永所作與歐陽修、蘇軾等所作洞仙歌令不同。柳永另有仙吕調、般涉調洞仙歌。

詞律卷一二：「『繾綣』二字，亦似後段語。此調只『傾城』至『美盼』，與後『和鳴』至『手徧』相似，餘亦前後參差。『傾城』句似前一百十九字（今按謂柳永同調「嘉景況少年彼此」）内『金絲』句，而起處『佳景』、『少年彼此』字亦似相同。然他處又别，不可比而同之耳。」

詞譜卷二〇：「唐教坊曲名。此調有令詞，有慢詞。令詞自八十三字至九十三字，共三十五首。康與之詞，名洞仙歌令；潘牥詞，名羽仙歌；袁易詞，名洞仙詞；宋史樂志，名洞中仙，注『林鐘商調』，又『歇指調』；金詞注『大石調』。慢詞自一百十八字至一百二十六字，共五首。柳永樂章集『嘉景』詞注『般涉調』，『乘興，閒泛蘭舟』詞注『仙吕調』，『佳景留心慣』詞注『中吕調』。」「（此首）雙調一百二十六字，前段十句七仄韻，後段十五句九仄韻。」「此與『嘉景』詞（今按謂柳永同調「嘉景況少年彼此」）校，惟前段起句添三字，第三句減二字。第七、八句添二字，攤破句法，作八字一句，三字一句，多押一韻。第九、十句添一字，作五字兩句。後段第二句添一字，作四字兩句。第七、八句添一字，攤破句法，作八字一句，三字一句，多押一韻。第九、十句添一字，作三字一句，七字一句。第十一句減一字，第十三句添二字。餘皆同。」

詞繫卷七：「本集屬中吕調。」「詞譜收以下五體爲洞仙歌慢，蘇詞或加令字，别乎慢詞而言之也。或柳因洞仙歌令衍爲慢曲，亦未可知。況晁作一人而兼兩體，是當時本有此體也。今從調譜另列。愚按：此與蘇作全不相同，凡柳作諸調，皆係創製，蓋當時調名尚少，故多自製。此調前有定格，故移換宮調，另爲一體。觀晁補之兩作，與此仿佛可見。『繾綣』二字，汲古、詞律屬上段，誤。『少年』二字作『年少』，『向』字作『問』，『問其間』三字作『向其間』，今從宋本訂正。『約』字，葉譜作『誓』，『人間天上』四字，作『天上人間』。」

清丁紹儀聽秋聲館詞話卷一四：「（洞仙歌）又一體，應於『翻恨相逢晚』句分段。」

鄭批：「此調與兩宋名家所作迥異。」

【箋注】

〔一〕笙歌巷陌：白居易宴散：「笙歌歸院落，燈火下樓臺。」此指歌妓所居。

〔二〕綺羅：即羅綺，此代指歌妓。見前迎新春（嶰管變青律）「羅綺」條注。

〔三〕如花面：歐陽修蝶戀花：「雖愛新聲，不見如花面。」

〔四〕美盼：參見前金蕉葉（厭厭夜飲平陽第）「巧笑」條注。

〔五〕同心綰：即綰同心結。用錦帶編成的連環回文樣式的結子，用以象徵堅貞的愛情。唐劉禹錫楊柳枝：「如今綰作同心結，將贈行人知不知。」

〔六〕國艷仙材：國艷即國色，形容女子容顏冠絕一國。仙材謂資質非凡。此處皆用以贊譽歌妓。

〔七〕海約山盟：即海誓山盟。

〔八〕翠雲：指女子烏黑濃密的頭髮。南唐李煜菩薩蠻：「拋枕翠雲光，繡衣聞異香。」參見前尾犯（夜雨滴空階）「香雲」條注。

〔九〕和鳴彩鳳：見前集賢賓（小樓深巷狂游徧）「和鳴」條注。于飛燕：參見前法曲獻仙音（追想秦樓心事）「于飛」條注。

〔一〇〕密約：幽會。唐韓偓幽窗：「密約臨行怯，私書欲報難。」輕憐：愛撫，愛憐。李煜菩薩蠻：「畫堂南畔見。一向偎人顫。奴爲出來難。教君恣意憐。」

〔一一〕深深願：五代馮延巳長命女：「春日宴，緑酒一杯歌一遍。再拜陳三願。一願郎君千歲，二願妾身常健。三願如同梁上燕。歲歲長相見。」下二句「人間天上」用唐玄宗、楊貴妃之典，「暮雲朝雨」用巫山神女之典，即前所謂「海約山盟」也。

離別難

花謝水流倏忽〔一〕，嗟年少光陰。有天然、蕙質蘭心〔二〕。美韶容、何啻值千金〔三〕。便因甚、翠弱紅衰，纏綿香體〔四〕，都不勝任。算神仙、五色靈丹無驗〔五〕，中路委瓶簪〔六〕。　人悄悄，夜沈沈。閉香閨、永棄鴛衾。想嬌魂媚魄非遠，縱洪都方士也難尋〔七〕。最苦是、好景良天，尊前歌笑，空想遺音。望斷處，杳杳巫峰十二一〔八〕，千古暮雲深。

【校記】

〔離別難〕吴本作「離別難慢」。

〔值千金〕勞鈔本「值」作「直」。

〔嬌魂媚魄〕勞鈔本「嬌」作「驕」。勞鈔本、朱校引原本、繆校引宋本、鄭校引宋本無「媚魄」二字。勞校引斧季云：「宋本無」。

〔縱洪都〕毛本、吴本「縱」作「總」，勞鈔本、朱校引原本、繆校引宋本、鄭校引宋本無「縱」字。詞繫、歷代詩餘、詞譜「洪」作「鴻」。張校：「原訛『總』，依宋本改。」

〔最苦是〕勞鈔本、朱校引原本、繆校引宋本、鄭校引宋本無「苦」字。

【訂律】

離別難，唐教坊曲，用作詞調始見花間集薛昭藴詞，柳永此闋體格與薛作迥異，首見於樂章集，宋詞中僅柳永此闋。

詞律卷一三：「與前調（今按謂薛昭藴同調「寶馬曉鞴雕鞍」）迥別。『總洪都』以下俱與前段合，此詞俱用十二侵韻，甚嚴。」

詞譜卷二一：「唐教坊曲名。按，段安節樂府雜録：『天后朝，有士人妻，配入掖庭，善吹觱策，乃撰此曲。』蓋五言八句詩也，白居易集亦有七言絶句詩。薛詞見花間集，乃借舊曲名，另倚新聲者，因詞有『羅幃乍別情難』句，取以爲名。宋柳永詞，則又與薛詞不同，樂章集注『中呂調』。」「雙調一百十二字，前段九句五平韻，後段十句五平韻。」「此與唐詞（今按謂薛昭藴同調「寶馬曉鞴雕鞍」）迥別，以調名同，故爲類列。」

詞繫卷七：「本集屬中呂調。」「通體用平韻，與薛昭藴八十七字仄韻體不同，想宮調有別，惜無他作可證，宜分列。『勝』平聲。」

【箋注】

〔一〕花謝水流：柳永雪梅香：「可惜當年，頓乖雨迹雲蹤。雅態妍姿正歡洽，落花流水忽西東。」

〔二〕蕙質蘭心：參見前玉女摇仙佩（飛瓊伴侶）「蘭心蕙性」條注。

〔三〕何啻：猶何止，豈只。唐李山甫古石硯：「憑君更研究，何啻直千金。」

〔四〕纏綿：病久不愈。北魏楊衒之洛陽伽藍記卷五：「遂動舊疹，纏綿經月。」五代齊己荆州新秋病起雜題：「開時聞馥鬱，枕上正纏綿。」

〔五〕五色靈丹：即五靈丹。唐韋續墨藪卷一：「魏鍾繇……見蔡伯喈筆法於韋誕坐上，自搥胸三日，其胸盡青，因嘔血。太祖以五靈丹救之得活。繇苦求之，不得。及誕死，繇令人盜掘其墓，遂得之。」　無驗：無效。宋王讜唐語林卷七：「崔相慎由廉察浙西，左目生贅肉，欲蔽瞳人，醫久無驗。」

〔六〕委瓶簪：即瓶沉簪折。白居易井底引銀瓶：「井底引銀瓶，銀瓶欲上絲斷絶。石上磨玉簪，玉簪欲成中央折。瓶沉簪折知奈何，似妾今朝與君別。」本謂男女生離，此指死別。

〔七〕洪都方士：即鴻都客。白居易長恨歌：「臨邛道士鴻都客，能以精誠致魂魄。爲感君王輾轉思，遂教方士殷勤覓。排空馭氣奔如電，升天入地求之遍。上窮碧落下黄泉，兩處茫茫皆不見。」

〔八〕巫峰十二：即巫山十二峰。用宋玉高唐賦記楚王夢中與巫山神女相會事。參見前滿朝歡（花隔銅壺）「楚觀朝雲」條、卜算子（江楓漸老）「翠峰十二」條注。

【輯評】

鄭批：「此哀逝而作。」

擊梧桐

香靨深深〔一〕，姿姿媚媚〔二〕，雅格奇容天與。自識伊來，便好看承〔三〕，會得妖嬈心素〔四〕。臨歧再約同歡，定是都把、平生相許。又恐恩情，易破難成〔五〕，未免千般思慮。

近日書來，寒暄而已，苦没忉忉言語〔六〕。便認得、聽人教當〔七〕，擬把前言輕負。見説蘭臺宋玉〔八〕，多才多藝善詞賦。試與問、朝朝暮暮。行雲何處去。

【校記】

〔香靨〕詞律「靨」作「厭」。詞律校勘記引宋本作「靨」。

〔姿姿〕楊湜古今詞話作「孜孜」。

〔伊來〕毛本、吴本、勞鈔本、林刊百家詞本、朱校引原本作「來來」，繆校引宋本作「伊伊」。張校：「原誤『來』，依宋本改。」

〔看承〕毛本、吴本、張校本、勞鈔本、林刊百家詞本、朱校引原本作「看伊」。楊湜古今詞話引「便好看承，會得妖嬈心素」二句作「便有憐才心素」一句。

〔平生〕楊湜古今詞話作「身心」。

〔忉忉〕詞繫、楊湜古今詞話作「刀刀」。

〔便認得〕詞律校勘記引宋本「便」字下有「須」字。

〔善詞賦〕詞律校勘記引宋本「善」字上有「最是」二字。

〔何處去〕詞律校勘記引宋本無「去」字。

【訂律】

擊梧桐，首見於樂章集。

詞律卷一九：「前後起三句同，其下多不可定。或曰『自識來』句七字原與後『便認得』七字同，其第二『來』字必係誤多者。後段『教當』二字是當時人口氣，本是『聽人教』，帶一『當』字，猶金元人曲用『問當』耳。或曰：『「自識來」三字對後「便認得」，「來便好」三字對後「聽人教」，「看伊」下兩四字句。』後段『當』字下又落一『時』字也，亦是八字，同前。總之，此詞字有訛錯，舊刻不足爲據也。」

詞律校勘記：「按宋本，首句『香厭深深』，『厭』作『靨』。又『自識來來，便好看伊』二句，作『自識伊來，便好看承』。又『便認得』三字，『便』字下有『須』字。又『善詞賦』三字，『善』字上有『最是』二字。又末句『行雲何處去』句，無『去』字，以『處』字爲末拍。照此增改，則與後詞（今按謂李珏同調「楓葉濃於染」）字數相同，惟分句異耳。」

詞譜卷三四：「此調有兩體。一百八字者見樂章集，注『中吕調』。一百十字者見樂府雅詞。」「雙調一百八字，前段十句四仄韻，後段九句四仄韻。」「此詞祇有梅苑無名氏詞（今按謂同調「雪葉紅凋」）可校，故譜内可平可仄，悉參無名氏詞。」

詞繫卷七：「本集屬中吕調，九宫大成入北詞中吕調雙曲，許譜同，又入南詞商調正曲。」「『伊來』二字，汲古作『來來』，詞律於上『來』字句，『看承』二字作『看伊』。『歧』字一作期，俱誤。『便好』二字，許譜作『好好』，皆誤。據宋本訂正。通篇多用疊字，李易安聲聲慢詞仿此。『看』、『教』平聲。『擬』、『與』可平。『多』、『行』可仄。」

【箋注】

〔一〕香靨：面頰上的酒窩。柳永促拍滿路花：「香靨融春雪，翠鬢嚲秋煙。」宋張先踏莎行：「波湛橫眸，霞分膩臉。盈笑動籠香靨。」一説指女子面部妝容。南朝梁簡文帝艷歌篇：「分妝開淺靨，繞臉傅斜紅。」唐段成式酉陽雜俎卷八：「近代妝尚靨，如射月，曰黄星靨。」宋史卷六五五行志：「淳化三年，京師里巷婦女競剪黑光紙團靨，又裝鏤魚腮中骨，號『魚媚子』以飾面。」

〔二〕姿姿媚媚：爲姿媚之復疊，猶嫵媚，美麗動人貌。三國魏阮籍詠懷：「流盼發姿媚，言笑吐芬芳。」宋元時「姿姿媚媚」常用於俗語，如宋毛滂虞美人：「一枝半朵惱人腸，無限姿姿媚媚倚斜陽。」金董解元西廂記諸宮調卷一：「整整齊齊忒稔色，姿姿媚媚紅白。」元關漢卿玉鏡臺第三折：「我見他姿姿媚媚容儀，我幾曾穩穩安安坐地。」

〔三〕看承：張相詩詞曲語辭匯釋：「看承，猶云看待也；亦云特別看待也。黄庭堅歸田樂引：『看承幸廝勾，又是樽前眉峯皺。』此特別看待義。」

〔四〕心素：亦作心愫。心意，心願。李白寄遠：「空留錦字表心素，至今緘愁不忍窺。」

〔五〕易破難成：唐李肇唐國史補卷下：「揚州舊貢江心鏡，五月五日揚子江中所鑄也。或言無有百鍊者，或至六七十鍊，則已易破難成，往往有自鳴者。」

〔六〕忉忉：嘮叨，囉嗦。宋歐陽修與王懿敏公書：「客多，偷隙作此簡，鄙懷欲述者多，不覺忉忉。」此謂無忉忉語，則無語可述，以見情分自減也。

〔七〕教當：教唆。

〔八〕見説：聽説。李白送友人入蜀：「見説蠶叢路，崎嶇不易行。」蘭臺：戰國楚臺名，故址傳説在今湖北鍾祥。宋玉風賦序：「楚襄王游於蘭臺之宫，宋玉、景差侍。」

【輯評】

宋楊湜古今詞話：「柳耆卿嘗在江淮惓一官妓，臨别，以杜門爲期。既來京師，日久未還，妓有異圖，耆卿聞之怏怏。會朱儒林往江淮，柳因作擊梧桐以寄之曰……妓得此詞，遂負媿竭産，泛舟來輦下，遂終身從耆卿焉。」

夏批：「紅友謂『教當』是宋人俗語，引金元人曲用『問當』爲證，未敢斷定。」

夜半樂

凍雲黯淡天氣〔一〕，扁舟一葉，乘興離江渚〔二〕。渡萬壑千巖〔三〕，越溪深處〔四〕。怒濤漸息，樵風乍起〔五〕，更聞商旅相呼。片帆高舉。泛畫鷁〔六〕、翩翩過南浦。望中酒旆閃閃〔七〕，一簇煙村〔八〕，數行霜樹。殘日下，漁人鳴榔歸去〔九〕。敗荷零落，衰楊掩映，岸邊兩兩三三，浣紗游女〔一〇〕。避行客、含羞笑相語。

到此因念，繡閣輕抛，浪萍難駐。歎後約丁寧竟何據〔一一〕。慘離懷，空恨歲晚歸期阻。凝淚眼、杳杳神京路。斷鴻聲遠長天暮〔一二〕。

【校記】

〔夜半樂〕花草粹編調下注曰「恨別」。

〔越溪〕林刊百家詞本「越」作「嚴」。

〔樵風〕毛本、林刊百家詞本「樵」作「焦」。張校：「原誤『焦』，依宋本改。」

〔翩翩過南浦〕張校：「此雙拽頭也，句調與第二段大略相合，原誤連下，不斷，宋本、粹編亦然，今考訂分段。」

〔漁人鳴榔歸去〕勞鈔本、朱校引原本分兩片，於此句後分片。繆校引宋本、鄭校引宋本、張校引宋本以「敗荷零落」爲第三段起句。

〔笑相語〕毛本、吴本、林刊百家詞本作「相笑語」。張校：「二字原倒，依宋本改。」毛本分兩片，於此句後分片。張校：「宋本連下，粹編同，非。」

〔歎後約〕毛本、林刊百家詞本無「歎」字。張校「歎」下注：「原脱，依宋本補。」

【訂律】

夜半樂，唐教坊曲，用作詞調首見於樂章集。柳永另有中吕調夜半樂。宋詞中僅存柳永二闋。

宋王灼碧雞漫志卷四：「夜半樂。唐史云：『民間以明皇自潞州還京師，夜半舉兵誅韋皇后，製夜半樂、還京樂二曲。』樂府雜録云：『明皇自潞州入平内難，半夜斬長樂門關，領兵入宫，後撰夜半樂曲。』今黄鐘宫有三臺夜半樂，中吕調有慢、有近拍、有序，不知何者爲正。」

詞律卷二〇：「此調三疊。首段『渡萬壑』以下與中段『殘日』以下同，雖『渡萬壑』二句上五下四，『殘日』句應三字豆，然語氣一貫，不拘也。中段起亦六字，圖於『旆』字分句，誤。『閃閃』而動，正言酒旆，不可指煙村。中段尾『笑相語』，正對首段尾『過南浦』，同仄平仄，而各刻俱作『相笑語』，誤甚，不特失調，而『笑相語』比『相笑語』用字遒俊，豈淺人所知！後段『杳杳神京路』是叶韻。後詞（今按謂柳詞同調「艷陽天氣」）亦用『暮』字，圖以『斷』字連上，而下『鴻聲遠，長天暮』作三字兩句，誤。」

詞譜卷三八：「唐教坊曲名。柳永樂章集注『中吕調』。蓋借舊曲名，另倚新聲也。碧雞漫志：『唐史：「明皇自潞州還京師，夜半舉兵誅韋后，製夜半樂、還京樂二曲。」今黄鐘宫有三臺夜半樂，中吕調有慢、有近拍、有序。』」「三段一百四十四字，前段十五句五仄韻，中段九句四仄韻，後段七句五仄韻。」「此調祇有柳詞二首，其句讀亦大同小異，無别首宋詞可校。」

詞繫卷七：「唐教坊曲名，本集屬中吕調。」「詞之雙拽頭體始此。」「樂府雜録云：『明皇自潞州入平内難，正夜半斬長樂門關，領兵入宫，剪逆人。後撰此曲，製還京樂、夜半樂二曲。』碧雞漫志云：『黄鐘宫有三臺夜半樂，中吕調有慢，有近拍，有序。』此調前無作者，只柳二首，平仄宜從。前兩段相同，所謂雙拽頭也。只中段第三句少一字，『渡萬壑』下二句，一五一四字，中段『殘日』下二句，一三一六字，可不拘。『越』、『片』、『數』、『浣』、『竟』五字去聲。『過南浦』、『笑相語』用去平上，勿誤。『竟何處』用去平仄，『離江渚』離字亦當作去，正合去平上。然後詞亦用平聲，故不注。『笑相』二字，汲古作『相笑』，『後約』上，汲古缺『歎』字，據宋本補正。宋本於『鳴榔歸去』分段，汲古前段不分，細較前兩段字句相同，當分三段爲是。」

鄭批：「案集末又有夜半樂一首，與此句調無異，且同屬中吕調，惟次首結句多一字，較勝，以第一、二段收句皆作八字，其氣骨更雄偉也。」

陳匪石宋詞舉：「詞律四聲未注。樂章集續添曲子有『艷陽天氣』一首，一百四十六字，第三句及結句各多一字，依焦竑校，第三句『草』字衍。毛扆校宋本亦然。汲古本及詞律均有訛字（杜文瀾已據宋本校得數字，朱孝臧亦有校正），且皆未分段。其實同屬中吕調，而惟前三句句法略殊，末句多一『歎』字，及『黯』字用平，『舟』字用去，『一葉』用平，『越』字用平，『酒』字用平，『零』字用去，『風』字用上，『兩兩』用平上，『行』字用去，『晚歸』用平上，『杳杳』用平上，而其他句法平仄概與此同，二首蓋同體也。但此調宋人少見，屯田外別無可證。又第一、二兩段，萬氏謂『渡萬壑』以下、『殘日下』以下句法相同；愚謂前三句亦只平仄有數字差異，首段多一字，疑爲雙拽頭之變格。」

【箋注】

〔一〕凍雲：嚴冬的陰雲。唐方干冬日：「凍雲愁暮色，寒日淡斜暉。」

〔二〕江渚：江中小洲，亦指江邊。唐李紳渡西陵十六韻：「海門凝霧暗，江渚濕雲横。」

〔三〕萬壑千巖：用顧愷之語，與下「越溪」相應。南朝宋劉義慶世説新語卷上言語第二：「顧長康從會稽還，人問山川之美，顧云：『千巖競舟，萬壑争流。草木蒙籠其上，若雲興霞蔚。』」

〔四〕越溪：若耶溪，在今浙江紹興若耶山下，傳説爲越國西施浣紗之所，亦名浣紗溪。李白送祝八之江東賦得浣紗石：「西施越溪女，明艷光雲海。」杜甫奉先劉少府新畫山水障歌：「若耶溪，雲門寺，吾獨胡爲在泥滓。」

〔五〕樵風：指順風、好風。後漢書卷三三鄭弘傳李賢注引南朝宋孔靈符會稽記：「射的山南有白鶴山，此鶴爲仙人取箭。漢太尉鄭弘嘗采薪，得一遺箭，頃有人覓，弘還之，問何所欲，弘識其神人也，曰：『常患若邪溪載薪爲難，願旦南風，暮北風。』後果然。故若邪溪風至今猶然，呼爲『鄭公風』也。」唐宋之問游禹穴回出若邪：「歸舟何慮晚，日暮使樵風。」

〔六〕畫鷁：見前引駕行（虹收殘雨）同條注。

〔七〕酒旆閃閃：謂酒旗摇動。唐杜牧代人寄遠：「河橋酒旆風軟，候館梅花雪嬌。」唐唐彦謙長溪秋望：「寒鴉閃閃前山去，杜曲黄昏獨自愁。」

〔八〕煙村：煙霧繚繞的村落。白居易東南行一百韻：「水市通闤闠，煙村混舳艫。」

〔九〕鳴榔：亦作鳴桹，謂以長木敲擊船舷使作聲，用以驚魚，使入網中。文選卷一〇西晉潘岳西征賦：「纖經連白，鳴桹厲響。」李善注：「説文曰：『桹，高木也。以長木叩舷爲聲，言曳纖經於前，鳴長桹於後，所以驚魚，令入網也。』」或以鳴榔爲歌聲之節。李白送殷淑：「惜别耐取醉，鳴榔且長謡。」清王琦注：「所謂鳴榔者，常是擊船以爲歌聲之節，猶叩舷而歌之義。」宋釋文瑩玉壺清話卷九：「先是數載前，一漁者持蓑笠綸竿，擊短版，唱漁家傲，其舌爲鳴根之聲以參之。」

〔一〇〕游女：五代李珣南鄉子：「游女帶花偎伴笑。争窈窕。競折團荷遮晚照。」

〔一一〕丁寧：言語懇切貌。唐張籍卧疾：「見我形顦顇，勸藥語丁寧。」一説謂音訊、消息。唐韓愈華山女：「仙梯難攀俗緣重，浪憑青鳥通丁寧。」

〔一二〕「斷鴻」句：柳永玉蝴蝶結句：「斷鴻聲裏，立盡斜陽。」意脈近似。

【輯評】

清許昂霄詞綜偶評：「第一疊言道途所經，第二疊言目中所見，第三疊乃言去國離鄉之感。（「到此因念」、「繡閣輕抛」二句）接上一片。」

清陳廷焯詞則别調集卷一：「此篇層折最妙，始而渡江直下，繼乃江盡溪行，『漸』字妙，是行路人語。蓋風濤雖息，耳中風濤猶未息也。『樵風』句，點綴荒野，尚未依村落也。繼見『酒旆』，繼見『漁人』，繼見『游女』，則已傍村落矣。因游女而觸離情，不禁歎歸期無據。别時邀約，不過一時强慰話耳。『繡閣輕抛，浪萍難駐』，漂零歲暮，悲從中來。繼而『斷鴻聲遠』，白日西頽，旅人當此，何以爲情。層折之妙，令人尋味不盡。陳直齋謂耆卿最工於行役羈旅，信然。」

清陳廷焯雲韶集：「（「歎後約丁寧竟何據」句）此一『歎』字妙絶，可知閨中臨别時，勉强安慰，謂歸期必早；到此地空闊無人，回頭自想，究歎歸期無據也。真絶。」

清陳鋭褎碧齋詞話：「柳詞夜半樂云：『怒濤漸息，樵風乍起，更聞商旅相呼。片帆高舉。泛畫鷁、翩翩過南浦。』此種長調，不能不有此大開大闔之筆。後吴夢窗鶯啼序云：『長波妒盼，遥山羞黛，漁鐙分影春江宿，記當時短檝桃根渡。』三四段均用此法。」又云：「柳詞夜半樂二首，時令雖不同，而機杼則一。蓋一係初作，一係隨時改定稿，而并存之。其他重文誤字，不一而足，説見余審定柳詞本。」

清蔡嵩雲柯亭詞論：「柳詞勝處，在骨氣，不在字面。其寫景處，遠勝其抒情處。而章法大開大闔，爲後起清真、夢窗諸家所取法，信爲創調名家。如……夜半樂『凍雲黯淡天氣』……諸闋，寫羈旅行役中秋景，均窮極工巧。」

鄭批：「清空流宕，天馬行空，一氣撝灑。爲柳屯田絶唱。屢欲和之，不敢下筆。」

梁啓勳曼殊室詞話卷三：「柳耆卿『寒蟬淒切』之雨霖鈴，其上半闋結韻曰『暮靄沉沉楚天濶』；又『凍雲黯淡』之夜半樂，其下半闋結韻曰『斷鴻聲遠長天暮』。一以天爲濶，一以天爲長。實則凡屬茫無際涯者只能謂之濶，不得謂之長。『斷鴻』句之『長』字乃從上文之『遠』字得來，如雁過長空，亦是此類。若云雁過濶空，則不妥矣。蓋雁程含有遠字之意，故曰長。一物之形容詞，每有因他物而變其容貌者，此類是也。」

陳匪石宋詞舉：「此詞三段。第一段只説『扁舟』遠渡所過之地，於『黯淡天氣』中，渡『千巖』

『萬壑』，『怒濤』息，『樵風』起，『南浦』之『過』，既饒別離滋味；『商旅相呼』，亦爲『繡閣』『後約』反映。第二段寫途中所見，『酒旆』、『煙村』、『霜樹』、『漁榔』、『敗荷』、『衰楊』，皆一片蕭颯之景。而兩三浣女，羞『避行客』，荒涼中之點綴，似空谷足音，觸起離懷之慘。緩緩敘來，只是説景，別離之意，言外得之。而其寫景則極平淡，極幽艷，周濟謂『柳詞總以平敘見長，中以一二語鈎勒提掇』，馮煦謂『狀難狀之景』，即此是也。第三段『到此因念』一語拍轉。『此』字結束上兩段之景，『念』字引起本段離懷，而遥顧『乘興』，近開『淚眼』，運掉空虚，且見草蛇灰綫之妙。『繡閣輕拋』，由遊女想入；『浪萍難駐』，由『敗荷』、『衰楊』想入。『歎後約』以下四句，一句一韻，一句一意，漸引漸深，字字飛動，促節繁音，急淚哀迸。由『後約』『無據』而恨阻『歸期』，而凝望『神京』，而以『斷鴻』之『遠』、『長天』之『暮』，狀『歲晚』『離懷』之『慘』，仍歸『天氣』作收。前三句與竹馬子過變同一機栝，後四句與卜算子慢後五句同一氣勢。若合全篇觀之，前兩段紆徐爲妍，爲末段蓄勢；末段卓犖爲傑，一句松不得，一句閑不得，爲前兩段歸結。一詞之中，兼兩種作法。鄭文焯論詞，曰骨氣，曰高健，端在於此。至其以清勁之氣、沉雄之魄，運用長句，尤耆卿特長。美成西平樂、夢窗鶯啼序，全得力於柳詞。蓋耆卿之不可及者，在骨氣不在字面，彼嗤爲纖艷俚俗者，未深得三昧也。」

唐圭璋唐宋詞簡釋：「此首三片，上片記泛舟所經；中片記舟行所見；下片抒遠遊之感。大氣磅礴，鋪敘盡致。起首，點天氣黯淡，乘興泛舟。『度萬壑』兩句，記舟行之遠。『怒濤』三句，記行舟所遇。『片帆』三句，記舟行之速。中片寫景如畫，皆從『望中』二字生發。霜樹煙村，酒旆閃閃，是遠景；漁人鳴榔，遊女浣紗，是近景。下片，觸景生情，語語深厚。初念拋家飄泊，繼歎後約無憑，終恨歲晚難歸，沉思千般，故不覺淚下。『到此』以下，皆曲處密處。至『凝淚眼』三句，乃用直筆展開，極疏蕩渾灝之致。」

祭天神

歎笑筵歌席輕拋亸。背孤城、幾舍煙村停畫舸〔一〕。更深釣叟歸來〔二〕，數點殘燈火。被連緜宿酒醺醺〔三〕，愁無那〔四〕。寂寞擁、重衾臥。又聞得、行客扁舟過。篷窗近，蘭棹急，好夢還驚破。念平生、單棲蹤迹，多感情懷，到此厭厭，向曉披衣坐。

【校記】

〔歎〕吴本作「歡」。鄭校：「梅本『歡』作『歎』，『歡』字以形近訛，當據改。」

〔愁無那〕毛本、吴本、林刊百家詞本於此句後分片。鄭校：「宋本以『又聞得行客扁舟過』爲下段起句，是也。凡過片大氐承上轉出新意，以爲別白。」張校引宋本以「又聞得」分段。

〔蘭棹〕詞繫「棹」作「橈」。

〔向曉披衣坐〕詞律無「向曉」二字。

【訂律】

祭天神，首見於樂章集，柳永另有歇指調祭天神，體格不同，或同名異調。

詞律卷一二：「前後各異，只『數點』句與『好夢』句相似，『宿酒』句與『到此』句相似耳。」

詞譜卷二一：「雙調八十四字，前段六句四仄韻，後段九句四仄韻。」「此詞樂章集注中呂調，爲夾鐘之羽聲，與歇指調爲林鐘之商聲者不同，故兩詞句讀各異，且宋元人亦無填此調者，其平仄當依之。」

詞繫卷七：「本集注中呂調，九宮大成入南詞中呂宮正曲。」「因話録：『北方季冬二十四日，以板畫一人，有形無口，人各佩之，謂可辟眚。時有作詎詞，名祭祆神。』詞律引此以爲『天』字或是『祆』字之訛。愚按：『天神』二字，見周禮，此説非也。」「起句八字是一領七字句法，勿誤認。『筵歌』二字，詞律作『歌筵』，又落『向曉』二字。汲古於『無那』句分段，今據宋本訂正。『橈』字，汲古作『棹』，皆誤。『厭』字平聲。」

鄭批：「『寞』字、『得』字，疑皆以側字音夾協。『舍』字，疑亦夾叶。」

【箋注】

〔一〕畫舸：本指裝飾華美的畫船，此爲船的代稱。唐岑參早春陪崔中丞泛浣花溪宴：「紅亭移酒席，畫舸逗江村。」

〔二〕釣叟：釣翁，漁翁。三國魏嵇康贈秀才入軍：「嘉彼釣叟，得魚忘筌。」

〔三〕宿酒：猶宿醉。白居易早春即事：「眼重朝眠足，頭輕宿酒醒。」

〔四〕無那：猶無限，非常。南唐李煜一斛珠：「繡牀斜憑嬌無那，爛嚼紅茸，笑向檀郎唾。」不同於前定風波（自春來慘緑愁紅）中「無那」之無奈義。

過澗歇近

淮楚〔一〕。曠望極〔二〕，千里火雲燒空〔三〕，盡日西郊無雨。厭行旅。數幅輕帆旋落，艤棹蒹葭浦〔四〕。避畏景〔五〕，兩兩舟人夜深語。　此際争可，便恁奔名競利去。九衢塵裏〔六〕，衣冠冒炎暑〔七〕。回首江鄉，月觀風亭，水邊石上，幸有散髮披襟處〔八〕。

【校記】

〔過澗歇近〕毛本、吴本、張校本、勞鈔本、林刊百家詞本、詞繫均作「過澗歇」。花草粹編、勞校引陸校、陳録、花草粹編調下注云「夏景」。

〔旋落〕毛本、林刊百家詞本、張校本、陳録「旋」作「漸」。張校：「宋本『旋』。」

〔奔名競利去〕曹校、鄭校并引顧本作「奔利名」三字；復并引陳本「利名」作「名利」。

【訂律】

過澗歇近，即過澗歇，首見於樂章集。柳永另有中吕調過澗歇近。

詞律卷一二晁補之過澗歇下注：「草堂舊刻及各選俱載柳七『淮楚，曠望極』一首，久而傳訛，於後段落去二字。嘯餘乃因而作譜，硬注字句，圖譜因之，遂爲千古貽誤。今以无咎詞爲據，并録柳作於後，以證訛脱之説。……首句兩字起韻，次句三字，『千里』句六字，『盡日』句六字，晁詞明明可證也。而譜注云首句七字，以『里』字爲起韻，是一注而破亂三句，失一『楚』字韻，反妄添一『里』字韻，豈不大誤？且此闋是魚虞韻，豈首句便借支字韻乎？而『淮』字注可仄，『避』字可平，『夜深』注可平仄，必欲改盡此調而後已矣。後段『九衢』以下，與前詞『草堂』以下，字字相同，則『九衢』之上該有十一字，今落去二字，止存九字，因而不可句豆。據愚揣之，必『奔』字與『名』字下各落一字，或是『奔馳利名路』耳，故下便接『九衢』、『冒暑』等語，於理爲當。而譜乃硬注『此際争可』便爲一句，『恁奔』至『塵裏』爲一句，豈不大誤？又自以『恁奔利名』爲拗，因注此四字平仄皆可反用，豈不誤而又誤？蓋以『裏』字爲叶，即首句『里』字起韻之説。柳七縱有俳俗之謗，豈意至五六百年後，又以不識韻之罪加之乎？況『恁奔』是何言語？夫舊刻傳訛，非後人之過。但闕疑則可，若强不知以爲知，則自誤不可，況以誤人乎？」

詞譜卷一九：「樂章集注『中吕調』。」「雙調八十字，前段八句五仄韻，後段八句三仄韻。」「此調以此詞爲正體，若晁詞（今按謂晁補之同調「歸去」）换頭之句讀小異，柳詞别首（「酒醒」闋）前段之攤破句法，後段之多押一韻，皆變格也。此詞後段第二句，嘯餘譜刻『便恁奔名利』，脱去二字，今從樂章集訂定。此調衹有柳詞二首及晁詞，故此詞可平可仄悉參下詞。」

詞繫卷七：「本集屬中吕調。」「晁補之有一首與此同。『奔名競利去』句，詞律落二字，據宋本補。『漸』字，宋本作『旋』。『望』、『火』、『厭』、『此』、『利』、『石』、『散』可平。『淮』、『千』、『邊』可仄。『可』作平。」

勞鈔本眉批：「毛校云：『浦』字不應用韻，亦非句絶處。晁補之有作，與此同。□□□不必。」夏批：「『此際』十一字一氣連下，只可於『争可』注豆，紅友於『恁』字注句，乃泥於晁補之詞。」

【箋注】

〔一〕淮楚：北宋置淮南路，治楚州（今江蘇淮安），宋英宗時徙治揚州。其轄境南至長江，東至海，西至今湖北黄陂、紅安和今河南新縣、光山，北逾淮水，包有今江蘇、安徽的淮北地區各一部分和今河南永城、鹿邑、鄲城等縣。宋人所謂淮楚，多即指淮南路一帶。後析爲淮南東路與淮南西路。

〔二〕曠望：極目眺望，遠望。文選卷二六謝朓郡内高齋閑坐答吕法曹：「結構何迢遰，曠望極高深。」

〔三〕火雲：紅雲，多指炎夏。南朝梁蕭統錦帶書十二月啓蕤賓五月：「凍雨洗梅樹之中，火雲燒桂林之上。」唐元稹蟲豸三首其二：「千山溪沸石，六月火燒雲。」宋吕陶奉寄單州太守王聖欽：「火雲燒空赤日猛，及到此地如冰淵。」

〔四〕蒹葭浦：唐劉禹錫武陵書懷五十韻：「露變蒹葭浦，星懸橘柚村。」

〔五〕畏景：夏日驕陽。左傳文公七年：「趙衰冬日之日也，趙盾夏日之日也。」杜預注：「冬日可愛，夏日可畏。」故稱夏日爲畏日或畏景。唐劉言史廣州王園寺伏日即事寄北中親友：「曲池煎畏景，高閣絶微飈。」

〔六〕九衢塵裏：九衢代指京城，見前看花回（玉墄金階舞舜干）同條注。文選卷二四陸機爲顧彦先贈婦二首：「京洛多風塵，素衣化爲緇。」

〔七〕衣冠：指縉紳、士大夫。漢書卷六〇杜周傳：「茂陵杜鄴與欽同姓字，俱以材能稱京師，故衣冠謂欽爲『盲杜子夏』以相别。」顔師古注：「衣冠，謂士大夫也。」李白登金陵鳳凰臺：「吴宫花草埋幽徑，晉代衣冠成古丘。」

〔八〕散髮披襟：披散頭髮、解開衣襟，喻指棄官隱居，疏放無拘、逍遥自在之狀。後漢書卷四五袁閎傳：「延熹末，黨事將作，閎遂散髮絶世，欲投迹深林。」李白宣州謝朓樓餞别校書叔雲：「人生在世不稱意，明朝散髮弄扁舟。」披襟，參見前夏雲峰（宴堂深）「楚臺風快」條注。唐王勃聖泉宴：「披襟乘石磴，列籍俯春泉。蘭氣薰山酌，松聲韻野弦。」

【輯評】

明楊慎批點草堂詩餘卷三：「揮汗冒暑，魚魚鹿鹿，可鄙可鄙。季鷹之思，自是達者。此詞大有點醒人處。」

清黃蘇蓼園詞選：「趨炎附熱、勢利薰灼、狗苟蠅營之輩，可以『九衢塵裏，衣冠冒炎暑』二語盡之。耆卿好爲詞曲，未第時，已傳播四方，西夏歸朝官且曰：『凡有井水飲處，即能歌柳詞。』其重於時如此。嘗有鶴沖天詞云：『忍把浮名、换了淺斟低唱。』及臨軒放榜，時人語之曰：『且去「淺斟低唱」，何要浮名。』是耆卿雖才士，想亦不喜奔競者，故所言若此。此詞實令觸熱者讀之，如冷水澆背矣。意不過爲『衣冠冒炎暑』五字下針砭，而淩空結撰，成一篇奇文。先從舟行苦熱，深夜舟人之語，布一奇景。忽用『此際』二字，直接點入『衣冠炎暑』，令人不測。以後又用『江鄉』倒繳，只一『幸』字縮住。語意含蓄，筆勢奇矯絶倫。」